Das Buch

Hauskater Tom führt ein herrliches Katzenleben. Er hat genug zu fressen, einen warmen Platz zum Schlafen und seine Menschenfamilie, die Dussel, sind ebenfalls ganz in Ordnung, wenn auch manchmal etwas schwerfällig.

Doch das bequeme Leben hat schlagartig ein Ende, als Tom von der großen Katze Majicou den Auftrag erhält, auf den geheimen Pfaden den König und die Königin der Katzen zu finden. Er soll sie sicher an den Ort Tintagel bringen, weil die Legende erzählt, daß die Katzenkönigin dort eine goldene Katze gebären wird, die der Welt großes Glück verheißt. Mit Unterstützung seiner engsten Freunde macht Tom sich auf eine Reise voller Gefahren. Denn böse Mächte sind im Anmarsch, die ihre eigenen Pläne mit der goldenen Katze haben.

Der Autor

Gabriel King stammt aus Cornwall und lebt heute in London. *Auf geheimen Pfaden* ist sein erster Roman.

GABRIEL KING

AUF GEHEIMEN PFADEN

Roman

Aus dem Englischen
von Irene Holicki

WILHELM HEYNE VERLAG
MÜNCHEN

HEYNE ALLGEMEINE REIHE
Nr. 01/13263

Die Originalausgabe
THE WILD ROAD
erschien 1997 bei Century/Random House, London

Umwelthinweis:
Dieses Buch wurde auf chlor- und säurefreiem Papier gedruckt.

Taschenbucherstausgabe 12/2000

Printed in Denmark 2000
Umschlagillustration: Teresa Fasolino/The Newborn Group
Umschlaggestaltung: Nele Schütz Design, München
Satz: Leingärtner, Nabburg
Druck und Bindung: Nørhaven, Viborg

ISBN 3-453-17809-2

http://www.heyne.de

Für Iggy und Finn

Noch die kleinste Katze ist ein Meisterwerk.

LEONARDO DA VINCI

Die Katze heiszet im Hebräischen Catul, *im Griechischen* ailouros *und im Lateinischen* Catus *oder* Felis. *Bei den Ägyptern wurde sie nach dem Klang ihrer Stimme* Mau *genannt und wie ein Gott verehret. Bei den Völkern des Nordens gilt sie als Glücksbringer und als Fruchtbarkeitssymbol; die Roma dagegen nennen sie* Majicou, *und ihnen ist sie ein Greuel.*

Alle Katzen sind eines Wesens und gleichen sich auch im Aussehen, nur in der Grösze unterscheiden sie sich; Raubthiere sind sie alle, die wilden wie die zahmen, und als solche werden sie vielerorts für kleine Tyger gehalten.

So wandelt denn dieses wundersamste aller Geschöpfe unsichtbar und lautlos über die Straszen der Erde, und so mancher hanget dem Glauben an, es seien ihm auch magische Kräfte verliehen.

Die Alten haben einst eine Grosze Katze geweissagt, grosz nicht von Gestalt, aber mit einer Seele, wie sie erhabener nicht sein kann. Und die gröszte unter diesen ist die Goldene Katze. Sie wird kommen, wenn sich der alte Norden vereint mit dem Auge des Horus, und es wird ihr die Macht gegeben sein, sich die Sonne, den Mond und die geheimen Pfade untertan zu machen. Wer das Glück hat, im Besitz dieser Katze zu sein, dem mag sie zum Schlüssel werden für alle Geheimnisse der Natürlichen Welt.

Der Kleine Tyger
William Herringe
Im Jahre unseres Herrn 1562

TEIL EINS

Liebe die Welt,
und geh immer deiner Nase nach!

PROLOG

PROLOG

In einem Laden an der Cutting Lane, ganz oben auf einem Regal zwischen einem rostigen Käfig und zwei Säcken mit angeschimmeltem Weizen, lag ein einäugiger schwarzer Kater mit Namen Majicou.

Der Platz war mit Sorgfalt gewählt; im ganzen Laden wußten nur die von ihm vertriebenen Spinnen mit Sicherheit, daß er da war. Er lag im Schatten, verborgen unter weichen grauen Spinnweben, und schien zu schlafen. Aber sein einziges Auge war halb geöffnet, und er visierte damit wie ein Jäger die Tür zur Straße an. Es war Nachmittag, und durch die kleinen Milchglasscheiben fiel wenig mattes Licht. Außer einem Sortiment von Lederhalsbändern waren mit kariertem Stoff ausgeschlagene Weidenkörbe und bunte Papiersäcke mit Trockenfutter zu erkennen. Zwischen dem armseligen Kram stolperte ein Mensch herum und wirbelte mit jedem Schritt eine Staubwolke auf. Für den Majicou unterschied er sich kaum von den meisten seiner Artgenossen: ein ewig müder Nimmersatt; krank von der schlechten Luft, in der sie alle lebten, und dem elenden Fraß, von dem sie sich ernährten. Der Kater sah gelangweilt zu, wie der Mensch mit seinem Besen einen Wust von Stroh, Papierfetzen und verschüttetem Fischfutter über den alten Holzboden schob.

Menschen erregten die Aufmerksamkeit des schwarzen Katers nur dann, wenn sie sich in seine Angelegenheiten einmischten. Während er so reglos wie ein Stein auf seinem Regalbrett saß, weilte ein Teil seiner Gedanken in einer anderen Welt. (Er sah Feuer ausbrechen, hörte die Angstschreie von Menschen und Katzen und fühlte sich dafür verantwortlich und doch auch wieder nicht: Geschehen war das alles vor langer Zeit, aber gar nicht weit von hier.) Mit dem Rest seines Bewußtseins überwachte er den düsteren Laden – und dabei entging ihm nichts. Wo sein kaltes Auge im Halbdunkel nicht weiter vordrang, erkundete er mit den Schnurrhaaren die Luftströmungen und mit der Nase die vielfältigen schweren Gerüche, die von den gefangenen Tieren zu ihm aufstiegen: die sogenannten Haustiere verströmten nicht ausgelebte Energien und müde Resignation. Die Fische in den Aquarien schwammen immer im Kreis herum. Mäuse und Kaninchen hockten lustlos im Stroh. Ein Käfig voller Finken erfüllte den Laden mit traurigem Piepsen und Zwitschern.

In einem Drahtkäfig lag ein einzelnes Kätzchen.

Der kleine Kater war mit seinen sechzehn Wochen fast schon zu alt, um sich noch ohne weiteres verkaufen zu lassen. Er war zu groß, war über die tapsige Lebensfreude, den Anschein von magischer Unverwundbarkeit, jene charakteristische Mischung aus Zartheit und eiserner Härte, Schüchternheit und Draufgängertum bereits hinausgewachsen. Mit seinen funkelnden grünen Augen und dem aufgeweckten Orientalengesicht zog er allerdings noch immer alle Blicke auf sich. Seine Vitalität hätte für sämtliche Tiere im Laden ausgereicht. Sein Fell ging über der cremigweißen Unterwolle in ein fast schon metallisches Grau über. Wenn er in seinem Käfig auf- und abmarschierte, schien sich der dichte Pelz im matten Licht mit jeder Bewegung wie Wasser zu kräuseln, und jeder Muskel zeichnete sich ab; huschte ein Lichtschein darüber hin, so glänzte er auf wie Silber. Über den Ansatz der Vorderbeine zogen sich schwachgraue Tigerstreifen, und über den ganzen Rücken lief ein dunkelgrauer Strich. Ob daraus wohl auf gewisse Schattierungen in seinem Charakter zu schließen war? Majicou hoffte es sehr, doch bevor er die Sache weiter vorantreiben konnte, mußte er Gewißheit haben. Erst wenn er genau Bescheid wüßte, würde er den Kleinen bei seinem richtigen Namen rufen.

Mochten andere ihn bis dahin nennen, wie sie wollten.

Ohne etwas von dieser Entscheidung zu ahnen, kletterte der kleine Kater in seinem Käfig nach oben, so weit es ging, hängte sich mit seinen kräftigen Krallen an die Drähte und richtete den Blick entschlossen auf den Finkenkäfig jenseits des Ganges. Die Finken zeterten. Das Katerchen funkelte sie raublustig an und begann leise zu schnattern.

Die schwarze Katze wartete.

Plötzlich schlug die Ladenglocke an. Zwei Menschen, ein Männchen und ein Weibchen, kamen von der Cutting Lane herein. Der Ladenbesitzer warf einen kurzen Blick hinauf in die Schatten, dann lehnte er den Besen an die Theke und ging auf die beiden zu.

Der Majicou nahm die Menschen ebenso schemenhaft wahr wie sie ihn. Doch er hatte in seinem – übrigens sehr langen – Leben so viele von ihnen kommen und gehen, kommen und gehen sehen, daß er sie inzwischen einzuschätzen wußte. Diese beiden waren jung und nervös – das roch er – und fanden sich in dem dunklen Laden nicht gleich zurecht. Außerdem waren sie gut gelaunt und harmlos, lebten in gesicherten Verhältnissen und waren nur allzu bereit, ihr Glück zu teilen. Sie waren reif für Familienzuwachs. Sobald sie den kleinen Kater sahen, vergaßen sie alles andere. Majicou kamen sie gerade recht: Bei ihnen wäre der Kleine versorgt, bis er selbst sich seiner annehmen konnte. Trotzdem beobachtete er verdrießlich, wie sich hinter den körpersprachlichen Äußerungen von Sehnsucht und Selbstbetrug bereits wieder die altbekannten Mißverständnisse und Vertrauensbrüche ankündigten…

Das Menschenmännchen steckte den Finger in den Käfig und erzeugte, um das Katerchen auf sich aufmerksam zu machen, mit der Zunge am weichen Gaumen ein leises »Ks-ks-ks«. Das Weibchen lachte. Der Kleine hatte zunächst nur Augen für die Finken und beachtete die beiden gar nicht. Dann sprang er herunter, als sei er es leid, etwas anzustarren, was er doch nicht haben konnte, und kam, steifbeinig und mit hochgerecktem Schwanz, dreist, neugierig und sehr von sich eingenommen, ans Gitter stolziert, um sich die Besucher anzusehen. Das Weibchen fiel prompt auf das hübsche, wilde Gesichtchen und die riesigen grünen Augen hinter den Käfigstäben herein und strahlte verzückt.

Als der Zoohändler das sah, legte sich ein undurchsichtiges Lächeln über seine Züge. Flink öffnete er den Käfig, holte das Kätzchen heraus und legte es dem Weibchen in die ausgestreckten Arme.

Der Kater saß ganz still und betrachtete aufmerksam die beiden riesigen Gesichter, die sich über ihn beugten. Ein schwerer, angenehm fremder Duft nach Menschen stieg ihm in die Nase. Tausend Möglichkeiten schossen ihm durch den Kopf. Er ahnte, daß ihm eine große Veränderung bevorstand, ein besseres Leben, und er begann leise zu schnurren wie ein großer Motor. Die Vibrationen drangen durch seinen warmen weißen Pelz und übertrugen sich auf die Arme der Frau, von seinen Knochen auf die ihren. »Nimm mich mit«, sagte das Schnurren. »Nimm mich mit. Gib mir ein schönes Heim, wo ich mich frei bewegen kann! Nimm mich mit und füttere mich mit Sardinen. Fleischtöpfchen mit Wild. Rind mit Nierchen. *Thunfisch im eigenen Saft!*« Der Kater rollte sich auf den Rücken und zeigte seinen reinweißen Bauch. »Sieh mich an! Nimm mich mit!«

(Majicou ließ sich von der Vorstellung nicht beeindrucken. Betör sie nur, dachte er. Betör sie nach allen Regeln der Kunst. Aber was machst du, wenn sie dich ihrerseits betören?)

Der kleine Silberkater zappelte und schnurrte weiter.

Nach einer Viertelstunde wurde er endgültig aus seinem Gefängnis befreit und in einem großen Weidenkorb fortgetragen.

Der Zoohändler blieb einen Augenblick lang stehen wie ein aufziehbares Spielzeug, dessen Mechanismus abgelaufen ist, und sah ihnen nach, bis sie die leere Straße hinuntergegangen waren. Dann erlosch das Lächeln in seinem Gesicht, er trat in seinen Laden zurück, schloß die Tür und spähte zwischen den Werbeplakaten – Hundefutter in Form eines Knochens, Katzenfutter in Form eines Vogels – nach draußen. Endlich hob er die freie Hand und drehte das Schild von OFFEN auf GESCHLOSSEN.

Und plötzlich, ohne Vorwarnung, spielten sämtliche Tiere im Laden verrückt.

Die Finken hüpften von Stange zu Stange und pfiffen und kreischten in höchster Aufregung. Die fetten Hamster und Meerschweinchen starrten panikerfüllt mit zuckenden Näschen durch die Käfigstangen und vergruben sich dann schnellstmöglich in ihrem Stroh. Die belgischen Kaninchen kehrten dem Laden den Rücken, als könnten sie sich damit unsichtbar machen. Sogar die Fische in ihrer Unterwasserwelt wirkten verstört und schossen aufgeregt zwischen ihren eigenen Blasen umher.

Der Aufruhr veranlaßte den Ladenbesitzer, sich umzudrehen. Sein Besen fiel klappernd zu Boden. Er schaute wild um sich, schien etwas sagen, von sich weisen, sich entschuldigen zu wollen. Statt dessen öffnete er ohne ersichtlichen Grund noch einmal die Tür zur Straße. Die einäugige schwarze Katze huschte auf die Cutting Lane hinaus.

1
IN FREIER NATUR

Unter Menschen ist die Katze nichts als eine Katze;
unter Katzen ist sie ein lautloser Schatten im Dschungel.

KAREL ČAPEK

Sie nannten den kleinen Kater Tom. Sie fütterten ihn, und er wuchs. Sie legten ihm ein Halsband um. Sie sorgten für seine Unterhaltung, und bald nahm die Welt um ihn herum Gestalt an.

Es war *seine* Welt, voll von immer neuen Dingen, aber stets verläßlich; ein aufregender, aber doch sicherer Ort. Er war ein kleiner König; und bevor noch eine Woche vergangen war, hatte er jeden Zentimeter seines Reiches erkundet. Am besten gefiel es ihm in der Küche. Hier war es auch an kalten Tagen warm, und wenn er sich auf das Fensterbrett setzte, konnte er in den Garten hinausschauen. In der Küche wurde Essen zubereitet, und es kostete nicht viel Mühe, etwas davon zu ergattern. Er hatte seine eigenen Schälchen. Er hatte eine Kiste mit sauberem Dreck für seine Häufchen. Manchmal war es in der Küche auch ungemütlich (besonders am Morgen, wenn irgendwelche Dinge plötzlich losgingen oder mit viel Getöse herummarschierten); aber in einem anderen Raum stand ein mit dunkelrotem Samt bezogenes, großes Sofa, das ihm gehörte, mit vielen Kissen, in die er sich hineinwühlen konnte, um ein Schläfchen zu halten. Außerdem hatte er Messingwannen mit Pflanzen darin und einige hochinteressante, mit Trockenblumen gefüllte offene Kamine, denen feuchtrußige Düfte entströmten.

Eine Treppe höher und hinein in jedes Zimmer, jeden Schrank, jede Ecke! Riesengroß war es da oben und voll von herrenlosen Menschensachen. Anfangs wagte er sich nicht allein hinauf, sondern nahm immer einen von ihnen mit, wenn er die Regale mit der sauberen Wäsche oder den verstaubten Büchern inspizierte.

»Kommt schon, kommt schon!« drängte er dann. »Na los! Hier, seht doch!« Aber sie antworteten nie.

Sie waren einfach zu dusselig.

Noch eine Treppe höher, und man war wie auf unbewohntem Gebiet. Blanke Stufen, die jedes Geräusch zurückwarfen; graue Dielen und offene Türen; gardinenlose Fenster, durch die fahlhell das Licht hereinströmte. Da oben hatte jeder der kahlen Fußböden seinen eigenen Geruch; jede Staubflocke war eine Persönlichkeit, und er brauchte nur die Ohren zu spitzen, um hinter der Holzverkleidung die toten Spinnen schrumpfen zu hören. Wenn er allein da oben war, tanzte er, ohne so recht zu verstehen, warum. Es war ein Reviertanz, würdevoll und doch mit Energie geladen. Vielleicht wollte er lediglich den Raum in Besitz nehmen, wenn er seine Luftsprünge machte, sich auf irgend etwas stürzte und sich um sich selbst drehte, um gleich darauf in einem Streifen Sonnenlicht einzuschlafen, als hätte man ihn abgeschaltet. Wenn er erwachte, war die Sonne weitergezogen, und von unten riefen sie nach ihm und hatten schon wieder neues Futter.

Sie nannten ihn Tom. Er nannte sie Dussel.

»Kommt schon, ihr Dussel!« quengelte er. »Nun kommt doch endlich!«

Sie hatten einen Raum, wo sie sich mit Wasser überschütteten. Vor diesem Raum versteckte er sich jeden Morgen, und wenn die großen nackten Dusselfüße an ihm vorbeigingen, stürzte er sich darauf. Die Dussel waren nett, aber nicht schnell, nicht wendig genug, um ihm auszuweichen. Sie lernten es nie. Er nahm sie nur schemenhaft wahr – starke Gerüche, munteres Herumhantieren ohne Sinn und Zweck, liebevoll besorgte Gesichtsflächen, die, wenn er aus dem Schlaf aufschreckte, über ihm hingen wie der Mond vor dem Fenster. Sie waren geduldig, freundlich und leicht zu überreden, aber weniger konkret als eine Dose Katzenschmaus mit Fleisch und Leber. Die Dussel waren dazu da, ihn zu füttern, ihn zu trösten und mit ihm zu spielen. Spielen war besonders wichtig. In einer seiner frühesten Erinnerungen jagte er Seifenblasen. Es war gegen Abend, das Blau des Herbsthimmels ging langsam über in ein sattes Orange. Tom raste im Zimmer auf und ab und klatschte in die Vorderpfoten. Er genoß die Bewegung. Er genoß die schwülwarme Luft. Alles war aufregend. Alles war in goldenes Licht getaucht. Jede der schillernden Blasen war eine brandneue Welt, eine brandneue Gelegenheit. Es war wie das Aufwachen am Morgen.

Blase! dachte Tom. Noch eine Blase!

Fang die Blasen! dachte er.

Außer Rand und Band, mit wackligen Beinen, leicht zu überraschen und leicht zu täuschen wie alle jungen Katzen, jagte Tom hinter den Blasen her – jede einzelne zeigte in schillernden Farben ein winziges Bild des ganzen Raumes –, doch die wichen ihm mühelos aus, versteckten sich in einem Strauß Trockenblumen oder schwebten langsam den Kamin hinauf, und wenn sie nicht aufpaßten, stießen sie gegen ein Möbelstück und zerplatzten. Tom *hörte* sie platzen, wie es kein Mensch jemals konnte, es klang, als klopfe man gegen Porzellan.

Ein endloser Kreislauf aus Vergänglichkeit und Wiedergeburt!

Jede Katze, die ewig leben will, sollte Seifenblasen beobachten. Aber nur junge Katzen sollten Seifenblasen jagen.

Tom jagte alles. Doch sein Lieblingsspielzeug war eine kleine Stoffmaus mit einem besonders markanten Duft, die anfangs leuchtend rot gewesen war. Inzwischen war sie ziemlich schmutzig und roch zusätzlich nach Bohnerwachs. Tom pflegte sie auf dem glänzenden Wohnzimmerboden herumzuschleudern. Wenn sie davonschlitterte, schlitterte er hinterher. Bei engen Wendungen hatte er Mühe, sich auf den Beinen zu halten.

Eines Tages entdeckte er unter der Küchenanrichte eine echte Maus.

Eine echte Maus war etwas ganz anderes.

Tom sah das kleine, spitze, schwarze Ding in den grauen Schatten ganz deutlich. Er konnte es auch riechen, denn seine Angst stand in scharfem Kontrast zu der vertrauten Mischung aus Staubflocken und trockenem Kiefernholz. Die Maus wußte, daß er da war! Sie verhielt sich ganz still, aber in einem ihrer glänzenden Äuglein spiegelte sich ein Lichtfleck, und Tom spürte, wie die Gedanken durch das winzige Köpfchen schossen. Die Angst der Maus war unter der Anrichte eingesperrt und verband ihn mit ihr wie ein straff gespannter Draht. Tom zitterte. Er wollte die Maus jagen, wollte sich auf sie stürzen. Er wollte sie fressen; er wollte sie nicht fressen. Er war stark, er war ein Raubtier, er war riesengroß; zugleich war er aufgeregt und unsicher und fürchtete um sich selbst und um die Maus. Etwas aufzufressen war doch ein gewaltiger Schritt. Jetzt bereute er, sich vor den Finken im Zoogeschäft so aufgespielt zu haben.

Er beobachtete die Maus über einige Zeit. Sie beobachtete ihn. Und dann traf Tom die Entscheidung: Er würde weder ihr noch sein Leben verändern. Seine alte Stoffmaus roch ohnehin viel besser. Zielsicher fuhr er mit der Pfote unter die Anrichte, zog sie heraus, nahm sie ins Maul und schleppte sie davon. »Hab ich dich!« triumphierte er. Dann warf er sie in die Luft und fing sie wieder auf. Nach wenigen Minuten hatte er die echte Maus vergessen; doch sie vergaß ihn wahrscheinlich nie – und von diesem Tag an hatte er andere Träume.

Am gleichen Nachmittag nahm er die Stoffmaus mit hinauf in den dritten Stock, um sie in einem kühlen Lichtstreifen hin- und herzuschieben.

Als ihm das zu langweilig wurde, sprang er auf das Fenstersims. Von da oben konnte er nach rechts und nach links in die Nachbargärten hineinsehen. Die Dussel wollten einfach nicht begreifen, daß es ihn dort hinzog, da half kein Schmeicheln und kein Drängen. Dabei war er von dem Gedanken wie besessen. Sein eigener Garten bestand aus einem zum Haus hin abfallenden, mit Moos und Klee durchsetzten Rasen, der vor der Terrasse mit den flechtenüberwucherten Schachbrettfliesen von einem steilen Steingarten begrenzt wurde. Der Zaun am rückwärtigen Ende wurde von hohen Linden überragt, unter denen – fast verdeckt von Steinmispel-, Schwertlilien- und Fuchsienkolonien – ein mit Mosaiksteinen gepflasterter, dunkler, schmaler Pfad verlief. Wenn es geregnet hatte, stiegen aus dem Garten kühle Düfte auf. An endlosen sonnigen Nachmittagen raschelten die Ringeltauben verstohlen in den Zweigen, um plötzlich ohne jeden Grund in lautes Gurren auszubrechen. Wenn es dämmerte, perlten wie aus einer anderen Welt die ersten verschlafenen Töne aus Amsel- und Drosselkehlen, und das Grün des Rasens war von geheimnisvoller Unwirklichkeit. Im Morgengrauen bevölkerten Eichhörnchen die Bäume, jagten sich von Ast zu Ast und plünderten nebenbei, was sie fanden, während die Vögel über den Rasen streiften und Ringelreihen um das bemooste steinerne Vogelbad tanzten.

Tom sah immer wie gebannt zu, wenn sie Würmer aus der Erde zogen.

An diesem Nachmittag hatte sich eine überhebliche Elster auf dem Rasen niedergelassen und stolzierte, immer wieder ihre heiser-schrillen Schreie ausstoßend, um das Vogelbad herum. Der große Vogel war sichtlich stolz auf sein elegantes schwarzweißes Gefieder mit den metallisch blauen Glanzlichtern. Tom sah die Elster nicht zum ersten Mal. Er haßte ihren ständig nickenden Kopf mit dem häßlichen, kräftigen Schnabel. Er haßte ihr spöttisch blinzelndes, flaches Auge. Am meisten haßte er es, wenn der Vogel gezielt zu ihm heraufschaute, als wolle er sagen: ›Mein Rasen!‹

Toms Augen wurden schmal. Ohne daß er es wollte, drang ihm ein wütendes Schnattern aus der Kehle. Er sprang vom Fenstersims hinunter und wieder hinauf. »Nicht wahr!« sagte er. »Nicht wahr!«

Der Vogel stellte sich taub (obwohl Tom ganz sicher war, daß er alles gehört hatte), und als Tom seinen aufdringlichen Besitzerstolz nicht mehr mit ansehen konnte, legte er sich hin, zog den Schwanz ordentlich zurecht und schloß die Augen. Nach einer Weile schlief er mit dem zusammenhanglosen Gedanken Meine Maus ein. Daraus entwickelte sich offenbar ein Traum...

In diesem Traum saß er unter der Küchenanrichte und fraß. Der dunkle Spalt unter dem Schrank mußte wohl breiter geworden sein, jedenfalls war er hinter irgend etwas hergekrochen, und dieses Etwas fraß er jetzt auf. Die Weichteile waren noch warm und schmeckten säuerlich-salzig. Das Fressen ging ihm nicht schnell genug, denn bevor er die zäheren Stücke schlucken konnte, mußte er sie, vor Anstrengung hörbar durch das Maul schnaufend, mit seinen langen Eckzähnen durchtrennen. Auch das war ein Genuß. Als er fertig war – während er sich noch die Lippen leckte und für den Fall, daß er etwas übersehen hatte, den staubigen Boden abschnüffelte –, flüsterte dicht neben ihm eine Stimme aus dem Dunkel: »Tom ist nicht dein richtiger Name.«

Er fuhr herum. Nichts. Doch irgend jemand war mit ihm unter der Anrichte. Er spürte die Wärme eines Körpers, den Geruch eines fremden Atems, die verwirrende Gewißheit, nicht allein zu sein. Der andere hatte ihm in aller Ruhe beim Fressen zugesehen und kein Wort gesagt. Tom hatte ein schlechtes Gewissen, er war wütend, er fürchtete sich. Sein Fell sträubte sich. Er wollte rückwärts unter dem Schrank hervorkriechen, doch jetzt hatte alles wieder seine richtige Größe, und er steckte fest, er war gefangen in diesem engen, dunklen Raum, wo es nach Holz, Staub und Blut roch, gefangen mit einem Wesen, das er nicht sah. »Tom«, flüsterte die Stimme wieder. »Paß auf. Tom ist nicht dein richtiger Name.« Wenn er noch länger da unten bliebe, würde der andere sein Gesicht ganz nahe an ihn heranschieben, würde ihn im Dunkeln berühren, würde ihm etwas sagen, was er nicht hören wollte …

»Tom *ist* mein Name!« rief er und erwachte …

… von einem lauten, schnellen Hämmern dicht neben seinem Ohr. Während er schlief, war die Elster vom Garten heraufgeflogen. Nun stolzierte sie heiser kreischend und flügelschlagend auf dem äußeren Fenstersims auf und ab und machte einen Lärm, als wolle sie die ganze Welt aufscheuchen. Genau vor seinem Kopf schlug sie mit ihrem spitzen, rissigen Schnabel gegen die Scheibe und schrie …

»Du willst eine Katze sein? Du willst eine Katze sein?«

… und Tom fiel vom Fensterbrett und schlug schmerzhaft mit dem Kopf auf dem Boden auf.

Eine weiche braune Finsternis hüllte ihn ein wie ein flauschiger Pelz. Als er wieder erwachte, war der Vogel verschwunden, von unten hörte er die Dussel, die beim Futtermachen waren, und er glaubte, alles nur geträumt zu haben.

Zwei Monate lebte Tom nun schon in dem Haus. Ihm selbst kam es viel länger vor, wie eine ganze Ewigkeit, in der er niemals unglücklich gewesen war und nichts entbehrt hatte. Seine Größe hatte sich verdoppelt. Er hatte immer gut geschlafen, und wenn er geträumt hatte, dann waren es Kätzchenträume gewesen. Doch damit war es offenbar vorbei. Wenn er sich jetzt auf seinem Samtsofa zusammenrollte und die Augen schloß, wußte er nicht, was ihm bevorstand. Jedesmal, wenn er einschlief, durchlebte er Stationen eines anderen, eines fremden Lebens ...

In einem dieser neuen Träume sah er eine schmale gelbe Mondsichel über sich, Wolkenfetzen zogen über den Himmel, von ferne war das laute Brüllen eines Tieres zu hören. Ein andermal sah er undeutlich zwei Katzen, die sich in strömendem Regen mit gesenkten Köpfen aneinanderdrückten und auf etwas warteten; beim Anblick der beiden halbverhungerten Elendsgestalten erfaßte ihn ein unbegreifliches, geradezu schmerzliches Mitgefühl. In einem dritten Traum stand er auf einer Klippe hoch über dem Meer, und der Wind fegte über ihn hinweg. In einem Licht von seltsamer Unwirklichkeit wuchsen schwarze Ginsterbüsche. Vor ihm erstreckten sich endlose Weiten, und unter ihm krachten in regelmäßigen Abständen gewaltige Wassermassen gegen eine Felswand. Und neben ihm sagte im Rauschen des Windes eine ruhige Stimme: »Ich bin der eine, und aus mir werden zwei; ich bin die zwei, und aus mir werden vier; ich bin die vier, und aus mir werden acht; und ich bin der eine, der kommt danach.« Es war eine Katzenstimme. Oder doch nicht?

»Tintagel«, sagte die Stimme. »Tom! Tom! Hör auf die Wellen!«

Jeder Traum war anders, aber diese Stimme war immer die gleiche – ruhig, vernünftig, freundlich und doch erschreckend. Sie wollte ihm etwas sagen. Sie wollte etwas von ihm.

Alle Träume waren seltsam, aber einer war noch seltsamer als die anderen …

Es war Abend, und Tom hockte auf seinem Fensterbrett. Hinter ihm saßen die Dussel vor ihrem Futter, redeten miteinander und fuchtelten mit ihren plumpen Armen in der Luft herum. Tom schaute hinaus. Es war dunkel. Wolken zogen über den Himmel, aber der Schein des abnehmenden Mondes brach immer wieder durch. Am anderen Ende des Gartens geschah etwas. Tom konnte nicht genau sehen, was es war, aber er ahnte, daß der Pfad dort jede Nacht von Tieren benutzt wurde, die den Garten von einer Seite betraten und auf der anderen wieder verließen. Was sie vorhatten, war nicht bekannt, aber für eine junge Katze von brennendem Interesse. Denn der Pfad war ein geheimer Pfad, auf dem ständig die aufregendsten Dinge passierten.

Tom träumte, daß da draußen ein Tier unterwegs sei, das er nicht deutlich sehen und auch nicht hören konnte. Für einen Moment zeigte ihm das Mondlicht eine große schwarze Katze – eine Katze, die nur ein Auge hatte. Dann war nur noch ein Schatten zu sehen. Tom scharrte ungeduldig mit den Füßen. Er wollte da draußen sein; er wollte nicht da draußen sein. Der Mond verschwand wieder hinter den Wolken. Tom drückte das Gesicht an die Scheibe. »Seid doch still!« versuchte er den Dusseln zu sagen. »Paßt auf! Paßt jetzt genau auf!«

Sobald er sprach, wurde das Wesen da draußen auf ihn aufmerksam. Er spürte, wie es sein Auge auf ihn richtete. Er spürte, wie sein Wille auf ihn einwirkte. Er glaubte es flüstern zu hören: »Ich habe eine Aufgabe für dich, Tom. Eine große Aufgabe!«

Hinter ihm lachten die Dussel über eine Bemerkung, die einer von ihnen gemacht hatte. Tom schüttelte sich und erwartete, daß er jetzt aufwachen würde. Doch als er sich umsah, war er immer noch im gleichen Raum, er hatte gar nicht geschlafen. Das Dusselweibchen mußte seine Verwirrung gespürt haben, denn es stand auf, trat zu ihm, schmiegte seinen

Kopf an den seinen, als wolle es genau das gleiche sehen wie er, und schaute fröstelnd in die Dunkelheit hinaus. »Da gehörst du nicht hin«, sagte es leise. »Da draußen ist es viel zu kalt und gefährlich für kleine Katzen. Brrr!« Es strich ihm über den Kopf. Tom spürte, wie ihm das Schnurren in die Kehle stieg.

Als er wieder in den Garten hinausschaute, war die einäugige Katze verschwunden.

Eines Morgens, als das ganze Haus noch schlief, sah Tom am blutroten Himmel die flache Sonnenscheibe aufgehen wie eine strahlende Verheißung. Die letzten Nebelfetzen hingen noch in den Ästen der Linden. Bald ließen sich drei oder vier Spatzen und ein Rotkehlchen auf dem Rasen nieder und hüpften zwischen den heruntergefallenen Blättern umher. Alles war, wie es sein sollte. Tom beugte sich vor, um besser sehen zu können. Meine Vögel! dachte er. Doch plötzlich flogen sie auf, und an ihrer Stelle landete sein Feind, die Elster, und drehte, ein Ausbund an Gesundheit und Selbstbewußtsein, auf ihren langen Beinen eine Runde um das Vogelbad. Dann blieb sie stehen, reckte den Hals, öffnete den Schnabel, bis ihre dicke grauviolette Zunge zum Vorschein kam, und schrie mit ihrer durchdringenden Stimme: »Raark. *Raark.*«

Meinst du? dachte Tom. Das werden wir ja sehen!

Aber was sollte er tun? Enttäuscht und vor Erregung zitternd sprang er unentwegt vom Fensterbrett hinunter und wieder hinauf. Endlich hörte er die Dussel aufstehen und konnte sich anderen Dingen zuwenden. Er raste die Treppe hinab in die Küche und bezog neben seiner Futterschale Posten.

»Frühstück«, verlangte er. »Fleischtöpfchen mit Geflügel und Wild! Hier hinein! In dieses Schälchen. Frühstück.«

Geflügel und Wild!

An diesen Geruch sollte er sich noch lange erinnern.

Zwei Minuten, nachdem er sich über das Futter hergemacht hatte, war einer von den Dusseln so unbedacht, die Hintertür zu öffnen. Tom spürte, wie ihm die kühle Morgenluft über die Nase strich. Sie war mit Düften gesättigt. Sie verhieß tausend

Möglichkeiten. Und da draußen stolzierte immer noch die Elster auf dem Rasen herum, als gehöre er ihr.

Mein Rasen! dachte Tom. Frühstück kann warten.

Wie der Blitz schoß er zwischen zwei Beinen hindurch und flitzte über den Rasen, um sich in einer Wolke von welkem Laub auf den Vogel zu stürzen. Der drehte erst im allerletzten Moment verschmitzt den schwarzen Kopf zur Seite und sagte ganz deutlich: »Diesmal nicht, Kleiner.« Dann witschte er pfeilschnell durch ein Loch im Zaun und ließ nur ein weißes Federchen in der Luft zurück. Tom raste hinterher und wühlte in seiner Wut mit den Hinterbeinen den Rasen und das Blumenbeet auf. Er hörte noch, wie die Dussel nach ihm riefen, dann war er schon unter dem Zaun hindurch und im Nachbargarten. Die Elster saß auf einem Pfosten und beobachtete ihn belustigt mit einem glänzenden Auge. »Raark.« Und schon ging die Jagd weiter. Jedesmal wenn Tom glaubte, seinen Feind gefangen zu haben, lockte der ihn weiter fort, und als er sich endlich umschaute, konnte er sein Haus nicht mehr sehen.

Er zögerte kurz.

»Du willst eine Katze sein?« höhnte die Elster dicht neben seinem Ohr. »Hier gehörst du hin, hierher in die Wildnis, nicht als Spielzeug auf ein Fenstersims!« Doch als er herumfuhr, um die Verfolgung wiederaufzunehmen, war sie verschwunden.

Tom suchte sich ein bequemes Plätzchen und putzte sich ausgiebig. Dann sah er sich um.

Neue Gärten! Neue Gärten, so weit das Auge reichte. Einer nach dem anderen, bis in alle Ewigkeit.

Draußen! dachte er. Ich bin draußen.

Er vergaß die Elster. Er vergaß sein schönes Heim. Für den Rest des Tages war er so glücklich wie nie zuvor. Er erkundete einen der neuen Gärten nach dem anderen und entfernte sich dabei immer weiter von den Dusseln und ihrem Haus. Einige Gärten waren so völlig mit Unkraut und Holundersträuchern überwuchert, daß die Sonne Mühe hatte, bis zur Erde mit ihrem würzig duftenden, staubigen Wurzelwerk vorzudringen; andere waren ordentlich wie ein Wohnzimmer; und wieder andere waren vollgestellt mit rostigem Gerümpel. Tom betrachtete sie sich alle höchst aufmerksam. Doch den Garten seiner Träume fand er erst am späten Nachmittag. Es war ein schattiger, schmaler Streifen zwischen alten Ziegelmauern, morschen Holzspalieren und ins Kraut geschossenen Sommerfliedersträuchern, weniger gepflegt als sein eigener Garten, aber von langen Sonnenfingern durchzogen. Überall standen uralte Blumentöpfe und ehemals weiße Metallgartenmöbel mit grünen Moosbelägen herum. Auf einer Seite wuchs ein knorriger alter Pflaumenbaum mit durchhängenden Ästen, die von Holzpfählen gestützt wurden; auf der anderen eine stattliche Stechpalme. Tom setzte sich zwischen den beiden in die Sonne und säuberte sich das Fell. In den Zweigen des Pflaumenbaums flötete eine Gimpelfamilie. Summend flog eine Biene vorbei! Tom jagte hinterher und schlug mit den Vorderpfoten nach dem betäubten Insekt, bis er es zu fassen bekam. Dann steckte er es vorsichtig in den Mund und ließ es ein wenig herumschwirren. Welch ein Gefühl! Endlich schluckte er es hinunter. Nicht schlecht, sagte er sich. Biene schmeckt gut. Als nächstes durchstöberte er, in der Hoffnung, noch eine zweite zu finden, ein von Pfefferminzstauden besetztes, altes Blumenbeet. Danach schlief er ein. Als er wieder aufwachte, hatte er Hunger. Es wurde Abend, und er hatte keine Ahnung, wo er war.

Zwei Stunden später kauerte er hungrig, frierend und völlig verwirrt auf der Schwelle irgendeiner Hintertür. Während er von Garten zu Garten irrte, ohne irgend etwas wiederzuerkennen, war der Nachmittag in den Abend übergegangen. Zunächst hatte er das Ganze noch für ein lustiges Spiel gehalten. Dann waren die Zäune immer höher geworden, immer schwerer zu überspringen, die Heckenrosengestrüppe immer dichter und undurchdringlicher, die Gerüche der anderen Katzen immer bedrohlicher.

Aus einem Fenster hatten ihn Menschen angeschrien – und er war blindlings davongerannt, hatte sich irgendwann gedreht und war schließlich wieder in dem Garten gelandet, von dem er aufgebrochen war. Jetzt konnte er vor Müdigkeit keinen klaren Gedanken mehr fassen. Er wußte, daß das nicht sein Haus war. Aber er war trotzdem froh, auf der Schwelle sitzen zu können. Und er war froh, daß der alte Pflaumenbaum seine Äste über die Gartenmöbel breitete, die weiß durch die Dämmerung leuchteten. Wenigstens war er in vertrauter Umgebung. Hin und wieder wimmerte er leise, vielleicht kam ja doch jemand nach Hause und ließ ihn ein.

Während er noch dasaß, verdüsterte sich der Himmel. Die Sonne versank wie eine riesige kühlrote Kugel hinter den Bäumen. Die Krähen brachten ihre allabendlichen Streitereien (»Das ist mein Ast, glaube ich.« »Nein, *mein* Ast.«) zu einem Ende, das ganze Lumpenpack schwang sich noch einmal in die Lüfte, um krächzend eine Runde zu drehen, dann ließ sich einer der schwarzen Vögel nach dem anderen nieder und verstummte. Es war rasch kälter geworden. Aus den Buchsbaumhecken krochen die Schatten. Der Garten verwandelte sich, schien kürzer und breiter zu werden. Der Rasen, die Stauden in den Rabatten, die Fenster der Häuser, die jetzt in warmem, gelbem Licht erstrahlten: Alles wirkte näher und ferner zugleich. Die Apfelbäume verschwammen zu einer einheitlich grauen Masse.

Es wurde Nacht. Und Tom war noch nie im Dunkeln draußen gewesen.

Er hatte die Nacht bisher nur im warmen Zimmer hinter doppelt verglasten Fenstern erlebt. Da hatte er sie als aufregend empfunden. Jetzt empfand er sie nur als fremd und bedrohlich. Und als die Geschäftigkeit der Menschen allmählich nachließ, kamen die natürlichen Geräusche und Düfte der Welt wieder zu ihrem Recht. Das leise Zwitschern eines aufgestörten Vogels. Der teerige, schwere Atem des Laubs, das unter den Hecken verrottete. Der bittere Geruch eines rostigen Blecheimers. Hundegebell irgendwo am Ende der Straße. Ein dickes Knäuel von Düften, wo sich die Schnecken durch die weichfleischigen Blätter der Herzlilien fraßen. Und plötzlich schwebte aus dem Dunkel am Ende des Gartens ein Lufthauch heran, der Tom in höchste Erregung versetzte. Das Herz klopfte ihm bis zum Hals. Zögernd hob er den Kopf und schnupperte. Da unten bewegte sich etwas! Da unten befand sich ein Pfad, wie er auch durch seinen eigenen Garten führte! Da unten kam etwas auf leisen Sohlen rasch und zielstrebig über alte, rissige, flechtenüberzogene Steinplatten von rechts durch den dichten Pflanzentunnel zwischen dem Blumenbeet und dem morschen Bretterzaun getrabt. Tom konnte kaum noch an sich halten. Er wollte sich bemerkbar machen. Er wollte sich verstecken. Sein ganzes Wesen drängte ihn, sich zu äußern. Sein ganzes Wesen drängte ihn zu schweigen.

Irgendwann hatte er wohl doch eine Bewegung oder ein Geräusch gemacht, denn das Etwas auf dem Pfad hielt inne und nahm schnuppernd seine Witterung auf. Er hörte es deutlich, drückte sich in Todesangst in die Türnische. Zu spät. Es hatte ihn bemerkt. Er sah eine dunkle Gestalt, einen dicken schwarzen Schatten mit vier Beinen und einer stumpfen Schnauze, der den Kopf hierhin und dorthin drehte. Ein einzelnes, fahlhelles, spiegelndes Auge ging so plötzlich an wie eine Lampe. Das Auge sah ihn an. Lange geschah gar nichts. Dann wälzte sich eine Duftwoge, ein scharfer, durchdringender Moschusgestank durch den Garten.

»Kleine Katze«, sagte eine sanfte Stimme. »Tom ist nicht dein richtiger Name. Möchtest du deinen richtigen Namen erfahren? Dann mußt du dich der Aufgabe stellen, die auf dich wartet.«

Tom wich noch weiter in die Türnische zurück und drückte den Kopf so fest in die Ecke, daß ihm das Gesicht weh tat. Vergeblich. Das fremde Wesen, das im Schatten wohnte, sah ihn, was immer er auch tat. Nun ließ es ein tiefes, kollerndes Lachen hören.

»Hab keine Angst«, sagte die Stimme. »Komm mit mir.«

Das Wesen trat einen Schritt näher.

Tom drückte sich gegen die Tür.

Das Wesen stieß einen gereizten Seufzer aus, als sei es irgendwie gestört worden. Es hielt inne, lauschte, dann sprang es ohne ein weiteres Wort in hastigen, zielstrebigen Sätzen davon und verschwand im Dunkeln.

Tom blieb auf der Schwelle liegen, bis es wieder hell wurde. Er zitterte vor Erschöpfung; die Angst raubte ihm den Schlaf. Vom jähen Kreischen einer Eule bis zum unermüdlichen

Schnüffeln und Buddeln des Igels im Nachbargarten war jeder Laut, ob bekannt oder nicht, eine Bedrohung. Er selbst vermied peinlich jedes Geräusch.

Gegen Morgen fiel er in einen unruhigen Schlaf, nur um gleich wieder von den Tieren auf dem Pfad zu träumen. Dabei hätte er nicht sagen können, was er dort eigentlich sah – oder witterte. Katzen, gewiß, aber die waren in seinen Träumen viel größer, als es sich für eine Katze gehörte, und ihre schemenhaften Umrisse beunruhigten ihn zutiefst. Sie verbreiteten einen ganz eigenen Geruch – unbestimmt, nicht zu fassen, stets vermischt mit einem Hauch von Zorn oder Erregung, und sie sprachen zu ihm wie aus weiter Ferne, mit vielfach gebrochenen, klebrig verzerrten Traumstimmen …

»Eine Aufgabe«, sagten sie. »Eine große Aufgabe.«

Am nächsten Morgen war er müde und fühlte sich wie gerädert, aber die Sonne weckte seine Lebensgeister. Er gähnte ausgiebig. Frühstück! dachte er. Er setzte sich auf, streckte sich und gähnte noch einmal. Geflügel und Wild! Er sprang auf einen Zaun und schaute über die Gärten hinweg: ein Rasen so glattgeschoren wie ein Wohnzimmerteppich, umgeben von ganzen Regimentern roter Blüten; rostige Gebilde, an einen Schuppen gelehnt; flatternde Bettlaken an einer Wäscheleine. Er hüpfte wieder hinunter und schnüffelte ein wenig herum. Auf dem Betonpfad, der sich in der Sonne allmählich erwärmte, entdeckte er, schwach aber unverwechselbar, seinen eigenen Geruch von gestern!

Ich führe mich selbst nach Hause, dachte er. Ganz einfach.

Doch so einfach war es leider nicht.

Bei der Jagd nach der Elster war er völlig planlos im Zickzack gelaufen, hatte oft die gleiche Strecke zweimal zurückgelegt oder sich im Kreis gedreht. In der Nacht waren andere Tiere vorübergekommen und hatten mit ihren Gerüchen den seinen überdeckt. Der Gedanke, sich von der eigenen Fährte nach Hause führen zu lassen, war nicht schlecht gewesen, aber von vornherein zum Scheitern verurteilt. Hohe alte Ziegelmauern mit Obstbaumspalieren versperrten ihm den Weg. Dichte Brennesselkulturen zwangen ihn, von der geraden Linie abzuweichen. Einmal stolperte er über eine fremde Katze – vielmehr hatte er plötzlich ein anderes Katzengesicht vor sich und wurde in rasender Wut so laut angekreischt, daß er sich mit einem erschrockenen Satz unter einige Büsche flüchtete und sich erst zwanzig Minuten später völlig verschüchtert wieder hervorwagte. Nur um sich an einem Ort wiederzufinden, der offenbar nicht einmal ein Garten war. Vor einem windschiefen Holzzaun schwankten halbverdorrte Fingerhutstengel hin und her. Das ehemals freie Grundstück war ein regelrechter Dschungel aus Eschensämlingen und Weidenröschen und drohte unter einem Gewirr von Brombeerranken und Heckenrosen, Winden und Efeu in Hitze und Staub zu ersticken. Die Luft war zum Schneiden dick, von drückender Schwüle, erfüllt vom einschläfernden Summen der Insekten. Irgendwann hatte Tom sich freigekämpft und stand, erhitzt, müde und gereizt vor einem Haus mit blauen Fensterläden, von denen die Farbe abblätterte, so daß das graue Holz zum Vorschein kam, und einer blauen Tür. Sehr viel mehr war hinter den üppig wuchernden Geißblatt- und Kletterrosenkolonien auf den Rauhputzwänden nicht zu erkennen. Die Drahtglasfenster waren blind vor Schmutz. Eingezwängt zwischen dem Dschungel nebenan und dem Haus, könnte der Rest des Gartens – das Fleckchen gelber Rasen, auf dem Tom stand, ein paar Beete, die unter ledrigen Herzlilien verschwanden, und der baufällige, einstmals im gleichen Blau gestrichene Schuppen – nicht mehr lange bestehen.

Mit einem Seufzer ließ sich Tom im Schatten einiger Terrakottatöpfe mit verdorrten Geranien zu Boden fallen. Es war bereits Mittag, und er hatte noch immer nichts im Magen. Er kauerte sich zusammen, zog die Vorderpfoten unter sich, bis er mit der Nase den Boden berührte, und da er nichts Besseres zu tun hatte, schlief er ein. Als er erwachte, saß die Elster vor ihm auf einem zerbrochenen Topf.

»Raark«, sagte sie. »Endlich allein unterwegs, Kit-E-Kat?«

»Ich will nicht, daß du mich so nennst!« sagte Tom.

»Aber du willst eine Katze sein?« lachte die Elster und fuhr geheimnisvoll fort: »Ich weiß wirklich nicht, warum er sich mit dir abgibt. Hätte er nie getan, wenn er sie allein finden könnte.« Sie legte den Kopf schief, musterte Tom mit einem glänzenden Auge und sagte mit wohlberechneter Gehässigkeit:

»O ja, jetzt bist du ganz allein, Kit-E-Kat!«

Tom packte die Wut, er sprang auf und wollte sich auf die Elster stürzen. »Ich heiße Tom!« schrie er. »Ich *bin* eine Katze, und ich heiße Tom und nicht Kit-E-Kat!«

Die Elster nickte nur boshaft mit dem Kopf, breitete die Flügel aus, hob langsam wie in einem Traum vom Rasen ab und setzte sich auf die Eberesche. Mit ihren gemächlichen Flügelschlägen wirkte sie weniger wie ein lebendiger Vogel als wie eine Serie gelungener Vogelskizzen. Für einen Moment – noch im Flug, kurz bevor sie den Baum erreichte – faltete sie die Schwingen um sich wie einen glänzendschwarzen Umhang. Dann landete sie, plusterte sich kurz auf, legte den Kopf zur Seite und blinzelte mit ihrem blanken Auge höhnisch auf Tom herunter.

»*Ich* heiße Sorgt-für-Kummer«, sagte sie, »und du wirst mich nicht so schnell vergessen.«

Allein, dachte Tom.

Er setzte sich so lange mit dieser Vorstellung auseinander, bis ihn die Panik erfaßte. Dann rannte er so lange im Kreis um den Rasen herum, bis er abermals müde war. Schließlich setzte er sich in die Sonne und leckte sich zehn Minuten lang das Fell. Danach wußte er nicht mehr, was er tun sollte. Er sprang auf ein Fenstersims, rieb sich mit beiden Wangen an der Scheibe und verlangte: »Frühstück!« Aber das Fenster würde ihn heute eindeutig nicht füttern. Also sprang er wieder hinunter und probierte es mit der Hintertür. Vergeblich. Heute würde ihn eindeutig niemand füttern.

Dann hatte er einen neuen Einfall. Warum fütterte er sich nicht selbst?

Friß eine Biene, dachte er.

Viele Bienen, dachte er.

Und stob aufgeregt über den Rasen.

Eine Stunde später hatte er vier Stubenfliegen, eine Amsel, zwei Spatzen und ein Blatt gejagt. Eine der Stubenfliegen und das Blatt hatte er gefangen. Das Blatt erwies sich als ungenießbar. Bienen hatte er nicht gesehen. Die Anstrengung hatte ihn noch hungriger gemacht. Er lief zum Haus zurück und sprang wieder auf das Fenstersims.

»Iau!« sagte er.

Nichts. Da drinnen war alles still und leer.

Er pirschte sich an einen Zaunkönig heran, der sicher im Schutz einer Hecke saß und zu ihm herauszeterte. Dann nahm er sich zwei Eichhörnchen vor, aber die wedelten nur spöttisch mit dem Schwanz, flitzten mit halsbrecherischer Geschwindigkeit über einen Bretterzaun, lieferten sich dabei noch ein Wettrennen und riefen: »Du kannst mich mal!« Und »Steck dir deine Nüsse sonstwohin, Freundchen!« Als nächstes probierte er es mit einer Drossel, die ihn träge im Auge behielt, während sie auf einem Stein ihr Frühstück – eine gelbe Schnecke – auspellte. Sie wartete in aller Ruhe, bis er sprang, dann flog sie ohne viel Geflatter volle zehn Zentimeter vor seinen hoffnungsvoll zuschnappenden Kiefern vorbei. Seine Vorderpfoten schlugen geräuschlos ins Leere.

»Von der Technik her nicht schlecht«, hörte er eine Stimme hinter sich.

»Aber für eine Katze ziemlich ungeschickt«, antwortete eine zweite. »Den Vogel hätte jeder gefangen.«

Eine der Stimmen kam Tom bekannt vor, aber er drehte sich nicht um, denn er schämte sich. Für den Rest des Tages fraß er Fliegen. (Sie waren leicht zu fangen, und manchmal schmeckten sie sogar, je nachdem, was sie vorher gefressen hatten.) Am Nachmittag verjagte er zwei Gärten weiter ein paar Spatzen von einer butterbestrichenen halben Weißbrotscheibe. Zuletzt kehrte er an die Stelle zurück, wo er sich mit der Drossel angelegt hatte, und fing ein paar Schnecken. Sie schmeckten ihm überhaupt nicht, aber wenigstens, dachte er, hatte er sie der Drossel weggeschnappt.

Gegen Abend begann es zu regnen.

Es fing ganz harmlos an. Hier und dort klatschte ein Tropfen auf die Blätter der Herzlilien und blieb als glänzende Perle stehen – mit einem winzigen, nach außen gewölbten Bild von der Welt –, um alsbald zu einem kurzlebigen kleinen Rinnsal zu verlaufen. Die Schnecken kamen erwartungsvoll aus ihren Häusern, sobald sie den Regen spürten. Doch als sie Tom witterten, zogen sie sich wieder zurück. Jeder fallende Regentropfen war von tiefer Stille umgeben.

Tom beobachtete die Schnecken und wartete. Katzen mit dickem Fell spüren die Nässe erst, wenn es zu spät ist. Plötzlich prasselte der Regen schnurgerade und eiskalt auf ihn nieder und stach wie mit tausend Nadeln. Er merkte überrascht, daß er klatschnaß war. Seine Haut zuckte empört. Er streckte sich und stand auf, schüttelte erst eine, dann die andere Vorderpfote aus. Dann zog er sich auf die Schwelle der Hintertür zurück.

Es half nichts.

Ein Windstoß fuhr in die Sträucher, peitschte den Regen kreuz und quer durch den Garten und trieb ihn geradewegs in Toms Unterschlupf hinein. Eine Weile harrte er noch aus, versuchte sich die Nässe aus dem Fell zu lecken, plusterte sich auf, blinzelte, schüttelte sich, leckte sich wieder. Doch irgendwann mußte er einsehen, daß er hier genauso naß wurde, wie wenn er mitten auf dem Rasen geblieben wäre.

Ich hasse den Regen, dachte er.

Mit einem Satz war er draußen und sprang auf das Fensterbrett.

Naß.

Im Schatten der Terrakottatöpfe fand er eine trockene Stelle. Dann drehte sich der Wind und blies ihm den Regen ins Gesicht.

Er flüchtete sich unter die Bäume.

Naß.

Bald würde es dunkel sein. »Hör jetzt auf, Regen!« verlangte Tom. Mit jedem Ortswechsel wurde er nasser. Außerdem hatte er schon wieder Hunger, und ihm war kalt. Aber wenn er herumtobte, um wieder warm zu werden, fühlte er sich schlagartig müde. »Laß mich sofort in Ruhe!« befahl er dem Regen. Doch der wollte nicht hören. Auch der Garten wollte nicht hören. Der Regen benahm sich wie ein lebendiges Wesen. Immer wieder sprang er Tom von hinten an und bürstete ihm das Fell gegen den Strich, um auch den letzten

Flecken auszukühlen, der sich noch ein Restchen Wärme bewahrt hatte. Tom drehte sich um und versuchte, die stärkeren Böen zu beißen. Dann rannte er wie blind durch die Gegend, und schließlich blieb er einfach sitzen und ließ zu, daß er immer mehr durchnäßt wurde. Plötzlich fiel ihm auf, daß er neben der Tür des Gartenschuppens saß.

Da hinein, dachte er.

Er schob die Pfote unten durch den Türspalt und zog mit aller Kraft. Die Tür bewegte sich nicht. Geh auf! hörte er sich denken. Geh sofort auf! Wieder faßte er mit der Pfote hinein, zog noch fester. Davon wurde er so müde, daß er sich hinsetzen mußte; doch gleich darauf fror er wieder und zwang sich zum Aufstehen.

Krallen einschlagen. Ziehen. Vergeblich.

»Nun mach schon, Tom«, feuerte er sich an. »Nun mach schon!«

Krallen einschlagen. Ziehen. Die Tür gab knirschend nach, der Spalt wurde drei Zentimeter, sechs Zentimeter breit.

Das reicht! dachte Tom.

Er war so erschöpft, daß er minutenlang nur mit gesenktem Kopf dasitzen und ins Nichts starren konnte. Dann zwängte er vorsichtig den Kopf durch den Spalt. Der nasse, zitternde Rest folgte wie von selbst.

Es regnete weiter. Tage und Nächte vergingen, doch von der ›Aufgabe‹ hörte er nichts mehr. Das Haus blieb leer, und der Rasen bedeckte sich mit Pfützen. Die Blätter fielen von den Bäumen, und die Nächte rückten näher und wurden so eng wie ein Halsband um den Hals einer jungen Katze. Gegen Abend hing der Rauch tief über den Gärten; am Morgen war alles in Nebel gehüllt. Still und bescheiden hielt der Winter Einzug, man hörte ihn im Krächzen der Krähen in den Bäumen, spürte ihn in der Kälte der Abendluft. Tom lebte im Schuppen, und bald waren ihm die stechenden Gerüche nach alten Säcken und Insektenpulver, nach Spinnweben und Mäusen vertraut. Er fing zwar keine einzige Maus, fand aber die Vorstellung beruhigend, daß es eines Tages dazu kommen könnte. Der Schuppen war, wenn schon nicht warm, so doch wenigstens trocken. Der Schuppen war seine Rettung.

Wenn er sich kräftig genug fühlte, durchstreifte er die Gärten drei bis vier Häuser weit in jeder Richtung. Er fraß Fliegen. Er fraß Regenwürmer. Er fraß alles, was sich ohne großen Aufwand fangen ließ. Er stand früh auf, um noch vor den Eichhörnchen bei den Brot-, Fleisch- und Fettstückchen zu sein, die von den Dusseln anderer Katzen für die Vögel ausgelegt wurden. Er wurde mager und flink, ermüdete aber immer schneller. Auseinandersetzungen ging er aus dem Weg. Wenn er an kalten Tagen bei Sonnenaufgang durch die Gärten strich, wirkte er von ferne wie ein weißes Gespenst, wie eine Atemwolke in frostiger Luft. Doch aus der Nähe zeigte sich, wie verfilzt, schmutzig und verwahrlost sein Silberfell tatsächlich war.

An manchen Tagen brachte er gerade noch die Energie auf, sich über eine Pfütze zu beugen und Regenwasser zu schlabbern, bevor er sich in den Schuppen zurückschleppte. Morgen frißt du wieder, dachte er dann, fiel in einen unruhigen Schlaf, und wenn er wieder erwachte, glaubte er, es sei bereits morgen. Was ja irgendwie stimmte.

Er blieb in den Gärten. Wenn er über sein Leben nachdachte, dann war er überzeugt, daß es immer so weitergehen würde. Die Müdigkeit, das angenehme Geräusch des Regens, der auf das Schuppendach prasselte.

Doch eines Nachts wurde abermals alles anders.

2
DER GEHEIME PFAD

Wer sich selbst gehören kann,
soll niemals einem anderen gehören.

AGRIPPA

Auf einen frostigen Tag folgte eine Nacht ohne Regen. In den Gärten war es sehr still. Hoch über dem filigranen Netz aus Linden- und Platanenzweigen hing eine schmale Mondsichel, die nur wenig Licht gab. Der silbrige Glanz über den Gärten, die sich zu beiden Seiten bis ins Unendliche erstreckten, kam von der Kälte.

Über eine Ecke des Rasens, keine zehn Meter von dem Haus mit den blauen Fenstern entfernt, führte ein geheimer Pfad. Hier waren sogar bei Nacht viele Katzen in wichtigen Geschäften unterwegs, von denen Tom keine Vorstellung hatte. Seit es kalt geworden war, herrschte noch mehr Betrieb. Das Mondlicht verwandelte die Reisenden, verstärkte den Eindruck von Eile, machte sie zielstrebiger, lebendiger. Stolz und angriffslustig peitschten sie mit den Schwänzen und fauchten in rechtschaffener Empörung. Nach der Begegnung mit dem einäugigen Schattenwesen fühlte Tom sich von diesen Katzen unwiderstehlich angezogen, doch zugleich stießen sie ihn ab. Er wollte wissen, was es mit ihnen auf sich hatte. Er hatte den verzweifelten Wunsch, zu ihnen zu gehören. Er hatte den verzweifelten Wunsch zu bleiben, wie er war.

Er lag auf seinen Säcken, hörte, wie die anderen vorüberzogen, und fiel in einen unruhigen Schlaf. Seine Erinnerungen an das gute Futter und die Geborgenheit der Kätzchenzeit vermischten sich mit Szenen dieses Pfades zu einem Traum. Er saß auf einem Fensterbrett und schaute hinaus, und gleichzeitig stand er auf dem Pfad, der magischen Straße, und schaute hinein. Die Straße umfloß ihn wie ein Strom aus natürlicher Energie; die Tiere, die sie benutzten, waren nur Punkte, in denen sich diese Energie konzentrierte. Sie flösse auch von allein. Und sie würde nie aufhören, denn auf jedes Lebewesen, das auf diesem Pfad verkehrte, kamen offenbar Millionen von Geistern, die für alle Zeit in beiden Richtungen darüber hineilten. Tom spürte in seinem Traum, wie ihn diese Energie streifte, ihn streichelte wie eine zärtliche Hand, ihn mit unerschütterlicher Entschlossenheit erfüllte. Irgendwo auf dem Weg wartete der einäugige Schatten. Da saß er auch schon, der größte Kater, den Tom je gesehen hatte, und heulte den Mond an. Er wandte sich um, und Tom glaubte ihn sagen zu hören:

»Tom, ich bin der Majicou.«

Tom wurde von wildem Grauen geschüttelt und rannte davon. Doch der Majicou blieb immer vor ihm und sagte: »Wohin du auch läufst, Tom, ich werde stets vor dir da sein. Das ist dir und mir so bestimmt. Und nun hör mich an. Du mußt mir helfen.«

»Nein!« sagte Tom.

Er mußte fort. Er kämpfte gegen den Schlaf an. Vor seinen Augen schrumpfte der Traum zu einem kleinen schwarzen Fleck und raste in die endlose schwarze Leere hinein. Die schwarze Katze wurde immer kleiner. »Tom ...«, rief sie flehentlich. »Die Frühlings-Tagundnachtgleiche ... die Zeit läuft ab!« Die Stimme verklang in der Ferne. Zuletzt hörte Tom, kaum noch verständlich: »*Tintagel ...*«

Er erwachte. Schreie gellten durch die eisige Luft, in dem Dschungel am Ende des Rasens wurde ein Tier von einem anderen gefangen und getötet. Danach wurde es so still, daß Tom hörte, wie die Spinnen – die wenigen Überlebenden, die gelernt hatten, außerhalb seiner Reichweite oben im Dach zu bleiben – durch den Schuppen huschten. Ein Schauer überlief ihn. Er drehte sich um, steckte die Nase unter den Schwanz und schlief wieder ein.

Zehn Minuten später stand er noch halb schlafend auf und verließ wie ein Traumwandler den Schuppen.

Der geheime Pfad, dachte er.

Nur ein Gartenweg, dachte er.

Es war tatsächlich nur ein verwilderter Gartenweg an der Ecke einer Rasenfläche. Doch zugleich war es ein wabernder dunkler Fleck, den nur ein Tier erfassen konnte, bedeutungsträchtig, von Bewegungen durchsetzt. Jedes Wesen hat zwei Naturen, dachte Tom zusammenhanglos. Eine wilde und eine zahme. Er selbst, weder Haus- noch Wildkatze, blieb unschlüssig stehen. Irgendwann war er bereit, sich einzufügen in diesen Strom, doch als er vortrat, stieß er gegen einen Widerstand. Etwas legte sich ihm über das Gesicht wie eine straff gespannte Plastikhaut und verschloß ihm die Nasenlöcher. Er hörte ein leises Dehnungsgeräusch wie von einer Seifenblase kurz vor dem Platzen. Weiter geschah nichts. Tom hielt inne. Er war jetzt hellwach, jedenfalls fühlte er sich so, und er war vor Angst wie gelähmt. Was war ihm da nur eingefallen? Er wagte sich nicht mehr zu regen. Vor ihm zogen die Tiere vorbei.

Plötzlich überlief ihn ein krampfhaftes Zittern. Er nahm allen Mut zusammen und trat in den Strom.

Toms erster Besuch auf dem geheimen Pfad glich seinen schlimmsten Alpträumen: Dunkelheit, Dinge, die an ihm vorüberrasten, unheimliche Gestalten, die er nicht erkennen konnte. Unentwegt blies ihm von allen Seiten ein kalter Wind ins Gesicht. Tom drehte sich mehrmals um sich selbst, ohne feststellen zu können, woher diese eisigen, staubgesättigten Böen kamen. Der Lärm war unerträglich. Millonen von Tierstimmen, langgezogen, verwaschen, so tief, daß Tom sie bis in die Eingeweide spürte, so hoch und schrill, daß in seinem Kopf etwas zersprang (immer und immer wieder, es nahm kein Ende). Gerüche von einer Reinheit, daß sie ihn zum Würgen reizten. Gerüche von einer Vielfalt, daß er sie niemals würde entschlüsseln können. Irgend etwas streifte ihn. Jemand lachte auf seine Kosten, und das Lachen hallte von allen Seiten wider und setzte sich fort in einem Raum – der magischen Straße –, der streng linear war und sich doch *nach allen Richtungen zugleich* ausdehnte. Der Garten war verschwunden. Das Haus mit den blauen Fensterläden war verschwunden. Dies war nicht mehr die Welt, wie er sie kannte. Panik erfaßte ihn. Er lief ein paar Schritte; blieb ratlos stehen. Eine riesige Gestalt tauchte auf, kam schnell auf ihn zu. Er zuckte zusammen, zog den Kopf ein.

»Kleine Katze!« knurrte eine Stimme, gedehnt, klebrig. »Kleine Katze, mach den Weg frei!«

Etwas traf ihn mit großer Wucht von der Seite und schleuderte ihn kopfüber durch die Dunkelheit. Als hätte ihn einer von den Dusseln aufgehoben und hochgeworfen, um dann wegzugehen, ohne ihn wieder aufzufangen …

Als er erwachte, lag er, alle viere von sich gestreckt, auf dem Rasen, und vor ihm stand ein großer Fuchs.

»Du liebst die Gefahr, wie man sieht«, sagte der Fuchs. »Was in aller Welt hat dich bloß geritten, dich da hineinzuwagen?«

»Wohin denn?« fragte Tom. Alle Knochen taten ihm weh. Seine Kehle war wie ausgedörrt. Ein verdorbener Regenwurm, den er an diesem Tag gefressen hatte, lag ihm schwer im Magen. »Ich habe geschlafen«, erklärte er trotzig.

»Dann bist du ein ausdauernder Träumer«, sagte der Fuchs. »Das muß man dir lassen.« Er überlegte. »So Hals über Kopf und ohne Rücksicht auf Verluste kommt man nicht hinein«, bemerkte er endlich. »Jedenfalls nicht in deinem Alter.«

Es war ein besonders schöner Fuchs, er hatte einen langen Rücken und rötliches Fell, das Hinterteil und der lange Schwanz wiesen leichte Streifen auf, und er verströmte einen herrlich intensiven Fuchsgeruch. Nun legte er den Kopf schief und sah Tom forschend an. In seinen blanken Augen spiegelten sich Habgier und Humor, Schläue und Gutmütigkeit, all die Widersprüche, aus denen der Charakter eines Fuchses besteht. Schließlich grinste er und ließ die lange Zunge aus einem Maulwinkel hängen.

»Ich bin nicht einmal sicher, ob *ich* das schaffen würde«, sagte er. »Und ich bin gut.«

»Worin?« fragte Tom.

»Wie auch immer, wenn du dich wieder gefangen hast, kann ich mich ja verziehen.«

»Danke«, sagte Tom.

Ihm war schwindlig, und er fühlte sich so einsam wie jemand, der auf einem Stapel Säcke in einem Schuppen lebte. Der Fuchs war ihm irgendwie sympathisch. Er hätte gern gesagt: Bleib noch ein wenig, bis ich mich wieder besser fühle. Aber seine Stimme wollte ihm noch nicht so recht gehorchen.

Der Fuchs wandte sich ab und lief in lockeren Sprüngen, die Nase dicht am Boden, ein paar Runden um den Rasen. Als er eine Wasserpfütze fand, blieb er stehen, um ausgiebig zu trinken, wobei er immer wieder den Kopf hob. Dann verließ er den Garten; seine weiße Schwanzspitze verschwand zwischen Holundersträuchern, Goldregenbüschen und Apfelbäumen. Mühsam kam Tom auf die Beine. Er hörte den Fuchs geräuschvoll im toten Laub herumstöbern.

»Komm zurück!« rief er. »Komm sofort zurück!«

»Bitte«, fügte er hinzu.

Es wurde still. Nach einer Weile steckte der Fuchs ein ganzes Stück unterhalb der Stelle, wo er den Garten verlassen hatte, die Schnauze aus dem Unterholz.

»Hast du mich über den Haufen gerannt?« wollte Tom wissen.

»Nein«, sagte der Fuchs, trat ein paar Schritte in Toms Garten und setzte sich. »Niemand hat dich über den Haufen gerannt, sonst wärst du nicht mehr zu retten gewesen. Ich habe dich rechtzeitig weggezogen.«

»Was war das?«

»Das willst du gar nicht wissen, kleine Katze«, sagte der Fuchs. Und er fügte hinzu: »Glaub mir.«

»Was hatte es denn gegen mich?«

Der Fuchs sah ihn verdutzt an. »Es hatte nichts gegen dich. Du warst ihm völlig gleichgültig.«

»Kannst du mir helfen?« fragte Tom.

Der Fuchs grinste. »Keiner kann dir helfen, auf den wilden Pfad zu kommen. Den Dreh mußt du schon selbst herausfinden.«

»Nein«, sagte Tom. »Bestimmt nicht. Ich will damit nichts mehr zu tun haben. Ich will ein ruhiges Leben und nichts weiter. Hast du je in einem Haus gewohnt und Fleischtöpfchen mit Geflügel und Wild gefressen? Das wünsche ich mir. Ein ruhiges Leben.«

Der Fuchs sah ihn an. »Hm«, sagte er. »Kannst du wieder laufen?«

»Ja.«

»Soll ich dich zu jemandem bringen, der dir helfen kann, dein Leben auf die Reihe zu bekommen?« erbot sich der Fuchs. »Er wohnt nicht weit von hier. Komm mit.« Und er marschierte zügig los.

Tom war begeistert, hatte aber bald schon Mühe, Schritt zu halten. »Nicht trödeln«, mahnte der Fuchs, sprang über einen Zaun und überwand den nächsten, indem er sich zwischen zwei losen Brettern hindurchzwängte. »Beeil dich.«

Er umging einen nierenförmigen Teich, brach durch einige Sträucher und gelangte auf einen Weg, der an einem Haus entlangführte. Sie schoben sich unter einem Tor hindurch. Es roch nach Chemikalien und nach Verbranntem. Von oben schienen Lichter auf eine asphaltierte große Fläche. »Du wartest hier«, befahl der Fuchs. Tom blinzelte in ein summendes orangefarbenes Licht. Einen halben Meter vor seiner Nase brauste ein stinkendes Ungeheuer vorbei! Er zuckte zurück. »Kümmre dich nicht drum«, befahl der Fuchs. »Das ist nur ein Auto. Wenn du schnell genug bist, kann es dir nichts anhaben. Nun aber los!« Und schon ging es in scharfem Tempo weiter durch irgendwelche Gärten.

Irgendwann erreichten sie eine Laube, ein Gartenhäuschen, eine Gitterkonstruktion aus altersgrauem Holz, um die sich von innen und außen fünfzig bis sechzig Sommer alte Klematis und Kletterrosen rankten. Tom blieb neben dem Fuchs vor dem Eingang stehen. Drinnen stand eine einfache Holzbank. Die Rückwand war offenbar kein Spalier, dafür war sie zu massiv. Und sie glänzte wie vom Mondlicht durchdrungen.

»Wohnt er hier?«

»Unter anderem.«

»Was muß ich tun?«

»Geh einfach hinein«, riet der Fuchs.

»Was?«

»Geh einfach hinein, du wirst schon sehen, was dann passiert.«

Tom näherte sich der Schwelle.

Während er mit dem Fuchs redete, hatte eine fremde Katze das halbdunkle Gartenhäuschen betreten und starrte ihm nun mißtrauisch entgegen. Eine fremde Katze! Bevor Tom wußte, wie ihm geschah, war er schon über den Rasen gerannt. Erst auf der anderen Seite blieb er stehen, sah sich, das Gesäß dicht am Boden, mißtrauisch um und schnupperte. Ein fremder Kater: stärker, schmutziger, verwahrloster als er. Etwa in seinem Alter, aber mit sehr viel mehr Erfahrung. Eine richtige Straßenkatze ohne ein Gramm Fett auf den Rippen, dafür aber zu allem entschlossen. Genau die Art von Katze, der Tom auswich, wo er nur konnte. Genau die Art von Katze, die ihm helfen konnte. Wieder schnupperte er. Aber er roch nichts.

Er schlich sich zum Fuchs zurück.

»Ich traue mich nicht, mit dem wilden Kater zu reden«, sagte er. »Er macht mir angst, wenn ich ihn nur ansehe.«

Der Fuchs gluckste. »Geh nur hinein«, rief er. »Du kannst ihn sogar anfassen.«

»Nein.«

Der Fuchs richtete sich auf.

»Faß ihn an!« befahl er drohend.

Tom wich zurück. Zögernd kroch er bis zur Schwelle des Gartenhäuschens und näherte sich dem fremden Kater. Der kam ebenfalls näher. Tom duckte sich; der andere duckte sich. Als Tom die Ohren anlegte, legte der andere ebenfalls die Ohren an. Als er eine Pfote ausstreckte, um ihn anzustupsen, kam ihm eine zweite Pfote entgegen und berührte ihn. Glas! Es war Glas! Zutiefst erleichtert und zugleich enttäuscht begriff Tom, wen er da vor sich hatte.

»Das bin ja nur ich«, sagte er.

Der Fuchs lachte spöttisch. »Gleich beim ersten Versuch ein Treffer«, sagte er. Dann trat er zu Tom und setzte sich neben ihn. Nun schauten ihnen zwei Ebenbilder entgegen. »Ich sehe einen richtigen Raufbold«, sagte der Fuchs und musterte aufmerksam Tom im Spiegel. »Einen Desperado reinsten Wassers. Damit schließe ich mein Plädoyer. *Nur ich,* wie? Ist das die Meinung, die du von dir hast? *Nur ich* ist sehr viel mehr wert, als du glaubst.«

Fast schon verwundert drehte er den Kopf hin und her und verglich Toms Spiegelbild mit dem Original. »Ob sich dahinter«, fragte er so leise, daß Tom auch später nie sicher war, es wirklich gehört zu haben, »womöglich eine Große Katze verbirgt?« Er legte den Kopf schief. »Majicou wird wohl seine Gründe haben.« Laut wiederholte er: »Sehr viel mehr, als du glaubst. Aber du mußt wohl erst selbst dahinterkommen.«

Tom ließ den Kopf hängen. Er war müde. Er hatte einen verdorbenen Wurm gefressen, alle Knochen taten ihm weh, und Hilfe hatte er nun doch nicht gefunden.

»Ich hab allmählich genug von diesem Majicou«, sagte er, »und von den Alpträumen, die er mir schickt. Ich habe in einem Haus gewohnt, ich hatte es gut dort, und ich will wieder zurück. Ich hatte einen Platz zum Schlafen, und ich hatte zwei Dussel, die für mein Futter sorgten.«

Der Fuchs gähnte. »Weißt du«, sagte er, »ich finde Menschen nicht allzu aufregend. Welche Rolle spielen sie schon? Wenn du es in dieser Welt zu etwas bringen willst – und ich rede wahrhaftig nicht nur vom *Fressen* –, dann mußt du es ganz allein schaffen. Als Eigentum von jemand anderem kommst du nicht weiter.«

»Ich ...«, begann Tom.

Aber der Fuchs trottete bereits davon.

»Verstehst du mich, kleine Katze?« rief er über die Schulter. »Du ganz allein!«

»Ich heiße Tom«, sagte Tom. »Nicht Kleine Katze.«

Der Fuchs hatte bereits den Rasen überquert, nun hielt er inne und schaute zurück.

»Das ist immerhin ein Anfang«, räumte er ein.

Dann war er fort.

»Tom«, sagte Tom.

Und merkte, daß er wieder allein war.

Da er nichts Rechtes mit sich anzufangen wußte, rollte er sich auf der Schwelle des Gartenhäuschens zusammen und blickte über den Rasen. Es war kein schlechter Garten. Auf einer Seite wurde er von einer hohen Steinmauer begrenzt, an der sich die knorrigen goldbraunen Äste einer alten Glyzinie emporrankten. Der Rasen wirkte unter dem leichten Nebelschleier wie ein See.

Ein Desperado reinsten Wassers, dachte Tom. Der Bursche im Spiegel hatte tatsächlich hart und selbstsicher ausgesehen. Ich bin ein richtiger Raufbold.

Damit schlief er ein.

Er träumte von einer magischen Straße.

Obwohl er sie von außen sah, erkannte er, daß sie sich nach allen Richtungen zugleich erstreckte. Es war ein einsamer, trostloser Ort; ein kalter Wind strich wie durch lange Korridore.

Nach einer Weile erblickte Tom in weiter Ferne einen schwarzen Kater. Er hatte es offenbar eilig, denn er kam in langen Sätzen auf ihn zugesprungen. Bald war er so nahe, daß Tom seinen Moschus- und Schweißgeruch auffing. Vor der unendlichen Leere wirkte seine Lebendigkeit geradezu unerschöpflich. Die langen Muskeln dehnten und spannten, dehnten und spannten sich. Die riesigen Pfoten setzten in weichem Rhythmus auf dem kalten, staubigen Boden auf. In seinem glänzendschwarzen Fell spiegelte sich das Licht. Sein Körper verströmte Hitzewellen in die trockene Luft; hier wurde Leistung erbracht, ohne Rücksicht auf Entfernungen, Müdigkeit oder Hunger. Tagelang ging das so, ohne daß sich der Schritt des Riesenkaters verändert hätte. Unermüdlich und wie in Zeitlupe lief er weiter. Doch plötzlich blieb er stehen. Tom wurde angst und bange, als er den riesigen Kopf drehte und sein Blick über die magische Straße hinweg auf ihn fiel.

Ein Auge! Ein Auge!

»TOM!« brüllte eine Stimme, und es klang wie ein Echo aus tausend Kilometer Entfernung. »TOM!«

Und schon rannte der Kater weiter, und im Traum rannte Tom mit, seine Beine liefen wie geschmiert, getrieben von jener magischen Energie, die allen jungen Tieren eigen ist und ihnen vorspiegelt, nichts sei für sie zu schwer, und der eine, lange Lebenstag würde sich ausdehnen bis in alle Ewigkeit.

»Tom!« rief der einäugige Kater mit gewaltiger Grabesstimme…

»Spring und friß! Spring und friß in alle Ewigkeit!«

Und sie rannten immer noch weiter.

Langsam – so langsam, daß der Bewegungsfluß in eine Folge einzelner Phasen zerfiel – flog vor ihnen ein Vogel auf. Einen solchen Vogel hatte Tom noch nie gesehen. Sein Schopf glich einer scharlachroten Krone, sein Schweif einer Funkenschleppe. Türkis und messinggelb leuchtete sein Gefieder. Seinem weit aufgesperrten Schnabel entquoll eine lange Reihe von perlenden Tönen, das durchkomponierte Lied eines ganzen Vogellebens. Jeder Ton war aus reinem Gold und entschwebte deutlich sichtbar in die Lüfte.

»Tom!« sagte die schwarze Katze. »Ich bin Majicou. Die magische Straße ist dein. Nimm dein Leben in Besitz!«

Und damit sprang er in die Höhe und schnappte sich den Vogel. Die Türkisfedern flogen nach allen Seiten davon, ihr Leuchten erlosch. Das goldene Lied schwang sich zu einem letzten Höhepunkt empor und verstummte. Der Vogel hing Majicou so reglos aus dem Maul wie ein blaugelber Stoffstreifen. Das fahle Auge des Katers war streng auf Tom gerichtet.

»Auch das«, sagte Majicou.

»Nein!« sagte Tom. »Nein!«

»Tom, es muß sein. Der wilde Pfad ist dein Erbe. Das faule Leben ist vorbei. Nun ruft die Pflicht. Höchste Zeit, der Wahrheit ins Auge zu sehen. Du bist kein Kätzchen mehr.«

Schon möglich: Aber er fühlte sich noch so. Doch er mochte zappeln und um sich beißen, soviel er wollte, der Traum ließ ihn nicht los, er hielt ihn fest wie eine große schwarze Pfote im Nacken.

»Höchste Zeit, daß du deinen richtigen Namen erfährst«, erklärte Majicou. »Höchste Zeit, daß du begreifst, wie es wirklich zugeht in der Welt! Oder willst du dein ganzes Leben lang in einem Haus wohnen wie ein verhätscheltes Schoßtier, das zu nichts nütze ist?

»Ja«, sagte Tom. »Das will ich.«

»Das willst du nicht!« knurrte Majicou.

»Ich werde niemals etwas so Schönes wie diesen Vogel fressen«, fauchte Tom. »Soviel ist sicher. Lieber sterbe ich.«

Majicou lachte. »Und doch«, sagte er mit grenzenloser Verachtung, »frißt du Insekten. Und wenn du dich nicht gerade mit den Eichhörnchen um ein Stück nasses Brot balgst, frißt du auch Schnecken.« Er hielt inne. Seine Stimme wurde etwas freundlicher. »Du hast die Maus unter dem Küchenschrank gefressen«, gab er zu bedenken.

Tom war empört. »Das war nur ein Traum!« schrie er.

Majicous hohles Gelächter schallte bis ans Ende der Welt. *»Auch das ist nur ein Traum.«*

Dagegen gab es nicht viel zu sagen. Doch plötzlich machte Tom einen Satz, landete einen Glückstreffer auf der Nase der schwarzen Katze und katapultierte sich ins Bewußtsein zurück. Im ersten Augenblick schwebte er im Nichts. Er war nicht er selbst. Er taumelte als denkendes Atom durch eine schwüle, schwarze, vielfach gefaltete Leere. Unerfreuliche Dinge gingen ihm durch den Kopf. Panik schlug über ihm zusammen. Dann kam er, wild um sich schlagend, zu sich und erkannte die Gartenlaube. Er war frei! Doch als er die Augen aufschlug, huschte der Schatten eines Vogels mit verzweifelt aufgerissenem Schnabel über die Wand. Irgendwo ging der Traum immer noch weiter. Tom spürte, wie er hinter seinen Augen auf der Lauer lag, und wußte, daß er nicht wieder einschlafen durfte. Um sich wach zu halten, rief er sich seine Dussel und die verschiedenen Sorten Futter in Erinnerung, die er bei ihnen bekommen hatte.

Thunfisch in Öl.

Thunfisch im eigenen Saft.

Thunfisch in Mayonnaise.

Thunfischsalat mit gebratenem Speck.

Dosenfutter:

Fleischtöpfchen mit Geflügel und Wild.

Katzenschmaus mit Fisch und Leber.

Es war eine lange Liste. Tom sagte sie sich immer wieder vor, wenn ihm die Augen zufallen wollten. Und meistens fiel ihm noch ein weiterer Posten ein. *Makrelenpastete!* dachte er gegen Morgen. Ganz ausgezeichnet. Doch jetzt wurden ihm wirklich die Lider schwer; der Traum warf erneut seine Netze nach ihm aus, und die eigenen Füße trugen ihn, sosehr er sich auch wehrte, dem Unvermeidlichen entgegen.

»Nein!«

»Doch, Tom. Doch!«

Irgendwie war die Makrelenpastete in seiner Erinnerung aus der Verpackung geschlüpft, aus der Schüssel gesprungen und hatte sich in einen Schwarm silberner Fische verwandelt, der vor einem leeren schwarzen Hintergrund verstört umherschoß. Dazwischen tanzte der Majicou, sprang nach allen Seiten und schlug mit den Pfoten. Die silbernen Fische waren lebendig. Doch wenn die Katze einen davon berührte, verwandelte er sich in einen Vogel, einen Schmetterling oder eine Maus! »Das Leben, Tom!« lockte Majicou. »Dein Leben!« Und plötzlich konnte Tom nicht mehr an sich halten, er mußte mitrennen und tanzen und jagen, bis sie beide satt und müde waren. Dann ließ sich Majicou wie ein Kätzchen zu Boden plumpsen, leckte sich das große Maul und schaute Tom mit seinem glänzenden Auge an.

»Begreifst du jetzt?« fragte er.

»Ja«, sagte Tom.

Eine Weile saßen sie einträchtig beieinander. Dann fragte Tom: »Warum hast du mir das gezeigt?«

»Aus vielen Gründen. Zum einen weil du dafür geboren bist. Zum zweiten weil du schon vor langer Zeit für diese besondere Aufgabe erkoren wurdest. Doch hauptsächlich, ich gebe es zu, weil ich im Moment deine Hilfe brauche. Es gibt da etwas, wozu nur du imstande bist.« Er überlegte. »Wie soll ich es dir erklären? Tom, die geheimen Pfade sind das Wichtigste auf der Welt.«

»Für Katzen?« fragte Tom und beugte sich aufgeregt vor. »Ich sehe jede Nacht Katzen darauf entlanglaufen«, erklärte er.

»Nicht nur für Katzen. Für jedermann. Diese Straßen …« Majicou hielt inne. Manchmal sah er sehr alt aus, dann war er grau um die Schnauze, und der Rücken wirkte eingesunken. »Was ich dir jetzt erklären will, ist wichtig, und wir haben wenig Zeit. Diese wilden Pfade befördern die natürlichen Energien der Welt. Wenn niemand sich um sie kümmert, bricht das Chaos aus. Ich wurde vor langer Zeit zu ihrem Hüter bestellt. Ich habe sie gut betreut, und sie haben mir dafür ein langes Leben und große Macht verliehen.« Er schüttelte bedächtig den Kopf. »Es war ein zweifelhaftes Geschenk«, sagte er bedauernd. »Nun bin ich so alt, daß ich ohne die wilden Pfade nicht mehr leben kann. Hier kann ich jagen und springen wie du – sogar noch besser! Immerhin bin ich der Majicou! Aber in der Welt bin ich – ausgerechnet jetzt, im Augenblick höchster Gefahr – schwächer als ein Kätzchen und muß mich mit Stellvertretern wie dem Fuchs und der Elster behelfen. Die Welt braucht mich, Tom, und ich habe versagt. Ich habe den König und die Königin verloren, und nur eine Katze kann sie mir zurückbringen.«

»Kann das nicht dein Fuchs erledigen?«

»Tom, sie würden einem Fuchs nicht folgen. Katzen hassen Füchse …«

»Ich nicht«, erklärte Tom.

»… und sie *fressen* Vögel. Warum schickt man mir einen Lehrling, der so schwer von Begriff ist?«

Das hatte gesessen. Tom hörte sich sagen: »Na schön. Ich werde sie suchen.«

»Gut«, sagte Majicou. »Dann mach dich auf den Weg.«

Plötzlich überlief es Tom eiskalt. Hatte er soeben sein ganzes Leben in den Dienst einer fremden Sache gestellt? Dann mußte er jetzt wieder von vorn beginnen. Er mußte eine andere Katze werden. Er streifte durch alle Gärten, und als es Morgen wurde, faßte er den ersten Entschluß seines neuen Lebens: Er würde sich von seinem Halsband befreien. Wenn er die große Aufgabe tatsächlich übernahm, dann wollte er das nicht als Eigentum von jemand anderem tun.

Das Halsband, einen fünfzehn Zentimeter langen und gut einen Zentimeter breiten Filzstreifen mit eingenähtem Gummiband, Metallglöckchen und blauen, grünen und roten Glitzerpünktchen – er war einmal sehr stolz darauf gewesen –, hatten ihm die Dussel an dem Tag umgelegt, als sie ihn aus dem Zoogeschäft holten. Früher hatte es ständig chemische Düfte an sein Fell abgegeben. Nach Wochen in den Gärten, in freier Wildbahn hatte der Geruch nachgelassen, die Glitzerpünktchen hatten sich gelöst, nun war das Halsband nur noch ein schwarzer, schmutziger, schmieriger Riemen, mit dem Tom ständig irgendwo hängenblieb. Doch was noch schlimmer war: Das Glöckchen warnte alles, worauf er Jagd machen wollte.

Tom trottete durch den Sonnenschein, bis er gefunden hatte, was er suchte. Einen grünbemoosten Lattenzaun, dessen oberer Rand in hübschen Wellen verlief wie eine aufgehängte Kette. Den Abschluß bildete ein viereckiger Torpfosten, der von einem schmiedeeisernen Dorn bekrönt war. Tom sprang auf den Zaun, schwankte ein wenig, bis er das Gleichgewicht gefunden hatte, drehte sich vorsichtig um und balancierte oben entlang. Das hatte er bei der Jagd auf Eichhörnchen gelernt. Als er den Pfosten erreicht hatte, rieb er wie zur Begrüßung den Kopf an dem Dorn. Es dauerte nicht lange, und der Dorn hatte sich unter das Halsband geschoben. Wenn Tom jetzt auf dem Zaun rückwärts ging, mußte ihm der Eisenstift das Halsband über den Kopf ziehen. Der Plan war nicht schlecht. Das leere Halsband würde hängenbleiben. Und jeder würde sich fragen, wie es wohl dahin gekommen war.

Sehr schlau, dachte Tom.

Er trat ein paar Schritte nach hinten. Das Halsband rutschte ihm bis zu den Ohren. Weiter ging es nicht. Er zog fester. Ohne Erfolg. Er probierte es mit gesenktem Kopf. Er probierte es mit erhobenem Kopf. Nichts. Die Schwierigkeit bestand darin, daß er die Pfoten in einer Reihe auf der Zaunkante lassen mußte. Er konnte sich nicht einspreizen.

»Wou!«

Endlich suchte er sich einen möglichst festen Stand und zerrte, was das Zeug hielt. Prompt rutschte er mit allen vier Pfoten ab. Bevor er wußte, wie ihm geschah, hing er nur noch an seinem Halsband. Er konnte nicht atmen. Er konnte den Kopf nicht bewegen. Er sah nur den Giebel eines Hauses und ein Stückchen blauen Himmel. Er war zu erschrocken, um einen klaren Gedanken zu fassen. Ohne daß er etwas dazugetan hätte, krümmte sich sein Körper zusammen, und seine Hinterbeine rissen wie wild an dem würgenden Ding. Als er versuchte, eine Vorderpfote unter das Halsband zu schieben, bekam er auch die nicht mehr frei. Wieder schnellten seine Hinterbeine nach oben und kratzten bis zur Erschöpfung. Schon sah er schwarze Flecken vor den Augen. Alle paar Sekunden unternahm er einen neuen Befreiungsversuch und schlug so lange zappelnd um sich, bis ihn die Kräfte verließen.

Verdammt, dachte er. Er kam sich sehr dumm vor.

Bald wurden die schwarzen Flecken von Bewußtseinslücken verdrängt. Er durchlebte Szenen aus seiner Kätzchenzeit. Manchmal spielte er sie sogar nach. Er rannte wieder hinter den Seifenblasen her. Er *hörte,* wie sie platzten. Das war ein sehr glücklicher Tag gewesen. Fang die Blasen! dachte er. Dann hatte er wieder die Hausecke vor Augen. Das efeuumrankte Panoramafenster. Den blauen Himmelsfleck. Als er nach einem besonders langen Einschnitt – er hatte einen ganzen Tag vom Frühstück bis zum Abendessen durchlebt – wieder zu sich kam, hörte er ein höhnisches Kreischen.

»Raark! Du willst eine Katze sein?«

In sein eingeschränktes Blickfeld hatte sich in einem unmöglichen Winkel ein stromlinienförmiger, schwarzer Kopf mit blankem, spöttisch glitzerndem Knopfauge und kräftigem schwarzen Schnabel geschoben. Der Kopf der Elster Sorgt-für-Kummer.

»Hallo«, sagte die Elster. »Was tust du denn da?«

»Geh bitte zur Seite«, verlangte Tom. »Ich möchte mir das Haus ansehen.«

»Raark«, machte Sorgt-für-Kummer.

Und lachte.

Dann zwinkerte er Tom zu und zog langsam den Kopf zurück. Nur das leise, trockene Geräusch, mit dem seine Füße hinter Tom über die Zaunlatten scharrten, unterbrach die Stille. Sorgt-für-Kummer sah sich die Sache gründlich an. »Hm«, murmelte er leise. »Raa.« Dann scharrte es wieder. Plötzlich hob die Elster ab und fächelte Tom mit kräftigen Flügelschlägen einen Schwall abgestandener Luft ins Gesicht. Dann hieb sie ihm mit einem triumphierenden Schrei die Krallen in die Hautfalte hinter dem Kopf und hackte von oben mit dem Schnabel auf ihn herab.

»Raark! Haraark!«

»He!« wollte Tom protestieren.

Der Druck des Halsbands verstärkte sich, bis ihm die schwarzen Flecken wie verrückt vor den Augen herumtanzten und alles andere auslöschten. Und plötzlich war er weg. Tom glaubte, ins Unendliche zu stürzen. Eine vielfach gefaltete, schwarze Leere. Ein kalter Wind. Eine ferne Stimme: *»Tintagel ... die Tagundnachtgleiche ...«*

Als er erwachte, fiel er tatsächlich.

»Wou!«

Er nahm einen tiefen Atemzug, doch schon trieb ihm der Aufprall die Luft wieder aus den Lungen. Er lag mit gequetschter Kehle und geprellten Rippen neben dem Zaun auf dem Boden und keuchte verzweifelt. Erst allmählich nahm er die Elster wahr. Sie war so von sich eingenommen, daß sie nur hilflos mit den Flügeln schlagen und immer wieder: »Ja! *Ja!*« kreischen konnte.

»Du hast mich gebissen!« beschwerte sich Tom.

Der Vogel stolzierte ungerührt auf und ab und putzte sich.

»Ich habe dein *Halsband* gebissen, du alberne Katze! Ich habe dich befreit. Aber komm bloß nicht auf die Idee, dich zu bedanken. Und eines kann ich dir sagen: Majicou mag von dir beeindruckt sein, *aber ich nicht*.«

Ohne zu überlegen, rappelte Tom sich auf und sprang. Er war langsam, aber diesmal war die Elster, mit Selbstgefälligkeit gestopft wie ein Huhn mit Salbeikraut und Zwiebeln, noch langsamer. Als sie abheben wollte, verlor sie das Gleichgewicht und fiel zu Boden. Sie zappelte haltsuchend mit den Füßen, ein kläglicher Federball, der mit panischen Flügelschlägen Auftrieb zu gewinnen suchte. Zu spät. Tom hatte sie schon im Maul, und niemand war darüber erstaunter als er selbst. Die trockenen Federn waren muffig und nicht besonders wohlschmeckend. Der Vogel wehrte sich hartnäckig, schlug ihm mit den Flügeln ins Gesicht und zeterte ihm empört ins Ohr. Tom ließ nicht los. Er war in Hochstimmung. Jetzt hab ich dich, jetzt hab ich dich! dachte er. Dann fiel ihm ein, daß der Vogel ja Sorgt-für-Kummer war, und er ließ ihn entsetzt fallen. Die Elster hörte zunächst nicht auf zu kreischen und zu zappeln, doch irgendwann wälzte sie sich zur Seite, stand auf und sah Tom erstaunt an.

»Ich kann dich nicht fressen!« erklärte er ganz verdattert.

Die Elster glättete ihr Gefieder.

»Schön dumm von dir«, sagte sie und flog davon.

Tom lachte.

»Freunde kann man nicht fressen!« rief er ihr nach.

Er sah sich um. Er fühlte sich großartig. Es würde ein guter Tag werden. Die Sonne warf einen rötlichgoldenen Schimmer über das Himmelsblau. Er dachte: Ich bin Tom. Nach alledem – bin ich immer noch Tom. Plötzlich war er so glücklich wie seit jenem Tag nicht mehr, als er die Seifenblasen gejagt hatte.

Und er machte sich auf den Weg, um seine Aufgabe zu erfüllen.

DAS ERSTE KATZENLEBEN

Vor dem ersten Leben der Felidae *lagen Stille und Finsternis über der Welt. Die Finsternis war abgrundtief, und nichts regte sich darin. Doch die Stille war wie die Ruhe vor dem Sturm. Ein Laut war darin verborgen, doch die Finsternis blieb reglos, denn noch waren weder sie noch die Stille erwacht. Es gab nichts, das den gewaltigen Odem des Alls hätte spüren können.*

Dann strich die Luft durch die Finsternis.

Äonen kamen und gingen.

Endlich zerriß ein erster Laut die Stille. Rhythmisch und drängend, strotzend vor Lebendigkeit, erfüllte er sie bis in den letzten Winkel mit einem Schauer des Wohlbehagens, einem wohligen Erschauern …

Noch gab es keine Katzen, die das Wunder des ersten Schnurrens zu würdigen gewußt hätten.

Flüssen gleich verschlangen sich nun die Atemzüge: wärmer und schneller, immer wärmer, immer schneller. Und etwas regte sich wie aus tiefem Schlaf. Zwei mächtige Lichtstrahlen erhellten das All. Der eine Strahl bestand aus Silber, der andere aus Gold. Den Mittelpunkt eines jeden bildete ein großer schwarzer Kreis. So kam das Licht in die Welt – mit einem Herzen aus Finsternis – und machte sie hell: Und ein gewaltiger Seufzer erschütterte die Luft.

Die Weltenkatze, die Große Katze, war erwacht.

Nun schließt sie kurz die Augen – für einen Moment kehren Finsternis und Leere zurück! –, und als sie sie wieder öffnet, tanzen Stäubchen in den Strahlen aus Gold und Silber, wirbelnde, hüpfende, wachsende und sich voneinander scheidende Stäubchen. Sie vereinigen sich, sie trennen sich wieder, sie tanzen den Tanz des Lebens. Sie drehen sich im Kreis, folgen spiralförmigen Bahnen, schweben im Takt des endlos grollenden, funkensprühenden Schnurrens durch die Luft, weben einen bunten Teppich aus ihren Bewegungen – ein Netzhautmuster, ein tapetum lucidum *der Schöpfung.*

Und in den Augen der Großen Katze flatterten Vögel, schwammen Fische, wimmelten Insekten. Mäuse und Kaninchen rasten pfeilschnell dem Licht entgegen. Und sprangen heraus! Heraus sprang der Frosch mit seiner schleimiggrünen Haut. Heraus sprang krächzend und zeternd die Elster. Heraus sprang die Wühlmaus, setzte sich und putzte sich die Schnurrhaare. Heraus sprangen Flöhe und Küken, Feldmäuse und schwarzsamtene Maulwürfe; heraus sprangen Haubenente und Wiesenknarre; Würger, Spitzmaus und Wiesel! Alle purzelten sie ins Fell der Großen Katze. Und nach ihnen kamen die Felidae *und gingen sofort auf die Jagd …*

In der Pupille des goldenen Auges flammten zwei grüne Entschlossenheitsfünkchen auf. Ein stumpfer, stolzer Kopf mit zottiger Halskrause kam zum Vorschein, und gleich danach drängten die Pfoten, die Krallen einer brandneuen Art und schließlich ein buschiger Schwanz ans Licht. Mit strampelnden Beinen, den Rücken zum Fragezeichen gekrümmt, das Streifenfell schimmernd im goldenen Licht, sprang er herab. Der erste Kater!

Rebhuhn und Kaninchen stoben davon, doch er verfolgte sie ins Fell der Großen Katze und jagte sie ohne Gnade.

Nun glitzert die Erste Kätzin im Silberauge der Großen Katze! Geschmeidig wie Wasser, stark wie die Flut, mit rosigbraunem Fell und spitzen Ohren, in denen sich die anmutigen Linien des Kopfes fortsetzen, springt sie herab. Der Kopf wendet sich hierhin und dorthin; scharf wie Eisen sind ihre Züge und zugleich zart wie eine Muschel. Sie blickt sich um. Es ist Morgen! Es sieht gut aus!

Ein Fischstrom so hell wie das brandneue Licht stürzt vor ihr herab. Tänzelnd macht sie sich auf, fischt sich durch das Fell der Großen Katze, über die Schulter, die Flanken nach unten, und schon ist sie fort.

Die Erste Kätzin!

Sie fängt einen Lachs und bringt ihn dem Kater.

Er fängt einen Hasen und bringt ihn der Kätzin.

Was die beiden taten, als sie sich trafen, ist eine andere Geschichte!

So floß der Strom des Lebens durch das Fell der Großen Katze, und sie sah, daß es gut war. Sie war zufrieden mit ihren Jägern – den unvergleichlichen Felidae, *die keine Feinde hatten – und mit deren*

Beute. Jeder blieb in seinem Reich; alle würden sie sich vermehren, wachsen und den Platz einnehmen, der ihnen zukam.

Endlich kehrte Stille ein im tapetum lucidum, *und abermals quoll ein Lichtstrom hervor, warm und hell, von heilender Kühle; und während sich das Licht in der Welt verstärkte, schrumpfte die Finsternis, und die Pupillen der Großen Katze zogen sich zusammen. Doch als es schon den Anschein hatte, als wollten sie sich für immer schließen, tauchten neue Gestalten auf.*

Sie gingen auf zwei Beinen; hellhäutig waren sie und unbehaart. Die Welt draußen erschreckte sie, aber sie wollten auch nicht bleiben, wo sie hingehörten. So zwängten sie sich hinaus ins Licht. Der Leib der Großen Katze wurde ihnen Hügel und Berg, Dschungel und Wald, Strand und Ozean, und ihre Augen, das goldene und das silberne, leuchteten in unerreichbarer Ferne als Sonne und Mond. Die Zweibeiner tanzten nicht. Sie flüchteten in blankem Entsetzen an ihrem Vorderbein hinab, um Schutz zu suchen vor dem Blick, der sie erschaffen. Endlich hob sie die Pfoten über ihnen, und die Zweibeiner schlugen darunter, in der tiefsten Höhle, ihre Wohnstatt auf.

So gelangten die Menschen in die Welt der Großen Katze; als ungebetene Gäste kamen sie aus der Finsternis, das letzte waren sie, was Gott erschuf. Und so leben sie bis heute, unzufrieden mit der einen Welt und voller Angst vor der anderen, voller Mißtrauen und Argwohn gegen das Leben, das sie umgibt.

3
WILD ODER ZAHM

Eine Katze darf auch einer Königin ins Gesicht sehen.

SPRICHWORT

Tom sollte also den König und die Königin finden, aber das war, wie er bald merkte, leichter gesagt als getan.

Er ging davon aus, daß es sich dabei um Katzen handelte, aber er hatte keine Ahnung, wer sie waren, wie sie aussahen oder wo er mit der Suche beginnen sollte. Die Elster hatte er verscheucht, von ihr war keine Hilfe zu erwarten. Der Fuchs war längst fort und ging seinen eigenen, füchsischen Angelegenheiten nach. In seinen letzten Träumen vom Majicou hatte es keinerlei Anhaltspunkte gegeben; und aus den früheren Träumen war ihm nur eine spinnwebfeine Stimme in Erinnerung geblieben, die leise »Tintagel« flüsterte.

Schön, dachte er. Vielleicht ist dieses Tintagel ja der Ort, an dem sie sich aufhalten.

Es war zumindest ein Anfang.

Er warf einen letzten langen Blick auf das abgestreifte Halsband, um sich gut einzuprägen, welch ein Desperado er doch war. Dann marschierte er entschlossen in die Welt hinein.

Die Welt war ein Labyrinth.

Kastanienbäume und wäßriger Wintersonnenschein wurden abgelöst von Straßenlärm und verpesteter Luft. An einer Kreuzung blieb Tom unschlüssig stehen; ihm war schwindlig vor Hunger, außerdem war er an die Stille der Gärten gewöhnt, und hier herrschte reger Betrieb, wohin er auch schaute. Rote und grüne Lichter leuchteten auf, Staub flog durch die Luft, Abfälle fegten daher, die Ungetüme, die der Fuchs als Autos bezeichnet hatte, rasten quietschend an ihm vorbei und spuckten stinkenden Qualm aus. Nirgendwo fand das Auge Ruhe. Die Gerüche verschmolzen zu einer dicken, zähen Wolke, die sich wie nasse Pappe über seine Nase legte. Der Lärm war ohrenbetäubend. Rufen, Kreischen, Brüllen, Klirren, Piepsen, Trillern; ein Wirrwarr von Informationen, von dem man Kopfschmerzen bekam. Ich weiß nicht, ob es mir hier gefällt, sagte er zu sich. Er huschte über den Gehsteig in einen Vorgarten hinein und schaute durch das Tor hinaus. Wie sollte irgendein Tier sich hier zurechtfinden? Jedesmal wenn er die Nase durch das Gitter steckte, trampelte nur wenige Zentimeter davor eine Menschentraube vorbei, große, plumpe, dick vermummte Geschöpfe mit riesigen Füßen, die wütend schnaubten, sich gegenseitig anrempelten, aber kaum Notiz voneinander nahmen und Dinge, die sich unterhalb ihrer Augenhöhe abspielten, erst gar nicht bemerkten. Tom klopfte das Herz bis zum Hals. Er fürchtete um seine Pfoten. Er fürchtete um seinen Schwanz. Diese Tolpatsche würden alles zu Brei treten, ohne es überhaupt zu *merken*.

Irgendwann gab er auf. Die Vorgärten waren an dieser Straße oft nur abgasgesättigte kahle Betonquadrate, auf denen sich fette, schwarze Müllsäcke stapelten; aber sie boten Sicherheit. Tom übersprang Mauern, lief an Fenstern vorbei und schlüpfte unter Lorbeerhecken hindurch, in denen alle möglichen Abfälle hingen. Mit jeder Häuserreihe endeten auch die Vorgärten, und er mußte eine Seitenstraße überqueren. »Autos!« hörte er den Fuchs abfällig rufen. »Wenn du schnell genug bist, können sie dir nichts anhaben.« Aber Tom wartete immer, bis alles ruhig war, dann legte er die Ohren an und stürmte los.

Es war eine sehr ermüdende Art der Fortbewegung. Bis zum Mittag hatte er vielleicht einen Kilometer zurückgelegt. Die Sonne verabschiedete sich, und es begann zu regnen. Tom hatte seit dem Vorabend nichts mehr gefressen. Nun drückte er sich in einer Seitengasse zwischen einige Mülltonnen und nickte ein. Als er erwachte, war es dunkel. Er wartete noch so lange, bis Stimmengewirr und Motorenlärm verstummten, dann setzte er seinen Weg fort.

Im Lauf der nächsten Tage durchquerte er auf diese Weise – mit unzähligen Umwegen und Abstechern nach allen Seiten – die ganze Stadt. Er hätte gern von Majicou geträumt, doch nichts störte seinen Schlaf. Stets hielt er mit einem Auge Ausschau nach Fuchs und Elster, aber sie zeigten sich nicht. Bei jeder fremden Katze, die ihm über den Weg lief, erkundigte er sich:

»Tintagel? Hast du vielleicht schon mal von Tintagel gehört …«

Nur selten erhielt er eine Antwort. Jeder hatte genug mit sich selbst zu tun. Die meisten waren scheu und zurückhaltend wie die Katzen, denen er in den Gärten begegnet – beziehungsweise ausgewichen – war. Die anderen waren Kater: grobe Gesichter, schwellende Muskeln, von Revierkämpfen und Geschlechterkriegen olympischen Ausmaßes gezeichnet, stolze, markante Gestalten mit geringer Lebenserwartung. Wenn er sich seinen Weg durch ihre Reviere mit den durchdringenden Duftmarken suchte, erntete er allenfalls böse Blicke, ein Fauchen und ein verächtliches: »Verzieh dich, Freundchen«.

»… oder vom König und der Königin?«

»Ich bin hier der König, Freundchen. Und jetzt hau ab, solange du noch laufen kannst.«

Tom ließ sich das nicht zweimal sagen und wanderte weiter. Tage und Nächte vergingen. Anfangs regnete es, später fielen große nasse Schneeflocken vom Himmel und schmolzen, sobald sie den Boden berührten. Er verließ die noch halbwegs vertraute Umgebung – Häuser und Gärten, neutrale Zonen und Stammesreviere – und gelangte in öde Betonwüsten, die bei Nacht von grünlichgrellen, scheinbar im Nichts schwebenden Lampen angestrahlt wurden. Turmhohe Gebäude ragten vor ihm auf, die Straßen wurden zusehends breiter. Hier fühlte er sich nicht mehr von patrouillierenden Katern bedroht, sondern von den großen Lastzügen, die Nacht für Nacht hinter hohen Maschendrahtzäunen lärmten und tobten. (Er blieb stehen und sah sie sich an. Er beobachtete, wie Menschen auf die Maschinen kletterten und sie zwangen, sich zu bewegen. Ob das wohl auch dem Fuchs bekannt war?) Beim Rangieren ruckten und zischten die Kolosse noch vor Ungeduld; später donnerten sie mit lautem Getöse über die Straßen, verwiesen Autos und Katzen auf ihre Plätze und verspritzten Schmutzwasser, als wollten sie ihr Revier markieren.

Tom hatte sich die Füße wund gelaufen. Er war ständig hungrig. Die Hauptstraßen waren unpassierbar, doch auch auf den kleineren Straßen fühlte er sich nicht sicher. Er warf riesige Schatten auf die Plakatwände und war sich doch noch nie so klein vorgekommen. Er lernte, über die Oberkante einer Mauer zu schleichen und lange Zeit reglos im Schatten einer Hecke zu verharren.

Tierwechsel fand er überall, wo sonst niemand hinkam – in leeren Gassen und sonnigen Hinterhöfen und auf unbebauten Grundstücken, die von Holunder und Brombeerranken überwuchert waren. Aber er hatte seinen ersten Ausflug auf eine magische Straße nicht vergessen. Damals hatte ihn der gutmütige Fuchs gerettet, aber ein zweites Mal durfte er darauf nicht hoffen. So mied er diese Pfade, obwohl er manchmal davor stehenblieb und dem Treiben eine Viertelstunde lang zusah, hin- und hergerissen zwischen dem Wunsch, sich dem Strom anzuschließen, und der Angst vor den Folgen. Wo immer es möglich war, hielt er sich an die Gärten. Dort konnte er sich von den Essensresten ernähren, die man den Vögeln hingeworfen hatte, oder von einem Futterschälchen naschen, das für ein Haustier auf der Schwelle stand, und notfalls gab es immer noch die Schnecken. Andererseits waren die Kater hier besonders streitlustig, und man konnte ihnen nur schwer ausweichen. Auch kam man nur langsam voran – die Häuser waren oft klein und standen dicht beisammen, so daß man viele Zäune zu erklettern hatte. Mit den Gärten selbst – dürres Gras und kaputte Fahrräder – war nicht viel Staat zu machen. In einer regnerischen Nacht stand Tom zwischen zwei Metallpfosten am Eingang einer feuchtglänzenden Gasse und beobachtete, wie ein Dutzend Straßenkatzen eine Mülltüte aufrissen und sich im harten orangegelben Schein einer Straßenlaterne wie wild auf den Inhalt stürzten.

Speckschwarten! dachte er.

Doch dann sah er die Katzen in den langen schwarzen Schatten miteinander kämpfen und schwor sich: »Niemals! So niemals!«

Inzwischen sah man ihm an, daß er seit Tagen unterwegs war. Aus dem schmutzigen Gesicht blickten riesengroße hungrige Augen, die viel von ihrer Zuversicht verloren hatten. Sein Fell war struppig und ständig feucht. Er war mager geworden. Er schlief in Erdlöchern oder unter Abfallhaufen, und richtig warm wurde er nie. Ohne sein Halsband kam er sich fremd vor. Manchmal vergaß er für ein oder zwei Stunden, daß er es abgestreift hatte, und dann überlief ihn ein wohliger Schauer ob seiner neugewonnenen Freiheit. Oder er erkannte in panischem Entsetzen, daß er alles verloren hatte, was das Leben lebenswert machte. Geborgenheit. Behaglichkeit. Und vor allem ein Zuhause.

Die Stadt war groß. Tom durchwanderte ein Viertel nach dem anderen. Bald wußte er alles über Autos oder war jedenfalls überzeugt, alles zu wissen. Er gewöhnte sich an den Lärm, die ständigen Veränderungen, die dauernde Angst. Endlich landete er an der Caribbean Road – er überquerte sie durch eine geflieste Unterführung, in der das Wasser von der Decke tropfte – und in den Mayflower Docks. Am Abend eines trüben, verregneten Tages hockte er am Rand einer belebten Straße, drückte sich an eine Hauswand, um nicht von Menschenschuhen zertreten zu werden, und schaute sehnsüchtig zur anderen Seite hinüber, wo jemand achtlos eine Pappschachtel in einen Hauseingang geworfen hatte. Die Schachtel wurde von einer fremden Katze bewohnt. Schon das machte es schwierig, an sie heranzukommen. Außerdem hatte er Angst vor der Straße mit den unzähligen Autos und anderen Fahrzeugen. Aber er hatte einen harten Nachmittag hinter sich. Der Regen war wieder einmal mit Schnee vermischt gewesen. Zwei Kinder hatten ihn erst gelockt und dann versucht, ihn in eine Plastiktüte zu stopfen. Jetzt war ihm übel vor Hunger, und er war so durchnäßt, daß er das Schlimmste befürchten mußte, wenn er nicht bald ein trockenes Plätzchen fand.

Er wartete noch eine Minute und stürzte sich dann, ohne sich auf weitere Diskussionen mit sich selbst einzulassen, todesmutig auf die glitschige Fahrbahn. Hinten um eine Maschine herum, zwischen den Rädern einer zweiten hindurch. Knapp vor der nächsten vorbei. *Wenn du schnell genug bist, können sie dir nichts anhaben!* Doch jetzt kam eine Maschine in unglaublichem Tempo und mit voller Wucht auf ihn zugerast! Tom zauderte. Konnte er noch zurück? Zu spät! Er war schon in den Dunstkreis aus stinkender heißer Luft eingedrungen. Was sollte er tun…

Das Auto kreischte und hielt an.

Auch Tom blieb stehen.

Katze und Fahrer starrten sich hilflos in die Augen. Dann quäkte eine Hupe, Scheinwerfer blinkten auf, und Tom rannte weiter. Weiße Gesichter, verschmierte Scheiben, hin- und herschlappende Wischer, auf Hochtouren laufende Motoren. Auch Toms Herz lief auf Hochtouren. Im Halbdunkel zuckten seine Hinterbeine auf und ab wie zwei Hasenläufe. Die Abgase nahmen ihm den Atem. Wie der Blitz schoß er über den spiegelglatten Gehsteig. Die Panik hatte so völlig von ihm Besitz ergriffen, daß er blindlings in die Pappschachtel sprang, bevor ihm bewußt wurde, was er sich da erlaubte.

»Hör zu«, keuchte er. »Wenn du mir nichts tust, tue ich dir auch nichts.«

Der Insasse der Schachtel starrte ihn blinzelnd an. Seine alten Augen waren so getrübt, daß er Mühe hatte, Tom als Artgenossen zu erkennen. »Ich fürchte, ich könnte momentan keinem Kätzchen ein Haar krümmen«, erklärte er bedächtig. »Du kannst also ruhig hereinkommen.«

»Oh«, machte Tom.

Der Alte war einst ein strammer Tigerkater mit hübschen weißen Pfoten und einem breiten schwarzen Rückenstreifen gewesen, der sich an den Flanken zu einem kunstvollen Muster verzweigte. Jetzt war ihm das Fell in großen Flecken ausgefallen, und an den kahlen Stellen war die runzlige Haut verschmutzt und von Ekzemen zerfressen. Zu beiden Seiten der Nase zogen sich feuchte Streifen über sein Gesicht, als hätte er geweint. Er zitterte, nieste unablässig und drückte sich, möglichst weit von Tom entfernt, in die trockenste Ecke der Schachtel. Sein Geruch war überwältigend. Hin und wieder sagte er etwas wie: »Verdammt nasser Tag heute.«

Worauf Tom als Antwort nur einfiel: »Das kann man wohl sagen.«

»Verdammt nasser Tag.«

Nachdem das etwa zwanzig Minuten so gegangen war, rückte Tom – Geruch hin oder her – näher an seinen Gastgeber heran. In der Pappschachtel war es nicht so trocken, wie er geglaubt hatte, besonders vorn hatte es den ganzen Nachmittag lang hereingeregnet. Er fror erbärmlich und fürchtete schon, nie wieder trocken zu werden. Der Winter war ihm tief ins Fell gekrochen und sog ihm den letzten Rest an Wärme und Lebensfreude aus. Jetzt vermißte er sein Halsband. Er vermißte die Dussel, obwohl er sich nur noch schwach an sie erinnerte. Er vermißte das Futter, das er von ihnen bekommen hatte, und in diesem Punkt waren seine Erinnerungen von geradezu visionärer Deutlichkeit.

»Hast du mal Crumpets gefressen?« fragte er den alten Kater. »Das sind kleine Pfannkuchen, und man ißt sie mit Butter.« Er wagte einen Vorschlag. »Wir könnten uns fest aneinanderkuscheln, dann hätten wir es wärmer.«

»Von mir aus. Aber du bist klatschnaß, und ich bin kahl. Was da an Wärme zusammenkommt, kannst du dir sonstwo hinstecken.« Nachdem der alte Tigerkater diese Weisheit von sich gegeben hatte, schwieg er lange. Endlich sagte er: »Von Trompeten hab ich nie was gehört. Aber Butter, das is 'ne andre Geschichte.«

»Wie?«

»Butter is 'ne ganz andre Geschichte.«

Tom verbrachte die ganze Nacht in der Pappschachtel. Hundert Meter weiter befand sich neben der Straße unter einem beleuchteten Schild ein großes rechteckiges Loch, durch das man über eine Treppe mit Geländer in ein unterirdisches Reich gelangte. Da unten war es taghell, und jeder Ton hallte wider. Ständig stiegen Menschen die Stufen hinauf und hinunter, sie wirkten müde und gereizt, und manchmal stießen sie zusammen. Gelegentlich gab es im Innern des Lochs eine mächtige Bewegung, die die Erde erschütterte. Dann durchliefen unerklärliche Schwingungen die Pappschachtel, Tom spürte sie in allen Knochen, sie drangen ihm bis in den Schädel und brachten alle Gedanken durcheinander. Nervös beobachtete er den alten Kater (vielleicht sollte man die Schachtel räumen?), aber sein Mitbewohner ließ sich nicht aus der Ruhe bringen. Als es vollends dunkel war und die Geschäftigkeit der Menschen allmählich nachließ, wurde es besser. Tom putzte sich eine Stunde lang. Danach war er zwar immer noch naß, fühlte sich aber etwas sauberer. Und er bemühte sich, mit dem alten Kater im Gespräch zu bleiben. Obwohl der meistens schlief oder döste, gequält vor sich hinfurzte und die Pfoten in seinem klebrigen Brustfell vergrub, redete Tom einfach auf ihn ein. Er erzählte ihm von der Stoffmaus, die er einst besessen hatte. Er lieferte eine umfassende Schilderung der Dussel und ihres Hauses. Er beschrieb in besonderer Ausführlichkeit die Mahlzeiten, die sie ihm serviert hatten. Damit stieß er erstmals auf ein gewisses Interesse: Der Alte wiederholte nicht nur, was er gesagt hatte, sondern fügte auch eigene Beobachtungen hinzu.

»Fischpüree, wie?« Oder: »Ach ja, Sardinen. Die sind mir auch schon untergekommen. Muß ich schon zugeben. Sardinen, wie? Ach ja.«

»In dieser Hinsicht waren meine Dussel immer sehr großzügig«, prahlte Tom. Und dann kam er zur Sache: »Ich suche den König und die Königin der Katzen. Kennst du sie vielleicht?«

Eine ganze Serie von rätselhaften Empfindungen huschte über das Gesicht des alten Penners. Er richtete sich auf, streckte ein Bein aus und leckte sich mit Schwung das grindige Hinterteil. »Doch, ja«, keuchte er endlich.

Tom wartete gespannt.

»Kenn sie gut. Sind wunderschön, die zwei, mit goldnen Halsbändern und so. Fett wie Butter. Was habe ich bei den beiden schon für *Festmähler* erlebt! Sardinen! Nichts gegen das Futter, das die mir aufgetischt haben. König und Königin der Katzen? Ja, ja. Du brauchst nur zu sagen, was du haben willst, schon wird's dir warm gemacht und vorgesetzt. Großartig.«

Und er leckte sich in seliger Erinnerung die aufgesprungenen Lippen.

Tom war entzückt. »Wo kann ich sie finden?« fragte er. »Es ist nämlich ungeheuer wichtig ...!«

»Müßten eigentlich bald wieder aufkreuzen. Schauen öfter mal beim alten Manky Jack vorbei.« Der alte Kater kniff verschwörerisch ein Auge zu. »*Sie* nennt mich nämlich Manky Jack. Du willst also wissen, wo du den König und die Königin der Katzen findest?« fragte er. »Da guckst du wohl mal am besten in deinem eignen Arsch nach.« Er schnaubte verächtlich. »Du hast sie wohl nicht alle, Kleiner? Seh ich so aus, als wär ich mit irgend'nem Königshaus auf du und du?« Er hielt inne, suchte nach Worten. »Kleiner«, fällte er schließlich den vernichtenden Spruch, »du bist eben noch nicht trocken hinter den Ohren.« Er nickte befriedigt, schloß die Augen und hockte sich auf sein knochiges Hinterteil. »König und Königin der Katzen?« fügte er etwas freundlicher hinzu. »Was für ein Unsinn.«

»Oh«, machte Tom.

Dann schwieg er für ein paar Minuten und ließ die Worte in sein Bewußtsein einsickern wie Schneeflocken in einen Pelzmantel. »Und was ist mit Tintagel?« fragte er endlich und lauerte auf weitere Anzeichen von Ironie in dem alten Narbengesicht mit den wäßrigen Augen.

Vergeblich. Bei dem Wort ›Tintagel‹ spitzte der Alte die Ohren und wurde plötzlich hellwach. »Du meinst Tintagel *Court*, Kleiner«, sagte er mit seiner trockenen Papierstimme. Er überlegte kurz. »Tintagel Court?« wiederholte er. »O ja, Tintagel Court, das kenn ich!« Er lachte vergnügt. »Hab mich da oft amüsiert als junger Kerl. O ja. Tintagel Court is'n guter Platz für 'ne junge Katze, sofern sie 'ne Mülltonne umwerfen kann.«

Mülltonne? dachte Tom.

In seinen Träumen war der Name Tintagel untrennbar verbunden mit Wellen, die sich an steilen Klippen brachen, mit stürmischen Winden und einer Landzunge am Meer. Mülltonnen kamen darin nicht vor.

»Das kann nicht stimmen, glaube ich.«

»Wer von uns beiden ist denn dort gewesen, Kleiner?« fragte der Alte gekränkt. »Kannst du mir das mal sagen?«

Darauf hatte Tom nichts zu erwidern.

»Ist es weit von hier? Und kannst du mir erklären, wie man hinkommt?«

Das konnte der Alte. »Du findest 'ne Menge Mülltonnen dort!« versprach er und lachte wieder. »O ja.«

»Willst du nicht mitkommen?« fragte Tom.

Doch der alte Kater starrte ihn nur blicklos an. »Wohl besser nicht, Kleiner«, sagte er.

Danach schlief Tom ein wenig, und bald dämmerte es. Der Regen hatte nachgelassen. Als Tom erwachte, raschelte das Licht wie die Stimme des alten Katers und zeigte ihm, daß die Wände der Pappschachtel nun vollends durchweicht waren. Gelblichgrau und mit einer dünnen Eisschicht überzogen, lösten sich Straßen und Gebäude aus der Dunkelheit. Selbst die Luft war gelblichgrau. Nur wenige Schritte weiter erblickte Tom eine Brücke. Dort wäre er unter einem der Bögen im Trockenen gewesen. Er drehte sich um und wollte den alten Kater darauf aufmerksam machen. Doch der hatte sich davongeschlichen, während Tom noch schlief. Die Schachtel war leer.

Letzten Endes hatte sich die Wegbeschreibung des Alten auf den Rat beschränkt: »Geh nur immer deiner Nase nach, Kleiner.«

»Wie bitte?«

»Geh deiner Nase nach. Das machen alle Katzen so.«

Und als Tom bat: »Kannst du mir das nicht etwas genauer erklären?«, da hatte er nur geniest, den Kopf abgewandt und vorwurfsvoll gefragt: »Wer von uns beiden ist denn dort gewesen, Kleiner? Wie? Kannst du mir das mal sagen?«

Tintagel Court – eine großflächige Wohnanlage auf einem halben Morgen ehemaligen Graslands – lag wie ausgestorben zwischen der Caribbean Road und dem Fluß. Die aus braunen Ziegeln gebauten niedrigen Wohnblöcke waren nicht älter als fünfzehn Jahre, standen aber bereits leer. Nur ein oder zwei verwirrte, ratlose Menschenfamilien hausten noch hinter heilen Fenstern. Die übrigen Wohnungen waren mit Brettern vernagelt. Am Morgen drangen von ferne das Brausen und Stampfen des Straßenverkehrs in den Innenhof. Für den Rest des Tages lag er wie unter einer trüben Glocke des Schweigens. Man betrat ihn von der Tintagel Street durch einen breiten Torbogen. Der Rasen war längst niedergetrampelt und im harten, schwarzen Erdreich verschwunden. Drei hohe norwegische Ahornbäume standen noch, und um ihre rissigen Stämme herum spielte sich das Leben der eigentlichen Herren von Tintagel Court ab …

Die Katzen waren überall. Die leeren, dunklen Wohnungen wimmelten nur so von ihnen.

Hager und mit brennenden Augen hockten sie da, hungrig und voller Haß, jede schaute in eine andere Richtung, als ertrügen sie es nicht, sich anzusehen. Bei Tag trieben sie sich in den umliegenden Straßen herum. Nach Einbruch der Dunkelheit bewachten sie Treppenaufgänge und Außenflure. In dieser Gemeinschaft verlorener Seelen – einem rechtsfreien, lockeren Zusammenschluß von Wesen ohne erkennbare Gemeinsamkeiten – genossen einige Kater mit zerfetzten Ohren allenfalls nach außen hin eine gewisse Vormachtstellung. Tooley, Big Gib, Septum und den anderen ging es weniger um ein Gesellschaftssystem als um Sex: Ihre Diskussionen waren so pompös wie ihr prächtiges Fell, und Kämpfe brachen nur aus, wenn eins der weniger räudigen Weibchen rollig wurde. Eine typische Mitternachtsszene auf irgendeinem Außenflur unter freiem Himmel lief folgendermaßen ab: Wildes Fauchen und Kreischen schallten über den Hof, dann wurde ausgiebig gezischt, und schließlich trat der Verlierer hastig schlurfend, aber ohne dadurch das Gesicht zu verlieren, den Rückzug an. Die bunte Palette der Kater und ihrer tollen Weiber! Überall stolperten die Produkte ihrer Liebschaften herum, drollige, spindeldürre Kätzchen, die sich gegenseitig mit räuberischen Milchzähnen ins Fell kniffen, lautlos übereinander herfielen, in gespielter Angst zurücksprangen und schließlich keuchend zusammenbrachen, Pelzknäuel in allen Farben, die selig träumten, bis der Hunger, die juckenden Ohren und die laufenden Nasen sie wieder weckten.

Die Erinnerungen des alten Katers hatten getrogen, das Leben in den Elendsquartieren von Tintagel Court war traurig. Keine der Katzen hier hatte genug zu fressen.

Sie waren daran gewöhnt. Es gab nur wenige echte Ausreißer unter ihnen, die meisten waren wild im wahrsten Sinn des Wortes. Wer einmal ein Zuhause gehabt hatte, für den war das lange her und weit weg, und er wollte nichts mehr davon wissen. Die anderen hatten nie etwas dergleichen gekannt. Doch zur fraglichen Zeit befanden sich in Tintagel Court zwei Katzen, die *tatsächlich* ausgerissen waren und das auch genau wußten. In ihren riesigen Augen stand die Angst, bei jedem Geräusch fuhren sie zusammen, als hätte man sie im Dschungel ausgesetzt. Sie hausten in einer finsteren Ecke fernab vom Lärm der Schlachten; blieben für sich und drückten sich so dicht aneinander, wie sie nur konnten, besonders bei Nacht.

Denn bei Nacht gingen in Tintagel Court seltsame Dinge vor.

Als Tom im Torbogen stand, den Kopf um die Ecke streckte und in den Hof schaute, ahnte er davon nichts.

Er wußte nur, daß dies nicht der richtige Ort sein konnte.

Er suchte die Außenflure hoch über sich ab. Er witterte empört den dünnen Geruch nach Katzenelend, beschnupperte die Ecken mit der stinkenden Asche und dem Menschenabfall und das weiche, tote Laub der norwegischen Ahornbäume, Berge von grauen Fingern, die langsam verrotteten. Bei seiner Ankunft hatte der Himmel über dem Fluß die Farbe von grauem Zinn, und der Wind wehte von Norden. Die Kälte lag über allem wie ein schmutziges Glastuch, durch das vereinzelt trockene Schneeflocken fielen. Im Hof spielte sich nichts ab, was in irgendeiner Weise Beachtung verdient hätte. Ausgeschlossen, daß hier ein König und eine Königin wohnten. Am besten hielt er sich gar nicht auf. Am besten suchte er gleich weiter nach dem Tintagel seiner Träume.

Doch als er sich abwandte, hörte er über sich ein Geräusch. Da oben bewegte sich etwas.

»Hallo?« rief er und dachte sofort: Das war eine Dummheit. Doch da hatte er schon ein zweites Mal »Hallo?« gerufen.

Ein schwaches Echo. Keine Antwort. Dann ein gedämpftes Scharren, als würde etwas über den Boden gezogen.

»Ich komme hinauf!« rief Tom. Und dachte: Was fällt dir ein? Das tust du nicht.

Zu spät.

Schon hatten ihn seine Füße in ein Treppenhaus getragen. Ein geschlossener stinkender Schacht, der seit dem letzten Regen zwei Finger tief unter Wasser stand. Überall lagen Plastikbeutel mit hartgewordenem Kleber herum. Auf jedem Absatz türmten sich Stapel von nassen Zeitungen, zwischen denen Tom sich erst einen Weg suchen mußte. Er hatte den oberen Ausgang fast erreicht, als sich wieder etwas regte. Diesmal war das Geräusch deutlicher. Und gleich darauf setzte ein wildes Heulen und Fauchen ein. Da oben waren mindestens ein halbes Dutzend Katzen versammelt. Lauf weg, dachte Tom. Lauf sofort weg. Statt dessen drückte er sich flach an den Boden und streckte den Kopf über die letzte Stufe. Vor seinen Augen erstreckte sich ein kahler Betonflur voller Wasserpfützen, der an einer Seite mit verbretterten Türen und Fenstern gesäumt war. Etwa in der Mitte saß, von anderen Katzen umzingelt, ein riesiger Kater, der trotzig knurrte und zischte, dabei aber ziemlich hilflos wirkte. Seine Feinde zogen den Kreis immer enger. Ihr Anführer, ein kräftiger rotgetigerter Kater mit nur einem Ohr, rückte auf steifen Beinen unaufhaltsam weiter vor, den Kopf gesenkt, das Fell gesträubt, die blitzblanken, rasiermesserscharfen Krallen drohend ausgefahren. Die anderen folgten ihm. Der schwarze Kater wußte offenbar nicht, was er tun sollte. Er hatte die grünsten Augen, die Tom je gesehen hatte. Außerdem hatte er eine ungewöhnlich dichte, wirre Halskrause, die an eine Löwenmähne erinnerte.

Und er saß auf einem purpurroten Samtkissen.

»Wou«, sagte Tom leise zu sich selbst.

Nicht leise genug. Alle Köpfe wandten sich ihm zu. Der Bann war gebrochen. Der schwarze Kater rannte davon, besann sich und kam zurück, um das Kissen zu holen. Sofort ging der Rotgetigerte mit zwei anderen auf ihn los. Die übrigen stürzten sich auf Tom, daß es rauschte wie der Wind im Dezember.

Eigentlich hatte Tom für diesen Fall einen strategischen Rückzug geplant, aber seine Beine trugen ihn einfach vorwärts. Sein Rückenfell sträubte sich vom Kopf bis zum Schwanz. Die Lippen zogen sich zurück und entblößten das Gebiß. Schrille Schreie drangen aus seiner Kehle. Er sah aus wie ein Stacheltier, zweimal so groß wie sonst und vollkommen außer sich. Er war in diesem Moment so wütend, daß er sich selbst nicht mehr kannte. Zugleich wußte er, daß er Tom war. Er war TOM! Er übersprang die letzte Stufe mit einem Abstand von etwa einem halben Meter und prallte noch in der Luft mit dem ersten Gegner zusammen. Es war, als renne er gegen eine Ziegelmauer. Die Luft wurde ihm aus den Lungen gepreßt. Der andere warf ihn zu Boden. Er umklammerte ihn mit beiden Pfoten, grub ihm die Zähne in die Kehle und fuhr ihm mit den Krallen der Hinterbeine mehrmals über den Bauch. Jedenfalls hoffte er, daß es der Bauch war.

»Tom«, erklärte er dabei. »Ich bin Tom, ich bin Tom, ich bin *Tom.*«

»Na und?« fragte der andere.

Tom spürte, wie ihm ein glühender Draht über die Wange gezogen wurde. Zähne schlugen sich in seine Schultermuskeln. Stinkender Atem schlug ihm ins Gesicht. Für einen Moment waren die gesprenkelten Bernsteinaugen und die narbigen Züge eines flachgesichtigen Raufbolds, der nur halb so groß war wie er selbst, dicht vor ihm. Doch schon hatte er ihm die Unterlippe gleich hinter dem Kinn durchgebissen, und der andere heulte laut auf und verschwand. Sofort trat der nächste an seine Stelle.

Wie lange das so ging? Sekunden. Tom kam es vor wie eine Ewigkeit, aber es waren nur Sekunden.

Plötzlich lief die Zeit wieder mit normaler Geschwindigkeit. Tom kauerte völlig außer Atem neben dem schwarzen Kater in der Mitte des Kreises. Der Außenflur lag voller Katzenhaare. Vor Tom stand der rotgetigerte Kater. Er war nicht einmal besonders wütend. Und sein Atem ging ganz ruhig.

»Du meine Güte«, sagte er. »Zwei Anfänger.«

Er hob eine Vorderpfote und betrachtete die schwarzen Fellbüschel, die sich in seinen Krallen verfangen hatten. Hinter ihm kamen immer mehr Katzen auf den Flur geschlichen. Und sie kamen nicht nur als Zuschauer.

»Ich fürchte, jetzt sind wir verloren«, sagte Tom zu dem schwarzen Kater.

»Das sehe ich auch so«, nickte der Rotgetigerte.

Tom stürzte sich auf ihn. Der Rotgetigerte nahm ihn mit ungeheurer Kraft in den Schwitzkasten.

Was sollte Tom tun? Trotz seines schlechten Allgemeinzustands war er ein kräftiger, junger Kater mit einem gelenkigen, muskulösen Körper. Er war auch nicht feige, aber es fehlte ihm an Erfahrung. Und, was vielleicht noch wichtiger war, er war einfach zu gutmütig. Und so hatte ihn der Rotgetigerte schon bald an der Kehle gepackt. Sosehr er auch zappelte und quiekte, er konnte sich nicht befreien. Und er kam auch an keinen Körperteil heran, in den es sich zu beißen lohnte. Es gelang ihm zwar, dem anderen mit den strampelnden Hinterbeinen ordentlich eins aufs Auge zu geben, aber der biß daraufhin nur noch fester zu und spottete mit vollem Mund:

»Nun mal raus mit der Sprache!«

Zum zweiten Mal in einer Woche im Würgegriff, dachte Tom noch, bevor ihm schwarz vor den Augen wurde. Das spricht nicht für mich. Doch in diesem Moment geschah etwas Seltsames.

Ein großes schwarzweißes Ding kam durch die Luft gesaust und rammte den rotgetigerten Kater so heftig von der Seite, daß dem die Luft wegblieb und er von Toms Kehle abließ. Tom fiel zu Boden, konnte aber noch nicht klar sehen. Was immer ihn gerettet hatte, war sehr aufgebracht und hatte Federn. Sicher war es nicht ratsam, ihm in die Quere zu kommen. Das Ding zappelte und kreischte, als habe es ganz und gar die Herrschaft über sich verloren, dann fuhr es wie der Teufel zwischen die verdutzten Kampfgefährten des Katers, fetzte ihnen die schwarzen Flügel um die Köpfe und hackte mit dem großen schwarzen Schnabel zu.

Verstört machten die Streuner kehrt und rannten davon.

»Kommt ja nicht wieder!« zeterte der Vogel. Dann wandte er sich an Tom. »Na?« wollte er wissen.
Es war die Elster Sorgt-für-Kummer.

Tom schaute nach beiden Seiten den Flur entlang. Bis auf den großen schwarzen Kater war niemand mehr zu sehen. Der hatte sich, ohne ein Wort des Dankes, über das purpurrote Samtkissen gestellt wie ein Leopard über seine Beute und zerrte es nun ungeschickt davon. Der eisige Wind wehte ihm Federn und blutige Fellbüschel um den Kopf. Nun verschwand er um eine Ecke. Tom blinzelte ein paarmal und schüttelte sich. Seine Augen waren immer noch nicht ganz in Ordnung. Und sein Gesicht war übel zerkratzt.

»Na?« wiederholte Sorgt-für-Kummer. »Worauf wartest du, kleine Katze?«

»Ich ...«

»Verzieh dich, bevor sie zurückkommen!«

»Danke.«

»*Danke?*« fragte Sorgt-für-Kummer und legte empört den Kopf schief. »*Danke!*« wiederholte er böse. »Ja, das sagen sie alle.« Er hüpfte auf das Geländer und putzte sich. Im kalten Licht glänzten seine zerzausten Federn wie Metall. »*Das* sagen sie alle.«

»Hör zu«, entschuldigte sich Tom. »Es tut mir wirklich leid. Aber ich muß ein Wörtchen mit diesem Kater reden.« Nach ein paar unsicheren Schritten drehte er sich noch einmal um. »Könntest du hier auf mich warten?« bat er. »Was machen die Gärten? Ich bin froh, daß ich dich nicht gefressen habe.«

»Wie reizend von dir.«

»Halt!« rief Tom dem schwarzen Kater nach. »Bleib stehen! Ich tu dir nichts!«

Ein paar Minuten später hielt der Schwarze, der immer noch das purpurrote Samtkissen hinter sich herzog, irgendwo im Labyrinth von Tintagel Court vor einer mit Brettern vernagelten Wohnung an. Nachdem er sich sorgfältig vergewissert hatte, daß der Gang leer war, zwängte er sich rückwärts durch ein Loch in der Eingangstür. Das Kissen zerrte er hinterher. Es blieb zunächst stecken. Dann hörte man etwas reißen, und gleich darauf rutschte es durch. Der Schwarze streckte noch einmal den Kopf heraus, schaute den Gang auf und ab und zog sich endgültig zurück.

Tom wartete eine Weile. Als weiter nichts geschah, näherte er sich dem Loch.

Der Raum dahinter lag im Halbdunkel. Viel war nicht zu sehen, und was er sah, war von einer Schäbigkeit, die kaum zu überbieten war: zerrissenes Linoleum, kaputte Möbel, verdreckte, bekritzelte, beschmierte Tapeten, ein Bild des Verfalls, und das in einem Licht, das kaum den Unterschied zwischen Tag und Nacht erkennen ließ. In den Ecken lagen Abfälle. Es stank erbärmlich. Durch die Wohnungstür war man, als sie sich noch öffnen ließ, direkt in die Küche gekommen, und von dort führte ein kleiner Korridor zu einer Glastür und weiter ins Wohnzimmer. Hier lag auf zwei oder drei Schichten vergilbten Zeitungspapiers in einem einzigen matten Lichtstrahl die schönste Katze, die Tom jemals gesehen hatte. Sie war etwa ein Jahr alt, und ihr Fell spannte sich wie rosagrauer Samt über die sanft geschwungenen Rippen. Wenn man genauer hinsah, entdeckte man ganz schwache braune Bänder, die an Wasserzeichen erinnerten. Die eleganten großen Ohren wiederholten, durchsichtig wie Porzellan, die exakte Dreiecksform des winzigen Kopfes. Katzenpfoten von solcher Zierlichkeit waren Tom noch nicht begegnet. Und erst die Augen! Wären sie geöffnet gewesen, wie es sich gehörte, sie hätten ihn nie wieder losgelassen. Doch die Katze schien krank zu sein, denn ihre Augen waren trüb und halb geschlossen und nahmen nichts wahr. Ihre schnellen Atemzüge klangen in dem stillen Raum fast zu laut. Tom konnte jede Rippe zählen. Und ihr Gesicht – so scharf wie die Schneide einer Axt, so fein gemeißelt wie der Kopf einer antiken Katzenstatue – wirkte so blind, so erschöpft wie bei einem einwöchigen Kätzchen.

Der schwarze Kater stand über sie gebeugt und sah sie ratlos an. Dieses schmutzige Loch war nicht seine Welt. Er hatte das Purpurkissen bis an den Rand der Zeitungen geschleppt, um dann den Kampf aufzugeben. Als er Tom bemerkte, sträubte sich seine Halskrause. Er richtete sich auf. Doch dann erkannte er den Eindringling und ließ sich müde zu Boden sinken.

»So. Nun weißt du Bescheid«, sagte er mit weicher Stimme und fremdländischem Akzent. »Wir brauchen Hilfe.«

»Das ist nicht zu übersehen«, Tom nickte.

»Ich habe gesehen, wie du kämpfst. Ich glaube, du hast einen sehr starken Charakter.«

»Dazu kann ich nichts sagen«, meinte Tom. »Ein Fuchs hat mich einmal als Raufbold bezeichnet, aber ich glaube, das war eher ein Scherz.«

»Trotzdem.«

Vorsichtig, um sie ja nicht zu erschrecken, so langsam und behutsam, als pirsche er sich an eine Maus heran, näherte sich Tom der Katze auf der Zeitung. Sie hatte wohl einen Fiebertraum und warf sich unruhig hin und her. Irgend etwas bewog ihn, ihr das verhärmte Gesicht zu lecken. Er hatte keine Ahnung, warum. Aber es hätte ihm das Herz gebrochen, sie nur anzusehen, ohne etwas zu tun. Sie fühlte sich heiß an. Die Träume verbrannten sie von innen heraus. Sie ließ ein mattes, zittriges Schnurren hören. Aber sie nahm nichts wahr. Die milchigtrüben Augen verliehen ihrem Gesicht einen klugen und zugleich leidenden Ausdruck. Sie gaben Tom das Gefühl, diese Katze wisse etwas über das Leben, was er nicht wissen konnte, und sie könne ihn vor diesem Wissen nur so lange bewahren, wie er sie vor der Welt beschützte.

»Wie nennst du sie?«

»Sie heißt Pertelot Fitzwilliam«, sagte der Schwarze. »Ich wollte sie dazu bringen, sich auf dieses Kissen zu setzen. Es wäre angenehmer für sie.«

Tom war entsetzt. »Angenehmer? Bist du noch bei Verstand? Sie ist krank!«

»Das weiß ich«, sagte der Schwarze.

»Sie ist krank«, wiederholte Tom. »Und das ist alles, was du für sie tun kannst? Ich hätte dich wohl besser der Meute da draußen überlassen!« Er schwieg kurz, dann fragte er: »Und wie heißt du? Prinz Dummkopf?«

Der Schwarze richtete sich auf. »Ich bin Ragnar Gustaffson Cœur de Lion.«

Tom hätte ihn am liebsten gebissen.

»Sie ist krank«, versuchte er zu erklären. »Und du bringst ihr ein Kissen.«

»Es wäre aber doch bequemer.«

»Wann hat sie zum letzten Mal *gefressen*?«

»Es tut mir sehr leid«, sagte Ragnar. »In solchen Dingen sind wir wohl beide nicht besonders tüchtig.« Er sah sich um, verwirrt, empört, verzweifelt. »Wie lebt man denn hier draußen in der Welt? Wer bringt einem Futter? Wir sind von einer Katzenausstellung weggelaufen, weil wir zusammensein wollten. Wir hatten ja keine Ahnung, worauf wir uns einließen.«

Pertelot Fitzwilliam hatte ihn gehört und erschauerte plötzlich in ihrem Lichtstreifen.

»Raggy«, flüsterte sie. »Sie dürfen uns nicht finden.« Dann schwieg sie wieder.

»Das kann nicht so weitergehen«, sagte Tom.

»Ganz recht. Kannst du uns helfen?«

»Ich weiß es nicht. Ich werde mein möglichstes tun.« Im Vergleich zu Ragnar fühlte Tom sich allem gewachsen. Aber er wußte auch, daß das nicht stimmte. Er hatte keine Ahnung, was eine *Katzenausstellung* war; und als er sich in dem trostlosen Zimmer umsah, das so süßlich nach Müll und Krankheit roch, überkam ihn eine tiefe Müdigkeit. »Es gibt Tage«, gestand er, »da kann ich mich kaum um mich selbst kümmern, geschweige denn um andere. Trotzdem.« Er warf Ragnar einen möglichst entschlossenen Blick zu. »Wer *seid* ihr beiden eigentlich?« fragte er. Doch bevor der Schwarze antworten konnte, winkte er ab: »Laß nur. Wer ihr auch seid, hier könnt ihr jedenfalls nicht bleiben.«

»Sieh selbst, mein Freund. Ein Umzug wäre nicht einfach für sie.«

»Zuerst braucht ihr alle beide etwas zu essen«, erklärte Tom energisch.

Eigentlich hatte er die Elster um Hilfe bitten wollen. Doch als er zum richtigen Flur zurückgefunden hatte, war Sorgt-für-Kummer bereits weggeflogen. Tom sprang auf das Geländer, hielt irgendwie das Gleichgewicht und spähte zum Himmel hinauf. Hoch oben schwebte ein einzelner kleiner Fleck; aber das konnte auch irgendein anderer Vogel sein. Also beschloß er, auf eigene Faust loszuziehen und nach Futter zu suchen.

»Du findest 'ne Menge Mülltonnen dort!« hatte der alte Kater versprochen. Tatsächlich standen auf den Straßen um Tintagel Court, wo noch Menschen wohnten, genügend von diesen Tonnen herum. Leider war Tom bereits jemand zuvorgekommen. Ein Spezialist hatte mit chirurgischer Präzision alle schwarzen Plastiktüten geöffnet und den Inhalt zu Untersuchungszwecken herausgeholt. Aber er hatte nur den Geruch übriggelassen. Tom zog immer weitere Kreise um den Wohnblock und vergeudete den ganzen Nachmittag damit, Dinge zu beschnüffeln, bei denen sich jeder Katze der Magen hob. Am Fluß angelangt, drehte er dem eisigen Wind den Rücken zu und folgte der untergehenden Sonne.

So kam es, daß er drei oder vier Stunden später in einer kopfsteingepflasterten schmalen Gasse stand. Es war dunkel. Der Wind kannte keine Gnade. Tom hatte sich hoffnungslos verirrt. Von einem Ende der Gasse aus sah er auf eine breite, nasse Straße mit Schaufenstern, in denen sich von Rot über Gelb nach Grün wechselnde Lichter spiegelten. Am anderen Ende war es Nacht. Doch dort gab es – in gerader Linie vom schiefergrauen Kälteband des Flusses zur Friedhofsallee der Allerheiligenkirche führend – eine magische Straße. Tom erschien sie wie ein bewegliches Plastikrohr, eine verwirrende, verschwimmende Rauchwolke des Lebens. Fünfzehn bis zwanzig Minuten lang saß er davor und überlegte, ob er sich hineinwagen sollte. Vielleicht war es da drinnen warm. Vielleicht brachte ihn die Straße nach Tintagel Court zurück. Vielleicht fand er unterwegs etwas, das er Pertelot und Ragnar mitbringen konnte.

Beim letzten Mal, dachte er, ist allerdings nichts dergleichen passiert. Beim letzten Mal wurde ich nur verletzt.

Er war noch zu keinem Entschluß gekommen, als er am anderen Ende der Gasse einen Fuchs vorbeischnüren sah. Ein kräftiges junges Tier mit einem langen Rücken und rötlichem Fell, das Hinterteil und der lange Schwanz wiesen leichte

Streifen auf, und es verströmte einen herrlich intensiven Fuchsgeruch. Tom kam dieser Fuchs bekannt vor, und er rannte zurück.

»He!«

Der Fuchs blieb mitten auf der Straße stehen und sah sich nach ihm um. Er trug ein halbes Brathuhn im Maul, das liebevoll mit leicht verkohlten, rötlichen Gewürzen bestreut war und durchdringende Tandoori-Düfte in die windige Nacht entsandte. Das ließ er nun fallen, um sprechen zu können.

»Verschwinde, Tom«, sagte er.

»Du weißt ja meinen Namen noch.«

»Ich bin ein Fuchs.«

»Aber den deinen hast du mir nie gesagt.«

»Was hat eine Katze davon, den Namen eines Fuchses zu kennen? Und jetzt verschwinde. Wir stehen hier völlig ungeschützt im Freien. Es ist nicht ratsam, sich im Freien zu unterhalten.«

»Ich habe deinen Rat befolgt«, sagte Tom.

»Gut. Dann tu das jetzt noch einmal.«

»Wie *heißt* du denn nun?«

Der Fuchs sah ihn mit verschämtem Stolz an.

»Liebt-Mülltonnen«, sagte er.

Tom lachte. »Jeder liebt Mülltonnen.«

Dann fragte er: »Ist das ein Huhn?«

»Beinahe.«

Vom Duft des Huhns lief Tom das Wasser im Mund zusammen. Er schluckte. »Wo hast du es her?«

»Es ist mein Huhn«, sagte Liebt-Mülltonnen.

»Aber irgendwo hast du es doch her.«

Liebt-Mülltonnen grinste. »Da unten«, sagte er. »Das indische Restaurant in der Arbor Street. Hab mich reingeschlichen, meine Wahl getroffen und es gleich mitgenommen. Ganz einfach.«

»Sehr schlau«, lobte Tom. Dann sagte er: »Ich brauche dieses Huhn.«

»Es ist aber mein Huhn.«

»Ein Fuchs wie du findet jederzeit wieder ein Huhn.«

Das schien dem Fuchs zu schmeicheln. »Stimmt«, nickte er.

»Dann kannst du mir das da doch überlassen.«

Der Fuchs legte den Kopf schief. »Nein«, sagte er. Und dann: »Warum?«

»Ich will es nicht für mich«, sagte Tom. »Ich habe eben zwei Katzen gerettet. Die eine ist krank. Und die andere ist ein Schwachkopf.«

»Genau wie ich«, sagte Liebt-Mülltonnen.

Er schaute mißtrauisch die leere Straße auf und ab, wie um ganz sicherzugehen, daß er von keinem anderen Fuchs beobachtet wurde, dann hob er das Huhn auf und legte es Tom vor die Füße. »Katzen!« seufzte er. »Katzen sind nicht bei Trost! Einfach nicht bei Trost.« Dann fuhr er fort: »Irgendwie mag ich dich, ich weiß nicht, warum. Wahrscheinlich bin ich auch nicht ganz normal.« Damit trabte er dorthin zurück, woher er gekommen war. »Erzähl bloß niemandem, daß du das Huhn von mir hast!« rief er über die Schulter.

»Warte!« rief Tom.

»Was ist denn jetzt noch?«

»Ich weiß nicht, wie ich nach Tintagel Court zurückkomme.«

Der Fuchs seufzte. »Ich begleite dich bis zur Tintagel Street. Man kann dich wirklich nicht allein auf die Straße lassen.«

Tom war überglücklich.

Er hob das Huhn auf. Es war schwer. Und es war noch warm.

Nachdem sie ein paar Minuten einträchtig nebeneinander hergelaufen waren, schaute er zu seinem Freund auf und sagte, ohne das Huhn aus dem Maul zu nehmen:

»Es fällt mir schwer, es nicht einfach aufzufressen. Ist dir das auch so gegangen?«

Der Fuchs wollte Tintagel Court nicht betreten.

»Ich bin schon wieder weg«, sagte er leise und drückte sich in die Schatten. »Der Ort gefällt mir nicht. Irgend etwas geht hier nicht mit rechten Dingen zu.«

»Werde ich dich wiedersehen?« rief Tom.

»Nur wenn ich dich nicht zuerst sehe.«

»Leb wohl.«

»Paß auf dich auf, Tom.«

»Mach ich«, sagte Tom.

Erst jetzt fiel ihm auf, daß sie kein Wort über Majicou gesprochen hatten.

»Warte! Die schwarze Katze! Ich ...«

Doch der Fuchs war schon verschwunden. Tom hatte kaum noch Kraft in den Kiefern, doch er hob das Huhn ein letztes Mal auf und huschte damit am Rand des Innenhofs entlang. Ganz kurz glitt sein Schatten über die Mauern, aber niemand bemerkte ihn. Als er die Treppen hinaufstieg, nahm er sich besonders in acht, um seine Beute nicht fallen zu lassen. Auf leisen Sohlen schlich er über die Flure, beim kleinsten Geräusch erstarrte er gleichsam zu Stein. In der verlassenen Wohnung lagen seine beiden Schützlinge im Mondlicht, das durch die Ritzen der Fensterverbretterung sickerte, und schliefen. Ragnar hatte das purpurrote Kissen auf die Zeitung gezerrt und sich dann vor Pertelot gelegt, so daß sie von beiden Seiten geschützt war. Tom war enttäuscht. Er hatte gedacht, die beiden würden auf ihn warten.

»Aufwachen!« rief er.

Zwei grüne Augen flammten auf, ein kurzes Zischen, und schon erschien Ragnars Kopf mit gefletschten Zähnen dicht vor Toms Gesicht. Aus dieser Distanz sah er nicht mehr wie ein Schwachkopf aus.

»Ich bin's!« sagte Tom. »Futter!«

»Du solltest vorsichtiger sein«, sage Ragnar. »Ein guter Rat von mir.«

»Ich werde ihn beherzigen.«

»Schreien ist nicht immer gut. Verstehst du?«

»Ja, das verstehe ich.«

»Das ist also mein Rat an dich, du solltest vorsichtig sein, wenn du schreist ...«

»Schnauze, Ragnar.«

Pertelot konnte zunächst gar nichts fressen, obwohl die beiden Kater ihr das Huhn in winzige Stücke zerteilten. Aber sie ließ sich überreden, wenigstens etwas Fleischsaft zu sich zu nehmen. Nachdem sie lustlos aufgeleckt hatte, was die zwei ihr vorlegten, schlief sie sofort wieder ein. Die beiden Kater hielten abwechselnd Wache, so daß sie ständig unter Aufsicht war. Gegen Morgen wachte Pertelot unvermittelt auf und begann gierig zu fressen.

Gleich darauf spuckte sie wie ein junges Kätzchen. Aber etwas behielt sie doch im Magen, und als das Tageslicht grau und matt durch die Fensterritzen drang, war sie bei Bewußtsein und konnte sogar sprechen. Ihre Augen waren, wenn sie ganz geöffnet waren, mandelförmig und grün. Erst von einem undefinierbaren Graugrün; im nächsten Augenblick nilgrün wie lebenspendendes Wasser, das in ein heiliges Gefäß strömt und im Licht seiner eigenen Kraft erstrahlt. Sie trug ein seltsames Mal auf der Stirn. Nun schaute sie freudig überrascht zwischen Ragnar und Tom hin und her.

»Wer ist das, Raggy?«

»Ein Kater, wie du siehst«, sagte Ragnar.

»Hat er uns das Futter gebracht?«

»Ja.«

»Du bist wunderschön!« sagte sie zu Tom. »Wie heißt du?«

Tom richtete sich auf.

»Ich werde dich Mercurius nennen«, sagte sie, bevor er antworten konnte. »Deiner Farbe wegen. Ich werde dich Mercurius nennen.«

»Ich möchte lieber, daß du mich Tom nennst.«

4
EIN STREUNERLEBEN

*Die Ansicht, daß die Katze mit Ausnahme einiger Luxusrassen …
kein Haustier, sondern ein vollkommen wildes Geschöpf sei,
hat einiges für sich.*

KONRAD LORENZ

Pertelot Fitzwilliam war wieder eingeschlafen.

Im Zimmer wurde es immer heller. Tom und Ragnar maßen sich stumm. Tom sah einen vierschrötigen Kater, groß wie ein Fuchs, mit kräftigen Muskeln und stämmigen Beinen, die unter dem langen schwarzen Winterfell fast völlig verschwanden. Ragnar hatte eine lange, breite Nase, die im Profil ein wenig an den Nasenschutz eines Normannenhelms erinnerte. Sprühende Augen, aufrechte Haltung, buschiger Schwanz und auffallend lange Schnurrhaare. Eine beeindruckende Erscheinung.

»Du bist also unser Retter«, sagte er endlich. »Jetzt möchte ich wissen: Was bist du für eine Katze?«

»Einfach eine Katze«, sagte Tom.

Ragnar legte den Kopf zur Seite. »Nicht einfach irgendeine Katze«, sagte er. »Denke ich.«

Er wartete freundlich, bis Tom das Kompliment verdaut hatte. »Freut mich, dich kennenzulernen«, sagte er dann. »Ich bin eine Norwegische Waldkatze, Ragnar Gustaffson Cœur de Lion, Champion und Sieger aller Klassen. Die Rasse – du verstehst? Eine Wikingerkatze – und das ist die *Norsk Skaukatt!* – muß besonders groß sein. Ich bin sehr groß – siebzehn Pfund Ausstellungsgewicht. Und die dichte Halskrause? O ja, die ist für eine Karriere auf der Ausstellungsbank besonders wichtig. Und sehr aufrecht muß man sein. Sehr breit.« (Er demonstrierte es.) »Große Pfoten mit dicken Ballen. Dazu zweierlei Fell zum Schutz vor Kälte und Nässe. Besonders glatte Deckhaare. Grobe, kräftige Unterwolle, in fünfzehn Minuten trocken. Allerdings«, mußte er widerwillig zugeben, »halten wir uns meistens in Häusern auf.«

Tom überlegte kurz. »Du mußt entschuldigen, aber ich weiß nicht, was eine Katzenausstellung ist.«

Ragnar Gustaffson Cœur de Lion war sehr erstaunt über soviel Unwissenheit und nahm sie als weitere Last auf seine breiten Schultern. Aber er wußte nicht so recht, wie er damit umgehen sollte. »Also«, wiederholte er mehrmals verwirrt, »also«. Und machte sich mit Pertelots Kissen und ihren Zeitungen zu schaffen. Nachdem er so lange daran herumgezerrt hatte, bis er es ihr beim besten Willen nicht bequemer machen konnte, verkündete er: »Dann werde ich wohl um eine Erklärung nicht herumkommen.«

»Wohl nicht«, nickte Tom.

Es dauerte seine Zeit, und vieles, was Ragnar sagte, bedurfte wiederum einer Erklärung, doch schließlich konnte sich Tom die große Halle vorstellen, in der die Katzenausstellung stattfand, er sah die Leuchtröhren an der Decke, roch das Menschenfutter und spürte die schwüle, überheizte Atmosphäre, die jeden Luftzug von den empfindlichen Tieren in den Hunderten von Schaukäfigen fernhalten sollte. Käfige! Tom wußte, was ein Käfig war, und so hatte er keine Mühe, sich viele Reihen dieser Gitterkästen auszumalen, die, durch schmale Betongänge voneinander getrennt, unter den erbarmungslos grellen Leuchtröhren standen, während sich wahre Menschenmassen daran vorbeiwälzten, um mit (wie Ragnar sich ausdrückte) geradezu ehrfurchtsvollem Eifer die Katzen hinter den Gittern zu betreuen. An den Käfigen selbst gab es nichts auszusetzen – wie im Zoogeschäft waren sie luftig, sauber, sogar bequem –, aber, wie Tom seinem neuen Freund erklärte:

»Ein Käfig ist und bleibt ein Käfig, und draußen ist immer besser als drinnen.«

Schwerer fiel es ihm, die Katzen selbst zu begreifen.

Vorstellen konnte er sie sich schon, diese vielen schönen Geschöpfe, die so verschieden waren wie ihre Namen –

Korat und Birma, Ragdoll, Schneeschuh und Russisch Blau. Blausilbern und lavendelfarben, lang- und kurzhaarig, gedrungen oder grazil, mit glasklaren oder grasgrünen Augen oder mit Augenfarben, für die er keinen Namen hatte. Gestreifte und getupfte Katzen, einfarbige Katzen und nackte Katzen wie die heillos überzüchtete Sphinx. Katzen, die sich von der Last ihrer Schönheit und Fremdartigkeit eher bereichert als niedergedrückt fühlten. Im Geist sah er Ragnar und Pertelot hochaufgerichtet neben seinesgleichen auf der ›Ausstellungsbank‹ stehen. Nicht klar war ihm freilich, wie sie dorthin gekommen waren und was sie dort sollten.

»Das alles wird veranstaltet, um festzustellen, wer die Besten sind«, versuchte Ragnar zu erklären. »Und dazu brauchen wir uns lediglich zu fragen: Wer hat die reinste Abstammung? Wer hat die harmonischste Gestalt, die vollkommensten Proportionen ...«

»Aber *wozu* das Ganze?«

»Weil wir gezüchtet werden. Von unseren Besitzern. Von Menschen.«

Tom schüttelte den Kopf. »Von Menschen gezüchtet?« wiederholte er ungläubig.

Ragnar seufzte. »Man muß sich über eines im klaren sein: Menschen besitzen Katzen, das ist der Lauf der Welt«, sagte er weise.

»Mich besitzt niemand«, widersprach Tom.

Und damit war das Thema zunächst erledigt. Tom suchte nach neuem Gesprächsstoff und fragte schließlich: »Und Pertelot Fitzwilliam? Was ist sie für eine Katze?«

»Mau«, sagte Ragnar.

»Wie bitte?«

»Pertelot Fitzwilliam von Hi-Fashion«, zitierte er. »Siegerin ihrer Klasse auf vielen Ausstellungen: *Ägyptische Mau*. Verzeihung. Das ist eine sehr alte Katzenrasse.« Ein Umstand, den er offenbar nicht sonderlich erfreulich fand. »Vielleicht die älteste Rasse überhaupt«, mutmaßte er und fügte dann seufzend hinzu: »Und heute ist sie außerdem die gefährlichste Katze der Welt.«

Tom wurde aus dieser Bemerkung nicht recht klug, also ging er höflich darüber hinweg und fragte statt dessen: »Und das Mal? Das Mal auf ihrer Stirn?«

Ragnar schwieg und verfiel in eine typisch skandinavische Schwermut, die von Nebel, Eis und langen dunklen Nächten über dem Polarkreis geprägt war. Aus dieser Stimmung heraus erklärte er endlich: »Das ist der Skarabäus. Das Bild des – ich weiß nicht, wie ich mich ausdrücken soll – *heiligen Käfers*. Es wurde der ersten Mau von den ägyptischen Göttern auf die Stirn gezeichnet. Eine hübsche Geschichte, wirst du sagen. Ich aber sage: Es ist das Kennzeichen der Mau.«

»Sie ist sehr schön, nicht wahr? Das fällt einem sofort auf.«

»Ich liebe sie«, sagte Ragnar.

Er schwieg eine Weile, dann fuhr er fort: »Aber das war für den Menschen, der sie gezüchtet hat, nicht von Bedeutung. Er hatte andere Pläne mit ihr. Wir beide, sie und ich, haben sehr reines, sehr altes Blut, und eine Vermischung unserer Linien ist nicht erwünscht.« Er senkte verlegen den Kopf. »Aber sobald wir einander gesehen hatten, kümmerten uns die Pläne der anderen nicht mehr. Wir wollten nur beisammen sein.« Er blickte auf die Mau nieder. »Ich liebe sie«, wiederholte er schlicht.

In diesem Moment erwachte Pertelot Fitzwilliam und hob den makellosen, graurosa schimmernden, mit dem heiligen Mal gezierten – oder verunstalteten – Kopf. »Vielleicht ist es doch so«, verbesserte sie. »Vielleicht *sind* wir füreinander bestimmt, und gerade das macht allen angst. Auch mir macht es manchmal angst.« Sie nieste. Dann sagte sie: »Oh, Rags, liebst du mich wirklich?«

Rags! dachte Tom. Katzenausstellung!

»Friß noch etwas von dem Huhn«, befahl er.

Tom war eine praktisch denkende Katze, eine Katze von schlichtem Gemüt. Er fand es verwirrend – wenn auch durchaus schmeichelhaft –, sich so plötzlich in das Schicksal anderer Katzen verwickelt zu sehen, und so beherrschte er seine Neugier und tat erst einmal, was seine Nase ihm sagte. Er hatte versprochen, den beiden Futter zu besorgen, das war erledigt. Dann hatte er versprochen, sich um eine bessere Unterkunft zu kümmern, und das betrachtete er nun als seine nächste Aufgabe. Rasch, mit offenen Augen, voller Unternehmungsgeist und ohne sich vor seinen wilden Artgenossen zu fürchten, durchstreifte er die kalten Weiten von Tintagel Court und suchte nach einem neuen Quartier.

Am dritten Nachmittag wurde er fündig.

Der hochgelegene Nordflügel mit seinem weiten Blick über den Fluß war am längsten bewohnt gewesen. Infolgedessen waren die am obersten Flur gelegenen Wohnungen auf dieser Seite noch in gutem Zustand. Die Türen hinter den brandneuen strohgelben Spanplatten waren nicht aufgebrochen. Die Fensterscheiben waren heil. Die ganze Etage war verwaist und still. Sogar die Luft schien hier frischer zu sein. Aber wie fand man Einlaß? Tom marschierte mit hochgerecktem Schwanz auf und ab und verlangte: »Will da rein!« Doch die Türen zeigten sich überraschend widerspenstig. Er setzte sich auf die oberste Treppenstufe. Er legte seinen Schwanz um sich. Er schaute den Flur entlang und überlegte.

Alsbald vernahm er ein unregelmäßiges Klappern und ging ihm bis zur Küchenwand der zweiten oder dritten Wohnung nach. Die Abdeckung des Ventilatorschachts hoch über ihm, ein Metallgitter, an einer Seite mit einem Scharnier versehen und kaum größer als sein eigener Kopf, war locker und wurde vom Wind immer wieder auf- und zugeschlagen. Für eine sportliche Katze, eine starke, gelenkige Katze (eine Katze wie ihn), mußte es mit einem schrägen Sprung vom Fenstersims des Wohnzimmers aus zu erreichen sein. Sofort bezog Tom auf dem Sims Posten, und bei der ersten Gelegenheit stieß er sich ab. Als er mitten im Sprung war, knallte der Wind das Gitter zu. Tom plumpste auf den Betonboden. Das war nicht gut! dachte er und rappelte sich wieder auf. Er hatte sich den Kopf angeschlagen. Hatte ihn jemand beobachtet? Schade. Er machte den Hals lang und bearbeitete eine Stelle auf dem Rücken mit kräftigen Zungenstrichen, dann kletterte er auf das Fenstersims zurück. Die Ballen an den Vorderpfoten taten ihm weh.

Er wartete. Er beobachtete scharf. Er paßte den richtigen Moment ab, berechnete den Sprung. Diesmal erwischte er mit den Vorderpfoten die Kante und konnte den Kopf in die Öffnung hinter dem Gitter schieben. Dreißig Sekunden lang hing er strampelnd da. Dann stürzte er zum zweiten Mal ab.

Aller guten Dinge sind drei. Wieder klappte der Wind den Deckel auf und zu. Ob der Schacht wohl von innen verschlossen war? Das werden wir gleich sehen, dachte Tom. Er sprang, erwischte die Kante, hängte sich daran, scharrte mit den Hinterbeinen über die verputzte Ziegelwand, bis er mit den Krallen Halt fand, und zog sich hinein. Seine Schultern waren zu breit. Eine Hälfte seines Körpers hing aus der Wand heraus, die andere steckte in einem staubigen Loch, und der Kopf überragte wie ein Wasserspeier eine leere Küche.

Eine unwürdige Stellung.

Vorwärts! befahl er sich.

Eine Drehung, ein paarmal kräftig gezappelt, dann war er drin.

Ja! beglückwünschte er sich.

Der Grundriß war ihm vertraut. Küche, Korridor, Wohnzimmer. Doch sonst war alles anders. Die Küche war sauber und freundlich. Die gläserne Verbindungstür war nicht zerbrochen. Und, was vielleicht das beste war, alles war trocken. Tom ließ sich mitten im Wohnzimmer nieder und schnurrte. Dann putzte er sich. Schließlich besichtigte er den Rest seiner Eroberung. Als er die Schlafzimmertür aufstieß, stand er in einer Flut von Licht! Da die Außenfassade von Tintagel Court so glatt war, daß nicht einmal ein Affe daran hätte hinaufklettern können, hatte man darauf verzichtet, die Fenster auf der Flußseite zu verbrettern. Tom öffnete und schloß langsam die Augen. Von hier aus sah man alles. Es war gerade Flut, und draußen wehte ein frischer Wind. Weiße Möwen umkreisten in eleganten Schwüngen die Türme einer fantastischen Brücke (der Name Fantastische Brücke war ihm auf Anhieb eingefallen, und er behielt ihn bei). Eine große weiße Maschine tuckerte schwerfällig flußaufwärts, dem Herzen der Stadt zu. Hier konnte man den ganzen Tag sitzen und hinausschauen. Für kurze Zeit war Tom wieder so glücklich wie bei seinen Dusseln. Im Geist sah er Pertelot Fitzwilliam in diesem wasserweichen Licht schlafen. Sie war wieder gesund. Ein abenteuerlicher Traum von Ägypten veranlaßte sie, mit den zarten Füßen zu zucken. Bald würde sie aufwachen und von neuem überrascht sagen: »Tom, wie bist du schön!« Und Ragnar Gustaffson Cœur de Lion, der auf dem Fenstersims saß und die Möwen beobachtete, die durch die Bogen der Fantastischen Brücke schossen, würde ihr zustimmen müssen.

Hier könnten wir bleiben, bis es ihr bessergeht, dachte Tom. Ich würde für uns alle Futter besorgen.

Fünfzehn Minuten später klappte hoch oben in Tintagel Court in einem leeren Flur ein defektes Ventilatorgitter auf. Eine Minute darauf zwängten sich zwei Pfoten und ein Silberschnäuzchen mit schwachgrauen Tigerabzeichen und einer ziegelroten Nase in den windigen Nachmittag hinaus. Tom sprang zuerst auf das Fenstersims und dann auf den Boden. Jedesmal gab es einen satten Plumps. Unten angekommen, sah er sich nach allen Seiten um.

Die Lage war geradezu ideal.

»Aber ich komme wieder«, versprach er.

Zu einer anderen Tageszeit mochte alles anders aussehen.

Auf dem Rückweg hatte er ein merkwürdiges Erlebnis. Es schneite schon wieder. Der Wind peitschte die harten Schneeflöckchen wie Funken über den Hof. Der Schnee sammelte sich unbemerkt in den Ecken. Er wurde durch die Öffnungen auf die Treppenabsätze getragen und dort ohne Begeisterung, aber auch ohne Groll empfangen. Als Tom im Halbdunkel über eines der kahlen Quadrate huschte, bemerkte er in der Luft oder, genauer gesagt, im Licht eine Bewegung. Verwirrt blieb er stehen. Es war, als führe einer der geheimen Pfade durch das Gebäude und quer über den Treppenabsatz, um durch die Ziegelmauer an der Rückseite ins Freie zu gelangen. Die Schneeflocken, die auf trägen, kalten Luftströmungen ins Treppenhaus schwebten, wurden von einem trüben Lichtwirbel in der Ecke angezogen und wieder abgestoßen. Die Ecke atmete. Tom konnte es hören. Die Schneeflocken gingen ein und aus. Im nächsten Moment gab es eine kleine Erschütterung, wie ein Niesen, ein *warmer* Luftstrom zog über den Treppenabsatz, und alles war wieder normal. Vorsichtig steckte

Tom die Nase in die Ecke und schnupperte. Katzenpisse. Menschenpisse. Auch das war normal. Er blieb noch eine Weile sitzen, doch als nichts weiter geschah, ging er nach Hause.

Pertelot Fitzwilliam fraß. Ragnar fraß. Tom fraß. Das Huhn reichte drei Tage. Dann hatten sie wieder Hunger. Sogar die Wände verströmten einen leichten Duft nach indischen Gewürzen. Ungewöhnlich geformte, braungebrannte, blankgeleckte Knochen waren über den Fußboden verstreut. Tom erwachte und sah nach Pertelot. Im Schein der Morgenröte schimmerte ihr Fell in allen Farben von Rosa bis Maulwurfsgrau. Sie schob mit ihrer langen Pfote bedächtig die Knochen hin und her. Sie war wunderschön.

»Dieses *Ägypten*«, fragte er, »wie ist es da so?«

Sie drehte langsam den Kopf. Der Lichtstreifen, der durch die Ritzen der Fensterverbretterung drang, umrahmte ihr Gesicht und verlieh dem Profil die Wildheit eines steinernen Götzenbilds.

Mau! dachte Tom. Ägyptische Mau!

»Mercurius«, sagte Pertelot freundlich. »Woher soll ich das wissen? Ich war doch noch nie dort.«

Tom schnurrte. Er war Mercurius!

»Ich glaube, ich gehe heute auf die Jagd«, verkündete er.

Er hatte sich sein Revier schon ausgesucht.

Es lag an der Caribbean Road, etwa einen Kilometer in Richtung auf die Fantastische Brücke. Früher war es ein Zeitungs- und Tabakladen gewesen. Jetzt verkündete ein Schild auf der Vorderseite (sofern man lesen konnte):

Burgess Supermarkt.

Tom hatte sich, eng an eine Hauswand gedrückt, durch den morgendlichen Fußgängerstrom gekämpft, war hier den Rädern eines Kinderwagens ausgewichen und dort unter den grapschenden Händen eines Kleinkinds durchgeschlüpft. Ein Bullterrier, so fett, daß er kaum watscheln konnte, hatte ihn gejagt. Vorbeifahrende Autos hatten ihn, und das war schlimmer, mit eiskaltem braunem Wasser bespritzt. Jetzt stand er in der Tür und schaute einen langen, schmalen Gang mit Regalen voller Kartoffelchipstüten, Plastiksalzbüchsen, Schnittbrotpaketen und großen, bunten Frühstücksflockenschachteln entlang. Die kräftigen Farben unter den flackernden Neonlichtern gefielen ihm. Die warme Luft mit ihren vielfältigen Gerüchen gefiel ihm. Trockenerbsen und Gewürze. Kalter Braten. Obst in verschiedenen Saucen. Runzlige Würstchen, rötlichgelb und trocken. Süßes Gebäck, würziger Käse und frischer Joghurt, der ihn an Pertelots reinen Atem erinnerte. Und alles wartete nur darauf, von ihm befreit zu werden.

Tom war nervös. Seine Füße waren vom Schneematsch kalt und schmutzig. Steh hier nicht herum! schalt er sich. Nicht herumstehen. Hineingehen. Sofort!

Er war am Ziel, aber er hatte keinen Plan.

Auf dem welligen, alten Holzboden neben der Tür stand ein Turm ineinandergestellter Metallkörbe. Tom stellte sich daneben, knetete mit den Vorderpfoten den Fußabstreifer und blickte an den prallen Beinen eines menschlichen Kunden hinauf. Dessen weiter kastanienbrauner Mantel roch nach Nässe. Seine Schuhe rochen nach Hund. »Überall bekommt man sie, nur bei Ihnen nicht«, klagte er. Es klang betrübt und vorwurfsvoll. »Überall.«

»Hallo«, sagte Tom und rieb sich an den Beinen. Ein Dussel, dachte er.

»Nun sehen Sie sich das an«, sagte der Dussel zum Verkäufer. »Ich wußte gar nicht, daß Sie eine Katze haben.«

Tom zog sich verschämt hinter die Metallkörbe zurück. Dussel, Dussel, Dussel.

»Wo ist hier eine Katze? Hier gibt es keine Katzen. Ich hasse Katzen.«

Der Kundenmensch war verwirrt. Er ging zur Tür, streckte den Kopf hinaus und schaute nach allen Seiten. Dann zuckte er die Achseln. »Wie auch immer«, sagte er. »Jedenfalls bekommt man sie überall, nur nicht bei Ihnen.«

Als er gegangen war, wagte sich Tom wieder hervor. »Haben Sie Tandoori-Hühnchen?« fragte er. »Sieht rötlich aus.«

Keine Antwort. Der Verkäufer war ebenfalls ein Dussel. Tom rieb sich an der Theke und hißte seinen Schwanz wie eine

Flagge. Er mußte sich strecken, um über die Kasse schauen zu können. Der Dussel hinter der Theke las Zeitung und hatte Tom noch gar nicht bemerkt.

»Ich bin hier unten.«

Keine Antwort.

Na schön, dachte Tom und trottete nach hinten, wo das Kühlregal stand. Das Innere war hell erleuchtet, und alles Futter war verpackt. Davor hingen vergilbte Plastikstreifen, um die kalte Luft drinnenzuhalten. Tom stellte sich auf die Hinterbeine und schob die Streifen beiseite. Dann sprang er hinein und beschnupperte die weißen Behälter und die glänzenden Pakete. Es roch – ganz schwach nur – nach Sahne und Butter. Und es roch nach Speck. Wieder herauszukommen, erwies sich als schwierig. Der Speck verfing sich immer wieder in den Plastikstreifen. Das erste Päckchen ließ er fallen, nun mußte er noch einmal hinein, um es zu holen. Als er draußen auf dem Boden landete, fiel es ihm noch einmal hinunter. Das brachte ihn auf einen Gedanken. Bald lag vor dem Kühlregal ein ganzer Stapel Speckpakete. Er wußte zwar noch nicht, wie er sie befördern sollte, aber der Laden war leer, er hatte also wohl noch Zeit, sich darüber Gedanken zu machen.

Gerade als er das letzte Päckchen aus dem Regal holen wollte, betraten drei weitere Kundenmenschen – Frauen in dicken, warmen Wollsachen – den Laden und gingen mit Metallkörben über dem Arm an den Regalen entlang. Die eine strebte, in leise Selbstgespräche vertieft, langsam auf das Kühlregal zu, beugte sich darüber und kramte zwischen Schmelzkäse, Würstchen in Zellophan und eingeschweißten Peperoni. Tom kam sich vor wie unter einem nassen Baum. Als sie sich dem pflanzlichen Brotaufstrich, der fettfreien Sahne und dem griechischen Bergjoghurt zuwandte, berührte sie Toms Fuß.

Tom drückte sich in die hinterste Ecke. Sollte er fliehen?

Zu spät.

Die Frau schaute geradewegs auf ihn herab.

Tom schaute zu ihr hinauf.

Sie öffnete den Mund. Die breiten, kräftigen Hände kamen ihm gefährlich nahe, wollten ihn packen.

Tom ergriff die Flucht.

Im Sprung schnappte er sich eins von seinen Speckpaketen und schleifte es in rasender Eile durch den Gang. Er erreichte die Tür, schoß hinaus, schlitterte im Schneematsch um die Kurve und rannte, was das Zeug hielt. Der Verkäufer rannte zeternd hinter ihm her. Ihm folgten (allerdings nicht sehr lange), die dicken Arme schwenkend, die drei Kundinnen. Der Speck drohte Tom immer wieder aus dem Maul zu rutschen. Kaum hatte er ihn fest in der Mitte gepackt, verschob sich das Ding schon wieder und wollte ihm entgleiten. Oder es blieb an der Mauer hängen, wenn er um eine Ecke raste, und wurde ihm einfach aus den Zähnen gerissen.

»Wou!«

Ein Blick zurück. Der Verkäufer war immer noch da.

Lauf, Tom! dachte Tom. Lauf, was du kannst!

Zwischen Passantenbeinen hindurch. Ein Sprung in den Rinnstein. Ein Schwenk auf die Fahrbahn, mit gesenktem Kopf und angelegten Ohren zum Fluß hinunter! Eine wildgewordene weiße Katze, die in der Caribbean Road beim Speckstehlen erwischt worden war! Als Tom das nächste Mal aufschaute, lag Tintagel Court vor ihm, und von den Verfolgern war nichts mehr zu sehen. Keuchend schleppte er sich die nasse Treppe hinauf. Als er sein Päckchen endlich vor Pertelot Fitzwilliam fallen ließ, brannten ihm die Lungen, und die Kiefer schmerzten. Er hatte seine Beute so krampfhaft festgehalten, daß er mit den Zähnen das Plastik durchstoßen hatte. Die Mau streckte sich noch halb im Schlaf und schnurrte genüßlich.

»Mercurius!« flüsterte sie.

Pertelot Fitzwilliam fraß. Ragnar fraß. Tom fraß.

Ragnar seufzte. »Ich muß schon sagen: Das war gut! Nur die harte Schale hat sonderbar geschmeckt.«

»Die habe ich nicht gefressen«, sagte Tom.

So ging es zwei oder drei Tage, vielleicht eine Woche lang. Pertelot und Ragnar versteckten sich vor aller Welt, und Tom versorgte sie, wobei die Mahlzeiten allerdings öfter aus einer

Mülltonne kamen als aus einem Kühlregal. Wenn er im verschwimmenden Grau des Morgens erwachte oder fröstelnd zwischen Tintagel Court und den Mülltonnen hin- und herlief, dachte er manchmal schuldbewußt an Majicou und dessen Auftrag, den König und die Königin zu suchen. Doch er erlebte zum ersten Mal, daß jemand vollkommen von ihm abhängig war, und er wußte, daß er seine neuen Freunde jetzt nicht im Stich lassen konnte, auch wenn sie ihm noch so sehr auf die Nerven gingen.

Jeden Tag besuchte er sein neues Quartier. Außer ihm ging niemand dorthin, weder Mensch noch Katze. Nur ein oder zwei Tauben saßen auf der Dachrinne, beäugten ihn stumm und plusterten sich auf, als sei ihnen seine Anwesenheit peinlich.

Und wenn er dann nach Hause eilte, beschäftigte ihn jedesmal das gleiche Problem: Die neue Wohnung war sicher, aber wie sollte er Pertelot Fitzwilliam hineinbringen? Darüber war er sogar schon mit Ragnar in Streit geraten. Für den Sprung durch den Ventilatorschacht war die Mau auf jeden Fall zu schwach. Durch das regelmäßige Essen hatte sich ihr Zustand zwar gebessert, aber sie verschlief immer noch zwanzig von vierundzwanzig Stunden, und wenn man sie weckte, nieste sie bis zur Erschöpfung. Ständig lief ihr die Nase. Die Augen tränten ihr.

»Das wird hier niemals besser«, knirschte Tom. »Sieh dich doch um!«

Die Luft war so feucht, daß sich die Tapeten von den Wänden schälten. In allen Ecken wuchsen zähe gelbe Pilze, die aussahen wie Menschenohren. »Wir sollten sie schleunigst in den neuen Bau bringen. Mir wird schon noch einfallen, wie wir hineinkommen.«

Ragnar war damit nicht einverstanden. »Sie kann sich kaum auf den Beinen halten«, erklärte er. »Sie wäre ein leichtes Ziel, denn sie käme nur langsam vorwärts. Es wäre eine Katastrophe. Ich denke, wir könnten viel zu leicht entdeckt und aus dem Hinterhalt überfallen werden.«

»Von wem denn?« fragte Tom empört.

»Wer weiß?«

»Ich habe keine Angst vor den wilden Katzen.«
»Schön.«
»Fürchtest du dich etwa vor ihnen?«
»Nein.«
»Dann hast du einfach Angst vor dem Umzug«, hielt Tom ihm vor. »Du findest es hier abscheulich, aber wegzugehen traust du dich nicht.«
Ragnar drehte den Kopf zur Seite und sagte leise: »Ich fürchte mich vor gar nichts. Aber wenn wir hier weggehen, findet uns Pertelots Besitzer, und das wäre eine Katastrophe für alle.«
»Ich halte nichts von Besitzern«, sagte Tom. »Wenn du es in dieser Welt zu etwas bringen willst – und ich rede wahrhaftig nicht nur vom *Fressen* –, dann mußt du es ganz allein schaffen. Als Eigentum von jemand anderem hast du keine Chance. Das ist meine Meinung.«
Er wandte sich an die Mau. »Deine auch?«
Aber die Mau hatte offenbar nur ein Wort mitbekommen, denn sie riß die Augen weit auf und rief: »Der Besitzer! Er darf mich nicht finden!«
Tom hatte genug. »Wir besorgen uns etwas zu essen«, schlug er vor.

Letztlich wurde ihnen die Entscheidung ohnehin abgenommen. Tom wachte eines Nachts auf und stellte fest, daß Pertelot Fitzwilliam hohes Fieber hatte. Sie lag auf der Seite und krümmte sich wie ein entzweigeschnittener Regenwurm. Sie hatte ihre Zeitungen in Fetzen gerissen und die Füllung aus dem Purpurkissen gezerrt. Die Lippen waren so weit zurückgezogen, daß die Zähne sichtbar wurden, und durch ihr Fell zogen sich schwarze Streifen. Im ersten Moment kam es Tom so vor, *als sei jemand im Zimmer gewesen*. Ein unheimlicher Lichtschein huschte über die Wände, und in der feuchten Dunkelheit hing ein Echo wie von Worten, die jemand über die schlafende Pertelot Fitzwilliam gesprochen hatte oder gar immer noch sprach. Aber nur Ragnar war da und leckte der Mau beruhigend das Gesicht. In seinen riesigen grünen Augen brannte die Verzweiflung.

»Ragnar! Ich dachte ...«

»Ich auch. Aber hier ist nichts.«

»Ragnar, die Lichter! Diese Lichter an den Wänden!«

»Ich denke, das ist nur der Mondschein.«

Tom stand mühsam auf. Er fühlte sich unbeholfen und zentnerschwer. Er fühlte sich wie irgendeine Katze. Sein Kopf verweigerte ihm einfach den Dienst. Federleichte graue Träume, einer bedrohlicher als der andere, stoben nach allen Seiten davon. Endlich brachte er eine Frage zustande:

»Was ist mit ihr?«

»Tom, ich denke, wir sind verloren.«

»Sie lebt noch«, sagte Tom. »Und wer noch am Leben ist, ist nicht verloren.«

Er dachte: Wasser. Und er sagte: »Hol Wasser!«

»Wie?«

»Muß ich denn alles selber machen? Ragnar, ich *weiß* nicht, wie!«

In diesem Augenblick erwachte Pertelot Fitzwilliam und wimmerte kläglich. Im nächsten Moment, bevor einer der beiden Kater reagieren konnte, war sie aufgesprungen und aus dem Raum geflüchtet. Tom und Ragnar starrten sich an. Aus der Küche war ein gleichmäßiges Pochen zu hören. Es kam von Pertelot, die sich immer wieder gegen die Eingangstür warf. Doch plötzlich hielt sie inne und setzte sich. »Raggy«, sagte sie ganz ruhig und vernünftig, »würdest du mir bitte zeigen, wie man hier hinauskommt? Ich finde offenbar den Weg nicht.« Dann knickten ihre Vorderbeine ein, und sie brach mit überraschtem Gesicht auf dem schmutzigen Linoleum zusammen. »Helft mir doch!« flehte sie. »Ich bin in mir selbst gefangen. Ihr dürft nicht zulassen, daß sie mich finden.« Sie schien wieder das Bewußtsein zu verlieren und starrte mit offenem Mund ins Leere. Ihr Atem ging schnell und flach. Und dann sagte sie etwas, das wie ›Goldene Katze‹ klang.

»Tom!« sagte Ragnar. »Wir müssen ...«

Doch bevor die beiden die Mau erreichten, war sie schon wieder auf den Beinen und steckte den Kopf durch das Loch in der Tür.

»Nicht da hinaus!« rief Ragnar. »Pertelot, komm zurück!«

Sie hörte nicht auf ihn. Nur ihr Schwanz ragte noch in die Küche hinein. Ragnar warf sich mit seinen ganzen siebzehn Pfund darauf und hielt ihn mit den Zähnen fest. Von draußen war ein aufgebrachtes Kreischen zu hören, und der Schwanz zuckte heftig hin und her. Dann erschlaffte er unvermutet, und eine Stimme sagte ruhig:

»Ragnar Gustaffson, was fällt dir ein?«

Ragnar schaute drein wie ein begossener Pudel. Einen Augenblick lang hielt er noch stand, dann nahm er die Kiefer auseinander. Der rosagraue Schwanz verschwand durch das Loch.

»Danke«, sagte Pertelot.

»Gern geschehen«, sagte Ragnar.

»Trottel«, sagte Tom.

Er raste quer durch die Küche und brachte gerade noch rechtzeitig den Kopf aus der Tür, um zu sehen, wie Pertelot die nächste Treppe hinaufstieg, über den Außenflur huschte und auf der anderen Seite wieder hinunterlief. Es war eine kalte, mondhelle Nacht. Die Luft war klar, nur ein paar Wölkchen standen am Himmel. Pertelot lief quer über den Hof und wieder zurück. Wußte sie überhaupt, wohin sie wollte? Tom bezweifelte es. Immer wieder wurde sie langsamer, sah sich, den Schwanz erhoben, die Schwanzspitze eingerollt, nach allen Seiten um und schoß wieder davon. Sie wirkte ganz unbefangen, bei klarem Verstand, nur etwas zerstreut, als sei das Fieber nicht gewichen, sondern habe sich nur irgendwie in ihrem Innern abgesetzt. Bald hatte sie – mit einer Ausnahme – jeden Winkel des Gebäudes besichtigt.

Es war eine ungewöhnliche Prozession.

Die Mau hastete lautlos durch die Nacht und warf im Mondlicht einen langen, schrägen Schatten. Tom folgte ihr. Ragnar folgte Tom. Keiner sprach ein Wort.

Die drei rannten gerade eine Treppe an der Flußseite des Komplexes hinunter, als sich das Treppenhaus plötzlich verformte, in die Länge zog und zugleich wölbte, bis es aussah wie ein horizontaler Tunnel. Tom blieb ratlos stehen. Wenn er nach vorn schaute, war der Tunnel endlos. Unheimliche

Echos schallten zu ihm zurück. Doch wenn er sich umdrehte, sah er nur eine ganz gewöhnliche Treppe. Und hinter ihm stand Ragnar mit schiefgelegtem Kopf! Er war nicht weniger verwirrt.

»Das kann nicht wahr sein«, murmelte er.

»Da unten ist irgendwo der Treppenabsatz«, sagte Tom.

Dann fiel ihm wieder ein, welcher Treppenabsatz das war.

»Schnell!« drängte er.

Aber sie kamen zu spät. Als sie eintrafen, lief Pertelot bereits mit seltsam stockenden Schrittchen auf die magische Straße zu. Die hatte sich um neunzig Grad gedreht, seit Tom sie zum letzten Mal gesehen hatte; nun reichte sie vom Boden bis zur Decke und nahm den größten Teil des Treppenabsatzes ein. Sie sah aus wie eine trübe Röhre von etwa zwei Meter Durchmesser, gefüllt mit bläulichbraunen Gasen, die in unregelmäßigen Stößen nach oben gedrückt wurden. Manchmal verflüchtigten sie sich auf dem Weg zur Decke. Manchmal verschmolzen sie auch wie chemische Substanzen zu einer vibrierenden bunten Masse, die von Adern und Streifen in den schönsten, sattesten Rot- und Blautönen durchzogen war.

Es war eine magische Straße. Und es war keine magische Straße.

Es war lebendig.

Als die Straße die Mau erblickte, durchlief sie ein Zittern. Tief in ihrem Innern flackerten Lichter auf. Sie neigte sich Pertelot entgegen wie eine Flamme im Wind und zerfiel zu grauen Funken und feuchtglänzenden Ascheflocken. Zwergenhaft klein stand die Mau davor, eine schmale, schwarze Katzensilhouette mit hocherhobenem Kopf. Ein tiefes Stöhnen erhob sich, dann setzte Gesang ein. Ein Psalmodieren im Innern der Röhre. Pertelot erstarrte. Ihr Rückenfell sträubte sich. Schritt für Schritt ging sie mit steifen Beinen auf das Gebilde zu. Die Gase gerieten knisternd in Bewegung, und dann schoß eine Fontäne aus unnatürlichen Farben in die Höhe, ein Feuerwerk im Dunkeln…

»Komm schon, Ragnar!« drängte Tom.

Aber Ragnar Gustaffson starrte unverwandt hinter sich die Treppe hinauf.

»Sieh nur!« rief er.

Katzen strömten auf sie zu! Wellen von Katzen, ein Meer von Katzen: Sämtliche Katzen von Tintagel Court hatten sich in dieser Nacht auf dem oberen Flur versammelt. Es mußten Hunderte sein – schwarze, weiße und schwarzweiße Katzen; graue, braune und rotgetigerte; gestromte, schildpatt- und rauchfarbene; Weibchen und Männchen und die verschiedensten Zwitterformen; einäugige, rotbraune Kater und ihre dreibeinigen, gescheckten Kätzinnen; törichte Jungkatzen mit mondsüchtigen Augen; groß und klein, alt und jung, unbeschnitten und kastriert, krank und gesund … Alle drängten sie sich oben an der Treppe und kamen nun so langsam heruntergestiegen wie kochende Milch, wenn sie über den Tiegelrand quillt.

»Wir können nicht zurück!« rief Ragnar.

Das hatte Pertelot Fitzwilliam auch gar nicht vor. Schritt für Schritt näherte sie sich, vom Fieber geschüttelt, mit unnatürlich hell strahlenden Augen dem Ding auf dem Treppenabsatz. Plötzlich verblaßten die Farben, die Röhre wurde zu einer von nilgrünen Adern durchzogenen, milchigtrüben Säule. Musik erklang aus ihrem Innern – Schellen, eine Rohrflöte, kleine Trommeln, unrhythmisch, bizarr. Sie bewegte sich, es war wie ein Tanz. Eine Menschenstimme lockte: »Komm her zu mir. Komm zu mir. Komm!«

Und dann geschah zweierlei. Tom warf sich zwischen Pertelot und die Feuersäule. Und Pertelot, die die Stimme ganz eindeutig erkannt hatte, nahm Reißaus.

Tom starrte an dem riesigen Ding hinauf und konnte kein Glied mehr rühren.

»Wou!«

Zwei Riesenhände schlossen sich um seine Rippen, und als er kratzte und biß, drückten sie ihm die Kehle zu. Willenlos vor Angst, seiner Würde beraubt, vom Schock gelähmt wie von einem Schlaftrunk, hing Tom in diesen Händen wie ein Kätzchen im Maul seiner Mutter. Bevor man ihn entführen konnte, sah er noch, wie sich die Mau und ihr Gemahl Seite an Seite wie zwei Schiffe in stürmischer See die Treppe hinaufkämpften. »Pertelot! Ragnar!« rief er. Eine Katzenwelle nach der anderen wälzte sich über die beiden hinweg. Doch sie stemmten sich dagegen und stießen auch nur auf geringen Widerstand. Die wilden Katzen kümmerten sich nämlich gar nicht um sie. Ihre Aufmerksamkeit galt ausschließlich der trüben Lichtsäule, in der jetzt eine Gestalt mit einem Schnabelkopf stand. Sobald sie die Säule erreichten, stürzten sie sich zu Dutzenden hinein; es war wie einst im Mittelalter, als man die Katzen noch auf dem Scheiterhaufen verbrannte. Ihre Stimmen vereinigten sich zu einem dünnen Verzückungs- und Verzweiflungsgewinsel.

Tom erschauerte. Ringsum war alles weiß. Abscheuliche Gerüche stiegen ihm in die Nase. Wie aus weiter Ferne hörte er Geräusche, abgerissene dumpfe Laute. Etwas Braunes, Gummiartiges wurde ihm auf das Gesicht gedrückt. Die Riesenhände griffen zu. Die Finger zogen seine Nackenfalte in die Höhe. Ein scharfer Schmerz durchzuckte ihn. Einmal bäumte er sich noch auf, dann erschlaffte er zu einem etwa sechzig Zentimeter langen cremigweißen Hermelinstreifen. Bevor er das Bewußtsein verlor, hörte er noch die Worte …

»… die falsche! Die falsche Katze!«

Als er erwachte, lag er auf dem kalten, schmutzigen Betonboden und starrte in eine rußige Ecke, die nach Ammoniak roch. Der Schädel brummte ihm, und obwohl sein Herz ruhig schlug, tobte in seiner Seele noch immer die Panik. Als er aufstand, tat ihm alles weh. »Iau!« sagte er. Er war allein. Der Treppenabsatz war leer. Alles war ruhig. Die seltsamen Funken, die über den Beton tanzten, erkannte er bald als Schneeflocken im Wind. Es war schon spät, und in Tintagel Court herrschte Totenstille. Steifbeinig hinkte Tom im Mondschein zurück, um nachzusehen, ob Ragnar und Pertelot in der Wohnung waren. Aber die war jetzt von den wilden Katzen besetzt. Die Tür war aufgerissen. Es roch nach Feuer. Draußen stolzierte wie ein Löwe vor seiner rußgeschwärzten Wüstenhöhle der rotgetigerte Kater auf und ab, mit dem sich Tom bei seiner Ankunft geprügelt hatte. Tom sah sich das alles ein paar Minuten lang an, dann verzog er sich.

Bei Tagesanbruch war er erschöpft und der Verzweiflung nahe. Er hatte jeden Winkel von Tintagel Court abgesucht, aber seine Freunde waren spurlos verschwunden. Er hatte in schwarze Müllschluckerschächte geschaut. Er war auf den Rand der riesigen Müllbehälter gesprungen, die unbenutzt in der großen Einfahrt standen. Er hatte die umliegenden Straßen durchkämmt und sein Augenmerk besonders auf Kohlenkeller, Gartenschuppen und Autowracks mit eingeschlagenen Fensterscheiben gerichtet; er hatte jedes Schlupfloch inspiziert, in das sie in ihrer Panik geflüchtet sein konnten. Er war flußaufwärts bis zur Fantastischen Brücke, flußabwärts bis zu den Mayflower Docks und zum Observatory Quay gelaufen.

Nichts. Als hätten sie sich in Luft aufgelöst.

Irgendwann war er so müde, daß er möglichst weit vom nächsten Treppenschacht entfernt in einer stinkenden Ecke niedersank und einschlief. Doch dann quälten ihn schlimme Träume. Schwarze Schatten umkreisten ihn und redeten flüsternd auf ihn ein. Die einäugige Katze pirschte sich an ihn heran wie an einen Vogel. »Warum tust du das?« flehte Tom. »Weil du mich enttäuscht hast«, antwortete die inzwischen vertraute Grabesstimme streng. Irgendwann konnte Tom den Majicou und das Wesen, das er in der Lichtsäule gesehen hatte, nicht mehr auseinanderhalten. Er kam, immer noch im Traum, hinter der Caribbean Road an einer magischen Straße vorbei. Es war heller Morgen. Plötzlich streckte etwas, das von der Taille aufwärts der Majicou und von der Taille abwärts Pertelots Besitzer war, die Hand heraus, packte ihn und zog ihn hinein. »Falsche Katze!« kreischte es. Tom glaubte zu ertrinken. Danach wagte er nicht mehr zu schlafen. Er suchte sich eine möglichst bequeme Stellung, zog die Pfoten unter sich, bis er mit der Nase fast den kalten Boden berührte, und wollte überlegen, was er als nächstes tun sollte. Dabei wanderten seine Gedanken natürlich wie von selbst zu seinen verschwundenen Freunden. Im Geist sah er sie vor sich, von einem hellen Lichtschein umgeben, fast schon übernatürliche Erscheinungen …

Die Mau, deren Fell im Morgenlicht zwischen Rosa und Braun schillerte, mit ihrem klassischen, wie in Stein gemeißelten Profil. Der vierschrötige Ragnar, wie er mit eherner Entschlossenheit sein Purpurkissen gegen die wilden Katzen verteidigte. »Ich werde dich Mercurius nennen«, hatte Pertelot geflüstert; wie stolz er damals gewesen war und wie er sich bemüht hatte, sich nichts anmerken zu lassen! Und Ragnars erstes Kompliment: »Nicht einfach irgendeine Katze, denke ich«, hatte er gesagt. Tom erinnerte sich an einen Nachmittag kurz nach seiner Ankunft. Die beiden hatten ihm erzählt, wie sie gemeinsam von der Katzenausstellung geflüchtet waren...

»Du mußt dir das so vorstellen«, begann die Mau. »Viele, viele Käfigreihen unter den hellen Lampen...«

Hektischer Betrieb, Stimmengewirr. Menschen, die durch die schmalen Gänge stapften, um sich die kleinen Siamkatzen mit den zierlich gekrümmten Spielzeugbeinchen anzusehen; blaugraue Britisch-Kurzhaar-Veteranen, die lautstark nach Futter, nach ihren Gefährten, nach Freiheit verlangten; exotisch getupfte Californias mit scheuen Dschungelaugen.

»Rags und ich saßen zu beiden Seiten des Ganges jeder in seinem Käfig und plauderten über Belanglosigkeiten, während wir auf unseren Auftritt warteten. Doch bevor der Aufruf kam, wurden mitten im größten Trubel, auf dem Höhepunkt der Veranstaltung, als sich zweitausend Menschen in der Halle drängten, unsere Käfigtüren geöffnet!« Die beiden sprangen hinaus ›wie die Ersten Katzen aus dem Auge der Mutter‹, um mit den Worten der Mau zu sprechen, schlüpften zwischen zahllosen Menschenfüßen hindurch, ertrugen die betäubenden Gerüche nach Schweiß und Trockenfutter und arbeiteten sich an den Verkaufsständen und der Ausstellungsfläche vorbei zu den Türen vor – um schließlich irgendwo auf den endlosen, feindseligen Straßen der großen Stadt zu stehen.

»Ein *Mensch* hat euch freigelassen?« fragte Tom.

»Nein!« sagte die Mau. »Nein! Ein Kater hat uns freigelassen.«

»Er konnte Käfige öffnen«, fügte Ragnar hinzu. »Vielleicht brauchte er sie nur anzusehen. Ich weiß es nicht. Es war ein sehr kluger Kater.«

Die Geschichte war unheimlich, und sie wollte ihm irgend etwas sagen. Tom grübelte in seinem unruhigen Halbschlaf darüber nach. Und plötzlich war er hellwach, in Tintagel Court war es Morgen, und das volle Ausmaß seines Irrtums wurde ihm offenbar …

Sehr altes Blut.

Zwei Katzen von makellosem Stammbaum auf freiem Fuß in einer gleichgültigen Welt.

Ein Tier, das Käfige öffnen konnte, indem es sie nur ansah!

Der Majicou hatte Ragnar und die Mau freigelassen. Die beiden *waren* der König und die Königin. Tom hatte das falsche Tintagel, aber – entgegen aller Wahrscheinlichkeit – die richtigen Katzen gefunden.

Und jetzt hatte er sie wieder verloren.

Nachmittag in Tintagel Court. Benommen vor Hunger, Langeweile und Selbstekel lagen die wilden Katzen herum. Alle Mülltonnen waren abgesucht, alle Reviere abgesteckt. Alle Streitigkeiten waren schon im Morgengrauen beigelegt worden – ein rascher Sprung mit angelegten Ohren, ein kurzes Aufblitzen rasiermesserscharfer Krallen! Bis zum Dunkelwerden gab es nichts mehr zu tun. Wie eine Stimme drang der Geruch des Flusses durch den Nachmittag. »Ebbe – Schlamm und Steine. Flut – Schlamm und Wasser. Geh fort von hier«, flüsterte er. »Flußaufwärts – Felder und Wälder. Flußabwärts – das Meer. Geh fort von hier.«

Den ganzen Tag über hatte hoch über dem Court ein Vogel geschwebt; doch falls es eine Elster war, so kam sie nie herab. Also keine Botschaft von Majicou. Der Fuchs war seinem Versprechen treu geblieben und nicht zurückgekommen.

Eine Weile würde es noch hell bleiben. Tom warf einen letzten Blick über den stillen Hof.

Dann brach er auf zu dem Versuch, seinen Fehler wiedergutzumachen.

5

CY WIE CHIFFRE

Wenn Katzenaugen aufleuchten, macht die Ratte halt.

MADAGASSISCHES SPRICHWORT

Sein schlechtes Gewissen trieb ihn weiter.

Vier Uhr nachmittags: Graupelschauer fegten über den vom Wind aufgewühlten grauen Fluß, mattgraues Licht fiel in ernüchternder Sachlichkeit auf den Gezeitenschlamm und die eingebetteten Nester aus schwarzen Zweigen, rostigen Blechdosen und zerrissenen Schirmen. Auf dem schmalen, schmutzigen Grasstreifen vor der Allerheiligenkirche flog nasses Zeitungspapier herum. Die Allerheiligenkirche war Toms letzte Hoffnung für heute. Zwei blaublütige Katzen, die blind durch die Gegend stolperten, ohne zu wissen, wohin, mochten sie durchaus für ein geeignetes Versteck halten.

Drinnen war es kälter als draußen; die unbewegte Luft roch abgestanden. Tom lief an den Bankreihen entlang und schnupperte. Möbelpolitur und Staub. Eine Wendeltreppe führte in den eiskalten Turm hinauf. Vor den schmalen Fensterschlitzen hingen dicke Spinnwebgirlanden wie zerschlissene Seidengardinen. Tom durchsuchte den leeren Kirchturm bis hinauf zu den morschen Schallbrettern.

Nichts.

Zwei der Gerüche in der Allerheiligenkirche hatte er wiedererkannt – den muffig-lebendigen der Mäuse und den der Tauben, der nur muffig war – ein dritter war ihm fremd.

Er hing nicht in den Kirchenbänken. Er hing nicht im Turm. Er kam und ging, scharf und lebhaft, Tom fühlte sich an den Fluß erinnert. Er unterschied Schlamm, Moschus und noch etwas, das er nicht benennen konnte. Sobald er es witterte, waren der König und die Königin vergessen. Es juckte ihn in der

Nase. Es juckte ihn bis in die Tiefen seiner Seele. Es versetzte ihn in helle Aufregung. Er lief die Turmtreppe hinunter und zurück in den Kirchenraum. Anheimelnde Messingreflexe. Rote Beeren wie Blutstropfen im milden Licht. Der leise Widerhall menschlicher Stimmen: zwei oder drei Frauen, die die Kirche mit Stechpalmen- und Eibenzweigen weihnachtlich schmückten. Wie sie so unter dem hohen Ostfenster hin- und hergingen – das Licht von draußen war so trüb, daß es die grellen Bonbonfarben dämpfte –, wirkten sie für Dusselverhältnisse ungewöhnlich friedlich, nicht unbedingt nur mit sich selbst beschäftigt, sondern einfach glücklich darüber, hier zu sein und nirgendwo sonst. Es war das erste Mal, daß Tom so über Menschen dachte. Und die Anwandlung ging schnell vorüber.

Im vorderen Teil der Kirche entdeckte er einen großen, hohlen Kasten und darauf einen Holzvogel – mit Hakenschnabel und blitzblanken Krallen –, der ein Buch auf den ausgebreiteten Schwingen hielt. (Bücher hatten auch seine Dussel besessen. »Nicht auf die Bücher klettern, Tom. Setz dich doch nicht auf das *Buch*!«) Tom sprang auf den Kasten und stellte sich auf den Rücken des Vogels. Von oben fiel ein Lichtstreifen herab und ließ sein Fell wie Eis erstrahlen. Und während sein Blick noch über die glänzenden Messingtafeln und die bleigefaßten Seitenfenstern schweifte, hörte er eine der Frauen leise sagen:

»Schau! Da vorn! Auf dem Lesepult! Ist er nicht wunderschön?«

Im gleichen Moment, als die Frauen Tom entdeckten, entdeckte Tom, was den fremden Geruch verströmte. Es huschte geschäftig durch den Mittelgang auf die hintere Kirchentür zu. Wenn man den schuppigen, nackten Schwanz mitrechnete – und Tom rechnete ihn mit –, war es fast halb so groß wie er selbst. Sein dickes braunes Borstenfell war wie mit Schmieröl oder etwas noch Schlimmerem an den Körper geklatscht. Die Augen zu beiden Seiten des spitzen Kopfes glitzerten wie schwarze Perlen. Es hielt sich stets am äußersten Rand des Ganges und nützte den Schatten der Bänke zur Deckung. Ein- oder zweimal blieb es stehen, stellte sich dreist auf die Hinterbeine und sah sich nach den Frauen um. Es sprühte förmlich vor Intelligenz und Boshaftigkeit. Seine Füße waren eigentlich Hände.

Es war eine Ratte.

»Wou!« sagte Tom laut zu den Frauen. »Seht genau hin!« warnte er. »*Meine* Ratte!«

Und er schnellte sich mit einem Satz vom Lesepult.

Die braune Ratte war voll ausgewachsen, zwölf Unzen schwer und nicht leicht zu erschrecken. Wie die meisten erwachsenen Ratten war sie nicht allzu wendig, dafür besaß sie ein gerüttelt Maß an Frechheit, und was ihr an Schnelligkeit abging, machte sie durch Gerissenheit wett. Sie wartete, bis Tom auf dem Boden aufkam, bildete sich in aller Ruhe ein Urteil – *Ziemlich groß, aber noch jung, hat bestimmt noch keine Ratte gefangen* – und sprang erst im letzten Moment auf die Lehne der nächsten Bank. Tom schoß an ihr vorbei und legte eine Notbremsung ein. Bis er die Richtung gewechselt hatte, war die Ratte bereits über die Banklehne davongehuscht. Plötzlich sprang sie mit einem Satz auf die Bank davor und dann, in aller Seelenruhe, noch eine Bank weiter. Sie strebte geradewegs auf den vorderen Teil der Kirche und auf die Frauen mit den Blumen zu. Denen stand vor Staunen ohnehin schon der Mund offen, nun kreischten sie los. Tom kletterte vorsichtig auf die Lehne der ersten Bank, um die Verfolgung aufzunehmen, doch auf der glatten, abgerundeten Holzkante fanden seine Pfoten keinen Halt. Er rutschte sofort wieder hinunter.

»Komm schon, Seemann!« drängte die Ratte, die zwei oder drei Bänke vor ihm innegehalten hatte, und strich sich flink die Schnurrhaare glatt. »Du willst eine Katze sein?« fragte sie.

»Ja«, sagte Tom.

»Eine Katze *lauert*. Nur *Hunde* jagen ihrer Beute hinterher. Wer hat dich denn ausgebildet? Du hast ja keine Ahnung, Seemann! Kennst du denn nicht einmal die *Grundbegriffe*?«

Tom zersprang fast vor Wut. Zu spät erkannte er, daß es genügt hätte, sich durch den Mittelgang bis zur ersten Bank vorzupirschen und abzuwarten …

Als er dort ankam, hatte die Ratte schon völlig ungerührt den nächsten Sprung gemacht und war auf dem Mantelkragen einer der Frauen gelandet. Die schrie empört auf und schlug mit den Händen nach dem Nager. Die Ratte fand das komisch. »'tschuldigung, Gnädigste, is mir wirklich peinlich!« sagte sie. »Aber wir bleiben doch alle nicht ewig hier.« Damit wollte sie auf das Lesepult wechseln, auf dem Tom eben noch gesessen hatte. Doch die Frau taumelte nach hinten, die Ratte verschätzte sich und prallte seitlich gegen den Kasten. Sie quiekte vor Schreck, schlug, die kurzen Arme und Beine ausgestreckt, ein Rad auf dem kalten Kirchenboden und blieb eine Sekunde lang betäubt auf dem Rücken liegen. Die Frauen hoben die Füße, um auf sie einzutrampeln. Eine halbe Sekunde später war Tom zur Stelle und zog sie ihnen unter den Füßen weg.

»Meine Ratte!«

»Du darfst mich nicht töten!« keuchte die Ratte. »Ich habe eine Nachricht für dich, sie wurde Ratte für Ratte den Fluß entlang weitergegeben. Sag selbst: Ist es sinnvoll, den Boten zu fressen, bevor man die Botschaft kennt?«

Tom grinste höhnisch.

»Aber es ist die Wahrheit!« beteuerte die Ratte. Jetzt klang in ihrer schrillen Stimme Verzweiflung mit. »Ich sollte nach einer silbernen Katze Ausschau halten und ihr folgendes ausrichten: ›Dein Auftrag lautete nicht, den König und die Königin in Tintagel *abzuholen.* Du solltest sie suchen und nach Tintagel *bringen.*‹ Das ist die Botschaft, die ich erhalten habe! Das hat der schwarze Kater gesagt!«

Zu spät, dachte Tom. »Ich fresse dich«, verhieß er der Ratte mit vollem Mund und schüttelte sie, so fest er nur konnte.

»Dann hörst du eben nicht auf mich, Seemann«, stöhnte die Ratte. »Aber ich bin noch nicht am Ende.«

Obwohl Tom sie zwischen den Kiefern hatte, zappelte sie heftig hin und her, fletschte die großen, vorstehenden, gelben Zähne, krümmte sich und biß ihm ein Stück aus dem linken Ohr heraus.

»Wou!« stöhnte Tom.

Er fauchte vorsichtshalber die Frauen an, damit nicht etwa eine von ihnen auf den Gedanken käme, ihm die Ratte entreißen zu wollen. »Genau«, erklärte er. »Seht ihr? Jetzt hat sie mich gebissen! Alles *eure Schuld*!« Sie starrten ihn an, dann warfen sie sich erschrockene Blicke zu. Eine Ratte ist schon schlimm genug, dachten sie wohl – so langsam, wie die Menschen eben denken –, und jetzt auch das noch! »Guarah!« machte Tom zu ihrer Beruhigung. Dann drehte er sich um und verließ die Allerheiligenkirche.

Draußen peitschte der Wind den Regen durch die Straßen, und über dem Fluß hing eine schwarze Wolkenwand. Tom schaute zurück. Das große Ostfenster der Kirche war dunkel und abweisend. Im Westen hing die Fantastische Brücke wie ein Fangnetz vor einem pfirsichgrünen Lichtstreifen. Tom rannte mit der Ratte im Maul um den Friedhof herum, ihre Zuckungen wurden immer schwächer. Er war in höchster Erregung, wußte aber nicht so recht, wie er sich verhalten sollte. Niemand hatte ihm beigebracht, wie man eine Ratte fraß. Endlich legte er sie im Schatten eines Grabsteins ab, den ein längst verstorbener Bildhauer mit einer Efeugirlande geschmückt hatte.

»Friß mich nicht, Seemann«, sagte die Ratte. »Gönn mir doch ein wenig Ruhe auf festem Boden.« Ihre Stimme wurde schwächer. Der faulige Hauch des Flusses entströmte ihrem Maul. »Ich hatte ein erfülltes Leben«, sagte sie. »Aber an der Elfenbeinküste war ich nie.«

Sie fletschte ein letztes Mal die Zähne.

»Es wird dir kein Glück bringen, wenn du mich auffrißt«, drohte sie mit letzter Kraft. »Setz Kurs Westsüdwest, Seemann. Die Wolken ziehen sich zusammen. Tintagel steht über den Wellen wie eine Schwarzrückenmöwe! Nach Tintagel, zur Tagundnachtgleiche!«

Hochaufgerichtet trotzte Tom dem Nordwind. Er spreizte die Vorderbeine ein und reckte das Gesäß in die Höhe. Das Ohr schmerzte ihn. Eine Gesichtshälfte war steif von geronnenem Blut. Aber er war sein eigener Herr, er hatte eine Ratte gefangen. Der Wind fuhr in das silbergraue Fell über den kräftigen Muskeln und plusterte es auf, so daß er im letzten Tageslicht endlich wie eine richtige Katze aussah und nicht mehr wie jemand, der um eines Stofftiers willen darauf verzichtet hatte, eine lebendige Hausmaus zu fangen.

Im Schatten der Allerheiligenkirche fraß er die Ratte.
Meine Ratte! dachte er.
Von da an ging alles schief.

Als erstes fühlte er sich unwohl.

Schlimmer noch als das Ohr (das, sobald die Aufregung nachließ, dumpf pochte und wie ein Klumpen Schmerz über der linken Gesichtshälfte thronte) war das Schwindelgefühl. Auf einmal wurde ihm trotz der Winterkälte der Pelz zu warm! Der Kopf tat ihm weh. Das linke Auge blinzelte unkontrollierbar. Und auf der Caribbean Road ging zu dieser Tageszeit alles drunter und drüber. Es war zu dunkel. Es war zu hell. Der Verkehr. Die vielen Beine, zwischen denen er sich, durstig und benommen, wie er war, irgendwie hindurchschlängeln mußte. Hin und wieder schaute er auf und fragte: »Habt ihr zwei Katzen gesehen?« Um dann hinzuzufügen: »Nun hört mich doch wenigstens an!«

In diesem Zustand kam er an eine Stelle, wo sich die Straße verbreiterte. Einmündende Seitenstraßen wurden von roten und grünen Ampeln empfangen. Es roch durchdringend nach Gummi und nach Chemie, und der Asphalt war mit einer dünnen schwarzen Schmierschicht überzogen. Man hatte die Autos durch Metallschranken voneinander trennen müssen wie wilde Tiere. Kein Wesen, das bei Verstand war, hätte versucht, diese Straße zu überqueren. Selbst die Menschen benützten die stinkende Unterführung. Da unten war man sicher; hier oben trachtete einem alles nach dem Leben. Tom balancierte auf dem Randstein und neigte sich im Sog eines vorbeifahrenden Taxis leicht zur Seite.

Er schaute über die Straße.

Mitten im Verkehr spielte ein Kätzchen.

Es war eine langhaarige Tigerkatze. Sie hatte ein trockenes braunes Blatt gefunden, das fröhlich in den Luftmassen herumwirbelte, die die Autos verdrängten. Ebenso begeistert von ihrer eigenen Lebendigkeit wie von dem tanzenden Ding, hüpfte die Kleine hierhin und dorthin. Das Blatt flatterte kokett. Zu spät! Sie stellte sich auf die kurzen Hinterbeine mit den komischen Höschen und schlug mit den Samtpfoten danach. *Wamm! Wamm!* Was jetzt? Sie wollte es fangen, so, mit einem eleganten Pfotenschlag über dem Kopf. Aber das Blatt entwischte ihr und wurde weggetragen. Die Autos flitzten an ihr vorbei, aber sie fürchtete sich nicht. Tom konnte nur staunen. Sie hatte überhaupt keine Angst.

Er sah sich um. »Will denn niemand etwas unternehmen?«

Menschenbeine eilten durch den Regen, kein edler Retter weit und breit.

»O nein«, seufzte Tom.

Schon hatten ihn die eigenen Beine in den Verkehrsstrom hineingetragen. Der Lärm war unerträglich. Schmutz- und Wasserfontänen in allen Regenbogenfarben ergossen sich über ihn. Vor seinem Gesicht zischten die Reifen vorbei. Niemand nahm Notiz von ihm. Niemand wollte gesehen haben, daß an einem Winterabend um halb sechs vor seiner Nase eine Katze auf die Straße gelaufen war. Niemand versuchte ihn aufzuhalten, obwohl Tom ein- oder zweimal, wenn ihn ein Wagen nur knapp verfehlte, hinter einer nassen Windschutzscheibe ein schuldbewußtes bleiches Gesicht bemerkte. Hupen jaulten, aber sie galten nicht ihm. Die Autos warnten sich nur gegenseitig: »Nicht langsamer werden! Nicht abbiegen! Nicht bremsen, solange du vor mir bist!«

Tom schloß die Augen. Dann tötet mich doch, dachte er.

Das Kätzchen schaute auf. »Hallo!« rief es erfreut.

Es stürzte sich auf das Blatt, kickte es vorsichtig auf ihn zu, sprang zurück und saß plötzlich auf dem Boden. Tom stellte erstaunt fest, daß das Ding, mit dem die Tigerkatze spielte, gar kein Blatt war, sondern ein kleiner, brauner Schmetterling mit schwarzgefleckten Flügeln und hellblauen Flügelspitzen! Wo mochte sie den wohl mitten im Winter gefunden haben? Während er noch überlegte, wurde der – in seiner Zartheit unzerstörbare – Schmetterling vom donnernden Verkehrssog mitgerissen. Als letztes sah Tom ein zielloses Flattern hoch über der Straße.

»Spielst du mit mir?« fragte die Tigerkatze. »Komm, laß uns spielen!«

Tom packte sie wie eine Katzenmutter im Nacken, drehte sich mühsam um und trug sie langsam Schritt für Schritt zum

Gehsteig zurück. Diesmal hielten die Autos tatsächlich an, und ihre Insassen schauten mit offenem Mund zu, wie die große, silbergraue, klatschnasse Katze mit unerschütterlicher Ruhe ihr Junges am Nackenfell durch das Chaos schleppte. Das Tigerkätzchen unterstützte seinen Retter in keiner Weise, sondern hing ihm schlaff, mit blanken Augen und kein bißchen zerknirscht aus dem Maul. Sein Gewicht zwang Tom zu einem unbeholfen schwankenden Gang. Kurz bevor er die andere Seite erreichte, blieb er stehen, um die von ihm gestiftete Verwirrung auszukosten. Dann packte er die Kleine etwas fester und marschierte die letzten Schritte bis zum Randstein.

Dort setzte er seine Last erleichtert ab, kauerte sich zusammen, machte den Hals lang und entleerte mit zwei- oder dreimaligem Würgen seinen Magen.

Er hatte einen großen Teil der Ratte wieder erbrochen. Nicht alles, keineswegs, aber immerhin. Vielleicht hätte er das Fell nicht mitfressen sollen, überlegte Tom. Das war ein Fehler, dachte er. Das Fell war nicht gut. Auch die Augen haben nicht besonders gut geschmeckt. Er sah die Ratte leibhaftig vor sich, und die Erinnerung an ihre klugen blanken Äuglein veranlaßte ihn, noch zweimal trocken zu würgen. Jedenfalls hast du dich gerächt, dachte er anerkennend. Als er aufschaute, war die Tigerkatze schon wieder unterwegs auf die Straße und in den sicheren Tod.

»Bist du denn von gestern?« fragte Tom und zerrte sie auf den Gehsteig zurück.

Sie betrachtete ihn entzückt. »Kann schon sein!« sagte sie. »Warum fragst du?« Und dann fügte sie hinzu: »Du bist schön!«

Plötzlich drehte sie sich um, schob die Vorderbeine flach nach vorn, reckte ihm das Gesäß entgegen und spähte zwischen den Hinterbeinen hindurch.

Tom starrte sie verständnislos an.

Als sie sich wieder umdrehte, sah er, daß sie gar kein Kätzchen mehr war, sondern eine ausgewachsene, sehr kleine, kräftige Katze mit kurzen Beinen und weißen Handschuhen an den beiden stämmigen Vorderpfoten. Wie symmetrische Flämmchen züngelten die schwarzen Tigerstreifen über die mageren Flanken. Das Gesicht war quadratisch. Der weiße Fleck unter dem Kinn ließ die Nase rosa leuchten, und sie hielt den Kopf immer ein wenig zur Seite geneigt, als lausche sie einer Stimme, die außer ihr niemand hörte. Das auffallendste an ihr waren die goldbraunen Augen. Sie blickten Tom offen an, und sie steckten voller Lachen. Dennoch kamen sie Tom irgendwie merkwürdig vor. Zunächst schien ihm etwas zu fehlen, aber vielleicht war es eher zuviel – ein zusätzlicher Farbtupfer im bunten Teppich der Iris, den er nicht richtig erkennen konnte.

»Ich heiße Cy«, sagte die Tigerkatze. »Und du?«

»Ich bin Tom.«

Sie schien enttäuscht. »Du bist nicht Tom«, sagte sie.

»Nicht?«

»Nein!« sagte sie. »Ich will nicht, daß man dich so nennt!«

Ein Stück Silberpapier flatterte an ihnen vorbei. Die Tigerkatze raste sofort hinterher. »Nein«, entschied sie, als sie zurückkam und ihm die Folie vor die Füße fallen ließ. »Paß auf. Du bist schnell wie der Blitz, du bist wie Silber, wie Quecksilber! Quicklebendig wie Quecksilber, kein langweiliger, grauer Tom! Du bist eine Luftkatze, ein Trumpf-As bist du mit lauter feurigen Herzen, ein Quickstep-Soldat auf dem Weg ins Himmelsblau!« Sie war ganz außer Atem. »Verstehst du?« fragte sie.

Tom gab auf. Nachdem er erbrochen hatte, fühlte er sich besser, aber das hielt nicht lange vor. Teilnahmslos kauerte er neben dem Randstein. Die Kopfschmerzen waren wiedergekommen, und er war sehr durstig. Feste Gegenstände rückten auf verwirrende Weise näher und wichen wieder zurück, wenn er sie ansehen wollte. Er hatte das Gefühl, im eigenen Fell gebraten zu werden, doch im nächsten Moment zitterte er vor Kälte. Er dachte: Ich brauche unbedingt etwas zu trinken.

»Im Fluß gibt's jede Menge Wasser«, sagte die Kleine.

Tom sah sie aufgebracht an.

»Habe ich mit dir gesprochen?« fragte er. »Hör zu, ich kann mich nicht um dich kümmern. Ich habe mich vergiftet. Ich habe den König und die Königin verloren. Und ich weiß nicht, warum mir der Majicou seine Botschaften ausgerechnet mit dem Futter schickt.« Er starrte die Tigerkatze an. »Wer ist dieser Majicou überhaupt? Auf welcher Seite steht er?«

»Der König lacht, die Königin weint, und nichts ist so, wie es dir scheint«, bemerkte die Tigerkatze geheimnisvoll und jagte hinter ihrem Schwanz her. Nach einer Weile wurde ihr schwindlig, sie hörte auf und setzte sich.

»Ich weiß nicht, wovon du redest«, erklärte sie.

»Gut. Ich gehe jetzt.«

»Ich komme mit.«

»Tu, was du willst«, sagte Tom. »Aber wenn du das nächste Mal auf die Straße läufst, bleibst du am besten gleich dort.«

Von da an war alles verschwommen. Er trank aus jeder Pfütze, die er finden konnte. Eine Weile saß er auf einer frisch verputzten Ziegelmauer, betrachtete zerstreut das Mondlicht auf dem Fluß und versuchte, sich die blutverkrustete Gesichtshälfte zu waschen. Doch jedesmal wenn er mit seiner Pfote in die Nähe des verletzten Ohrs kam, durchzuckte ihn ein scharfer Schmerz, und so gab er bald auf. Hinter ihm lag ein kleines gepflastertes Rondell – ein paar Stufen, eine zierliche kahle Birke, zwei Bänke und ein Papierkorb. Die Pflastersteine bildeten hübsche Kreise und Fächer. Tom bemühte sich, nicht nur der Tigerkatze, sondern vor allem sich selbst den König und – besonders – die Königin zu beschreiben.

»Sie ist sehr schön …«

»Ich bin auch schön! Siehst du?«

»… aber darauf kommt es gar nicht so sehr an. Wichtiger ist, daß sie Hilfe braucht und daß man ihr helfen möchte. Besonders lebenstüchtig sind sie natürlich beide nicht. *Er* ist ein richtiger Trottel.« Er überlegte lange, dann fügte er hinzu: »Sie ist Ägypterin. Weit können sie nicht gekommen sein. Sie sind sicher irgendwo in der Nähe.«

»Ich werde sie finden«, sagte die Tigerkatze. »Ich bin überall. Schau!«

Sie rannte, sichtlich fasziniert vom Muster der Pflastersteine, in engen Kreisen um den Papierkorb herum. Tom hatte den Eindruck, als sei ihr Schatten zu langsam und hinke hinterher, dabei hing er sicher genauso fest an ihr wie sie an Tom. Sie war ihm überallhin gefolgt. Dabei wollte er sie gar nicht haben, und er vergaß auch immer wieder ihren Namen. »Ich bin Cy«, erinnerte sie ihn dann. »Mit C wie Chiffre, kapiert? Ich bin Cy. Cy die Aufgeschlossene.« Ihr Benehmen hatte ihn zuerst verwirrt und dann verärgert. Sie redete Unsinn. Sie redete ununterbrochen. Irgend etwas stimmte nicht mit ihr. Sie sprühte vor Energie und war doch oft unsicher auf den Beinen. Sie ließ keine Gelegenheit aus, die unmöglichsten Dinge zu fressen. Sie konnte sich höchstens dreißig Sekunden lang konzentrieren. Er fühlte sich nicht imstande, die Verantwortung für sie zu übernehmen.

»Ich werde sie für dich finden.«

»Ich will dich nicht bei mir haben«, sagte Tom.

Er stand auf, streckte sich und wankte die sechs Meter tiefe Böschung zum Wasser hinunter. Das Mondlicht auf den Wellen lockte ihn. Er mußte sich zusammennehmen, um nicht hinzufallen.

»Du bist kein Kätzchen mehr«, versuchte er Cy zu erklären. »Also geh einfach weg.«

Er wurde noch deutlicher: »Ich bin nicht verpflichtet, auf dich aufzupassen.«

Sie schien eher ratlos als gekränkt.

»Aber *ich* passe doch auf *dich* auf«, sagte sie, als sei das schon die ganze Zeit klar gewesen.

Einige Zeit später fiel sie auf einem schmalen, steilen Sträßchen irgendwo oberhalb von Coldheath, wo Tom sich für einen Augenblick Ruhe gönnte, ganz plötzlich um. Anschließend führte sie einen erbitterten Kampf mit den eigenen Beinen, sie zischte sie an und beschimpfte sie, als gehörten sie einer anderen Katze. Der Mond war untergegangen. Der Asphalt glänzte verträumt im Regen, die Rinnsteine glitzerten. An einer Seite der Straße standen würdevoll zwei Torpfosten, und dahinter führte eine Auffahrt zwischen großen Bäumen auf ein efeuberanktes weißes Haus mit traulich erleuchteten Fenstern und verblichenen blauen Läden zu.

Die Tigerkatze gewann mit einem Schlag die Herrschaft über ihre Beine zurück, rappelte sich auf und torkelte wie betrunken in die Lorbeerhecke auf der anderen Straßenseite. Dort förderte sie nach langem, geräuschvollem Scharren ein halbverrottetes großes Stück Linoleum zutage, zerrte es ins Freie und kaute begeistert darauf herum. Zwischendurch hielt sie immer wieder inne, leckte sich die Lippen und sah sich um.

»Möchtest du mithalten?« fragte sie großzügig.

»Nein«, sagte Tom. »Laß das. Das ist Linoleum.«

»Mach mein Futter nicht schlecht, wenn du es schon nicht haben willst«, protestierte Cy.

»Verschwinde«, verlangte Tom.

Cy zerrte das Linoleum unter die Hecke zurück und wollte es wieder vergraben.

»Ich bin krank, und du bist verrückt«, sagte Tom.

Als er sich bedächtig umdrehte – wenn er sich zu schnell bewegte, fing die Welt zu kreisen an –, entdeckte er das weiße Haus mit den blauen Läden. »Weißt du«, fragte er die Hecke, »daß ich ein Haus kenne, das so ähnlich aussieht?« Damit stolperte er bergab in den Regen und in die Dunkelheit hinein. Seine Gelenke waren steif und entzündet.

»Leb wohl!« rief er.

Eine Weile blieb alles still. Dann peitschte der Wind einen Schwall Regentropfen über die Straße. Die kleine Tigerkatze brach aus der Hecke hervor, warf einen bitterbösen Blick in die Runde und eilte leise hinter Tom her.

Irgendwann war Tom am Ende. In dieser Nacht würde er Ragnar und Pertelot ganz gewiß nicht mehr finden. Und als das Fieber, der Fluch der Ratte, immer höher stieg, bis er sich vorkam wie ein Glas mit schmutzigem Wasser, war er irgendwann nicht einmal mehr sicher, ob er ihnen überhaupt je begegnet war. Seit er beobachtet hatte, wie Ragnar Gustaffson Cœur de Lion das verblichene Purpurkissen über den himmelhohen Außenflur zerrte, kam er sich vor wie in einer fantastischen Abenteuergeschichte. Was gab es Unwahrscheinlicheres als einen König und eine Königin in Tintagel Court?

»Dorthin kehren sie bestimmt nicht zurück«, sagte sich Tom. »Jetzt nicht mehr.«

Und dann sagte er sich: »Ich muß auch weiter.«

Und schlief ein, nur um – höchstens eine Minute später – wieder hochzuschrecken, weil er sich selbst mit heiserer Stimme flüstern hörte: »Halb-und-Halb! Nein! Halb-und-Halb.« Er hatte eine schwache Erinnerung an panische Angst, an falsche Voraussetzungen, an eine Verfolgungsjagd. Halb-und-Halb! Seit er die Ratte gefressen hatte, beherrschte dieses Bild seine Fieberträume. Aus jeder Ecke sprang es ihn an. Manchmal war es Majicou, manchmal Pertelots Besitzer. Manchmal waren es alle beide.

Manchmal war es auch ein Stock mit einem aufgespießten Katzenkopf und mit Bändern, die im Wind flatterten.

Er fröstelte.

Hatte Majicou sie alle verraten?

»Pertelot!« rief er so laut, daß seine Stimme durch ganz Coldheath schallte. »Ragnar!«

Davon erwachte die Tigerkatze und knirschte ihm – es klang fast wie eine Küchenmaschine – genau in sein verletztes Ohr. Für ihre Begriffe war es ein Schnurren.

»Wasch mich«, verlangte sie schläfrig.

Es war fast Morgen. Tom erinnerte sich undeutlich, daß er den Fluß verlassen hatte. Sein Ohr tat nicht mehr ganz so weh, aber alles andere war schlimmer geworden. Er lag dicht neben Cy an der Rückwand eines Wartehäuschens, wo sie vor dem Regen geschützt waren. Inzwischen war er zu erschöpft, um sie abzuweisen. Außerdem war es tröstlich, jemanden in der Nähe zu haben. Sie hatte die meiste Zeit geschlafen. Tom hatte nur dumpf vor sich hingestarrt und zugesehen, wie aus dem Regen Schnee und wieder Regen wurde. Dann und wann rauschte ein Auto vorbei.

»Wasch mich. Ich bin hübsch.«

»Was soll an dir hübsch sein?« murrte er.

Aber er tat, was er konnte.

Ihre Ohren rochen abscheulich. Als er sie säubern wollte, schüttelte sie sich, also ließ er es sein und nahm sich statt dessen ihren Kopf vor. Dabei entdeckte er einen harten Gegenstand, der nach Metall schmeckte. Fasziniert teilte er mit der Zunge das Fell, um sich die Sache genauer anzusehen. Da war es: ein kurzer glänzender Bolzen, der in ihrem Schädel steckte wie eingewachsen. Tom beleckte ihn zuerst von außen, dann nahm er ihn ganz automatisch zwischen die Zähne und zog daran. Cy schoß in die Höhe und rammte ihm den Kopf gegen die Schnauze. »Rauu!« sagte sie, und dann rannte sie ein paar Sekunden lang zwischen den Bonbonpapierchen, den Kaugummiklumpen und den Zigarettenkippen auf dem Boden des Wartehäuschens wie wild im Kreis herum. Endlich schoß sie in den Eisregen hinaus und schaute erwartungsvoll zum Himmel.

»Funken!« sagte sie. »Funken von Gottes Schmiede! Alle Funken Kopfhörer aufsetzen! Eine Nachricht von den Toten: Bei Regenwetter zu Hause bleiben! Over und Ende.«

Damit fiel sie um.

Verdrossen zog Tom sie ins Wartehäuschen zurück. Sie blinzelte ein paarmal, dann strahlte sie.

»Ich habe eine Zündkerze im Kopf!«

»Schlaf jetzt.«

Am nächsten Morgen stießen sie zu einer Katzenkommune, die am Westrand von Coldheath im Freien unter einer stillgelegten Eisenbahnbrücke hauste.

Coldheath war nicht gerade das Paradies. Tom konnte später nicht mehr sagen, wie lange er sich dort aufgehalten hatte. Mehr als eine, aber weniger als zwei Wochen. Die Krankheit, die ihm die Ratte angehängt hatte, kam erst nach seiner Ankunft richtig zum Ausbruch, er verlor jedes Zeitgefühl und war über weite Strecken kaum bei Bewußtsein. Von den ein bis zwei Dutzend Katzen, die sich auf dem öden Wiesenstreifen vor der Brücke zusammengefunden hatten, blieb ihm letztlich kaum mehr in Erinnerung als die Namen, die ihm wie Regenwasser ins Gehirn eingesickert waren.

Namen sind wohlfeil. Da die Katzen von Coldheath sonst nichts besaßen, konnten sie wenigstens mit Worten großzügig sein, und so belegten sie einander mit allen möglichen abwegigen und schwülstigen Bezeichnungen. Da gab es Iggy den

Fisch. Den Gebrechlichen Tom. Schlafsack, Rasiermesser und Menthol-Clint. Eine besonders langsame Katze aus der Provinz hieß Stilton. Ein Kater wollte unbedingt Alias Fitz genannt werden, so als habe er früher einen anderen Namen gehabt, den er nicht preisgeben wollte. Dieser Alias Fitz begrüßte die beiden, als sie von Coldheath her auf die Brücke zukamen. Sein Fell war bis auf den schwarzen Schwanz und einen schwarzen Fleck unten links schmutzigweiß. Kopf und Schultern waren massig wie bei einem Bullterrier. Verschorfte Kratzer zierten sein flaches, rundes Gesicht. Er war ein Raufbold.

Er musterte Tom vom Kopf bis zum Schwanz. »Wer ist das Flittchen?« fragte er.

»Wie bitte?«

»Bist du taub? Daß du krank bist, sehe ich selbst. Aber krank ist hier jeder. Das ist nichts Neues. Ich fragte: *Wer ist das Flittchen?* Aber egal« – er schob sich ganz dicht an Tom heran –, »denn alle Flittchen hier gehören mir.«

Tom starrte ihn stumm an.

»Wobei die Kleinen nicht unbedingt mein Fall sind«, schloß Alias Fitz mit einem Blick auf Cy und stolzierte davon.

Tom sah ihm nach. Krank ist hier jeder, dachte er.

Und das stimmte. Die Katzen unter der Brücke hatten steife Gelenke, geschwollene Lymphknoten und die Räude. Sie litten unter Anämie, Toxämie und Septikämie, unter Ohrenhämatomen, Exzemen, Triefaugen und chronisch erhöhter Temperatur. Die Zähne saßen locker oder waren abgebrochen. Sie hatten Würmer. Hautparasiten reizten sie bis aufs Blut. Doch hinter dem ganzen Elend lauerte die unbezähmbare, animalische Energie aller Außenseiter, und da sie den ganzen Tag nichts zu tun hatten, zankten sie sich. Wenn etwa Iggy der Fisch und Schlafsack aneinandergerieten, hörte sich das folgendermaßen an:

»Du kannst mich mal, Freundchen.«

»Nein, Freundchen. *Du* kannst *mich* mal.«

»Ich weiß genau, was du für einer bist, Freundchen. Halt's Maul!«

»Freundchen? Du kannst doch 'nen Freund nicht von 'nem Haufen Scheiße unterscheiden.«

Und, an die anderen Katzen gewandt, die sich das Schauspiel nicht entgehen ließen:

»Habt ihr den Scheißer gehört?«

»Du kannst mich mal, Freundchen!«

So ging es weiter. Die beiden hockten einander gegenüber, und plötzlich stieß einer einen gurgelnden Schrei aus, fuhr die Krallen der Vorderpfoten aus und schlug so schnell und unerwartet zu, daß Tom kaum folgen konnte. Dann klaffte ein Riß in einem Ohr, ein Augenlid blutete, es flogen sozusagen die Fetzen, bis einer sich geschlagen gab und den Rückzug antrat, nicht ohne aufsässig nachzumaulen:

»Wolltest mich reinlegen, was? Du kannst mich mal.«

Und dann fing alles wieder von vorn an.

Oft konnten sie sich allerdings nicht einmal dazu aufraffen, sondern saßen nach Art aller Straßenkatzen auf der Welt einfach mit krummem Rücken da und starrten in den Regen. Und es sah nicht nur so aus, als würden sie auf etwas warten, sie warteten tatsächlich. Einige Menschen, vorwiegend alte Männer und Frauen, denen es kaum besserging als den Katzen selbst, brachten ihnen nämlich Futter. Als Tom zur Brücke kam, blieb an den meisten Tagen nicht viel übrig. Und was es gab, war ekelerregend, hauptsächlich neonrosa gefärbtes Fischmehl, das sich im strömenden Regen auflöste. Er fraß es trotzdem. Sein Ohr war verheilt, aber er fühlte sich ausgelaugt. Oft saß er allein im Regen und starrte ins Nichts. Manchmal schloß er sich auch den anderen an, die von den Fisch-mit-Pommes-Verpackungen, die die Menschen unter die Brücke warfen, das lauwarme Fett ableckten. Bei Nacht beherrschte das Halb-und-Halb seine Träume; bei Tag geisterte es durch seine Fieberfantasien. Er wehrte sich, indem er den Kopf einzog und an Ragnar und Pertelot dachte. Was die beiden jetzt wohl machten? Ob er sie jemals wiedersehen würde? Wie sollte die Mau ohne seine Hilfe irgend etwas zu fressen bekommen?

Cy die Tigerkatze wich ihm nicht von der Seite, auch wenn er oft keine Notiz von ihr nahm. Ihr sinnloses Geschwätz beruhigte ihn. Wenn ihr der Sinn danach stand, betreute sie ihn, soweit sie dazu fähig war. Oft fing sie an, ihn ziemlich ungeschickt zu waschen, hatte jedoch schon im nächsten Moment vergessen, was sie tun wollte, und ließ ihn einfach stehen. Nachts kuschelte sie sich manchmal an ihn. Und sie brachte ihm vom Bahndamm jenseits der Brücke die köstlichsten Leckerbissen: eine Fahrradspeiche, den Deckel einer Schuhschachtel, Teile einer Taube, die längst das Zeitliche gesegnet hatte.

»Nur runter damit, Jack«, ermunterte sie ihn dann. »Damit du groß und stark wirst.«

Wenn Tom die Katzen von Coldheath überhaupt wahrnahm, dann erschienen sie ihm, je nach Höhe seines Fiebers, entweder riesengroß oder weit entfernt. Im Grunde waren sie alle von einer unglaublichen Zähigkeit. Sie betrachteten sich nicht so sehr als ausgestoßen denn als unabhängig. Das Leben unter der Brücke war nur der Preis für die Freiheit. Die Schildpattkatze mit der eingefallenen Wange und dem grünen Star auf einem Auge, die kleine Schwarze, die langsam an der Katzenseuche starb, sie alle lebten nach dem Motto: ›Nur nicht nach Hause.‹ Sie wußten, daß Tom nur auf der Durchreise war, und hatten ihn im Verdacht, ein Fatzke zu sein. Aber da er größer war als die meisten von ihnen, ließen sie ihn überwiegend in Ruhe. Cy dagegen – mit ihren ungeschickten Bewegungen und den ewig falschen Reaktionen – weckte die schlimmsten Instinkte. Sie wurde verjagt, wenn das Futter kam. Sie wurde im Schlaf überfallen. Sie wurde in jede Ecke gedrängt. Wenn sie sich wehrte, fielen alle über sie her. Der Rädelsführer war Alias Fitz. Er nannte sie Stinkerchen und reizte sie damit zu wilden Zornesausbrüchen, denn sie wußte nur zu genau, daß Reinlichkeit nicht ihre Stärke war. Oft biß er sie ins Genick, bis sie kapitulierte, und ließ sie dann stehen, ohne tatsächlich aktiv zu werden.

Alias Fitz führte immer das große Wort. Wenn Tom den Kopf drehte – auch als er todkrank war –, stolzierte Alias Fitz durch sein Blickfeld. Alias Fitz war ständig auf der Lauer nach den kleinsten Anzeichen von Respektlosigkeit. Alias Fitz bestimmte, wann gefressen wurde. Alias Fitz durchtränkte das Reich unter der Brücke mit seiner Persönlichkeit, wie er das nasse Mauerwerk mit seinem Geruch markierte.

Er war von einer Wolke der Gewalttätigkeit umgeben, die

Tom mit fortschreitender Genesung immer mehr störte. Alias! dachte er verächtlich.

Eines Nachmittags weckte ihn das Gurren der Tauben, die hoch oben auf den Brückenbögen saßen und skeptisch zusahen, wie sich unten auf dem kahlen Boden die Katzen um ihr Festmahl versammelten. Tom richtete sich auf. Sein Blick war klarer geworden. Im Lauf der nächsten zwei Tage kam er wieder zu Kräften. Bald fraß er mit unersättlicher Gier, und eines Morgens war er wieder der alte. Vielleicht hatte ihm die Ratte endlich verziehen. Das Halb-und-Halb war aus seinen Träumen gewichen (obwohl die Zweifel blieben). Er schüttelte sich und wusch sich gründlich. Als er sah, wie Alias Fitz das Reich unter der Brücke verließ, wollte er wissen, wohin der Bursche ging, und folgte ihm.

Alias Fitz lief an den nördlich der Brücke gelegenen Gärten entlang, hielt sich geschickt im Schatten der Bretterzäune und umging alle freien Flächen. Immer wieder blieb er stehen, um sich zu vergewissern, daß er nicht verfolgt wurde. Auf diese Weise erreichte er schließlich eine ruhige Straße, die zu beiden Seiten mit parkenden Autos in unterschiedlichen Stadien des Verfalls gesäumt war. Hier marschierte er furchtlos mitten auf der Fahrbahn dahin, trat nach etwa acht Häusern durch eine Gartenpforte und sprang auf das Sims eines niedrigen, alten Erkerfensters.

Auf einmal war er wie umgewandelt. Er sah sich noch einmal um, ob er auch wirklich nicht beobachtet wurde; dann setzte er sich aufrecht hin, legte sich den Schwanz ordentlich um die Füße und starrte unverwandt in das Wohnzimmer hinter dem Fenster. Er blieb nicht lange stumm. »Au?« bettelte er. Und noch einmal: »Auu? Marau?« Und schließlich: »Auuuu? Marauu? Marauu?« Nach wenigen Minuten öffnete sich quietschend die Haustür, und die Stimme einer alten Frau sagte freundlich:

»Pimpie! Pimpiiiie? Ist das vielleicht mein kleiner Pimpie? O ja! Es ist mein kleiner Pimpie! Will mein kleiner Pimpie etwa seine *Milch*? Ja? *Ja!* Ja, Pimpie, mein Pimpiilein! Dann muß ich dich wohl reinlassen, nicht wahr! Komm nur herein, mein kleiner Pimpie!«

Tom hatte sich in einer Ligusterhecke versteckt und die Szene beobachtet. Nun konnte er kaum noch an sich halten.

Soviel zu Alias Fitz.

Alias Pimpie, dachte er entzückt. Alias Mein-kleiner-Milkie-Wilkie.

Er huschte an den Gärten entlang zur Brücke zurück. Vielleicht fand sich dort etwas zu fressen. Die Tigerkatze war mit unbekanntem Ziel unterwegs, hatte aber an seinem Stammplatz eine kleine Münze, zwei Zigarettenkippen und ein leeres Schokoladenpapier deponiert. Tom überlegte, wo sie wohl sein könnte. Am besten suchte er am Bahndamm, dann konnte er gleich ausprobieren, ob er schon wieder imstande war, unter den Quecken oder im Gewirr der Brombeerranken die eine oder andere Wühlmaus zu erwischen. Mehr als eine Stunde später stellte er fest, daß ihm die Krankheit zwar unendliche Geduld verliehen, dafür aber seine ganze Schnelligkeit geraubt hatte. Selbst die ältesten Wühlmäuse spazierten ihm vor der Nase davon. Er gähnte und erhob sich mühsam. »Ich komme wieder«, versprach er ihnen.

Cy war nicht auf dem Damm, und auch auf dem kümmerlichen Wiesenstreifen konnte Tom sie nicht entdecken. Es war überhaupt keine Katze zu sehen. Die Streuner von Coldheath machten sich wohl einen ruhigen Nachmitag. Doch als er den Damm hinunterstieg, hörte er laute Stimmen, und bald darauf hatte er sie gefunden.

Die anderen – Schlafsack, Rasiermesser, Iggy der Fisch, Bunco Rap, Stachel-George der Seemann und fünf oder sechs weitere Kater – hatten Cy auf einen rußigen, taubenkotbeschmutzten Erdhaufen an der Rückwand eines Brückenbogens getrieben. Nun saßen sie im Halbkreis vor ihr, hetzten sich gegenseitig auf und belauerten ihr Opfer. Die Luft war geschwängert mit Testosteron und Gehässigkeit. Es roch nach Vergewaltigung.

Cy sah die Katerrunde so erbost an, als hätte man sie beim Empfang einer wichtigen Botschaft aus dem Weltraum gestört. Sie wirkte noch kleiner als sonst. Am Fuß ihrer ›Zündkerze‹ und an der Nase war ihr Fell mit geronnenem Blut verklebt. Von irgendeiner Stelle im Brückenbogen tropfte ihr

Wasser auf den Rücken. Die Tropfen glänzten im Licht. Jedesmal wenn sie ängstlich mit den Füßen scharrte und zurückwich, rückten die Kater vor. Bald stünde sie mit dem Rücken zur Wand und könnte nicht mehr fliehen. Unter anderen Umständen hätte ihr soviel männliche Aufmerksamkeit womöglich geschmeichelt, und sie hätte sich schnurrend am Boden gewälzt wie die anderen Streunerinnen. Doch jetzt gab sie genau die falschen Signale und sagte nur:

»Ich will nichts von euch.«

»O doch«, sagte Stachel-George.

»Laßt sie sofort gehen«, verlangte Tom.

Ein Dutzend Köpfe wandte sich ihm zu, drehte sich wieder zurück.

»Hau ab«, sagte Iggy der Fisch.

»Nein, wartet«, sagte eine andere Stimme.

Alias Fitz verließ mit gesenktem Kopf und gesträubtem Fell den Kreis und näherte sich Tom langsam und mit steifen Beinen. Dicht vor ihm blieb er stehen, schob den runden Riesenschädel vor und starrte seinem Gegner mit wohlberechneter Arroganz direkt in die Augen.

»Der Fatzke hat uns anscheinend was zu sagen«, meinte er. Seine hellblauen Augen waren höchstens drei Zentimeter von Tom entfernt. »Richtig?« fragte er. »Du *willst* uns doch was sagen! Denn« – er trat noch näher heran – »sonst hätten *wir* nämlich *dir* etwas mitzuteilen.« Er setzte sich so plötzlich hin, als hätte ihn der Auftritt erschöpft; dann hob er eine Vorderpfote an die Augen und untersuchte sie mit äußerster Gründlichkeit.

»Zieh ihm die alten Rasierklingen doch mal über, Fitz«, schlug Schlafsack vor.

Stachel-George hieb in die gleiche Kerbe: »Laß ihn die Pfote kosten, Fitzy.«

Währenddessen hatte Tom sich immer weiter zusammengeschoben, bis sein ganzer Körper gespannt war wie eine Feder. Angst und Zorn schnürten ihm die Kehle zu, doch dann fiel die ganze Erregung von ihm ab, und an ihre Stelle trat eine Ruhe, die kaum angenehmer war. Er wußte, was er zu tun hatte. Er zwang sich, jeden der Streuner, die sich im Halbkreis aufgestellt hatten, um mitzuerleben, wie ihr Anführer ihn vernichtete, mit eisigem Blick zu mustern. Dann gähnte er, als wäre er ganz allein und eben erst aufgewacht.

Endlich sagte er leise: »Wer ist eigentlich dieser *Fitz*? Ich dachte, ich rede mit Klein Pimpie.«

Er überlegte. »Klein Pimpie-Wimpie«, fuhr er dann fort. »Hm.«

Er schaute den fassungslosen Alias Fitz unverwandt an.

Fitz breitete die Pfoten aus und ging auf ihn los.

Er war ein ausgewachsener Kater, und seine Kraft saß ausschließlich in der vorderen Körperhälfte, im kräftigen Nacken und in der breiten Trommelbrust. Wenn Tom es zuließ, würde er ihn packen, beißen und verstümmeln. Aber Tom war schon öfter in den Schwitzkasten genommen worden und wußte, daß er dafür nicht schwer genug war. Anstatt sich also von Fitz umarmen zu lassen wie damals in Tintagel Court von dem rotgetigerten Kater, sprang er so hoch, wie er nur konnte. Als Fitz unter ihm hindurchschoß und verwirrt stehenblieb, drehte er sich in der Luft, landete auf dem Rücken seines überraschten Kontrahenten und schlug ihm die Zähne ins Fell. Doch Fitz, ein Muskelpaket, das nicht zu halten war, kam sofort frei. Er war unglaublich schnell! Trotzdem war es zu spät. Tom hatte nicht losgelassen, und als Fitz sich hin- und herwarf, riß er sich ein Felldreieck heraus, das ihm im Nacken hin- und herschlenkerte wie ein rotweißes Halstuch. Schlimmer war, daß er die Orientierung verloren hatte. Und am schlimmsten war wohl, daß er seine Würde eingebüßt hatte.

Tom gab ihm eine Ohrfeige.

Und warf sich zur Seite, um dem Gegenschlag auszuweichen.

Er blinzelte und spuckte.

»Komm schon, Pimpie!« lockte er.

Doch Alias Fitz war zurückgewichen.

Er senkte das Hinterteil und eilte davon. Tom sah ihm ungläubig nach.

»Laß dich ja nicht wieder blicken!«

Nun wandten sich die übrigen Kater gegen Tom. Er wußte nicht so recht, was er erwartet hatte. Vielleicht daß sie eingeschüchtert waren. Oder dankbar. Falsch. Seit Alias Fitz zwei Straßen weiter vor dem Haus der netten Milch-Dame um Einlaß gebettelt hatte, war alles offen. Die Streuner griffen Tom an. Sie griffen sich gegenseitig an. Der Schmutzige Mike besprang die Struppige Mary, die er bisher nicht hatte ausstehen können. Mikrochip, ein ziemlich kleiner Kater, der sich aber zutraute, Fitz' Stelle einzunehmen, schlug dem ziemlich großen Rasiermesser, der alles daransetzte, um Mikrochip die Flausen auszutreiben, die Zähne in das linke Hinterbein. Bald war der Wiesenstreifen vor der Brücke ein brodelnder Hexenkessel aus kreischenden *Felidae*, und mittendrin kämpfte die Katze, mit der alles angefangen hatte, verzweifelt darum, ihre Haut zu retten.

Iau! dachte Tom.

Und dann dachte er lange Zeit nichts mehr. Der Blutrausch hatte ihn erfaßt und seine ganze Persönlichkeit überschwemmt. Es gab keinen Tom mehr. Es gab nur noch einen Zuwachs in der Gesamtwutmenge. Dann nahmen die Dinge eine jähe Wendung, und das war seine Rettung. Eine außergewöhnliche Gestalt betrat die Szene. Eine weibliche Straßenkatze, die von den Coldheath-Katzen Sealink genannt wurde.

6
SEALINK

Wenn man Mensch und Katze kreuzen könnte, wäre das ein Gewinn für den Menschen, aber ein Verlust für die Katze.

MARK TWAIN

Straßenkatze war, wie Tom bald herausfinden sollte, für jemanden von Sealinks Kaliber nicht ganz die richtige Bezeichnung. Sie hielt sich abseits, und sie schlug sich erfolgreich durchs Leben. Doch damit war die Ähnlichkeit zu Alias Fitz und seiner Horde auch schon erschöpft. Sealink hatte keine Zeit, um die Räude zu bekommen. Sie war zu beschäftigt, um im Regen herumzusitzen und auf Futter zu warten. Unter der Brücke bekam man sie höchstens ein- bis zweimal im Jahr zu sehen. In manchen Jahren ließ sie sich gar nicht blicken. Niemand fragte, wo sie sich in der übrigen Zeit aufhielt, und von sich aus erzählte sie nichts. Sie war ihre eigene Herrin.

Sealinks Stammbaum mochte fragwürdig sein, doch ihr Herkunftsland stand außer Zweifel. Der Körperbau und die schweren Knochen waren ein Vermächtnis ihrer Vorfahren in Maine. Vom Fell her war sie eine Cape Cod Calico mit kräftig rotschwarzer Zeichnung auf weißem Grund. Zum Ausgleich für dieses puritanische Erbe verfügte sie über den honigsüßen Charme, die guten Manieren und die warmen, goldenen Augen des amerikanischen Südens. Dazu hatte sie auffallend große Füße. Was man ererbt hat, das läßt sich vermehren, lautete eine von Sealinks Überzeugungen. Und danach hatte sie gelebt. Sie hatte in Detroit Austern, in Los Angeles Lasagne und in New Orleans Alligatorwurst gefressen. Solche Gerichte waren ihr ganz persönlicher Stolz.

Von der Größe her konnte sie es mit Ragnar Gustaffson aufnehmen. Doch im Gegensatz zu ihm hatte sie ein unberechenbares Temperament. Als sie sich jetzt umsah, strahlte sie die überwältigende Ruhe einer Mutter inmitten von zankenden Jungen aus; bereit, alle Beteiligten festzustellen, um dann einzuschreiten und nach allen Seiten kräftig auszuteilen. Das Fell der Maine Coon war so dick wie Polsterwatte und gegen Zähne und Krallen gefeit. Ihr Blick war flink, doch ihre Pfote war noch flinker. Wer nur den Eindruck erweckte, als könne er einer Katze namens Sealink gefährlich werden, über den fiel sie einfach her. Nun schritt sie, Hüften und Gesäß majestätisch schwenkend, zwischen Stachel-George dem Seemann, Iggy dem Fisch und Lächelndes Glück hindurch und warf dabei Schlafsack um. Die Struppige Mary verschonte sie.

Dann warf sie einen Blick in die Runde. »He!« sagte sie mit einer Stimme, in der die rauhen Gebirgslaute Kentuckys mit der kreolischen Süße des French Quarter und dem nervösen Blaffen Manhattans wetteiferten. »Hat von euch Kerls denn keiner Lust auf ein *Spielchen*?«

Tom blieb als einziger zurück. »Hi«, sagte er. »Ich bin Tom.« Er war hingerissen.

»Du interessierst mich nicht«, sagte Sealink und musterte ihn. »Auch wenn du ganz niedlich aussiehst. Und obendrein ein harter Bursche bist. Ich hab mitgekriegt, wie du's diesem Alias Fitz gegeben hast. Nicht schlecht.« Sie fegte an ihm vorbei unter den Brückenbogen. Hier dröhnte ihre Stimme wie eine Schiffsglocke in der nebligen San Francisco Bay. »Und du, Schätzchen«, sagte sie zu Klein-Cy, »kommst jetzt zu mir und läßt dich trösten. Denn eins mußt du dir merken, Schätzchen: Alle Männer sind Rohlinge.«

Sie starrte Tom über die Nasenspitze hinweg an.

»Und du *weißt*, daß ich recht habe.«

Früher Nachmittag. Blaß, aber doch wärmend brach die Sonne durch die Wolken, vergoldete die Grasarena und hob besonders die überall herumliegenden Haarbüschel deutlich hervor. Alle Farbschläge und Strukturen, auch unterschiedliche Haarspitzenfarben, die sogenannten Tippings, waren vertreten – wobei der Calico-Anteil auffallend gering war. Drei Katzen saßen vor der Eisenbahnbrücke und genossen die

Wärme. Die größte striegelte mit ihrer rauhen rosaroten Zunge von der Größe einer kleinen Wühlmaus in langen Schwüngen die kleinste, während die dritte, ein Kater von ungewöhnlicher Farbe, ihre Geschichte erzählte. Ein Bilderbogen, der sich von den Seifenblasen der Kätzchenzeit über das Leben in den Gärten bis zum Fieberelend von Coldheath spannte. Tom beschrieb, wie ihn die gerissene Elster aus seinem Heim gelockt hatte. Wie er auf den magischen Pfad gestolpert und von einem Fuchs gerettet worden war. Er berichtete von Tintagel Court mit seinen langen, kalten Nächten und seinen seltsamen Treppen. Wie er den König und die Königin getroffen und wieder verloren hatte und wie ihm erst hinterher klargeworden war, daß er sie nach Tintagel hätte *bringen* sollen, anstatt sie dort zu *finden*. Besonders ausführlich ging er auf seine Einkaufsstreifzüge, auf die richtige Methode, eine Ratte zu fressen, und auf die Erkenntnis ein, daß nicht jeder immer das ist, was er scheint. Den Majicou erwähnte er nur flüchtig; und über seine tieferen Ängste schwieg er sich vollends aus.

»Und nun bin ich hier«, schloß er und blinzelte in die freundliche Sonne. »Und als nächstes werde ich vermutlich nach Tintagel ziehen. Sobald ich die beiden wiedergefunden habe.«

Nachdem Sealink sich vergewissert hatte, daß Cy (die jetzt friedlich schlief und sich nicht einmal von ihrem eigenen Schnurren stören ließ) zum ersten Mal in ihrem Leben eine halbwegs saubere Katze war, blickte auch sie auf und nickte. »Ich hab ja gleich gesagt, daß du ein harter Bursche bist«, bemerkte sie, um dann hinzuzufügen: »Aber die härteste Sache hast du weggelassen.«

»Wirklich?« fragte Tom.

Sealink betrachtete die schlafende Tigerkatze, dann schaute sie wieder zu Tom auf, schwieg eine Weile und schnurrte schließlich: »Verrätst du mir deinen Namen, Kleiner?«

»Tom!« sagte Tom. Ihre Stimme hatte ihn eingelullt, doch die Frage hatte ihn jäh aus seinem Tagtraum gerissen. »Ich bin Tom.«

Sealink überlegte. »Ja«, sagte sie. »Das ist wohl richtig.«

Ein wenig schüchtern fragte Tom: »Und wie heißt du?« Und dann: »Lebst du hier?«

»Ich habe schon fast überall gelebt, Süßer«, erklärte sie selbstgefällig. »Es stört dich doch nicht, wenn ich mich erst einmal putze?«

»Nein, nein, natürlich nicht!«

»Und was Namen angeht, habe ich auch schon einiges hinter mir: In New Orleans, wo ich geboren wurde, war ich die Delta-Königin. In Houston, Texas, hieß ich eine Weile Rakete, keine Ahnung, warum. Einen Sommer hab ich in Missouri verbracht und mir dabei den Namen Amibelle eingefangen. Und in Alaska hab ich bei vierzig Grad unter Null mit einem Pipelinebauer namens Pete zusammengelebt, der hat mich Störenfried gerufen. Dabei, Süßer, war er selber nur ein streitsüchtiger alter Kater. Und ein Schürzenjäger obendrein. Im Ausland« – Sealink beugte sich ein wenig zur Seite, streckte eins ihrer gewaltigen Hinterbeine aus, spreizte die sehnigen Zehen und reinigte die Zwischenräume – »kriegt man alle möglichen Namen: Cleo, Minouche, Justine, Isadora, Brunhilde (kannst du dir das vorstellen?). Als ich mal eine Woche in Schweden war, haben sie mich Volvo genannt. Oder war es Vulva?« Sie lachte.

Nachdem die Füße versorgt waren, kam der buschige lange Schwanz an die Reihe. Der war, wie sie sagte, ein Tier für sich, und zwar ein verdammt lästiges. (Obwohl er durchaus seine Bewunderer hatte.)

»Weißt du auch, warum sie mich hier unter der Brücke Sealink nennen? Weil ich mal auf einer Fähre mit diesem Namen über den Kanal gefahren bin. (Was eine Fähre ist? So was wie ein Schiff, Kleiner. Und wie ich *drauf*gekommen bin? Na, als *Blinder Passagier* natürlich!) Gibt nicht viele Länder und Städte, wo ich noch nicht gewesen bin. Kairo, Konstantinopel, Prag, Amsterdam, alles schon gesehen. Budapest, weißt du? Das Futter war ganz annehmbar.« Sie leckte sich die Lippen. »Und die ma-gy-arischen Kater auch. Ich mag diese hängenden Schnurrhaare.«

Sie überlegte eine Weile und fuhr sich ein letztes Mal über den Schwanz.

»Mütterchen Rußland hab ich noch nie besucht«, gestand sie dann. »Und ich bin auch noch nie in beiden Richtungen über den Atlantik geflogen. Aber das will ich bald nachholen.«

Tom war wie verzaubert.

Zwar wurde er aus ihren Erzählungen kaum jemals klug, aber ihr Fell glänzte so herrlich in der Sonne, und ihre Stimme war wie flüssiges Gold, das in Honig gelöst war. Durch sie sah er alles wie neu. Ihre Geschichte überwältigte ihn. Wie hypnotisiert sah er ihr Leben vor seinen Augen vorüberziehen. Das war eine Welt für sich. Er suchte nach Worten – nach irgend etwas, womit er eine Weltreisende beeindrucken konnte. Endlich seufzte er: »Für eine Katze wie dich ist Tintagel wahrscheinlich gar nichts.« Er hielt inne. »Und du weißt auch nicht zufällig, wo es liegt?«

Sealink sah ihn scharf an. »Du hast noch viel zu lernen, Süßer. Für eine Katze wie mich ist jede Reise eine Reise wert. He! Ich könnte eigentlich mitkommen! Hab im Moment ohnehin nichts Besseres vor. Klingt ganz so, als könnte es Spaß machen. Vielleicht kann ich dir sogar helfen, dein Königspärchen zu *finden*.« Wieder ein scharfer Blick. »Und vielleicht lern ich dabei auch diesen einäugigen Typen kennen, von dem du so wenig erzählst.« Sie hielt inne: »Bleib mal 'nen Moment hier, Süßer. Ich hab jemanden mitgebracht, den ich dir vorstellen möchte.« Und damit entschwebte sie über den Grasstreifen in Richtung auf das stillgelegte Bahngleis, das hier nach Norden abog, und verschwand.

Fünf Minuten später war sie wieder da und hatte einen Kater von der Farbe eines alten Zelluloidkamms im Schlepptau. Seine Zeichnung war stark ausgeprägt und stellenweise so dunkel, daß das Fell fast schwarz wirkte. Die einzelnen Haare waren kurz und kräftig und ganz leicht gelockt. Eins seiner Augen erstrahlte in einem offenen, freimütigen Ehrenpreisblau, das Auge einer ehrlichen Katze vom Lande. Das andere war bernsteinfarben und hätte eher zu einer ausgesprochenen Stadtkatze gepaßt. Beide zusammen verliehen ihrem Besitzer ein unsolides, verwegenes Aussehen.

»Das ist mein Freund«, sagte Sealink, »wenn ich hier unter der Brücke bin.« Sie sah den Schildpattkater mit schiefgelegtem Kopf an. »Ist mit Ausnahme der beiden Fs zu nichts zu gebrauchen. Wir sind Reisegefährten.«

Der Schildpattkater stellte sich vor.

»Mein Name ist Marsebref«, nuschelte er.

»*Marsebref?* fragte Tom.

»Marsebref. *Marse*bref.«

»Ach so, *Mousebreath!*«

»Richtig. Mein Name ist Marsebref.«

Mousebreath dachte nach. Wenn Mousebreath nachdachte, sah man die Gedanken wie langsame Fische zwischen seinen Augen hin- und herwandern und fragte sich unwillkürlich, wo sie wohl schließlich landen würden. Blau oder Bernsteinfarben? Stadt oder Land?

»Ich hab dich schon mal unter der Brücke gesehen«, erklärte er schließlich. »Hab dich schon gesehen.«

»Mir scheint, du gefällst ihm, Süßer«, sagte Sealink zu Tom.

»Bin selber nie in Tintagel gewesen«, sagte Mousebreath. »Hatte aber mal 'nen Onkel von da, und der hat mir erzählt, wo's langgeht. Tinner hat er geheißen. Hat er jedenfalls behauptet. Und der hat gesagt, er kommt von da.«

So wurde man sich einig.

»Wir brechen auf, sobald es dunkel wird«, erklärte Sealink. Dann sah sie Tom fest an. »Paß auf, Süßer«, sagte sie. »Du hast mir was erzählt. Jetzt werde ich dir was erzählen. Ein ehrliches Geschäft. Es geht um folgendes: Wenn du dieses Tintagel noch vor Ende dieses Jahrhunderts erreichen willst, mußt du dich schon etwas mehr anstrengen als bisher.«

»Meinst du?«

»Meine ich. Nun will ich nicht behaupten, daß ich dein König-und-Königinnen-Gefasel ganz und gar verstanden habe. Auch deine Schwierigkeiten mit dem magischen Pfad sind mir ein Rätsel. Doch davon abgesehen ist mir völlig klar, wo dein Problem liegt.«

»Wirklich?«

»Wirklich. Du hast keinen Plan, Kleiner! Bevor du meinen alten Kumpel hier kennengelernt hast, wußtest du nicht einmal, wo dein Tintagel *liegt*! Bisher hast du dir auf deiner ganzen Reise nur die Füße wundgelaufen. Jeder Windstoß hat dich in eine andere Richtung geblasen! Als Reisender ist man den Launen des Reisens ausgeliefert, Süßer. Wer wüßte das besser als ich? Aber du mußt diese Launen *kennenlernen*, um sie dann mit deinen Fähigkeiten zu steuern!« Sie erhob sich hoheitsvoll und streckte sich. »Wenn wir schon beim Thema Reisen sind, ich brauche Bewegung«, sagte sie. Ein wohlwollender Blick streifte ihren Gefährten, der sich neben Cy gesetzt und die Augen geschlossen hatte. »Mousebreath kann ein oder zwei Stunden auf die Kleine aufpassen, dafür wird sein Verstand gerade noch ausreichen« – Mousebreath schlug noch einmal die Augen auf und zwinkerte Tom mit dem ehrenpreisblauen vielsagend zu –, »während wir beiden eine Runde drehen. Wir unterhalten uns über das Reisen, und vielleicht treffen wir auch ein paar Freunde. Was hältst du davon? Ist das ein Vorschlag?«

Tom war begeistert. »O ja«, sagte er.

Es war einer jener verführerisch sonnigen Winternachmittage, die sich hin und wieder zwischen Schneeregen und Frost schieben. Die windstille, kalte Luft und der wolkenlose Himmel gestatteten den Blick in magisch graue Fernen. Die Vögel kämpften, angespornt vom unverhofften Sonnenschein, mit wahren Opernarien um den verfügbaren Lebensraum …

»Mein kleines Reich!«

»O nein, das glaube ich nicht!«

… während Sealink Tom auf das verwahrloste Bahngleis führte, das sich wie ein schmaler Feldweg nach beiden Richtungen erstreckte. Durch dichtes Hagedorngestrüpp, junge Birken und Holundersträucher fiel Sonnenlicht auf den alten Schotterdamm. Der Lärm der Stadt wich zurück. Dafür redete Sealink ununterbrochen. »Ich bin noch nicht überall gewesen, Kleiner, und ich hab auch noch nicht alles gesehen. Aber ich hab doch schon eine ganze Menge erlebt. Und die Menschen …«

»Weißt du«, erklärte Tom, »Menschen kümmern mich nicht sonderlich.« Und dann fügte er stolz hinzu: »Was gehen sie uns schon an?«

Sealink blieb stehen und starrte ihn an. »Das ist nicht deine eigene Meinung, Süßer«, sagte sie, als habe sie ihm ins Herz geschaut. »Aber es zeigt, daß du keine Ahnung hast.«

Tom war überrascht. »Wenn man es in dieser Welt zu etwas bringen will, dann muß man es ganz allein schaffen. Als Eigentum von jemand anderem kommt man nicht weiter.«

»Mich besitzt niemand, Kleiner«, sagte Sealink gefährlich ruhig. »Und das wird auch so bleiben. Aber wir müssen diese Welt nun mal mit den Menschen teilen, ob es uns paßt oder nicht, und wir müssen uns mit ihnen abfinden. Manche Katzen reden von den Menschen, als wären es Dinge, die keine Gefühle haben. Völlig falsch. Natürlich ist das nur meine persönliche Ansicht. Aber wenn du jetzt mitkommst, kann ich dir zeigen, warum ich so denke.« Sie überlegte kurz. »Noch etwas«, sagte sie. »Wer in ein fremdes Land reisen will, der sollte die Landessprache lernen.«

Sie setzten ihren Weg fort, und Sealink versuchte, Tom in die Welt der Menschen einzuführen. Sie erklärte ihm, was man am Himmel sah. »Das sind *Flugzeuge,* Süßer, ich bin mehr als einmal als blinder Passagier mit so einer Kiste geflogen!« Sie erklärte ihm die Dinge auf dem Boden. Viele davon waren Tom schon bekannt, manche hatte er aus der Nähe gesehen, andere nur als bedrohliche Silhouetten am Horizont. Aber jetzt hatte Sealink ihm die Welt geöffnet, hatte sie in helles Licht getaucht, und er konnte etwa prahlen. »Autos! Denen bin ich schon ein paarmal vor die Räder gelaufen.«

»Was du nicht sagst«, grinste Sealink.

Als sie unterhalb des Bahndamms einige Männer sahen, die dabei waren, den Asphalt aufzureißen, war ein Vortrag zum Thema *Straßenarbeiten* fällig.

»Siehst du das, Süßer? Das ist nämlich ein *Leitkegel.*«

»Und was macht der?«

»Ich habe nicht die leiseste Ahnung.«

Später erzählte sie ihm etwas über Eisenbahnschienen und darüber, wo dieses Gleis begann. »Und wo endet es?« wollte Tom wissen.

»Jedes Ende ist ein neuer Anfang, Süßer.«

Dann wollte Sealink alles über Toms Leben wissen. Sie interessierte sich selbst für die alltäglichsten Dinge. Sealink fand überhaupt alles interessant. Den Duft nach frischer Erde etwa, der ihr plötzlich in die Nase stieg. Die Lichtreflexe auf einem Autofenster unten auf der Straße, als sie über eine Brücke gingen. Das Rauschen eines vorbeifliegenden Taubenschwarms (weniger ein Geräusch als eine kurze Veränderung in der Beschaffenheit der Luft). Auf jede Kleinigkeit reagierte sie mit einer Begeisterung, die nur durch ihre Weltklugheit in Grenzen gehalten wurde. In ihrer Gesellschaft wirkten Bilder, Geräusche, Farben und Gerüche neuer und frischer. Die Dinge waren mehr sie selbst. Auch Tom hatte das Gefühl, mehr er selbst zu sein; sogar mehr *als* er selbst. Sealinks Erfahrungen waren wie ein Licht, das die einfachsten und langweiligsten Gegenstände erhellte.

»Auch du hast ein solches Licht, Tom«, mahnte sie freundlich, als er eine entsprechende Bemerkung machte. »Man bewundert dich schon jetzt, weil du soviel Helligkeit verbreitest. (Später, auf einer anderen Reise, als alles Finsternis und Verzweiflung war, sollte er sich an diese Worte erinnern.)

Nach etwa einer halben Stunde fragte er: »Wohin gehen wir eigentlich?«

Sealink lachte. »Sag bloß nicht, du hättest das Wichtigste noch nicht begriffen, Süßer. Reisen und Leben sind eins! Aber wenn du nach einem konkreten *Ziel* fragst, nun, dann finde ich, wir sollten den Bahndamm … etwa hier verlassen!«

Sie beförderte ihren drallen Körper die Böschung hinunter, wobei ihr langes Fell nach hinten geweht wurde, als liefe sie gegen den Wind. Unten bog sie in eine kurze Straße mit Läden und Restaurants ein. Die Häuserfronten waren in sanften Rot-, Blau- und Grüntönen gestrichen. Blumenkübel mit kleinen Bäumen standen auf den Gehsteigen. Die Schaufenster waren hübsch dekoriert mit Kleidern und Schuhen, Möbeln und Bilderrahmen, Schmuckstücken und Kästchen zu ihrer Aufbewahrung. Vor einem Café blieb Sealink stehen. Tom trat neben sie und schaute hinein. Schwarzweiß gefliester Fußboden, Spiegel an den Wänden, große Speisekarten. Runde Marmortische und schwarzglänzende Bugholzstühle.

Pizza, meldete die hellgrüne Neonschrift über dem Fenster: *Pizza. Pizza. Pizza.*

»Das Lokal gehört Freunden von mir«, sagte Sealink. »Als ich das letzte Mal hier war, hatten sie gerade ein Kind gekriegt. Nett, was? Die Typen mögen mich sehr, und ich kann sie auch gut leiden. Gehen wir rein.« Sie blieb unvermittelt stehen und wandte sich Tom zu. »Hast du schon mal Pizzabelag gegessen?« fragte sie. »Nein, keine Pizza!« Sie winkte ab. »Pizza ist bloß Brot.« Sie senkte die Lider. »Pizza*belag* dagegen ...« Ihre Stimme war tiefer und leiser geworden und bebte in schwüler, schläfriger Mittagsleidenschaft. Dann lachte sie und schüttelte sich. »Hm!« machte sie. »Du meine Güte! Jetzt aber rein mit uns.«

»Die Tür ist geschlossen«, bemerkte Tom.

»Das wird sich rasch ändern, Süßer.«

Womit sich die Weitgereiste auf die Hinterbeine stellte, mit der rechten Vorderpfote ausholte, die Zehen spreizte und – *Bäng!* – der Glastür einen solchen Schlag versetzte, daß sie erzitterte wie unter fernem Donner. Es dauerte nicht lange, und ein kräftiger kleiner Mann mit weißer Schürze erschien und öffnete. Seine müden Augen verrieten Klugheit und Humor. Neben ihm stand eine schwarzhaarige Frau mit langen Beinen und lächelte sinnlich-verträumt.

Der Mann kniete nieder und massierte Sealink liebevoll Kopf und Nacken.

»Willst du eintreten, Isadora?« fragte er freundlich.

»Oder«, fügte die Frau hinzu, »bist du nur mal kurz vorbeigekommen, um uns die Fenster einzuschlagen?«

Sealink fühlte sich sichtlich in ihrem Element. Sie schnurrte laut. »Aus dem Weg mit euch«, hieß das. »Ich brauche freie Bahn zu den Sar-*del*-len.« Tom erklärte sie: »Ich hab die Typen vor vier Jahren in San Francisco kennengelernt. Als sie letzten Sommer hierherkamen, sagten sie: He! Cool! Die gefleckte

Katze da sieht genauso aus wie die von zu Hause! Also haben sie mir denselben Namen gegeben und sich immer wieder gewundert, wie sehr ich dieser anderen Katze ähnlich sehe. *Das bringt bestimmt Glück!* haben sie gemeint.« Sie lachte. »*Isadora*, von wegen! Meistens schaue ich einmal die Woche vorbei und spiele mit dem Baby.«

»Glaubst du nicht, daß sie irgendwann dahinterkommen?«

»Tom, Menschen können furchtbar nett sein. Aber die Schlausten sind sie gerade nicht.«

»Ich habe meine Leute immer *Dussel* genannt.«

»Dusselig mögen sie sein, aber sie sind nicht alle schlecht. Zum Beispiel diese Frau. Würdest du sagen, sie ist ein *Ding*? Sie hat Gefühle wie du und ich. Jetzt sieh dir *das* an...«

Schon stand je eine Schüssel mit Pizzabelag vor Tom und Sealink. »Mit reichlich Sardellen, reichlich Kapern und reichlich Tomaten.« Im Grunde von allem reichlich. Sealink grunzte vor Wonne. Es fehlte nicht viel, und sie hätte sich in die Schüssel gelegt, um sich darin zu wälzen. Tom war anfangs etwas mißtrauisch, mußte aber zugeben, daß es schmeckte. Nach einer Weile wollte Sealink die Schüsseln tauschen. »Ich hab nämlich schon gemerkt«, sagte sie, »daß die scharfen Chilischoten nicht unbedingt dein Fall sind. Mach Platz, Junge. Mama ist ganz wild drauf. Ich hab dir auch ein Stück *davon* übriggelassen – siehst du? Das sind Peperoni, Schätzchen. *Du wirst begeistert sein!*«

»Na?« fragte der Mann später. »Kann ich kochen? Oder kann ich nicht kochen? Was meint ihr?« Er begutachtete die leeren Schüsseln. »Ich kann kochen«, stellte er befriedigt fest.

»Kochen konntest du schon immer«, sagte die Frau und lächelte fragend zu Tom herunter. »Hat's dir auch geschmeckt?«

»Die grünen Dinger nicht«, sagte Tom und streckte ihr den Kopf hin, um sich kraulen zu lassen. »Ihr könnt Tom zu mir sagen«, erklärte er großmütig.

»Sieh nur, wie er das macht!«

»Niedlichen Freund hast du da, Isadora«, sagte die Frau. »Wenn das zerbissene Ohr nicht wäre, könnte er mir auch gefallen.« Sie lächelte.

»Nun aber mal her mit dem Baby«, verlangte Sealink. »Ich hab's 'ne ganze Woche nicht gesehen. Und danach müssen wir los.« Und Tom flüsterte sie zu: »Ich mag die Typen wirklich gern, aber man verplaudert sich doch jedesmal.«

Als sie nach Coldheath zurückkamen, war es wieder kalt geworden. Blaßrosa und ockergelb versank die Sonne hinter den Häusern. Weiter oben standen zwei Sterne und eine helle Mondsichel an einem Himmel, der in allen Farben von Grün bis Ultramarin spielte. Auf dem Grasstreifen waren Mousebreath und die Tigerkatze im gespenstisch grellen Widerschein des Sonnenuntergangs mit einem Spiel beschäftigt, das Cy sich ausgedacht hatte.

Tom wollte schon hinuntersteigen. Aber Sealink, die wie eine schwarze Statue auf dem höchsten Punkt des Bahndamms saß und die Szene scharf beobachtete, hielt ihn zurück:

»Warte!«

Cy hatte ein ganzes Sortiment von Gegenständen vor Mousebreath ausgebreitet. Einige davon erkannte Tom wieder: die Silberpapierstreifen etwa, die in der Dämmerung funkelten, und die Fahrradspeiche, mit der sie ihn während seiner Krankheit hatte füttern wollen. Die übrigen waren ihm fremd. Manche waren ziemlich groß: ein Stück Bilderrahmen, etwa dreißig Zentimeter lang, mit glitzernder Zinnoberbronze gestrichen; ein platter, schwefelgelber Tennisball; eine glänzende Blechdose ohne Etikett, die, wie sich später zeigte, zwei Finger klares Wasser enthielt. Andere waren sehr eigenartig: ein Strauß Plastikanemonen, ein abgetrennter Puppenkopf samt Nylonhaar und eine weiße Klaviertaste.

Mousebreath sah verständnislos zu. Die Tigerkatze schnatterte vor Aufregung. Immer wieder schob sie den Plunder hin und her, als wolle sie ihn zu einem Muster ordnen, das dem Schildpattkater bekannt vorkam. Vergeblich. Gereizt gab sie auf. Sie überlegte eine Weile, dann begann sie damit, immer auf der gleichen Bahn zwischen den einzelnen Gegenständen herumzulaufen, erst langsam, dann immer schneller und schließlich so schnell, daß sie nur noch als verschwommener

Fleck zu erkennen war, der an jedem Punkt gleichzeitig zu sein schien. Irgendwann – es war inzwischen ziemlich dunkel geworden – verwandelte sich die Bahn in ein Muster, ein Symbol, einen Knoten, der dicht über dem Boden schwebte …

Und dann fiel Cy plötzlich um und stand nicht mehr auf.

»Komm!« rief Sealink.

Tom blieb einfach sitzen. Er war in höchster Erregung, aber unfähig, sich zu bewegen. Sealinks Stimme kam wie aus weiter Ferne. Aus weiter Ferne und aus einer anderen Zeit. Damals war sie wichtig gewesen, aber jetzt nicht mehr. Das Symbol, das Cy in den Staub gezeichnet hatte, tanzte als fluoreszierendes Nachbild vor seinem Blick. Doch statt zu verblassen, verstärkte es sich zu einem strahlenden Stahlblau und wuchs zugleich, bis er nichts anderes mehr sehen konnte. Da! Hatte nicht jemand in weiter Ferne seinen Namen gerufen? Jemand, von dem er nicht sicher war, ob er ihn leiden konnte? Dann hörte er ganz deutlich: »Wach auf, du Dummkopf!« Und Sealink gab ihm (›um dir den Kopf zurechtzusetzen‹, wie sie sich später ausdrücken sollte) mit einer ihrer Riesenpfoten eine schallende Ohrfeige. Er schüttelte sich, dann sprang er mit ihr die Böschung hinunter.

Die Tigerkatze war ohne Bewußtsein. Sie hatte sich fest zusammengerollt und lag so reglos da wie ein länglicher Stein in Katzenform. Mousebreath war außer sich.

»Ich hab doch nicht gewußt, was sie da macht«, sagte er immer wieder. »Ich hab mir gedacht, es is nur ein Spiel.«

»Das war kein Spiel«, sagte Tom und dachte an das Gebilde vor seinen Augen. Er beschnupperte Cys Sammlung. Die Gegenstände fühlten sich warm an. Ein Luftzug wehte das Silberpapier auseinander und zauste das platinblonde Puppenhaar. Mousebreath sah ihm unglücklich zu. »Bin einfach nicht schlau geworden aus ihr«, entschuldigte er sich mit seiner farblosen Flüsterstimme. »Sie hat fast den ganzen Nachmittag geschlafen.«

»He, Freund!« schalt Sealink. »Du hast getan, was du konntest. Niemand macht dir einen Vorwurf.« Sie leckte der Tigerkatze einmal über den Kopf und sagte zu Tom: »Das Ding da in ihrem Schädel. Das ist nicht normal, soviel ist sicher.«

Es wurde still.

Sealink schaute über die dämmrige Wiese zur schwarzen Wand des Bahndamms hinüber. Sie fröstelte. »Mousebreath, mein Schatz, komm her und setz dich neben mich. Mir ist es hier nicht ganz geheuer.«

»Ich finde, wir sollten aufbrechen«, schlug Tom vor.

»Das tun wir auch«, nickte Sealink. »Sobald sie wieder laufen kann.«

Es war noch dunkel, als die Tigerkatze wieder zu Bewußtsein kam. Sie schlug die Augen auf, machte ein Geräusch wie ein schlecht eingestellter Rasenmäher, das die anderen Katzen als Schnurren gelten ließen, und sagte: »Jack ist hier, und Salto rückwärts! Aufpassen!« Damit wackelte sie munter in die Nacht hinein und mußte erst zurückgeholt werden, bevor die vier den Bahndamm erklimmen und ihre Reise antreten konnten. Anfangs hatte sie noch Schwierigkeiten damit, daß jedes ihrer Beine in eine andere Richtung wollte, doch danach tollte sie auf dem rußgeschwärzten alten Bahnkörper voraus, jagte hinter den Schatten von Fledermäusen und Ästen her und rief:

»Jetzt besuchen wir den alten Wazzock!«

Oder (das galt Sealink, und sie ahmte auch deren majestätisch-einschmeichelnden Baß erstaunlich gekonnt nach): »Wann fängt der Voodoo-Zauber an, Podna?«

Sealink schüttelte nachsichtig den Kopf. »Siehst du?« erklärte sie ihrem Gefährten. »Gar nichts ist ihr passiert.« Und als Mousebreath weiterhin betreten dreinschaute: »Schätzchen, du hast gut auf sie aufgepaßt.«

Cy legte den Kopf schief und sah Tom an. »Hi«, sagte sie. »Ich bin Cy. Mit ›ei‹ wie in ›Bitte unter*zeich*nen‹. Ich bin die mit dem Kopf im Sack.« Sie brachte ihm zwei schwarze Federn und ein Steinchen. Sie tanzte mit seinem Schatten. Als der Morgen dämmerte, zockelte sie, mit ihren kurzen Beinen seinen weit ausgreifenden Schritt nachäffend und den gesenkten Kopf nach links und nach rechts schwenkend, neben ihm her. Es war zum Lachen. Doch Tom setzte eine würdevolle Miene auf.

»Du bist kein Kätzchen mehr«, mahnte er.

»Was macht das schon?« meinte sie. »Es ist schön hier draußen, und deine Augen glänzen.« Dann fuhr sie fort: »Ich liebe dich, wie nur ein Tiger lieben kann. Du bist mein freundlicher Himmelslotse.« Sie lachte verschämt und schaute zu Boden. »Ich bin nämlich schüchterner, als man glaubt.«

Es war ein herrlich klarer, kalter Morgen. Weißer Himmel über pfirsichfarbenem Horizont. Als es vollends hell wurde, rüttelte ein eisiger Wind an den schwarzen Zweigen. Tom sah die Menschen, die unten auf den Straßen ihr Tagewerk begannen, mit neuen Augen. Da wurde mit Hämmern geschlagen. Da wurden Schaufeln durch nassen Beton und Kellen durch nassen Mörtel gezogen. Dieselmotoren schepperten wie Würfel in einer hohlen Hand. Läden und Büros wurden geöffnet. Es roch nach Bäckereien und Fischgeschäften, die Luft war erfüllt von Grüßen, Gelächter und Rußflocken. Alle diese Eindrücke schwebten auf den alten Bahndamm und in die verlassenen Bahnhöfe, und Tom öffnete begierig Nase, Augen und Ohren und nahm sie in sich auf. Die Welt der Menschen mit ihrem Lärm und ihrem Gestank machte ihm oft angst, und er würde ihr nicht so ohne weiteres vertrauen, was immer Sealink auch behauptete. Doch zumindest war sie jetzt für ihn lebendig geworden…

Sealink schlenderte währenddessen gut gelaunt dahin, als gehöre das alles ihr, und warf unentwegt mit Namen um sich. »Siehst du den gelben Hut dort, Süßer? Das ist ein *Schutzhelm*. Das heißt, der Mann ist vom *Bau* – macht Häuser und so was. Siehst du die Stiefel mit den festen Kappen?« Man habe fast den Eindruck, erklärte sie, als solle an diesem Tag die ganze Stadt neu aufgebaut werden. Dann sprang sie auf ein verrostetes Brückengeländer und sah zu, wie unter ihr zwei Dachdecker Eisenstangen von einem Lastwagen abluden, während ein dritter in einer Metalltonne mit siedendem Bitumen rührte.

Das *Gerüst* klirrte ohrenbetäubend. Sealink hob den Kopf und atmete tief ein. Ein genußvoller Schauer lief ihr über den Rücken.

»Riechst du den Teer da unten?« fragte sie Tom. Und als er sie verständnislos ansah: »Schätzchen, es ist Morgen. Wir haben schönes Wetter. Wir sind auf einem Damm. Das versteht man unter Reisen. Neues riechen und schmecken. Neues sehen. An einem Morgen wie diesem fühlt man sich so sehr *eins* mit sich, daß einem angst und bange werden könnte. Wer soviel Spaß hat, lebt manchmal gefährlich!« Sie lachte. »Aber was ist nicht gefährlich? Wie? Durch die Gefahr bekommt das Leben doch erst seinen Reiz!«

»Ich bin mir da nicht so sicher«, gab Tom zu bedenken.

»Aber, aber. Spricht so ein Tier, das zur Hauptverkehrszeit *mit einem anderen Tier im Maul* über eine zweispurige Straße spaziert ist? Nun mach aber mal halblang!«

»Das war etwas ganz anderes«, sagte Tom.

»Du hast noch viel zu lernen, Kleiner.«

»Ist das die härteste Sache, die ich gemacht habe?«

»Wie meinst du?«

»In Coldheath hast du gesagt, ich hätte die härteste Sache weggelassen. War es die Tatsache, daß ich Cy über die Straße getragen habe?«

Sealink sah ihn lange an. »Nein, Schätzchen«, sagte sie dann. »Das Härteste war, daß du dir diese kleine Katze überhaupt aufgeladen hast.« Ein rätselhafter Ausdruck trat in ihre Augen, als sie hinzufügte: »Das ist mit das Härteste, was du dir überhaupt jemals aufladen wirst.«

Aber ich habe sie mir doch gar nicht aufgeladen, dachte Tom. Oder etwa doch?

Kurz darauf beratschlagten Mousebreath und Sealink, und dann verschwand Mousebreath in einem kahlen Holunderdickicht.

Sealink setzte sich und wartete. »Nett hier!« sagte sie.

Tom sah sich um.

In den Holunderzweigen hingen Plastikfetzen, die im wäßrigen Sonnenlicht flatterten. Der Winter hatte das derbe Gras fast weiß gebleicht. Ein Heckenrosengestrüpp war im Begriff, sich eine Waschmaschine, ein herrenloses Fahrrad und einen Stapel bemooster Balken einzuverleiben. Tom beobachtete, wie Cy vorsichtig von verschiedenen Seiten auf das Fahrrad zuschlich und es endlich mit der Pfote berührte. Dann sprang sie zurück. »Mann!« sagte sie. »Ich dachte, der Baum ist ein totes Pferd!« Sie schlenderte ziellos davon und schlürfte Regenwasser aus einer angeschlagenen Emailleschüssel. Tom roch wieder den Fluß.

Ein paar Minuten später kehrte Mousebreath zurück.

»Wir sind schon richtig«, sagte er zu Sealink. »Hier unten geht es weiter.«

Hier unten befanden sich mehrere mit kaputten Ziegelsteinen übersäte Trümmergrundstücke. Jenseits davon erhoben sich nagelneue Häuserblocks (an sauberen, aber zugigen Plätzen mit Namen wie *Pageant Stairs* oder *Carib Dock*). Dann kamen uralte verwahrloste Lagerhäuser, an deren grauen Mauern die Namen längst verschwundener Firmen langsam verblaßten. Und daran schlossen sich weitere Trümmergrundstücke an. Wohin man auch ging, alles war verlassen, nicht einmal Tiere hausten hier. Tiefschwarze Schatten wechselten sich ab mit sonnenbeschienenen Flächen, und immer wieder taten sich Ausblicke auf, die die Weite des Flusses erahnen ließen. Kurz nach Mittag verließen sie dieses seltsame Niemandsland und gelangten wieder in ein belebtes Wohngebiet. Sealink bog um eine Ecke, und schon brach die Hektik über sie herein. Eine Hauptstraße voller Menschen, die in der Mittagspause ihre Einkäufe erledigten. Der rege Verkehr auf der Fünffachkreuzung wurde von den wechselnden Lichtern der Verkehrsampeln geregelt.

Einige Männer rissen den Gehsteig auf.

Ein unregelmäßiges, etwa drei auf ein Meter großes und sechzig Zentimeter tiefes Loch hatte sich über Nacht mit hellbraunem Wasser gefüllt. Überall lagen *Leitkegel* herum. Zwischen hohen Sandhaufen schlängelten sich die Kabel der Preßlufthämmer, außerdem stand da ein Ding mit einem dicken

Schlauch und einem eigenen Benzinmotor, das Sealink eine *Pumpe* nannte. Die Pumpe lief nicht. Ein Mann beugte sich über das Loch, um es mit einem Plastikgefäß auszuschöpfen. Er trug einen grauen Anzug, grüne Gummistiefel und einen gelben *Schutzhelm*.

Cy war hingerissen. Bevor Tom sie zurückhalten konnte, war sie schon hinübergerannt und beschnupperte zaghaft schnurrend die Kegel zu Füßen des Bauarbeiters.

In diesem Moment brachte einer der anderen Männer die Pumpe in Gang. Ratternd sprang der Motor an. Der dicke Schlauch füllte sich und begann zu pulsieren, als wäre er lebendig. Ein dünner Wasserstrahl plätscherte in den Rinnstein. Cy warf einen entsetzten Blick auf den unheimlichen Schlauch und sprang in das Loch. Tom sprang hinterher. Und mußte mit aller Kraft paddeln, um nicht unterzugehen. Mehr konnte er nicht tun. Das eisige Wasser nahm ihm den Atem. Es lähmte ihm den Verstand. Bei Cy hatte es einen Krampfanfall ausgelöst. Als er sie endlich fand, krallte sie sich an ihn und zog ihn in die Tiefe. Ihre Augen waren so voller Panik, daß er sie kaum wiedererkannte. Während sie versanken, versuchte sie ihm etwas zu sagen. Unter Wasser herrschten Finsternis und Wahnsinn, und Tom wußte nicht, wo oben und unten war. Er spürte, wie ihm die Tigerkatze entglitt. Wütend schlug er um sich. Wie sollte er ihr helfen, wenn er selbst so gut wie hilflos war? Es war wie in einem Alptraum. Als er wieder auftauchte, hatte er sie aus den Augen verloren. Sealink und Mousebreath waren inzwischen ebenfalls im Wasser und schwammen mit kräftigen Zügen, aber eher ziellos umher. Mit ihrem am Körper klebenden nassen Fell wirkte selbst die Calicokatze kaum größer als eine Ratte.

Plötzlich kam Cys Kopf aus dem Wasser geschossen. »Wie oben, so unten!« rief sie. »Merkur, schnell! Ich – ja – ja, das ist es. Es hat die Himmelsmauern geschwärzt. Es ist in der Büchse. Rauchsignale? Es steckt in all den zerbrochenen Zimbeln.«

Tom packte sie im Nacken, bevor sie abermals untergehen konnte. »Halt still!« stieß er hervor.

Sie jaulte. Sie kratzte. »Ich habe alles mitbekommen«, warnte sie ihn. »Ich bin auch eine Königin. Blaugoldene Bohnen aus Lima!! Das Rote und das Weiße und all die pfiffigen Anzeigen. Merkur, schnell! Telegramm aus Gottes Kaufhaus: Jetzt nicht kaufen! (Billig.) Leb wohl.«

Blasen quollen ihr aus der Nase.

Der Mann mit dem gelben Schutzhelm hatte bisher erstaunt, aber unbeteiligt zugesehen. Nun erbarmte er sich, beugte sich vor und fischte mit der einen Hand Tom und mit der anderen Cy heraus. Tom klopfte das Herz bis zum Hals, er starrte unverwandt in das dicke rote Gesicht, dann biß er in die Hand, die ihn festhielt. »Au!« schrie der Mann und ließ die beiden auf einen Sandhaufen fallen. Die Tigerkatze warf sich kreischend herum. Tom packte sie im Nacken und schleppte sie in eine Seitenstraße. Hinter ihm kletterten Mousebreath und Sealink empört aus dem Wasser.

Der Mann im gelben Helm hielt sich die schmerzende Hand und sah ihnen nach, bis sie verschwunden waren.

Den ganzen Nachmittag über verkrochen sie sich auf einem Trümmergrundstück unter herumliegenden Ziegelsteinen. Die Stimmung war auf dem Tiefpunkt. Cy war über und über mit Sand verklebt. Nach dem Anfall war sie in Ohnmacht gefallen, und nun fantasierte sie. Die anderen Katzen waren unermüdlich bemüht, sie trockenzulecken. In ihren Träumen plapperte sie von Gefangenschaft, von Käfigen unter grellweißem Licht, die einmal am Tag geleert wurden. Dabei zuckte und maunzte sie jämmerlich.

Sie schrie: »Ich will die Drähte nicht!«

Sie schrie: »Der Alchimist!«

Sealink sah Tom vielsagend an.

»Den Namen habe ich immer wieder einmal von Katzen gehört«, sagte sie. »Auf der ganzen Welt.«

Im Lauf des Nachmittags entfernte sich die Tigerkatze immer weiter von ihren Artgenossen und vom Leben selbst. Die drei schmiegten sich eng an sie, um ihr in Erinnerung zu rufen, wie warm das Leben sein konnte. Doch das war im Moment schwer zu vermitteln. Sie waren ja selbst völlig durchnäßt. Immer wieder durchlief ein Zittern die kleine Gruppe.

»Wir sind in ziemlich schlechter Verfassung«, stellte Sealink fest. »Sobald es dunkel wird, müssen wir weiter.«

»Die Kleine ist krank«, wandte Mousebreath ein.

»Schätzchen, wir müssen zusehen, daß wir uns warm halten. Und wir brauchen etwas zu fressen.«

»Sie ist krank«, wiederholte Mousebreath eigensinnig.

Doch irgendwann kam Cy wieder zu sich. Diesmal war sie geschwächt und verwirrt, aber immerhin konnte sie laufen.

Es war Abend geworden, und die Stadtviertel im Umkreis des Flusses erwachten wieder zum Leben. Das Knallen der Autotüren schallte über die gepflasterten Plätze, die seit dem morgendlichen Exodus verlassen dagelegen hatten. Durch die Musik, das warme Licht aus den Fenstern, schien selbst das dunkle Wasser der Kanäle in Bewegung zu geraten. Aus einer brandneuen Fischbraterei schaute ein Mann in weißer Schürze heraus. Zittrig vor Hunger hoben die Katzen die Köpfe, wagten sich aber nicht näher. Zwischen den Rissen und Schlaglöchern eines verlassenen Hinterhofes oder im Schatten eines leerstehenden Gebäudes fühlten sie sich sicherer. Ein trauriger Haufen, diese *Felidae*, wie sie da zwischen den kalten Trümmergrundstücken und dem Fluß unter dem gelben Mond herumschlichen. Sogar Sealink ließ den Kopf hängen. Und keiner war darauf gefaßt, was dann geschah. Aus einem abbruchreifen Lagerhaus irgendwo zwischen Carib Dock und Pageant Stair ertönte ein klägliches Miauen.

Tom hob apathisch den Kopf. Gewaltig ragte das Lagerhaus mit seinen rußgeschwärzten, schiefen Ziegelmauern und den uralten, rostigen Eisenträgern vor ihm auf. Früher einmal hatten sich dahinter rot-, schwarz- und beigegemusterte Orientteppiche gestapelt! Zuvor hatten Porzellan, Farben und Tee – China Blue, China White, Gunpowder Green, Lapsang und Souchong – die heiligen Hallen gefüllt. Und *da*vor wiederum hatte man hier Kakaobohnen gelagert, das neue schwarze Gold aus der Karibik! In der Vergangenheit hatte in den drei vom Fluß aus versorgten weitläufigen Etagen reges Leben und Treiben geherrscht. In Zukunft würde hier ein Trümmergrundstück sein. Gegenwärtig war bis unters Dach alles dunkel und still.

Doch ganz oben, hinter der letzten blinden Fensterreihe, bewegten sich flackernde Lichter, einmal grün, dann wieder blau. Und da oben war auch die Katze, die sie gehört hatten. Sie hatte sich irgendwie an den Verstrebungen vorbei und durch eine zerbrochene Scheibe gezwängt und lief nun fünfzehn Meter über der Straße auf einem abschüssigen Fenstersims hin und her. Das Mondlicht brachte ihre Augen zum Funkeln und zeichnete ihren adrenalingetränkten Schatten mit angstgeschärften Konturen auf die morschen Ziegel. Als sie Tom und sein Trüppchen erblickte, blieb sie unvermittelt stehen und verstummte. Dann verschwand sie für eine Sekunde, und man hörte sie im Innern des Gebäudes aufgeregt auf jemanden einreden. Endlich erschien ihr Kopf abermals über dem Sims, und sie rief, etwas zerstreut, aber sehr höflich und mit klarer Stimme:

»Hallo! Entschuldigt bitte! Könntet ihr uns vielleicht helfen?«

Es war eine Mau.

Ihr Fell war graurosa.

Es war Pertelot Fitzwilliam.

»Pertelot! Pertelot!« schrie Tom.

Sie hatte ihn wohl nicht gehört.

»Wir müssen hineingehen!« erklärte er Sealink. »Wir müssen ihr helfen! Es ist nämlich die Königin!«

»Wir müßten ihr auf jeden Fall helfen, Süßer. Es ist nämlich eine Katze.«

Tom hörte nur mit halbem Ohr zu. In Gedanken durchschritt er bereits das riesige zweiflügelige Lagerhaustor, das sich, schmutzig und zerkratzt, mit uralter roter Farbe und weißen Schriftresten beschmiert, vor ihm erhob.

Es war fest geschlossen.

»Immer mit der Ruhe, Süßer«, mahnte Sealink.

»Der kleinen Katze geht's wieder schlechter«, sagte Mousebreath leise von hinten.

Cy hatte nach oben gesehen und war, als sie die Mau erblickte, prompt mitten auf der Straße umgefallen. Nun traten ihr die Augen aus dem Kopf. Sie drehte sich langsam auf die

Seite und rollte sich zusammen wie eine tote Wespe. Das Maul stand offen wie zu einem stummen Fauchen. Sie atmete schnell und flach. Ein langgezogenes, unartikuliertes Winseln drang aus ihrer Kehle. Tom dachte gerade: Solche Laute dürfte eine Katze eigentlich nicht von sich geben. Da kehrte die Vernunft in die Augen der Tigerkatze zurück, sie warf sich hin und her und bemühte sich verzweifelt zu sprechen.

»*Khi!* Das Licht aus Licht geformt!« heulte sie. »Die goldenen Katzen!«

Sie wandte sich an Tom. »Geh nicht hinauf!« warnte sie. »Der Alchimist! Er ist oben! Er will seine Königin!« Mühsam schleppte sie sich auf ihn zu. »Quecksilber, bitte bleib hier. Es ist – ich – es ist nämlich so: Mir ist kalt. Und mir geht es nicht so gut.«

»Was kann ich tun?« fragte Tom. »Ich muß Pertelot helfen!«

»Geh nur«, sagte Mousebreath spröde. »Geh zu deiner Freundin«, wiederholte er. »Ich kümmere mich um die Kleine.« Er nickte Sealink zu. »Und du gehst mit ihm«, sagte er. »Da!«

Er hatte in einem der unteren Fenster eine zerbrochene Scheibe entdeckt, die mit einem kräftigen Sprung vom Boden aus zu erreichen war. Auf solche Dinge verstand sich Tom.

»Danke!« sagte er.

Mousebreath sagte: »Die Rechnung kommt später.«

Sein Cockney-Akzent war so stark, daß Tom ihn kaum verstand.

Tom schaute in einen hohen, schmalen Korridor, der vor langer Zeit leuchtendgrün gestrichen worden war. Drinnen war es kalt, und von überallher kamen Geräusche. Ein schwacher Luftzug trug ihm einen säuerlichen Geruch zu. Sealink sprang neben ihn auf das Fenstersims.

»An jedem Ende eine Treppe«, sagte sie. »Beeil dich, Süßer!«

Der Korridor zog sich durch das ganze Gebäude, vorbei an einem höhlenartigen schwarzen Fahrstuhlschacht, vorbei an Türen, die in der gleichen Farbe gestrichen waren wie die Wände. Tom und Sealink folgten ihm bis ans Ende und hasteten dann die Treppe hinauf. Die Metallstufen waren einst von Menschenfüßen blankgetreten worden, um dann zwanzig Jahre lang ungestört vor sich hin zu rosten. Während die beiden von Etage zu Etage rannten, um Ecken schlitterten und in verstaubte, leere Säle schauten, wo das Wasser von der Decke tropfte (»Falsches Stockwerk! Falsches Stockwerk!«), fiel von oben immer wieder zittrig ein rosenroter oder grell orangefarbener Lichtschein auf die Treppe. Bald hörten sie, zunächst noch leise, aufgebrachte Menschenstimmen und schließlich die Hilfeschreie von Katzen. Doch nichts von alledem bereitete sie auf den Anblick vor, der sie erwartete, als sie endlich oben ankamen.

Vor ihnen lag ein riesiger offener Dachboden mit Stützpfeilern, die aussahen wie altmodische Laternenpfähle. Die Luft roch nach Kampferlösung und schmeckte nach Metall. An den Wänden und zwischen den Pfeilern huschten Schatten hin und her.

In der hintersten Ecke stieg tosend wie ein kopfstehender Wasserfall eine Lichtsäule aus dem Boden und zwängte sich, wie von heftigen Krämpfen geschüttelt, abwechselnd durch die Decke oder durch die nächstgelegene Wand nach draußen. In ihrem schwankenden Strahlenkegel stand, nur undeutlich erkennbar, eine menschliche Gestalt in hellem Gewand. Der Kopf war unter einer schwarzen Gummimaske oder einem Helm mit gelblichen Sichtscheiben verborgen. Ihre Bewegungen – pantomimisch übertrieben, als wäre sie doch kein Mensch, sondern ein Vertreter einer fremden Spezies, der probehalber in einen neuen Körper geschlüpft war – weckten in Tom Erinnerungen an Tintagel Court, an Hände, die seine Nackenfalte hochzogen, um die Nadel einzuführen, und an eine Stimme, die »Falsche Katze! Falsche Katze!« rief.

Die Gestalt war Pertelots Züchter.

Der Alchimist.

Der Alchimist hielt in einer Hand ein geschlossenes Messinggefäß, dem dichte Rauchwolken entströmten, in der anderen einen kurzen dicken Stab, der aus der mumifizierten Vorderpfote irgendeines großen, schwarzen Tiers gefertigt war. Die

Sichtscheiben seiner Maske erzeugten unheimliche Lichtreflexe. Um ihn herum wogte eine Katzenflut.

Die Katzen schienen verwirrt.

Tintagel Court war der letzte Ort gewesen, wo es ihnen gutgegangen war. Einigen hatte man seither, vor allem am Kopf, große Hautpartien entfernt, und die flachen Wunden waren noch nicht verheilt. Andere sahen gepflegt und wohlgenährt aus, sie schienen noch gewachsen zu sein und strotzten geradezu vor Vitalität. Manche waren bis zur Unkenntlichkeit verändert und zeigten sonderbare, für Katzen ungewöhnliche Bewegungsabläufe – aber das mochte auch an der Beleuchtung liegen. Alle umbrandeten sie die Füße des Alchimisten. Obwohl sie keinen Laut von sich gaben, erfüllte ihr Schnurren die Luft. Dann hob der Alchimist seinen Stab, die ganze Flut formte sich zu einer einzigen Welle und setzte sich in Bewegung.

Sealink hatte bestürzt zugesehen. Nun sagte sie:

»Tom, so etwas habe ich noch nie erlebt. Welche von diesen Katzen *suchen* wir denn überhaupt?«

»Die beiden dort!« sagte Tom. »Pertelot! Rags! Hierher! Ragnar Gustaffson! Ich bin's!«

Pertelot war durch das Loch im Fenster zurückgekommen und kauerte nun innen auf dem eineinhalb Meter hohen, verstaubten Sims. Raggy stand unter ihr auf dem Boden und hatte sich vor dem Alchimisten in Positur geworfen wie für einen letzten grausigen Schönheitswettbewerb. Seine dichte Halskrause war gesträubt. Ragnar Gustaffson (Cœur de Lion!) stand breitbeinig und aufrecht da wie auf der Ausstellungsbank, doch das gelang ihm nur unter Aufbietung aller Kräfte. Sein Fell war verfilzt und mit Öl verklebt und hing voller Holzreste. Aber er war entschlossen, die Mau nicht in die Hände des Alchimisten fallen zu lassen. Ihr wiederum schaute das Fieber aus den Augen. Ihre Flanken waren eingefallen. Jede einzelne Rippe zeichnete sich ab. Nur ihr großes, graurosafarbenes Herz war ihr geblieben, doch ihr Lebenswille brannte mit reiner Flamme und nährte ihren Trotz.

»Ragnar! Pertelot!«

Die beiden sahen sich um. Ihre Augen tränten vom Kampferrauch.

»Mercurius!« schrie Pertelot. »Oh, hilf uns!«

Der Alchimist riß den Arm in die Höhe. Wie eine stumme Brandung wälzten sich seine Katzen auf Tom und Sealink zu.

»Süßer«, sagte Sealink, »was hast du uns da nur eingebrockt?«

»Einen Kampf«, sagte Tom. »Tut mir leid.«

Es war unheimlich. Die Augen der wilden Katzen glänzten, aber ihr Blick war leer. Ihr dumpfer, erstickender Geruch gab widersprüchliche Signale. Wo sind wir? fragte er. Was ist mit uns geschehen? Antworten konnte keine von ihnen. Aber kämpfen konnten sie dafür um so besser. Verbissen arbeitete sich Tom auf das Fenster zu. Die Calicokatze blieb an seiner Seite. Man durfte ihr nicht zu nahe kommen. Wo sie ging und stand flogen die Fetzen. Sie war wie ein Terrier auf Rattenjagd. Die beiden ergänzten sich ausgezeichnet; in schönster Eintracht stießen sie vor, duckten sich, sprangen, schlugen zu. Trotzdem dauerte es nicht lange, bis die wilden Katzen sie umzingelt und voneinander getrennt hatten, um sie allein mit ihrer zahlenmäßigen Überlegenheit auf den Alchimisten zuzudrängen. Der stand mit gesenkten Armen wartend in der Mitte des Raumes. Aus dem Gefäß in seiner Hand stieg eine Rauchwolke auf.

»Ich will ganz ehrlich sein«, bemerkte Sealink, »es sieht nicht gut aus für uns.«

Der Alchimist kniete nieder, pfiff und breitete die Arme aus. Sein mächtiger Schnabelkopf hing über den Katzen. Tom roch menschlichen Schweiß, roch die schwarzen Gummistiefel an den Menschenfüßen. Eine Duftwolke aus dem Kanister – Kampferlösung, dazu ein metallischer Geschmack auf der Zunge –, und schon drehte sich alles um ihn. Er erhaschte noch einen kurzen Blick auf Sealink: gefletschte Zähne, ratloses Fauchen, eine verzerrte, von blutenden Kratzern entstellte Fratze. Dann lag er auf dem Rücken und sah zum zweiten Mal in seinem Leben die Riesenhände auf sich zukommen.

Pertelot Fitzwilliam war vom Fenstersims gesprungen, sobald sich das Kampfgeschehen entfernte. Als sie und Ragnar nun sahen, daß Tom in Schwierigkeiten war, machten sie sich flach und krochen vorsichtig der Mitte des Raumes zu.

Doch da richtete Pertelot sich hoch auf und zeigte sich ihrem Peiniger.

»Nimm mich!« rief sie laut. »Hier bin ich!«

Er ließ sofort von Tom und Sealink ab und wollte sich auf sie stürzen. Sie flitzte davon. Bald schoß er kreuz und quer durch den Speicher, um sie mit seinen alchimistischen Dämpfen einzunebeln, während sie, erschöpft und mit ihrer Weisheit am Ende, in matten Zickzacklinien über die freie Fläche stolperte und nach einem Versteck suchte. Ragnar rannte, aus Leibeskräften heulend, von einem zum anderen. Der Alchimist lachte. Wieder hob er seinen Stab. Das Katzenmeer setzte sich in Bewegung. Pertelot wich zurück. Die Säule in der Ecke dröhnte und erstrahlte in den Königsfarben Rot und Gold. Das Licht veränderte alles bis zur Unkenntlichkeit. Tom kam mühsam auf die Beine. Aber noch war er benommen vom Rauch des Alchimisten, und sein Körper schwankte nur hilflos hin und her, als er ihm den Marschbefehl gab. Sealink, die eine noch größere Kampferdosis abbekommen hatte, lag schlafend auf dem Boden.

Alles trieb auf eine Katastrophe zu, doch in diesem Augenblick wurde ein Fenster des Lagerhauses eingeschlagen. Wie eine farbige Dampfwolke spritzten die Glasscherben durch die Luft. Aus der Wolke löste sich eine zornige Fantasiegestalt: ein Feuervogel, der einen Funkenschweif hinter sich herzog. Er raste blindlings durch den Raum, krachte in einen Pfeiler nach dem anderen und rammte schließlich den Hinterkopf des Alchimisten. Das gab ihm den Rest, er schlitterte noch ein paar Meter weit wie ein wildgewordenes Feuerrad über den Boden und brannte schließlich aus. Der Alchimist kippte unter der unerwarteten Attacke nach vorn, und dabei verschob sich seine Maske. Vornübergebeugt, den Schwerpunkt irgendwo zwischen Stirn und Knien, hielt er sich noch einen Moment im Gleichgewicht, dann fiel er auf die Seite und rollte sich ein wie ein totes Insekt. Das Räuchergefäß war ihm aus der rechten Hand gefallen, und die Dämpfe umschwebten seinen Kopf. Doch die Linke hielt noch immer den Stab umschlossen. Tom beobachtete, wie die Hand langsame, kräftige Greifbewegungen machte, wie sich die Unterarmmuskeln spannten und entspannten und die Adern prallgefüllt hervortraten. Nach einer Weile bewegte sich auch das konservierte Tierbein, aus dem der Stab gemacht war. Es lebte. Der Alchimist schien ihm das Leben einzupumpen. Aus der mumifizierten Pfote schoben sich fünf hakenförmige Krallen …

»Raus hier!« sagte eine heisere Stimme. »Steh auf und mach, daß du wegkommst!«

Tom schaute verwirrt auf.

Vor ihm stand der Fuchs Liebt-Mülltonnen. Sein Fell war schlammverkrustet, er fletschte die Zähne, seine Augen funkelten wild, und man roch seine Wut. Er packte Tom mit seinen weißen Zähnen an der Nackenfalte, hob ihn hoch und stellte ihn recht unsanft auf die Beine.

»Hörst du mich?« bellte er. »Kleine Katze?«

»Du sollst mich nicht so nennen«, wollte Tom protestieren.

Doch der Fuchs unterbrach ihn: »Verschwinde! Es eilt! *Oder willst du noch hier sein, wenn er sich verwandelt?«*

»Ist er eine schwarze Katze? Eine riesige schwarze Katze?«

»Schaff diese Tiere hinaus!«

Tom starrte ihn an. Dann fragte er: »In Ordnung?«

»Tom, Schätzchen, bin ich etwa eingeschlafen?« fragte Sealink müde hinter ihm.

Dann rief sie: »Du meine Güte. Ist das ein Hund?«

Sealink war schlaftrunken und schlecht gelaunt, aber sie war Tom doch behilflich, Pertelot und Ragnar die Treppen hinunter und auf die Straße zu führen. Von oben sickerte ein unnatürlich heller Lichtschein herab. Die Hitze und die Elektrizität in der Luft folgten ihnen bis auf die Straße hinunter. Wie auf ein Stichwort drehten sie sich um und starrten mißtrauisch zum obersten Stockwerk hinauf. Hinter den Fenstern wechselte das Licht immer schneller, durchlief das gesamte Spektrum vom sattesten Blutrot bis zum grellsten Weiß. Ein langgezogenes Knirschen war zu hören. Ein nicht enden wollender Wutschrei aus einer unvorstellbar fremdartigen Kehle antwortete. Dann – ein Knall! – erlosch das Licht, es wurde still. Sekunden später sprengte eine lautlose Explosion das

Glas aus den Fensterrahmen. Flammen schlugen heraus. Ein Glut- und Scherbenregen ging nieder, die Katzen sprangen hastig zurück; und der Fuchs kam wie der Blitz aus dem Gebäude geschossen und schaute über die Schulter. In seinen Augen stand die Panik.

Ein bedauernswertes Grüppchen hatte sich auf der Straße zusammengefunden. Liebt-Mülltonnen saß schweigend im Schatten und kehrte dem Lagerhaus den Rücken zu, wie um zu demonstrieren, daß er nichts damit zu tun haben wollte. Ragnar und Pertelot standen schüchtern und ein wenig abseits reglos nebeneinander. (Nach einer Weile sank die Mau erschöpft zu Boden, und Ragnar leckte ihr das schmale, verhärmte Gesicht. Wie zwei Statuen hoben sie sich vor dem grellen Feuerschein ab.) Sealink hatte sich hingesetzt und putzte sich mit einem Eifer, der besagte, daß sie im Moment nichts dringender brauchte, als sich in Ruhe mit sich selbst zu beschäftigen. Mousebreath (er hatte niemanden begrüßt, nicht einmal seine gescheckte Freundin) beugte sich steif und unbeholfen über die kleine Cy.

Die vielen Katzen machten den Fuchs nervös und reizbar. Alle waren verdreckt und müde, und keiner wußte, was er sagen sollte.

Tom blinzelte zu den Flammen hinauf. Er spürte ihre Hitze im Gesicht. Die Wirkung des Gases hielt immer noch an, und er hatte das verwirrende Gefühl, als sei ein Teil von ihm im Lagerhaus zurückgeblieben. Was da oben, was in Tintagel Court geschehen war – die Stimmen aus seinen Träumen –, er fühlte sich wie von alchimistischen Rauchschwaden umnebelt. Er schüttelte den Kopf, um die Benommenheit zu vertreiben. Dann ging er hinüber, um nach der Tigerkatze zu sehen.

»Wie geht es ihr?« fragte er Mousebreath.

Mousebreath warf einen Blick auf das Feuer. Dann sah er Tom an. Und schließlich wandte er sich wieder der kleinen Katze zu und sagte: »Sie ist tot.«

DAS ZWEITE KATZENLEBEN

Zu Anbeginn sah es noch sehr viel anders aus in der Welt, und die Felidae *streiften bei Tag und bei Nacht frei und ungehindert umher.*

Da gab es die Großen Katzen, die nach dem Bild der Schöpferin gemacht waren und goldbraun, schwarz und orangerot durch die Steppen und Gebirge zogen (die einstmals ihre Schultern gewesen waren); und die gestreiften Waldkatzen, die sich lieber im dunklen Dschungel (ihrem ehemaligen Fell) aufhielten. Die bräunlichen, rötlichbraunen, bräunlichgrauen oder sandgelben Wüstenkatzen schlichen im Schatten der Dünen dahin oder glitten über die hellen Strände; und die Weißen Katzen jagten in Tundren und Schneewüsten. Es gab reichlich Beute; und jede Katze herrschte über soviel Land, wie sie durchwandern konnte.

In jenen Tagen hatten die Felidae *nichts und niemanden zu fürchten, während alle anderen Wesen in Angst vor ihnen lebten; besonders die Menschen.*

Was gibt es über sie zu erzählen?

Nachdem sie sich als ungebetene Gäste aus dem silbernen Auge der Großen Schöpferin ins Leben gedrängt hatten – aus jenem Auge also, von dem es heißt, es schaue nach innen, ins Reich der Toten und der Geister, während ihr goldenes Auge nach außen blickt auf die Welt –, flüchteten sie sich auf schnellstem Wege in die Höhlen. Sehr lebenstüchtig waren sie nicht! Wenn die Felidae *vorüberkamen – so stark, so flink, so gefährlich, stolz bei Tag und lichtäugige Jäger bei Nacht –, sahen sie ihnen nur in scheuer Ehrfurcht nach.*

Wie also gelangten die Menschen zu ihren vielen Vorzügen?

Als Glücksbringer für ihre eigenen Jagdausflüge malten sie Katzen an die Wände ihrer Höhlen, aber es war nicht leicht, das Wesen eines Geschöpfes einzufangen, das sich so lautlos und so flink im Dunkeln bewegte, und so hatten die gemalten Katzen Augen wie silberne Untertassen, Zähne wie Sicheln und Krallen wie Messer. Die Menschen malten Katzen, die zuerst Antilopen, dann Büffel und schließlich gar Elefanten zu Fall brachten, als ob es für diese Geschöpfe keine Grenzen gäbe.

Menschen!

Sie ahmten die Bewegungsabläufe der Katzen nach – unermüdlich tanzten sie um ihre Feuer, jagten einander und ließen sich zum Schein erlegen. Dabei war ihr Rückgrat steif und ungelenk; mit ihren zwei Füßen brachten sie den gestampften Lehmboden zum Erzittern; und beim Anspringen waren sie kraftloser als einmonatige Kätzchen! Die Felidae *sahen ihnen belustigt zu.*

Und dann sagte eines Tages einer der Menschen zu seinesgleichen: ›Wenn ich nun das Fell einer Katze auf dem Rücken trüge, ihren Kopf über meinem Kopf, ihr Maul über meinem Mund und ihre Krallen über meinen Fingern, und wenn ich ihren Schwanz hinter mir herzöge, müßte ich dann nicht auch jagen können wie eine Katze?‹

Und schon am nächsten Tag machten sie sich auf die Suche nach einer toten Katze, um ihr das Fell abzuziehen und es ihrem besten Jäger umzubinden. Irgendwann stießen sie auf den alten Pardus, der sich am Fuß eines Baumes zusammengerollt hatte und friedlich darauf wartete, seinen Geist auf den geheimen Pfad zu schicken, auf daß er durch das Silberauge der Großen Katze ins Anderland wandere. Die Menschen beäugten ihn mißtrauisch, denn von allen Felidae *waren die gefleckten Katzen wegen ihrer Schnelligkeit, der Kraft in den riesigen Pfoten und den mächtigen Kiefern am gefürchtetsten.*

Die Menschen berieten sich lange, ob sie ein wenig nachhelfen und Pardus' Aufbruch beschleunigen sollten, aber schließlich siegte (eine Seltenheit bei den Menschen) die Vernunft, und sie kehrten mit leeren Händen nach Hause zurück.

Am nächsten Tag begaben sie sich wieder zu dem betreffenden Baum, und dieses Mal war das Glück mit ihnen, denn in jener Nacht hatte Pardus' Geist den geheimen Pfad betreten. Vielleicht schlief er aber auch nur! Dreimal rückten die Jäger vor, dreimal verließ sie der Mut, und sie flüchteten ins Gebüsch; doch endlich nahm der tapferste unter ihnen seinen langen Speer und stieß ihn Pardus gegen die Brust. Der Kopf der gefleckten Katze sank zur Seite; abermals sprangen die Jäger zurück! Doch als Pardus sich nicht mehr bewegte, wurden sie kühner; sie banden seine Füße an den langen Speer, leg-

ten sich den Speer über die Schultern und trugen die große Katze zu ihren Höhlen.

Als die Jäger dort eintrafen, dunkelte es schon. Doch die Frauen, die Kinder und die Alten kamen ihnen entgegen und erhellten die Nacht mit brennenden Fackeln. Dann umringten sie die Jäger und betrachteten voll Ehrfurcht den Leichnam der großen Katze. Noch nie waren sie einem tödlichen Raubtier so nahe gewesen!

Sie streichelten Pardus' weiches Fell und drückten seine Riesenpfoten, bis die blanken Krallen hervortraten; dann öffneten sie ihm das Maul und schauten in seinen entsetzlichen Rachen. Schließlich hoben sie ihm den Schwanz hoch und betasteten respektvoll die schweren Hoden.

Danach war ihre Angst vor ihm nicht mehr so groß. Also zogen sie ihm mit ihren scharfen Feuersteinmessern das Fell ab und banden es ihrem tüchtigsten Jäger so um, daß Pardus' Rücken sich auf dem Rücken des Jägers, sein Kopf über dessen Kopf, sein Maul über dessen Mund und seine Krallen über dessen Fingern befanden und der Schwanz hinterherschleifte. So tanzte der Jäger um das Feuer, und als die anderen seine Sprünge und seine Drehungen sahen, da fanden sie, der Mensch bewege sich nicht anders als eine große Katze. Wenn er brüllend umherschlich und mit den neuen Krallen durch die Luft fuhr, wichen alle anderen scheu zurück, obwohl sie ihn doch zu kennen glaubten. Nach jener Nacht blieb dieser Mensch auch dann von der Aura der großen Katze umgeben, wenn er deren Haut nicht auf dem Rücken trug. Und so wählten ihn die Menschen zu ihrem Häuptling und fürchteten ihn.

So lernten die Menschen mit der Zeit, sich unsere Kraft und unsere Magie dienstbar zu machen. Sie zähmten die willenlosen Hunde der weiten Ebenen – die feigen Canidae *–, spürten uns mit ihrer Hilfe am Tag auf, töteten uns im Schlaf oder raubten unsere Jungen. Und dann zogen sie uns das Fell ab und banden es sich auf den Rücken.*

Doch bei Nacht blieben sie in ihren Höhlen, schürten die Feuer, bis die Flammen hochschlugen, und hielten ängstlich Ausschau nach unseren glühenden Augen …

7

DIE EINÄUGIGE KATZE

Eine schwarze Katze vor dem Frühstück bringt Unglück.

REDENSART AUS DEM MITTELWESTEN

Mousebreath wiederholte so laut, daß alle es hören konnten: »So steht es, Freundchen. Sie ist tot.«

Tom schaute auf Cy hinab. Sie hatte sich in den letzten Augenblicken ihres Lebens entrollt und lag nun lang ausgestreckt auf dem rissigen Gehsteig, wie eine Katze, die an einem sonnigen Morgen mit weit ausgreifenden Beinen und hoch erhobenem Haupt unbekümmert – allzu unbekümmert vielleicht – über die Straße läuft. Das Maul stand noch offen, aber die Augen waren geschlossen. Das zerquälte Gesichtchen schien sagen zu wollen: Mein Leben war traurig, aber verlassen wollte ich es eigentlich noch nicht.

Tom vergrub die Nase in ihrem Fell. Es war noch warm, und es roch nicht gut. Im Geist hörte er sie sagen: Hi! Ich bin Cy. Mit *ei* wie in *Bitte unterzeichnen*! Er sah sie auf einer zweispurigen Straße im Stoßverkehr mit einem Schmetterling spielen. Er sah sie, ein halbverrottetes Stück Linoleum im Maul, auf sich zustolpern.

Die anderen Katzen hatten sich um sie geschart und betrachteten die beiden. Sie waren ratlos und verschreckt, wie Tiere oft sind, wenn sie mit dem Tod konfrontiert werden. Schnurrend rieben sie sich an ihr und an Tom. »Sie hat sich nie *gewaschen*!« sagte er, als wäre das eine Erklärung. »Ich will nicht, daß sie tot ist«, fuhr er fort. Er brachte die Worte kaum heraus. Dann schaute er von Mousebreath zu Sealink, von Ragnar zur Mau und flehte: »Was können wir tun?«

Sie wichen seinem Blick aus.

»Sagt es mir!« verlangte er.

Nun trat der Fuchs aus dem Schatten. »Laßt mich mal sehen«, sagte er leise.

Aber Mousebreath trat ihm in den Weg.

»Du bist ein Hund, Freundchen«, sagte er. »Seit wann können Hunde Tote aufwecken?«

»Du weißt genau, daß ich kein Hund bin«, sagte Liebt-Mülltonnen. »Aber ich habe etwas, das auch Hunde haben.«

»Tatsächlich. Wie schön für dich.«

Der Fuchs schob den Schildpattkater ungeduldig beiseite, trat vor die tote Tigerkatze hin und senkte den Kopf so tief, als wolle er ihre Nase berühren. Dann stand er eine Weile ganz still. Als sich das spitze Dreiecksgesicht endlich hob, leuchteten die Augen im Widerschein des brennenden Lagerhauses rot auf. Der Eindruck war nicht gerade vertrauenerweckend.

»Ich habe eine gute Nase«, erklärte er Mousebreath. »Und das ist mehr, als irgendeine Katze je von sich behaupten konnte.« Er wandte sich an Tom. »Sie ist nicht tot«, erklärte er. »Ich rieche noch Leben in ihr.«

Mousebreath lachte verbittert. »Was soll das heißen?« fragte er.

Der Fuchs beachtete ihn nicht, sondern sprach weiter mit Tom. »Vielleicht erholt sie sich wieder, vielleicht aber auch nicht. Auf jeden Fall solltet ihr sie wegbringen. Hier könnt ihr euch nicht verstecken. Ich höre schon die Feuerwehrsirenen in der Ferne; womöglich kommt auch der Alchimist wieder.« Die Hitze wurde von Minute zu Minute stärker und drängte die Katzen immer weiter zurück. Auf dem Gehsteig trockneten die Pfützen. Der Dachstuhl des Lagerhauses stürzte ein, die Balken fielen ins Feuer. Der Fuchs sah sich um. »Viel Zeit habt ihr nicht mehr.«

Trotz seiner Trauer wollte Mousebreath sich noch nicht geschlagen geben. »Was heißt, du *riechst* es?« fragte er. Eine vage Drohung schwamm langsam vom blauen ins bernsteinfarbene Auge. »Was heißt das, Freundchen?« wiederholte er.

Die Katze Sealink hatte, während sie ihr Fell von Asche und verschmorten Haarklumpen befreite, den König, die Königin und – ganz besonders – den Fuchs unauffällig beobachtet. Nun stand sie auf, streckte sich mit schwerfälliger Anmut und nahm wieder Platz. »Du setzt dich jetzt neben mich, Schätzchen«, befahl sie ihrem Gefährten, »und läßt den netten Herrn Fuchs in Ruhe.« Mousebreath gehorchte mit sichtlichem Widerstreben.

Liebt-Mülltonnen starrte die beiden verächtlich an. »Katzen!« sagte er.

Die Calicokatze wich seinem Blick nicht aus. »Schätzchen«, sagte sie, »mit 'nem *Fuchs* hab ich noch nie direkt zu tun gehabt, obwohl ich eure Witterung aus vierzehn verschiedenen Ländern kenne.« Sie widmete sich weiter ihrer Körperpflege. »Vielleicht können wir jetzt mal alle zu zanken aufhören und uns statt dessen überlegen, wie es weitergehen soll.«

Die beiden Streithähne wechselten noch einen erbitterten Blick, dann drehte sich Liebt-Mülltonnen um, ging langsam über die Straße auf das Lagerhaus zu und setzte sich so dicht vor das Doppeltor, wie das Feuer es zuließ. Er hielt den Kopf gesenkt und hechelte, um sich Kühlung zu verschaffen. Immer wieder schaute er zum obersten Stockwerk hinauf, als überlege er, ob er noch einmal zurückgehen solle. Tom überquerte die Straße und trat zu ihm.

»Es tut mir leid, daß sie dich nicht mögen«, sagte er.

»Wer?« fragte der Fuchs. »Ach so. Die brauchen mich auch nicht zu mögen.« Dann fragte er: »Du hast die Elster nicht herauskommen sehen? Ich habe gewartet, solange ich konnte, aber sie ist nicht aufgewacht, und da drinnen war es heiß wie in einem Backofen.« Ein Frösteln überlief ihn. »Und wer erträgt es schon, mit dem Ding da oben in einem Raum zu bleiben?« fragte er sich selbst. »Ich jedenfalls nicht.«

»Ich verstehe kein Wort«, murmelte Tom. »Der Feuervogel soll eine Elster gewesen sein? Bei dem Licht hätte ich sie nicht einmal als Vogel erkannt. Sie muß unglaublich tapfer sein! *Ich* kenne übrigens auch eine Elster«, fuhr er fort. »Sie heißt Sorgt-für-Kummer.«

Der Fuchs sah ihn ausdruckslos an. »Du überraschst mich immer wieder, Tom«, sagte er. »Der Vogel da oben *war* Sorgt-für-Kummer. Was hattest du denn gedacht?« Plötzlich mußte er lachen. »Feuervogel! Das hätte ihm gefallen.« Er stand auf, bog seinen langen, geschmeidigen Rücken zu einem Kreis und schabte nachdenklich mit den Zähnen an seinem Hinterbein herum. »Ich habe ihm schon lange prophezeit, daß er sich noch mal den Hals bricht.«

»Ich verstehe das nicht«, wiederholte Tom kleinlaut.

»Es war Sorgt-für-Kummer«, versicherte ihm der Fuchs. »Du kannst mir schon glauben.«

»Nein«, sagte Tom. »Ich wollte sagen, ich verstehe nicht, woher ihr beiden euch kennt.«

Wieder ließ der Fuchs dieses traurige Lachen hören. »Majicous Helfer kennen sich alle untereinander«, sagte er. »Und Sorgt-für-Kummer und ich waren besonders gute Bekannte.«

Mehr war nicht aus ihm herauszubekommen.

Dem Rat des Fuchses folgend, kehrten die Katzen dem lichterloh brennenden Lagerhaus den Rücken und zogen, eine geschlagene Truppe, langsam ab. Jeder Windstoß überschüttete sie mit Regen, jeder Windstoß fuhr ihnen von hinten ins Fell. Jede Straße war eine Sackgasse, sie landeten immer wieder am Fluß.

Mousebreath trug Cy und ließ nicht zu, daß jemand sie ihm abnahm. Der Fuchs beobachtete mit unverhohlenem Spott, wie er sich verausgabte. Sealink suchte unentwegt Streit mit dem Fuchs. (»Oh, Verz*ei*hung, werter Herr. Du brauchst gar nicht so die Nase zu rümpfen. Ich hab dich wirklich nicht gesehen!«) Und Ragnar und Pertelot trödelten scheu in endlosem Abstand hinterher, eingesponnen in eine eigene Welt aus schmerzlichen Erinnerungen.

»Besonders freundlich sind sie nicht gerade, Süßer«, beklagte sich Sealink bei Tom.

»Was erwartest du denn?« höhnte der Fuchs. »Du hast doch gesehen, was ihnen droht.«

»Entschuldige vielmals, ich sage besser gar nichts mehr.«

»Sie möchten ja gern freundlich sein«, sagte Tom, »aber ihr macht ihnen angst. Alle beide.«

Den Rest dieser ungemütlichen Nacht verbrachten die sieben Tiere einen halben Kilometer flußaufwärts in einer halbfertigen Wohnsiedlung, der man, wie eine Baustellentafel der lesekundigen Welt mitteilte, den Namen *Piper's Quay* zugedacht hatte. Am Piper's Quay schien der Mond in die leeren Fensterhöhlen. Überall zog es, vom Boden wirbelte weißer Staub auf, und es roch nach Zement, Kitt und billigem frischem Holz. Der Fuchs hockte sich in eine Ecke und hielt Wache, Sealink und Mousebreath verzogen sich in eine zweite, der König und die Königin in eine dritte. Cy blieb reglos liegen, wo man sie absetzte; wenn in ihrem Herzen noch ein Lebensfunke brannte, wenn ihr Atem noch ein- und ausging, vermochte das nur der Fuchs wahrzunehmen. Mousebreath kuschelte sich an sie. Niemand hatte Lust zu reden. Niemand konnte schlafen. Tom war auf alle gleichermaßen wütend. Eigentlich sollten sie doch Freunde sein. Nach einer halben Stunde brach Ragnar schließlich das Schweigen. Er stand auf und verkündete mit seiner besten Ausstellungsstimme:

»Sehr erfreut, euch alle kennenzulernen. Ragnar Gustaffson Cœur de Lion aus Südengland, Champion und dreimal Sieger aller Klassen. Eine *Norsk Skaukatt*, wenn ihr wißt, was das ist! Ich möchte euch auch Pertelot Fitzwilliam von Hi-Fashion vorstellen, ebenfalls ein Champion, auf vielen Ausstellungen Sieger ihrer Klasse: eine ägyptische Mau. (Sehr alte Rasse.) Ihr müßt entschuldigen, wenn wir schrecklich müde sind. Es war ein harter Kampf.«

Alle schwiegen.

»Schön, schön«, sagte Mousebreath endlich. »So sieht also die Königin von Saba aus. Schaut euch das an! Und als ob das noch nicht reicht, hat er auch noch seine bessere Hälfte mitgebracht.«

Ragnar hatte kein Wort verstanden und sah ihn nur unsicher an. Dafür wandte sich Pertelot Fitzwilliam an den Schildpattkater. »Wir können nichts dafür, daß deine kleine Freundin krank ist«, sagte sie. »Wir möchten ihr ebensogern helfen wie du. Ich sehe, daß du uns verachtest – aber mit welchem Recht? Ich bin, wie ich bin, und ich kann daran genausowenig ändern wie du. Ich habe mir mein Blut nicht ausgesucht.«

Sie stand auf – ihre Muskeln und ihr Fell spannten sich, als ob ihre Seele fröre – und lachte traurig. »Und ich habe nicht viel davon, wie du siehst«, flüsterte sie. »Er verfolgt mich gnadenlos!« Sie erschauerte. »Wie gern wäre ich eine ganz gewöhnliche Katze. Wie gern säße ich im Dunkeln neben Cy und würde sie trösten. Ich möchte nur einmal so sein wie andere Katzen, bevor er mich erwischt und alles vorbei ist. Mousebreath, willst du mir dabei nicht helfen?« fuhr sie fort. »Du kannst mit deinen Augen in zwei Welten schauen, in eine bernsteinfarbene und in eine blaue. Siehst du nicht, daß auch ich die kleine Katze liebe? Niemand hat das Mitleid für sich gepachtet.«

Eine Weile war es still. Mousebreath sah die Mau nicht an. »Wenn man's so betrachtet«, brummte er endlich.

Sie trat zu ihm und rieb den Kopf dankbar an seinem Gesicht.

»Ich finde deine Augen wunderschön«, sagte sie.

Sein lautes, heiseres Schnurren erfüllte den Raum.

Die Königin wandte sich an alle. »Ragnar Gustaffson wollte euch für eure Hilfe danken. Wir können hier nicht lange bleiben. Mein Züchter, den ihr den Alchimisten nennt, wird nicht aufgeben. Er wird mich nicht ziehen lassen. Für ihn bin ich die Mutter, und wer ihm in die Quere kommt, ob Mensch, ob Tier, den wird er töten. Er ist vor Hunderten von Jahren auf eine Prophezeiung gestoßen, die so alt ist wie der Nil – und darin wurde die Züchtung einer Goldenen Katze verheißen. Von dieser Katze erhofft er sich nun grenzenlose Macht und unerschöpfliches Wissen.«

Wieder erschauerte die Königin.

»*Das Blut ist ein Buch*«, sagte sie und lachte dumpf. »Raggy, komm her und steh mir bei. Ich fühle mich nicht wohl. *Das Blut ist ein Buch* – dieser Ausspruch stammt von ihm.« Sie blickte auf und fuhr fort: »Ich verstehe von alledem nicht viel mehr als ihr. Jedenfalls glaubt er, aus mir diese Goldene Katze züchten zu können. Wenn das Blut ein Buch ist, dann ist das meine ein sehr altes Buch, und er hat es unzählige Male gelesen. Alle seine Experimente zielen in dieselbe Richtung; nur eine Geburt ist noch erforderlich, dann hat er, was er will. Dreihundert Jahre hat er dafür gearbeitet – dreihundert Jahre, in denen zahllose Generationen meiner Vorfahren in seinen Laboratorien leben und sterben mußten! Ich bin die Letzte. Er wähnt sich kurz vor dem Ziel und wird nicht aufgeben, bis er mich wiederhat. Selbst in diesem Moment spüre ich seine Nähe. Wenn er euch bei mir findet, wird er euch alle töten! Solange wir hier sind, schwebt ihr in höchster Gefahr. Aber morgen früh verlassen wir euch.«

Liebt-Mülltonnen hatte bisher so getan, als ginge ihn die ganze Debatte nichts an. Nun sprang er auf. »Nein!« rief er. »Ihr dürft nicht fortgehen!«

Angst, Wut und Niedergeschlagenheit klangen aus seiner Stimme.

»Wie kommst du dazu, ihr Vorschriften zu machen?« erkundigte sich Mousebreath. »Du bist doch bloß ein Hund.«

Der Fuchs fauchte. »Wenn du nur einen Funken Verstand hättest ...«

In Mousebreaths blauem Auge flammte Spott auf und trieb gemächlich in das gelbe hinüber, wo er sich festsetzte und hart wurde wie Zement. Der Schildpattkater senkte den breiten Schädel und legte die Ohren an. ›Ist mit Ausnahme der beiden Fs zu nichts zu gebrauchen‹, hatte Sealink einmal über ihn gesagt.

»Nun sag schon, was du auf dem Herzen hast«, zischte er.

»Das werde ich auch sagen«, sagte der Fuchs. »Ich finde, es ist höchste Zeit, daß ich ...«

»Aufhören!« schrie Pertelot Fitzwilliam.

Der Fuchs war bereits mit gesträubtem Nackenfell, die schwarzen Lefzen zu einem tückischen Grinsen verzogen, durch eine Mondlichtpfütze gehuscht, um sich von der blauäugigen Seite an Mousebreath anzupirschen. Jetzt fuhr er zu ihr herum.

»Nimm dich in acht!« warnte er.

Zunächst wich sie zurück, doch dann stellte sie sich, obwohl er doppelt so groß war wie sie und schon sein Geruch sie überwältigte. Das schräg einfallende Mondlicht umspielte ihre zierlichen langen Beine und das exotische Profil. Auf ihrer Stirn prangte wie ein Buchstabe aus einem vergessenen Alphabet das Zeichen des heiligen Käfers. Ihre Augen glänzten wie Seide, wenn das Licht darauf fällt. Als der Fuchs erkannte, wen er vor sich hatte – als er sah, wie tapfer sie ihre Angst überwand –, kam er wieder zu sich.

»Das war keine Heldentat«, räumte er ein.

Und zu Mousebreath: »Unsere Sache hat Zeit bis später.«

»Nur wenn ich einverstanden bin.«

»Ich werde dich schon überreden«, sagte der Fuchs. »Was hier geschieht, ist für die Tigerkatze ebenso wichtig wie für alle anderen. Ihr Schicksal ist mit dem Schicksal dieser beiden verknüpft.«

»Sagst du.«

»Sage ich.«

Mousebreath starrte ihn eine Weile an. »Na schön«, fügte er sich. »Dann eben später.«

»O ja«, versprach der Fuchs ruhig. »Du kannst dich darauf verlassen.« Er wandte sich an die Mau. »Pertelot Fitzwilliam«, sagte er, »es steht soviel auf dem Spiel! Du mußt mir verzeihen ...« Er hatte den Faden verloren, doch als er weitersprach, klang seine Stimme beschwörend. »Du bist hier unter Freunden. Es tut mir leid, wenn wir dich erschreckt haben. Wir sind ein wilder Haufen, aber deine Interessen liegen uns aufrichtig am Herzen. Wir fürchten den Alchimisten, aber wir sind nicht völlig hilflos. Wir werden nicht zulassen, daß er dich in seine Gewalt bringt, das verspreche ich dir.«

Und dann kniete er ganz unerwartet und ziemlich verlegen vor ihr nieder.

Sealink hatte die Szene nicht ohne Anteilnahme verfolgt. Jetzt stand sie schwerfällig auf. »Das reicht«, sagte sie. »Du, Schätzchen« – das galt der Mau –, »bleibst jetzt, wo du bist, ruhst dich aus und läßt dich gründlich von mir waschen.« Dem Fuchs erklärte sie mit widerwilligem Respekt: »Ich hab noch nie erlebt, daß irgendein Tier sich gegen Mousebreath durchsetzen konnte. Passiert auch nicht oft, daß ein Fuchs sich um 'ne Katze kümmern will. Zunächst hast du also mal gewonnen. Und morgen früh findet sich hoffentlich jemand, der mir erklärt, was hier eigentlich gespielt wird.«

Im Mondlicht bot sich ein fantastisches Bild. In der Mitte saß Pertelot Fitzwilliam dicht neben der bewußtlosen Cy. Der Fuchs kniete vor ihr und betrachtete sie mit einem Blick, in dem sich Berechnung und Verehrung aufs seltsamste mischten. Sealink hockte etwas weiter links und leckte der Mau mit einer Hingabe, als wäre sie die Mutter aller Katzen, die müden Augen, während Ragnar Gustaffson und Mousebreath sich reglos wie zwei Bücherstützen zu beiden Seiten postiert hatten. Mousebreath ahmte dabei ganz unbewußt Ragnars breitbeinig-aufrechte Haltung nach. (Was bei einem Straßenkater mit verschiedenfarbigen Augen, wie Sealink später bemerkte, ziemlich ungewöhnlich, aber nicht schlecht aussah. »Ganz neue Art von Rassekatze, was?«)

Tom sah seine Freunde erstaunt an.

Wenigstens redeten sie jetzt miteinander.

Bald darauf schlief einer nach dem anderen ein.

Tom träumte von einem schwarzen Kater, der zu ihm kam und sagte: »Tom, hör mich an.«

Um dann fortzufahren: »Ich bin Majicou.«

Es war die gleiche Katze, von der er schon immer geträumt hatte, nur war sie jetzt so groß wie er. Ein richtiger Kater, kein Ungeheuer wie in seiner Erinnerung. Er hatte nur ein Auge und mochte schon ziemlich alt sein, steckte aber noch voller Leben. Sein Fell wirkte glatt und glänzend, die Bewegungen waren sparsam und geschmeidig. Die Farbe des Auges konnte Tom nicht bestimmen, aber es war ein Auge voller Weisheit, das im nächsten Moment sehr nachdenklich dreinschauen konnte und kaum etwas von der Persönlichkeit seines Besitzers preisgab – die war allenfalls von ferne zu spüren.

»Bist du der Alchimist?« fragte Tom furchtlos.

Es wurde dunkel um ihn, und er spürte eine gewaltige Präsenz, die vor boshafter Intelligenz nur so sprühte. Wie heißer Rauch streifte ihn ihr Atem. »Du darfst nicht an mir zweifeln!« warnte eine Stimme. »Niemals darfst du an mir zweifeln!« Dann wurde es wieder hell, Majicou saß vor ihm und zwinkerte ihm spöttisch zu.

»Meinst du, dann wärst du noch am Leben?«

»Ich weiß nicht«, sagte Tom.

Er schaute sich um in seinem Traum und sah, daß er und die schwarze Katze gleich vor Piper's Quay auf einer Mauer über dem Fluß standen. Der Mond versilberte das Wasser, holte die Lagerhäuser am anderen Ufer aus dem Dunkel und dämpfte den grellrosa Schein der Halogenlampen.

»Was siehst du?« fragte der alte Kater.

»Ich weiß nicht«, sagte Tom.

»Du siehst eine magische Straße. Und wenn du könntest, beträtest du sie auch. Tom, wach auf!«

Tom erwachte. Er mußte wohl geschlafwandelt sein, denn er stand gleich vor Piper's Quay auf einer Mauer über dem Fluß, und über ihm hing der Mond, weiß wie eine Sichel aus Silberpapier. Von Osten kam ein feuchter Wind und bürstete ihm das Fell gegen den Strich. Neben ihm stand ein einäugiger, schwarzer Kater, schon alt, aber noch voller Leben. »Ob du wachst oder träumst, ich bin stets bei dir«, versprach er. »Siehst du?« Der Kater war nicht besonders groß, aber er hatte eine gewaltige Seele, die über ihn hinausquoll, so daß er mehr Raum einnahm, als einer Katze eigentlich zustand.

»Komm mit, Tom«, schlug er vor. »Wir machen einen Spaziergang.«

»Ich will nicht.«

Doch seine Füße hatten sich schon in Bewegung gesetzt.

Ein Spaziergang mit Majicou war nicht mit einem gewöhnlichen Katzenspaziergang zu vergleichen. Majicou schlug ein bedächtiges Tempo an, das jedem Schritt sein volles Gewicht zumaß. Trotzdem brachte er beachtliche Entfernungen hinter sich. Majicou registrierte alles, was an ihm vorüberkam, er sah mit seinem einen Auge besser als andere Katzen mit zweien. Und Majicou redete beim Gehen. Wobei ein Gespräch mit Majicou mit einer gewöhnlichen Katzenunterhaltung nicht zu vergleichen war.

»Was ist eine Straße?« fragte er und fuhr fort, ohne Tom zu Wort kommen zu lassen: »Wenn ich jetzt höre: *Eine begehbare Verbindung zwischen zwei Punkten*, dann spreche ich mit einem Menschen. Bist du ein Mensch?«

»Nein!« sagte Tom erschrocken.

Ein Auge blitzte im Mondlicht auf, ein Auge, das keine Farben und alle Farben zugleich hatte. Der Schatten eines

Lachens hing in der Luft. »Wie würde denn ein Tier antworten?«

»Ich weiß es nicht«, sagte Tom wahrheitsgemäß.

»Gut«, sagte Majicou zufrieden.

Eine Weile ging er schweigend weiter. »Sehr gut«, sagte er dann wie zu sich selbst. »Und wie würde eine *Katze* antworten?«

»Auch das weiß ich nicht.«

»Gut!« sagte Majicou. »Was weißt du überhaupt?« fragte er dann.

Tom sah ihn an. »Friß, wenn du hungrig bist, schlaf, wo es trocken ist. Niemand ist das, was er scheint.«

»Hm«, machte der alte Kater. Es klang nicht gerade begeistert; und als er weitersprach, schlug er einen anderen Ton an. »Also«, sagte er, »was soll ich dir erzählen, Tom?

Daß ich, wenn der schöne Mythos stimmt und jede Katze neun Leben besitzt, von den meinen schon acht hinter mir habe? Das wäre die Wahrheit. Daß ich so alt bin wie die Straßen, die ich betreue und die mich dafür bei Kräften halten? Daß die Katzen früher bei Nacht auf zwei Beinen gingen und nicht nur untereinander, sondern auch mit den Menschen Diskussionen führten? Lächerlich. Keine Katze hat sich jemals gewünscht, wie ein Mensch zu gehen. Aber daß wir nicht mit ihnen sprechen können, ist schade, Tom.«

»Ich dachte, du haßt die Menschen«, sagte Tom.

Majicou blieb stehen. »Aha!« sagte er. »Wir sind da.«

Er hatte Tom zum Lagerhaus zurückgeführt.

Das Gebäude war kaum wiederzuerkennen. Das Feuer war gelöscht. Vom Dach waren nur verkohlte Balken übriggeblieben. Die Wände neigten sich haltsuchend zueinander. Aus dem leeren Gemäuer stiegen dünne Rauchfäden auf. Auf der Straße davor standen noch zwei oder drei rote Maschinenungetüme mit zuckenden, blauen Blinklichtern, und dazwischen liefen Männer mit schmutzigen Gesichtern hin und her, die nach verkohltem Holz rochen. Im Innern wurde eifrig mit Schläuchen auf die Glut gespritzt. Das Wasser strömte aus dem Doppeltor in den Rinnstein. Die Schläuche zeichneten

Muster auf die Straße, die wie eine Schrift aussahen. Die Pumpenmotoren vibrierten.

Majicou blickte auf. Sein Auge funkelte. »Als junge Katze«, sagte er, »habe ich Brände geliebt.« Dann fuhr er fort: »Ihr habt euch da drinnen recht wacker geschlagen.«

»Woher weißt du das?«

»Hm.«

»Wir haben uns wirklich wacker geschlagen.«

Majicou spazierte unbekümmert zwischen den Feuerwehrleuten herum. Seltsamerweise sahen sie ihn nicht. Obwohl er sich zwischen ihren Beinen durchschlängelte wie die Schläuche, schauten sie immer in eine andere Richtung. Tom folgte ihm. »Wie ist das möglich?« fragte er entzückt. »Sind wir unsichtbar?« Majicou antwortete nicht, sondern starrte nur stumm an der rußgeschwärzten Ruine hinauf. »Hardraw Wharf!« bemerkte er nachdenklich. »Vor vielen Jahren hieß dieses Gebäude einmal Hardraw Wharf! Die schnellsten Dreimaster der Welt legten hier an, und norwegische Ratten – schwarze Ratten mit Augen wie Opalen – strömten aus Frachträumen voll strohverpackten Porzellans ans Ufer. Die hübscheste Katze aller Zeiten hat hier für eine Schüssel voller Fischköpfe auf Bestellung norwegische Ratten gefangen!« Er lachte. »Die Lagerarbeiter nannten sie Blue …«

»Ich habe auch einmal eine Ratte gefangen«, sagte Tom. »Sie war braun.«

Er überlegte.

»Warum hast du mir deine Botschaft mit einer Ratte geschickt?«

»Was blieb mir anderes übrig? Ich habe versucht, durch deine Träume zu dir zu sprechen, aber *er* hatte dich schon berührt, und du warst so verängstigt, so unglücklich, daß du nicht hören wolltest. Schnell, Tom. Hinein mit uns!«

Majicou hatte die Straße überquert, setzte mit einem gut gezielten Sprung über eine seichte Pfütze und schätzte bereits den Abstand zu dem Fenster, durch das Tom an diesem Abend schon einmal in das Gebäude gelangt war.

»Ich komme nicht mehr mit!«

Aber Majicou war bereits verschwunden.

»Du mußt, Tom«, drängte dumpf seine Stimme. »Du mußt!«

Drinnen war es noch warm.

Ein Bächlein rann mitten durch den Korridor über die Schläuche der Feuerwehrleute hinweg, die hinter dem Haupteingang noch einige Meter in einem dicken Bündel weiterliefen, bevor sie sich verzweigten und zu den verbrannten Türen führten. Von ferne waren Schläge und Schreie zu hören. Die Helmlampen der Feuerwehrleute tauchten alles in ein zittriges, gelbes Licht. Hier und dort flackerte das Feuer wieder auf und verstärkte die Helligkeit. Tom sah, daß die Treppen zu beiden Seiten von gesplitterten Balken blockiert waren, auf denen sich rußige Mauersteine und zerbrochene Dachziegel stapelten. Dennoch war Majicou am Fuß der rechten Treppe stehengeblieben und wartete.

»Was tun wir jetzt?«

»Wir steigen hinauf.«

»Aber die Treppe ist nicht begehbar!«

»Doch, Tom.« In Majicous Auge glomm ein winziges Flämmchen. »Wer so entschlossen ist wie wir, schafft alles. Paß auf!«

Auf einer Seite des Treppenschachts lag der Schutt nicht ganz so dick, wie es zunächst den Anschein hatte. Verschiedenes Mobiliar – Teile eines Bettgestells, ein in Hanfseile verstrickter, riesiger, hölzerner Flaschenzug, ein geborstener Schreibtisch aus einem der oberen Büros – hatte sich nach allen Richtungen so verkeilt, daß einige Freiräume entstanden. Majicou hatte einigermaßen dicht über dem Boden ein zackiges schwarzes Loch entdeckt, das groß genug war, um eine Katze durchzulassen. Aus dem Loch tröpfelte Wasser, lief an den Ziegeln entlang und mündete, von mitgeschwemmten Ascheteilchen milchigtrüb geworden, in den Hauptstrom im Korridor.

»Komm, Tom!«

Unter dem Schutt pochte die Hitze. Ein säuerlicher Staubgeruch hing in der Luft. Tom bekam keine einzige Treppenstufe unter die Füße, sondern mußte sich durch einen Tunnel oder vielmehr durch tausend einzelne enge Räume zwängen, die erst durch ihn zu einem Tunnel wurden. Er schob Kopf und Schultern in einer Richtung um einen halben Ziegelstein herum; sein Rumpf drehte sich entgegengesetzt, um ein Stück zehnzölliges Tonrohr zu überwinden, während er mit scharrenden Hinterbeinen auf einem Stück lockeren Untergrunds Halt suchte, das er bereits hinter sich gelassen und wieder vergessen hatte. Jede Bewegung, jedes Knarren erfüllten ihn mit Angst und Zorn. Sein Fell war schon wieder schmutzig. Er hatte Staub in den Augen. Hitze und Anstrengung erzeugten einen brennenden Durst, und nur der Geruch des alten Katers, der unmittelbar vor ihm durch das Chaos kroch, wies ihm den Weg.

»Wozu das alles?« rief er.

Keine Antwort.

Eine Viertelstunde später arbeitete er sich unter den letzten Trümmern hervor und sah sich um.

Er befand sich im ersten Stock. Früher war dies ein Korridor gewesen, der nun mit allen Innenwänden und den anderen beiden Stockwerken fast vollständig weggebrochen war. Tom stand auf dem kläglichen Rest: einer kurzen, seitlich absackenden Galerie mit Blick auf einen Abgrund voll rauchenden Schutts. Über ihm schien der Mond durch das Dachstuhlgerippe.

»Großartig«, sagte er. »Was nun?«

Majicou schaute in den Abgrund. »Die Zeit ergreift keine Partei«, bemerkte er zu sich selbst. »Tom«, fragte er dann, »wie hast du hierhergefunden?«

»Ich bin dir gefolgt.«

»Also, was *ist* nun eine Straße?«

»Woher soll ich das wissen?« sagte Tom.

»Dann will ich es dir zeigen.«

Und Majicou sprang, ohne auch nur einen zweiten Blick über die Kante zu werfen.

Tom blickte hinunter.

Nichts.

»Majicou?«

Rauch. Dunkelheit. Hitze.

»Alte Katze?«

Keine Antwort.

Irgend etwas, ein Geräusch vielleicht, ein Geruch oder eine aus dem Augenwinkel erhaschte Bewegung bewog ihn, den Blick auf den Bereich oberhalb des Abgrunds zu richten. Die mondhelle Luft flimmerte in der Hitze. Da stand Majicou. Hinter ihm sah Tom leicht verzerrt die gegenüberliegende Wand mit ihren rußgeschwärzten Ziegeln, den vielen Rissen und den leeren Fensterhöhlen. Majicou hatte den buschigen Schwanz in Form eines flachen S um den Körper gelegt und sah aus wie eine Katze auf einer orientalischen Vase. Zunächst schien er wirklich etwa eineinhalb Meter vor dem zackigen Rand der Galerie im Nichts zu schweben, doch als Tom genauer hinsah, entdeckte er unter Majicous Füßen eine kaum sichtbare trübe Fläche wie aus getöntem Glas.

»Und?«

»Und *was*?«

»Kommst du?«

Tom blickte in den Abgrund hinab. Er schaute zu Majicou hinüber.

»Es ist ein weiter Weg«, räumte Majicou ein.

Tom dachte an sein verlorenes Zuhause. An ein Kätzchen auf einem Fensterbrett im Regen.

»Ich habe schon einen weiten Weg hinter mir.«

Und er zog die kräftigen grauen Hinterbeine an und wagte den Sprung.

»Ich habe dich hierhergeführt«, sagte Majicou, »weil diese Straße im Begriff ist, sich aufzulösen. Sie ist nicht alt genug, um dauerhafte Erinnerungen an sich selbst zu haben, und so, wie sie verläuft, ist nicht damit zu rechnen, daß man sie wiederfindet. Wir sind wahrscheinlich die letzten, die sie benützen.« Er seufzte. »Es war eine schöne Straße, nicht sehr breit, eher ein Pfad, auf dem die Katzen von Hardraw Wharf ein ganz bestimmtes Flachdach über dem Fluß erreichen konnten. Als der ursprüngliche Holzschuppen abgerissen und an seiner Stelle ein Ziegelhaus errichtet wurde, ging ihnen das

Dach verloren. Bis dahin war es hundert Jahre lang morgens und abends ein Weilchen von der Sonne gewärmt worden. Dann pflegten die Katzen ein Lichtbad zu nehmen und den Schiffen zuzusehen, die den Fluß hinauf- und hinunterfuhren. Später gingen die Hafenkatzen auf dieser Straße ihren Alltagsgeschäften nach. Die meisten waren gutmütig und freundlich. Mit Ratten kannten sie natürlich keine Gnade …«

»Genau wie ich«, sagte Tom.

»… und wenn es um ein Weib ging, kratzten sie sich die Augen aus. Viele sind hier an der einen oder anderen Krankheit gestorben. Aber es waren stille Tiere, und das ist ihre stille kleine Straße. Verstehst du?«

»Nein«, sagte Tom.

Er hatte vor dem Sprung vorsichtshalber die Augen geschlossen. Nun hatte ihn Majicous Stimme soweit beruhigt, daß er sie wieder öffnete. Er war weder, wie er fast erwartet hatte, im Begriff, in eine Feuergrube zu stürzen, noch hing er haltlos mitten in der Luft.

Statt dessen stand er in einem schmalen Gang. Wände und Fußboden waren aus uraltem Eichenholz, längst grau geworden, mit Kratzern und Schrammen übersät. Manchmal wechselte das Licht, und zwar so schnell, daß man eigentlich gar nicht von einem einzigen Korridor sprechen konnte. Vielleicht sah er ein und denselben Ort zu verschiedenen Zeiten, vielleicht sah er einen Ort, der seine rasch verblassenden Erinnerungen an sich selbst durchlief. Es war Frühling und Sommer zugleich. Die Wintersonne schien. Graurosa stieg die Dämmerung herauf (draußen flatterten jäh die Tauben auf), und schon lag wieder das Licht eines frühen Herbstabends über allem. Ein breiter Streifen Mittagssonne fiel in steilem Winkel durch ein einziges unverglastes Fenster und durchschnitt die schwebenden Staubteilchen. Die Luft war geschwängert von verheißungsvollen Düften; Tom erkannte Tee, Stroh, Mäuse, salzigen Meeresschlamm – und Katzen …

Hundert Katzen, tausend Katzen!

Er stand wie erstarrt und spürte alle diese Katzen an sich vorüberziehen. Alte Katzen, die schläfrig dahinschlenderten, junge Katzen, die sich im Anpirschen und Anspringen übten, großäugige Kätzchen, die tolpatschig über die eigenen Füße stolperten. Alle hatten es eilig, alle waren unterwegs zu einem Ziel, das sie erreichen wollten oder mußten, einem Ziel, das nicht sehr weit entfernt war, aber in irgendeiner Form Freude, Heilung oder Aufregung verhieß...

»Diese Katzen!« flüsterte Tom. »Oh, diese wundervollen Katzen.«

Er dachte an seine Streifzüge mit Sealink. Er dachte an den Bahndamm, an Mousebreath und Cy, an den Spaziergang im ersten Morgenlicht, als sich ringsum der Tag öffnete wie eine Blüte...

Er starrte Majicou an und hörte sich sagen: »Eine Katze würde dir antworten: Eine Straße – das sind die Katzen, die sie gegangen sind.«

»Immerhin«, sagte Majicou und lachte leise. »Immerhin, kleine Katze.«

»Ich möchte das Dach und die alten Schiffe sehen, die den Fluß hinauf- und hinunterfahren!«

»Dann komm.«

Und so geschah es, daß Tom, eine Katze, die noch am Anfang ihres allerersten Lebens stand, durch Majicou, eine Katze am Ende ihres letzten Lebens, Gelegenheit bekam, sich ein Weilchen über einem ganz anderen Fluß in einer ganz anderen, ihm unbekannten Stadt zu sonnen. Dieser andere Fluß war schlammig und voller Fische, er hörte Schiffsmasten knarren, es roch nach frischem Teer und nach Abwässern; auf schiefen schwarzen Stelzen, die im Uferkies steckten, lagen schwankende Laufplanken. Und die andere Stadt war nur ein größeres Landstädtchen mit Wiesen, Bächen und einer Handvoll niedriger Gebäude, die sich hinter der Kuppel einer weit entfernten Kathedrale unter dem pfirsichfarbenen Himmel abzeichneten. Tom hörte Kirchenglocken läuten. Leise kräuselte sich das Wasser im Licht der untergehenden Sonne. Da! Zwei Männer in Dreispitzhüten fuhren mit einem Boot hinaus, um sich die Flut zunutze zu machen.

Sie ruderten langsam nordostwärts über das goldene Wasser. Die Ruder erzeugten weiche, konzentrische Kreise auf der

Oberfläche, weiche Sogtrichter, Wirbel, die in immer kleinere Wirbel zerfielen.

Tom sah sich alles an. Die Abendsonne schien ihm wohltuend auf den Pelz, hüllte ihn ein und wärmte ihm die schmerzenden Muskeln und die müden Glieder. Immer tiefer drang sie ein, und schließlich stieß sie auf ein zweites Licht, das seine Seele sein mochte und nicht zu trennen war von der Seele des Tages, der Glocken, der endlosen Wasserwirbel und der Türme der stillen Stadt. Tom hatte das Kinn hochgereckt und die Augen halb geschlossen. Entspannt, aber aufrecht saß er da und schnurrte aus Leibeskräften. Er verströmte sein eigenes Licht. Er hatte in der Sonne Feuer gefangen, er fühlte sich wie ein silberner Leuchtturm, der den vorüberfahrenden Seeleuten Tom, Tom, Tom zurief.

Plötzlich tönte vom Wasser ein Schrei herüber. Die Ruder wurden eingeholt, das Boot verlor an Fahrt. Der Mann im Heck drehte sich ruckartig um und suchte die Kais ab. Tom kam es einen Moment lang so vor, als sehe er ihn unverwandt an. Seine eisigschwarzen Augen blinzelten ins Licht, blinzelten stärker, er schien angestrengt zu überlegen. Dann wurde sein Blick leer, und er wandte sich ab, als wäre nichts gewesen.

Tom kam langsam wieder zu sich.

»Zwanzig bis hundert Jahre«, erklärte Majicou, »die wenigsten halten länger. Kleine Straßen wie diese verändern sich und verschwinden, ob sie gut sind oder schlecht, nützlich oder nicht. Doch solange sie bestehen, bilden sie so etwas wie Nebenflüsse. Sie speisen die geheimen Pfade, die nicht hundert, nicht tausend, sondern Millionen Jahre überdauert haben. Es gibt nichts Älteres auf dieser Welt, Tom, und nichts Gefährlicheres. Auf diesen Pfaden sammelt sich die Energie der Erde, und die nützen wir Katzen seit Anbeginn der Zeiten zur Fortbewegung. Wir waren schon lange vor den ersten Menschen hier. Als sie auf unsere Straßen stießen, hatten sie sich gerade noch so viel von ihrer Ursprünglichkeit bewahrt, daß sie erkannten, was sie da sahen; verwerten konnten sie es nicht mehr. An jedem Knotenpunkt errichteten sie große Wahrzeichen – Stonehenge, Avebury, Glastonbury und die alte Festung von Tintagel. Sie konnten sich auf den wilden Pfaden niemals so fortbewegen, wie wir es tun; doch ihre älteste Straße folgt dem wildesten Pfad von allen, dem Großen Pfad, der über das nördliche Kalkgebirge führt und von den allerersten Katzen angelegt wurde.

Seit dreihundert Jahren sucht der Alchimist nach dem Schlüssel zu diesen magischen Straßen. Nun steht er dicht vor dem Ziel, Tom, ganz dicht! Sobald es ihm gelingt, sich zu verwandeln …« Er unterbrach sich. »Tom«, sagte er. »Hörst du das?«

»Was?«

»Diese Stimme! Diese Katze …!«

»Ich höre nichts.«

Majicou preßte das Gesäß an den Boden, hob eine Vorderpfote, drehte sich auf der Stelle und zog prüfend die Luft ein. »Irgend etwas rieche ich«, sagte er zu sich selbst. »Was hat das zu bedeuten? Ich begreife es nicht.« Er legte den Kopf schief und lauschte. Sein Auge funkelte zornig, er drehte und drehte sich weiter, bis er in alle Himmelsrichtungen geschaut hatte. Mit einer Ausnahme.

»Schnell, Tom!« rief er dann. »Schnell! Oder wir sind verloren!«

Nach hundert Metern verflüchtigte sich die Straße. Sie hatte die beiden wie ein freundliches altes Gespenst aus Hardraw Wharf heraus über eine verträumte, sonnenbeschienene Gasse mit Kopfsteinpflaster und zurück auf die mondhellen Straßen geführt, die Tom kannte – ein letztes Geschenk der Katzen an ihre Nachfahren. Tom schaute sich noch einmal um.

»Lebt wohl«, flüsterte er.

»Dafür ist keine Zeit!« sagte der alte Kater. »Hier irgendwo – ja!«

Er schoß unter ein geparktes Auto.

Tom folgte, ohne lange nachzudenken.

Irgendwo zwischen Randstein und Karosserie, zwischen Rädern und Fahrbahn, in einer Wolke aus Öl- und Gummigestank war die reale Welt plötzlich verschwunden. Tom stand wieder auf der magischen Straße. Es war weder Tag noch Nacht. Alles war einförmig grau. Einen Horizont gab es nicht.

Der Wind heulte ihn von allen Seiten zugleich an und schleuderte ihm Eiskristalle in die Augen. Tom kniff die Lider fest zusammen. »Nein!« schrie er. »Ich will nicht!« Er war wieder ein Kätzchen. Es war die Zeit vor dem Zoogeschäft, bevor er Tom wurde, er war drei Wochen alt und blind und eine ganze Teppichbreite von seiner Mutter entfernt. Wie hatte das geschehen können? In heller Panik preßte er sich gegen den kalten Boden. »Majicou!« schrie er. »Majicou!« Gleichgültig wie der Wind schallte das Echo seiner Stimme zu ihm zurück.

»Sei still«, sagte der alte Kater. »Sei still, sonst kann ich nichts hören!«

Lange Zeit geschah nichts. Tom wünschte sich weit weg. Er versuchte, an seine Kätzchenzeit zu denken, an den Sonnenschein, an das Leben in den Gärten, an Fleischtöpfchen mit Wild. Aber er spürte nur den Wind, der ihn schüttelte, und den Regen, der unbarmherzig auf ihn niederprasselte, während er ziellos umherlief, um ihm zu entgehen. Endlich sagte Majicou:

»Gut. Sehr gut. Hier sind wir sicher. Er wußte, daß ich in der Nähe war, aber die alte Straße hat ihn verwirrt. In einem so winzigen Gäßchen hatte er mich nicht vermutet.« Seine Stimme veränderte sich, und er fuhr fort: »Tom, dies ist eine richtige Straße, und sie ist dein.«

»Ich will sie aber gar nicht haben«, sagte Tom.

Doch er spürte bereits, wie die Panik von ihm wich. Die Spannung löste sich. Er hörte auf zu zittern. Die Gegenwart, die Autorität des alten Katers hatten sein ehrliches Herz – sein neugieriges, lebensfrohes Katzenherz – soweit beruhigt, daß es wieder das Kommando übernehmen konnte. Aber die Angst hatte ihn viel Kraft gekostet, und so hielt er die Augen weiterhin fest geschlossen.

»Der Wind!« schrie er. »Alte Katze, der Wind!«

Majicou lachte. »Ist er nicht herrlich? Dieser Wind ist Millionen Jahre alt, Tom, er weht von Ost nach West, von morgens bis abends um die ganze Windrose herum. Er begleitet alle Katzen auf ihren Reisen, und zugleich *ist* er die Katzen, *ist* er die Reisen – ist Leben, Schicksal, Angst und Hoffnung aller Katzen, die jemals auf Erden wandelten.«

»Ich ertrage ihn nicht.«

»O doch. Du erträgst ihn. Tom, die *Seelen* der Katzen rauschen an uns vorüber! Dies ist die Energiebahn, die sie Generation um Generation angelegt haben! Ihr Vermächtnis, dein Geburtsrecht!«

Und noch einmal, leiser: »Dein Geburtsrecht. Tom, öffne sofort die Augen! Tritt dein Erbe an.«

Und Tom gehorchte und öffnete die Augen.

Er sah dreierlei.

Das erste war Majicou. Er saß groß und aufrecht neben ihm, und eine geheimnisvolle Macht und Freude strahlten aus seinem Auge. Sein Fell bewegte sich kaum merklich im Geisterwind.

Das zweite war der wilde Pfad.

Ein Schauer überlief Tom. »Was waren das für Katzen, die diesen Pfad angelegt haben?« fragte er.

»Tom«, antwortete Majicou, »dies ist ein gefährlicher Ort. Hier ist noch die Magie der ersten Katzen am Werk. Sie lebten in Eis und Schnee, Tom. Sie waren groß wie Autos und hatten Zähne, so lang wie dein Körper. Es waren wilde Tiere, und sie haben einen wilden Pfad angelegt. Wenn wir ihn jetzt benützen, geht etwas von dieser Wildheit auf uns über. Wir sind nicht mehr nur wir selbst, wir werden auch ein wenig, wie sie einst waren. Hier wirkt die älteste Magie, die es gibt!«

»Mir war die kleine Straße lieber«, gestand Tom. »Ich ziehe die Sonne vor.«

Vor ihm erstreckte sich ein breiter Pfad, kahl, aber nicht formlos und unverkennbar einem Ziel zustrebend. Er kam, von demselben Mond beschienen wie die Kais, von Osten – mochte das Licht hier auch ein wenig greller, ein wenig schärfer gebündelt sein –, bog aber sofort nach Süden ab und entfernte sich vom Fluß. Tom und Majicou standen am Scheitel der weiten Kurve in einer Umgebung, die schwer zu beschreiben war. Natürlich gab es Gebäude und auch Bäume. Der Fluß war zu sehen, aber seine Ufer ließen sich nicht deutlich bestimmen. Nach Süden hin war die Landschaft leicht hügelig und wurde schließlich von bewaldeten Kreidefelsen begrenzt. Nichts war unscharf – die Schwierigkeit lag eher darin, daß alles *zu dicht* wirkte, als würden hundert Häuser den Raum eines Hauses füllen, tausend Bäume den Raum eines Baumes – und das war für das Auge schwer zu erfassen. Der Wind pfiff Tom um die Ohren, es raunte darin wie von fernen Stimmen, und er fürchtete, die vorüberziehenden Katzenseelen könnten jeden Moment zu sprechen beginnen. Wenn er nicht auf der Hut war, sähe er sie womöglich noch, einen bräunlichen Nebel aus unendlich vielen miteinander verschmolzenen Katzen, der die Landschaft überflutete. Ein Wirbeln und Kreisen, ein Fließen und Strömen wie in einer Retorte voller Rauch, aus dem sich erschreckend plötzlich ein Bild herauskristallisierte, um sofort wieder zu verschwinden: ein Tiger aus dem ewigen Eis, den riesigen Kopf hoch erhoben, den Säbelzahn ins Leere gereckt, der ein Gebrüll ausstieß, das über zehntausend Jahre hinweg zu ihm drang! Gefolgt von länger anhaltenden geheimen Ängsten, von mächtigen Gefühlen, die dieses Bild in seiner eigenen Seele auslöste …

»Wohin führt diese Straße?« flüsterte er.

»Nach Tintagel, Tom. Zum Meer!«

Das dritte, das Tom sah, war eine tote Katze. Eine kleine Tigerkatze mit staubigem Fell. Sie lag da wie irgendein totes Tier, das auf einer gewöhnlichen Straße von einem Auto überfahren worden war – alle viere von sich gestreckt und gleichzeitig zusammengekrümmt, als habe sie sich im letzen Augenblick in sich selbst zurückgezogen, um den erlöschenden Lebensfunken möglichst lange zu bewahren. Im ersten Moment wirkte sie wie eine Katze, die vor dem Feuer schlief – bis man den zurückgeworfenen Kopf, die dargebotene Kehle bemerkte.

Es war Cy.

»Wie kommt sie hierher?« schrie Tom.

Er lief zu ihr, schaute auf sie hinab. Dann packten ihn Trauer und Verzweiflung, und er lief ganz unbewußt in Achterschlingen um sie herum.

»Oh, Majicou, ich hasse diesen Ort!«

Doch der alte Kater sagte nur freundlich: »Tom, sieh her!«

Und er hielt seine Nase an die Nase der Tigerkatze, genau wie der Fuchs es getan hatte. Dann holte er Atem, tief und lautlos und so langsam, daß keine Bewegung erkennbar war, und blies ihr die Luft kräftig in die Nüstern. Und sie nieste, setzte sich lachend auf, sah ihn an und sagte: »Oh, das war aber *sehr* nett von dir.« Dann wandte sie sich an Tom. »Gib gut auf diesen Kater acht«, ermahnte sie ihn. »Er ist wunderschön, aber ziemlich verrückt. Er sollte die Leute nicht so aus dem Schlaf reißen, das bringt ihn noch einmal in größte Schwierigkeiten!« Sie sprang auf. Ihre Füße wollten losrennen, aber sie hielt sie noch einen Moment zurück und rief: »Leb wohl! Ich hatte einen schönen Traum, Quecksilber! Leb wohl!« Und dann war sie fort. Sie wurde so schnell kleiner, als trüge die Straße selbst sie davon. Zwei oder drei große Falter mit roten Augen tauchten auf, die im bläulichen Mondlicht glänzten wie künstliche Edelsteine, und umflatterten ihren Kopf. Die Tigerkatze schlug mit ihren Samtpfoten nach ihnen.

Tom sah ihr staunend nach. »Wie hast du das gemacht?« fragte er Majicou.

Keine Antwort.

»Majicou?«

Immer noch keine Antwort.

Tom drehte sich um, wollte seine Frage an den alten Kater wiederholen und sah sich plötzlich einem ganz anderen Tier gegenüber. Obwohl es bereits wieder schrumpfte, war es immer noch etwa eineinhalb Meter groß. Es hatte messerscharfe Schulterblätter und ein barbarisch glänzendes schwarzes Fell mit schwachen tabakbraunen Leopardenflecken, die an die Schatten auf einer Waldlichtung erinnerten. Ein durchdringender Wildgeruch ging von ihm aus. Die breite Schnauze und die starren gelben Augen waren völlig reglos. Doch das Tier wußte, daß er da war. Tom wandte schnell den Blick ab, weniger aus Angst als aus Verlegenheit. Er wollte aber auch auf keinen Fall mit ansehen, was als nächstes geschah, nicht einmal aus dem Augenwinkel. Er wollte kein Zeuge sein, wie sich die Riesenkatze in den Majicou zurückverwandelte, den er kannte …

»Du hast sie wieder zum Leben erweckt«, sagte er.

Ein leises Rascheln, als würde sich jemand setzen. Ein Seufzer.

Dann antwortete Majicou müde: »Vieles ist Illusion auf den wilden Pfaden, Tom. Länger, als ich denken kann, bewege ich mich auf ihnen, und trotzdem begreife ich noch immer nicht alles, was da geschieht. Ich bin nicht einmal sicher, ob Cy überhaupt hier war. Und wenn sie es war, dann hatte der Alchimist die Hand im Spiel.«

»Das verstehe ich nicht.«

»Er wußte eben doch, wo wir waren. Er hat beobachtet, wie wir das Lagerhaus über die alte Straße verließen. Und nun hat er mir eine Botschaft geschickt – eine Herausforderung, wenn du so willst. Und ich habe sie beantwortet. Das wird ihm nicht gefallen.« Aus Majicous Stimme klang Genugtuung. Er sah der Tigerkatze nach und sagte: »Die Kleine ist nicht ganz das, was sie zu sein scheint. Nimm dich in acht vor ihr, aber gib auch acht auf sie. Der Alchimist hat etwas Besonderes mit ihr vor.« Dann murmelte er, als sei ihm eben etwas aufgefallen: »Sonderbar. Wie konnte er denn in das Lagerhaus hineingelangen? Ob er diesen Pfad auch schon vergiftet hat?« Er überlegte. »Ein Jammer, daß wir nicht mit den Menschen sprechen können, Tom. Sie waren von jeher die größte Gefahr für uns; und der Alchimist ist der schlimmste von allen. Keine Katze will jemals gehen wie ein Mensch. Aber er ist ein Mensch, der gehen will wie eine Katze. Seit Jahren frage ich mich, ob dieser Wunsch an sich verwerflich ist.« Majicou fröstelte. »Er wird jedenfalls alles vernichten, um ihn sich zu erfüllen. Alles, was ich aufgebaut habe.«

»Das klingt ja so, als würdest du ihn kennen.«

Der alte Kater schwieg, dann sagte er:

»Ich war viele Jahre lang seine Katze, Tom. Er nannte mich Hobbe, und ich habe an seinem Feuer gesessen.«

8

DIE KATZENDIEBE

Was hast du von der Katze, außer ihrem Fell?

SPRICHWORT

»Ich muß jetzt gehen«, sagte Majicou.

Sie waren zum Piper's Quay zurückgekehrt.

Der Mond war noch nicht untergegangen, hing aber dicht über den unregelmäßigen Häusersilhouetten am anderen Ufer. Ein kalter Nordostwind kräuselte die Wasseroberfläche, so daß sie aussah wie Kopfsteinpflaster nach dem Regen. Seit sich die beiden auf den Weg gemacht hatten, war vielleicht eine Stunde verstrichen.

Eine Stunde konnte eigentlich gar nicht alles fassen, was geschehen war. Niemals würde Tom den kurzen Blick auf jenen anderen, in der Geschichte eingeschlossenen, zum Porträt auf einer Kamee erstarrten Fluß vergessen. Das milde Licht, das jede kleine Welle umspielte. Die Katzen, die unbekümmert in diesem Licht spielten. Und die magische Straße! Der Rückweg steckte ihm noch in den Beinen. Von hinten hatte der Geisterwind kräftig geweht, und die einäugige Katze war vor ihm hergelaufen, um ihm Mut zu machen. Doch was ihm eben noch so mühelos gelungen war, war ihm jetzt unheimlich. Schon unterwegs hatte er immer stärker das Gefühl gehabt, die eigene Größe nicht einschätzen zu können. Vielleicht bedeutete eine *Reise* auf solchen Straßen nichts anderes, als so groß zu werden wie die Strecke zwischen Ausgangspunkt und Ziel!

Er war müde und verwirrt; er war in Hochstimmung. Er wollte nicht, daß der alte Kater fortging. So vieles wußte er noch nicht. Aber Majicou wirkte zerstreut, seit er Tom heil zurückgebracht hatte. Wenn nur der leiseste Windhauch das getreten. Er dachte an alle anderen Katzen, die kleinen und die großen, die zornigen und die hungrigen, die ungezähmten, unbefriedigten, lebensgierigen Katzen, die neben ihm hergelaufen waren, als er hinter Majicou die Geisterstraße entlangrannte. Er spürte ihre Wärme, ihren Atem, ihre scharfen weißen Zähne. Er fühlte ihre Freude und ihren Schmerz. Er wollte zu ihnen gehören. Er wollte wieder als Katzenkind in der Geborgenheit eines Heims leben und für niemanden verantwortlich sein. Er hatte sein Erbe angetreten, doch es war mehr Last als Geschenk. Er fröstelte. »So kommen wir nicht weiter«, seufzte er endlich. Dann richtete er sich energisch auf und ging hinein zu seinen Freunden.

Ein stürmischer kalter Morgen brach an. Draußen jagte der Wind ein paar trockene Schneeflocken über den Platz. Drinnen schauten die Katzen nur kurz auf, dann zogen sie die Köpfe ein, drängten sich wärmesuchend aneinander und schliefen weiter.

Als Tom eine Stunde später erwachte, wirbelten dichte Schneewolken durch das leere Fenster und legten sich lautlos über die Plastikfolien, die heruntergefallenen Nägel und die Abfälle auf dem noch nicht fertiggestellten Fußboden. Er fror. Er hatte Hunger. Heute brauchten sie unbedingt Futter. Ein Blick durch den Raum zeigte ihm, daß Liebt-Mülltonnen und Mousebreath fehlten. Die Mau lag friedlich schlafend zwischen Sealink und Ragnar und hatte sich bis zur Nasenspitze in deren dichtem Fell vergraben. Cy lag allein in einer Ecke, ihr Zustand war unverändert.

Das habe ich also nur geträumt, dachte Tom.

Nur für alle Fälle ging er hinüber und versuchte, sie zu wecken, indem er ihr mit der Pfote leicht über die Wange fuhr. Nichts. Ehe er sich versah, hatte er die Augen geschlossen, das Maul an ihre Nase gedrückt und ihr kräftig in die Nüstern geblasen. Wie hätte wohl Majicou die Magie beschworen? Wie hätte er über die geheimen Kräfte geboten oder die geheimen Kräfte über sich gebieten lassen? Tom hatte keine Ahnung, und so dachte er nur eindringlich: Wach auf. Wach sofort auf!

Nichts geschah.

In Wirklichkeit kann man niemanden mit seinem Atem wieder lebendig machen, dachte er. Auch das war also nur ein Traum. Und dann, enttäuscht: Vielleicht war alles nur ein Traum.

An diesem Morgen waren alle kalt und träge und nicht sehr liebenswürdig. Keiner hatte Lust zu plaudern. Das Zusammengehörigkeitsgefühl vom Abend zuvor war verflogen, nun herrschte ein unsicherer Burgfrieden. Man schien auf etwas zu warten. Der Fuchs kehrte zurück und marschierte von einer Ecke zur anderen. Mousebreath kam allein wieder und hielt sich deutlich sichtbar von ihm fern. Sealink starrte mit gesträubtem Fell und zusammengekniffenen Augen ins Leere; sie sprach kaum ein Wort. Nur Ragnar war strahlender Laune, das Wetter kam ihm offenbar gerade recht. Als er hinausging, sahen ihn die anderen vor dem Fenster mit kraftvollen Sprüngen auf- und abgaloppieren. »Auf verschneitem Untergrund ist die *Norsk Skaukatt* in ihrem Element, würde ich sagen«, verkündete er bei seiner Rückkehr. »Die Krallen sind sehr griffig, und« – er zeigte ihnen die Unterseite seiner rechten Vorderpfote – »man beachte, daß die Ballen meiner Wenigkeit noch eigens durch Fellbüschel isoliert sind.« Er strahlte in die Runde. »Ausgezeichnete Überlebensfähigkeit. Ach, ja: das Frühstück!«

»Ich würde mir da keine Hoffnungen machen, Süßer«, riet ihm Sealink. »Es gibt nämlich keins.«

Was die Mau dachte, wußte niemand. Afrika trübte ihren Blick, Morgennebel über grünem Wasser, Ibisse, die wie frischgewaschene Taschentücher durch die Luft flatterten. Nur wenig trennte diese Augen noch von jenem altehrwürdigen, heiligen Irresein, in dem sich die Geschichte selbst vorüberziehen sieht. Als ihr Blick die reglose Tigerkatze streifte, erschauerte Pertelot, stand auf – mit etwas wackeligen Hinterbeinen, die noch zu schlafen schienen –, ging zu der Kleinen hinüber und leckte ihr das Gesicht.

»Können wir denn nichts für sie tun? Wir müssen ihr doch helfen«, sagte sie besorgt. »*Können* wir ihr denn nicht irgendwie helfen?« Als niemand antwortete, leckte und leckte sie weiter. »Jemand muß mir helfen.« Lecken, lecken, lecken. »Bitte!«

Der Fuchs blieb stehen, betrachtete sie lange und sagte dann leise zu Tom: »Wir beide sollten uns mal unterhalten.«

Sie gingen hinaus in die Kälte und sahen zu, wie der Schnee in den Kanal fiel. Jede Schneeflocke blieb für einen Sekundenbruchteil deutlich erkennbar auf dem Wasser liegen, bevor sie zerfloß und durchsichtig wurde. Dann konnte sie nicht länger Schnee bleiben; sie *wurde* unwiderruflich zu Wasser.

»Sie sieht im Schicksal der Tigerkatze ihre eigene Not«, sagte der Fuchs. »Sie sieht ihre eigenen Ängste.«

»Und was soll ich deiner Meinung nach tun?« fuhr Tom ihn wütend an.

Der Fuchs war überrascht von dieser Heftigkeit. »Aber Majicou ...«

»Ach, Majicou!« sagte Tom verächtlich.

Gleich darauf tat es ihm leid, und er hielt den Blick starr auf die Schneeflocken gerichtet. Er mochte den Fuchs so gut leiden, daß er nicht mehr unterscheiden konnte, ob er wütend oder gekränkt war. »Ich dachte, du bist mein Freund«, hielt er ihm vor, »aber du hast mir nur geholfen, weil dich der schwarze Kater zu meinem Aufpasser bestellt hat.«

»Ach so«, sagte der Fuchs leise. »Jetzt verstehe ich. Es tut mir leid.« Er tastete sich behutsam vor: »Ich bin dein Freund ...«

»Wirklich?«

»... ja, leider. Aber das Leben hat viele Seiten, kleine Katze, und nur selten sind die Dinge so, wie sie zu sein scheinen. Nimm es nicht so schwer.«

»Ich heiße Tom«, sagte Tom. »Ich will, daß man mich mag, weil ich bin, wie ich bin, und nicht nur deshalb, weil ich nützlich sein kann.«

Der Fuchs verlor allmählich die Geduld. »Begreifst du denn nicht, daß Majicou dich zu einem von uns gemacht hat?« fragte er. »Seit du dich der Sache des Königs und der Königin verschrieben hast, bist du ebenso einer von Majicous Helfern, wie ich es bin oder wie die Elster es war. Aber warum nimmst du dich der beiden denn an? Doch nur, weil du sie liebst! Oje«, seufzte er dann. »Du bist in manchen Dingen noch so unglaublich jung.« Er überlegte. Dann sagte er: »Aber wenn ich ehrlich bin, gefällt mir gerade das besonders gut an dir.«

»Schön«, sagte Tom kalt.

»Dann sind wir wieder Freunde?«

Tom antwortete nicht. Der Fuchs war betroffen. »Was weißt du denn schon von mir?« fragte er verbittert. »Du hast keine Ahnung, was mir gefällt, wie mir zumute ist. Du hast dich nie danach erkundigt. Du hast nur genommen, was ich dir geben konnte.«

Er hat recht, dachte Tom. Aber ich weiß nicht, wie ich mich entschuldigen soll. Laut hörte er sich sagen: »Alle haben Hunger. Als erstes brauchen wir Futter, dann werden wir einen Weg suchen, um Cy und der Mau zu helfen.«

Auch der Fuchs bemühte sich um einen sachlichen Tonfall. »Wenigstens wird der Schnee nicht lange liegenbleiben«, erklärte er. »Immerhin ein Trost.«

Tom zögerte, dann sagte er: »Es tut mir leid. Ich möchte gern, daß wir Freunde sind.«

»Du bist wie alle Katzen, man wird nicht schlau aus dir«, seufzte Liebt-Mülltonnen.

»Es tut mir leid«, wiederholte Tom.

Dann kehrte er rasch ins Haus zurück. Pertelot lief inzwischen rastlos um die reglose Tigerkatze herum.

Ihr Schmerz, ihre Verwirrung waren nicht zu übersehen. Immer wieder machte sie hastig drei oder vier Schritte, als sei ihr etwas eingefallen; blieb unvermittelt stehen, als habe sie es sich anders überlegt; und eilte schließlich drei oder vier Schritte in eine neue Richtung. Bei jedem Luftzug, jeder Veränderung im Licht hielt sie inne. Ihr Blick war starr, und ihre Augen glänzten wie im Fieber. Muttergefühle und Kätzchenschwäche, Angst und Hilfsbedürftigkeit kämpften in ihrer Seele. Sie gab wirre Signale, lief unermüdlich hin und her, schnurrte verzweifelt, reckte den Schwanz in die Höhe; blieb nur stehen, um den Kopf an Cys Gesicht zu reiben oder ihr mit unermüdlichen Zungenstrichen das stumpfe Fell zu lecken. Als Tom eintrat, sah sie sich mit anmutig erhobener Vorderpfote nach ihm um. Dann wandte sie sich wieder der Tigerkatze zu und massierte ihr die Rippen. Doch auch dieser uralte Appell des Kätzchens an seine Mutter – ›Nähre mich!‹ – fand bei Cy kein Gehör.

Ragnar, Mousebreath und Sealink saßen, möglichst weit von ihr entfernt, wie eine Kollektion von Porzellankatzen nebeneinander an der Wand.

»Könnt ihr denn nichts tun?« fragte Tom.

»Wir haben's ja versucht, Süßer. Aber sie nimmt uns gar nicht wahr.«

»Und sie hat spitze Zähne«, sagte Mousebreath nicht ohne Bewunderung. »Wenn man ihr zu nahe kommt, schnappt sie zu. Seine Hoheit hat schon ein paarmal was abgekriegt.«

Ragnar sah unglücklich und gekränkt aus und wußte nichts zu sagen.

Dann muß ich es eben versuchen! dachte Tom. Vorsichtig näherte er sich der Mau. »Pertelot Fitzwilliam«, sagte er leise.

Sie visierte ihn an wie einen Fleck in der Ferne, einen Punkt am Horizont im Mittagsdunst, der möglicherweise gar nicht existiert.

»Pertelot Fitzwilliam, was willst du von dieser Katze?«

»Ich will, daß sie aufwacht.«

»Das wollen wir alle.«

»Dann hilf mir!«

»Pertelot Fitzwilliam, so wirst du diese Katze nicht wach bekommen.«

Sie blieb stehen und sah ihn an. »In Ägypten hat man sie drei Tage lang beweint«, begann sie in fiebrigem Singsang. »Wenn sie davon nicht erwachte, brachte man sie zur Einbalsamierung...« Sie sah sich um. »Ich war nie in Ägypten«, sagte sie erstaunt. »Was kann ich dann für sie tun?«

Tom trat ganz dicht an die kleine Katze heran. »Paß auf«, sagte er.

Er nahm lautlos einen tiefen Atemzug und blies ihn Cy kräftig in die Nüstern. Sie regte sich nicht. Tom spürte, wie Pertelot ihn ansah. Sie war verblüfft, aber das Fieber hatte nachgelassen. »Siehst du?« sagte er.

Als er sich abwandte, schaute sie ihm mißtrauisch nach. Immerhin hatte er sie zum Nachdenken gebracht, und sie war etwas ruhiger geworden. Als er das nächste Mal nach ihr sah, hatte sie sich so dicht neben die Tigerkatze gelegt, daß sie fast deren Kopf berührte. Ihre Augen waren geschlossen. Sie peitschte noch ein paarmal mit dem Schwanz, wie um Kräfte zu sammeln. Dann schlief sie ein.

Schweigen lag über dem Raum.

»Der Junge ist der geborene Diplomat«, lobte Sealink.

Zwei oder drei Minuten später setzte draußen auf dem Platz ein hemmungsloses Gekläffe ein.

Tom rannte hinaus.

Der Schnee war geschmolzen. Die Wolkendecke war in Bewegung geraten und löste sich auf. Stellenweise wurde schon der blaue Himmel sichtbar. Die matte Wintersonne strahlte auf den Platz; als sie für einen Moment verschwand, schien alles zu schrumpfen, doch dann brach sie abermals, diesmal als blaßgoldener Strahl, durch die Wolken.

In diesem Strahl und jenseits der offenen Tür – wodurch das Ganze den unwirklichen Charakter eines Bildes bekam – spielte sich eine sonderbare Szene ab. Entlang der Achse des Platzes stand eine Reihe von Straßenlaternen im viktorianischen Stil, in seriösem Dunkelgrau gestrichen, mit vergoldeten Gußeisenornamenten verziert und mit Zylindern aus geripptem Glas gekrönt, die an Mohnkapseln erinnerten. Um eine dieser Laternen rannte der Fuchs Liebt-Mülltonnen herum wie ein Rasender. Er bellte und jaulte, sprang in die Höhe, stellte sich auf die Hinterbeine und kratzte mit den Krallen die graue Farbe ab. Darüber sah man einen großen Vogel, der sich manchmal auf dem Glaszylinder oder auf der Querstange darunter niederließ, manchmal aber auch verwegen genug war, etwa dreißig Zentimeter über dem geöffneten Fuchsmaul flatternd in der Luft zu schweben. Sein schwarzweißes Federkleid war jämmerlich verbrannt, auch fehlten ihm einige Schwanzfedern, so daß er im Vergleich zu früher ziemlich verwahrlost aussah und einiges an Beweglichkeit eingebüßt hatte. Seine Stimme und sein Selbstbewußtsein hatten jedoch nicht gelitten. Sein heiseres Kreischen und das durchdringende Fuchsgejaul hallten über den ganzen Platz. Die beiden waren vor Freude so außer sich, daß sie ganz Piper's Quay in ein Tollhaus verwandelten. Wie aufziehbare Spielzeugtiere rasten sie immer weiter im Kreis herum. Flügel peitschten die

Luft. Krallen scharrten über das Pflaster. Die Tauben flogen erschrocken auf und flüchteten über den Himmel, als hätte man auf sie geschossen.

»Sorgt-für-Kummer!« schrie Tom. »Das ist Sorgt-für-Kummer!«

Er stürmte aus der Tür auf die beiden zu, doch dann legte er verlegen eine Vollbremsung ein. Er wollte das Wiedersehen nicht stören. Schließlich waren sie seit vielen Jahren Majicous Helfer, und er war nur der Lehrling. Doch sobald die Elster ihn erblickte, kam sie heruntergeflogen, flatterte ihm mit klatschenden Flügeln um den Kopf und zeterte die gleichen Schimpfnamen wie damals, als er sie beinahe gefressen hätte. Der Fuchs tanzte bellend um die beiden herum. Tom platzte fast vor Stolz. Er gehörte dazu.

»Sorgt-für-Kummer!« schrie er.

»Das will ich meinen!« kreischte der Vogel. »Wer sonst? Ich habe Feuer und Wasser überlebt und bin herausgekommen, ohne gerupft zu werden!« Er setzte sich zwischen Tom und den Fuchs auf den Boden, legte den Kopf schief und schaute boshaft von einem zum anderen. »Sorgt-für-Kummer und niemand sonst!«

Doch heute sorgte er für eitel Freude.

Etwas später setzten sich Fuchs und Katze an den Fuß der Straßenlaterne, um den Bericht der Elster anzuhören. Der schwarzweiße Vogel erzählte sehr anschaulich, aber er hielt dabei keinen Augenblick still, sondern stolzierte ständig auf und ab, kreischte höhnisch oder auch wütend und lauerte unentwegt auf Zeichen der Anerkennung. Immer wieder blieb er stehen und schüttelte die angesengten Federn so heftig, daß es raschelte wie dürres Schilf im Wind. (Manchmal hackte er auch vor lauter Begeisterung mit dem Schnabel hinein, als hätte er endlich einen abgefeimten und äußerst zähen alten Rivalen im eigenen Haus zu fassen bekommen.)

Zunächst erinnerte er Tom und Liebt-Mülltonnen daran, wie er ins Lagerhaus eingebrochen war. »Das war vielleicht ein Fenster!« prahlte er. »Ja, das war wirklich ein Fenster. Für ein solches Fenster braucht man einen harten Schädel!«

War er schon von diesem Heldenstück halb betäubt gewesen, so hatte ihm die dramatische Attacke auf den Alchimisten den Rest gegeben. Das Nachspiel – als er wie ein Feuerrad dicht über dem Fußboden durch den Raum geschossen war – hatte er noch mitbekommen; dann waren, wie er sich ausdrückte, endgültig die Lichter ausgegangen.

»Und ich«, sagte er, »war ziemlich hinüber. Ziemlich hinüber.«

Halbblind und mit einer Gehirnerschütterung war er wieder aufgewacht. In einem Raum voll tanzender Schatten. »Ob ich etwas erkennen konnte? Nicht dran zu denken! Ich war so hilflos wie ein Küken, das aus dem Nest gefallen ist.« Er hatte keine Ahnung, wer die Schlacht gewonnen hatte. Er hatte keine Ahnung, ob der Alchimist noch da war. »War er abgezogen? Hatte er sich *verwandelt?* Ich wollte es gar nicht wissen!« So war er zunächst nur umhergetaumelt, den Schnabel am Boden und ziellos mit den Flügeln schlagend, bis sich der Nebel vor seinen Augen lichtete. »Irgendwann konnte ich zwar sehen! Aber außer der Straße des Alchimisten gab es nichts mehr zu sehen! Ob ich entsetzt war?« fragte Sorgt-für-Kummer rhetorisch. »Ich war einfach platt!« Ein dramatischer Blick von Tom zum Fuchs. Eine energische Aufforderung: »Und nun versetzt euch mal in meine Lage. Was sollte ich tun? Verschwinden natürlich! Nichts wie weg! Abgang!« Er hüpfte aufgeregt über den ganzen Platz und wieder zurück. »Zu spät!« klagte er.

Die falsche Straße war vor seinen Augen in sich zusammengebrochen. Dann raste dicht über seinem Kopf eine Feuerwand über den Boden. »Bevor ich wußte, wie mir geschah, stand mein Schwanz in Flammen!« Er konnte lediglich den Atem anhalten und warten, bis das Feuer vorbeigezogen war. Es dauerte nur einen Augenblick, aber in diesem Augenblick konzentrierten sich die Qualen und Ängste eines ganzen Elsternlebens. »Mir ging die Luft aus. Die Zeit lief mir davon!« Er überlegte kurz. »Und die *Schwanzfedern* wurden knapp!« Endlich hatte er alle Hoffnung auf seine Flügel gesetzt, sich in die glühendheiße Luft erhoben und blindlings das Fenster angesteuert, durch das er hereingebrochen war, wohl wissend, daß er es wahrscheinlich nicht fände. »Aber ich bin eine Elster.

Also, was denke ich?« Er hielt inne, nickte mit dem Kopf, wandte seinen Freunden ein glänzendes Auge zu und sagte, als sie nicht schnell genug antworteten, voller Triumph: »Ich denke: Wer noch am Leben ist, ist nicht verloren!«

»Sehr philosophisch«, lobte der Fuchs. »Ich bin beeindruckt.« Er zwinkerte Tom zu, aber der bemerkte es nicht. Er war völlig eingeschüchtert von der Entschlossenheit der Elster.

»Und was hast du dann getan?« flüsterte er.

»Ich bin *geflogen*, kleine Katze!«

Er war zum Fenster hinausgeflogen. Hatte dabei den Rahmen gestreift. War halb bewußtlos, mit brennenden Federn durch die Nacht getaumelt, bis er plötzlich über einem flußabwärts gelegenen Industriegelände an Höhe verlor, ohnmächtig wurde und in eine Pfütze stürzte. »Wenigstens hat das Wasser die Flammen gelöscht!« Wie Luzifer hatte er in dieser Pfütze gelegen, bis ihn die Sonne weckte. »Zwei *Katzen* waren schon dabei, sich an mich heranzupirschen!« rief er mit einem empörten Blick auf Tom. »Ziemlich schmuddelige Typen. Dachten, ich sei tot!« Er lachte leise. »Hat auch nicht viel gefehlt«, sagte er. »Aber ich hab's ihnen trotzdem gezeigt!« Er hob ab und ließ sich auf dem Laternenpfahl nieder, so daß die beiden anderen den Kopf in den Nacken legen mußten, um ihn sehen zu können. »Hat wirklich nicht viel gefehlt!« krächzte er so laut, daß alle Welt es hören konnte. »Aber jetzt bin ich wieder voll da!« Er hob den Kopf, riß den Schnabel auf und flatterte mit den Flügeln.

Soviel demonstrativ zur Schau gestellte Lebensfreude war ansteckend. Liebt-Mülltonnen nahm den Tanz um den Laternenpfahl wieder auf.

Der Vogel krähte. Der Fuchs tanzte. Tom feuerte die beiden an.

Bis er hinter sich ein verlegenes Hüsteln hörte.

Als er sich umdrehte, standen fünf Katzen in einer Reihe und sahen neugierig zu.

Sealink, die an diesem Morgen ein wenig schwerfällig und wirr im Kopf war, hatte die anderen auf den Platz hinausgeführt und dabei die Füße so kräftig aufgesetzt, als könne ihr der Boden Sicherheit verleihen. Nun hatte sie sich zwischen Mousebreath auf der einen und Ragnar und Pertelot auf der anderen Seite postiert. In der Mitte stand, im hellen Licht blinzelnd, aber mit blanken Äuglein und so quicklebendig wie ein Junges, die kleine Tigerkatze und wirkte so ausgeruht, als würde sie im Leben nie wieder Schlaf brauchen. Sealink und die Mau hatten dafür gesorgt, daß sie sich sehen lassen konnte, ihr Fell war flauschig und glatt, die schwarzen Streifen glänzten wie Glas, die weißen Handschuhe strahlten wie frisch gescheuert, und selbst der Bolzen in ihrem Kopf glitzerte wie Messing in der Sonne und sprühte bei jeder Bewegung glühende Funken. Sie stand fest auf ihren kurzen Beinen und reckte das Hinterteil in die Höhe. Der Schwanz war steil aufgestellt, die Spitze wedelte hin und her. Die gelben Augen funkelten. Tom und dem Fuchs verschlug es die Sprache, doch sie sah sich nur aufmerksam um und gähnte gewaltig.

»Schön hier draußen«, bemerkte sie. »Wo ist denn nun die Hochzeit?«

Dann entdeckte sie Sorgt-für-Kummer, der sich beim Anblick von so vielen hungrigen *Felidae* vorsichtshalber wieder auf die Querstange unter dem Lampenzylinder zurückgezogen hatte. Sie kniff die Augen zusammen, legte sich auf den Bauch, machte sich so flach, als wollte sie hinter den Kanten der Pflastersteine Deckung suchen, und pirschte sich vorsichtig an. Tom wurde mit einem strengen Blick bedacht.

»Mein Vogel«, warnte sie. »Mein Vogel!«

Die Elster verschluckte sich vor Lachen, verlor dabei das Gleichgewicht und mußte, um ihre würdevolle Gelassenheit wiederzufinden, erst eine weite Runde über dem Platz fliegen.

Cy sah ihr nach. »Du hast alles verdorben«, warf sie Tom vor. »Wir hätten sie mit nach Hause nehmen und jemandem unterjubeln können.« Sie schaute zum Fuchs hoch.

»Pfui!« sagte sie. »Du stinkst!«

Auch der Fuchs konnte seine Erheiterung nicht verbergen. »Du auch«, sagte er.

Sie begann schüchtern: »Als mir der Atem weggeblieben ist, war alles voller Funken. Wo ich gewesen bin, war alles voller Funken…« Sie verfiel in einen Singsang. »…voller Stäubchen, die im Licht schwebten.« Dann stemmte sie die Vorderpfoten ein, schob den Körper nach hinten und streckte sich genüßlich. »Ich fühle mich wie neugeboren!« erklärte sie.

Tom war sprachlos. Pertelot Fitzwilliam hatte sich also in ihrer Not auf sein magisches Rezept gestürzt, sich aus ihrem Ägyptentraum herausgekämpft und es angewendet. Und sie hatte die Tigerkatze ins Leben zurückgeholt. Seither war alles offen, wie die Streuner von Coldheath sich ausgedrückt hätten. Majicous magische Welt war offenbar sehr viel enger mit der Welt verbunden, wie Tom sie kannte, als er gedacht hatte, einer Welt, in der Magie gleichbedeutend war mit einem Zuhause, mit Freunden und Sonnenschein, mit der Freude an den richtigen Dingen. Dabei hatte er sich heute morgen noch gefragt, wieviel davon ein Traum gewesen war.

Jetzt mußte er seine Anschauungen ändern.

Wie die anderen Katzen zu den Vorgängen standen, war schwer zu sagen. (Es passiert schließlich nicht jeden Tag, daß Tote wieder zum Leben erweckt werden.) Sie gingen nach Katzenart damit um…

Mousebreaths Überraschung war lediglich an den Gefühlen – Freude, Spott und schließlich ein Sichfügen in die Gegebenheiten – abzulesen, die rasch vom blauen zum bernsteinfarbenen Auge und wieder zurück huschten…

Die Mau verschlang den Gegenstand ihrer Bemühungen mit gierigen Blicken. Für sie war mit der Wiederbelebung der Tigerkatze nur ein kleineres Problem gelöst. Sie selbst war und blieb eine Verfolgte…

Ragnar Gustaffson war nur zu einfachen Posen fähig, deshalb war seine Reaktion am schwersten einzuschätzen. Er schien beeindruckt, doch zugleich wurde er von einer unbegreiflichen Erregung geschüttelt. Sein Blick wanderte hin und her wie Mousebreaths Gefühle: von der Mau zur Tigerkatze, von der Tigerkatze zur Mau, als wolle er etwas zusammenzählen.

Und Sealink…

»Süßer«, fragte sie Tom fast flehentlich, »können wir mal ein paar Takte miteinander reden?«

Damit verließ sie die Wiedersehensfeier und ging ihm voran am Kanal entlang. Nach ein paar Metern fanden sie eine steil gewölbte Brücke, die noch so neu war, daß sie nach frischem Holz und Konservierungsmittel roch. Sie hatte sich in der Sonne rasch erwärmt, und Sealink ließ sich in der Mitte nieder und machte es sich bequem. Von hier aus hatte sie die kleine Gruppe an der Laterne gut im Blick. Die Elster saß wieder auf der Querstange und führte offenbar das große Wort. Der Fuchs jagte die Tigerkatze im Kreis herum. Die Tigerkatze jagte ihn wieder zurück. Die Mau saß da wie eine ägyptische Statue. Dann und wann schloß sie träge die Lider und schlug sie wieder auf. Ragnar führte Mousebreath ein typisches Manöver der *Norsk Skaukatt* vor, das aus einer Drehung und einem ziemlich unbeholfenen Sprung bestand. Man glaubte fast zu hören, wie er seine Erklärungen abgab. Es war ein außergewöhnliches, aber sehr fröhliches Bild. Eine Sommerszene im Winter.

»Sehen sie nicht hinreißend aus?« fragte Tom.

»Keine Frage, Süßer«, sagte Sealink. »Vor allem wenn man bedenkt, daß eine davon einen vollen Tag lang tot war. Würde es dir sehr viel ausmachen, mir das alles zu *erklären*?«

Damit hatte sie Tom in Verlegenheit gebracht. Was sollte er ihr sagen? *Außer dem Fuchs darf niemand wissen, daß ich hier war!* hatte die einäugige Katze gewarnt. Und er wußte ja selbst nicht genau, was eigentlich geschehen war.

»Ich hätte nicht gedacht, daß es wirkt«, sagte er. »Ich hätte nicht geglaubt, daß sie es schafft.«

Sealink seufzte. »Oh, gewirkt hat es schon, Süßer«, stimmte sie zu. »Aber nicht *sie* hat es geschafft.«

Wieder betrachtete sie die Katzen auf dem Platz. Ragnar hatte es endlich aufgegeben, auf Mousebreath Eindruck machen zu wollen, und widmete sich abermals Cy. Noch aus dieser Entfernung war zu erkennen, was in seinen Zügen stand: Staunen, Fürsorglichkeit und – jetzt fiel es auch Tom auf – Stolz.

»*Er* war es also?« fragte er. »Nicht zu fassen.« Er lachte entzückt. »Der König! Aber wie kommt er dazu?«

»Oh, er mag zwar ein Dummkopf sein, Süßer, aber kein König ist auch nur halb so dumm, wie er aussieht. Er hat genau beobachtet, was du ihr gezeigt hast, ich habe ihm zugesehen.

Und kaum ist sie eingeschlafen und du bist aus der Tür, da steht er auch schon vor der Kleinen und bläst ihr in die Nüstern …« Sie hielt plötzlich inne. »Du und dieser Fuchs, ihr verheimlicht uns so manches«, stellte sie dann fest. »Das gefällt mir nicht. Zum einen mußt du irgendwo gelernt haben, wie man so was macht. Und zweitens warst du auf der magischen Straße.« Sie sah Toms erschrockenen Blick und lachte. »Woher ich das weiß? Nun, ich seh's dir an den Augen an! Du hast deine Unschuld verloren.«

Tom schaute zur Seite. »Ich darf es dir nicht sagen«, jammerte er. »Der König, die Königin … Es ist …« Wütend schüttelte er sich. »Ach, ich weiß nicht, was es ist! Ich weiß nur, daß alles, was wir erlebt haben, lediglich ein kleiner Ausschnitt eines viel größeren Geschehens ist.« Während er sich weiter bemühte, sie zu überzeugen, hörte er plötzlich Majicous ruhige Stimme sagen: *Dir wurde dabei offenbar eine Aufgabe zugewiesen*. Und er begriff, wie großartig das sein konnte.

»Sealink, es geschehen erstaunliche Dinge. Und wir stecken bis über beide Ohren mit drin!«

Er hatte die richtigen Worte gefunden. Die Calicokatze schätzte es sehr, jedesmal ein Abenteuer zu entdecken, wenn sie einen Zipfel der Welt anhob. Und als sie jetzt ein solches witterte, war sie – zumindest für den Moment – bereit, Tom mit allem Vorbehalt ihr Vertrauen zu schenken. Trotzdem legte sie den Kopf schief und warnte:

»Du hast 'ne ganze Menge guter Anlagen, Kleiner. Sieh zu, daß du sie auch unters Volk bringst.« Sie wies auf die Gruppe auf dem Platz. »Ein paar von den Leuten da verlassen sich auf dich. Aber du mußt auch bedenken: Wer dir hilft, der hat es verdient, die Wahrheit zu erfahren.« Sie lachte. »Zum Teufel damit! Ich denke mir, du wirst schon reden, wenn du soweit bist.« Sie überlegte kurz. »Dieser Mousebreath ist allerdings von einem anderen Schlag. Verstehst du? Wenn der sich reinhängen soll, dann will er wissen, was ihn erwartet …«

»Ich blicke doch selbst kaum durch.«

»He! Freund! Die Sonne scheint! Wenn sich schon so Erstaunliches ereignet, dann laß den Kopf nicht hängen. Komm, wir machen einen Spaziergang!«

Der Platz lag am nördlichen Rand von Piper's Quay, das sich zusehends zu einem Labyrinth aus Wasserstraßen und gepflasterten Wegen entwickelte. Hier war von zugigen Wohnblocks (mit freitragenden Balkons, chinesischen Dächern oder japanischen Fenstern, die fast verbargen, daß es sich im Grunde um nagelneue Lagerschuppen handelte) bis hin zu Reihenhäusern mit futongroßen Gärten jede Gebäudeform vertreten. Tom und Sealink ließen die Ziegelstapel und das noch unverfugte Steinpflaster hinter sich, schlenderten südwärts und standen bald im Herzen des ehemaligen Hafengeländes vor einer kleinen Enklave mit winzigen Baumgruppen, flachen Grasmulden mit einzelnen Hagedornbüschen, einem Teich und einem Reiher auf einem Baumstumpf. Das alte Hafenbecken war längst zugeschüttet und zu einem Park umgestaltet worden; nur die glattgeschliffenen breiten Graniteinfassungen erinnerten daran, daß hier einst Schiffe angelegt hatten.

»Und jetzt, Süßer«, verlangte Sealink, während sie majestätisch über den einstigen Kai fegte und sich die frostige Aussicht ansah, »die magische Straße! Erzähl mir davon!«

Tom hätte nichts lieber getan, aber er hatte Mühe, seine Erlebnisse zu ordnen und einen Anfang zu finden. »Am besten haben mir die kleinen Straßen gefallen. Wo ganz gewöhnliche Katzen lebten. Die wilden Pfade... Das ist eine andere Geschichte! Weißt du, wie es ist, wenn sich das Licht wie brauner Rauch in sich selbst zurückzieht? Wenn man sieht, aber nicht *sehen* kann? Kennst du auch die Stellen, wo die Luft so voller Echos ist, als hätte man irgendwo unvorstellbar hoch oben ein Dach über dem Kopf? Und...« Plötzlich konnte er gar nicht mehr aufhören zu reden. Er erzählte von den großen und kleinen Katzen, die wie ein reißender Strom vor ihm die Straße entlanggeflossen waren. Von dem Gefühl, viel größer zu sein, als er tatsächlich war. Von dem Eistiger, den er kurz gesehen hatte und dessen Stimme über zehntausend Jahre hinweg zu ihm gedrungen war.

Sealink war eine gute Zuhörerin. Aber Tom stellte bald fest, daß sie über die magischen Straßen ganz anders dachte als Majicou.

»Ich hab sie ausprobiert, Schätzchen. Aber sie geben mir nicht viel. Mir läuft's dabei immer eiskalt über den Rücken. Verstehst du? Für mich ist das alles nicht so ganz echt. Natürlich benütze ich sie, wenn es sein muß. (Wie denn auch nicht? Ich bin schließlich eine Katze!) Aber wenn du sagst: *Die magischen Straßen! Das ist die einzige Art zu reisen!* Nein, Kleiner, dann kann ich dir nicht zustimmen.« Als sie Toms niedergeschlagenes Gesicht sah, mußte sie lachen. »Nein«, lenkte sie ein, »für mich bieten die Straßen *eine* Art des Reisens. Am *allerbesten*, Schätzchen – auf die einzig wahre Art –, reist man im Fahrwerk eines Düsenjets der Marke Boeing 747. Hast du das jemals probiert?«

»Nein«, sagte Tom. Er hatte keine Ahnung, wovon die Rede war.

Die Calicokatze blies sich auf. Ein sattes, tiefes Schnurren entrang sich ihrer Brust. »Also dann«, sagte sie, »komm mal für ein paar Minuten an meine Seite, Kleiner, und laß dir erklären, was das Größte ist!«

Und dann entführte sie ihn von dem zugeschütteten Hafenbecken, dem Kai, von dem nie wieder ein Schiff ablegen würde, auf eine Reise ganz anderer Art. Sie beschrieb ihm die großen und kleinen Schiffe, bei denen sie sich in so verschiedenen Häfen wie Galveston und Marseille als blinder Passagier an Bord geschlichen hatte. Sie erzählte von dem metallicblauen Ford Galaxy, in dessen Motorraum sie durch halb Texas gefahren war. (»Der Lärm? Daran kann ich mich nicht erinnern, Süßer. Der Gestank war jedenfalls schrecklich. Mir war tagelang danach noch übel!«) Von dem Bahnhof in Nepal, wo sie einige Monate als Bahnkatze gelebt hatte. (»Damals hab ich Bhaji mit Zwiebeln schätzen gelernt. Und ein paar wirklich exotische Nager gefressen.«) Von Saigon, wo sie einen lavendelfarbenen Orientalkater namens Tom Yang kennengelernt hatte, der die Liebe ihres Lebens wurde, obwohl er sie nach eigenen Aussagen ›nur zum Narren hielt‹. »Aber das war ein Mann, Schätzchen. Verstehst du?« In Südkorea hatte sie ihn an die Katzenseuche verloren. Tom erfuhr von ihrer Theorie, wonach die Katzen in Thailand noch immer mit den Menschen sprechen können. (»Die sind da jahrhundertelang ganz anders mit uns umgegangen.«) Und von den Hauskatzen in Tokio, die Halstücher anstelle von Flohhalsbändern trugen. Sealink führte ihn auf Schiffen, in Zügen und Flugzeugen um die ganze Welt, um schließlich – bei vierzig Grad unter Null – wieder in Alaska bei Pete dem Pipelinebauer zu landen. »Seltsame Zeiten!« wie sie sagte. Wahrhaft seltsame Zeiten, und jedesmal stand am Ende etwas Besonderes – vielleicht ein Moment des Glücks. Oft nicht einmal das. Manchmal nur Traurigkeit oder gar Tränen.

»Reisen ist nicht leicht. Man muß schon einen Puff vertragen können. Man läuft sich dabei die Füße wund. Sicher, deine magischen Straßen sind interessant – versteh mich nicht falsch. Und du wirst sie in deinem Leben noch so manches Mal benützen. Aber für mich gehören sie nicht zur realen Welt. Ich bin eben ein modernes Mädchen. Um sich an Bord einer Boeing zu schmuggeln, braucht man eine andere Art von Unternehmungsgeist, Süßer. Wem sagst du das! Aber man hat auch 'ne Menge Spaß dabei.« Sie überlegte kurz. »Ich hab allerdings noch nicht viele Leute kennengelernt, die so denken«, sagte sie dann.

Gleich darauf lenkte sie Toms Aufmerksamkeit auf ein asymmetrisches Stück blauen Himmel zwischen zwei grauen Wolkenfronten, die immer näher zusammenrückten. Dort hatte sie eine dünne, gebogene, weiße Linie entdeckt, die aussah wie ein Schnurrhaar. Genauso scharf abgegrenzt, genauso individuell. Sie verdickte sich sogar zu einem Ende hin, und wenn man die Augen zusammenkniff, konnte man dort das silberne Düsenflugzeug erkennen, das sich durch die unvorstellbare Kälte, den eisigen Sonnenschein der oberen Luftschichten nach Nordwesten kämpfte. Sealink seufzte. Ein Zittern durchlief ihren schweren, molligen Körper. Und plötzlich tanzte sie auf den Hinterbeinen wie ein Kätzchen.

»Schau! Schau doch nur, Tom! Da oben bin ich gewesen, Schätzchen! *Ganz oben!* Wenn das kein Leben ist! Na, was sagst du?«

Dann war der Jet verschwunden, und der Himmel schloß sich wie eine Tür. Sealink war nachdenklich geworden. »So klein war ich«, sagte sie. »So klein, daß man mich in einem

Schneckenhaus verlieren könnte.« Sie wiegte staunend den Kopf hin und her und fuhr fort: »Tom, ich muß unbedingt nach Rußland, bevor ich sterbe!« Und dann, als stünden die beiden Dinge in irgendeinem Zusammenhang: »Ich rieche schlechtes Wetter.« Von Norden trug eine kalte, trockene Luftströmung dicke Wolkengebirge heran, die oben weiß und unten schäbig grau waren. »Könnte nicht behaupten, daß mir der Wind gefällt. Wir sollten lieber zurückgehen.« Sie schaute noch eine Weile zum Himmel hinauf, dann schüttelte sie sich bedauernd. »Hab nicht zu viele Geheimnisse vor mir, Süßer. Ich möchte gern wissen, wo ich stehe.«

»Ich werde mir Mühe geben«, versprach Tom.

Sealink hastete durch die basarähnlichen engen Gassen von Piper's Quay. Zur Orientierung kehrte sie immer wieder zum Kanal zurück – den sie auf den schmalen Fußgängerbrücken mehrfach überquerte. Sie war sichtlich besorgt, aber das hinderte sie nicht, boshafte Bemerkungen über die Architektur abzugeben. Tom folgte ihr willig. Durch sie hatte er seine gute Laune wiedergefunden. Ihre Gegenwart verlieh ihm festen Boden unter den Füßen. Jetzt war er wieder der alte Tom.

Ihre Prophezeiung erfüllte sich, das Wetter verschlechterte sich rapide. Die Sonne verschwand. Der Wind frischte auf und brachte Polarluft mit. Die Temperaturen fielen so schnell, daß auf der Kanaloberfläche zarte, durchsichtige Eisblumen erblühten und den beiden die Pfützen unter den Füßen gefroren. Plötzlich stoben harte, trockene Hagelkörner durch die graue Luft. Die Katzen sprangen in langen Sätzen gegen den Wind über das Kopfsteinpflaster. Von Norden war Donnergrollen zu hören. Der Himmel verdüsterte sich noch mehr. »Donner und Eis!« brummte Sealink. »Hier stimmt etwas nicht, Süßer. Mach schnell!« Und während sie sprach, wurde der Hagel noch dichter, schoß zischend und fauchend über die Gehsteige, peitschte ihnen ins Gesicht und stach bis auf die Haut. »Komm schon, Kleiner!« Sie stürzten sich in einen schmalen Durchgang zwischen zwei vermutlich leeren Wohnblocks und huschten über eine Kreuzung. Zwei Minuten lang hockten sie frierend unter einer Markise, die im Wind knatterte. Blitze zuckten herab. Donnerschläge folgten. Endlich kam die vertraute Laternenreihe in Sicht, und Tom wollte schon darauf zurennen, seine Pfoten rutschten auf dem Eis…

»Halt!« schrie Sealink. »Tom, halt!«

Keuchend hielten sie am anderen Ende des Platzes inne. Tom war klatschnaß. Bei jedem Windstoß zuckte er zusammen. Er hatte nur den einen Wunsch, unter ein Dach und ins Warme zu kommen.

»Was ist?« fragte er.

»Schau!«

Keine zwanzig Meter vor ihnen stand ein nagelneues schneeweißes Fahrzeug. Es war ziemlich hoch und hatte Schiebetüren, schwarze Rückfenster und ein Dach mit vielen Lüftungsschlitzen. An einer Seite prangte ein hübsches Bild, eine Hand, die eine Blüte umfaßte, und darunter standen die Worte: *Laborbedarf Rote Rose.* Das Fahrzeug stand genau vor dem Gebäude, in dem die Tiere die Nacht verbracht hatten. Aus dem Auspuff stieg Wasserdampf. Aus dem Führerhaus drang leise Musik. Sonst war bis auf das Geräusch des laufenden Motors alles still. Zwischen Tom und dem Lieferwagen zogen sich flache Streifen aus festgefrorenen Hagelkörnern über den Platz.

»Das sieht nicht gut aus«, bemerkte Sealink.

»Die anderen!« rief Tom. »Sie sind da drin. Sie brauchen Hilfe!«

Von Sealink ging eine tödliche Gelassenheit aus. »Zu spät, Süßer«, sagte sie. »Ich rieche das nicht zum ersten Mal. Das sind Katzenfänger! Wenn wir jetzt reingehen, kriegen sie uns auch…«

»Soviel zu deiner hohen Meinung von den Menschen«, sagte Tom verbittert. »Die sind doch sicher nicht hier, um uns mit *Pizza* zu füttern!«

In diesem Augenblick drang wütendes Katzengeschrei aus dem Gebäude. Sorgt-für-Kummer krächzte erbost. Liebt-Mülltonnen blaffte einmal laut, dann fauchte und knurrte er wie ein Hund, der sich in etwas verbissen hat. Ein langer, gellender Schrei aus menschlichem Mund war zu hören, gefolgt von wüstem Fluchen und Schimpfen. Ein weiterer Katzenfänger stieg aus dem Wagen.

Es war ein stämmiger Mensch mit breiten Schultern, ziemlich plump, aber nicht ohne eine gewisse Würde. Er bewegte sich ruhig und beherrscht. Sein Gesicht war im trüben Winterlicht kaum zu erkennen. Drinnen wurde wieder geschrien. Der Mensch schlug den Kragen hoch, blieb vor der Tür kurz stehen und lauschte aufmerksam. Sobald ihm klargeworden war, was im Gebäude vorging, kehrte er mit ruhigen, schnellen Schritten zum Wagen zurück, schob die Tür auf und holte ein Ding heraus, das aussah wie eine kurze Eisenstange.

»Hilfe!«

Der schrille Angstschrei löste abermals heftiges Fauchen aus. Ein weicher Lichtstrahl huschte über den Platz. Donner grollte. Der Fahrer machte sich an der Eisenstange in seinen Händen zu schaffen – *Klick!* –, dann drehte er sich schneidig auf dem Absatz um und rannte mit der Schulter voran gegen die Tür. Ein gelber Blitz zuckte auf, dann knallte es laut, und etwas winselte in den höchsten Tönen. Der erneut einsetzende Katzenprotest – Tom erkannte Mousebreaths und Ragnars Stimmen – verstummte schlagartig.

Nach einer Weile erschienen zwei schwarze Gestalten im Eingang. Die eine stützte sich auf die andere. Der Verletzte hielt mit der linken Hand einen Sack umklammert. Sein rechter Arm hing kraftlos herab. Der Jackenärmel war aufgerissen, und der weiße Unterarm hatte eine recht unsanfte Behandlung erfahren. Blut rieselte auf den Boden, brachte die harten Hagelkrusten zum Schmelzen und floß, mit Wasser verdünnt, als bräunliches Rinnsal ab.

Der Sack bewegte sich heftig. Aus seinem Innern drang wütendes Gurgeln und Stöhnen.

Der Fahrer trat mit dem Fuß dagegen. Es wurde still.

»Komm schon«, ermunterte er seinen Begleiter. »Es ist nicht mehr weit.«

Als die beiden den Lieferwagen erreichten, kam Sorgt-für-Kummer aus der Tür geschossen und veranstaltete ein wahres Höllenspektakel. Er flatterte den Männern um Köpfe und Schultern und hackte nach ihren Augen. Sie duckten sich. Der

Verletzte fluchte und schlug mit dem Katzensack so unbeherrscht nach dem Vogel, daß er das Gleichgewicht verlor und fast gestürzt wäre. »In Gottes Namen«, sagte der andere gereizt, während er versuchte, so weit von dem Vogel wegzukommen, daß er schießen konnte, ohne seinen Komplicen zu treffen. »Halt still!« Als die Elster das hörte, änderte sie ihre Taktik, setzte sich ihrem ahnungslosen Opfer auf den Kopf und schlug ihm die Krallen in die Kopfhaut, bis es aufschrie. Dann holte sie weit aus und hieb dem Katzenfänger wie ein Specht, der sich einen Baum vornimmt, den Schnabel ins linke Ohr.

Der schrie vor Schmerz und Angst laut auf, ließ den Sack fallen und faßte sich mit der verletzten Hand ans Ohr. Was er dort zu spüren glaubte, veranlaßte ihn zu neuerlichem Gebrüll. Er war kreidebleich vor Schreck. Die Elster saß immer noch auf seinem Kopf. Jetzt lief ihm das Blut in die Augen.

»Mein Gott, das Biest hat's wirklich auf mich abgesehen!«

»Das reicht jetzt«, sagte der Fahrer ruhig.

Er trat zurück und ließ abermals die Schrotflinte sprechen. Die Elster wußte, wann sie verloren hatte, schoß in die Dunkelheit hinauf und verschwand.

»O Gott! O Gott! Hilfe!«

Der Fahrer schob die Tür des Lieferwagens auf, warf die Flinte hinein, zerrte den Verletzten zur Beifahrerseite und schob ihn auf den Sitz.

»Und nun halt um Himmels willen den Mund«, mahnte er.

Dann kehrte er zurück, um den Sack zu holen, der auf einem Haufen schmelzender Hagelkörner lag und sich mit schwarzem Wasser vollsog. Unter dem groben Gewebe zuckte es heftig, dann erschien der Kopf der Mau. Sie zitterte haltlos, und in ihren großen grünen Augen stand die Panik. »So hast du dir das gedacht, meine Süße?« fragte der Fahrer und warf sich auf sie. »Weglaufen möchtest du? Das lassen wir lieber bleiben.« Sie war fast frei, als sich die kurzen, harten Menschenfinger um ihre Hinterbeine legten und sie so fest zusammendrückten, daß sie vor Schmerz gelähmt war.

»Das ertrage ich nicht!« sagte Tom zu Sealink.

Er rannte über den Platz und biß den Fahrer mit aller Kraft in die Wade. Der ließ die Mau fallen und drehte sich fast tänzerisch auf einem Fuß, um Tom mit dem anderen gegen den Kopf zu treten.

Tom erstarrte.

Er dachte: Aber ich …

Er wollte noch sagen: Sealink, hilf …

Doch schon entfloh ihm das Bewußtsein wie ein weißer Lichtstreifen.

»Sealink, hilf der Mau!«

Als letztes sah er, wie Pertelot Fitzwilliam blind vor Angst über das Kopfsteinpflaster hetzte und in den Kanal stürzte. Als letztes hörte er, wie der Katzenfänger belustigt sagte: »Über den wird er sich besonders freuen.« Und als letztes dachte er, daß mit ›er‹ nur der Alchimist gemeint sein konnte.

Woher wußte er, daß wir hier waren? dachte Tom. Woher wußte er, wo er sie hinschicken mußte?

Dann wurde es dunkel.

TEIL ZWEI

Zeichen im Wind

DAS DRITTE KATZENLEBEN

Geboren bin ich aus der heiligen Urkatze, und das macht mich zum Sohn der Sonne und zur Tochter des Mondes, zum Schüler des Ra und zum Auge des Horus … Ich bin der Eine, der geboren ward aus der Urkatze, der zweifache Führer, der wandelt auf den Straßen der Lebenden und im Reich der Toten: Die Katze bin ich, die göttliche Himmelskatze, die heilige Katze der Schöpfung und des Weltenendes.

AUS DEM ÄGYPTISCHEN TOTENBUCH

Im Lauf der Zeit verließen die Menschen natürlich ihre Höhlen. Sie verteilten sich über die Schöpfung der Großen Katze, und wenn ihre Würfe oft auch nur sehr klein waren, so schwoll ihre Zahl doch an, und sie erfüllten die Erde.

Die meisten Felidae *mieden die Menschen; aber* Felis cattus *mit ihrer sprichwörtlichen Neugier wagte sich immer näher an ihre Städte heran. Wir fanden dort wohlgenährte Ratten und Mäuse, die sich in Scharen auf Märkten und in Getreidespeichern tummelten. Diese Nager machten vor nichts halt. Bei Nacht verschleppten sie sogar kleine Kinder. Und sie waren zahlreicher als die Haare im Fell der Großen Katze.*

So betrachtete man uns, als wir endlich kamen, als ein Geschenk der Götter: die Geißel der Ratten; der Mäuse Tod! Oh, wir trieben sie zu Paaren, wir hetzten sie durch Lagerhäuser und unterirdische Speicher; wir entfachten den Funken der Panik in ihren blanken Äuglein! Sie hatten uns schon beinahe vergessen. Aber wir halfen ihrem Gedächtnis auf die Sprünge – mit spitzem Zahn und scharfer Kralle!

Ob uns die Aufrechten dankbar waren? Das will ich meinen! Die Familien luden uns ein, und wir betraten aus freien Stücken ihre Häuser und wohnten darin, wie es uns gefiel. Sie behandelten uns wie Götter, jede Katze war ein Gott in ihrem eigenen Haus; wir wur-

den mit Geschenken und Opfergaben überschüttet, und die Aufrechten bestürmten den Himmel um einen Anteil an unserer Fruchtbarkeit, denn sie waren ein kränkliches und ein abergläubisches Volk.

Es dauerte nicht lange, und sie errichteten uns Tempel und schmückten, wie schon ihre Vorfahren, die Wände mit unserem Bild. Die neuen Zeichnungen stellten uns als Hüter der Nachttore und des Totenreiches dar. Wir saßen an den Grenzen des Schattenlandes; wir wachten über die Geister der Toten und behüteten ihren langen Schlaf.

Die gleichen Ängste, die gleichen Hoffnungen wie eh und je.

Immerhin wurden wir tausend Jahre lang gut behandelt. Zu gut sogar …

Die Priester und Priesterinnen dieses Kults brachten uns mehr Futter, als wir fressen konnten. Wir schliefen auf Laken aus Leinen und Seide. Wir wurden verhätschelt und parfümiert, gepriesen und verehrt; und wir genossen es weidlich.

Wir waren schließlich Katzen.

Bald dachte man sich ein eigenes Fest für uns aus. Die Aufrechten kamen von weither angereist, um im großen Tempel von Bubastis zu beten, der spirituellen Heimat der Urkatze, der Großen Mau, der Herrin des Auges (oh, das himmlische Auge!). Es war sehr feierlich: Prozessionen und Opfergaben, Gebete und Weissagungen. Angenehm ruhig und pietätvoll.

Bis die Aufrechten anfingen, tote Katzen in den Tempel mitzubringen – als Opfer, um die Göttin gnädig zu stimmen. Die Leichname wurden einbalsamiert und in geweihten Gefäßen verwahrt, die man sodann im Tempel oder – als es dort zu eng wurde – auf dem Tempelgelände begrub. Die Aufrechten rasierten sich zum Zeichen der Trauer die Augenbrauen. Die Zahl unserer toten Verwandten ging rasch in die Tausende und Abertausende.

Das Fest erfreute sich von Anfang an großer Beliebtheit. Ursprünglich begnügte man sich mit stimmungsvoller Zimbel- und Flötenmusik und frommen, symbolischen Tänzen, doch bald schon nahmen es Männer wie Frauen zum Vorwand, um sich mit starken Getränken zu berauschen, grölende Gesänge anzustimmen, die Kleider abzuwerfen und an den Ufern des Nil ihre Blöße zur Schau zu stellen. Die Katzen gerieten über diesem Treiben nahezu in Verges-

senheit. Bis die Pilger endlich den Tempel von Bubastis erreichten, hatten sie die Hälfte der mitgebrachten Opfergaben bereits verloren.

Die Priester brauchten nicht lange, um sich diese Entwicklung zunutze zu machen. Zunächst wurde nur hier und dort eine einzelne Katze vermißt. Doch bald verschwanden sie zu zehnt, zu zwanzigst und schließlich zu Hunderten. Kater und Kätzinnen, getigert und gescheckt, rotbraun und zimtfarben: Binnen kurzem gab es im Umkreis von Bubastis kein einziges Kätzchen mehr, denn die Priester sackten jede Katze ein, die sie finden konnten, und beförderten sie – mit einem gezielten Schlag ins Genick – ins Jenseits. Die Leichname wurden hastig einbalsamiert, in Leinenbinden gewickelt und in Basts Namen als Fertigopfer verkauft.

Die klügeren unter uns kamen dahinter und überlebten. Die bedauernswerten anderen vermutlich nicht. Die Menschen hatten uns eine neue Lektion erteilt:

Sie können uns auch zu sehr lieben.

9
IN DER NÄCHTLICHEN STADT

Eine Katze, die einmal von einer Schlange gebissen wurde, fürchtet jeden Strick.

ALTARABISCHES SPRICHWORT

Als Pertelot Fitzwilliam erkannte, daß der Alchimist sie gefunden hatte, zog sie den Kopf ein und rannte los. Bald rang sie keuchend nach Luft. Ihre empfindlichen Samtpfoten schmerzten von den harten Pflastersteinen. Wie ein bräunlicher Strich schoß sie über den Platz in die indigoblaue Nacht hinein, nur um im nächsten Moment in einem eleganten, langen Bogen geradewegs über die Ufermauer zu fliegen. Einen Augenblick lang ruderte sie noch wie wild mit den Füßen durch die kühle Nachtluft; dann stürzte sie ab.

Kurze Stille, ein Splittern und Krachen, und sie lag unter dem Eis im Wasser.

Pertelot hatte den größten Teil ihres Lebens in einem Käfig verbracht, wo man mit Wasser nur in Form von kleinen, genau bemessenen Mengen in Berührung kam, die in einer sauberen Metallschüssel serviert wurden. Hier unten war das Wasser ein anderes Wesen. Pertelot war sozusagen die Welt unter den Pfoten weggebrochen, und nun wickelte sich dieses bösartige *Ding* um ihren Körper und drängte sich gar in ihr geöffnetes Maul. Sie würgte und zappelte und war sofort erschöpft. Und als sie sich mit angstvoll zugekniffenen Augen und strampelnden Beinen verbissen zur Oberfläche emporgekämpft hatte, mußte sie feststellen, daß sie sich unter einer Eisfläche befand. Der gleiche Schwung, der sie nach oben getragen hatte, schleuderte sie jetzt zurück in die Finsternis, wo sie nicht atmen konnte und mit den Füßen sofort im weichen Kanalbett versank. Mit einem energischen Ruck befreite sie sich aus der tödlichen Umarmung, doch dann war sie am Ende ihrer Kräfte. Schwebend hing sie im Wasser, aus ihrem Maul quollen Blasen und schwammen wie kleine Silberfische nach oben. Teilnahmslos verfolgte sie ihren Aufstieg. Der Lichtschein über ihr war schwach und unglaublich weit weg. Was sie auch tat, ihr Schicksal war besiegelt. Schon entwich ihr die Luft in einem zusammenhängenden Strom. Sie gab auf und versank so lautlos, so reglos wie eine Katze, die vom Fliegen träumt. Das Wasser schloß sich besitzergreifend um sie und zog sie in die Tiefe.

Eine andere Zeit; vielleicht auch ein anderer Ort. Eine schwere Last, die sie zu erdrücken drohte. Stoßweises Plätschern. Dann wieder Dunkelheit und schließlich etwas Warmes, das sich fest um sie schmiegte. Vorsichtig drehte Pertelot den Kopf, um zu sehen, wo sie sich befand. Offenbar hatte man sie in eine riesige Pelzdecke gehüllt, eine Art Flickenteppich, den die Laternen auf dem Platz mit rosa Neonlicht übergossen. Die Decke selbst war schwarzweiß, mit kräftigen orangeroten Flecken, und jede Farbe war so scharf abgegrenzt, daß Pertelot sich fast vorkam wie in einer gewebten Landkarte. Doch dann verschob sich die Decke ein wenig und gab sich als Katze – als große Kätzin – mit schwarzen Pupillen und bernsteingelber Iris zu erkennen.

Genauer gesagt, als Sealink.

»Was war das für ein Zeug?« fragte Pertelot.

Die Calicokatze blinzelte verwundert. »Das war Wasser, Süße. Bist du jetzt wach?«

Die Mau erschauerte und würgte trocken.

»Du hast nichts mehr im Magen«, bemerkte Sealink kurz darauf. »Du kannst also ruhig damit aufhören. Hat dir eigentlich noch niemand gesagt, daß Katzen und Wasser sich nicht vertragen? Nebenbei bemerkt kannte ich tatsächlich mal 'nen Kater mit Namen Muezza – netter Kerl übrigens, Türkisch Van –, der ganz gern schwamm. Aber wir sind hier nicht in der Türkei, Süße, und du bist nicht er.«

»Ich bin doch nicht freiwillig hineingesprungen«, protestierte Pertelot. »Oder hast du das gedacht?«

»Vom Eis ganz zu schweigen. Du kannst noch so vorsichtig auftreten, es knackt immer irgendwo. Puh! Du kannst wirklich von Glück reden, daß ich so lange Arme habe, denn nachgesprungen wär ich dir bestimmt nicht.«

Und dann fügte sie hinzu: »Ich hasse nämlich nichts mehr, als einen nassen Kopf zu bekommen.«

Pertelot stöhnte. »Ragnar. Wo ist Ragnar?«

»Sie sind alle weg, Kindchen. Frag mich nicht, wohin, ich weiß es nicht.«

Pertelot riß die Augen weit auf und knetete in ihrer Erregung das Vorderbein der Calicokatze. Dabei fuhr sie, ohne es zu merken, die im Licht der Natriumlampe rosig schimmernden Krallen ein und aus.

»Das tut weh, Süße«, mahnte Sealink vorwurfsvoll.

Sie zog ihr mißhandeltes Bein zurück und legte sich wieder um die Mau herum.

»Ragnar geht es bestimmt ganz ausgezeichnet«, tröstete sie. »Mein alter Kumpel sorgt schon dafür, daß ihm nichts zustößt. Jetzt müssen wir dich erst mal warm bekommen. Du bist randvoll mit Kanalwasser und hast dabei so wenig Fleisch auf den Knochen, daß es nicht einmal für eine Suppe reicht.«

Pertelot schloß kurz die Augen – der Laternenschein erkundete die uralte Maske tapfer ertragenen Schmerzes behutsam bis in die letzten Winkel –, doch plötzlich kämpfte sie sich hoch und lehnte sich haltsuchend an die Flanke der Calicokatze.

»Nein«, sagte sie heiser, »Mousebreath ist verletzt. Sie haben ihm auf den Kopf geschlagen, weil er sich vor die kleine Tigerkatze gestellt hat. Dann haben sie alle beide in einen Sack gesteckt, und Mousebreath hat sich *nicht* bewegt. Sealink, er hat sich nicht bewegt! Als ich das sah, bin ich losgerannt. Ich bin einfach nur gerannt.«

Sealink starrte mit trüben Augen ins Leere, während sie diese Neuigkeit zu verarbeiten suchte.

»Es tut mir leid«, sagte die Königin. »Ich mußte weglaufen. Ich konnte doch nichts tun.«

Als Sealink keine Antwort gab, fügte sie in einem trostlosen Singsang hinzu: »Keiner von uns konnte etwas tun.«

Die Calicokatze schüttelte sich. »Was soll's«, sagte sie energisch. »Dieser Mousebreath ist ein robuster alter Kater und hat schon so manchen Puff ausgehalten.« Sie starrte über den Platz. »Der hat 'nen harten Schädel«, beruhigte sie sich selbst. »Und läßt keine Rauferei aus. Wenn die Fellbüschel fliegen und alles zischt und spuckt, das ist ihm lieber als das beste Futter, lieber als ...« Ihre Stimme wurde nachdenklich. »Na ja, lieber als *das* natürlich nicht«, entschied sie dann und verstummte.

»Hoffentlich geht's ihm gut«, sagte sie endlich. »Aber warum sollte's ihm nicht gutgehen?«

»Du liebst ihn«, stellte die Königin fest.

»Ich liebe sie alle«, sagte Sealink. »Aber er ist ein zäher alter Knabe, und er kommt schon klar. Und das gilt auch für Ragnar.« Im Geist beschwor sie Ragnars Bild herauf. »Große, kräftige Katze, Süße. Fürstlich ausgestattet und mit einem richtig knackigen Hinterteil. Schade, daß er schon vergeben ist.«

»Er *ist* ein Fürst«, erklärte Pertelot und fügte sehr viel bescheidener hinzu: »Und er *ist* vergeben.«

Sealink streifte sie mit spöttischem Blick. »Außerdem haben sie diesen Tom dabei«, sagte sie. »Er hat dich vor dem Sack gerettet. Er hat einen Menschen ins Bein gebissen, ich hab's gesehen. Damit hat er dir immerhin soviel Zeit verschafft, daß du wegrennen und dich ertränken konntest.« Die Königin schlug gebührend verlegen die Augen nieder. »Hat noch'n verdammt weiten Weg vor sich, dieser Tom; aber er ist einer von denen, die bis zum Ende durchhalten. Wenn er erst Feuer gefangen hat.«

»Tom ist nicht sein richtiger Name«, sagte die Königin.

»Nenn ihn, wie du willst, Süße, jedenfalls ist er einer von denen, die durchhalten bis zum bitteren Ende. Hab genügend von der Sorte kennengelernt. Können einem angst und bange machen.« Sie lachte. »Alle drei können sie einen das Fürchten lehren, und – darauf kannst du wetten! – im Moment amüsieren sie sich bestimmt besser als wir. Du wirst schon sehen!«

»Wann werde ich es sehen?« knirschte Pertelot.

»Still jetzt, Kleines. Wart erst mal ab, bis du wieder warm und trocken bist, dann sehen wir weiter.«

Und dann machte sie sich an die Arbeit und sprach lange Zeit kein Wort mehr. Nur das Schaben ihrer rauhen rosa Zunge war zu hören. Dann hatte sie eine Idee, spitzte die Ohren und sagte: »Mir fällt gerade ein, es gibt doch einen Ort, wo wir vielleicht Hilfe finden. Ich kenne 'ne ganze Reihe Katzen, die sich dort rumtreiben. Und die wissen alles, was in dieser Stadt vorgeht.«

Damit nahm sie sich die Rückseite der königlichen Ohren vor. Pertelot schloß lustvoll die Augen und ließ sich verwöhnen. Doch schon einen Moment später zwang sie sich, sie wieder zu öffnen. »Ob die uns helfen können, Ragnar wiederzufinden?«

Sealink wurde die Fragen allmählich leid. »Klar doch, Kleines. Natürlich. Und jetzt beruhigst du dich erst einmal. Der Alte Fischmarkt ist übrigens wirklich interessant. Jede Katze sollte ihn einmal im Leben besucht haben!«

Damit legte sie ihre dicke Boa von Schwanz um die Mau und wartete geduldig darauf, daß sie zu zittern aufhörte.

Mitternacht: Piper's Quay. Eisige Böen drängten den Fluß mit kurzen rhythmischen Schlägen gegen die betonierte Uferböschung. Fetzen von Zeitungspapier raschelten über das Kopfsteinpflaster. Sonst regte sich nichts, bis zwei Katzen aus den Schatten traten.

Die erste war groß und langhaarig, sie hatte einen weit ausgreifenden, schwingenden Schritt und reckte den Schwanz so senkrecht in die Höhe, daß man sich an den Straußenfächer eines afrikanischen Monarchen erinnert fühlte. Die zweite schlich sehr viel vorsichtiger dahin und schaute alle paar Schritte forschend hinter sich ins Dunkel. Silbrig schimmerte ihr Rücken im Mondlicht. Keine Spur von Schlammgeruch haftete mehr an ihr. Sealink hatte ganze Arbeit geleistet.

Zu nachtschlafender Zeit durchstreiften die beiden verlassene Gassen und gepflasterte Plätze, auf denen die inzwischen geschmolzenen Hagelkörner matt schimmernde Pfützen hinterlassen hatten. Sie überquerten den Jamaica Square mit seinen vielen leerstehenden Wohnhäusern und Lagerhallen. Am Ende jeder Querstraße zog wie ein lautloser Lavastrom der Fluß vorbei. Sie schlichen durch die stillen Vorgärten, über die rissigen Betonpfade mit den schiefen Wäschespinnen, doch sie begegneten keinem einzigen kläffenden Hund, kein einziger Straßenkater ging Streife in seinem Revier. Wo die Fenster nicht mit Brettern vernagelt waren, hatte man die Gardinen geschlossen. Wer nicht schlief, war fortgezogen.

Nach einer Meile konnte die Mau nur noch mit Mühe Schritt halten. Sealink bemerkte es nicht. Sie marschierte forschen Schritts, hoch erhobenen Hauptes und mit gespitzten Ohren unermüdlich weiter. Für sie gab es nichts Schöneres, als unterwegs zu sein.

Sie gingen die Cathay Street entlang, den Spice Walk hinunter, vorbei an Cuckold's Point und Ratting Stairs. Unweit der Pickle Herring Lane bog Sealink nach Norden ab. Plötzlich standen sie am Flußufer, und vor ihnen erhob sich ein riesiges Gebilde. Von unzähligen Lichtern gesäumt, überspannte eine große Brücke mit zwei Türmen und unzähligen Ketten und Streben den nächtlichen Fluß. Ein kaltes, überladenes, abweisendes Bauwerk.

»Müssen wir da hinüber?« fragte Pertelot ängstlich.

Doch Sealink trabte bereits munter über den gepflasterten Fußweg neben der Fahrbahn. Die Königin blieb zögernd, mit ängstlich erhobener Pfote stehen. Doch im Grunde hatte sie keine Wahl. Zurückzubleiben und die Calicokatze allein gehen zu lassen, wäre noch schlimmer gewesen. Sie mußte dieses gräßliche, nach Auspuffgasen und Maschinenöl stinkende Ding überqueren. Auf halbem Weg bemerkte sie unter sich eine Bewegung und starrte durch das verschnörkelte Brückengeländer wie gebannt in die Tiefe, in das schwarze Wasser hinab. Als sie endlich drüben ankam, zitterte sie vor Höhenangst und Kälte am ganzen Leib, und das Entsetzen hatte ihr die Beine gelähmt. Vor ihr lag die gepflasterte Promenade des Russia Dock mit ihren rostigen Ketten; dahinter ragte über einem grasbewachsenen Burggraben ein großer steinerner Turm auf.

Sealink hatte sich unvermittelt hingesetzt. »Hier machen wir eine Pause, Süße. Siehst du das?«

»Den Turm?«

»Ja. Das ist so eine von den Folterstätten der Menschen. Hinter diesen Mauern ist früher oder später so ziemlich jeder mal gequält worden.«

Schweigend betrachteten sie den Turm.

Plötzlich zuckte Sealink die Achseln. »Ich bin natürlich nie dringewesen.« Dann fuhr sie fort: »Ich bin viel rumgekommen und hab 'ne Menge erlebt; aber so richtig unheimlich ist es mir erst, seit ich euch beide kenne. Wenn ich nur an dieses Lagerhaus denke!« Sie sah die Königin fest an. »Ich kann nicht behaupten, daß ich das alles verstehe, und ich will es auch gar nicht wissen. Manchmal ist es besser, wenn man nicht alles weiß.« Sie stand auf. »Auf meinen Wanderungen hab ich 'ne *Nase* für Schwierigkeiten entwickelt, Süße: Und diese Scheiße stinkt zum Himmel.« Damit setzte sie sich wieder in Marsch und strebte dem Straßenlabyrinth hinter dem großen Turm zu.

Pertelot sah ihr unglücklich nach. »Es tut mir leid«, sagte sie leise. Doch Sealink war schon zu weit weg, und so blieb der Mau nichts anderes übrig, als ihre letzten Kräfte zusammenzunehmen und hinterherzuhumpeln.

Sealink trippelte ein paar Minuten lang zwischen verglasten Bürohäusern dahin, doch plötzlich blieb sie stehen.

»Von hier aus nehmen wir am besten die Straße«, verkündete sie.

Sie standen auf den Stufen einer Kirche mit grauem Kirchturm. Sealink witterte mit geöffnetem Maul, um die Geruchslandschaft zu kartographieren. Doch bald schüttelte sie ungeduldig den Kopf. »Das hast du noch nie so richtig draufgehabt«, schalt sie sich selbst und drehte sich mit zitternden Schnurrhaaren in mehrere Richtungen. Schließlich entschied sie sich für einen Kurs, der zwei oder drei Strich von Nord abwich, trat zwei Schritte vor und stieß, so schien es der Mau, gegen eine unsichtbare Membran. Im nächsten Moment waren ihr Kopf und die linke Vorderpfote verschwunden.

Pertelot wurde unruhig.

»Entschuldige!« sagte sie laut. »Geh bitte ohne mich weiter. Ich bleibe hier.«

Einen Augenblick lang blieb die kopflose Katze stumm und wie versteinert stehen. Dann zog Sealink mit einem lautlosen *Plopp* Kopf und Pfote zurück und sah die Königin ungläubig an.

»Wenn du nicht mitkommst, bleibe ich auch hier, Süße«, erklärte sie. »Aber sag mal: Was ist eigentlich los?«

»Bitte. Ich will einfach nicht länger mit dir zusammensein.« Die Mau sah zu Boden. »Du warst sehr freundlich zu mir«, sagte sie dann. »Aber jetzt müssen wir uns trennen. Es ist besser, wenn ich allein weitergehe.«

Sealinks Augen wurden schmal. »Nimm's mir nicht übel, wenn ich ganz offen rede, Süße, aber ich kenne keine Katze, die weniger fähig wäre, sich allein in der Welt zurechtzufinden, als du. Du brauchst mich.«

Pertelot Fitzwilliam richtete sich auf.

»Ich bin die Königin der Katzen ...«

»Du bist verrückt, Süße!«

»... und wenn ich dir einen Befehl gäbe, müßtest du mir gehorchen. Das heißt aber nicht, daß ich jemanden *brauche*.«

Sealink war fassungslos. »Gehorchen?« wiederholte sie.

Dann lachte sie auf. »Das muß ein Irrtum sein, Kindchen. Ich nehme nämlich von niemandem auf dieser Welt Befehle entgegen, verstehst du?« Sie schaute Pertelot aus nächster Nähe in die Augen. »Von keinem Menschen«, sagte sie, »von keinem Kater und vor allem von keiner blöden Königin. Kapiert?«

Um ihren Worten Nachdruck zu verleihen, richtete sie sich zu voller Größe auf und stand vor der Mau wie ein halbes Haus. Doch Pertelot wich nicht zurück, obwohl sie vor Aufregung zitterte, und endlich fuhr Sealink, von ihrer Entschlossenheit beeindruckt, etwas ruhiger fort: »Hör zu, du kannst tun, was du willst, aber mach dir nichts vor; ohne mich hast du weniger Chancen als eine Katze im Höllenfeuer.«

»Als eine Katze im Höllenfeuer«, wiederholte die Königin leise. »In der Hölle bin ich ja schon. Aber da brauche ich keine Gesellschaft.«

Sealink blieb noch eine Weile stehen und sah mit einem seltsamen Ausdruck in den Augen auf Pertelot hinab, dann machte sie einen Buckel, schlug mit dem Schwanz und erklärte: »Ganz wie du willst, Süße. Jeder ist seines Glückes Schmied. Vielleicht sieht man sich mal wieder.«

Damit zog sie ab. Im Mondlicht verschwammen ihre Umrisse, so daß man schon nach wenigen Sekunden nur noch vereinzelte bunte Flecken die Kirchentreppe hinunter und in den Schatten einer Gasse huschen sah.

Die Mau blickte ihr nach. Trotz aller Ängste war sie erleichtert. Sie war in einem hellerleuchteten Labor aufgewachsen, aber sie blieb lieber in der unbekannten Stadt im Dunkeln allein, als zusammen mit Sealink die magische Straße zu beschreiten. Denn gleichviel, ob der Alchimist, diese seltsame Kreatur, das Wesen der geheimen Pfade durchschaute oder nicht – ob er sie betreten konnte oder nicht –, er würde es sofort merken, wenn Pertelot auch nur einen Fuß auf einen solchen Pfad setzte. Sobald er erfuhr, daß sie dem Handgemenge mit den Katzenfängern am Piper's Quay entkommen war, würde er sie unerbittlich verfolgen.

Und sie wollte nicht, daß Sealink zum Lohn für ihren Mut und ihre Freundlichkeit erneut in Gefahr geriet.

Mißtrauisch suchte Pertelot die Fenster ab. Wie sollte sie ohne die Calicokatze – ohne eine tröstende Stimme in der Nacht – in dieser feindlichen Welt überleben? Sie, der alle praktischen Fähigkeiten fehlten, die sich nicht einmal selbst in Sicherheit bringen konnte?

Sie befand sich inmitten einer gewöhnlichen Stadtlandschaft mit gemischter Bebauung. Nach Osten hin blanke Glas- und Stahltürme, die keinerlei Aussicht auf Rettung boten. Nach Westen hin die Architektur früherer Zeiten, ein wirres Durcheinander, geprägt und geschwärzt von Jahrhunderten der Luftverschmutzung. Reihen winziger Läden, die aussahen wie aus größeren Gebäuden herausgesprengt; darüber kleine Lagerräume oder muffige Wohnungen mit geschlossenen Gardinen, hinter denen die menschlichen Bewohner dieses Viertels so lautlos schliefen wie die Falter. Neonschilder blinkten in die Nacht hinein. Ein einziger Irrgarten, in dem man sich unmöglich zurechtfinden konnte.

Und doch muß ich irgendwo anfangen, dachte Pertelot.

Sie verfolgte Sealinks Witterung bis zur nächsten Ecke. Hier war die Calicokatze geradeaus weitergegangen: Es wäre also nicht die feine Art, ihr hinterherzulaufen.

Pertelot zögerte, dann bog sie in eine dunkle Gasse mit winzigen Geschäften ein. Die staubigen, kleinen Schaufenster waren vollgeklebt mit vergilbten, handgeschriebenen Zetteln, vorsintflutlichen Werbeplakaten und einem längst veralteten Warensortiment. Jedesmal wenn sie an einem Hauseingang oder einer Einfahrt vorbeikam, lief sie schneller. Die tiefe Finsternis, die Atmosphäre bewohnter Leere waren ihr unheimlich.

Nach einer Weile erreichte sie einen Laden mit vielen Tieren. Sie blieb stehen, drehte den Kopf zur Seite, hob die Pfote und warf einen kurzen Blick in das Schaufenster: Vögel, die die Köpfe unter die Flügel gesteckt hatten und schliefen, und warmblütige kleine Säugetiere die ruhelos in ihren Käfigen hin- und herrannten. Erschrocken über soviel Gefangenschaft, wollte sie schon weitergehen, doch etwas hielt sie zurück.

Hinter der geschlossenen Holztür befand sich noch ein anderes Tier.

Pertelot roch Macht, roch die scharfe Ausdünstung des Alters und rümpfte die Nase. Von den Ohren bis zum Schwanz überlief sie ein elektrisches Prickeln, das Rückenfell stellte sich ihr auf. Sie stand völlig reglos, wagte kaum zu atmen, wartete gespannt, was nun geschähe. Was immer sich hinter dieser Tür verbarg, lag in tiefem Schlummer, aber es träumte …

Oh, diese Träume!

Eine kaum wahrnehmbare Veränderung der Luft. Plötzlich unterschied sie deutlich einzelne Gerüche. Auspuffgase; Menschen und Tiere auf engem Raum; der feuchtsalzige Hauch des Flusses; eine jähe übelkeiterregende Wolke von Verwesungs- und Abfallgestank und wimmelndem Leben. Zitternd preßte Pertelot die Sprunggelenke gegen das alte Ziegelpflaster der Cutting Lane, während sie langsam, aber sicher von den Träumen des Tiers hinter der Tür überschwemmt wurde.

Zuerst diese unaussprechliche Klarheit. Dann riß abrupt die Verbindung zur Realität. Die Umrisse der Straße verschwammen, die Gebäude, die sich hügelabwärts bis zum Horizont erstreckten, schienen zu verschmelzen. Viele fedrigzarte Silhouetten übereinander, so weit das Auge reichte, ein steter Wechsel von Schatten und Sonnenlicht, als würden die Himmel eines Dutzends verschiedener Epochen vorüberjagen. Unterschiedlich schnell trieben schemenhafte Gestalten durch die verschiedenen Schichten nach oben; Legionen von Katzen, alt und jung, gesund und räudig, gefangen und frei. Die Katzen der Cutting Lane!

Und alle sahen sie aus wie Pertelot...

Die Königin hielt sich Augen und Ohren zu, um sie nicht an sich heranzulassen, und sank verwirrt zu Boden, vom Schwindel geschüttelt.

Sie war von Doppelgängern umringt: Alle hatten schrägstehende, grüne Augen, graubraunes, rosig schimmerndes Fell mit bräunlichen Streifen und schwarze Füße; peitschende Schwänze und zarte, anmutig geschwungene Beine. Die Geisterkatzen aus der Cutting Lane umtanzten Pertelot, und aus ihrem stummen Miauen sprach, kaum auszudrücken und doch unüberhörbar, tiefes Entsetzen. Aber wie sollte sie ihnen helfen? Sie waren tot, und sie war nur Pertelot. War dies ihr Erbe? War dies die Last, die sie zu tragen hatte, sobald sie es wagte, die wilden Pfade zu betreten?

Mitten auf der Straße nahm sie den Kampf auf. Sie fiel auf die Seite. Sie strampelte hilflos mit den schwarzen Pfötchen. Leise winselnd bemühte sie sich, ihre Vorfahren von sich abzuwehren.

Plötzlich raunte eine Stimme dicht neben ihr: »Komm zu mir. Komm sofort zu mir, und dir wird nichts geschehen.«

Sie riß sich selbst aus ihrer Trance und rannte davon.

Sie rannte.

Der einäugige Kater und seine Gespensterhorde werden mich nicht ins Dunkel locken, dachte sie. Ich werde ihm nicht folgen. Meine Vorfahren sind mit ihm gegangen – und nun sieh dir an, was aus ihnen geworden ist. Sieh sie dir an!

»Komm zurück!« rief die schwarze Katze. »Ich kann dir helfen. In dieser Stadt droht dir Gefahr.«

Pertelot rannte die Cutting Lane hinunter und schoß blindlings in ein Labyrinth kleiner Gäßchen hinein. Hinter ihr verklang die Stimme wie ein erlöschendes Licht. Und während sie rannte, sagte sie sich immer wieder vor wie eine Beschwörung: »Ich bin Pertelot Fitzwilliam, die Königin der Katzen.

Ich bin kein Gespenst …

Ich bin Pertelot Fitzwilliam, Pertelot Fitzwilliam, die Königin der Katzen.«

In diesem Zustand fegte sie – nicht sehr königlich, eher in heller Panik – um eine Ecke und prallte gegen eine große Calicokatze, die auf dem Boden saß und sich lässig das ausgestreckte Hinterbein putzte.

»Ist das vielleicht eine kleine Identitätskrise, Süße?«

»Sealink.«

»Hmhm.«

»Oh, Sealink, bist du das?«

»Wer sonst, Kleines?«

»Sealink, ich bin so froh, daß du da bist.«

»Das ist nicht zu übersehen.«

Die Mau ließ erschöpft den Kopf hängen. »Es tut mir leid, daß ich so unfreundlich war«, sagte sie endlich.

»Schon vergessen.«

»Ich hatte Angst um dich.«

Die Calicokatze sah sie belustigt an. »Wie rührend von dir, Süße.«

»Bitte nicht lachen. Hör mich an. Der Alchimist ist hinter mir her. Wenn du mit mir zusammenbleibst, bist du ständig bedroht. Sobald ich mich mit dir auf die Straße wage, findet er mich; und dich auch.« Sie starrte ins Leere. »Ich habe schon zu viele Katzen in Gefahr gebracht«, sagte sie. »Ich kann diese Verantwortung nicht auch noch übernehmen.«

»Schätzchen, leben heißt: Entscheidungen treffen. Du glaubst doch wohl nicht, ich hätte nicht gewußt, worauf ich mich einlasse? Ich habe beschlossen, dir ein Geschenk zu machen, nun mußt du eben die Größe aufbringen, es auch anzunehmen.

He, Süße: Du bist eine Königin. Und Königinnen nehmen doch ständig Geschenke entgegen?«

Eine Weile war es still.

»Aber ...«

»Nun komm schon her.«

Pertelot Fitzwilliam von Hi-Fashion senkte den Kopf. Eine Woge der Erleichterung überflutete sie.

Im gleichen Augenblick öffnete sich ein paar Straßen weiter an der Cutting Lane eine Ladentür, und der schwarze Kater namens Majicou trat in die Nacht hinaus. Er schaute nach beiden Seiten die Straße entlang. Er schnupperte.

Nichts.

Ein Traum also. Es war nur ein Traum gewesen.

Im Osten der Stadt zeigte sich ein erster rosiger Schimmer. Die Tauben in den zerrupften Platanen am Flußufer schauten nur kurz in die Winterdämmerung hinaus, dann steckten sie den Kopf wieder unter die Flügel zurück. Es war sehr kalt.

Sealink trabte zielstrebig durch das trockene Laub, die weggeworfenen Chipstüten und Fast-food-Behälter auf der Flußpromenade. Ihr konnte das Wetter nicht die Laune verderben. Pertelot folgte ihrer Beschützerin auf dem Fuß, doch sie zitterte so heftig, daß sich ihr Samtfell im grellen Licht des Morgens wie Wasser kräuselte. Die beiden waren auf Futtersuche.

Fertiggerichte waren Sealinks Spezialität.

Sie untersuchte jede Tüte, jede Hamburgerschachtel, die ihr vor die Nase kam, beschnupperte sie prüfend und verkündete: »Panierter Schellfisch«, »Geräucherte Cervelatwurst« oder »Cheeseburger vom Rost. Mmmm.« Und schloß dann unweigerlich mit der Bemerkung: »Gegen ein ordentliches Frühstück wäre wirklich nichts einzuwenden.«

Vor jedem Papierkorb stellte sie sich auf die Hinterbeine und schaute über den Rand.

»Groß zu sein hat schon was für sich, Süße«, tat sie kund und dachte bei sich: Aber das ist natürlich Vererbung.

Irgendwann hatte sie einen glitschigen, kalten Hot dog erbeutet. Pertelot sah angewidert zu, wie sie das fettige Papier und die ketchupverschmierten Brotreste auf dem Gehsteig auseinanderzerrte. Ein kurzer Kampf, dann lag die Wurst richtig, und Sealink zerkaute sie schmatzend mit den Backenzähnen. Bald war bis auf einen kleinen roten Fleck am Boden nichts mehr übrig. Sealink leckte sich sorgfältig den letzten Rest Senf von den Lippen, während Pertelot sich unglücklich gegen den Papierkorb drückte.

»Von dem Zeug wird man doch immer noch am ehesten satt«, erklärte die Calicokatze zufrieden. »Du mit deinem Stammbaum kannst das wahrscheinlich nicht zugeben. Aber wer auf sich gestellt ist, der frißt, was er findet, und das wirst auch du noch lernen müssen. Auf die feinen Häppchen aus der Dose kannst du hier draußen nämlich lange warten.«

»Ich bin sowieso nicht sonderlich hungrig«, sagte Pertelot. Ihr war sterbensübel.

»Was sagst du?«

»Ich bin nicht ...«

»Prinzessin, hier draußen ist man *immer* hungrig. Immer hungrig und immer müde. Man schläft, wenn man kann, und frißt, was man findet. Und wenn sich eine Gelegenheit bietet, dann frißt man, auch wenn man nicht hungrig ist. Du bist sowieso viel zu mager, Süße. Der Himmel weiß, was dein Kater eigentlich an dir gefunden hat!

Warte hier.«

Sie sprang leichtfüßig auf den Rand eines Papierkorbs, wippte ein paarmal hin und her und tauchte dann hinein, um die Abfälle zu durchwühlen. Die Zeit verging. Dann kamen Aluminiumdosen herausgeflogen und fielen klirrend auf den Weg, Plastikbecher und Schokoladenpapier folgten. Irgendwann tauchte die Calicokatze wieder auf und beförderte einen blauen Styroporbehälter über den Rand. Er fiel mit leisem Klatschen zu Boden, der Deckel sprang auf, ein halbes paniertes Fischfilet in einem angebissenen Brötchen kam zum Vorschein. Dazwischen quoll eine klebrige weiße Masse heraus.

»Bitte schön«, erklärte Sealink großzügig. »Die reine Gesundheitskost; etwas für echte Gourmets.« (Was bei ihr wie ›Górmetts‹ klang.) Greif zu, du bist herzlich eingeladen.«

Pertelot Fitzwilliam, die Königin der Katzen, beschnupperte den Fisch mit einiger Skepsis. Dann zog sie die Lippen hoch und klagte: »Riecht ziemlich scharf.«

Doch Sealink – die mit ihrer Morgentoilette beschäftigt war und soeben mit ihrer langen rosa Zunge in weiten Bögen die dichte Halskrause bearbeitete – sagte nur: »Das ist die Sauce, Kleines: feinste Remoulade. Und nun friß!«

Die Nüstern der Mau wurden schmal. Sie zog den panierten Fisch aus dem matschigen Brötchen, biß ein winziges Stück ab und kaute nachdenklich. Dann packte sie die Gier, und sie schlang die Portion in großen Brocken hinunter.

Nicht ohne dazwischen etwas Unverständliches zu nuscheln.

»Wie bitte?«

»Schmeckt köstlich.«

Sekunden später war das Filet verschwunden, nur ein winziger Halbkreis Remouladensauce zierte noch die Nase der Königin. Und auch damit räumte ihre flinke kleine Zunge rasch auf.

Die Morgensonne stieg über die Dächer, als sich die beiden Katzen dem Alten Fischmarkt näherten.

Sealink verließ die Flußpromenade, schlüpfte unter einem Geländer hindurch, stieß sich von der Steinmauer ab und sprang mit einem Satz auf einen etwa drei Meter tiefer gelegenen hölzernen Landesteg. Sie schlitterte ein wenig auf dem Algenbelag, kam zum Stehen und sah sich nach der Königin um.

»Komm!«

Pertelot stand mit allen vier Beinen auf der Mauerkante. Das alte, dunkle Holz sah naß und glitschig aus, und der Steg lag für ihren Geschmack viel zu nahe am Wasser. Wenn sie nun in den Fluß fiele? Die Erinnerung an den Sturz in den Kanal war noch sehr lebendig, sie konnte sich nicht zum Sprung entschließen. Sealink hatte sich mit einem ungeduldigen Blick abgewandt und drohte zwischen den Pfählen am Ende des Stegs zu verschwinden.

Die Mau schaute über die Kante. Wie ich das hasse! dachte sie.

Dann schloß sie die Augen und warf sich ins Leere. Die alten Holzplanken kamen ihr entgegen, und sie landete so hart, daß sie nach vorn kippte. Nur für einen Moment krallte sie sich ein, dann rannte sie, jeden Blick auf das Wasser vermeidend, hinter der Calicokatze her. Die letzten Pfähle umrundeten sie gemeinsam.

Alles war voller Menschen…

Menschen standen auf dem Kai; Menschen standen unten auf den vertäuten Schiffen und reichten Plastikkörbe mit Hummer und Kabeljau, mit Krabben, Heringen, Makrelen und Seebarschen herauf; Menschen hievten große Eissäcke und riesige Holzkisten auf wartende Last- und Lieferwagen; Menschen drängten sich in der offenen Markthalle, wo die Fische, mit Preisschildern versehen, auf großen Paletten ausgelegt waren. Das Gedränge war so groß, daß niemand die beiden Katzen bemerkte, die den Platz vor dem Gebäude überquerten, durch die Schatten huschten und sich hinter einen Stapel Holzpaletten zwängten.

»Menschen!« sagte Pertelot. Sie hatte die Ohren flach angelegt und machte einen Buckel, daß man jeden einzelnen Wirbel sah. Den Schwanz hatte sie zwischen die Beine geklemmt.

Die Calicokatze war dagegen ganz in ihrem Element. Mit offenem Mund sog sie das schwere Fischaroma ein. Die Augen waren wollüstig zusammengekniffen. Genießerisch massierte sie mit den Zehen die feuchten Pflastersteine.

»Ist das nicht großartig?« seufzte sie, mehr zu sich selbst als zu ihrem Schützling. »Mannomann, ich liebe diesen Ort.« Sie wollte sich mit hochgerecktem Schwanz ins Getümmel stürzen.

»Laß mich nicht allein!« schrie Pertelot entsetzt.

»Du wartest hier, Süße. Ich bin gleich wieder zurück.«

Und schon spazierte sie durch den Markt, um ihren Tribut einzutreiben. Sie war, wie sie später erklärte, in diesen Kreisen bekannt und beliebt. Bevor sie noch zehn Schritte gegangen war, beugte sich bereits ein junger Mann in dunkelgrünem Overall zu ihr herab, um sie zu streicheln.

»He, Engelchen.«

Ohne stehenzubleiben, senkte Sealink den Kopf, streifte seine Hand mit der Schwanzspitze und raunte: »Du kennst mich, Schätzchen. Für weniger als eine Sprotte kriegst du mich morgens nicht aus dem Bett.«

»Hallo, Pelzknäuel!« rief ihr nächstes Opfer. »Lange nicht gesehen.« Er war immerhin so gut erzogen, daß er mit einer Sardine wedelte.

»Das Pelzknäuel will ich überhört haben«, entrüstete sich Sealink. »Und nun her mit dem *Fisch.*«

Sie stellte sich auf die Hinterbeine und entnahm seiner ausgestreckten Hand den Obolus. Im Nu war der Fisch verschwunden. Sie rieb sich an seinen Beinen und ließ so lange schamlos ihre Reize spielen, bis sie ihm zwei weitere Sardinen abgeschmeichelt hatte.

»Du meine Güte«, schalt sie sich selbst. »Was bist du heute wieder für ein schlimmes Mädchen.«

Und damit zog sie weiter.

Die Männer waren begeistert, wenn sie kokett zwischen ihren plumpen Füßen hin- und herstrich. Anmut allein war bei diesem Tanz freilich nicht genug; man mußte auch ein Auge auf die Kisten haben, die ringsum ständig auf den Boden geworfen wurden.

Pertelot spähte durch die Ritzen in den Fischkisten, bis Sealink in der Menge verschwunden war. Dann brach die Einsamkeit über sie herein. Sie hatte keine Ahnung, wo sie war. Die schweren Menschenfüße, die heiseren Menschenstimmen verursachten ihr Kopfschmerzen. Wo war Sealink? Irgendwann konnte sie nur noch die Augen schließen und alles ausblenden. Katzen schlafen leicht aus Verzweiflung ein. Sie drückte sich noch tiefer in den Schutz der Paletten und fiel in einen unruhigen Schlummer.

Jäh schreckte sie auf. Über ihr war alles dunkel. Ein Schatten war auf sie gefallen. Ein stechender Geruch stieg ihr in die Nase. Als ihre Augen sich an das Zwielicht gewöhnt hatten, erkannte sie vor sich ein Paar riesiger Gummistiefel. Die Schäfte waren oben umgeschlagen und ließen das Segeltuchfutter sehen. Es stank und war mit Blut und Eingeweiden bespritzt. Die Angst verwandelte Pertelots Magen in einen Eisklumpen. Über den Stiefeln sah sie eine lange Gummischürze – und ein silberblitzendes Messer.

Der Alchimist.

An Flucht war nicht zu denken. Wenn sie sich von den Kisten entfernte, fand sie Sealink niemals wieder. Wenn sie blieb, wo sie war, holte sie der Alchimist und brachte sie wieder in sein Laboratorium! Der Schatten bewegte sich, Licht fiel in ihr Versteck. Ob er sie gesehen hatte? Sie wich zurück. Ihr Atem ging so laut, das mußte er doch hören!

Ich gehe nicht mit ihm! dachte sie trotzig. Ich mache das alles nicht noch einmal mit.

Oh, Rags, dachte sie dann. Wo bist du nur? Komm und hilf mir!

Dann wandte die Gestalt sich unvermittelt ab, schritt quer durch die Markthalle und hinaus auf den Kai. Es war ein älterer Mann mit schütterem grauem Haar und einem rötlichen Doppelkinn mit weißen Bartstoppeln. Glitzernde Fischschuppen hingen an der Gummischürze. Die alten grünen Gummistiefel waren ihm zu groß und rutschten bei jedem Schritt. Draußen rief ihm ein Kollege etwas zu, er grinste breit und entfernte sich in der blassen Januarsonne.

Pertelot sah ihm nach. Siehst du? sagte sie zu sich selbst. Wie kann man nur so ein Nervenbündel sein, Pertelot? Er sah dem Alchimisten doch überhaupt nicht ähnlich.

Sie war so erleichtert, daß sie den Fisch heraufwürgte. Da lag er nun in einer warmen Pfütze auf dem Pflaster und sah sie vorwurfsvoll an.

»Ist dir das nicht bekommen, meine Liebe?«

Eine unbekannte Stimme. Pertelot fuhr herum.

Sealink war zurückgekehrt. Sie wirkte bemerkenswert aufgekratzt und befand sich in Begleitung eines alten Katers mit getigertem Fell, der auf dem linken Auge schielte und um die Nase herum schon ganz grau war.

»Das ist Pengelly«, stellte Sealink vor.

»Hallo«, sagte die Königin.

Der Tigerkater musterte sie von Kopf bis Fuß. »Es ist mir

eine Ehre und ein Vergnügen, meine Beste«, erklärte er. Und es klang ehrlich.

Sein dichtes, aber kurzes Fell war stellenweise gelockt und schien das Licht eher zu schlucken als zu reflektieren. Pertelot beugte sich vor, um ihn zu beschnuppern. Er roch nach Teer, Fisch und Salzwasser. Es war ein angenehmer Duft, beruhigend und erfrischend zugleich. Der Kater war trotz seines Alters kräftig und gesund, und seine Art, mit schiefgelegtem Kopf ihre Reaktion abzuwarten, zeugte von gesundem Selbstbewußtsein und von Humor.

Man begrüßte sich, indem man sich mit der Nase berührte.

»Wie ich höre, bist du die Königin der Katzen«, sagte er bedächtig und sah sie aufmunternd an.

Ihr Lachen klang ziemlich schrill. Er gefiel ihr, sie fühlte sich sicher bei ihm. »Wenn sich die Königin der Katzen auf den Fußboden übergibt«, sagte sie, »dann ja.« Sie hielt eine Erklärung für angebracht. »Es war ein harter Tag«, sagte sie. »Du mußt mir verzeihen.«

»Ich hätte das ganz genauso gemacht, meine Liebe«, sagte Pengelly, der die Reste ihres Frühstücks inzwischen kritisch begutachtet hatte. »Diesen Fisch hätte *ich* nicht gerade als frisch bezeichnet.«

Pertelot warf Sealink einen Blick zu. »Manche Leute fressen eben alles«, bemerkte sie vielsagend.

Sealink lachte. »Was eine starke Katze sein will, braucht einen starken Magen«, sagte sie und fuhr fröhlich fort: »Mein Freund Pengelly hat uns zu einer Seereise eingeladen.«

10
VORWÜRFE

Über einen Wurf Kätzchen oder über vergossene Milch zu jammern, ist zwecklos.

SPRICHWORT

Tom erwachte.
Finsternis und Chaos. Auspuffgase.

Er schlitterte haltlos auf einer Metallfläche herum und prallte in regelmäßigen Abständen gegen irgendein Hindernis. Hinter seinen Augenlidern flackerten grellbunte Lichter. Er spreizte sich ein und versuchte aufzustehen; ein heftiger Stoß warf ihn wieder um. Er wollte die Krallen in den Boden schlagen, doch der gab nicht nach. Er öffnete die Augen, doch Schmerz und Übelkeit waren zu stark. Er mußte sie wieder schließen, bevor er etwas gesehen hatte.

Eine Ewigkeit trieb er zwischen Schlafen und Wachen dahin. Es fiel ihm schwer, die – vibrierende, dröhnende, nach Gummi und erhitztem Metall stinkende – Außenwelt von der Welt in seinem Kopf zu unterscheiden. Traum und Wirklichkeit flossen nahtlos ineinander und verdichteten sich zu einem alles umfassenden Unbehagen. Ein einzelnes klares Bild, er hielt es für einen Traum und sollte sich noch lange daran erinnern, riß ihn aus diesem Zustand.

Er schlug die Augen auf. Er befand sich in einer glatten weißen Metallzelle mit gerippten, schrägen Wänden, mehreren Deckenventilatoren und zwei schwarzen Fenstern hoch oben an einer Seite. Die Fenster waren in zwei Doppeltüren eingelassen, und dazwischen befand sich ein Spalt, durch den ein wenig Licht hereinsickerte. Der emaillierte Boden war staubig und voller Rostflecken. Im hinteren Teil stapelten sich weißgestrichene, leere Käfige. Eine lange orangefarbene

Segeltuchtasche, eine ziemlich angeschlagene quadratische Holzkiste. In einer Pfütze ein dicker Sack, der durchdringend nach nassen Katzen roch. Dem Fußboden, den Käfigen, ja, sogar den Wänden haftete ein älterer, dumpferer Geruch an – nach eingesperrten, verängstigten, verzweifelten Katzen. Der Lärm hatte nachgelassen, doch das rhythmische Zittern, die gedämpften Schwingungen durchdrangen weiterhin den Fußboden.

Ganz oben auf den Käfigen saß die Tigerkatze Cy und fühlte sich offenbar wie zu Hause.

Ihre Pfoten und ihr Fell waren blitzsauber, in ihren klugen Augen funkelte es spöttisch, der pummelige Körper wirkte entspannt und energiegeladen zugleich. Sie war von blinkenden Lichtern umgeben – kleinen Fünkchen, die meisten weiß wie die Asche eines herbstlichen Kartoffelfeuers, einige aber auch schwach rötlich oder grünlich leuchtend. Cy legte den Kopf schief und lauschte. Tom lauschte ebenfalls, und einen Augenblick lang glaubte er tatsächlich, eine ferne Stimme zu hören. Vielleicht auch Musik. Dann wurde es still. Die Funken kamen und gingen. Ein scharfer Geruch durchzog den Raum. Dann drang ein schwacher blauer Schimmer aus allen Wänden, ein unerklärliches Licht, das aus irgendeiner *außerhalb* gelegenen Quelle zu kommen schien. Die Käfige warfen harte tiefblaue Schatten, und auch um den nassen schwarzen Sack entstand eine Schattenpfütze. Cy sah sich vergnügt um und begann leise und völlig unmusikalisch vor sich hinzusummen. Tom konnte sich des Eindrucks nicht erwehren, daß sie sich zwar mit ihm im gleichen Raum, zugleich aber auch an einem anderen Ort befand. Es war, als hätte sich mit dem Lichtschein eine neue Landschaft über die Wände gelegt.

»Cy?«

Sie starrte auf ihn herab. Die Zündkerze in ihrem Kopf pulsierte und flackerte.

»Schlaf weiter, Trumpf-As«, sagte sie.

Die Zündkerze zog aus dem ganzen Raum Lichtfünkchen auf sich. Wie Asche im Wind schwebten sie darauf zu, wie Falter auf eine Laterne im Park. Tom wurde unsicher. War das ein Fiebertraum wie damals in Coldheath – ein Rattentraum, hervorgerufen durch verdorbenes Futter und schmutziges Wasser?

»Cy...«

Die Tigerkatze lächelte. »Schlaf weiter«, flüsterte sie.

Ein Schnauben ging durch den Raum. Gestank breitete sich aus. Ein heftiger Stoß warf alles nach hinten, auf die Türen zu. Die leeren Käfige schwankten und klapperten bedrohlich. Tom brummte der Schädel, ihm war übel. Dann schlief er ein.

Als er bald danach wieder erwachte, war sie verschwunden.

Der Raum schlingerte gelegentlich, sonst verhielt er sich still; ein stetiges Summen war zu hören. In unregelmäßigen Abständen strömte durch den Spalt zwischen den Türen grellweißes Licht herein. Tom begriff, daß er sich im Lieferwagen der Katzenfänger befand und im tosenden Lärm des Menschenverkehrs durch eine Menschenstraße raste. Er hatte die Königin verloren; einige seiner Freunde, wie viele auch immer, steckten in einem Sack; er wurde erbärmlich durchgeschüttelt und durch die Nacht einem unerfreulichen Schicksal entgegengetragen.

Er stöhnte auf, dann übermannte ihn abermals der Schlaf.

Keine Träume mehr.

Mann! dachte er, als er das nächste Mal erwachte. Ich lebe noch! Um sich gleich darauf zu fragen: Oder etwa nicht?

Er fühlte sich wie zerschlagen und konnte kaum den Kopf von den Pfoten heben. Außerdem fror er jämmerlich; wenn er jedoch zu heftig zitterte, stach es in seinem Brustkorb wie mit tausend glühenden Nadeln. Wo ihn der Tritt des Katzenfängers getroffen hatte, fühlte sich sein Körper spröde und aufgequollen an. Als er an sich hinunterblickte, schauderte ihn. Er glaubte, eine dicke Schwellung zu erkennen. Sein Fell war naß und schmutzig, staubverkrustet, mit Schmierfett vom Wagenboden verklebt. Und als er sich unwillkürlich nach hinten beugte, um sich die schmerzenden Stellen zu lecken, wurde ihm schwindlig.

Immerhin, dachte er. Wer noch am Leben ist, ist nicht verloren.

Oder doch? Er litt tausend Ängste um seine Freunde. Und er war wütend und verbittert über sein Scheitern.

Wenn du sie schon im Stich gelassen hast, sagte er sich schließlich, solltest du wenigstens aufstehen und ihnen aus dem Sack heraushelfen.

Das war, wie sich herausstellte, leichter gesagt als getan. Er hatte sich im Schlaf zwischen zwei Käfigen verkeilt. Nun zog er sich mühsam in die Höhe, dehnte und streckte sich, soweit es seine Schmerzen zuließen, und steckte den Kopf hinaus.

Nichts.

Der nasse Sack lag zerknüllt und leer auf dem Boden. Seine Freunde waren nirgendwo zu sehen. Er schaute sich um, doch sonst war alles unverändert. Orangefarbene Tasche. Holzkiste. Käfige mit rostigen Drahtgittern. Mit steifen Schritten verließ er sein Versteck und näherte sich, die unberechenbaren Schwankungen des Fußbodens vorsichtig ausbalancierend, dem Sack. Die Lippen angeekelt hochgezogen, suchte er nach der offenen Seite, steckte den Kopf hinein und schnupperte. Ein strenger Geruch nach nasser Jute. Der Sack hatte bis vor kurzem tatsächlich Katzen enthalten; jetzt waren sie nicht mehr da. Er kroch gerade wieder zurück – verwirrt, unruhig, immer stärker davon überzeugt, daß ihm die Ereignisse einfach davonliefen –, als hinter ihm eine wohlbekannte Stimme sagte:

»Jetzt hast du uns geliefert.«

Er schaute sich um. Nichts.

»Jetzt hast du uns wirklich geliefert.«

»Mousebreath?«

Von draußen plärrte eine Hupe. Der Wagen bog aus, geriet ins Schwanken, wurde schlagartig langsamer. Ganz oben in der klappernden Käfigwand flog eine Tür auf und schlug hin und her. Tom hob den Kopf. In dem Käfig saßen drei Katzen so eng zusammengedrängt, daß sie zu einem einzigen durchnäßten Fellbündel verschmolzen. Aus dieser Masse löste sich nun ein Schildpattkopf mit einem gelben und einem blauen Auge; das gelbe Auge blickte zornig. Mousebreath zog die Vorderbeine an, machte sich vollends frei und setzte sich auf. Die beiden anderen Katzen rückten dichter zusammen, um den Wärmeverlust auszugleichen, und hielten sich mit einer unmißverständlichen Geste – Laßt uns doch schlafen! – die Pfoten vor die Augen. Mousebreath blinzelte. Sein blaues Auge war verschwollen, die Nase auf dieser Seite mit Blut verklebt. Er schob sich nach vorn und schaute starr auf Tom herab. Die Käfigtür schlug mit trauriger Regelmäßigkeit auf und zu.

»Wo ist die nächste Haltestelle?« erkundigte sich der Schildpattkater.

Er wartete ab, bis die Tür genau in der richtigen Stellung war, und sprang. Ragnar Gustaffson Cœur de Lion folgte ihm, landete jedoch längst nicht so weich. Seine siebzehn Pfund klatschten mit einem dumpfen Aufprall zu Boden. Er schonte sein rechtes Vorderbein. Als letzte erschien die Tigerkatze Cy. Sie gähnte, dann überwand sie die Höhe mit einem sauber gezielten, kleinen Satz. Sie wirkte längst nicht so durchgefroren wie Rags und Mousebreath – vielleicht hatten die beiden sie warm gehalten. Sie war auch nicht so zerzaust – vielleicht hatten die beiden sie gewaschen, während sie schlief. »Hallo, Trumpf-As«, begrüßte sie Tom, reckte den Schwanz in die Luft und schnupperte an seiner Nase. »Hübsches Fell.« Dann streifte sie ihn mit einem kurzen Blick aus dem Augenwinkel, der ihn an seinen Traum erinnerte.

»O ja«, sagte Mousebreath. »Jetzt hast du uns geliefert, *Trumpf-As*. Wie?«

Tom dachte: Ich war durchaus bereit, mich schuldig zu fühlen, aber daß Mousebreath mir jetzt Vorwürfe macht, finde ich ungerecht. Dann dachte er: Man lernt doch jeden Tag etwas Neues über sich dazu. Laut verteidigte er sich: »Das war nicht meine Schuld. Woher sollte ich wissen, daß sie uns finden würden? Ich bin doch auch nicht klüger als ihr.« Und schließlich mahnte er, selbst überrascht über seinen gekränkten Tonfall: »Ihr könntet wenigstens so tun, als würdet ihr euch über das Wiedersehen freuen.«

Mousebreath lachte sarkastisch. »Schlimm genug, wenn man in 'nem Sack schlafen muß! Warum soll ich mich freuen, dich wiederzusehen? Du hast uns doch in den ganzen Schlamassel reingeritten. Nächste Haltestelle Laboratorium.«

»Was ist ein Laboratorium?«

»Das willst du gar nicht wissen. Jedenfalls dann nicht, wenn auch nur die Hälfte von dem wahr ist, was man so hört.«

Die Nacht verging. Das Licht flackerte. Der Wagen machte keine Anstalten, stehenzubleiben, und die drei Katzen ließen sich geduldig seinem unbekannten Ziel entgegenschaukeln. Mousebreath berichtete von den Vorgängen am Piper's Quay, und Tom hörte zu.

»Als erstes is uns das Wetter aufgefallen«, begann der Schildpattkater.

Die Lufttemperatur war schlagartig gefallen, während sie noch auf dem Platz herumtollten, und die Kälte hatte sie ins Haus getrieben. Über dem alten Hafen wälzten sich dicke Wolken heran. In der Ferne knurrte der Donner wie ein Hund. Alle waren hungrig und dementsprechend gereizt. Plötzlich kam Sorgt-für-Kummer, der in Siegerpose auf seiner Laterne eingenickt war, in Höhe eines menschlichen Kopfes durch die Tür geschossen und kreischte:

»Raark! Raark! Tür zu!«

Aber dazu war es schon zu spät, und so versuchten die Tiere, sich zu verstecken. Die Elster flatterte auf einen der freiliegenden Deckenträger und blieb so reglos sitzen wie eine Holzfigur; Cy huschte in eine Ecke und kroch unter einen leeren Plastiksack; Ragnar packte Pertelot im Nacken und wollte sie hinter einen Stapel Fensterrahmen ziehen. Mousebreath war zu langsam gewesen. Als die Riesengestalt mit dem Sack schreiend durch die Tür stürmte, stand er im Eingang und bekam einen Tritt gegen die Schnauze …

»Hinterher is man natürlich immer klüger«, sagte er jetzt. »Im Freien hätten sie keinen von uns erwischt. Aber auf so engem Raum hatten wir keine Chance.« Er lachte. »Ich war sowieso fast weggetreten«, sagte er. »Ein paar Minuten lang hab ich so gut wie nichts gesehen.«

Auf jeden Fall konnte er im trüben Licht beobachten, wie Liebt-Mülltonnen den Menschen so lange ansprang und nach ihm schnappte, bis er ihn in eine Ecke getrieben hatte. Es war ein Meisterstück. Der Fuchs hatte das Maul leicht geöffnet. In seinen starren Augen stand der Wahnsinn. Unter den schwarzen Lefzen schimmerten knochenweiß die Zähne hervor; die Scharlachzunge schnellte hin und her und versprühte Speicheltropfen. Er schien zu doppelter Größe anzuwachsen. Der Mensch war völlig überrascht.

»Sie haben einen Hund!« schrie er. »In dem Haus ist ein Hund!«

Er schlug die Hände vors Gesicht, ließ den Sack fallen und wollte, um dem Fuchs zu entgehen, so weit wie möglich in die wogende Dunkelheit zurückweichen; dabei trat er auf die Tigerkatze. Die Fassung hatte er bereits verloren. Als Cy sich nun fauchend unter seinen Füßen wand, war es auch um sein Gleichgewicht geschehen. Und während sie ihn ablenkte, stieß sich der Fuchs ab, schoß wie ein rotweißer Strich durch den dämmrigen Raum und schlug die Zähne in den Unterarm des Menschen. Die beiden taumelten, eng umschlungen wie in einem grotesken Tanz, hin und her – der Fuchs voll ausgestreckt auf den Hinterbeinen stehend, der Mensch unter Schluchzen bemüht, ihm den Arm zu entreißen. Die Tigerkatze sauste ihnen fauchend wie ein Feuerwerkskörper zwischen den Füßen hin und her, und Pertelot rannte kopflos im Kreis herum und winselte. Das konnte noch lange so weitergehen, wenn nichts geschah, und so schleppte sich Mousebreath benommen auf die Gruppe zu. Als er sie erreichte, ließ er sie eine Weile vor sich auf- und abtanzen und schätzte den rechten Moment ab, dann ging er dazwischen und stellte dem Menschen ein Bein. Der fiel mit einem dumpfen Schlag auf den Rücken und rang nach Luft. Für einen Augenblick war alles still. Der Mensch hob den Kopf und betrachtete ungläubig seinen zerfetzten Ärmel und die blutige Hand; dann sprang ihm der Fuchs an die Kehle. Jetzt hatte er Schaum vor dem blutigen Maul.

Der Mensch schrie gellend um Hilfe, als der Lieferwagenfahrer mit seinem blitzenden, schwarzen Stock lässig den Raum betrat. Ein schrecklicher Knall. Beißender Chemiegestank. Eine kurzer gelber Blitz, der die Wände erhellte und jede Katze vor Angst erstarren ließ. Der Fuchs wurde in die Höhe gerissen und an die gegenüberliegende Wand geschmettert. Er jaulte auf wie ein Welpe, und als er sich aufrichten wollte, um sich erneut in den Kampf zu stürzen, knickten ihm die Hinterläufe ein.

»Majicou!« sagte er. »Ich ...«

Er japste noch ein paarmal verblüfft, dann brach er zusammen.

»Seitdem hab ich ihn nicht mehr gesehen«, berichtete Mousebreath. »Keiner hat ihn mehr gesehen. Es ging alles drunter und drüber, die Menschen haben nach uns getreten und uns in den Sack gestopft.« Er schüttelte den Kopf. »Keiner hat ihn mehr gesehen.«

Er sah auf einmal ganz traurig und erschöpft aus, ein wehrhafter, alter Kater, der die Nase voll hatte.

»Dann«, sagte er, »sind sie nur noch rumgerannt, haben mit Füßen und Stöcken auf uns eingedroschen und jeden an den Beinen aus seinem Versteck gezogen. Und irgendwann waren wir alle in dem Sack.«

»Sorgt-für-Kummer hat versucht, euch zu helfen«, erklärte Tom. »Und ich habe den Fahrer ins Bein gebissen«, fügte er stolz hinzu.

»Von dem Vogel weiß ich gar nichts«, sagte Mousebreath, »obwohl ich ihn noch mal hab schreien hören, wie ich schon im Sack war. Das war kurz bevor sich die Königin rausgeschafft hat. Und den Fuchs seh'n wir nicht mehr wieder, schätz ich. Der ist tot. Kann gar nicht anders sein. Aber eins sag ich dir«, erklärte er dann. »Er hat gekämpft bis zum letzten, das muß man ihm lassen! Und so kommt es«, schloß er seinen Bericht, »daß wir jetzt irgendwo auf freier Strecke in einem Katzenfängerwagen sitzen« – ein hämischer Blick auf Tom –, »ohne Plan, ohne Futter und ohne Zukunft.«

»Paß auf«, verteidigte sich Tom. »Ich ...«

Ragnar Gustaffson hatte sich Mousebreaths Erzählung beifällig angehört und hier und da genickt, doch jetzt war sein Interesse offenbar erlahmt, und er machte sich daran, systematisch die Innenseite des Lastwagens zu untersuchen. Er arbeitete sich an einer Wand entlang, an der anderen wieder zurück, scharrte in den rostigen Ecken, schnupperte am Deckel der Holzkiste und drückte das Gesicht so fest an den Spalt zwischen den Türen, daß ihm die kalte Zugluft die Tränen in die Augen trieb.

Endlich sagte er nachdenklich: »Ich denke, wir sind *für längere Zeit* hier, wie man so sagt.« Und er hinkte zu Mousebreath hinüber. »Deine Vorwürfe sind auf jeden Fall nicht von Belang. Willst du meine Meinung hören? Nun, du solltest Tom folgende Fragen stellen: *Wohin ist die Königin gegangen, nachdem sie entkommen konnte?*« Er überlegte kurz, dann nickte er vor sich hin. »Außerdem: Wie kommen wir hier raus, um wieder zu ihr zu stoßen? Hm, deine Antwort: *Ganz recht!*«

Er hob ein Hinterbein und beleckte es mit resoluten Zungenstrichen.

»O ja, ganz recht«, äffte ihn Mousebreath nach.

»Schnauze, Mousebreath«, sagte Tom.

Sie maßen sich mit Blicken. Einen Augenblick später war Mousebreath das Lachen vergangen.

Tom sagte: »Ragnar, ich weiß nicht, wo sie hingegangen ist. Ich sah sie aus dem Sack schlüpfen. Ich sah sie weglaufen.« Er hielt inne, spürte verwundert seine eigene Traurigkeit. »Es war dunkel. Das Wetter war schlecht. Ragnar, ich habe sie in den Kanal fallen sehen!«

Der König sah ihn nicht an. »Aha«, sagte er.

Dann setzte er sich eine Weile in eine Ecke und wollte mit niemandem reden.

Der Lieferwagen holperte weiter mit dröhnenden Reifen durch die Nacht. Die Tigerkatze hatte die Vorderpfoten wie kleine weiße Muscheln unter sich gezogen und schlief, während Mousebreath und Tom versuchten, sich über ihre Lage klarzuwerden …

»Wo bringen die uns wohl hin?«

»Keine Ahnung.«

»Aber ich bin sicher, daß wir nach Westen fahren.«

»Das stimmt, wir fahren nach Westen.«

Dem war nichts hinzuzufügen.

»Wenigstens scheint mit der Kleinen alles in Ordnung zu sein«, meinte Mousebreath.

»Stimmt. Alles in Ordnung mit ihr.«

»Aber ich kenne das. Ich habe das schon mal erlebt. Früher. Nicht genau so, aber so ähnlich.«

»*Was* hast du erlebt, Mousebreath?«

»Das willst du gar nicht wissen.«

»Wieso sagt mir eigentlich jeder, was ich alles nicht wissen will? Ich kann es nicht mehr hören. Ich *will* Bescheid wissen!«

Mousebreath nickte. »Das kann ich verstehen«, gab er zu. Dann schwieg er lange und ordnete seine Erinnerungen. Endlich begann er: »Ich habe erlebt, wie die Katzenfänger ein Leben ruinieren können. Du hast Glück gehabt, wenn du ihnen nicht schon früher begegnet bist. Mein Leben haben sie ruiniert, bevor es richtig angefangen hatte«, brach es verbittert aus ihm heraus. Dann: »Nein. Nein, das ist nicht wahr. Es war trotzdem ein gutes Leben, besonders seit ich mit dieser Calicokätzin zusammen bin.« Er schüttelte ungeduldig den Kopf und fing noch einmal von vorn an. »Paß auf, die Sache ist so …«

Katzenfänger, erklärte er, fuhren die Aufenthaltsorte streunender Katzen turnusmäßig ab. »Sommers wie winters, du kannst auf sie zählen. Zuerst holen sie die Kätzchen, und wenn die älteren Katzen sie vergessen haben, kommen sie wieder und schnappen sich alle, die ihnen beim ersten Mal durch die Lappen gegangen sind.« Katzenfänger suchten alles ab, Müllkippen, Trümmergrundstücke, Heizungsräume und Kesselhäuser unter großen öffentlichen Gebäuden – jeden Ort, der Nahrung oder Wärme bot. Sie arbeiteten mit Netzen, manchmal auch mit köderlosen Fallen, die nur einen schwachen Lockduft verbreiteten. Kranke und alte Tiere wurden vergast, nachdem man sie gefangen hatte, nur die gesunden wurden behalten. »Im Grunde sind ihnen Hauskatzen lieber als Streuner. Hauskatzen sind gesünder und machen weniger Schwierigkeiten. Wie auch immer: Ich habe als kleines Kätzchen in Coldharbour gelebt, auf einem *Frachtkahn* …«

Dutzende von Frachtkähnen, große, verrostete, stumpfnasige Metallkästen lägen, friedlich wie Kühe auf einer Weide, gleich östlich von Coldheath am Südufer des Flusses; sie würden bis zu den Schandeckeln mit den Abfällen der großen

Stadt beladen und ein- bis zweimal wöchentlich flußabwärts zu den ausgedehnten Mülldeponien an der Mündung bei Jubilee geschleppt.

»Du müßtest sie mal sehen!« schwärmte Mousebreath. Die Kähne, die sich, ständig von einer braunen Staubwolke umgeben, an den Ankerplätzen drängten, seien wie schwimmende Landschaften. Der Tisch sei immer reich gedeckt, man brauche nur zuzugreifen. Nur die kampferprobten grauen Heringsmöwen, die noch bei Nacht zeternd durch die Luft schössen, und die Schiffskatzen, die von Butterpapier bis zu halbleeren Dosen mit indischem Ghee oder belgischer Leberpastete alles fräßen und davon zwar fett, aber nicht träge würden, machten einem die Beute streitig. »Du müßtest mal erleben, wie man diese Kähne an einem kalten Märzmorgen durch den Nebel riecht!«

Besonders sehenswert seien die Schiffskätzchen, zumeist schwarzweiß, aber mit ihren Abzeichen – wie Mousebreath sich ausdrückte – ›so bunt gemischt wie ein Beutel Lakritzkonfekt‹. Sie kämen schon verrückt auf die Welt und lieferten sich Schlachten mit Nagern und Seemöwen, die dreimal so groß seien wie sie selbst. Sie seien schmutzig, verkommen und voller Ungeziefer. Sie kannten kein Gesetz. »Wir waren *so viele*! Von morgens bis abends rannten wir auf den Abfallbergen herum, balgten uns und spielten Fangen. Oh, wir hatten 'ne Menge zu lachen! Die Hälfte der Zeit konnten wir nicht aufhören zu scheißen, die andere Hälfte hatten wir Triefaugen und konnten kaum sehen, aber es gab immer was zu lachen!« Eine kleine Kurzhaarkatze war besonders temperamentvoll, verwegen und verspielt. Sie hatte ein Fell wie ein Seehund, und sie liebte den Fluß. Mit zwei Monaten fiel sie hinein und trieb mit lachenden Augen auf einem Plastikdeckel ans Ufer zurück. Mit drei Monaten konnte sie schwimmen wie eine Ratte. »Und sie roch auch so!« Mit fünf Monaten hatte sie Mousebreaths Herz erobert. Jedesmal wenn er sie ansah, stockte ihm der Atem. Eine brennende Lebensfreude durchzuckte ihn, und das Glück schnürte ihm die Kehle zu. Und sie wußte, wie es um ihn stand! Wenn sie sich im Morgengrauen auf den verrosteten Bug des Kahns hockte und versuchte, sich im Wasser zu spiegeln, kräuselte sich die dreckige Flußbrühe unter ihr wie Gold!

»Sie hieß Havana.«

»War sie schön?« fragte Tom.

Mousebreath überlegte. »Sie war *braun*«, erklärte er dann voller Genugtuung, als sei damit alles gesagt. »So jemanden gab es auf den Frachtkähnen kein zweites Mal«, sagte er. »Und so jemandem bin ich auch nie wieder begegnet.« Er schien noch etwas hinzufügen zu wollen, schüttelte aber nur den Kopf. »Braun«, wiederholte er.

Das genügte.

»Jedenfalls ...«, wollte er fortfahren. Doch dann dehnte sich das Schweigen in die Länge.

»... jedenfalls.«

Coldharbour. Ein Spätnachmittag im Juli. Der Himmel wie Messing. Die Heringsmöwen kreisten ausnahmsweise draußen über dem Meer in der Seeluft und träumten von Netzen, aus denen wie klirrende Münzen die kalten silbernen Fische fielen. Über den Kähnen lag ein appetitanregender öliger Gestank, der den Katzen die Sinne verwirrte. An allen Ecken und Enden fanden stumme Erwachsenenkonferenzen statt, bei denen man sich träge zublinzelte, während die Fliegen ihr Sommerlied summten; die Kätzchen lagen in Cliquen beieinander und hielten ihre fetten Bäuchlein ins Licht. Plötzlich Motorenlärm! Türen wurden zugeschlagen! Man hörte Stimmen! Menschen in hohen Stiefeln wateten bis zu den Knien im Müll!

»Wir spritzten natürlich nach allen Seiten davon«, erzählte Mousebreath mit bitterer Ironie. »Du hättest uns sehen sollen!« Wieder schwieg er lange.

»Sie haben alle erwischt«, sagte er schließlich. »Alle bis auf mich. Ich hatte mich versteckt. Das habe ich mir nie verziehen.«

»Jeder hätte sich versteckt«, sagte Tom.

Mousebreath sah ihn ausdruckslos an. »Wirklich?« fragte er. »Jedenfalls haben sie alle erwischt.«

»Auch Havana?«

»Sie war die letzte. Ich habe nie wieder eine Katze erlebt, die so verängstigt und dabei so tapfer war. Sie rennt weg; doch die Menschen sind überall. Sie versteckt sich; man findet sie. Sie ruft nach mir: *Marsebref! Marsebref!* Sie wartet, so lange sie kann. Als ich nicht komme, springt sie schließlich in den Fluß und schwimmt bis in die Mitte hinaus. Tapfer? Tapfer ist gar kein Ausdruck!«

»Sie ist entkommen!« riet Tom.

Mousebreath schüttelte den Kopf. »Man meint, sie müßte abgetrieben werden«, sagte er wie zu sich selbst. »Der große, breite Fluß kennt kein Mitleid. Man meint, irgendwann müssen sie doch die Kräfte verlassen, wenn sie da draußen immer weiterpaddelt, während am Ufer die Fänger warten. Ertrinken oder abgetrieben werden. Aber nein. Sie hat zuviel Leben in sich.«

Schweigen.

»Mousebreath! Was ist passiert?«

»Sie haben einfach abgewartet«, sagte er schlicht. »Für die Menschen war es ein Heidenspaß. Sie haben sich ans Ufer gesetzt und so lange gewartet, bis Kälte und Hunger übermächtig wurden. Irgendwann wußte sie nicht mehr, was sie tun sollte, und ist zurückgeschwommen.«

Er sah Tom an, und in seinen zweierlei Augen stand die Verzweiflung.

»Dann haben sie ihr einen Stock über den Schädel geschlagen und sie mitgenommen.«

»Und du hast sie nie wiedergesehen?«

»Wenn es nur so wäre.« Nach kurzem Schweigen stellte er sich selbst die Frage: »Was sollte ich nach alledem noch tun? Ich tat das einzig mögliche: Ich habe ohne sie weitergelebt.«

Nachdem Havana fort war, rochen die Frachtkähne nur noch nach feuchter Asche, und am Morgen hörte Mousebreath nichts anderes als das Quietschen der Förderbänder, mit denen sie befüllt wurden. Menschenstimmen. Das zornige Kreischen einer Möwe. Er fuhr mit den Kähnen flußauf und flußab. Er wuchs zu einem kräftigen jungen Schildpattkater heran, dem es nie an Weibchen fehlte – meistens muntere schwarzweiße Kätzinnen, die von seinen zweierlei Augen entzückt waren und ihn nicht an Havana erinnerten. Er wurde ein übler Raufbold und hatte bald einen schlechten Ruf bei den Schiffskatzen. Tagsüber ließ er keinen Kampf aus, doch abends zog er sich – wenigstens zu Anfang – zurück, setzte sich ein Stück flußaufwärts ans Ufer, sah sich den Sonnenuntergang an, träumte von Havana und fragte sich, was wohl aus ihr geworden sei. Doch mit der Zeit tat der Zauber des Lebens seine Wirkung, und er verhielt sich wie jede andere Katze: Er vergaß sie und lebte weiter. Aber eines Morgens – vielleicht sechs Monate später – stand er im Morgengrauen auf, um sich die frisch angelieferten Abfälle anzusehen. Es war kälter geworden, und der Himmel war nicht mehr so tiefblau. Die Frachtkähne waren erst am Tag zuvor von Jubilee zurückgekommen und lagen noch ziemlich hoch im Wasser. Die fest montierten, großen Förderbänder ratterten bereits und gossen den Müllstrom in die Luken. Über ihnen flatterten die zänkischen Möwen wie Stoffetzen im böigen Wind.

»Ich sah mir genauer an, was reingekommen war. Es waren schwarze Säcke.«

Schwarze Säcke. Prallgefüllte, schwarze Müllsäcke, die zu Hunderten von den Bändern fielen; und gleich im ersten, den er öffnete, waren die Katzen. Lauter Katzen, die er gekannt hatte. Er riß das Plastik auf, und da waren sie. Vielen fehlte ein Bein oder ein Auge; manchen waren die Kiefer zusammengeschraubt. Man hatte ihnen kahle Stellen ins Fell geschoren und Löcher in den Kopf gebohrt. Bauchwunden waren mit grobem, schwarzem Faden so flüchtig vernäht, daß sie wie Reißverschlüsse aussahen. Auch Havana war dabei. Sie war gewachsen, seit er sie zum letzten Mal gesehen hatte, und ihr Körper war selbst jetzt noch schlank und schön. Sie purzelte mit steifen Gliedern direkt vor ihm aus dem Sack. Ihr Fell war heller, als er es in Erinnerung hatte, und darunter schimmerte die Haut in einem zarten Rosa. »Sie hatte wunderschöne *Pfoten*«, sagte Mousebreath. »Das waren die Veränderungen, die einem sofort ins Auge fielen.«

Und natürlich die vor Schmerz gefletschten Zähne, die leere Augenhöhle, die Drähte.

»All die armen Teufel«, sagte Mousebreath und verstummte.

Dann: »Wenigstens waren sie tot. Nur zwei oder drei waren noch am Leben. Was man so Leben nennt. Damals hab ich zum ersten Mal das Wort *Laboratorium* gehört. Einer hat es immer und immer wieder gesagt, so lange, bis er starb. Er konnte nichts anderes mehr sagen.«

»Was hast du getan?«

»Ich stand lange Zeit nur da«, antwortete Mousebreath. »Dann hab ich sie mir noch einmal angesehen. Da wurde es schon dunkel. Einmal hab ich mir Havana noch angesehen, dann bin ich weggegangen und nie mehr dahin zurückgekehrt.«

Er überlegte kurz.

»Ich war gern auf den Kähnen«, sagte er. »Aber von da an war ich kein Kätzchen mehr.«

Ragnar brach das Schweigen, das auf die Geschichte folgte. »So etwas würde kein Mensch tun«, behauptete er. »Niemand würde ein anderes Tier so behandeln.«

Mousebreath starrte ihn an.

»Das ist der springende Punkt«, sagte er. »Menschen sind nämlich keine *Tiere*, oder?« In seinem bernsteinfarbenen Auge blitzte es düster-triumphierend auf, während das blaue weiter in beglückend-traurigen Erinnerungen an seine schöne, braune Jugendfreundin schwelgte. »Sie sind nicht so anständig wie Tiere.«

»Einige schon«, beharrte Ragnar. »Daran muß ich einfach glauben.«

»Dann bist du ein Narr.«

Mitternacht. Flackerndes, weißes Licht. Der Wagen raste weiter.

Mousebreath, Ragnar und Tom saßen unter dem niederschmetternden Eindruck von Havanas Geschichte, erschöpft von tausend Ängsten, von Reiseübelkeit geplagt, schweigend da und starrten ins Leere. Bald waren zwei von ihnen eingeschlafen.

Die Tigerkatze schaute von oben auf sie herab und schnurrte.

Tom erwachte verwirrt, als Mousebreath ihn mit der Pfote anstieß. Es war dunkel und bitterkalt. Der Lieferwagen schaukelte durch viele Kurven. Tom rutschte zunächst haltlos durch den Raum, dann gelang es den beiden, sich in einer Ecke einzustemmen. Besorgt schauten sie nach oben. Die Käfige waren bedrohlich ins Wackeln geraten.

»Es ist kurz nach Mitternacht«, sagte Mousebreath. »Und wir haben ein Problem.«

Es war dunkler als zuvor, aber doch hell genug, um Ragnar Gustaffson zu beobachten, der an der Rückseite des Lieferwagens kauerte und geduldig versuchte, die Metalltüren auseinanderzuschieben. Er war vollkommen verändert. Mit den mächtigen Hinterbeinen, dem krummen Rücken und dem verfilzten, schmutzigen, nach allen Richtungen abstehenden Pelz sah er aus wie ein wildes Tier.

»Ragnar!« rief Tom.

Ragnar blickte nur kurz auf, ließ ein gurgelndes Fauchen hören und wandte sich wieder den Türen zu. Eine Kralle hatte er sich bereits eingerissen. Sein Fuß war blutverkrustet, und auch das Metall wies rote Flecken auf.

»Wenn du ein Kerl bist, dann hilf mir«, verlangte er.

»Ragnar!«

»Dem ist nicht zu helfen«, erklärte Mousebreath.

Sie versuchten, ihn von der Tür wegzuziehen, aber er starrte sie nur blicklos an. Als sie nicht lockerließen, spuckte er. Sie hatten Respekt vor seiner Größe, aber das Elend in seinen Augen war noch schlimmer. »Begreift ihr denn nicht?« flehte er und riß immer wieder an den Türen. »Vielleicht ist sie immer noch im Wasser. Oder man hat ihr bereits einen Draht in die Augen gesteckt. *Wir müssen sie finden!*« Ragnar Gustaffson hatte wachgelegen, während die beiden anderen schliefen, hatte ins Dunkel gestarrt und sich mit seinen schlimmsten Ängsten auseinandergesetzt. Nachdem niemand da war, mit dem er reden konnte, hatte er mit offenen Augen geträumt; und dabei hatte sich Pertelot Fitzwilliams Schicksal untrennbar mit dem traurigen Los der Katze Havana vermischt.

»Was ist nur los mit ihm?« fragte Tom.

»Er hat jemanden verloren, den er liebt«, antwortete Mousebreath, »aber er hat erst durch meine Geschichte begriffen, was das bedeutet.«

»Und was fangen wir jetzt mit ihm an?«

»Ich weiß es nicht.«

Die Entscheidung wurde ihnen abgenommen.

Während Tom noch sprach, gab es einen heftigen Ruck, und einen endlosen Augenblick lang schien alles zu schweben. Die verschiedensten Dinge flogen durch die Luft – Schrauben und Muttern, Schmutz vom Fußboden, graue Holzkeile, eine blaue Metallschachtel, deren Deckel aufsprang und Unmengen von rostigem Gerümpel ausspuckte. Ein ausgefranstes, blaues Seil schlängelte sich in genüßlichen Windungen vorbei. Katzenkäfige schossen auf unberechenbaren Bahnen durch die pechschwarze Finsternis und schlugen mit ihren Drahttüren wie mit schlecht konstruierten Flügeln.

Tom sah gerade noch, wie Cy gemächlich zwischen diesen Dingen kreiste – wie sie eins nach dem anderen in ratlosem Entzücken mit ihren Samtpfoten berührte –, dann fiel der Lieferwagen mit einem müden Seufzer wieder auf die Erde zurück und kam schlitternd zum Stehen. Die drei Kater wurden nach vorn geschleudert und blieben als ein einziges zuckendes Bündel liegen. Tom war die Luft weggeblieben, doch als die Käfige widerwillig den kurzen Traum vom Fliegen aufgaben und ringsum in die Schutzwand krachten, machte er sich so klein wie möglich.

Danach war es lange still. Alles war wie betäubt.

Was jetzt? dachte Tom. Was werden sie jetzt mit uns anstellen?

11

DIE BLAUEN WEITEN

Ganz ruhig liegt die See heut' nacht,
Die Flut ist hoch, der Mond scheint hell ...

MATTHEW ARNOLD

»Aber warum?«

Pertelot Fitzwilliam, die Königin der Katzen, war noch nie auf See gewesen und sah auch nicht ein, wozu eine Seereise gut sein sollte. Wie kam sie überhaupt dazu, ohne Ragnar Gustaffson Cœur de Lion irgendwohin zu fahren? Ihre grünen Augen hatten einen unruhigen Glanz. Ihre Gedanken gingen unentwegt im Kreis herum und fanden kein Ziel.

»Weil es die sicherste Möglichkeit ist«, sagte Sealink.

Pertelot wich ihrem Blick beharrlich aus. »Die sicherste Möglichkeit wofür?«

»Um nach Tintagel zu kommen.«

»Ich will nicht nach Tintagel.« Dann: »Oh, ich bin so allein, und niemand hilft mir.«

Sealink seufzte. »Nicht schwierig werden, Süße. Das ist doch alles längst besprochen. Wir wissen nicht, wo die anderen stecken, wir wissen nicht, was sie tun. Wir wissen nicht einmal, ob sie noch leben. Aber auf Tintagel hatten wir uns geeinigt. Wir haben nur Tintagel.«

»Ohne Ragnar gehe ich keinen Schritt weiter. Du hast es mir versprochen – hier sollten wir erfahren, was aus ihm geworden ist.« Pertelot sah sich verächtlich um. »Aber es laufen nur dieselben Menschen herum, vor denen ich seit Wochen weglaufe.« Die Grünspanaugen wanderten vom Fischmarkt weg und hefteten sich auf Pengellys Nacken. »Und außerdem hattest du doch wohl andere Pläne.«

Der getigerte, alte Seebär verriet mit keiner Miene, was in ihm vorging. Und er hörte im Moment wohl auch nicht besonders gut. Sealink schüttelte nur den Kopf.

»Ich habe überall nachgefragt, Süße. Niemand hat etwas von Katzenfängern auf den Quays gehört. Niemand hat letzte Nacht etwas beobachtet. Und einen Fuchs, eine Elster und eine Horde Katzen vergessen die Leute nicht so schnell. Verstehst du? Wir wissen also nichts; deshalb schlage ich vor, wir ziehen weiter, bevor dich der Alchimist auch hier aufstöbert. Ich denke dabei nur an dich. Und du brauchst gar nicht so von oben herab zu tun, nur weil ich einen alten Freund getroffen habe.«

Pertelot ließ den Kopf hängen.

»Ich werde Ragnar niemals wiedersehen.«

»Red keinen Unsinn, Süße. Dies ist hier keine Abendgesellschaft und auch keine Katzenausstellung. Mutlosigkeit können wir uns nicht leisten. Du hast jetzt die Gelegenheit, eine Schiffsreise zu unternehmen – was du noch nie gemacht hast – und dem Alchimisten und deinen Sorgen einfach davonzufahren. Und deinem Kater ist es bestimmt lieber, wenn du auf See bist, als wenn du nach ihm suchst und dich dabei in Gefahr begibst. Mein Wort darauf.«

Die Königin überlegte.

»Pengelly?« sagte sie dann.

»Ja, meine Liebe?«

Sie sah ihn von der Seite an, aber ihr Blick war fest. Sie wußte nicht genau, auf welches Auge sie sich konzentrieren sollte – das eine war genau auf sie gerichtet, während das andere zur Seite schaute. Sie entschied sich schließlich für das erste.

»Was schlägst du vor?« fragte sie.

»Nun ja, meine Liebe«, sinnierte er in den weichen, gedehnten Tönen des West Country. »Das läßt sich natürlich nicht so ohne weiteres entscheiden. Aber wenn ich zwischen dem Teufel und dem tiefen, blauen Meer zu wählen hätte, wüßte ich schon, was mir lieber wäre.«

Pertelot erschauerte.

Am Kai lagen Schiffe aller Größen mit knarrenden Tauen und knatternden Leinen im bewegten Wasser. Riesige, muschelverkrustete Eisenrümpfe überragten winzige Boote, von deren Decks die Farbe abblätterte. Hochmütig dreinschauende Seemöwen mit reinweißem und grauem Gefieder und scharfen, gierigen gelben Schnäbeln zierten Bug und Spieren, spähten mit glänzenden Augen auf die drei Katzen herab und schickten ihre heiseren Schreie durch die Morgenluft.

Pengelly schenkte ihnen keine Beachtung, doch ein paar Schritte weiter blieb er stehen und musterte die auf- und abhüpfenden Schiffe.

»Seht ihr das kleine Schmuckstück da draußen?« fragte er voll Stolz. »Das ist die *Lumme.*«

Er wies auf ein gut in Schuß gehaltenes Fischerboot, das jenseits der restaurierten Hausboote und Vergnügungsjachten vertäut war. Der schwarzweiße Anstrich war alt und schälte sich hier und da, aber der Rumpf hatte schnittige Linien und lag gut im Wasser.

»Old Smoky ist noch nicht zurück. Das Beiboot liegt am Kai. Wenn er kommt, ist er wahrscheinlich sturzbesoffen.«

Das trug ihm einen verständnislosen Blick von Pertelot ein.

»Schon gut, meine Beste«, winkte er ab.

Und sprang, erstaunlich gelenkig für sein Alter, vom Kai auf das Deck des ersten Bootes. Drei weitere, rasch aufeinanderfolgende Sprünge über einen trüben Wasserstreifen auf den Bug eines größeren Kahns, dessen Decksplanken unter Netzen und Tauen begraben waren, von da aus über eine Distanz von einem guten Meter auf das Heck einer Vergnügungsjacht aus weißem Fiberglas und lackiertem Holz (ein krasser Gegensatz zu den ringsum liegenden Fischerbooten) und zum Schluß ein Riesensatz brachten ihn an Deck der *Lumme.*

Es war eine glanzvolle Vorstellung. Das Fischerboot schaukelte so sanft an seiner Boje hin und her, als wolle es ihn an Bord willkommen heißen.

»So, Süße«, raunte Sealink der Mau zu, »jetzt bist du an der Reihe. Gib acht, daß du nicht danebenspringst: Ein Bad genügt mir nämlich fürs erste.«

Betroffen blickte Pertelot über den Fluß. So viele Hindernisse und soviel Wasser dazwischen! Sie sah sich nach der Calicokatze um. Doch Sealink verzog keine Miene, von ihr war keine Hilfe zu erwarten. Und Pengelly war verschwunden.

Die Mau hatte noch ganz deutlich in Erinnerung, wie es gewesen war, durch die kalte Luft zu fliegen und in den vereisten Kanal zu stürzen; oder, erst heute morgen, auf dem morschen Steg über die Algen zu schlittern. Beides keine Erfahrungen, die ihr Mut gemacht hätten. Wieder erwog sie alle anderen Möglichkeiten. Und plötzlich stand sie, ohne recht zu wissen, wie sie dahin gekommen war, zwischen den Netzen auf dem ersten Boot und setzte bereits zum zweiten Sprung an. Schon flog sie wieder, es war kaum zu fassen, so sicher, elegant und ohne jede überflüssige Bewegung, wie es nur eine Katze kann; die Muskeln spielten, die Glieder waren gestreckt, die Haut spannte sich straff über die Knochen, die Beine winkelten sich rechtzeitig ab, um den Aufprall auf dem harten Fiberglasdeck abzufedern. Nach der glücklichen Landung auf dem Deck der *Lumme* fühlte sich ihr Körper so locker und geschmeidig an wie noch nie; es war ein Vergnügen, sich darin zu bewegen. Tiefes Wohlbehagen durchströmte sie; sie hatte eine Leistung vollbracht, auf die sie stolz sein konnte. Ihr Erbgut mochte durch jahrhundertelange Inzucht geschwächt sein, aber sie gehörte noch immer zur Gattung der *Felidae,* und die Grundzüge ihres Wesens hatten allen Eingriffen der Züchter widerstanden. Sie war schön, biegsam und voller Leben: Sie war die Königin der Katzen.

Das macht Freude! dachte sie. Oh, das macht Freude!

Sealink folgte mit einer Serie von mächtigen Sätzen. Ihr langes Fell wippte und kräuselte sich wie ein zweites Tier, das sich nur lose um sie gelegt hatte. Kaum war sie gelandet, als sie auch schon das Boot erkundete. Sie stöberte zwischen den Krabbenkörben und den Netzen herum und beschnupperte die Motorverkleidung und das Vordeck, wo die aufgerollten Taue wie dicke Riesenschlangen herumlagen und zwischen Holz und Hanf die Stahlklampen hervorblinkten.

Pengelly war Energiesparer aus Überzeugung. Seine Stärke bestand darin, genauestens abschätzen zu können, wieviel

Einsatz für eine Aufgabe erforderlich war. Er hatte es sich bereits vorn am Bug bequem gemacht und schien auf den ersten Blick zu schlafen; doch sein linkes Auge war einen Spaltbreit geöffnet, blitzte immer wieder auf und signalisierte, daß er durchaus noch ansprechbar war. Ansonsten beobachtete er träge den Kai.

Sealink ließ sich neben ihrem alten Freund aufs Deck plumpsen und machte ausgiebig Toilette. Dann wälzte sie sich schwerfällig auf die Seite und sah ihn mit ihren Bernsteinaugen erwartungsvoll an.

»Was jetzt, Kleiner?«

Er schielte zu ihr auf. »Jetzt warten wir, bis Old Smoky zurückkommt. Wenn er sich allerdings richtig zugesoffen hat, meine Schöne, dann kriegen wir ihn heute nicht mehr zu sehen; dann schafft er's nicht mehr, das Beiboot zur alten *Lumme* rüberzurudern, und pennt drüben im Hafen. Oder kippt einfach irgendwo um. Sollte er nach ein paar Gläsern aufgehört haben, dann torkelt er noch rüber und kommt auch irgendwie an Bord. Vielleicht hat ihm sein Fang auch nicht genug eingebracht, um sich überhaupt einen hinter die Binde zu gießen. In dem Fall ist er bald da. Aber dann« – er zwinkerte Sealink verschwörerisch zu – »ist er womöglich nicht allzu gut gelaunt.«

»Sprich leise, Süßer«, warnte Sealink.

Zu spät.

Pertelot hockte im Schatten des Ruderhauses und hatte die bedrohlichen Worte mit angehört. Schon schwand ihr neugewonnenes Selbstbewußtsein wieder dahin. Was hatte sie sich nur dabei gedacht, sich auf diesen lecken Seelenverkäufer zu begeben und mitten auf dem Wasser auf die Ankunft eines menschlichen Wüterichs zu warten?

Oh, Ragnar, dachte sie, wo bist du? Dann flüchtete sie mit flach angelegten Ohren unter Deck.

Sie huschte über eine dunkle Treppe hinab in die Kajüte und kroch unter Old Smokys Koje. Hier im Dunkeln wandte sie der Welt den Rücken zu, rollte sich zusammen und vergrub den Kopf in einem Haufen Bettzeug – verschossenen Wolldecken, einer Häkeldecke aus unzähligen, winzigen Flicken in verschiedenen Mustern und Farben –, das irgend jemand hier aufbewahrte. Es roch nach Tabak und nach Pengelly. Im Lauf der Jahre hatte sich ein so dichter Filz von Menschen- und Katzenhaaren darin verfangen, daß man die einen von den anderen nicht mehr unterscheiden konnte.

Die Stimmen von oben drangen nur gedämpft durch die Holz- und Wollschichten, durch das Knarren der Planken und das leise Plätschern des Wassers unten in der Bilge.

Bald war sie eingeschlafen.

Stunden vergingen. Die Sonne verschwand hinter dicken Kumuluswolken und verlieh ihnen einen matten, trüben Schimmer, der nur selten die Oberfläche durchbrach, setzte aber ihre Bahn über den bleiernen Himmel unbeirrt fort. Mit jeder Stunde wurde eine andere Ecke der Kajüte erhellt, und auf diese Weise schloß das Licht Bekanntschaft mit Old Smokys ungewöhnlicher Einrichtung...

Es fiel auf zwei kardanisch aufgehängte Öllampen aus Messing und entdeckte darunter eine karge Kombüse mit einem verrußten Herd, der durchdringend nach Kohle und kaltem Essen roch, und mit Töpfen und Pfannen, die von straffgespannten Netzen gehalten wurden. Weiter im Innern stieß es auf ein Waschbecken und eine Toilette, die mit einem alten Handtuch verhängt war, und glitt über einen Stapel leinengebundener Bücher voller Salz- und Stockflecken. Zwischen die Stufen zur Kajüte hatte jemand Ölzeug und teerverschmierte Pullover gestopft. Nachdem das Licht sich alles gründlich angesehen hatte, drehte es sich und blieb so still liegen wie die Katze unter der Koje.

Als Pertelot erwachte, war sie ruhiger. Sie roch Fisch, Diesel, Nikotin und Ammoniak und reinigte sich, noch halb im Schlaf, das Fell von diesen Düften. Doch nachdem sie sich wenige Minuten ihrem samtigen Schwanz und dem Gesäß gewidmet hatte, seufzte sie und schlief wieder ein.

Draußen auf dem Vordeck waren auch Sealink und Pengelly eingenickt. Sie hatten sich zusammengerollt und lagen Kopf an Schwanz wie ein Yin-und-Yang-Symbol zwischen den Tauen.

Die Sonne sank allmählich dem gegenüberliegenden Flußufer entgegen, ließ die Türmchen und die Hochhausblöcke von hinten in grellem Rot erstrahlen und erlosch dann so plötzlich, als schlösse sich ein Eidechsenauge.

Sachte senkte sich die Dunkelheit über die Stadt, und am Kai gingen nach und nach die Lichter an. Teils waren es Straßenlampen, dann waren sie von einem dünnen Natriumschleier umgeben. Die anderen waren kleiner und huschten dicht über dem Boden dahin: ein Blinken hier, ein Funkeln da; schon verschwanden sie in der Nacht.

Sie waren wie die Träume der Stadt.

Die Königin rannte in ihren Träumen um ihr Leben, und jemand, vielleicht Ragnar, rannte mit ihr.

Hinter den beiden wälzte sich eine Flut von wilden Katzen heran, grauweiß flimmernde, durchscheinende Gespensterwesen mit unermüdlich arbeitenden Beinen und finster drohenden Gesichtern. Es waren tote Katzen. Aus ihren kalten, leeren Augenhöhlen schien der Mond. Sie heulten unentwegt, doch Pertelot konnte ihre Warnungen nicht verstehen, sosehr sie sich auch bemühte. Dann erhob sich aus ihrer Mitte eine riesige Schreckensgestalt. Pertelots Pfoten waren plötzlich wie mit Stricken gefesselt. Sie konnte nicht weglaufen. Ihr Begleiter war verschwunden. Sie wand sich und zappelte, aber die toten Katzen hielten sie fest. Etwas Schwarzes türmte sich auf. Ein riesiger kalter Schatten fiel über sie …

… sie erwachte und hörte die eigenen keuchenden Atemzüge. Sie hatte sich mit den Pfoten in den Decken verfangen. Es war dunkel, und sie wußte nicht sofort, wo sie war.

Die Gerüche in der Kajüte, das leise Schaukeln des Bootes und die Stille der hereinbrechenden Nacht wirkten beruhigend. Doch kaum war ihre Erregung unter die Panikschwelle gefallen, da gab es draußen ein gewaltiges Spritzen und Fluchen; auf Deck wurde es lebendig, und in der Kajütenluke erschienen zwei Gesichter.

»Alles in Ordnung, Süße?« erkundigte sich Sealink.

Pengelly kam leichtfüßig die Treppe heruntergehuscht und sprang auf die Koje.

»Da kommt Old Smoky«, erklärte er. »Ihr laßt euch am besten vorerst nicht sehen. Man weiß nie, wie er auf Besuch reagiert, wenn er ein paar Gläser intus hat. Manchmal ist er freundlich, manchmal auch nicht. Wenn er ordentlich geladen hat, setzt er wahrscheinlich noch heute nacht die Segel. Städte sind nicht sein Fall.«

Sealink kam munter die Stufen herabgehüpft. »Auf jeden Fall hat er was zu essen mitgebracht«, versicherte sie Pertelot. »Pengelly sagt, das hat er noch nie vergessen, auch wenn er noch so betrunken war.« Sie zwängte sich zu der Mau unter die Koje. »Ich könnte einen ganzen Wal vertilgen, Kindchen.«

Oben krachte und schepperte es. Pertelot hob ängstlich den Kopf. Die *Lumme* schaukelte einmal, zweimal, das Wasser in der Bilge schmatzte und gluckerte. Schwere Atemzüge. Etwas wurde über die Decksplanken geschleift, wieder ein dumpfer Schlag, ein Fluch. Ein weißer Lichtschein glitt über die Lukenöffnung.

»Jetzt ist ihm die Taschenlampe runtergefallen«, stellte Pengelly sachlich fest. »Ein Tolpatsch ist er immer gewesen. Hoffentlich fängt er nicht an zu kochen. Kann ziemlich ungemütlich werden, wenn das Fett durch die Gegend spritzt.«

Oben an der Treppe erschienen, von der Taschenlampe angestrahlt, zwei riesige Stiefel.

»Pengelly?«

Ein Kopf mit grauweißem Haar, das ebenso kraus und dicht war wie Pengellys Fell, schaute in die Kajüte.

»Pengelly? Wo bist du, mein Junge?« Dann: »Ah, da haben wir dich ja.«

Pengelly war von der Koje gesprungen und rieb begeistert die Wange am Stiefel seines Menschen, um ihn mit seinen Duftdrüsen zu markieren.

Eine harte, schwielige Hand griff nach dem Kopf des Rexkaters und massierte ihn so unsanft, daß Pengelly regelrechte Chinesenaugen bekam. Zu Pertelots Verwunderung schien er diese Behandlung jedoch zu genießen. Er schnurrte beglückt, warf sich vor den Füßen des Fischers auf den Boden, wälzte sich auf den Rücken und zog die Vorderpfoten ein wie ein

Kaninchen. Als die Hand sein weiches Bauchfell zerwühlte, schloß er verzückt die Augen.

Ein unglaubliches Benehmen für einen ausgewachsenen Kater.

Der Alte brummte zärtlich: »Na, mein Junge, wie geht's uns denn? Wie geht's denn meinem Jungen?« Dann richtete er sich auf, stapfte die Treppe hinauf, tastete auf dem Deck herum und fand endlich ein papierumwickeltes Paket, das penetrant nach Fisch roch. Sein warmer Bieratem erfüllte die Kajüte, die seit seiner Ankunft ohnehin sehr viel kleiner wirkte. Er ließ sich so schwer auf die Koje fallen, daß sich die Roßhaarmatratze mit einem traurigen Seufzer zusammendrückte und es für die beiden Katzen unter dem Bett bedrohlich eng wurde.

»Ich hab uns beiden zum Abendessen 'nen schönen Fisch mitgebracht, mein Junge.«

Seit das Paket aufgetaucht war, konnte Sealink den Blick nicht mehr davon wenden. Jetzt sabberte sie auch noch. Pertelot sah sie strafend an, bis sie erkannte, daß es ihr nicht anders erging.

Nach langem Geraschel landete ein zerknittertes, fettiges Stück Papier neben den Stiefeln des Fischers auf dem Dielenboden. Kleine weiße Fischfasern und Reste der goldgelben Kruste klebten daran. Die Calicokatze betrachtete sie mit gierigen Augen und bewegte unruhig die Zehen. Pertelot schüttelte den Kopf – nein. Nein.

Sealink achtete nicht auf sie, sondern machte sich zum Sprung bereit. Pengelly rettete – wie schon oft, vermutete Pertelot – die Lage, indem er mit der Pfote ein ordentliches Stück Fisch über den Kojenrand und in den Schatten unter dem Bett beförderte. Dorsch! Der Brocken war weich gelandet und schon im nächsten Moment verschwunden.

Drei Katzen und ein alter Fischer kauten zufrieden im Dunkeln.

Im Morgengrauen tuckerte die *Lumme* bei auflaufender Flut langsam flußabwärts. Die Positionslichter an Bug und Heck zeichneten verschwommene rote und grüne Kreise in den zähen Nebel. Alle Geräusche waren gedämpft, die Sicht war schlecht, aber Old Smoky steuerte sein Schiff sicher zwischen Bojen und Frachtkähnen hindurch. Am Ufer liegende Freizeitboote mit rissigem Anstrich, unter dem die alten silbergrauen Planken sichtbar wurden – sie hatten ihre beste Zeit längst hinter sich –, schwankten in ihrem Kielwasser leise auf und ab. Die ehemals neonorange leuchtenden Fender und Bojen waren zu einem fahlen Aprikosengelb verblichen und hingen schlaff über die Dollborde.

Als das Schiff die Steuerbordfahrrinne erreichte, wo die Strömung stärker war, sprang keuchend der alte Dieselmotor an. Sealink und Pertelot, die immer noch unter der Koje hockten, zuckten bei dem Lärm zusammen. Pengelly lag behäbig auf dem Kartenständer im Ruderhaus; dort hielt er sich an solchen Tagen besonders gern auf – wenn die Wintersonne nicht stark genug war, um ihm das Fell zu wärmen. Der Fischer stand hinter ihm, hatte eine Hand am Steuer und zog an einer Zigarette. Die Spitze glühte in der feuchten Atmosphäre kurz auf, der ausgeatmete Rauch stieg in trägen Kringeln nach oben und wurde von der kälteren Luftschicht über dem Wasser durch den Niedergang nach draußen gezogen. Die Januarsonne erhellte den Nebel – die Ufersilhouette verschmolz zu leuchtendem Plasma – und brannte ihn schließlich weg. Ein frostklarer Morgen kam zum Vorschein. Der Himmel war von einem glatten Taubengrau.

Zu beiden Seiten des Flusses zog, durch zähe, ölige und zusehends breiter werdende Wasserstreifen von der *Lumme* getrennt, langsam die Stadt vorbei. Hochhäuser und verspiegelte Bürotürme wurden von niedrigeren Lagerhäusern und weiten, trostlosen, von Eisenkränen und riesigen Winden überragten Betonflächen abgelöst. Rostige Schilder zierten die rußigen Ziegelwände leerer Speichergebäude.

Dann tauchten an den Uferböschungen morsche, altersschwarze, von Algen überwucherte Pfähle auf. Die Möwen ließen sich darauf nieder, schüttelten sich im Licht des jungen Tages die Flügel aus und überschauten träge die Szene: die vorbeiziehende *Lumme* mit ihrer aufgewühlten Kielwasserspur; ein Polizeiboot, das zielstrebig flußaufwärts fuhr (noch war kein Verbrechen gemeldet worden); ein frischgestrichener schwarzer Schlepper, der kraftvoll gegen die Strömung ankämpfte, um ein großes Containerschiff in sein Dock zu manövrieren.

So verging der Morgen, mit der Zeit wurde die Landschaft immer weiter und flacher und erstreckte sich bis an den Horizont. Die Sonne stieg höher und beschien eine Region, in der weder Katzen noch Menschen leben konnten – ein Mündungsdelta mit erbarmungslosen Untiefen und schimmernden Schlammbänken, die im Sonnenschein wie Walleiber glänzten. Jenseits davon zeigte sich eine schilfbewachsene weite Küstenlinie. Hier gab es nirgendwo Leben. Diesen Teil des Flusses mieden sogar die Möwen.

Endlich streckte sich Pengelly und gähnte. Er spreizte die Zehen und warf den Kopf zurück. Dann sprang er zwischen Old Smokys Füßen zu Boden und huschte in die dunkle Kajüte hinab. Zwei Augenpaare leuchteten ihm entgegen.

»Wie geht's euch, meine Lieben?«

»Wurde ja auch Zeit«, beklagte sich Sealink. »Wann dürfen wir hier endlich raus? Der Würde einer Katze von meiner Statur ist diese Haltung nicht gerade förderlich. Außerdem pflege ich mich auf Reisen nicht in den Schmollwinkel zu verkriechen; ich will an die frische Luft, Kleiner. Was habe ich davon, in Bewegung zu sein, wenn ich nicht sehe, wohin es geht…«

Und wie als Antwort auf eine unausgesprochene Frage: »Wo man war, ist nicht so wichtig. Da *war* man schon.«

Pengelly blinzelte überrascht. Dann sagte er: »Am besten warten wir, bis Old Smoky auf hoher See ist; ich bin nicht ganz sicher, wie er auf blinde Passagiere anspricht. Wenn kein Land mehr in Sicht ist, überlegt er sich eher, ob er euch rausschmeißt.« Ein spöttischer Funke tanzte durch seine schielenden, gelben Augen. Doch dann entschied er: »Nein. Er mag ein brummiger alter Griesgram sein, aber ich hab noch nie erlebt, daß er 'ner Katze was zuleide getan hätte. Ich kann mir nicht vorstellen, daß er euch über Bord wirft. Wenigstens nicht ohne Rettungsfloß…«

Sealink nahm den Köder nicht an.

»Ich bin in fünf Minuten auf Deck, Kleiner. Und wenn dein Mensch sich nicht ganz schnell daran gewöhnt, daß er Besuch hat, kann es ihm blühen, daß ich ihm noch in sein Bett scheiße.«

Bei dem Wort ›scheißen‹ stöhnte Pertelot laut auf.

»Das klingt aber ziemlich schlapp, meine Schöne«, stellte Pengelly fest. »Ich weiß, hier unten wird es manchmal etwas stickig. Der verdammte alte Diesel muß wahrscheinlich mal nachgesehen werden. Er ist noch nie gewartet worden, solange ich lebe« – er zwinkerte Sealink mit einem Auge zu –, »und ich lebe schon länger, als ich in Gegenwart von Damen gern eingestehe.«

Worauf Sealink scheinbar ungerührt den Kopf zur Seite drehte und sich die alte Haut von den Krallen ihrer rechten Vorderpfote entfernte.

»Hm«, machte sie nur.

Tatsächlich fühlte sich die Mau an diesem Morgen sehr elend. Das Licht tat ihr in den Augen weh, ihr Mund war trocken, und sie hatte einen pelzigen Geschmack auf der Zunge. Außerdem hatte sie offenbar etwas gegessen, das ihr nicht bekommen war.

»O je«, sagte sie.

»Entschuldigt bitte«, fuhr sie fort, »ich glaube, ich …«

Sie schoß unter der Koje hervor und raste in höchster Eile die Stufen zum Niedergang hinauf, um sich unter heftigem Würgen zu übergeben.

Im gleichen Augenblick klirrten unten die Ketten der Steuerung. Old Smoky, der mit einem leichten Katzenjammer vor sich hindösend am Ruder saß, war aktiv geworden, um einer eisernen Markierungsboje auszuweichen. Das Boot schwenkte prompt nach Backbord. Pertelot rutschte in einem Winkel von fünfundvierzig Grad den Niedergang hinunter auf die Reling und den wartenden Fluß zu.

Kaum einen halben Meter unter ihr brodelten die Strudel. Wie gebannt starrte sie hinab. Ihre Krallen schlugen sich in die alten Fender aus Tauen und Korkpuffern an der Seitenwand. Es half nichts: Die Tiefe zog sie unwiderstehlich an. Plötzlich fühlte sie sich am Nackenfell gepackt und kurzerhand – ihre Füße polterten mit jedem Schritt auf den Boden wie bei einem Kätzchen – in die Kajüte zurückgeschleppt.

Pengelly setzte sie auf dem Dielenboden ab und sah sie fest an.

»Man merkt, daß du noch nie auf See gewesen bist«, murmelte er. Er war kaum größer als sie, aber er hatte einen dicken, sehnigen Hals, und seine Füße machten jede Bewegung der *Lumme* mit.

»Du mußt auf das Boot lauschen, mußt spüren, wie es sich ins Wasser legt, besonders wenn Old Smoky einen Brummschädel hat. Ist jetzt soweit alles in Ordnung, meine Beste? So früh darfst du uns noch nicht seekrank werden; das können wir nicht zulassen. Wenn's dich jetzt schon erwischt, gibt's draußen eine Katastrophe.«

Sealink zwängte sich unter der Koje hervor.

»Ich kann ihm nur zustimmen«, murmelte sie. »Mein Gott, Schätzchen, das Meer ist so ruhig wie eine Regenpfütze, und du spuckst den guten Fisch wieder aus. Was soll das denn werden, wenn wir erst richtige Wellen kriegen? Sieh zu, daß du dich schnell daran gewöhnst, meine Süße, denn da draußen wirst du noch so einiges erleben. O ja!« Ein schwärmerischer Ton schlich sich in ihre Stimme, die Begeisterung hatte sie gepackt. »Gutes und Schlimmes, Süße. Gutes und Schlimmes.« Sie rutschte auf den Dielen hin und her, bis sie eine bequeme Stellung gefunden und ihren Federboa-Schwanz zu ihrer Zufriedenheit zurechtgelegt hatte. »Ich liebe Flugzeuge, wirklich und wahrhaftig; aber auf einem Schiff bin ich in euer Land gekommen ...«

»Dies ist nicht mein Land«, erklärte Pengelly verdrossen. »Cornwall ist ein eigenes Land, und eine *Weltreisende* wie du müßte das eigentlich wissen.«

Sealink hatte den Einwand kaum registriert. »... und hier nennt man mich Sealink, schon deshalb habe ich wohl eine Schwäche für die Seefahrt. Außerdem habe ich auf tausend Relingen gesessen und die Wellen vorbeiziehen sehen wie eine Blaskapelle in New Orleans – und ich sage dir, Schätzchen, ich bekomme nie genug davon. Himmel und Meer dehnen sich vor dir aus, beide haben ein und dieselbe Farbe, und irgendwann weißt du nicht mehr, was oben und unten ist; hinter dir verschwimmt das Land und wird immer blasser, als ob es sich einfach auflösen wollte; du fühlst dich selbst wie ein kleines Boot, und ringsum gibt's nichts als Luft und Wasser. Schätzchen, paß auf, irgendwann packt es dich auch.«

Pertelot dachte nach. Doch davon wurde ihre Übelkeit noch schlimmer. »Ich glaube nicht …«, stotterte sie.

Doch Sealink war jetzt nicht mehr zu halten.

»Menschenskind!« rief sie. »Reisen! Du kennst doch das Sprichwort: *Wer reist, den begleitet die Welt*. Was sagst du dazu? Ich kenne keinen treffenderen Spruch. Du läßt alle Sorgen hinter dir, und vor dir tut sich eine neue Zukunft auf!

Süße, du mußt aufhören, ständig über die Schulter zu schauen. Laß die schlimmen Dinge einfach zurück. Das ist der Sinn des Reisens – du gewinnst Abstand von der Vergangenheit, und das rettet dich vor mancher schlimmen Situation. Hier draußen wird dich der Alchimist nicht finden. Hier draußen findet dich niemand. Also mach dir eine schöne Zeit und vergiß alles andere. Wir fahren bis nach Tintagel, dort triffst du deinen alten Kater wieder und ich den meinen, und dann wird alles gut. Und nun entspann dich und genieß die Fahrt. Wenn du dich nicht aufregst, wirst du auch nicht seekrank. Alles eine Sache der inneren Einstellung, Kindchen – laß dir das von mir gesagt sein. Und jetzt entschuldige mich, ich muß einen kurzen Besuch an Deck machen.«

Bevor sie ihre Absicht ausführen konnte, war Pengelly an ihr vorbeigehuscht und versperrte ihr den Weg. Beide nahmen Kampfhaltung ein. Sealink wirkte mit ihrem dichten, langen Fell so massiv, als würde sie ohne weiteres mit zwei Pengellys fertig. Aber der Alte gab sich nicht so leicht geschlagen.

»Ich komme mit rauf und lenke Old Smoky ab, während du dein Geschäft erledigst«, bot er an. »Du bist nämlich nicht so leicht zu übersehen, meine Schöne.«

Damit rannte er flink die Stufen hinauf.

Sealink blieb nichts anderes übrig, als ihm mit wehendem Fell zu folgen. »Wer hat dir eigentlich erlaubt, so vertraulich zu werden?« schalt sie.

»Das war nicht böse gemeint, meine Liebe. Ich hab's gern, wenn auf den Knochen auch was drauf ist.«

»Dann such dir aber schleunigst 'nen anderen Knochen, Cornwall, wir sind nämlich nur Freunde, und mit deinem liederlichen Werkzeug will ich nichts zu tun haben.«

Pertelot sah ihnen nach, dann flüchtete sie sich unter Old Smokys Koje, wo die Welt nicht ganz so schrecklich auf- und niederzugehen schien. War das denn überhaupt möglich? Aber sie hatte doch eben gehört, daß auf See alles möglich war.

Old Smoky hatte am Abend zuvor sein Bettzeug hervorgezogen, um die Stunden bis zur Flut verschnarchen zu können. Die weiche Häkeldecke, die in der hintersten Ecke lag und Staubflocken sammelte, hatte er jedoch übersehen. Pertelot zerrte sie mit den Zähnen zu sich heran und marschierte ein paarmal darüber, um sie mit den Duftdrüsen zwischen ihren Zehen zu markieren. Dann legte sie sich in das selbstgemachte Nest, steckte den Kopf unter die Pfoten, um den Maschinenlärm zu einem erträglichen Klopfen zu dämpfen, und fiel in einen tiefen, traumlosen Schlaf.

Nachdem Sealink der engen Kajüte entronnen war, wollte sie um keinen Preis mehr dorthin zurück. So suchte sie sich rasch ein Plätzchen zwischen den Krabbenkörben, Leinen und Eimern hinter der Motorverkleidung im Heck des Bootes. Von da aus konnte sie zusehen, wie die Welt an ihr vorüberzog.

Sie hatten die Mündung inzwischen hinter sich gelassen und waren von den leeren Weiten umgeben, die sie vorhin beschrieben hatte. Die *Lumme* nahm die Nase herunter und fuhr frontal in eine Welle hinein. Vom Bug spritzte weiße Gischt auf. Der Horizont – nicht mehr als ein leichter Farbunterschied zwischen Meer und Himmel – senkte und hob sich wieder. Sealink beobachtete es mit stillem Jubel. Hoch oben, zu hoch, als daß man ihre Schreie hören konnte, kreisten die Möwen. Die Sonne hatte sich nur unvollkommen hinter einer Wolkenmasse verborgen und ließ deren Ränder in Silber und Gold erstrahlen, während sie mit ihr westwärts zog.

Endlich wieder unterwegs! Sealink stieß einen tiefen Seufzer der Zufriedenheit aus.

Als sie erwachte, war es kalt und dunkel.

Der Motor stand still. Die *Lumme* schaukelte sanft im Schwell und machte keine Fahrt mehr. In der Ferne brannten Lichter, viele Lichter, dicht beieinander. Sie hatten einen Hafen angelaufen, und Sealink hatte dieses Ereignis einfach verschlafen!

Sie sah sich um. Nichts regte sich. Das Ruderhaus war leer. Keine anderen Boote in der Nähe. Sie streckte sich genüßlich und freute sich wie gewohnt an ihrem üppigen Körper. Ein paarmal die Wirbelsäule gedehnt, das tat gut, dann die Vorder- und schließlich die Hinterbeine. Zum Schluß machte sie einen gewaltigen Katzenbuckel, dann setzte sie sich wieder auf und widmete sich ihrer Toilette. Zuerst die Pfoten, dann Gesäß, Flanken, Halskrause, Ohren und Gesicht und endlich ihr ganzer Stolz – der vielbewunderte Schwanz. Als sie fertig war, schüttelte sie sich und ließ das Fell wie eine orangeweiße Fahne im Mondlicht flattern.

»He!« sagte sie leise zu sich selbst. »Gut siehst du aus! Wie das blühende Leben! Aber, Schätzchen, wie kommt es, daß du so *hungrig* bist? Könnte es sein, daß du seit gestern abend nichts mehr gefressen hast?«

Hoffnungsvoll schnupperte sie in den Netzen herum. Sie würde alles probieren. Schon mit einem Makrelenkopf, der seit einer Woche verwundert in die Sterne schaute, wäre sie zufrieden gewesen; sogar der Herausforderung einer abgeworfenen Hummerschere fühlte sie sich gewachsen.

Nichts.

Sie trottete zum Ruderhaus – womöglich hatte der Fischer ja die Krusten seiner Sandwiches dort liegengelassen. Kein Krümelchen. An der Treppe hörte sie etwas, und sie hielt inne.

Unten in der Kajüte war es ruhig, aber nicht völlig still. Ein leises rhythmisches Geräusch drang herauf. Atemzüge? Schwer zu sagen. Sealinks Neugier war geweckt. Sie schlich, während sie das Gewicht vorsichtig von Pfote zu Pfote verlagerte, die Stufen hinunter.

Die dunkle Kajüte war warm und von Leben erfüllt. Old Smoky lag zusammengerollt wie ein Embryo auf der Koje, und Pengelly hatte sich in die Mulde zwischen seinen angezogenen Knien und seiner Brust gekuschelt.

Beide schliefen fest.

Das Geräusch hielt an. Es kam aus der Kombüse. Sealinks Pupillen weiteten sich. Da! Da! Oben auf dem Abtropfbrett! Eine sonderbare Gestalt! Grazil und elastisch wie eine Peitschenschnur, mit einem knollenförmigen, plumpen Kopf, der gar nicht zum Körper passen wollte. Sealink hielt den Atem an und trat näher.

Draußen zog ein Licht vorbei und drang durch das Bullauge; für den Bruchteil einer Sekunde war die Erscheinung in Silber getaucht.

Pertelot.

Die Königin der Katzen stand mit drei Pfoten auf der Arbeitsfläche der Kombüse. Die vierte Pfote und der Kopf steckten in einem Topf mit Erdnußbutter. Jedesmal wenn sie mit der Zunge über die Masse fuhr, scharrte der Topf über den Resopalbelag und erzeugte das Geräusch, das Sealink gehört hatte.

Pertelot war so in ihr Tun vertieft, daß sie vor Schreck einen hohen Satz machte, als die Calicokatze neben ihr auf die Theke sprang. Der Erdnußbuttertopf rutschte ihr vom Kopf und fiel zu Boden; Old Smoky fuhr erschrocken von seiner Koje auf und zündete die nächste Gaslampe an, während Pengelly sich hastig aus den Decken wühlte und kopflos hin- und herrannte. Schatten tanzten über die Wände. Pertelot schoß in heller Panik unter die Koje und vergrub sich in der Häkeldecke. Doch als Sealink ihr folgen wollte, konnte sie nur Kopf und Oberkörper in den schmalen Spalt zwängen; das hintere Ende blieb draußen, und der Schwanz wedelte wie eine Parlamentärsflagge. Pengelly, der seine angeborene Gelassenheit rasch wiedergefunden hatte, genoß das Schauspiel.

»Was habt ihr denn auf meinem Boot zu suchen?« brüllte Old Smoky und packte Sealinks Schwanz mit seiner schwieligen Faust. Sealink krallte sich ein und wollte sich unter die Koje ziehen: vergeblich. Große, harte Hände schlossen sich um ihre Mitte und zogen sie unerbittlich heraus, sosehr sie auch zischte und spuckte und haßerfüllt um sich schaute.

»Nicht wehren!« warnte Pengelly. »Es sei denn, du möchtest schwimmen gehen. Er mag Katzen, ich schwör's dir.«

Sealink warf ihm einen mörderischen Blick zu. »Ich hoffe für dich, daß das stimmt, Süßer«, knirschte sie. Dann gab sie den Kampf auf, zog die Krallen ein und schaute scheinheilig freundlich zu dem Menschen auf. »Hallo«, sagte sie. »Ich bin Sealink.«

Ein lebhaftes, wettergegerbtes Gesicht beugte sich über sie. Blitzende, schwarze Augen, die wie Fische in einem Netz von Fältchen gefangen waren. Old Smoky hielt seine Beute auf Armeslänge von sich ab und musterte sie.

»Bist ja 'ne richtige Schönheit, wie?«

»Das hat man mir schon oft gesagt«, bestätigte Sealink.

»Pengelly, du alter Schwerenöter«, gluckste der Fischer. »Seit wann bringst du deine Gespielinnen mit auf mein Boot? Die ist doch viel zu groß für dich, die frißt dich ja bei lebendigem Leib!«

Ein strafender Blick von Sealink. »Ich bin keine *Gespielin*. Und ich wäre dir sehr dankbar, wenn du mich absetzen würdest.«

Old Smoky sah sie an, als habe er sie verstanden, und stellte sie auf den Boden. Sie ließ sich würdevoll nieder, behielt aber zur Sicherheit seine Hände im Auge.

Pengelly hatte sich der Mau zugewandt. »Komm raus, meine Liebe«, drängte er. »Wenn du schon für das Würstchen hängen sollst, kannst du dir auch den Schinken noch holen.«

»Hängen?« fragte Pertelot.

»Verzeihung, beste Freundin. Nur so eine Redensart. Er ist im Moment guter Laune – das sollten wir ausnützen.«

»Herr im Himmel«, sagte Old Smoky, als Pertelot Fitzwilliam von Hi-Fashion sich mißtrauisch unter der Koje hervorschob. »Du bist mir vielleicht einer, Pengelly. Zwei Weiber in einer Nacht, du bist ja unersättlich. Und die eine ist so dürr, wie die andere fett ist!«

»*Das ist kein Fett*«, protestierte Sealink, »*das sind Muskeln.*«

Pertelot blieb neben den Stiefeln des Fischers stehen und beschnupperte sie schüchtern. Noch war sie auf dem Sprung. Doch dann streckte er ihr die gichtigen Finger hin, und sie rochen nach Tabak und nach Meer. Ein angenehmer Geruch. Ehe sie wußte, wie ihr geschah, rieb sie den Kopf an seiner Hand. Und trat eilends den Rückzug an.

»Bißchen nervös, Gnädigste? Brauchst keine Angst vor mir zu haben. Nun komm mal hier rauf und laß dich ansehen.«

Er hob sie mit herzhaftem, aber sanftem Griff auf, setzte sie neben sich auf die Koje und strich mit seinen großen Händen über ihren schmalen Körper. Am Bauch hielt er kurz inne und betastete ihn vorsichtig.

»Hast wohl in letzter Zeit nicht ordentlich gefressen, meine Schöne? Das kann nicht angehen. Du bleibst jetzt hier sitzen, und ich sehe mal nach, ob ich etwas finde.«

Er ging auf die Kombüse zu und bemerkte den zerbrochenen Topf auf dem Boden.

»Erdnußbutter, wie? Ein bißchen schwer für jemanden in deinem Zustand, meine Liebe.«

Aus dem Schrank unter dem Waschbecken holte er ein paar Büchsen heraus.

»Wir müssen dich rasch ein bißchen aufpäppeln«, sagte er, »sonst kannst du die Jungen am Ende nicht austragen.«

DAS VIERTE KATZENLEBEN

Wir, die Lieblinge der Götter, kamen von Bast und von Helipolis; von Attabiyas Märkten kamen wir, wo man die feinste Moiré-Seide verkaufte (deren Name übrigens auf das getigerte Fell der Moiré-Katze zurückgeht); von Abessinien und Persien: Felis cattus *wanderte durch die ganze Welt.*

Einst herrschte viele tausend Kilometer entfernt im alten Lande Kernow auf der Landzunge von Tintagel hoch über dem Meer ein Stammeshäuptling. Der hatte aus unbekannten Gründen dem ersten Mann, der ihm ein Katzenpärchen brächte, seine einzige Tochter samt einer ansehnlichen Mitgift versprochen.

Ein junger Händler wollte dieser Mann sein. Katzen waren damals noch rar und kostbar; aber Kernows Tochter mit dem flammendroten Haar war nicht zu verachten. Tatsächlich war er soeben erst ganz von selbst zu einem prächtigen Katzenpärchen gekommen; die zwei waren quer über den Marktplatz auf ihn zu marschiert, hatten sich vor ihn hingesetzt und in die Sonne geblinzelt.

Die beiden Katzen hießen Atum-Ra und Isis: Sie waren zu jener Zeit König und Königin aller Katzen, und sie hatten eine zweifache Mission. Sie sollten den alten geheimen Pfaden des Nordens, die einst von Säbelzahntiger und Panthera *angelegt wurden und inzwischen in Vergessenheit geraten waren, mit der Magie des Alten Reiches wieder Leben einflößen; und sie sollten die kalten Länder aufs neue bevölkern. Die Königin beförderte auf dieser Reise aus den warmen Gefilden, wo die Luft vor Hitze flimmerte, in das Reich des Nebels und des ewigen Regens eine besonders kostbare Fracht.*

Atum-Ra und Isis fuhren also über das weite Meer. Sie lagen in einem bequemen Käfig und lauschten dem Gerede der neugierigen Seeleute, die sich immer wieder unter Deck schlichen, um die beiden zu betrachten.

Einer sagte: »Seht nur, am frühen Morgen sind ihre Augäpfel ganz lang und schmal; gegen Mittag werden sie rund; und bei Nacht leuchten die ganzen Augen wie Laternen!«

Und ein zweiter antwortete: »Bei Tag saugen sie das Licht der Sonne in sich auf, und wenn sie es bei Nacht wieder abgeben, können sie sehen wie am hellen Mittag. Auf diese Weise pirschen sie sich unbemerkt an ihre Beute heran!«

Und der Schiffsjunge lachte: »Wie hübsch sie da beisammenliegen!«

Doch der einzige Christ auf dem Schiff sagte nur: »Ich habe gehört, sie seien auf die Erde gestürzt wie einst Luzifer. Mit solchen Augen kann man in die Welt des Bösen schauen.« Und er bekreuzigte sich.

Auf dem Schiff befand sich auch ein Ägypter, der selbst Katzen besessen hatte, bevor er sein Haus verlor und sich der Seefahrt verschrieb. Er konnte sich an Atum-Ra, den er ›den Kleinen Sohn des Morgens‹ nannte, nicht satt sehen. »In Ägypten«, sagte er leise, »gilt die Katze seit Jahrhunderten als heiliges Tier, das Leben und Fruchtbarkeit bringt und wie ein kleiner Gott auf den Pfaden der Lebenden und der Toten wandelt.« Er lächelte dem Christen zu. »Kein anderes Tier ist dazu imstande.« Und dann fragte er: »Der Weg des Morgens und der Weg des Abends – sind das deine Welten des Bösen?«

Daraufhin erklärte der Christ die Katzen zu Dämonen in Tiergestalt. In der Geheimen Offenbarung sei eindeutig von einer Katze mit sieben Köpfen die Rede.

Doch der Ägypter widersprach: »Ich habe gehört, die ersten Katzen seien auf Noahs Arche erschaffen worden. Die Arche litt unter einer Rattenplage, und Noah fragte Gott um Rat. Gott sagte: ›Geh zur Löwin und gib ihr einen Schlag auf die Schnauze.‹ Noah schlug die Löwin auf die Schnauze, und da nieste sie ein Katzenpaar hervor. Was sie davon hielt, wird nicht berichtet.«

»Ketzerisches Gefasel!«

»Es ist euer Mythos, nicht der meine«, gab der Ägypter achselzuckend zurück. Das erzürnte den Christen so sehr, daß sich die beiden im Frachtraum miteinander prügelten und erst getrennt werden konnten, als man sie mit Eimern voller Seewasser überschüttete.

Die Königin der Katzen leckte sich besorgt das Bäuchlein.

Das Schiff glitt durch die ruhigen Gewässer des Mittelmeers. Drei Tage später kämpfte es sich gegen die rastlosen Wellen des großen Ozeans nach Norden. Bei Nacht wies ihm der Polarstern den

Weg. Das Wetter war kalt und stürmisch. Der König und die Königin froren im Schlaf. Der Schiffsjunge streichelte sie, wenn niemand zusah.

Endlich legte das Schiff an, und man trug Atum-Ra und Isis über eine steile Treppe zur Klippenfestung Tintagel hinauf.

Der Häuptling hieß den Phönizier und seine Seeleute mit großer Herzlichkeit willkommen. Man wurde rasch handelseins und feierte ein großes Fest. Doch der Häuptling hatte Sorgen, die ihm den Schlaf raubten, das war nicht zu übersehen. Sein Gesicht war von tiefen Falten gezeichnet, und unter seinen Augen lagen dunkle Schatten.

Um Mitternacht, als das Hochzeitsfest seinen Höhepunkt erreichte, trug er Atum-Ra und Isis in sein Schlafgemach und ließ sie aus ihrem Käfig.

Dann sprach er zu den beiden: »Ich bin ein geschlagener Mann. Nacht für Nacht werde ich von Gespenstern heimgesucht. Seit sechs langen Monaten habe ich kein Auge mehr zugetan. Ich würde gern Wiedergutmachung leisten, aber ich kann nicht herausfinden, wer mich verfolgt. Um dieses Reich zu erobern, mußte ich viele Menschen töten. Wie soll ich wissen, wer von ihnen keine Ruhe findet und nicht aufbrechen will zur Insel der Toten? Ihr Katzen lebt in beiden Welten, das ist bekannt; und im Auge einer Katze bleibt das Bild eines Gespenstes einen Moment lang erhalten. Wacht heute nacht bei mir. Helft mir, den Spuk zu erkennen, dann schenke ich euch die Freiheit, und ihr könnt kommen und gehen, wie es euch beliebt.«

Atum-Ra und Isis hatten sich die Bitte ruhig angehört. Revierkämpfe sind grausam, das wissen alle Katzen; aber sie müssen ausgefochten werden. »Und das Angebot ist nicht schlecht«, sagte Isis.

So setzten sie sich ans Kopf- und ans Fußende des großen Bettes. Der Häuptling hüllte sich in Felle und Decken und legte sich zwischen sie. Und sobald draußen der Mond durch die Wolken brach, fanden sich die Wiedergänger zu ihrem nächtlichen Besuch ein …

Zuerst klirrte es auf dem Dach, als stieße jemand einem toten Pferd die eisenbeschlagenen Absätze in die Flanken; dann riß ein eisiger Luftzug die Bettvorhänge herunter und zerrte das Haar des Häuptlings so heftig unter dem goldenen Reifen hervor, daß es ihm vom Kopf abstand wie ein feuriger Kranz; und endlich tanzten Schatten durch den Raum und warfen Tische und Stühle um. Nur für die Katzen waren sie inmitten des eisigen Nebels als hämisch grinsende Gestalten mit gräßlichen Wunden zu erkennen.

Atum-Ra sah einen Mann. Isis sah eine Frau. Beide trugen safrangelbe Mäntel. Eine der Erscheinungen trug den Kopf unter dem Arm.

Der König und die Königin der Katzen sahen sich den Spuk lange an; dann stiegen sie – ohne Rücksicht auf den eisigen Wind, der ihnen das Fell zauste – in aller Ruhe auf das Bett, stellten sich vor den zitternden Häuptling und zeigten ihm ihre Augen.

Er blickte in das tapetum lucidum *im Hintergrund. Da! Ein schwaches Bild hatte sich eingebrannt!*

Sobald die Gespenster erkannt waren, ergriffen sie die Flucht und kehrten niemals wieder. Der Häuptling stand zu seinem Wort. Er leistete Wiedergutmachung und errichtete zu Ehren seiner Feinde ein Ogham-Kreuz. Und er schenkte den Katzen die Freiheit und verbot bei Todesstrafe, ihnen oder ihren Nachkommen auch nur ein Haar zu krümmen.

So konnten sich Atum-Ra und Isis, der König und die Königin der Katzen, aus beiden Welten das Beste heraussuchen – wie Katzen es lieben. Als zur Frühlings-Tagundnachtgleiche im Herzen der wilden Pfade ihre Jungen zur Welt kamen, breitete sich ein goldener Schein über das Land. So kommt es, daß die Landzunge von Tintagel bis auf den heutigen Tag allen Katzen heilig ist.

12

VERLUSTE

Streichle niemals eine Katze gegen den Strich,
sonst verläßt dich das Glück.

ALTE REDENSART

Nachdem jede Bewegung aufgehört hatte, war es einen Moment lang völlig still im dunklen Wagen. Dann drangen von draußen unverständliche, menschliche Stimmen herein.

»Versteckt euch!« drängte Tom.

Die Katzen zwängten sich in die Ritzen und Nischen zwischen den Käfigen, die alle Träume vom Fliegen aufgegeben hatten und ineinander verkeilt im vorderen Teil des Laderaums liegengeblieben waren. Sie machten sich klein. Sie zogen die Schwänze ein. Sie machten sich zur Sicherheit noch etwas kleiner und zogen die Schwänze noch etwas weiter zurück.

Die Türen des Lieferwagens wurden weit aufgerissen. Eisige Luft und strahlend helles Mondlicht strömten ins Innere. Tom hob den Kopf und spähte hinaus.

Sie hatten die Stadt weit hinter sich gelassen.

Ein gepflasterter Platz. Auf drei Seiten stumme Häuser. Das Mondlicht zeichnete phantastische Schattenarabesken auf die dunklen Veranden. Auf der vierten, offenen Seite ein Grasstreifen und dahinter ein Dorfweiher. Die Luft strich mit zögernden Fingern über die Oberfläche mit den sich bildenden und wieder auflösenden Eislinsen. Der Schnee deckte alles zu – er lag auf den Dächern und hing über die Giebel. Jede Hecke, jeder Baum, jedes einzelne dünne Schilfrohr am Rand des Weihers, alle trugen sie an der Seite, die dem Wind ausgesetzt war, ihren weichen feuchten Mantel, ihren glänzenden

Schneepanzer. Vor Toms staunenden Augen schoben sich Wolken über den Mond, und neuer Schnee rieselte auf den Platz herab. Dann erschienen vier dick vermummte menschliche Gestalten an der offenen Tür und verdeckten die Sicht.

Eine schwang sich schwerfällig in den Wagen, starrte zunächst geradewegs auf Toms Versteck, stieß dann mit dem Fuß ein, zwei Käfige beiseite und rief ungeduldig etwas nach draußen. Als Antwort murrte und ächzte es. Dann wurde der Wagen mit großen rechteckigen Gegenständen beladen. Das Scharren und Schlurfen menschlicher Füße war zu hören. Die Luft wurde ein klein wenig wärmer, ein scharfer Geruch nach menschlichem Schweiß verbreitete sich.

Tom wagte einen Blick um die Ecke.

Neue Käfige!

Er starrte sie erschrocken an, fürchtete dann, das Mondlicht könne sich in seinen Augen spiegeln und ihn verraten, und zog sich wieder zurück.

Neue Käfige, dachte er. Aber wozu?

»Was ist los?« zischte Ragnar Gustaffson. »Was geschieht hier?«

»Still«, warnte Tom.

»In den Käfigen sind Katzen«, sagte Ragnar. »Was haben sie mit denen vor?«

»Ragnar, halt den Mund.«

»In diesen Käfigen sind Katzen«, beharrte Ragnar. Dann schwieg er wieder.

Die neuen Käfige wurden mit viel Geklapper zu beiden Seiten des Lieferwagens aufeinandergestapelt. Als der Mensch im Wageninnern die Hände zusammenschlug und schwer atmend aussteigen wollte, kam es zu einem kurzen Streit. Die anderen drängten ihn wieder zurück. Er schrie sie an, sie schrien noch lauter. Er spuckte auf den Boden. Doch dann stapfte er mit schweren Schritten nach vorn und begann damit, mit übertrieben heftigen Bewegungen die leeren Käfige auszuladen.

Jetzt geht's uns an den Kragen, dachte Tom. Das ist der, den ich gebissen habe.

Eine Weile konnten sie sich noch verstecken. Der Mensch war in seinem Zorn nicht sehr geschickt, und es gab viele Käfige abzutragen. Als zwei oder drei mit den Türen aneinander hängenblieben, zerrte er zunächst daran, um sie zu trennen, dann schleuderte er sie quer durch den Wagen. Schließlich hob er sie wieder auf und riß in blinder Wut die Türen ab. Von draußen war Gelächter zu hören, doch als die Käfige hinausgeflogen kamen, wurde es rasch still. Nach diesem Ausbruch wurde der Mensch ruhiger und ging etwas planvoller zu Werke. Nun brachte er die Käfige einzeln bis zu den geöffneten Türen, wo seine Gefährten sie ihm abnahmen und in die Nacht hinaustrugen.

Jedesmal wenn ein Käfig entfernt wurde, suchten Tom und seine Freunde hinter dem kleiner gewordenen Stapel aufgeregt nach neuen Verstecken.

Jedesmal wurde es schwieriger.

Irgendwann schaute der Mensch nach unten, stutzte, beugte sich vor.

»Na so was«, sagte er.

»Rennt!« rief Mousebreath. »Rennt um euer Leben.«

Und Tom rannte.

Lange bevor er das eisige Mondlichtviereck am Ende des Wagens erreicht hatte, faßten harte Hände in das lose Nackenfell hinter seinem Kopf. Ein blasses, rundes Gesicht mit großen Poren und Stoppelbart beugte sich über ihn. Tom roch sehr altes Futter. Er fauchte, fletschte die Zähne, stieß den Kopf in das Menschengesicht. Das Gesicht verschwand. Die Hände ließen Toms Nacken los, legten sich aber dafür dicht unter den Rippen um seinen Körper und drückten schmerzhaft zu. Tom wand sich und spuckte. Er kreischte und biß. Plötzlich hörte er einen Aufschrei und war wieder frei. Er kämpfte sich auf die Türen zu, fiel über die Kante in die Nacht hinaus. Seine Gefährten waren damit beschäftigt, sich dem Zugriff der anderen Katzenfänger zu entziehen.

Drei plumpe Menschengestalten führten im Schneegestöber einen lautlosen, barbarischen Tanz auf. Ihr eigener Atem, ein weißer Hauch, ließ ihre Umrisse verschwimmen, verlangsamte ihre Bewegungen und dämpfte ihre matten Schreie. Die drei Katzen rannten ihnen wild spuckend zwischen den Beinen herum und schafften es immer wieder, ihnen zu entwischen. Tom wurde sofort mit einbezogen, und nun trieben sie das Spiel zu viert.

Der vierte Katzenfänger war am Wagen stehengeblieben und sah dem Spektakel eine Weile belustigt zu. Dann griff er in seine Manteltasche, zog etwas heraus und schüttelte es sorgfältig aus.

»Rennt!« keuchte Tom, als er das Ding erkannte. »Rennt!«

Die anderen gehorchten, doch es war schon zu spät. Sie kamen nicht mehr vom Fleck.

Das Netz war bereits über ihnen.

Tom spürte, wie er hochgehoben wurde. Dünne Nylonfäden schnitten ihm ins Gesicht. Es gelang ihm, ein Vorderbein durch die Maschen zu stecken, doch damit erreichte er nur, daß ihm das Gewebe über den Ellbogen rutschte und sich dahinter in die weiche Haut grub. Je mehr er zappelte, desto größer wurde der Schmerz. Die vier Katzen drohten sich gegenseitig zu erdrücken. Mousebreath, der ganz unten war, heulte vor Wut und Entsetzen. Tom spürte, wie er um sich trat, ohne Sinn und Verstand, wie ein Kaninchen im Todeskampf. Das Netz begann sich zu drehen, die sichtbare Welt wurde zu einem grauen Strich auseinandergezogen. Tom sah rasch hintereinander den gefrorenen Weiher, ein alleinstehendes Haus, eine große, rauhe, nach oben gestreckte Hand. Und wieder den Wagen.

Der Geruch gefangener Katzen schwebte durch die kalte Nacht. Säuerliche Angst, alter Urin, ungenügend verscharrter Kot. Ein kurzer Blick auf die neuen Käfige an den Seitenwänden, die nur einen schmalen Gang zwischen sich freiließen. Katzengesichter, die in jäh aufflackernder Hoffnung zu Tom herausstarrten. Schon drehte sich das Netz weiter, und er schaute wieder zum Weiher hinüber…

Ein unregelmäßiges Oval, fünfzig Meter lang, von stachligem Schilf und kahlen Bäumen mit bizarr gespaltenen schiefen Stämmen umgeben. Grauglänzendes Wasser grenzte, leblos, teilweise gefroren, wie mit Zucker bestreut, an das grasbewachsene flache Ufer. Tom hatte gerade noch Zeit, dahinter eine Bewegung zu entdecken, Zeit, sich zu fragen, was das wohl sein mochte – und schon wurde er weitergedreht und befand sich abermals vor dem Lieferwagen. Von oben näherten sich harte Menschenhände. Menschengerüche überschwemmten ihn. Er wurde ins Wageninnere gezogen, die Türen schlossen sich. Doch vorher hatte Mousebreath mit seinem Gezappel das Netz ein letztes Mal gedreht...

Es schneite nicht mehr. Gelblich und kalt streifte das Mondlicht die vorbeiziehenden Wolken. Auf dem Platz war alles still. Am anderen Ufer des Weihers huschten matte Reflexe über das Wasser. Der Wind trieb irgend etwas hin und her. Ein Blatt vielleicht, einen Zweig. Nein. Dafür war das Ding zu groß, zu unscharf, das Gehirn konnte seine Bewegungen nur mit Mühe erfassen. Tom kniff die Augen zusammen. Sein Herz schlug wie rasend.

Er war eine Katze, und deshalb begriff er schneller, was da geschah. Für die Menschen war es schon zu spät. Sie hörten nur ein lautes Knurren, ein dumpfes Brüllen, das von den Bäumen zurückgeworfen wurde. Und als sie sich entsetzt ansahen und das zappelnde Netz fallen ließen, kam die schwarze Katze bereits mit gefletschten Zähnen in langen Sätzen unaufhaltsam über den Weiher auf sie zu. Unter den harten Riesenpfoten spritzte das Wasser hoch auf, die glänzenden Schultern und Hinterbeine arbeiteten so gleichmäßig wie eine Maschine. Die Katze wurde *kleiner*, je näher sie kam, trotzdem war es die größte Katze, die je ein Mensch gesehen hatte.

Der Majicou!

Es war der Majicou auf dem Gipfel seiner Macht. Er trat von der magischen Straße herunter wie ein riesiger brasilianischer Jaguar aus dem Dämmerlicht des Regenwaldes, sein Atem verpuffte wie Hochofenrauch in die eisige Luft.

Nun war Mousebreath nicht mehr zu halten. Er hatte es endlich geschafft, mit einer Kralle in die Maschen zu fahren und das Netz aufzureißen wie einen Fisch. Genau in diesem Moment ließen die Katzenfänger es fallen und sprangen hinten aus dem Wagen. Majicou stürzte sich auf sie. Als sie erschrocken wieder hineinflüchten wollten, sahen sie sich einem Schildpattkater gegenüber, der sie anfauchte wie ein leibhaftiger Teufel, während er sich von den Resten des Netzes befreite. Im ersten Moment waren sie wie gelähmt. Dann rannten sie um den Wagen herum nach vorn. Ein kurzer Kampf um den Fahrersitz entbrannte. Dann schnarrte der Anlasser. Der Motor sprang an. Das Fahrzeug raste aus dem Stand mit durchdrehenden Hinterreifen und offenstehenden Hecktüren los. Tom, Cy und Mousebreath purzelten wie ungesicherte Gepäckstücke auf die Straße. Majicou ließ sie kaum zu Atem kommen.

»Schnell! Folgt mir!« Er drehte sich um und rannte auf den Weiher zu.

»Warte!« rief Tom.

»Keine Zeit!«

Am Ufer hielt Tom unschlüssig an.

Mousebreath prallte von hinten gegen ihn. Cy stolperte an den beiden vorbei auf das Eis und schlitterte ein Stück weit auf dem Gesäß dahin. Verärgert sah sie sich um.

»Warte!« riefen alle drei.

Aber die schwarze Katze wollte nicht hören.

»Keine Zeit! Das Eis trägt euch, solange ihr nicht stehenbleibt!«

Und schon stürmte Majicou ihnen voran, entfernte sich zehn, zwanzig, fünfzig Meter weit und wurde immer größer, je näher er dem wabernden Rauchfleck am anderen Ufer kam. Von hinten kam ein Dutzend weiterer Katzen auf das Eis gekullert und strömte hinter dem einäugigen Kater in die Nacht hinein. Sie hatten es so eilig, daß sie Tom einfach umwarfen.

Es gab keine Wahl. »Dann kommt!« rief Tom. Und schon sprangen die drei gemeinsam über das Eis. Wasser spritzte auf, als würden Tiger ein Reisfeld durchqueren. Moorhühner erwachten und flüchteten ans Ufer. Rechts und links schwangen sich aufgescheuchte Wildenten in die Luft. Tom rannte. Das Eis trug ihn. Tom rannte; auch die anderen rannten; weit vorne rannte Majicou. Heiß dampfte ihr Atem in der eisigen Luft. Kälte und Hunger waren vergessen. Ganz selbstverständlich verströmten sie wie kleine Hochöfen ihre Lebenswärme. Sie rannten so schnell, daß der Weiher zu einem grauen Nichts wurde und alles außer der Bewegung seinen Sinn verlor …

(Sie waren Katzen. Sie waren *Katzen*!)

... dann hatte die magische Straße sie erkannt und nahm sie auf. Eine fließende Gebärde, und sie waren in einer anderen Welt. »Hier sind wir zunächst in Sicherheit«, sagte Majicou. Hohl schallte seine Stimme durch den Raum. Die anderen Katzen aus dem Lieferwagen sahen sich außer Gefahr, und da ihnen nun die ganze weite Welt offenstand, zerstreuten sie sich bereits in verschiedene Richtungen. Majicou sah ihnen nach, dann richtete er sein einzelnes Auge auf Tom. »Und jetzt heraus mit der Sprache!« befahl er. »Die Königin: Wo ist sie?«

Tom starrte ihn an. »Sie ist nicht hier«, antwortete er verwirrt. »Du siehst doch, daß sie nicht hier ist. Sie ist in den Kanal gefallen.«

Er ließ sich müde zu Boden sinken und gestand: »Ich habe auch Sealink verloren.«

»Und der Fuchs?«

»Der Fuchs ist tot«, mischte Mousebreath sich ein. Dann fragte er die schwarze Katze: »Und wer bist du?«

Majicou hörte ihn nicht.

»Wir können nur beten, daß sie mit dem Fuchs zusammen ist«, sagte er und ging auf und ab. Sein Schwanz peitschte unschlüssig hin und her. »Wenn er nicht helfen kann, holt der Alchimist sie alle beide!«

Mousebreath zuckte die Achseln.«Als ich ihn das letzte Mal gesehen hab, war er nicht mal mehr imstande, sich selber zu helfen. Von jemand anderem ganz zu schweigen.«

Der große Kater starrte ihn an.

»Dann ist alles verloren. Heute nachmittag hatte ich noch geträumt, sie sei in meiner Nähe – oder muß ich das erst noch träumen? –, dann war sie plötzlich verschwunden. Warum habe ich nicht gehandelt? Warum habe ich nicht *gehandelt*?«

Tom sah sich ratlos um.

»Wo sind wir?« fragte er. »Und wo sind Cy und Ragnar?«

»Ich bin hier«, sagte Cy. »Und ich bin ich.«

»Ragnar? Ragnar!«

»Ragnar!«

Die Stimmen hallten nicht mehr wider. Die vier hatten die Straße verlassen und standen in einem öden Hügelgelände über einem Dorf. Sie sahen sich unruhig an, ein ängstlicher Blick in die Runde, dann stellten sie das Rufen ein. Als Stadtkatzen waren sie hier oben ganz und gar verloren. Nur Mousebreath hatte einige Erfahrungen aufzuweisen, doch auch er war schockiert. Der Schnee verschärfte die Kontraste, es gab nur Schwarz und Weiß. Außerdem war es bitterkalt, und unter dem endlosen nächtlichen Himmelsgewölbe fühlten sich die Katzen winzig klein. Der Wind zwang sie, sich dicht aneinander und an Majicou zu drängen. Er führte sie einen kurzen steilen Abhang hinunter, durch ein Hoftor und ein Dickicht aus Holunder und Hagedornbüschen zu einer leeren Scheune. Unterhalb davon sah Tom dürre Farnkräuter, einen gewundenen Feldweg und die ersten Felder. Hügelaufwärts entdeckte er jenseits des Tores einen mächtigen Höhenzug (allerdings nicht die beiden steinharten Furchen auf seinem Rücken, das äußere Erkennungsmerkmal des ältesten Pfades überhaupt, der sich im Mondlicht bis nach Tintagel im äußersten Westen zog). Schließlich mußte er zugeben:

»Ich glaube, wir haben auch Ragnar verloren!«

Majicou stieß einen ungeduldigen Seufzer aus.

»Es ist alles meine Schuld«, klagte Tom und hoffte, Majicou werde ihm widersprechen.

Doch Majicou fragte nur müde: »Was kann denn jetzt noch schiefgehen?« Er wirkte alt und gebrechlich – eine einäugige Katze, von vielen Jahren der Verantwortung erschöpft. »Nichts«, schloß er dann. »Und jetzt hinein mit uns, da drinnen ist es wärmer.« Sie betraten die Scheune, nur um Sekunden später festzustellen, daß ihnen auch Tom abhanden gekommen war.

Das Farngestrüpp kostete viel Kraft. Doch nach etwa einem Kilometer schloß sich ein Buchenwald mit einem kleinen Trampelpfad an, auf dem man sehr viel leichter vorankam.

Tom amüsierte sich inzwischen prächtig, obwohl er seine Füße kaum noch spürte und ziemlich müde war. Der Mond stand tief. Der Trampelpfad führte bisweilen über schmale, trockene Gräben und freiliegende Baumwurzeln. Nirgendwo gab es ein Plätzchen zum Verkriechen. Im Windkanal der hohen Bäume konnte sich keine Schneedecke halten; nur hier und dort hob eine dünne weiße Schicht die Umrisse eines zerklüfteten Steins oder eines abgebrochenen Astes hervor. Tom trottete wechselnd rasch dahin; manchmal hielt er inne, lauschte mit erhobener Pfote, ermahnte sich: »Weg von hier!« Und flüchtete rasch, lautlos, kaum sichtbar bis zum nächsten Stamm. Als er den Waldrand erreicht hatte, blieb er stehen und schaute geradewegs ins Tal hinab.

Das Dorf war in allen Einzelheiten deutlich zu erkennen. Ein Gewirr aus seitlich ansteigenden Gäßchen, jedes mit ein paar Häusern besetzt. Unregelmäßig geformte, verwilderte Gärten. Dazwischen ein Dickicht aus Rhododendron- und Heckenrosensträuchern. An einem Ende ein hohes graues Gebäude mit efeubewachsenem Turm. Wenn Ragnar da unten war, müßte er ihn finden. Alles war so nahe; Tom hörte sogar die Enten im Dorfweiher schläfrig quaken. Er stellte sich – Gesäß nach unten, Vorderbeine durchgedrückt, alle Sinne hellwach – auf einen umgestürzten Baumstamm und wartete. Eine Minute. Zwei Minuten. Nichts regte sich. Nirgendwo lauerte Gefahr. Noch dreißig Sekunden, dann würde er sich an den Abstieg machen.

Doch dazu kam es nicht.

Bevor er von dem feuchten schwarzen Buchenstamm hinunterspringen konnte, rief jemand seinen Namen.

»*Tom.*«

»Ragnar! Bist du hier?«

Nichts.

»Wo bist du?«

»*Tom*«, sagte die Stimme wieder.

Dann war ein Lachen zu hören.

Eine leise Bewegung zwischen zwei Bäumen, ganz nahe, aber verdeckt. Tom sah sich verdutzt um. »Majicou? Wer ist da?«

»*Tom.*«

Es war wie ein Flüstern.

Diesmal hörte er die Bewegung. Was es auch war, es klang wie ein großes Tier, das im dichten Unterholz möglichst leise seine Lage verändern wollte – ein Rascheln, ein verstohlenes

Scharren. Tom fröstelte. Der Mond war untergegangen. Trotzdem sah er genau, daß der Wald leer war. Buchen sind elegante, kalte Säulen, zwischen denen nichts wächst. Das ansteigende Gelände war wie blankgescheuert, nur hier und da mit etwas Schnee bestäubt. Weit und breit nichts als Wurzeln und Steine. In diesem Wald gab es keine Deckung. Hatte es nie eine Deckung gegeben.

»Wer bist du?« fragte er.

Scharren.

»Ich bin du.«

Scharfer Verwesungsgeruch.

»Ich bin ...«

Etwas Großes, das sich an etwas Kleines anpirschte; etwas, das ganz und gar nicht hierhergehörte, lauerte in einem Unterholz, das nicht vorhanden war ...

Scharren.

Hinter mir! dachte Tom. Er fuhr herum.

Nichts.

»Tom.«

Scharren.

Hatte er es gesehen? Hatte es sich gezeigt?

Er war nicht sicher. Ein Wirbel aus Licht – kein Licht, weniger als Licht – zeigte ihm eine Masse, die im Wurzelgewirr auf ihn zufloß. Es roch nach Salmiak und verfaultem Fleisch. Tom stand sozusagen neben sich und beobachtete, wie sich das Ding an einen anderen Tom heranpirschte. Er wollte ihn warnen, konnte aber nicht sprechen. Panik erfaßte ihn, kopflos wie ein Kaninchen stürmte er in die Nacht hinein – *»Tom«* –, raste, ein flackernder weißer Fleck, in verzweifelten Achterschlingen um die Baumstämme herum, rannte – *»Tom, Tom, Tom«* – hinaus aus dem Wald, den Hang hinab, ins Dorf hinein, unentwegt »Hilfe! Majicou! Hilfe!« schreiend, bis er die Eisfläche des Entenweihers vor sich sah und ohne Zögern darüberflog, der magischen Straße entgegen.

Auf der Straße schillerte die Nacht ähnlich den Reflexen auf einer Ölpfütze. Hier, hatte Majicou gesagt, hatte die Zeit eine andere Bedeutung. Echos entschwebten nach allen Richtungen. Im Norden ragte der mächtige Kreiderücken gen Himmel. Darüber loderten weiß die Sterne. Auf der Straße strömten unzählige rauchgraue Katzengespenster nach Osten und nach Westen. Unterhalb davon lag, leise zitternd in der Gleichzeitigkeit seiner tausendjährigen Geschichte, das Dorf. Ein Dorf mit Katzenaugen gesehen – Scheunen und Butterfässer; offene Fenster, durch die man nach Belieben ein- und ausging. Und dahinter der Weiher mit seinen schwer bestimmbaren Ufern und den schemenhaften Weiden. Tom sah sich um. Der aus allen Richtungen kommende Wind fuhr ihm ins Fell und kühlte seine Angst ein wenig ab. Die Umgebung war ihm vertraut. Erst vor einer Stunde war er zusammen mit Majicou wie eine richtige Katze hier entlanggelaufen. Inzwischen kannte er sich doch aus auf den geheimen Pfaden. Einmal noch sah er sich um und erschauerte; dann hielt er das Gesicht in den Wind und setzte sich in Marsch. Erst trottete er nur langsam dahin, doch als sich die Straße in ihm zu bewegen begann und ihn in Einklang brachte mit ihrem unermüdlich brennenden inneren Rhythmus, wurde er immer schneller …

»Wir rennen!« rief er seinen gespenstischen Freunden zu, und sie strömten an ihm vorüber und bestätigten lautlos: »Wir rennen.«

Hier war er erst vor einer Stunde zum letzten Mal gewesen. Er erinnerte sich an das weite Hügelland mit dem Dorf in der Mitte; an die Scheune unterhalb des Höhenzugs. Auch an einen Wald erinnerte er sich, aber das war ein anderer Wald gewesen …

Mit jedem Schritt geriet er tiefer hinein. Die Luft war schwül und drückend und roch nach Schimmel. Die Bäume standen dicht beisammen, waren ineinandergewachsen, von Efeu und Moos überwuchert. Viele waren umgestürzt und lagen, von Käferlarven zerfressen und mit dicken weißen Baumschwämmen bedeckt, quer über dem Weg. Aber noch hatte er sein Selbstvertrauen nicht verloren und übersprang sie mit Todesverachtung. Er spürte den Schlag seines kräftigen Herzens. Er genoß es, die Beine zu strecken und sich abzustoßen. Er war Tom: Er war eine Katze. Seine breiten Pfoten trugen ihn auch über morastige, schwarze Stellen. Er planschte durch verborgene Pfützen und unsichtbare Bäche.

Dichte Dornenranken zerrten an seinem Fell – er spürte nichts. Aschfahle Schneisen, graue Bäume, schwarze Rinnsale. Wann kam er wohl wieder auf die magische Straße? Er vernahm eine Stimme.

»Tom.«

Ein heiseres Flüstern, das sich ihm wie staubige Pilzsporen auf die Zunge legte. Der Gestank nach fauligem Fleisch drang ihm in die Nase. Er roch etwas, das im Gefängnis seiner eigenen Begierden festsaß, das dicht neben ihm war und doch den ganzen großen Wald erfüllte.

Das der ganze große Wald war.

»Tom!«

Die magische Straße war im Grundwasser und im Sand einfach versickert. Er hatte wieder seine natürliche Größe und wurde von dem Etwas zwischen die modrigen Stämme gejagt. Er glitt nicht mehr mit den geschmeidigen langen Sätzen des Raubtiers dahin, er war zur verschreckten, gehetzten Beute geworden.

»Tom.«

Er rannte, bis er nicht mehr konnte. Dann schnupperte er im Unterholz, kroch durch das Wurzelgeflecht, wo die Erde dumpf nach Verwesung roch, und konnte sich endlich zwischen zwei Steinen, die wie Knöchel geformt waren, in eine feuchte Spalte zwängen.

»Tom ...«

In diese enge Lücke konnte ihm das Etwas nicht folgen. Aber es wußte, wo er war, und hielt an. Nun würde es geduldig warten, bis er wieder herauskam, würde nur hin und wieder enttäuscht seinen Namen flüstern, um ihn hervorzulocken. Angst und Verwirrung drohten ihn zu ersticken. Er hatte sich die Pfoten wundgelaufen, sein Gesicht war zerkratzt. Das Fell klebte naß, zerzaust und schmutzig an dem mageren rosigen Körper. Er hatte Majicou vergessen. Er hatte Ragnar vergessen. Er hatte vergessen, warum er seine Freunde zurückgelassen hatte. Er hatte vergessen, wer er war. Er zitterte so heftig, daß er sich nicht putzen konnte, und er lauschte so angestrengt, daß er keine Ruhe fand. Er wagte nicht, sich zusammenzurollen, sondern starrte unverwandt geradeaus, die

Augen weit aufgerissen und kohlschwarz, die Zähne gefletscht zu einem Fauchen, das nicht enden wollte.

»... Oh, Tom.«

So fand ihn Majicou bei Tagesanbruch knapp einen Kilometer von der Scheune entfernt unter einer Buche. Kalt und trüb fiel das Licht in schrägen Bahnen durch den Wald. Es übergoß alles mit Pastellfarben und brachte zugleich die Umrisse zum Verschwimmen, als quöllen die Dinge über ihren eigenen Rand hinaus. Was es erblickte, wurde in Frage gestellt.

Majicou glaubte zunächst, auf ein totes Eichhörnchen gestoßen zu sein.

Wie kann ein Geräusch gedämpft sein und zugleich ein Echo haben? Wie kann einem eine Stimme, die man nie gehört hat, wie die eigene vorkommen? Zunächst schmiegte sich Tom nur wie ein Kätzchen an den warmen Körper des schwarzen Katers und sagte immer wieder:

»Es hat mich gejagt. Es hat mich gejagt.«

»Hat es seinen Namen genannt?«

»Es hat gesagt, es sei ich.«

»Still«, sagte Majicou. »Jetzt ist alles gut.«

Dann fuhr er fort: »Alte Kräfte sind erwacht und wandeln erneut auf den wilden Pfaden. Niemand vermag sie zu lenken.«

»Wie sind diese Kräfte beschaffen?«

»Ich weiß nicht, wie ich sie beschreiben soll, Tom. Sie sind Abfall, Teile des Lebens, die in grauer Vorzeit auf Abwege gerieten und nie wieder eingefügt werden konnten. Der Alchimist hat sie geweckt, ohne es zu merken. Sie könnten womöglich sein Untergang sein.«

Tom verstand nichts von solchen Dingen. Er war hungrig. Und er leckte sich eifrig das struppige Fell wieder glatt.

»Sind es Götter?« fragte er.

»So könnte man sagen«, nickte Majicou. »Wenn Katzen Götter hätten, wären sie vermutlich wie diese Kräfte.« Er überlegte eine Weile. »Sie sind wir«, sagte er. »Du bist einem alten Teil des Katzendaseins begegnet. Einem früheren Jagderlebnis vielleicht, das von seinem angestammten Platz, aus seiner eigenen Zeit verdrängt wurde.«

»Oder der Erfahrung des Gejagtwerdens«, ergänzte Tom und erschauerte. »Ich kam mir so klein vor!«

»Diese Dinge haben an sich keine Macht, allerdings können sie bisweilen« – Majicou suchte nach dem richtigen Wort – »ausgebeutet werden. Du warst für eine solche Begegnung noch zu jung. Vielleicht hättest du nicht allein nach Ragnar suchen sollen.«

»Ich habe mich schuldig gefühlt. Er ist ein solcher Dummkopf.«

»Du hast dich auch nicht besonders schlau angestellt. Hast du ihn gefunden?«

Tom ließ den Kopf hängen. »Nein.«

»Er ist auch nicht in der Nähe«, sagte Majicou sanft. »Sonst würde ich ihn spüren.«

»Dann ist er wohl wieder im Lieferwagen eingeschlossen! Oh, Majicou, wie soll er nur nach Hause finden? Er vermißt die Königin so sehr.« Eine Woge der Verlassenheit schlug über Tom zusammen, und er fügte hinzu: »Keiner von uns weiß, wie er wieder nach Hause kommen soll. Wir haben doch kein Zuhause mehr.«

»Sein Zuhause schafft man sich selbst«, sagte Majicou gleichgültig und führte Tom in die Scheune zurück. Der Innenraum bestand aus vier weißgekalkten Mauern, die mit verstaubten Spinnweben bedeckt waren wie mit einer Schrift, und zwei oder drei niedrigen Trennwänden aus Holz, deren Zweck nicht ersichtlich war. In einer Ecke lag ein Haufen Kram aus Leder, Holz und rostigem Metall. Es war kaum wärmer als draußen auf dem Hang. Sorgt-für-Kummer hüpfte im Dachgebälk herum und krächzte mißmutig vor sich hin. Mousebreath hatte sich auf einen alten Strohhaufen geworfen, starrte Tom wütend entgegen und sprach kein Wort. Nur die Tigerkatze schien sich wohl zu fühlen und wühlte so geschäftig in einer Ecke herum, daß sie die beiden kaum bemerkte.

Majicou blickte zur Elster hinauf.

»Irgend etwas Neues?«

Sorgt-für-Kummer kam mit lautem Flügelklatschen heruntergeflattert.

»Vom Piper's Quay fliegt man eine volle Stunde bis hierher«, sagte er. »Hält man eine vernünftige Höhe, dann gefriert einem das Deckgefieder. Du kannst es ja mal ausprobieren. Da draußen ist Winter, Majicou. Warum fragst du nicht wenigstens, ob ich noch lebe?«

»Also nichts Neues.«

»Nichts Neueres als vorher.«

»Hallo, Sorgt-für-Kummer«, sagte Tom.

»Herzlich willkommen. Die Party hat schon angefangen«, begrüßte ihn der Vogel. »Du kannst gleich mit deinem lustigen Freund dort tanzen.« Er hackte mit dem Schnabel in Mousebreaths Richtung und huschte davon, als der ihm einen giftigen Blick zuwarf. Die Elster konnte keinen Augenblick lang stillsitzen; ständig hüpfte sie auf und ab, drehte den Kopf hin und her oder plusterte sich mit einem trockenen Rascheln auf, das Tom kalte Schauer über den Rücken jagte. Cy wurde davon angelockt, sie kroch rückwärts aus ihrem Schrotthaufen heraus – wo sie ein Stück schwarzes Leder gefunden hatte, das nach Pferd und Leinöl roch –, legte sich flach auf den staubigen Boden und schlich sich lautlos, das Gesäß in die Luft gereckt, Stück für Stück an. »Komm bloß nicht auf dumme Gedanken«, warnte die Elster.

»Majicou«, fuhr sie dann fort, »da war nichts. Blut an den Wänden, ein paar Spuren im Schnee, die schon fast verschwunden waren – vielleicht vom Fuchs, vielleicht aber auch von einem streunenden Hund. Wenn der Fuchs noch am Leben war, hat er nicht darauf gewartet, noch eins draufzubekommen. Was die beiden anderen angeht ...«

Sie zuckte beredt mit den Schultern.

»... nichts. Wenn sie sich versteckt haben, halten sie sich immer noch verborgen. Und ob sie zusammen sind, wissen wir nicht.«

»Wozu habe ich dich dann überhaupt zurückgeschickt?«

Sorgt-für-Kummer hatte sich von den Gewalttätigkeiten am Piper's Quay ebenso verwirren lassen wie die anderen Tiere. Plötzlich unsicher geworden, ein Zustand, der ihm eigentlich fremd war, hatte er sich eine Weile über der Stadt herumgetrieben – mit jähen Schwenks und unberechenbaren Ausfallmanövern, die zur Klärung der Lage nichts beitrugen. Die Bedingungen waren ungünstig, selbst für *Corvidae*, die bekanntermaßen gute und furchtlose Flieger waren: Gewitterfronten, die sich überlappten, Kaltluftmassen von Nordosten, Turbulenzen. Der Vogel hatte Mühe gehabt, Kontakt zu Majicou aufzunehmen. Dann hatte er den Wagen der Katzenfänger erspäht – mehr durch Zufall: Eine Luftströmung wie eine Faust aus schwarzem Glas hatte ihn nach Westen gestoßen. Zum Dank dafür hatte Majicou ihm prompt befohlen, zum Piper's Quay zurückzufliegen und nach dem Fuchs zu suchen. Doch diese Suche hatte er in den frühen Morgenstunden abgebrochen. Als er kurz vor Toms und Majicous Eintreffen die Scheune erreichte, war er ohne Unterbrechung acht Stunden lang in der Luft gewesen. Über Hounds Low war er in einem Luftloch knapp zweihundertfünfzig Meter in die Tiefe gesaust wie ein Büschel Putzwolle aus einem Fenster im zehnten Stock. Gewöhnlich hätte man damit herrlich prahlen können. Doch jetzt war er wie zerschlagen, halb verhungert und niedergeschlagen. Er seufzte.

»Weil du«, gab er Majicou freundlich zu bedenken, »sonst niemanden hattest, den du schicken konntest.«

»Es tut mir leid«, entschuldigte sich Majicou. »Zum ersten Mal seit vierhundert Jahren läuft auf der Straße ein *Vagus* frei herum. Wer weiß, was der noch alles freisetzt, bevor ich ihn wieder zurückbefördern kann? Die Lage wird immer unsicherer. Ich sitze mittendrin und muß zusehen, wie sich die wilden Pfade in ein Schlangennest verwandeln. Dabei ist der Alchimist derzeit noch verwundbar. Ich könnte ihn aufhalten, wenn mir nicht jedes Werkzeug in der Hand zerbräche...«

»Ich bin nicht dein Werkzeug, Freundchen«, fiel ihm Mousebreath ins Wort. »Genausowenig wie die Calicokatze. Wir sind nur anstandshalber mitgekommen. Wir sind immer anständig gewesen...«

»Mousebreath...«, begann Tom.

»...aber von *euch* hat keiner den Anstand aufgebracht und uns erklärt, worauf wir uns da einlassen...«

»Mousebreath, ich...«

»...und jetzt habt ihr sie umgebracht.«

Majicou starrte geradewegs durch Mousebreath hindurch und schien vergessen zu haben, wer er war und was er hier wollte. Der Schildpattkater wandte sich empört ab und leckte sich demonstrativ das Hinterteil.

Der Alte blinzelte. »Einen Trost gibt es immerhin«, fuhr er fort. »Der Alchimist weiß nicht mehr als wir. Auch er hat den König und die Königin verloren. Und seine Möglichkeiten, sie ausfindig zu machen, sind ebenso begrenzt wie die unseren. Auch seine Helfer wurden versprengt. Und die magischen Straßen kann er nicht betreten.«

»Noch nicht«, wandte die Elster ein.

Majicou bestritt es nicht. »O ja, wenn es ihm gelingt, die Goldene Katze zu züchten, ist alles vorbei. Doch bis dahin jagen wir alle wie die Kätzchen hinter einem Wollknäuel her.« Die Vorstellung heiterte ihn sichtlich auf. »Du kannst dich ausruhen, bis du wieder bei Kräften bist«, gestattete er der Elster. »Dann fliegst du los und suchst sie mir!«

Der Vogel schwang sich wieder ins Gebälk hinauf und pickte wütend in seinen Schwungfedern herum.

»Ich habe gleich gewußt, daß mir nichts erspart bleibt.«

Mousebreath verabscheute es, übersehen zu werden, das war unverkennbar. Tiefer Groll glomm in seinem bernsteinfarbenen Auge auf, schwamm alsbald in das andere Auge hinüber und erstarrte dort zu blauem Eis. Aber er wartete, bis Majicou sein Gespräch mit dem Vogel beendet hatte, bevor er sagte: »Dieser Alchimist. Einmal ist er hier, dann wieder dort, aber wo er ist, wißt ihr nicht. Und *wir* wissen nur, daß du einen Privatkrieg gegen ihn führst.«

Ganz leise fügte er hinzu: »Ihr seid wie zwei Kätzchen, die hinter einem Wollknäuel herjagen.«

Majicou richtete sich auf. »Es ist kein Spiel«, sagte er.

»Ich wiederhole nur, was du gesagt hast. Vor gerade eben zwei Minuten.«

»Ich habe aber auch erklärt, was wir zu verlieren haben.«

»O ja, das hast du getan. Und wieso dich das berechtigt, im Leben von anderen Leuten herumzupfuschen. Nicht anders, als er es tut. Das hast du alles erklärt.« Mousebreath stand auf, stolzierte mit steifen Beinen auf das Scheunentor zu und streifte im Vorübergehen verächtlich den schwarzen Kater. »Ich bewundere dich. Du kämpfst immer für das Gute, Katze gegen Kätzchen. Mein Wort darauf, ich bin beeindruckt. Der fette Vogel nennt dich sogar ›Meister‹.«

»Nimm dich in acht«, warnte die Elster.

Mousebreath lachte. »Und wenn nicht?«

»Warte!« befahl Majicou.

»Du kannst mich mal«, lud Mousebreath ihn ein.

Einen Moment lang hatte es den Anschein, als wollten sie sich gegenseitig umbringen.

»Bitte!« sagte Tom.

Und ging dazwischen.

»Mousebreath«, bat er, »es tut mir leid, daß ich dir nicht berichten konnte, worum es geht. Aber nachdem du jetzt Bescheid weißt, willst du uns nicht helfen? Sealink…«

»Sealink! Was weißt du schon von *ihr*!«

»Sie war sofort bereit, sich uns anzuschließen.«

Jetzt blitzte sogar Mousebreaths blaues Auge vor Zorn; das bernsteinfarbene blickte man besser gar nicht an.

»Du siehst ja, was es ihr eingebracht hat«, sagte er. »Und diese Katze hatte schon die ganze Welt gesehen. Jetzt geh mir aus dem Weg.«

Es war, als würde Tom von einem Zementsack zur Seite gestoßen. Aber das hielt ihn nicht ab, Mousebreath zu folgen.

Einen Morgen wie diesen hatte keiner der beiden erwartet. Ob Mousebreath wollte oder nicht, sie mußten für einen Moment stehenbleiben, bis ihre Augen sich an die strahlende Helligkeit gewöhnt hatten: Die Sonne hatte sich durch die grauen Wolkenrüschen gekämpft und zeichnete nun mit langen Fingern Lichtflecken auf Felder und Hügel. Die roten Ziegelwände der Scheune leuchteten warm. Wo der Schnee geschmolzen war, glänzten Wassertropfen auf den kahlen Holunderzweigen. Das dürre Farnkraut loderte wie Feuer. Etwas oberhalb des Waldes stand ein junger Baum allein zwischen grünem Gras und staubigem Buchenlaub und streckte fast alle seine anmutigen, grauen Äste der Sonne entgegen; nur ein Ast war nahe am Stamm abgebrochen und hing zu Boden.

Auf den strebte Mousebreath zu, hockte sich darunter und schaute zum Dorf hinüber. Als Tom sich neben ihn setzen wollte, stand er auf und ging weiter. Doch Tom ließ sich nicht entmutigen.

»Mousebreath.«

»Hau ab.«

»Mousebreath, bitte!«

»Ich sag dir was: Es hätte dich nicht umgebracht, wenn du ein bißchen offener gewesen wärst.«

»Es tut mir leid.«

»Natürlich.«

»Sealink wollte, daß du uns hilfst.«

»Aber jetzt ist sie tot.«

»Das weißt du nicht. Paß auf, Mousebreath, ich möchte, daß du mit uns nach Tintagel kommst! Sie wußte, daß wir dort hinwollen, und ich bin ganz sicher, daß wir sie dort treffen werden.«

Mousebreath sah ihn grimmig an. »Nein. Sie haben den Fuchs erschossen. Nach allem, was ich weiß, hat man auch sie erschossen. Sie ist tot. Und damit basta.«

»Mousebreath, das ist doch albern!«

»Sie ist tot, und ich kehre in die Stadt zurück.«

Er stieg den Hügel hinab, und Tom sah ihm tief enttäuscht nach. »Oh, Mousebreath«, flüsterte er. »Im Grunde hast du die Flußkähne nie verlassen.« Er wartete noch ein wenig, dann streckte er sich seufzend unter dem abgebrochenen Ast aus und legte den Kopf auf die Vorderpfoten. Die Sonne war schon recht stark. Als sich das Buchenlaub erwärmte, verströmte es einen Teergeruch, der geradezu verlockend war. Die Vögel zwitscherten. Insekten zogen mit schläfrigem Summen ihre langen Bahnen. (Es war Winter. Wieso flogen sie? Sie hatten keine Ahnung.) Tom döste ein und war bald in tiefen Schlaf gefallen. Majicou weckte ihn behutsam.

»Tom, ich muß fort.«

Tom sah sich um. Die Sonne hatte sich verzogen. Es war wieder kalt geworden. Der kurze Wintertag ging rasch seinem Ende entgegen, weiche graue Schneeflocken schwebten durch die glasklare Luft.

»Habe ich etwa geschlafen? Majicou, ich ...«

»Es gibt viel zu tun, und hier kann ich nichts davon erledigen. Die Elster ist schon fort.«

»Wie komme ich nach Tintagel?«

»Mit Leichtigkeit.«

»Ich bin für solche Dinge nicht besonders gut geeignet.«

»Unsinn.«

»*Du* mußtest mich vor dem *Vagus* retten.«

»Der *Vagus* war schon fort, als ich dich fand. Ich glaube, du hast ihn gelangweilt.« Majicou lachte bitter. Dann gestand er: »Ich weiß nicht, wer gewonnen hätte, wenn es in diesem Moment zum Kampf gekommen wäre.«

»Aber du bist der Majicou.«

»Tom, auch der Majicou war einmal eine Katze wie du. Du trägst keine Schuld an den Ereignissen. In Wirklichkeit bin *ich* für das meiste verantwortlich. Mousebreath hat nicht ganz unrecht. Durch Angst und Verwirrung werden wir hochmütig: Wieso sollte gerade ich dagegen gefeit sein? Ich bin zu ungeduldig. Ich erwarte von anderen zuviel. Aber solange man nicht verzweifelt, ist noch nichts verloren. Tom, schau her!«

Majicou stellte sich auf die Hinterbeine, packte mit den Zähnen das Ende des abgebrochenen Astes und zog ihn so weit herunter, daß Tom ihn betrachten konnte. Zwischen den Zweigen steckten leere Bucheckerhülsen, aufgeplatzt, hart und spröde, verbraucht. Doch aus der Hülse, die Tom am nächsten war, leuchtete es rot. »Majicou, was ist das?« Er spähte hinein. In der alten Schale drängten sich sechs voll ausgebildete Marienkäfer. Sie hatten die Beinchen fest unter sich gezogen, und ihre Flügel glänzten, als wollten sie den grauen Tag erhellen. So warteten sie geduldig auf das Ende des langen Winters. Für einen Augenblick bekam die Welt wieder Gewicht; Ordnung und Magie hielten Einzug.

Majicou ließ den Ast los.

»Tom, du mußt weiter nach Westen. Kümmere dich um die Tigerkatze. Warte in Tintagel auf deine Freunde. Ich bin ganz sicher, es wird alles gut!«

»Die Sache mit Mousebreath ist nicht gut ausgegangen.«

Majicou lachte.

»Mousebreath sitzt da unten im Wald und schmollt. Ich sehe ihn von hier aus.«

»Das verstehe ich nicht.«

»Das heißt, du kennst weder sein Herz noch dein eigenes. Mousebreath mag vor dem Leben kapitulieren, aber von dir oder seiner Calicokatze wird er sich immer umstimmen lassen! Ich werde mich bei ihm entschuldigen, bevor ich gehe. Überrede ihn, dich nach Tintagel zu begleiten. *Die anderen werden dort sein.* Die Elster wird euch auf dem laufenden halten. Paß auf dich auf!«

Und damit verschwand der schwarze Kater im Schneegestöber.

Tom sah ihm lange nach und fragte sich, was nun aus ihnen allen werden sollte. Langsam brach die Nacht herein, über dem Höhenrücken erschienen die ersten Sterne. Ringsum wurde es still, aber Tom blieb sitzen. Irgendwann kam Mousebreath zurück. Eine Weile standen sie nebeneinander auf dem kalten Hang, und keiner wußte so recht, was er sagen sollte. Endlich meinte der Schildpattkater: »Man könnte eigentlich auch ins Warme gehen.«

»Warum nicht.«

In der Scheune lud die Tigerkatze sie ein, das Lederstück mit ihr zu teilen.

»Es schmeckt gut«, beteuerte sie. »Greift nur zu.«

13
ROH ODER GEKOCHT

Die Moral meiner Katzen ist fragwürdig geworden.
Ich kann ihnen nicht rückhaltlos vertrauen – womöglich sind sie Spione und einer mir unbekannten Obrigkeit unterstellt wie die Delphine.

JAN MORRIS

Sie verbrachten die Nacht in der Scheune. Mousebreath weckte Tom etwa zwei Stunden vor Tagesanbruch.

»Horch!« sagte er. »Schau!«

Es war bitterkalt. Ein schwacher Glanz lag über der Dunkelheit wie eine Lackschicht. Durch die halbgeöffnete Tür trieben Schneeflocken herein und schwebten auf einen eigenartigen, rauchgrauen Lichtwirbel zu, der sich in der hintersten Ecke zwischen den Spinnennetzen gebildet hatte. Hin und wieder war ein leises Zischen zu hören, dann verschob sich das Gebilde wie mit einem kurzen Schluckauf, der den Staub auf dem Boden aufwirbelte, entlang seiner Achse.

»Was ist das?« fragte Mousebreath.

»Das willst du gar nicht wissen«, versicherte ihm Tom. »Wie lange ist es schon da?«

»Ich bin seit fünfzehn oder zwanzig Minuten wach.«

Sie warteten noch fünf Minuten, ohne daß etwas geschehen wäre. Dann flammte die Lichtsäule auf, ein lautloses Prasseln ging durch den Raum, ein warmer Luftstrom strich über den Boden, und alles war wie immer. Vorsichtig pirschte Tom sich an die Ecke heran. Die Zugluft trieb noch immer Schneeflocken über den Beton. Doch als er sie mit der Nase berühren wollte, stellte er fest, daß es sich um graue Lichtfünkchen handelte. Es roch ganz schwach nach verbrannten Spinnweben.

»So etwas habe ich schon einmal erlebt«, erklärte er Mousebreath. »Heute nacht kommt es nicht wieder. Aber wir sollten möglichst bald von hier verschwinden.«

Mousebreath rollte sich beleidigt zusammen. Tom blieb mit seinen Gedanken allein und leckte sich die Pfoten, bis ihm die Augen zufielen. Die Tigerkatze hatte im Dunkeln gesessen und alles mit lebhafter Aufmerksamkeit verfolgt. Als sie sicher war, daß die beiden wieder eingeschlafen waren, schlich sie auf leisen Sohlen in die leere Ecke, beschnupperte sie gründlich und ließ sich nieder. Nachdem sie eine Weile mit weit geöffneten, hellwachen Augen dagesessen hatte wie eine Porzellanfigur auf dem Kaminsims, kamen neue Schneeflocken durch die offene Tür und schwebten auf sie zu.

Es wurde hell. Tom führte die kleine Gruppe den Hang hinauf.

Während sie schliefen, hatte es weiter geschneit, unbemerkt hatte der Ostwind die Flocken zusammengetrieben, und nun versank Mousebreath an manchen Stellen bis über die Schultern im kalten Naß. Da und dort ragte ein dünner Schilfhalm hervor. Von jeder Wächte flog feiner Staub auf und peitschte über die kahlen Felder. Anfangs machte es noch Spaß, in langen Sätzen durch die eisigen Wirbel zu tollen. Doch bald wurden sie müde – besonders Cy, die immer wieder bis über beide Ohren im Schnee zu versinken drohte – und mäßigten ihre Schritte. Tom und Mousebreath legten abwechselnd die Spur. In kürzester Zeit waren alle naß bis auf die Haut und keuchten vor Anstrengung. Ihre Füße wurden taub und schmerzten zugleich. Als sie nach einer Stunde fünfzig Meter unterhalb des Kamms haltmachten, betrachtete Tom eingehend die unregelmäßige lange Furche, die sie über den Hang gepflügt hatten. Zu beiden Seiten erstreckten sich weite, unberührte Schneeflächen, die im Licht der eben aufgegangenen Sonne zartrosa und golden schimmerten. Ein Wonneschauer überlief ihn. Wenn man nur immer so weiterrennen könnte! Keine Straßen, keine Mauern, keine Gärten oder Häuser; nur endloses verschneites Hügelland, so weit das Auge reichte. Er spürte, wie er über sich hinauswuchs.

»Sieh dir das an, Mousebreath! Ist es nicht wunderschön?«

Mousebreath schaute sich unruhig um.

»Wir müssen weiter«, drängte er. »Hier geben wir regelrechte Zielscheiben ab.«

Dann hatten sie den höchsten Punkt erreicht. Stürmische Leere, wohin sie auch schauten. Nirgendwo eine Fährte; die Gratlinie hob und senkte sich wie die Kante einer riesigen Schneewehe. Der unermeßliche Himmel dräute in düsterem Grau. Der Wind fegte über den Pfad und überzog alles, was den Schnee überragte, mit einer glasklaren Eisschicht. Die unendliche Weite schien alle Wärme aufgesogen zu haben. Mit der Ankunft der drei verschlechterte sich das Wetter. Dicke graue Wolken zogen heran. Schneeschwaden stoben auf. Toms Schnurrhaare setzten Eis an. Der Wind heulte so laut, daß Tom Mühe hatte, sich selbst denken zu hören. Doch er wich nicht, er schaute dem Gegner ins Auge, er wuchs mit der Kälte. Mousebreath stand unter Schock und starrte unverwandt nach Westen, während sich die Tigerkatze schutzsuchend an Toms Schulter drückte, den Kopf an seinem Fell rieb und mahnte:

»Jack der Reifbringer bläst! Hier wirst du so blind wie Triefaugen-John! Weißes Eisen kommt auf uns zu. Eiszeit, Tiger! Der Wind trägt weit hier oben!«

Tom achtete nicht auf sie. Für kleine Tiere war dies eine schlechte Gegend. Seltsam, daß er so wenig Angst verspürte.

Gleich darauf schüttelte er sich. »Wir müssen rennen«, sagte er.

Doch das war leichter gesagt als getan. Stolpernd quälten sie sich durch die vereisten Furchen; wenn die Windböen sich wie Mauern auftürmten, wurden sie jaulend zurückgeschleudert oder drückten sich in ihrer Angst flach auf den Boden. Der Höhenrücken war verschwunden. Das Wetter beherrschte alles. Wie sollte man hier die magische Straße finden? Wie sollte man sich wie eine *Katze* verhalten, wenn man durchfroren, durchnäßt und völlig verängstigt war? Wenn die Luft erfüllt war von den Stimmen toter Tiere? Die Welt verschwamm zu einheitlichem Weiß. Sie rannten und rannten, und nichts geschah. Dann teilte sich der Schneeschleier wie ein Vorhang, der Wind legte sich, und Tom erhaschte einen Blick auf einen Eistiger, der voller Entschlossenheit vor ihnen hersprang. Wo er wohl hingelaufen sein mochte vor langer Zeit? Sein Fell war weiß und dicht, mit grauen Streifen und bläulichen Haarspitzen, und er bewegte sich lautlos und sicher auf seinen mächtigen Pfoten. Sein Atem dampfte in der eisigen Luft. Er verschwand rasch; doch solange er da war, erwärmte er die Welt wie selbstverständlich mit seinem Raubtiergestank und schuf einen Dschungel im Schnee. Tom konnte plötzlich wieder rennen und springen wie ein Kätzchen und war überglücklich. Entschlossen hielt er den Kopf in das Eisgestöber.

»Hierher!« rief er seinen Freunden zu. »Kommt schon!«

Sie faßten wieder Mut. Die Straße hatte sie erkannt und nahm sie auf.

Gleichförmige Kreideberge nach Osten wie nach Westen, verschwommene Umrisse, überdeckt vom Strom der Gespensterwesen, der über sie hinfloß. Nur das Land war von Dauer; alles andere war ein Leben und Wogen, in dem sich Städte, Schneesturm und Einzelwesen, falls überhaupt vorhanden, kaum voneinander unterschieden. Der Himmel schien vor langer Zeit über dieses Geisterland gestülpt worden zu sein wie eine stumme Schale, und das Licht hatte einen metallischen Ton, den keiner, weder Mousebreath noch Tom oder Cy benennen konnte.(Allerdings hatte sich die Tigerkatze, als sie sich unbelauscht glaubte, selbst zugerufen: »Ich habe nie gesagt, daß ich den Apfelbaummond beträte. Hui!«) Eine Million Himmel, eine Million Tage und Nächte, eine Million Farben waren in diesem grauflüssigen Bronzebrei vereint.

An diesem ersten Tag auf dem Alten Pfad wußten die drei noch nicht, wie sie anhalten sollten. Gegen Mittag war eindeutig klar, daß sie hier nie etwas zu fressen fänden. Und der Pfad gestattete ihnen keine Pause. Wenn sie zu lange stehenblieben, wurde ihnen übel, zu verwirrend waren die Echos in den weiten Räumen, der ungeduldige Wind, die wild vorbeirasenden Gespenster …

So wurde es Abend. Sie hatten keine Ahnung, woran sie es merkten. Sie hatten keine Ahnung, wie weit sie gekommen waren. Der Zufall führte sie auf einen kleinen Zubringer, und bald stolperten sie vor einem Dorf in den Hügeln eine mit Gestrüpp bewachsene steile Böschung hinab. Der Schneesturm war hinter ihnen zurückgeblieben. Auch hier war die Luft feucht und kalt, aber sie roch nach Erde und nach Regen. Die Dunkelheit kroch aus dem Wurzelwerk der Holunder-, Hagedorn- und Holzapfelbüsche. Der letzte Abendschein leuchtete pfirsichgolden und rubinrot am westlichen Horizont und schimmerte im überirdisch hellen Grün der Flechten noch lange fort. Fröstelnd sahen sich die drei Katzen um. Im Süden zeichnete sich der mächtige Kreiderücken vor dem Himmel ab. Sie hörten den Wind darüberpfeifen; der Grat war mit Schnee bedeckt.

»Wir müssen weiter«, mahnte Tom, und so wanderten sie, vorbei an schiefen alten Holztoren, an Feldern, die im Licht der Abendsonne leise glitzerten, an efeubewachsenen oder von hohen Hortensienbüschen fast verdeckten Fachwerkhäusern, über schmale, gewundene, steile Sträßchen. Das letzte Tageslicht – ein jäh aufflammendes Pfefferminzgrün, von dem man den Blick nicht wenden konnte – kapitulierte vor der Dunkelheit. Es roch nach Kohlenrauch. In einer Straßenbiegung erstrahlte ein Sprossenfenster in warmem rötlichgelbem Licht. Es gab nur wenige Häuser, und sie lagen weit auseinander; doch Toms kleine Gruppe wagte sich ohnehin nicht näher heran. Die Dorfkatzen, denen sie im Dunkeln begegneten, machten mißtrauisch einen Bogen um sie oder verjagten sie mit heiseren Drohungen: »Laßt euch hier nicht wieder blicken!« Inzwischen waren sie hungrig und müde. Mousebreath murrte. Die Tigerkatze sang tonlos vor sich hin oder zog lange Waldrebenranken aus den Hecken, um verdrossen daran herumzukauen. Plötzlich bog lärmend und hustend vor ihnen ein Wagen um die Ecke und verbreitete sein strahlendes Leuchten. Dann war er direkt vor ihnen. Die Reifen dröhnten und stanken. Das grelle Licht verwandelte jedes flache Schlagloch in einen tiefen Graben und warf unendlich lange, in der Bewegung erstarrte Katzenschatten auf die graue Fahrbahn ...

Tom und Mousebreath stießen die Tigerkatze beiseite, bevor sie unter die Räder kam, und flüchteten fauchend mit ihr die Böschung hinauf. Oben blieben sie zitternd stehen, wandten geblendet die Augen ab, so gut es möglich war, und verliehen ihrer Angst mit einem steilen Katzenbuckel Ausdruck. Das Ding hinter ihnen wurde für einen Moment langsamer. Aus einem Fenster winkte eine menschliche Hand. Leises Lachen war zu hören, dann flog etwas Weißes, Schweres durch die Luft und zerplatzte auf der leeren Straße. Der Wagen beschleunigte. Die Katzen sahen ihm nach, während er alle Ecken umrundete und alle Steigungen bewältigte, die sie bereits hinter sich hatten. Endlich war die Nacht wieder still, doch die Fahrbahn stank noch immer nach Benzin.

Mousebreath löste sich als erster aus der Erstarrung. Er ging auf das Ding auf der Straße zu, versetzte ihm erst einen kräftigen Schlag mit der linken Vorderpfote (wobei er für den Fall, daß es lebendig war, sofort zurücksprang) und stieß es dann vorsichtig mit der Nase an.

Schließlich lachte er. »Seht euch das an«, sagte er leise. »Seht euch nur an, was wir da haben …«

Sandwiches. Ein Päckchen Sandwiches, in Butterbrotpapier gewickelt.

Mousebreath schnupperte. Tom schnupperte.

Sie sahen sich an. Ein wilder Verdacht …

Thunfisch mit Mayonnaise.

Sie fraßen die Sandwiches und ließen kein Krümelchen übrig. Sogar die Tigerkatze nahm ein paar Bissen. Dann leckten sie das Papier fein säuberlich ab. Schließlich leckten sie sich die Lippen. Die Nacht verbrachten sie in der Hecke, wobei jeder den Kopf im Fell des anderen vergrub, und am nächsten Morgen in aller Frühe setzten sie ihren Weg fort.

Die folgenden Tage verliefen ganz ähnlich.

Sie konnten nie einschätzen, wie weit der wilde Pfad sie bringen oder wo er sie absetzen würde. Oft verließen sie ihn aus Ungeduld, doch er ließ sie nie im Stich. Denn der wilde Pfad ist der alte Weg des Wandels, und er kennt die Seinen. Die Tage zogen so rasch vorbei wie Wolkenschatten über ein frisch gepflügtes Feld. Schnee fiel und schmolz wieder. Die drei sahen viele ungewohnte Dinge. Vor ihnen erstreckte sich das Hügelland mit seinen Rücken und Kuppen, mit lieblichen, vor Urzeiten vom Eis geformten Tälern und flachen Steinbrüchen mit vereinzelten Feuersteinbrocken.

Da! Ein einzelner Dornbusch am Horizont, von dem ein Regenbogen hinaufführte ins schwarze Gewölk!

Wie lange sie auch rannten, sie wurden niemals müde. Der alte Weg des Wandels *bedeutet* schließlich nichts anderes als zu laufen, in langen Sätzen immer weiterzuspringen, ohne jemals müde zu werden. Doch wenn sich der Tag dem Ende zuneigte, meldete sich von irgendwoher die Sehnsucht nach der Wirklichkeit. »Man fühlt sich«, wie Mousebreath sich ausdrückte, »als würde *mit einem davongelaufen*. Mit der Zeit fragt man sich, wo das alles enden wird.« Es war paradox, doch obwohl sie den ganzen Tag gerannt waren, hatten sie das Bedürfnis, sich die Beine zu vertreten. Sie wollten keine Tiger mehr sein, sie wollten gewöhnlichen Boden unter den Füßen spüren, wollten gewöhnliche Luft atmen. Und so gaben sie sich letztlich mit wenigen Kilometern pro Tag zufrieden, obwohl sie riesige Strecken hätten zurücklegen können. Sie schliefen in Scheunen und im Unterholz. Morgens und abends suchten sie auf den Sträßchen und in den Dörfern zu beiden Seiten des Höhenwegs nach Futter. Futter war wichtig. Sie waren schließlich ganz gewöhnliche Katzen. Jedenfalls Tom und Mousebreath.

Die Tigerkatze war ein anderer Fall.

Tom ertappte sie immer wieder, wie sie ihm unverschämte Blicke zuwarf. Sie brachte ihm alle möglichen Dinge aus den Straßengräben. Sie sang ihm in selbsterfundenen Sprachen Schlaflieder vor. Manchmal beobachtete sie ihn, wenn er nachts aufwachte. Dann flüsterte sie: »Schlaf weiter, Quecksilber.« So als sei sie seine Beschützerin und nicht umgekehrt. Ohne es eigentlich zu wollen, schloß er sie ins Herz. Er sah ihr zu, wenn sie sich im endlosen Morgengrauen über den Kreidehügeln putzte oder sich im glitzernden Sternenlicht zum Schlafen bereit machte. Sie wiederum sammelte die verschiedensten Gegenstände und legte sie für ihn zu einem

Muster – dünne Silberfolienplättchen; Spiegel; alles, was Wasser enthielt. Kleine Autoteile, die sie auf den Straßenböschungen fand. Das Muster war immer das gleiche, und es sah so aus:

Wenn er mitmachen wollte, biß sie ihn kräftig in den Kopf. Er verstand nicht, was sie von ihm erwartete. Sie mochte auch Mousebreath gern, suchte aber nicht seine, sondern Toms Nähe. Wenn Tom wegging, folgte sie ihm. Wenn er ihr folgte, ohrfeigte sie ihn. Der Schildpattkater sah sich das Spiel so nachsichtig an, als beobachte er zwei Kätzchen, und wenn Tom mit ihm über Cy sprechen wollte, sagte er nur:

»Das macht ihr besser miteinander aus. Ja? Ihr schafft das schon!«

Aber wie? dachte Tom.

Sie war ihm ein Rätsel. Er mochte ihren Geruch.

Auf der Straße und abseits davon widerfuhren ihr merkwürdige Dinge. Mitten in der Nacht war sie oft von Lichtern umgeben, und mittags, wenn sie sich unbeobachtet glaubte, von winzigen bunten Vögeln, die keiner Tom bekannten Gattung angehörten. Auf dem Höhenrücken tanzten Gespensterkätzchen neben ihr her und lösten sich nach einigen Kilometern traurig wieder auf, als wollten sie sagen: Hier haben wir gelebt, es ist lange her. Siehst du? Das war unser Dorf.

Einmal erwachte Tom in den frühen Morgenstunden. Sie saß ein Stück von ihm entfernt ganz still und schaute, den Kopf zur Seite geneigt, aufmerksam nach oben. Ihre Ohren kamen ihm größer vor, als er sie in Erinnerung hatte. Ihre ›Zündkerze‹ blitzte wie diamantbesetztes Messing. Sie war von unzähligen Sommerfaltern umflattert, wahren Prachtexemplaren mit dicken, runden, beige-braungestreiften, pelzigen Köpfen und mit Augen, die wie billige rote Schmucksteine funkelten. Aus Cys Augen ergossen sich Lichtströme von der Farbe der Straßenlaternen in der Stadt. Ein Falter nach dem anderen stürzte sich in dieses Licht hinein und verbrannte mit lautem Geprassel. Cy war so beschäftigt, daß sie gar nicht bemerkt haben konnte, ob Tom wach war; trotzdem bildete er sich ein, sie leise warnen zu hören: »Sieh mich nicht an, Silber. Es gibt nichts zu sehen.« Dann wurde er plötzlich sehr müde, und die Welt drehte sich um ihn.

Am nächsten Morgen lag er steif und völlig durchnäßt unter einem Busch, und wenige Meter von ihm entfernt schnüffelte ein unbekanntes Tier im Gras herum.

Sie hatten den wilden Pfad erst ziemlich spät verlassen und sich in einem Labyrinth von Zubringern verirrt. Also verzichteten sie auf das Abendessen, schlugen an der erstbesten Stelle, die ihnen halbwegs annehmbar erschien, ihr Nachtlager auf und stellten im grauen Licht des nächsten feuchten Wintermorgens fest, daß sie sich im Garten eines leeren Bungalows befanden. Ein ziemlich neues Vogelbad, eine von Flechten überwachsene Veranda, zwei flache Treppen. An einem Ende ein Treibhaus, dem zwei Dachflächen fehlten. Am anderen Ende eine kahle Zypressenhecke mit einer Lücke, durch die der Wind den Hagel hereinpeitschte.

Tom glaubte zunächst, das Tier gehöre einer Katzenrasse an, die er noch nie gesehen hatte: ein langer Rücken, rötliches Fell mit leichten Streifen zum Gesäß hin, ein langer Schwanz. Es bewegte sich stockend, den Kopf dicht am Boden, und es war auffallend unruhig. Als es nach ein paar Minuten das Vogelbad gefunden hatte, stellte es sich unter erheblichen Schwierigkeiten auf die Hinterbeine und trank ausgiebig, nicht ohne sich dabei immer wieder umzusehen. Dann schleppte es sich mitten auf den Rasen, auf dem noch das halbverrottete Herbstlaub lag, wühlte mit der Vorderpfote ein wenig in dem stechend riechenden Mulch herum, legte sich mühsam hin und machte Anstalten, sich auf den Rücken zu wälzen. Doch dabei entfuhr ihm ein schmerzliches Jaulen. Es richtete sich auf und gähnte. Tom sah seine lange rote Zunge, und plötzlich wurde ihm klar, wen er vor sich hatte:

Einen Fuchs mit goldbraunen Augen.

Einen großen Fuchsrüden, der die Zypressenhecke anblinzelte und rief: »Ich weiß, daß du da drin bist.«

»Dies ist ein freies Land«, schnarrte eine Stimme.

»Ich kann dich ganz deutlich sehen.«

»Ich verstecke mich doch gar nicht.«

Das mußte der Fuchs erst verdauen.

»Ha!« rief er endlich. Die Stimme aus der Hecke wurde mutiger.

»Du brauchst Hilfe.«

»Und wenn schon«, sagte der Fuchs. »Deinen Schnabel lasse ich nicht an mich heran.«

Er rappelte sich auf und hinkte hastig vom Rasen. Aus der Nähe sah Tom, wie mager er war. Das Fell war ihm büschelweise ausgefallen, und die Haut darunter war grau wie Staub. Er stank – aber nicht nach Fuchs. Eine seiner Gesäßbacken war völlig kahl, himbeerrot entzündet und mit weichen gelben Schorfkrusten von Weintraubengröße übersät. Unterhalb davon war am Fesselgelenk die Haut aufgeplatzt und der bläulichweiße Knochen zu sehen. Nur ein Fuchs auf der Welt konnte solche Verletzungen haben. Tom sprang bestürzt auf.

»Liebt-Mülltonnen!« rief er. »Ich dachte, du bist tot.«

»Das kann ich nicht ausschließen«, sagte der Fuchs.

Er setzte sich in ein Blumenbeet und begann heftig zu zittern. Seine Augen waren mit gelblichem Schleim verklebt, und um die Schnauze war er ganz grau geworden. »Im Grunde bin ich froh, daß ich jemanden treffe«, sagte er. »Majicou ist nicht hier, oder?« Ein Regenschauer prasselte auf den Garten nieder. Der Fuchs sah es mit trübem Blick. Erst schien es, als wolle er aufstehen und sich irgendwo unterstellen, doch dann gab er auf, kapitulierte vor seiner Erschöpfung, legte den Kopf vor Toms Füßen auf das Blumenbeet und schloß die Augen.

»Halt bloß die verdammte Elster von mir fern«, flehte er.

Den Wunsch konnten sie ihm nicht erfüllen.

Liebt-Mülltonnen lag den ganzen Vormittag da wie ein alter Fuchspelz, ein Stück Fell, von dem das Fieber auch die letzte Fleischfaser weggebrannt hatte.

»Keine Aufregung«, ermahnte er sich.

Manchmal fragte er wie ein Welpe im Dunkeln: »Wo bin ich?« Oder rief: »Zu Hilfe!«

Er lag im Blumenbeet, und als die Katzen sich um ihn scharten, rief er jede von ihnen beim Namen. Er hatte sie wohl mit letzter Kraft gefunden, nun ergab er sich seiner Schwäche. Die Katzen hatten keine Ahnung, was sie für ihn tun sollten. Katzenspeichel heilt alles, hatten ihre Mütter sie gelehrt. Lecken ist immer gut! Aber wer wollte schon einen Hund ablecken? Dann entdeckte Tom hinter der Regentonne eine zerbrochene Scheibe, durch die man in das Treibhaus gelangen konnte; und Mousebreath nahm alle Kräfte zusammen, um den Fuchs hineinzuziehen. Liebt-Mülltonnen wachte auf und fauchte warnend.

»Glaub ja nicht, ich hätte dich vergessen.«

»Ich bin allzeit bereit«, versicherte ihm Mousebreath geduldig. »Aber fürs erste könntest du wenigstens versuchen, ein paar Schritte zu laufen.«

Danach waren sie mit ihrer Weisheit am Ende. Hilflos sahen sie sich an. Dann richteten sich alle Blicke auf Sorgt-für-Kummer, der inzwischen aus der Zypressenhecke gehüpft war und den schmalen Kopf mit dem glänzendschwarzen Auge dicht vor das Fuchsgesicht hielt, um eine Diagnose abzugeben.

Der Vogel zuckte die Achseln. »Ich tu's nicht *gern*«, sagte er. »Aber wenn ich's nicht tue, stirbt er.«

»Er ist immerhin bewußtlos«, gab Tom zu bedenken.

»Aber wie lange?«

Es war die einzige Möglichkeit.

»Wie er schon riecht«, bemerkte Sorgt-für-Kummer.

»Solange er ohne Bewußtsein ist, passiert uns nichts.«

Tom setzte sich dem Fuchs auf den Kopf. Mousebreath setzte sich auf seinen ausgemergelten Brustkorb. Die Elster zog ihren rissigen schwarzen Schnabel mehrmals über den grauen Beton, um ihn zu schärfen. Dann zielte sie sorgfältig. Alles war auf dem Sprung, für den Fall, daß der Fuchs aufwachte. Eine Stunde später lagen dreiundzwanzig Bleikügelchen auf dem Boden des Treibhauses. (Sie rochen nach Tod. Die Tiere hielten Abstand, nur die Tigerkatze schob sie ein paarmal gleichgültig hin und her, weil ihr das satte Geräusch gefiel, mit dem sie über den Boden rollten. Doch das Spiel wurde ihr bald langweilig.) Das Bein des Fuchses sah aus, als wären die Ratten darübergekommen. Aber der Eiter konnte abfließen, und der Fuchs hatte sich kein einziges Mal geregt.

Als er sechs Stunden später wieder zu sich kam, waren seine Augen klar, und das Fieber war gesunken. Er schleppte sich zum Vogelbad hinaus, um zu trinken; dann schleppte er sich wieder hinein, um zu schlafen. Und danach erzählte er, was ihm nach dem Kampf am Piper's Quay widerfahren war.

»Von dem Schuß selbst weiß ich nicht viel«, sagte er. »Nur Lichtblitze. Schatten an den Wänden.« Der Schock hatte alles in weite Ferne gerückt. »Nach dem Knall«, sagte er verwundert, »war es ganz still. Aber in meinem Kopf« – er schaute die um ihn versammelten Tiere der Reihe nach auffordernd an, als könnten sie seine Erfahrung bestätigen – »ging es immer noch weiter.« Jäh aufblitzende weiße Lichtstreifen. Der Schatten der flatternden Elster, der Schatten einer erhobenen menschlichen Hand. Katzen, die in Säcke gestopft wurden. »Und dieser abscheuliche Geruch.« Jedenfalls, fuhr er fort, habe er jedes Gefühl in den Hinterbeinen verloren und schon aus diesem Grund nicht mehr gewagt, sich zu bewegen. »Die Wand war bis hoch hinauf mit Blut bespritzt, und es war alles mein Blut. Ich dachte, er sei noch da«, sagte er und meinte damit den Menschen. »Ich hatte schreckliche Angst, er könnte mich finden.« Von Grauen geschüttelt, sah er sich im Treibhaus um. »War das sehr dumm? Ich wollte eben nicht noch einmal getötet werden.«

Erst viel später, nachdem er endlich begriffen hatte, daß er allein war, hatte er sich in den Hagelsturm hinausgeschleppt.

»Auf dem Platz war es dunkel. Ich konnte mich kaum auf den Beinen halten, aber ich roch den Fluß.«

Drei Tage lang war er wie betäubt am Piper's Quay herumgeirrt und hatte sich bei jedem Geräusch versteckt. Von Angst und Schmerzen gequält, entfernte er sich immer weiter von dem Platz und verlor sich im unbewohnten, verwilderten Teil des alten Hafens. Seine Wunden entzündeten sich; am Nachmittag des dritten Tages halluzinierte er bereits. Zum Essen war er zu schwach, er schlürfte nur Regenwasser. Erst befand er sich im Hof einer Fabrik, dann geriet er in einen winzigen Garten und traf ein junges Menschenweibchen, das vor seinem Gestank entsetzt zurückwich. »Ich glaube, es wollte mir helfen, aber ich konnte nicht aufhören, die Zähne zu fletschen.« Sechsunddreißig Stunden lang lag er wie tot am Ufer eines flachen Fabrikweihers, die Nasenspitze im Wasser, während ihn ein Reiher von einem morschen Balken aus schadenfroh beobachtete. Wie er an alle diese Orte gekommen war, wußte er nicht mehr. Seine eigene Stimme war inzwischen nur noch eine von vielen, die in seinem Kopf lärmten. Jede wollte etwas anderes von ihm, doch irgendwann entdeckte er am Fuß einer Mauer zwischen Kreuzkraut und zerbrochenen Flaschen einen Lichtfleck – den Zugang zu einer magischen Straße.

»Der Fleck führte mich in ein Labyrinth. Ich wollte das Zoogeschäft in der Cutting Lane – und damit Majicou – erreichen, aber mit jeder Bewegung wurde ich weiter davon weggetragen. Inzwischen sind alle bis auf die größten Pfade zu einem wirren Knäuel verschlungen und zappeln wie zerschnittene Regenwürmer. Einmal war ich am Meeresstrand, *und es war Sommer*. Ob das ein Fiebertraum war? Ich weiß es nicht.«

Seither sei er ziellos herumgereist, erzählte er, seit neuestem beschattet von der Elster, die ihn – rein zufällig, sie hatte die Stadt nach Sealink und der Königin abgesucht – auf einer regennassen Straße zwischen zwei Pappschachteln entdeckt hatte. Er lag in seinem eigenen Urin, seine Wunden stanken bestialisch, und er fantasierte. Aber vor allem war er allein. Schmerz und Gefahr hatten keinen Schrecken für ihn, aber der Einsamkeit hatte sein Geist nicht standgehalten.

Und obendrein wurde er auf Schritt und Tritt verfolgt.

»Ich spürte es, sobald ich die magische Straße betrat. Ein dunkles, formloses Etwas, das stets in meiner Nähe blieb.« Er erschauerte. »Ich habe es nie gesehen, aber es ist immer noch da.«

»Ein *Vagus*!« rief Tom. »Auch mich hat ein *Vagus* verfolgt«, prahlte er.

Der Fuchs starrte durch die regennassen Glaswände.

»Ich glaube nicht, daß es ein *Vagus* ist«, sagte er düster. »Ich glaube, es ist mein Tod.«

Dann schüttelte er sich. »Wir müssen weiter«, sagte er. »Hier können wir nicht bleiben.« Er sah sich um. »Ich bin am Verhungern«, sagte er. »Habt ihr nicht irgend etwas zu fressen?« Er lachte. »Als mich die Elster fand, wollte ich sie fressen«, erinnerte er sich. »Aber danach kamen wir ganz gut miteinander aus.«

»Ich wäre mir da nicht so sicher«, sagte Sorgt-für-Kummer drohend.

Mousebreath zwinkerte ihm zu. »Tandoori-Elster«, sagte er. »Nicht schlecht, wie?«

»Träum weiter«, kreischte Sorgt-für-Kummer.

»Benehmt euch!« schalt Tom.

»Tandoori-Flaschenkorken«, sagte die Tigerkatze. Sie hatte eins der Schrotkügelchen in eine Ecke gerollt, wo es hinter einem dicken Terrakottatopf steckengeblieben war, und nun versuchte sie schon seit zwanzig Minuten – vielleicht hatte die Geschichte des Fuchses sie gelangweilt – es wieder herauszupulen. Sie wollte immer nur das, was sie nicht haben konnte. »Tandoori-Bettstatt.« Als sie das Kügelchen befreit hatte, trug sie es zum Fuchs hinüber und legte es ihm vor die Füße. »Friß das«, sagte sie.

»Das hätte ich beinahe getan«, sagte der Fuchs.

»Hui!«

Es dauerte seine Zeit, bis er wieder zu Kräften kam. Die anderen pflegten ihn, so gut sie konnten. Alle blieben im Treibhaus, wo es zwar langweilig, aber warm und trocken war. Der Wind legte sich. Die Sonne kam heraus. Nach ein oder zwei Tagen drängte Sorgt-für-Kummer zum Aufbruch.

»Majicou wird wissen wollen, was geschehen ist«, sagte er.

Tom ging mit ihm hinaus, um sich zu verabschieden.

»Mußt du wirklich gehen?«

»Der Fuchs bleibt schließlich hier. Solange er nicht wieder gesund ist, ist er zu nichts zu gebrauchen.«

Tom hatte eigentlich erwartet, daß die Helfer des schwarzen Katers seine Probleme lösen würden, anstatt sie noch zu vermehren, und so fragte er: »Was soll *ich* denn mit ihm anfangen?«

Die Elster legte den Kopf schief. »Du könntest ihm das Gefühl geben, wieder am Leben zu sein«, sagte sie und fügte mit leiser Verachtung hinzu. »Oder hast du etwas Besseres vor?«

»Das wohl nicht.«

»Paß auf: Als ich ihn fand, da schwatzte er schon mit diesem Ding, von dem er sich verfolgt fühlt. Er hatte aufgegeben. So weit unten war er noch nie, und ich finde das entsetzlich.«

»Entschuldige«, sagte Tom.

»Er ist mein Freund.«

»Das sehe ich.«

»Gut, dann vergiß es nicht.«

»Wird gemacht.«

Der Vogel war besänftigt und wollte sich in die Lüfte schwingen.

»Warte!«

»Was?«

»Was ist mit Sealink und der Mau?«

Sorgt-für-Kummer machte ein finsteres Gesicht. »Ich habe Majicou noch nie so ratlos erlebt. Aber solange wir sie nicht gefunden haben, kann keiner von uns etwas für sie tun.«

»Also keine Spur?«

Der Vogel wackelte mit dem Kopf. »Leider nein«, sagte er.

Dann hob er mit knatternden Flügeln ab und schoß wie ein wildgewordener Feuerwerkskörper dicht über die Zypressen hinweg nach Osten.

»Kümmere dich um den Fuchs!« rief er. »Und paß auf, daß du nicht noch jemanden verlierst.«

Eine halbe Stunde nachdem die Elster aufgebrochen war, sprang Mousebreath, der im Treibhaus auf einem durchgesessenen alten Segeltuchstuhl vor sich hingedöst hatte, auf den Boden, schüttelte sich majestätisch und zwinkerte mit seinem blauen Bauernkatzenauge. »Ich werde mal 'ne Runde drehen«, sagte er zu Tom. »Mal sehen, was sich so tut. Ja?« Und schon schlenderte er quer durch den Garten und schlüpfte durch die Hecke.

Tom sah ihm nach, wie er mit hocherhobenem Schwanz und selbstbewußt gerecktem Hinterteil am Vogelbad vorbei durch den Sprühregen stolzierte. Hinter der Hecke begannen die Weiden, unregelmäßig geformte Flächen, die von wildwachsenden hohen Hagedornhecken geschützt wurden und dadurch wie hochwandige Tanks wirkten, mit derbem, von Disteln und Stechginster durchsetztem Gras. Ein zottiges Pony stand, ein Hinterbein eingeknickt, in einer schlammigen Ecke und blickte teilnahmslos über ein graues Holzgatter. Zwischen den Brennesseln wölbten sich von Tunneln und Gängen durchzogene, kalkweiße Erdhügelchen. Bei Tag hörte man das Schwirren der Ringeltauben, bei Nacht den Schrei der Eulen. Ein kleinräumiges Gelände, weltabgeschieden, aber selbst im kalten Wind noch reizvoll. Mousebreath hatte es sofort zu seinem Reich erklärt. Anfangs hatte er Tom auf seine Streifzüge noch mitgenommen. Doch dessen Fell hatte für solche Zwecke nicht die richtige Farbe. Er war nicht unbegabt; auch liebte er das lautlose Anschleichen, das der Schildpattkater von seinem Onkel Tinner gelernt hatte. Aber:

»Du fällst einfach auf«, mußte Mousebreath ihm letzten Endes verlegen mitteilen. »Das ist wirklich alles. Ich sage nicht, du bist nicht gut. Du fällst nur auf.«

Seither konnte Tom ihm nur traurig nachsehen, wenn er zur besten Zeit am frühen Morgen und am Abend (oder auch am Vormittag und Nachmittag) frohgemut loszog. Diesmal trug Mousebreath bei seiner Rückkehr ein ausgewachsenes Kaninchen so im Maul, daß der Kopf auf der einen Seite herunterhing und die Hinterbeine auf der anderen. Es war ein großes Weibchen mit traurigen braunen Augen. An der Nase war etwas Blut ausgetreten, sonst schien es unverletzt.

»Was mehr als halb so groß ist wie man selber, ist keine Beute, wie?« prahlte Mousebreath. Er keuchte ein wenig, das Kaninchen war schwer. »Nun seht euch diesen Brummer an!« Er legte seinen Fang vor dem schlafenden Fuchs auf den Boden des Treibhauses ab. Sofort begann die Nase von Liebt-Mülltonnen zu zucken, und er erwachte.

»Was ist das für ein Duft?« fragte er und setzte sich rasch auf.

»Kaninchen, Freundchen«, sagte Mousebreath. »Ein paar Bissen davon, und du bist bald wieder wie neu.«

Der Fuchs starrte ihn an.

»Ich ...«

»Nun mach schon!«

»Oder *magst* du kein Kaninchen?« fragte Tom. »Ich nämlich schon! Ich bin ganz wild darauf!«

Der Fuchs starrte auf das Tier nieder.

»Ich weiß nicht, was ich damit anfangen soll«, gestand er. »In der Stadt ...« Verlegenes Achselzucken. »Ehrlich gesagt, ich habe noch nie rohes Fleisch gefressen.«

Mousebreath gluckste in sich hinein.

»Probier's nur mal«, sagte er. »Wenn du nicht klarkommst, besorg ich dir auch Dosenfutter.«

Sie zerteilten das Kaninchen, und alle wurden satt davon, obwohl der Fuchs rasch auf den Geschmack kam und doppelt so viel vertilgte, wie ihm zustand. Anschließend knackten sie noch die Knochen und putzten sich. Dann prahlte Mousebreath damit, wie schwer sich die Kaninchendame hatte fangen lassen; Tom prahlte mit den schwierigen Kaninchen, die er fangen würde, wenn sein Fell nicht so auffallend wäre; und endlich verstummte einer nach dem anderen und träumte zufrieden vor sich hin.

Zwei bis drei Stunden später stieg eine schmale Mondsichel über das Dach des Bungalows, und ein leichter Wind bewegte die Zypressenhecke. Hinter der Regentonne scharrte es leise. Cy, die Tigerkatze, verließ das Treibhaus, schlenderte raschelnd über den glatten Rasen und blieb am Vogelbad stehen, um sich das Lätzchen zu waschen. Der Messingbolzen zwischen ihren Ohren funkelte. Immer wieder hob sie die Nase und schnupperte in die Nacht hinein. Sie lauschte, starrte mit hocherhobenem Kopf zum Himmel auf; ihre Augen füllten sich mit Mondlicht. Kleine weiße Gartenfalter kamen angeflogen und umkreisten sie. Sie gurrte ihnen etwas vor. Die Falter waren Funken. Um Cy herum begann die Luft zu flimmern. Ein verlegenes leises Räuspern. Ein Knall. Ein grauer Rauchwirbel, der immer größer wurde; ein Knarren, als spränge eine Katze auf einen Segeltuchsessel. Der Wirbel *öffnete* sich wie ein Reißverschluß im Gewebe der Nacht, und heraus ...

... kamen Katzen. Zwei Dutzend vielleicht: schwarze und weiße, grau- und rotgetigerte, lang- und kurzhaarige und zwei gänzlich nackte mit traurig verknautschten Dämonengesichtern. Tintagel Court war der letzte Ort gewesen, wo es ihnen gutgegangen war. Nun waren sie verwirrt und verstümmelt, mit Beulen, Prellungen und Blutergüssen übersät, sie strotzten von Drähten und Implantaten, ihre Haut schilferte ab, ihre Augen leuchteten in den unnatürlichsten Farben, ihre Beine waren unglaublich lang. Sie wußten kaum noch, wer sie waren. *Er* hatte ihnen Namen gegeben, aber es waren Namen, die keine Katze jemals in den Mund genommen hätte. *Er* hatte sie aufgenommen; aber er hatte sie unter Bedingungen gehalten, die für Katzen nicht geeignet waren. *Er* hatte sie gefüttert; aber sein Futter war für Katzen ungenießbar, und so waren sie vom Hunger geschwächt. Sie waren seine besten Untertanen. Im Grunde hatten sie keine Ahnung, warum er sie auf die magischen Straßen geschickt hatte, sie wußten nur, daß sie die singende Tigerkatze finden und ihre Gefährten töten sollten. Ohne sich ihres Elends – ihrer Schmerzen – bewußt zu sein, ergossen sie sich über den Rasen, umgingen das Vogelbad und strömten im Dunkel der Nacht unaufhaltsam auf das Treibhaus zu ...

14

EINE ENTDECKUNGSREISE

Man kann keinen Fisch fangen,
ohne sich die Pfoten naß zu machen.

ALTE KATZENWEISHEIT

Die Reaktionen auf Old Smokys Eröffnung waren sehr gemischt.

Sealink sah die Königin mit ausdruckslosen Augen lange an. Wie grimmige, flache Striche lagen ihre Oberlider quer über der Pupille. Dann wandte sie ihr demonstrativ den Rücken zu und widmete sich wortlos einem der Schüsselchen mit Dosenfutter, die der alte Fischer auf den Dielenboden gestellt hatte.

Pengelly beobachtete sie verstohlen. Dann wandte er sich an Pertelot.

»Ich bin entzückt, meine Beste. Mögen deine Kleinen zahlreich sein, und mögen sie ebenso hübsch werden wie ihre Mutter.« Er lachte leise in sich hinein. »Seekrank!« sagte er. »Da sieht man mal wieder, wieviel ich von Frauen verstehe. Aber was sagt man zu Old Smoky? Hat scharfe Augen, der alte Knabe!«

Die Mau sah ihn verstört an. Verwirrung und Schmerz standen in ihren Augen.

»Danke«, sagte sie.

Dann, halb an sich selbst, halb an Sealink gerichtet: »Was ist denn nur los?«

Und schließlich traurig: »Du bist sehr freundlich, Pengelly.«

Sealink tat, als hätte sie nichts gehört. Sie schob die Schüssel gegen die Wand und fraß sie leer. Dann sprang sie leichtfüßig auf die Arbeitsplatte der Kombüse, drehte ihren beiden Reisegefährten die Kehrseite zu, ließ sich nieder, legte ihren Schwanz zurecht, zog die Pfoten unter sich und schlief ein.

Sekunden später war die Kajüte von ihrem rhythmischen Schnarchen erfüllt.

»Mußt sie nicht weiter beachten«, sagte Pengelly leise. »Sie is bloß eifersüchtig.«

Pertelot sah ihn überrascht an. »Aber warum denn?«

»Das fragst du sie am besten selbst, wenn sie wieder besser drauf ist«, gab der Rex geheimnisvoll zurück. »Geht mich wirklich nichts an, auch wenn ich sie schon ziemlich lange kenne. Brauchst dir jedenfalls nicht den Kopf zu zerbrechen.« Er zwinkerte ihr zu. »Sieh dir das an!« sagte er. »Old Smoky weiß doch, was mir schmeckt: Das ist das beste Putenragout, das man in 'ner Dose zu kaufen kriegt. Er ist eben ein Schatz. Und jetzt hau ordentlich rein.«

Pertelot fraß. Pengelly fraß. Sealink schnarchte weiter. Der alte Fischer sah den dreien eine Weile mit einem sonderbaren Ausdruck auf dem wettergegerbten Gesicht zu; dann ging er mit einem Becher Kaffee an Deck, um die Sterne zu beobachten.

In der Kajüte war es still. Pertelot betrachtete das Spiel von Licht und Schatten, das die Öllampen an den Wänden erzeugten. Ihre Augen waren halb geschlossen. Ihre Flanken hoben und senkten sich in regelmäßigen Atemzügen. Äußerlich wirkte sie gefaßt, doch in ihrem Kopf ging alles drunter und drüber.

Kätzchen. Ein Wunder, unglaublich und erschreckend. Kätzchen! Wie war es möglich gewesen, nichts davon zu wissen? Irgendwie *hatte* sie es wohl gespürt, warum sonst hätte sie Ragnar verlassen und sich hierher geflüchtet, wo der Alchimist niemals nach ihr suchen würde? Ragnar fehlte ihr sehr. Sie trauerte um ihn. Sie vermißte seine unbeholfenen Liebesbeweise, seine schlichte, beständige Zuneigung. Sie vermißte ihn. Aber Kätzchen! Das Trächtigkeitsfieber hatte sie erfaßt. Es durchströmte sie wie eine warme Flut, machte sie benommen. Jetzt spürte sie die Jungen, spürte ihre Bewegungen, spürte, wie sich die winzigen Lebensfunken in ihr *regten*. Wie konnte ihr das bisher entgangen sein? Wie lange war es her? Wie viele Wochen ...

Sie war nicht naiv. Sie war eine Königin. Und wie alle anderen Katzen im Labor des Alchimisten hatte sie genügend kontrollierte Paarungen miterlebt, um sich mit Zyklen und Fristen auszukennen…

Etwa sechzig Tage von der Befruchtung bis zur Geburt. Sie strengte ihr Gedächtnis an. Wann hatte sie sich mit Ragnar gepaart? Über der Zeit in Tintagel Court lag ein Schleier aus Angst und Schmerz. Das Gefühlschaos der Rolligkeit, erhöhte Temperaturen, wirre Träume, schrilles Geheul, das Ragnar behutsam zu dämpfen suchte, damit sie nicht die Helfer des Alchimisten herbeirief.

Er hatte die streunenden Kater abgewehrt, die von ihrer Hitze, ihren Schreien, dem Moschusduft, der sich im ganzen Komplex verbreitete, angelockt worden waren. Im Geist sah sie eine Flut von düsteren Bildern, doch dazwischen glänzten zwei ineinander verschlungene Fäden, ein silberner und ein goldener. Sie waren schwer zu fassen, aber endlich hatte sie sie erwischt, zog sie heraus und entwirrte sie.

Silber. Mercurius. Tom. Er war plötzlich dagewesen, ein Himmelsgeschenk, ein Wohltäter, der Katalysator. Das Futter, das er ihnen brachte, hatte sie vor dem Verhungern bewahrt, und danach hatte sie sich so wohl gefühlt, daß sie unvermutet leidenschaftlich reagierte, als Ragnar sie eines Nachmittags zögernd beschnupperte, um sie dann kräftig ins dicke Nackenfell zu beißen.

Nach ein paar guten Tagen voller Hoffnung hatte der Alchimist sie wiedergefunden. Sie war kopflos um ihr Leben gerannt und hatte es Mercurius überlassen, gegen den Wahnsinn anzukämpfen. So war es immer. Sie zog den Alchimisten an wie einen gefräßigen Hai, dann flüchtete sie, und die Folgen hatten andere zu tragen, falls das überhaupt möglich war.

Immerhin, sagte sie sich, war ich noch fähig, vor ihm wegzulaufen. Sonst trüge ich jetzt andere Kätzchen in mir! Keine Kätzchen von einem Partner ihrer Wahl. Keine Kätzchen, die sie lieben und in sicherer Umgebung hätte aufziehen können. Alchimistenkätzchen! Jetzt war nichts mehr zu ändern. Sie hatte sich selbst einen Partner gesucht, hatte die Zuchtlinie unterbrochen, und in wenigen Wochen würden die Kätzchen zur Welt kommen. Schuldgefühle und Vorwürfe führten nicht weiter. Kätzchen sind das wichtigste auf der Welt, und ihre Kätzchen waren die wichtigsten von allen. Sie würde voller Hoffnung in diese neue Zukunft schauen, um ihretwillen, nicht etwa weil Reisen Spaß machte, wie Sealink sagte, oder weil es schön gewesen wäre, immer wieder jemand Neues zu sein.

Ich weiß wenigstens, wer mich verfolgt, dachte sie.

Aber wovor war Sealink so panisch auf der Flucht?

Der nächste Tag war klar und bitterkalt. Die Sonne brachte die Wellen zum Glitzern und Funkeln, konnte aber die kalten Decksplanken kaum erwärmen. Pertelot sah Pengellys Atem in Kringeln durch die Luft schweben wie den Zigarettenrauch des alten Fischers. Old Smoky kniete am Heck und zog etwas aus dem Wasser.

»Was macht er da?« fragte Pertelot.

»Er holt die Körbe ein, die er ausgesetzt hat, als wir letzte Nacht vor Anker lagen.«

»Aha.«

Kreischend zog über ihnen eine Möwe vorbei. Dann trat wieder Stille ein.

Etwas später bemerkte sie: »Er scheint ein guter Mensch zu sein.«

»Das ist er wohl.«

Abermals Schweigen.

Endlich fragte sie: »Wie habt ihr euch kennengelernt?«

Pengelly starrte aufs Meer hinaus und schwieg.

Pertelot senkte den Blick. Sie war verunsichert. Hatte sie Pengelly mit ihrer Frage etwa gekränkt? Aber der alte Kater hatte nur nachgedacht, und nach einer Weile wandte er sich ihr zu und sagte: »Hat mich bei Mevagissey aus dem Hafen gefischt, ja, das hat er. Mich und meine Schwester.«

»Du hast eine Schwester?«

»Hatte ich. Sie ist ertrunken. Ich hatte mehr Glück.«

»Oh, Pengelly.«

Die Worte gingen ihr nicht aus dem Kopf, und plötzlich erkannte sie ihren tieferen Sinn. »Jemand wollte euch ertränken?«

»Das machen die Menschen mit Kätzchen, die sie nicht haben wollen«, sagte der Alte ganz sachlich, aber sein Gesicht war hart und verschlossen. »Sie wissen es eben nicht besser.«

Pertelot starrte ihn an. »Aber das ist doch grausam.«

»Schon. Trotzdem.« Pengelly genoß schweigend die Aussicht und rang sich dabei wohl zu einer Entscheidung durch. »Old Smoky hat den Sack mit einem Bootshaken aus dem Wasser gefischt und uns auf das Deck gekippt. Ich bin ein bißchen rumgestolpert, hab gehustet und das Meerwasser wieder ausgewürgt. Aber die arme kleine Wriggle hat keinen Mucks mehr gemacht. Die war so tot wie ein Hundehirn. So kalt wie ein Lehmklumpen.«

Old Smoky habe seinen seltsamen kleinen Fang aufgehoben, erzählte er weiter – »ich war nicht größer wie 'ne Maus« –, ihn auf die flache Hand gesetzt und mit einem Stück Stoff so lange massiert, bis er spuckte und hustete, bis seine Nervenenden wieder auftauten und er sich unter den Schmerzen des Lebens wand.

»Ich dachte, er rubbelt mir das Fell von der Haut.« Pengelly grinste die Mau spitzbübisch von der Seite an. Seine Augen schielten in zwei verschiedene Richtungen. »Wahrscheinlich sieht's deswegen so komisch aus.« Pertelot wußte nicht, was sie sagen sollte. Ein Fell wie das seine hatte sie tatsächlich noch nie gesehen. Es war gelockt und lag so dicht an wie bei einem Hund.

Eine Flut von Gerüchen hatte ihn nahezu überwältigt: Fischschuppen, menschlicher Schweiß, das Salz aus dem Wasser – und ein besonders würzig-aromatischer Duft, der in den Händen des alten Fischers, in seinem Taschentuch und in seinem riesigen Wollpullover hing. Plötzlich entdeckte ihn der kleine Rexkater auch in seinem eigenen Fell.

Tabak!

»Damals hab ich noch nicht gewußt, was das ist«, gestand er. »Aber ich hab den Geruch sofort gemocht; und wenn Old Smoky sich heute eine ansteckt, denk ich jedesmal an diesen Tag zurück.

Seitdem fahre ich mit dem Alten zur See. Keine Kätzchen, so gut wie keine Weibchen. Old Smoky ist meine Familie, und mehr brauch ich nicht. Er ist Vater und Mutter, Bruder und Schwester für mich, und an ihm häng ich mehr als an jeder Katze.«

Pertelot starrte unverwandt zum Horizont, der heute Himmel und Meer scharf voneinander trennte. Für einen Moment waren Schmerz und Trauer fast unerträglich. Dann sah sie plötzlich, daß sich die Sonnenstrahlen auf dem Wasser spiegelten, als läge gleich unter der Oberfläche eine Handvoll Sterne gefangen, und dachte: Was werden wohl meine Kätzchen zu dieser Welt und ihrer unglaublichen Schönheit sagen? Sterne! Sie beugte sich über den Bootsrand, um danach zu suchen. Doch so dicht am Schiff drang das Licht kaum in die Tiefe; das Wasser wirkte zähflüssig und schmutzig, eine mit Tang und Schaum vermischte trübe Brühe; Schwärze unter Glas.

Pertelot wich hastig zurück, suchte das ganze Deck ab, bis sie eine geschützte Stelle gefunden hatte, ließ sich schließlich in einem Haufen von Tauen und Netzen nieder und dachte nach. Sie selbst wäre beinahe im Kanal ertrunken. Pengelly wäre beinahe im Meer ertrunken. Sie fröstelte. Die Welt war unheimlich: oben fröhlich-bunt, darunter von unergründlicher Tiefe. Unter ihr und ihren Kätzchen erstreckte sich das kalte schwarze Meer: Es ging hinunter, immer weiter und weiter.

Auf einmal streckte Sealink den Kopf aus der Tür des Ruderhauses und ließ den Rest ihres eindrucksvollen Körpers folgen. Die Sonne zauberte orangefarbene Glanzlichter in das gescheckte Fell. Sie gähnte und streckte sich genüßlich

»Morgen, ihr Seefahrer!«

Als ob am Abend zuvor gar nichts gewesen wäre. Die Mau sah sie fassungslos an.

Sealink drängte sich an Pengelly vorbei, drehte eine Runde auf dem Deck, rieb im Vorbeigehen den Kopf an den Beinen des alten Fischers und ließ sich dann neben der Königin nieder. Lässig zurückgelehnt, streckte sie ihr Hinterbein aus und bearbeitete es in langen Strichen mit ihrer großen Zunge.

»Pengelly hat mir eben seine Geschichte erzählt«, sagte Pertelot leise. Vielleicht war es besser, das Thema Kätzchen vorerst zu meiden.

»Das kann ich mir denken, Süße. Mal sehen: Reisen durch alle sieben Weltmeere; einen Schatz in jedem Hafen; exotische Köstlichkeiten aus dem fernen Orient? Etwa solche Sachen, Süße?«

Pertelot verstand gar nichts mehr.

»Aber nein. Er hat mir erzählt, wie er als Kätzchen ertränkt werden sollte und der Fischer ihn rettete.«

Sealink hob den Kopf und stellte die Ohren auf. Ihr Schwanz zuckte und klopfte auf das Deck, als wäre er plötzlich lebendig geworden. »Zu *mir* hast du davon noch nie ein Wort gesagt«, hielt sie Pengelly vor.

»Du hast mich auch nie gefragt. Außerdem ist das eine Ewigkeit her, meine Beste. Und du bist doch diejenige, die immer sagt: *Was willst du mit Geschichte, Kindchen? Man muß sein Leben ja doch jeden Tag von neuem leben!*«

Er hatte Sealinks honigsüßen Südstaatenakzent mit verblüffender Genauigkeit nachgeahmt.

Das Rückenfell der Calicokatze sträubte und glättete sich, sträubte und glättete sich wie von einem Luftzug bewegt, und ihre Augen glitzerten, als sie, ohne sich umzudrehen, die Königin aufforderte: »Erzähl uns doch mal was aus *deinem* früheren Leben, Kindchen! Wenn wir schon dabei sind, unsere Erfahrungen auszutauschen.«

Eigentlich waren die Worte für Pengelly bestimmt; und als Pertelot aufsah, fochten die beiden mit Blicken einen stummen Kampf aus, den sie nicht verstand. Pengellys und Sealinks gemeinsame Geschichte war wie ein langer Korridor in die Vergangenheit, zu dem sie, Pertelot, keinen Zutritt hatte.

»Lieber nicht.«

»Nun *zier* dich doch nicht so, Kindchen«, schalt Sealink. »Du willst nur Aufmerksamkeit erregen, aber das ist nicht nötig, wir lieben dich auch so.«

Die Königin machte einen Verlegenheitsbuckel und betrachtete angelegentlich die Seilschlingen um sich herum. Die Fasern waren zu einem komplizierten Muster verwoben. Ein einziges Seil bestand aus Hunderten von winzigen Fäden. Jeder Faden war in sich zart und schwach, doch zusammen ergaben sie ein robustes Ganzes. Endlich begann sie leise und mit tonloser Stimme zu sprechen.

»Ich wurde in einem Laboratorium geboren. Heute weiß ich das. Damals kannte ich nichts anderes. Ich dachte, der Geruch nach Angst und Verzweiflung, das Gewimmer und Geheul, das alles sei eben das Leben. Ein ganz gewöhnliches Katzenleben!«

Ihr Lachen klang bitter.

»Er nahm mich meiner Mutter weg, bevor ich noch die Augen öffnen konnte. Aber ich hatte ihr weiches Fell, ihre rauhe Zunge gespürt... und sie sind mir in Erinnerung geblieben. Dann kam eine harte weiße Hand, die groß und stark war, und der Geruch dieser anderen Katze, ihre Liebe, ihre Verzweiflung sackten unter mir weg. Heute wird mir in großen Höhen schwindlig, und in meinen Träumen fällt die Welt immer tiefer und tiefer...«

Sie holte Atem und schloß die Augen.

»Natürlich hatte ich noch Glück im Unglück gehabt. Die anderen behaupteten, ich würde verhätschelt, ich sei sein Liebling. Die Mutter. Sie haßten mich. *Ich* wurde nicht gequält, bis ich vor Schmerzen schrie. Mein Schmerz war ein anderer, und er hielt länger vor. Jeden Tag kamen neue Katzen dazu, andere wurden weggebracht. Wenn sie kamen, waren sie verwirrt und ängstlich, aber guten Mutes. Ich hörte sie reden, obwohl ich von meinem Käfig aus nur an die weiße Decke sehen konnte. ›Wenigstens‹, sagten sie, ›werden wir nicht hungern. Die Menschen werden uns füttern. Dazu sind sie schließlich da, nicht wahr?‹

Und sie wurden gefüttert. Eine Zeitlang.

Dann kamen die Schreie ... oh, diese Schreie ... Ich habe nie erfahren, was man mit ihnen gemacht hat. Ich wollte es gar nicht wissen. Ich kauerte mich in eine Ecke meines Käfigs und hielt mir die Ohren zu. Aber in meinem Kopf hörte ich sie trotzdem.«

Pengelly starrte sie entsetzt an. Sealinks Gesicht war nicht zu sehen.

»Die Zeit verging. Wie lange ich dort war? Ich wuchs – das merkte ich selbst. Die Lichter brannten Tag und Nacht. Aber ich spürte den Unterschied. Ich bin eine Katze, und eine Katze merkt, wann es Nacht ist! Ständig verschwanden Katzen, und andere kamen. Der Alchimist bezog sie aus aller Welt. Er stellte irgend etwas mit ihnen an und warf sie dann weg. Er hat sie restlos verbraucht, aber das weiß ich erst heute. Er hat die Felle verkauft; das Fleisch…«

Sie brach in Schluchzen aus.

Das konnte Pengelly nicht lange mit ansehen. Er schlüpfte zwischen die Taue und schmiegte sich an sie.

»Still jetzt, meine Beste. Sag nichts mehr.« Ein wütender Blick auf Sealink. »Du hast davon gewußt, nicht wahr?«

Sealink war vollauf damit beschäftigt, sich die andere Körperhälfte zu putzen.

»Warum hast du darauf bestanden, daß sie mir das erzählt? Warum?«

Sealink war mit ihrer Toilette fertig, stand auf und machte einen Buckel.

»Die Einzelheiten waren mir nicht bekannt, Kleiner; nun weiß ich Bescheid. Sie war das Hätschelkind des Alchimisten, und jetzt ist sie hier bei uns. So haben wir nicht gewettet. Ich hab's bisher noch immer verstanden, mich aus solchen Schwierigkeiten rauszuhalten.«

Pertelot musterte sie verbittert. »Wie schwach du bist!« sagte sie. »Entschuldige vielmals, daß ich dich in mein Leben hineingezogen habe. Ich wollte es nicht, wenn du dich erinnerst. Aber damals hast du gesagt, du willst das Risiko eingehen. Ich sollte deine Entscheidung respektieren. Oh, wie schwach du doch bist hinter deiner pompösen Fassade!«

Sealink wandte den Blick ab. »Du hättest eben ehrlicher sein sollen, Süße«, murmelte sie gefährlich sanft.

»Ich wußte nicht, daß ich trächtig war. Ich wußte es nicht!«

»Sie wußte es nicht«, erklärte Sealink dem Boot.

»Wirklich nicht! Ich hatte keine Ahnung, bis Old Smoky mich gestern abend aufhob. Die Kätzchen haben sich bewegt! Aber es mußte erst ein Mensch kommen, um mir das zu zeigen!«

Sie wurde ruhiger: »Der Vater meiner Kätzchen ist Ragnar Gustaffson Cœur de Lion. Der Alchimist hat nichts mit ihnen zu tun. Paßt auf…

In den Laboratorien verfährt man folgendermaßen: Männliche Kätzchen werden sofort getötet. Weibchen werden nach dem ersten Wurf beseitigt. So wird das gleiche Blut über Generationen und über Jahrhunderte weitergegeben. Und das alles, weil man – irgend etwas finden will. Der Alchimist spricht von einer Goldenen Katze – einem magischen Wesen, das ihm den freien Zugang zu den wilden Pfaden und damit zu den Geheimnissen der Welt verschaffen soll. Diese Goldene Katze möchte er aus mir züchten. Seinen Berechnungen zufolge ist das möglich. Und deshalb will er mich zurückhaben. Aber lieber sterbe ich.«

Sie starrte mit unglücklichem Gesicht aufs Meer hinaus.

»Jetzt kennst du die ganze Geschichte«, wandte sie sich an Sealink. »Ich bin eine Königin. Ich bin eine törichte Katze. Ich bin eine Schlinge, eine Illusion: eine Falle. Ragnar Gustaffson hat sich in mir verfangen. Pengelly und sein anständiger Fischer ebenfalls. Auch du hast dich verfangen, obwohl ich dich gewarnt hatte. Aber im nächsten Hafen gehe ich von Bord und schlage mich allein nach Tintagel durch.«

Pengelly sprang auf. »Das kommt nicht in Frage! Ganz gleich, von wem die Kätzchen sind, ich lasse nicht zu, daß dir oder ihnen etwas geschieht. Und Old Smoky denkt genauso. Du wirst im nächsten Hafen nicht davonlaufen, du bleibst hier, bis wir das Alte Land erreichen.«

Er starrte Sealink herausfordernd an.

Sie schwieg.

»Als Schiffskatze«, sagte er, »habe ich hier das letzte Wort.«

Während der nächsten zwei Tage herrschte auf der *Lumme* gespannte Ruhe.

Sealink spazierte zumeist mit hocherhobenem Schwanz auf dem Boot herum und umschmeichelte Old Smoky so schamlos, daß er immer wieder ausrief: »Du bist wirklich eine Schönheit, Prinzessin. Die wahre Wonne.« Und er nannte sie ›moes fettow teag‹, sein hübsches, kleines Mädchen.

»Drei Versuche, ein Treffer, nicht schlecht, Süßer«, beglückwünschte sie ihn.

Wenn er am Steuer stand, summte er ihr alte cornische Lieder vor:

»Ha mî ow môs en gûn lâs
Mî a-glowas trôs an buscas mines
Mes mî a-droucias ün pesk brâs, naw ê lostiow;
Ol am bôbel en Porthîa ha Marghas Jowan
Nerva na wôr dh'ê gensenjy!«

Damit brach er das Schweigen unter den Katzen, denn irgendwann verlor Sealink die Nerven und sprach Pengelly darauf an.

»Was *will* er eigentlich mit dem Gewäsch?« fragte sie eines Morgens, während sich die *Lumme* durch immer höhere Wellen kämpfte. »Ich werd nicht schlau daraus. Reimt er sich das irgendwie zusammen, oder was?«

Pengelly grinste verschmitzt. »Das is 'ne Geheimsprache – die alte Sprache aus dem Alten Land, das es nicht mehr gibt. Verwendet wird sie nur noch von ein paar Fossilen wie mir oder Old Smoky. Für 'ne moderne Katze wie dich ist sie bestimmt nicht von Bedeutung.«

Sealink war für solche Spitzen nur dann empfänglich, wenn sie von ihr selbst kamen, und ließ nicht locker: »Du weißt genau, wie aufgeschlossen ich bin, Süßer. Ich lerne immer gern dazu!«

Augenzwinkernd holte der alte Rex die Angel ein. »Na, mal sehen. Im Grunde ist das Lied ziemlicher Unsinn. Es geht da um 'nen Fischer, der aufs Meer rausfährt und nach 'nem schönen großen Schwarm sucht, aber er kriegt nicht etwa viele silberne Fischlein, sondern bloß einen Riesenkerl mit neun Schwänzen! Das is 'n Rätsel, 'ne Fabel. In den Meeren rund ums Alte Land gibt's 'ne Menge Geheimnisse, und an Land kommen noch viele dazu.«

»Davon mußt du uns mehr erzählen, Pengelly«, sagte die Königin. Sie war leise aus der Kajüte gekommen, wo sie sich die ganze Zeit verkrochen hatte. »Komm schon.«

Pengelly leckte sich vergnügt die schwarzen Lippen. »Na ja, da gibt's etwa den Riesenhasen von Polperro, meine Lieben: ein scheues Tier, das gegen Ende des Frühlings über die Klippen läuft. Wehe allen, die ihn zu Gesicht bekommen, sie müssen damit rechnen, daß jemand stirbt, den sie lieben. Dann wären da die Klopfer, eine von vielen Rassen des Kleinen Volkes, die sich seit Jahrtausenden im Gebiet von Kernow verstecken: Bösartige kleine Luder sind das. Wenn es regnet, stellen sie sich unten am Fluß unter die Pestwurzen. Vor denen müßt ihr euch in acht nehmen«, warnte er. »Die kneifen jede Katze, die sie erwischen.«

Plötzlich kauerte er sich nieder, als wolle er sich anpirschen, richtete sich wieder auf und machte mit einem anzüglichen Blick auf die beiden Weibchen einen Satz auf das leere Deck.

»Nicht zu vergessen«, sagte er, »das schreckliche Moorgespenst. Es frißt alle Reisenden, die so töricht sind, ihm bei Nacht über den Weg zu laufen.«

Die *Lumme* traf auf eine Welle und rollte heftig. Ein Rauschen und Klirren im Hintergrund. Sealink schnaubte belustigt. »He, Süßer, so was wie dich müßte man an Katzenmütter vermieten, die ihre Kätzchen nicht selbst im Zaum halten können.« Und dann warnte sie mit Grabesstimme: »Hütet euch vor dem bösen Moorgespenst, denn es giert nach dem frischen Fleisch junger Katzen. Bleibt immer schön auf dem Weg, meine Kinderchen, sonst fängt es euch, zieht euch das Fell über die Ohren und frißt euch auf bei lebendigem Leib!«

»Eigentlich ist es gar kein Gespenst«, schränkte Pengelly ein, »sondern nur ein Dorfkater, der sich in eine große Dschungelkatze verwandelt, sobald er die geheimen Pfade betritt. Inzwischen ist er uralt, und seine Zahnschmerzen bringen ihn fast um den Verstand. Meistens weiß er selber kaum noch, wer er ist. Die Menschen suchen ihn seit Jahren und wollen ihn erschießen.« Er überlegte. »Das macht ihn wahrscheinlich auch nicht friedlicher.«

Während Pengelly erzählte, hatten Angst und Ratlosigkeit ein Netz von Fältchen in Pertelot Fitzwilliams Nase und ihre Stirn gegraben. Und als die Geschichte zu Ende war, starrte sie wütend über Sealinks Schulter hinweg, legte die Ohren flach an den Kopf an und fauchte.

»He, Kindchen, es ist doch nur ein Märchen«, sagte Sealink beschwichtigend.

Dann sah sie, was die Mau gesehen hatte.

»Du meine Güte …«

Ein Ding, so groß wie eine kleine Katze, kam über das Deck der *Lumme* auf sie zugetrippelt. Seine Beine klapperten ungewöhnlich laut auf den Holzplanken. Ach ja, diese Beine! Das rosa-braun gefleckte Geschöpf mit den weißen Knochenauswüchsen hatte viel zu viele davon und bewegte sie obendrein alle zugleich. Und nun hob es auch noch zwei riesige Arme und ging zum Angriff über.

Pertelot jaulte auf, sprang mit einem mächtigen Satz zum Ruderhaus hinüber und schlitterte bei der Landung zischend und spuckend über den nassen Boden. Sealink schnaubte vor Wut, wich aber nicht von der Stelle: Sie war randvoll mit Aggressionshormonen. »Faß mich nicht an, du Fischköder«, warnte sie, »sonst bist du gewesen.« Der Unruhestifter ließ sich nicht einschüchtern; seine Gelenke knackten, und zwei Riesenfinger schnappten ins Leere.

Pengelly wand sich in sonderbaren Zuckungen und fletschte die herrlichen weißen Zähne.

»Das ist das Gespenst!« schrie er. »Das Gespenst! Oh, Sealink, beste Freundin, das Gespenst hat's auf dich abgesehen!«

Sealink drehte sich um und biß ihn zur Strafe in den Kopf.

»Was ist es *wirklich*, Teufel noch mal?« fragte sie.

Pengelly lachte so sehr, daß er den Biß nicht spürte.

»Nimm dich in acht vor diesen Scheren … wenn die dich in den Hintern kneifen … das tut weh, meine Liebe … das dringt auch durch dein scheckiges Fell … da rennst du, was du kannst … ich denke, du warst schon auf der ganzen Welt … und hast noch nie 'ne Krabbe gesehen!«

»Krabbe?«

»Das ist 'ne Spinnenkrabbe, meine Schöne.«

Sealink schäumte vor Wut, sprang über das freche Krustentier weg und versetzte ihm beim Landen einen kräftigen Schlag mit der Vorderpfote. Die Krabbe verdrehte die Stielaugen und flüchtete unter die Netze.

»Krabbbe?« wiederholte Sealink ungläubig. »Schätzchen, ich bin mit Krabbenfleisch *groß geworden*. Aber so was hab ich noch nie gesehen!« Sie überlegte kurz, während sie das Untier mißtrauisch beäugte. »Jedenfalls nicht lebendig.« Sie überlegte weiter. »Und nicht im Ganzen. Verdammt«, gestand sie nach einer Pause, »ich hab immer nur die Scheren gesehen, und die waren rosa.«

Der Lärm hatte Old Smoky aus dem Ruderhaus gelockt (wo sich das Steuerrad wie wild hin- und herdrehte); er erfaßte die Situation mit einem Blick, stieß einen Fluch aus, stapfte schwankend auf die andere Decksseite und kam mit einem zur Hälfte mit Seewasser gefüllten alten schwarzen Eimer zurück. Damit näherte er sich entschlossen der Krabbe, die sich in den Netzen verfangen hatte. Er bückte sich, löste sie geschickt aus den Maschen, packte sie hinter den winkenden Scheren an ihrem rauhen Panzer und warf sie in den Eimer, daß es platschte.

»Das ist mein verdammtes Abendessen«, murmelte er. »Was fällt ihm ein, mir einfach wegzulaufen? Verdammtes Ding! Verdammte Katzen.«

Später steuerte er das Boot in eine geschützte Bucht, ging vor Anker und warf die wackere Spinnenkrabbe in einen Topf mit kochendem Wasser. Als er sie mit dem Hammer aufschlug, um an das Fleisch zu kommen, flogen Stückchen von der Arbeitsplatte und landeten auf dem Fußboden. Der köstliche Geruch zog die Katzen wie magisch an. Sie schnupperten hoffnungsvoll. Sealink bekam ein Stück Schere und jagte es zuerst munter in der Kombüse herum. Als ihr Jagdinstinkt befriedigt war, umschloß sie es mit dem Körper, hielt es mit den Vorderpfoten fest und bearbeitete es geschickt mit den Zähnen. Bald schoß ein weißer Fleischbrocken heraus und landete in ihrem Maul.

»Hmm. Mmm.«

Sealink fraß. Pertelot und Pengelly fraßen. Old Smoky aß. Alle kauten zufrieden. Die *Lumme* rollte majestätisch im Takt dazu. In der Bilge gluckerte das Wasser. Die Nacht brach herein. Sealink schnurrte lauthals und verteilte den Krabbenduft gründlich in ihrem Fell.

»So gut hab ich nicht mehr gegessen«, sagte sie, »seit ich meine Heimatstadt verlassen habe.«

»Erzähl uns von deinem Zuhause«, bat Pengelly schüchtern, um den Bruch zu kitten. Sealink tat mit einem knappen Nicken ihr Einverständnis kund.

»New Orleans, Kindchen«, begann sie, »ist die beste Stadt der Welt für eine Katze, die was von guter Küche versteht. Da gibt es Krabben und Langusten und die größten und saftigsten Garnelen, du du je gekostet hast. Der Geflügeleintopf treibt dir glatt die Tränen in die Augen. Ich hab schwarze Katzenfische gefressen, die ...«

»Katzenfische?« unterbrach Pengelly erschrocken. »Davon sollte man wirklich die Pfoten lassen. Die sind der Großen Katze geweiht. Ich hab gehört, daß sie vor der Küste von Kernow auf den Felsen sitzen, sich das Fell lecken und den Mond anheulen, um die Seeleute vor den Felsen zu warnen ...«

Sealink verdrehte die Augen. »Süßer, das sind nur Fische mit Schnurrhaaren – das einzig Göttliche daran ist die Sauce, in der man sie serviert.« Sie leckte sich die Lippen.

»Klingt mir zu ausgefallen.« Pengelly gähnte ausgiebig und verzog sich auf die Koje, wo er Kopf und Vorderpfoten auf die Beine des Fischers legte und sofort einschlief. Ein wohltuendes Verdauungsschläfchen nach üppigem Krabbengenuß. Old Smoky grinste und faßte mit der Hand unter die Koje. »Na, Prinzessin«, sagte er, »was jetzt?« Er strich der Calicokatze ein paarmal über das Fell, dann schraubte er die Flasche auf, die er auf dem Boden gefunden hatte, und nahm einen tiefen Schluck.

»... Austern«, sagte Sealink gerade, »so fett, daß dir der Saft in die Halskrause spritzt. Und diese Düfte! Wenn man um Mitternacht durchs Vieux Carré spaziert« – sie sprach es *vu car'rei* aus –, »könnte man sterben vor Glück!«

Sie wechselte das Thema. »Ich wurde nämlich«, erklärte sie, »unter der hölzernen Mississippi-Promenade in der Stadt New Orleans geboren ...«

Da unten, erzählte sie, lag man als Kätzchen sicher und geborgen im Sand und im Strandgras, hatte einen wunderbaren Blick über den breiten stahlgrauen Fluß auf die Werften und Lagerhäuser von Algiers und konnte ungestört träumen. Man konnte auch die großen Schiffe beobachten, die sich langsam und kraftvoll flußaufwärts zu den Docks und den Raffinerien von Baton Rouge pflügten. »Ausländische Schiffe, Süße, mit bunten Flaggen: Flaggen aus hundert verschiedenen Ländern! Dort habe ich *Namen* gelernt – Sierra Leone und Senegal, Trinidad und Elfenbeinküste. (Die heißen heute alle anders.)« Oder man konnte zusehen, wie die aufgeputzten Raddampfer ihre Touristenladungen in den schwülfeuchten kreolischen Nachmittag hinaustrugen – die gleichen Touristen, die später über die Promenade schlendern würden, wenn der Mond aufging und freundlich auf das French Quarter herabschien. Und jeden Abend, bei jedem Wetter kam ein Mensch namens Henry, der an der Ursulines in einem der renovierten Stadthäuser mit den ständig geschlossenen Fensterläden wohnte, um die Katzen auf dem Moon Walk zu füttern ...

Dann versammelten sich die getigerten Kater und die Schildpattkätzinnen, die Heiligen, die Sünder und die Schlitzohren, alle großäugigen, langhaarigen Produkte von tausend lärmenden Stelldicheins im Mondenschein an der Uferpromenade, um die tägliche Spende an Rotfischköpfen, Katzenfischschwänzen und weichschaligen Krabben in Empfang zu nehmen. (»Die Krabben waren übrigens ganz kleine Häppchen, Süße – grünlichgrau und saftig, zweimal kauen, einmal schlucken, nur sehr entfernt verwandt mit dem Ungeheuer von heute nachmittag. Ein Krustentier von dieser Größe und diesem Selbstbewußtsein kann einfach nicht normal sein!«)

In diese kosmopolitische Gemeinschaft streunender Katzen war Sealink also hineingeboren worden, und schon bald hatte sie an drei Dingen Geschmack gefunden. Am Reisen: »Ich war einfach fasziniert von diesen Riesenschiffen, Schätzchen, die so stolz in die Welt hinausfuhren – am liebsten wäre ich auf das erstbeste hinaufgesprungen, nur um die Luft eines anderen Kontinents zu atmen.« Am Fressen: Futter gab es in Hülle und Fülle. Und an den umherziehenden Katern – je spektakulärer die Narben, desto besser –, die alle ein bis zwei Tage vom Delta heraufkamen. Die hüftenschwenkend und mit schmalen Augen die Uferpromenade entlangflanierten. Die auf dem Big Easy so herrlich unverschämt auf Brautschau gingen und die halbherzig gezischten Drohungen der einheimischen Jungs einfach nicht beachteten, unentwegt auf der Suche nach naiven Weibchen, die sie mit ihren Geschichten von fernen Ländern und sinnlichen Genüssen beeindrucken konnten.

»Glaub mir, Schätzchen: Für eine junge Katze war es der schönste Ort der Welt. Ich war ganz verrückt nach diesen Vagabunden. Sie waren so« – sie suchte nach einem Wort, das den unwiderstehlichen Reiz dieser Geschöpfe vermitteln konnte – »frei ...«

Und auch sie hatte ihre Freiheit genossen: die Freiheit, auf dem Markt mit seinen verlockenden Ständen umherzuschlendern; die Freiheit, auf die verfallene Ziegelmauer des Marie-Laveau-Friedhofs zu springen und mit einer Horde zerlumpter Stadtstreicher den Mond anzusingen; die Freiheit, die balkongeschmückten Straßen des French Quarter zu durchstreifen, während hinter der imposanten Skyline der modernen Stadt – die hin und wieder zwischen verschnörkelten Schmiedeeisengittern und altehrwürdigen Ziegeldächern verschwommen in der Ferne auftauchte – die Sonne unterging. Ja, auch sie war frei gewesen. Jedenfalls so lange, bis sie ihrer Schwäche für Katzenfischschwänze nachgab und sich in ein *Haus* locken ließ.

»Was soll ich sagen? Anfangs waren die Leute ja wirklich nett. Die Frau verstand sich aufs Streicheln, es war unglaublich. Ich habe selbst erlebt, daß sich Katzen auf offener Straße vor ihr auf den Boden warfen. Tja, und dann ging es natürlich ums Futter, und mit Futter bin ich immer zu kriegen. So gut wie in diesem Haus bin ich in meinem ganzen Leben nicht gefüttert worden. Natürlich war ich damals trächtig – zwei Wochen weiter als du heute, schätze ich –, das mag eine gewisse Entschuldigung sein.

Sie haben mich also gefüttert, und als ich immer dicker wurde, haben sie sich selbst auf die Schulter geklopft. Und mich ihren Freunden vorgeführt: *Seht nur, eine reinrassige Maine Coone, ist sie nicht bezaubernd?* Und so weiter. (Da fragt man sich doch, Kindchen: Ich und reinrassig? Ganz sicher nicht. Und was den Namen Minouche angeht: Sehe ich aus wie eine Minouche?) Wo war ich stehengeblieben? Also, sie binden mich immer mehr ans Haus, sie geben mir ein *Katzenklo* für meine Toilette – *très* erniedrigend. Und ich frage mich immer wieder: Was soll das eigentlich alles? Aber ich bin einfach blind und kapiere nicht, worauf es hinausläuft, bis es zu spät ist …

Bevor sie sich versehen, hat chère Minouche ihren Wohltätern eine gelungene Überraschung bereitet. Fünf kleine Minouches hängen an ihrer Mama und trinken. Das Geschrei hättest du hören sollen, Kindchen. Menschen können *wirklich* schrill werden, wenn sie die Fassung verlieren.«

Sealink hielt inne und starrte blicklos durch die Kajüte. Pengelly schnarchte und zuckte im Schlaf mit den Füßen. Der Fischer hielt seine Flasche in die Höhe und trank sie vollends leer.

»Und was dann?« fragte Pertelot ungeduldig. »Hast du deine Kätzchen etwa verlassen? Ich glaube, das brächte ich niemals über mich, nicht einmal für eine Weltreise!«

Sealinks Gesicht war hart geworden. »Das traust du mir zu? Man hat sie mir weggenommen.«

»Weggenommen? Und wo hat man sie hingebracht?«

»Was weiß ich? Ich habe sie nie wiedergesehen.« Sie starrte in die warme, dumpf-bräunliche Luft. Ratlosigkeit, vielleicht auch Schmerz spiegelten sich in ihren Zügen. »Und was das schlimmste ist, ich kann seitdem keine Jungen mehr kriegen.« Sie wandte sich Pertelot zu. »Kannst du mir sagen, warum? Kannst du mir erklären, warum einem jungen Ding, das selbst noch fast ein Kätzchen ist, so was passiert, Süße? Ich war doch nur eine kleine Promenadenschönheit.«

»Oh, Sealink.«

»Du brauchst nichts zu sagen, Süße.«

Was gab es dazu auch zu sagen? Die Calicokatze streckte sich und gähnte. Dann stand sie schwerfällig auf. »Ich glaube, ich gehe mal an Deck. Kommst du mit?«

Schweigend stiegen sie die Treppe hinauf und stellten sich an den Bug. Der Wind fuhr ihnen ins Fell, ein steifer Nordwind, der Regen versprach. Die See war schwarz und unruhig, mit spitzen Wogenkämmen. Die *Lumme* schwankte sogar hier, in der geschützten Bucht. Der Mond verbarg sich hinter einer Wolkendecke; und drüben hinter der Landspitze rollte drohend der Donner über den bleigrauen Himmel.

»Da zieht ein Sturm auf, Kindchen«, bemerkte Sealink und kratzte sich das Ohr.

Pertelot sah eine Weile zu, wie die See draußen vor der Bucht ihre Wassermauern aufbaute.

Das Herz tat ihr weh, wenn sie an Pengelly dachte, der in seinem Sack fast ertrunken wäre, oder an Sealink, die heimatlos und mutterseelenallein auf der Welt stand. Als die ersten Regentropfen schwarze Streifen durch ihr Fell zogen, achtete sie nicht darauf. Sie hatte sich in ihren Gedanken verloren: Wie verwirrend und trügerisch war doch die Welt, wie vielschichtig und grausam. Ein Donnerschlag krachte, näher als zuvor, ein greller Blitz zuckte auf und brachte sie wieder zu sich. Als der Blitz über das Meer auf das Land zuraste, kniff sie erschrocken die Augen zu. Silberne Nachbilder huschten über die Innenseite ihrer Lider.

Die *Lumme* wurde seitlich von einer Welle erfaßt, die beiden Katzen rutschten auf den Niedergang zu. Eiskalte Salzwasserfontänen spritzten auf und ergossen sich über sie.

»Sealink! Schau doch!«

»Höchste Zeit, daß wir unter Deck kommen!«

Doch die Königin stand stocksteif an der Reling und schaute zum Festland hinüber; jeder Muskel ihrer zierlichen Gestalt zitterte vor Spannung; sie konzentrierte sich mit allen Sinnen auf einen Punkt über den Schaumkronen.

»Süße?«

Pertelot starrte zum oberen Klippenrand hinauf, in die formlose Dunkelheit.

Wieder grollte der Donner. Ein Blitz zerriß den Himmel.

Und als er herniederfuhr, als er einschlug, als sein elektrisches Licht aufflammte, da umriß es klar und mit erschreckender Deutlichkeit die schwarze Silhouette einer riesigen Katze.

DAS FÜNFTE KATZENLEBEN

Die fünfte Epoche in der Geschichte der Felidae *ist zweifellos geprägt von den Troll- oder Waldkatzen Norwegens, der zweitältesten Rasse nach den Nilkatzen.*

Hedinn und Finna waren mit ihren Gefährten, den Wikingern, von Norwegen, dem Land der Wälder, der Seen und des Wildreichtums, ins ferne Grönland gereist – ein trügerischer Name, den die Aufrechten dem Land nur gegeben hatten, um Kolonisten anzulocken; bei den Katzen hieß es das ›Kalte Land ohne Bäume‹, und sie waren von ihrem neuen Lebensraum nicht allzu angetan.

Eines Abends lagen die beiden Katzen im Saal mit der Feuerstelle träge unter den Bänken, als sie die Wikinger von einem neuentdeckten Land jenseits des Ozeans erzählen hörten. Natürlich wurden wie üblich viele Worte gemacht, aber da wir Felidae *uns um die Gespräche der Menschen nur insoweit kümmern, als sie für uns von Wichtigkeit sind, registrierte Finna lediglich die Passagen, in denen von ›Flüssen voller Lachse‹, ›Flächen mit wildwachsendem Weizen‹ (folglich auch Feldmäusen und anderen Leckerbissen) und ›Wäldern voller Wild‹ die Rede war.*

Und als einige Wochen später ein großes Langschiff in den Fjord gesegelt kam und mit Nahrungsmitteln und Vieh für die Siedlung in diesem neuen Land beladen wurde, da wandelte auch die Waldkatzen die Lust an, auf Wikingerfahrt zu gehen, und sie schlichen sich an Bord.

Drei Tage lang kam das Schiff bei ruhiger See gut voran; doch dann war es vorbei mit dem günstigen Wind, sie gerieten in eine Flaute und hingen im Nebel fest. Anschließend blies der Wind zwei Tage lang von Norden, und sie wurden vom Kurs abgetrieben, dann lichteten sich die Nebel, und Land kam in Sicht, bewaldetes grünes Land, das den Katzen gut gefiel. Doch die Wikinger segelten achtlos daran vorbei. Drei Tage später tauchte abermals Land auf, aber diesmal war es gebirgig und mit eisigen Gletschern bedeckt, die bis ans Meer reichten. Nun waren die Katzen erleichtert, als das Schiff wei-

terfuhr. Allerdings hatte man schon länger keinen Fisch mehr gefangen, so daß sie den Trockenfisch der Wikinger stehlen mußten, der schwer zu kauen und ziemlich geschmacklos war. Allmählich bekamen sie Zweifel am Vorhandensein dieses Märchenlandes.

Doch einige Tage später erschien am Horizont ein von flachen, grünen Hügeln begrenzter weißer Strand. Die Aufrechten brachen in quäkenden Jubel aus, und Hedinn rannte zum Bug und streckte den Kopf über die Seitenwand. Das Schiff steuerte in eine weite Flußmündung, wo die Bäume bis dicht ans Ufer heranstanden. Alles sah vielversprechend aus: Vögel sangen in den Zweigen, und der Bug des Langschiffes schob sich durch riesige Fischschwärme, die funkelnd durch die Wellen tanzten.

Die Menschen setzten das Schiff auf den Strand, sprangen heraus und wateten durch das seichte Wasser an Land. Für das Vieh ließen sie Holzplanken von den Seitenwänden herab, aber die zogen sie wieder ein, sobald die Tiere ausgeladen waren.

»Ich kann nicht schwimmen«, gestand Finna und starrte ins Wasser.

»Die Felidae *sind von allen Geschöpfen der Großen Katze die anpassungsfähigsten; wir werden zweifellos auch diese Schwierigkeit meistern«, sagte Hedinn. »Folge mir!«*

Damit sprang er seitlich vom Schiff und schwamm mit bemerkenswerter Anmut an den Strand. Als er Boden unter den Füßen spürte, schüttelte er sich wie ein Hund, und die Wassertröpfchen aus seinem Fell umgaben ihn wie eine glänzende Aura. Finna nahm allen Mut zusammen und folgte mit viel Gespritze seinem Beispiel.

Hedinn grinste. »Das ist ein gutes Land«, erklärte er. Zu seinen Füßen lag ein Fisch mit silbrigblanken Schuppen und glitzerte in der Sonne.

Die Menschen bauten sich Hütten aus Steinen und Rasenstücken, errichteten Zäune für das Vieh und trieben eine Weile Handel mit den braunhäutigen Eingeborenen; und die Katzen erkundeten auf ihren Streifzügen das Land. In den Wäldern stießen sie auf Wildkatzen – angriffslustige Geschöpfe mit getigertem Fell – und machten sich mit ihnen bekannt. Spannungen blieben nicht aus. Hedinn konnte eine junge Wildkatze überreden, sich zwischen den kühlen Wurzeln einer Kiefer mit ihm zu paaren. Neun Wochen später erblickte ein Wurf von kräftigen, gefleckten Kätzchen das Licht der Welt. Hedinn war unbändig stolz auf seinen Nachwuchs, doch eines Tages – er schwärmte der gelangweilten Finna gerade wieder einmal von ihrer Unerschrockenheit vor und pries die außergewöhnliche Schönheit ihrer Mutter – ließ sich über ihm aus den Zweigen eine Stimme vernehmen: »Du fette, fremde Katze, dein Gejammer zerreißt mir noch das Trommelfell.«

Hedinn richtete sich hoch auf und warf sich in die Brust. »Mein Name ist Hedinn Haraldsson«, erklärte er, »und Katzen, die sich auf den Bäumen verstecken und fremde Gespräche belauschen, hören manchmal Dinge, die sie nichts angehen.«

»Das geht mich eine ganze Menge an«, gab die Wildkatze zurück und kam mit dem Kopf voran in Spiralen den Baumstamm herunter. »Denn Kieferduft ist eines von meinen Weibchen.«

»Wo ich herkomme«, erklärte Hedinn, »wählt sich das Weibchen ihren Partner, und wehe dem Kater, der ihr das verwehren möchte.«

Die Wildkatze grinste von einem Ohr zum anderen und zeigte dabei zwei Reihen beängstigend scharfer, weißer Zähne. »Das legt den Schluß nahe, daß die Männchen in deinem Land nicht viel zu sagen haben.«

»Wo ich herkomme«, schrie Hedinn, »sollte eine Katze, die solche Schlüsse zieht, schon sehr schnell laufen können.«

»Ich habe nicht die Absicht, wegzulaufen«, gab der Wildkater zurück. »Das wäre eher dir zu empfehlen, denn du bist in der Minderheit.«

Als Hedinn sich umdrehte, stand Finna kampfbereit einer zweiten Wildkatze gegenüber. Die grinste mit ihren breiten Kiefern über das ganze Streifengesicht, aber jeder Muskel ihres Körpers war gespannt.

»Ein Zweikampf Pfote gegen Pfote ist dir wohl nicht geheuer«, stellte Hedinn kühl fest. »Vielleicht hat dir ein Troll die Eier abgebissen.«

Der Wildkater zischte vor Wut und stürzte sich auf Hedinn. Als Finna das sah, sprang sie der Wildkatze auf den Rücken. Ein wüstes Gerangel hob an. Mit viel Gefauche maßen sich die schnellen, drahtigen Wildkatzen mit den schweren, starken Trollkatzen. Einmal hatte der Wildkatzenhäuptling den Fremden schon niedergerungen, doch dann gelang es Hedinn, die kräftigen Hinterbeine nach oben zu bringen und dem Gegner die Krallen in den Bauch zu schlagen. Man trennte sich und fuhr erneut aufeinander los. Bald war der eine im Vorteil, bald der andere. Irgendwann zeigte sich, daß keine Seite eindeutig überlegen war, und alle vier Katzen traten keuchend zurück.

»Es muß ein bemerkenswertes Land sein, wo selbst die Weibchen so zu kämpfen verstehen«, räumte der Wildkatzenhäuptling ein.

»Auch dies ist ein bemerkenswertes Land«, sagte Hedinn, »und wir würden gern hierbleiben und mit dir und deinesgleichen in Frieden leben.«

»Ich habe nichts dagegen«, sagte der Wildkatzenhäuptling, »denn eine Rasse, die Katzen eurer Größe hervorbringt, muß sehr stark sein. Wenn wir uns vermischten, müßten wir stärker sein als alle unsere Feinde. Ich würde diese Theorie gern mit deinem Weibchen auf die Probe stellen!«

»Sie ist nicht mein Weibchen, sie gehört sich selbst«, mahnte Hedinn. »Nur sie kann die Wahl treffen, niemand sonst.«

Doch Finna war schon vorgetreten, streckte dem Wildkatzenhäuptling das Hinderteil entgegen und schnurrte tief in der Kehle. Es hatte sie verärgert, daß Hedinn der einheimischen Kätzin den Vorzug gab; und durch den Kampf war sie in Hitze geraten …

Bald nachdem die Felidae *ihren Freundschaftspakt geschlossen hatten, fielen die Wikinger und die Braunhäute mit großem Geschrei und Waffengeklirr übereinander her. Auf beiden Seiten gab es viele Tote. Endlich entschlossen sich die Wikinger, die Siedlung aufzugeben und wieder abzufahren, aber nicht in das ›Kalte Land ohne Bäume‹, sondern nach Norwegen, in das ›Land der schönen Wälder und des reichlichen Futters‹.*

Die Trollkatzen setzten sich zusammen und beratschlagten, wie sie sich verhalten wollten. Hedinns Sprößlinge waren fast erwachsen; aber das Weibchen, das sie geworfen hatte, war im Winter einem Bären zum Opfer gefallen, und so beschloß Hedinn, sich auf das Schiff zu begeben und in die Heimat zurückzukehren. Finna dagegen trug die Kätzchen des Wildkatzenhäuptlings in ihrem Leib und hatte die gefleckten Eingeborenen liebgewonnen. So kam es, daß eine Trollkatze blieb, und die andere über das Meer fuhr. Hedinn Haraldsson erhielt den Beinamen Hedinn der Wilde und wurde zum Vorfahren Ragnar Gustaffsons. Er wurde so berühmt, daß er sich die schönsten norwegischen Kätzinnen aussuchen konnte, ein Privileg, das er in vollen Zügen genoß. Er wurde der Vater vieler kräftiger Würfe.

So hatten also die Nachkommen Hedinns des Wilden und Finnas der Tapferen mit friedlichen Mitteln die Neue Welt kolonisiert, während die Aufrechten dabei kläglich gescheitert waren.

15
DIE SELTSAMEN ABENTEUER DES RAGNAR GUSTAFFSON

Sperre eine Katze ein, und sie wird zum Tiger.

ALTES ITALIENISCHES SPRICHWORT

Als Ragnar sah, wie Mousebreath, Tom und Cy aus dem Katzenfängerwagen fielen und hinter ihm in der Nacht verschwanden, dachte er:

Aha. Ich bin allein. Nun ja.

Dann dachte er: Ich darf stolz sein, daß ich bei diesem Lärm überhaupt noch denken kann.

Jedesmal wenn der Wagen beschleunigte, schwangen die Türen auf. Wenn er langsamer wurde, fielen sie Ragnar Gustaffson mit lautem Krachen vor der Nase wieder zu. Er hatte sich noch nicht ganz aus dem zerrissenen Katzenfängernetz befreien können und mußte aufpassen, um nicht zwischen die beiden Türflügel zu rutschen. Sie hätten ihn mit Sicherheit guillotiniert, bevor sie ihn auf die Straße spien. Das wäre wahrhaft schwarzer Humor! war sein nächster Gedanke. Während er sich also verzweifelt festkrallte, wagte er einen kurzen Blick durch das Wageninnere. Meine Freunde sind jedenfalls fort. Er vermißte sie schon jetzt. Aber wenn ich mich – wie man so sagt – in dieser Lage ›wiederfinde‹, dann muß ich mein Bestes tun. Immerhin war er König. Er würde seinen Weg schon machen. Doch zuerst galt es, im Geist eine Liste der anstehenden Aufgaben zu erstellen.

Es gibt viel zu tun. Und es sind Aufgaben, für die eine *Norsk Skaukatt* in besonderem Maße befähigt ist!

Als er den ersten Punkt auf seiner Liste – ›Befreiung aus dem Netz‹ – abgehakt hatte, waren bei einer besonders heftigen Bewegung des Wagens die Türen zugeschlagen worden. Damit hatte sich Punkt zwei – ›Suchen einer Möglichkeit, diese lärmenden Türen zu schließen‹ – mit geringerem Aufwand erledigt als erwartet, und er konnte gleich zum dritten und vielleicht wichtigsten Punkt übergehen: der Erkundung seiner Umgebung. Sie war ihm vertraut, was ihn allerdings nicht beruhigen konnte. Der Gestank nach Gummi und erhitztem Metall. Der Metallboden mit den abgetretenen, verstaubten Holzlatten. Die verbeulte Decke, die Metallkäfige. In unregelmäßigen Abständen fiel Licht herein, während das Gefährt durch die Nacht holperte. Die neuen Käfige klapperten weniger als die alten. Sie waren in einer anderen Farbe gestrichen. Sie waren alle geschlossen.

Sie waren alle besetzt.

Er hob den Kopf.

Teilnahmslose Katzenaugen starrten auf ihn herab.

Er dachte noch: Wenn ein Kätzchen stirbt, stirbt der König mit ihm. Dann brach die Erinnerung an Pertelot Fitzwil am von Hi-Fashion über ihn herein – er sah sie leibhaftig vor sich stehen, roch ihren Zimtduft, spürte ihr trockenes, heißes Fell im Gesicht, schaute in ihre zärtlich-scheuen und zugleich spöttischen Augen, hörte ihre Stimme, ihr: Oh, Rags, also wirklich! – und ließ für nichts anderes mehr Raum.

Pertelot! rief er stumm.

Der Schmerz machte ihn wahnsinnig. Er war eine ausgewachsene *Skaukatt* und wog mit seinem Winterpelz volle siebzehn Pfund. Ein richtiger Betonklotz also, wie Sealink es ausgedrückt hätte. Nun stellte er sich auf die Hinterbeine, spreizte die kräftigen Vorderpfoten und warf sich mit voller Wucht gegen den erstbesten Käfig. Der Krach war ohrenbetäubend. Seine Wunden brachen auf, und das Blut quoll heraus. Er starrte es entgeistert an. Wie rot es leuchtete in diesem schlechten Licht! Der König ist keine gewöhnliche Katze. Unser Blut ist ein Buch, hörte er seine ägyptische Gemahlin flüstern. (Der man in diesem Moment wahrscheinlich einen Draht ins Gehirn schob.) Unser Blut ist ein Buch, ob es uns gefällt oder nicht. Dies waren die Wunden eines Königs. Er hatte sie sich in Ausübung seiner Pflichten zugezogen. Wenn auch nur ein Kätzchen fällt, fällt der König mit ihm. Eine Katze in einem Käfig, das schrie geradezu nach dem König. Ragnar Gustaffson – Cœur de Lion! – hob den dicken Kopf und heulte.

Dann warf er sich ein zweites Mal gegen den Käfig.

»Immer mit der Ruhe«, mahnte eine Stimme.

Doch die anderen Katzen waren beeindruckt und begannen, alle zugleich auf ihn einzureden.

»So geht das aber nicht ...«

»... das macht man so!«

»Genau so, mit einem ...«

»Haken! Ja! Siehst du? Und dann mußt du daran ziehen!«

»Nein, laß ihn! Ich habe es auch schon anders gesehen! Nur weiter, Freund! Nur weiter!«

In dem Käfig vor ihm kauerte in der hintersten Ecke eine etwa zehn Jahre alte weiße Kätzin. Sie hatte eine rosa Nase und blaue Augen und hieß Cottonreel. Viel war sie in ihrem Leben nicht herumgekommen; sie wohnte in einer ruhigen Straße in Cartonwell Green, und bis jetzt hatte sie immer ein hübsches Halsband getragen. Außerdem war sie mehr oder weniger taub, die Geschehnisse hatten sie ziemlich verwirrt, und der König jagte ihr kaum weniger Angst ein als die Katzenfänger. Sie hatte nämlich immer allein gelebt – wenn auch nicht unbedingt aus freien Stücken. Aber sie hatte geschickte Pfoten und konnte einen Riegel zurückschieben. Das hatte sie schon im Alter von sechs Monaten gelernt. Aber das konnte doch wohl jeder? Wozu also das ganze Theater!

»Entschuldigung«, sagte sie.

Wieder warf sich Ragnar Gustaffson gegen das Gitter ihres Käfigs. Er hatte den Riegel gefunden, wußte aber offenbar nichts damit anzufangen.

›Angst‹ war für das, was Cottonreel empfand, vielleicht nicht ganz das richtige Wort. Ragnar Gustaffsons wirre Mähne – die so imposant aussehen konnte, wenn sie regelmäßig gepflegt wurde – war mit Öl verklebt und mit weißer Farbe bespritzt und hing voller Holzsplitter. Er hatte die größten Pfoten, die sie je gesehen hatte. Und er schien wirklich außer sich zu sein. Aber sein Löwenhaupt hatte auch etwas durchaus

Anziehendes, gestand sie sich, und sein Geruch war beruhigend und erregend zugleich. Sie spürte, daß ihn ein großer Kummer quälte. Also schob sie sich ganz dicht an die Käfigtür und wiederholte: »Entschuldigung!«

Der Riesenkater sah sie an. Der Wahnsinn in seinen runden glasiggelben Augen war beeindruckend majestätisch. Heiße Zorneswellen gingen von ihm aus und verstärkten den Geruch nach Testosteron, Blut und rostigem Metall. Cottonreel unterdrückte ihre Aufregung und hob die Stimme.

»Ich denke, man sollte zuerst nach unten drücken«, sagte sie. »Und *dann* ziehen.« Sie zuckte zurück. »Es tut mir leid«, sagte sie. »Aber es hat keinen Sinn, wenn du mich anschreist. Ich verstehe kein Wort. Aber ich glaube, wenn du zuerst nach unten drückst, wirst du feststellen ...«

Ragnar Gustaffson blinzelte.

Er hob seine übel zugerichtete Pfote und betrachtete sie eingehend. Dann legte er sie an den Riegel, rückte ihn gerade und schob ihn behutsam zurück. Die kleine, weiße Katze stieß ihre Tür auf und spazierte vor seiner Nase schnurrend aus dem Käfig.

Nun ruhte Ragnar nicht, bis er durch den ganzen Wagen gegangen war und alle Gefangenen befreit hatte. Bei den Katzen in den obersten Käfigen erwies sich das als schwierig. Aber schließlich – wie er ihnen später ausführlich erklärte – wird die *Norsk Skaukatt* als kräftiger und ausdauernder Kletterer gezüchtet. Endlich waren alle auf dem Wagenboden versammelt und rieben sich schnurrend an ihm, und als er bescheiden darauf verwies, daß der rettende Einfall von der weißen Katze gekommen sei, beglückwünschten sie ihn nur noch mehr.

»Gut«, sagte er. »Gut. Aber ich muß sagen, wir sind noch nicht über dem Berg. Wir sind immer noch in diesem Wagen!«

Hoffnungsvolle Blicke von allen Seiten.

Insgesamt waren es an die zwanzig Katzen, und alle waren sie verschieden. Und auch wieder nicht. Die wenigsten waren herrenlos. Die meisten hatten wie Cottonreel in geordneten Verhältnissen gelebt und wohlversorgt an warmen Feuern gesessen. Da gab es etwa eine Halbabessinierin von der Farbe des nahöstlichen Wüstensandes; zwei oder drei glänzend schwarze Kurzhaarkatzen, von denen eine behauptete, aus Bombay zu stammen; eine außergewöhnlich schöne langhaarige Bicolour Blue, deren Fell an einen alten, marmorierten Bucheinband erinnerte und die so eifrig mit ihrer Körperpflege beschäftigt war, daß sie kaum Zeit fand, den Kopf zu heben. Viele waren reinweiß wie Cottonreel; und unter diesen fielen besonders zwei Orientalen auf, die sich aufs Haar glichen – klein und spindeldürr, mit geschmeidigen Bewegungen und riesigen, grünen Augen mit einem taubengrauen Ring um die Pupille. Ihre hohen Stimmen waren sich zum Verwechseln ähnlich, und ihre Äußerungen gingen so nahtlos ineinander über, daß man nie genau wußte, wer von beiden gerade sprach.

»Es gibt...«

»... keine Rettung!«

»Man wird uns zu Handschuhen verarbeiten...«, sangen sie. »... zu Handschuhen...«

»... zu Handschuhen.«

Jetzt war es Ragnar, der die Augen aufriß. Aber Cottonreel warf den Zwillingen einen strafenden Blick zu.

»Ich denke, *hier* wird im Moment niemand zu Handschuhen verarbeitet«, erklärte sie. »Aber was wir brauchen, ist ein Plan. Ich schlage folgendes vor...«

Gegen Morgen – Tom befand sich bereits viele Kilometer weiter nördlich und kauerte, vor dem *Vagus* zitternd, unter seiner Baumwurzel – hielt der klapprige weiße Lieferwagen vor einem großen Haus in einer Vorortssiedlung fünfzig oder sechzig Kilometer südlich der großen Stadt. Der Schnee lag dreißig Zentimeter hoch auf der Straße, und auch die Platanen waren dick verschneit. Zwei müde Menschen, Beschäftigte des Kürschnerhandwerks – sie waren so dick vermummt, daß sie die Arme nicht an den Körper anlegen konnten und in ihrer Bewegungsfreiheit stark eingeschränkt waren –, stiegen zu beiden Seiten aus dem Führerhaus und entließen weiße Atemwolken in die kalte Luft. Sie hatten eine anstrengende Nacht hinter sich. Ohne den Motor abzustellen, wühlten sie sich zu den hinteren Türen vor und öffneten sie. Sofort drängten sich zwanzig Katzen um ihre Beine und huschten in neunzehn verschiedene Richtungen davon. (Die Zwillinge hatten beschlossen, auf jeden Fall zusammenzubleiben.) Die Menschen machten dumme Gesichter. Wenn sie einer Katze nachgerannt wären, hätten sie die anderen verloren. Und während sie noch überlegten, verloren sie natürlich alle.

Ragnar Gustaffson war als letzter ausgestiegen – in der Tür war es ziemlich eng geworden, und einige seiner Artgenossen waren in Panik geraten, so daß er seine liebe Not mit ihnen hatte – und hatte sich hinter einer Zierkirsche versteckt, um wieder zu Atem zu kommen. Nun lugte er vorsichtig um den Stamm herum. Es hatte ihm Spaß gemacht, die Menschen in Verwirrung zu stürzen. Mit tiefer Genugtuung beobachtete er, wie seine neuen Freunde über Gartenzäune setzten, unter Autos huschten und die stille Straße hinauf- und hinunterrannten. Was würde wohl aus ihnen werden?

Während er noch darüber nachdachte, tauchte Cottonreel neben ihm auf.

»Ich wollte mich nur verabschieden«, sagte sie schüchtern. »Und mich bei dir bedanken. Du hast mir meine Haut gerettet! Nein, sag nichts, wahrscheinlich kann ich dich sowieso nicht hören!« Sie sah sich um. »Welch ein reizender kleiner Ort«, sagte sie leise. »Findest du nicht? Hübsche Häuser. Schau nur, da geht die Bicolour! Man sieht deutlich, wie sehr ihr der Schnee zuwider ist!«

»Hm«, sagte Ragnar. »Ich frage mich nur: Wie wird es für sie alle weitergehen?«

Cottonreel konnte ihn nicht hören, aber sie spürte seine Unruhe. »Ich würde mir da keine allzu großen Sorgen machen«, riet sie ihm. »Sie werden alle ein Plätzchen finden. Katzen sind sehr anpassungsfähig. In einem Monat haben die meisten von ihnen diese Nacht bereits vergessen.« Ihr Blick wurde kritisch. »Diese albernen Zwillinge zum Beispiel. Und so manche andere – nicht jeder ist zur Hauskatze geschaffen. Aber sie werden sich schon einrichten!«

Ragnar Gustaffson sah sie an. »Und du?« fragte er.

Sie schnurrte. »Keine Angst«, sagte sie. »Ich werde an der erstbesten Tür kratzen und um warme Milch bitten.« Sie fröstelte, streifte die mächtigen Schultern und die verfilzte Mähne mit bewunderndem Blick. »Ich bin leider nicht für die Wildnis geboren wie du!« Sie lachte. »Wahrscheinlich werde ich als Postamtskatze enden!«

»Was ist ein Postamt?«

»Ich kann dich nicht hören, mein Lieber. Leb wohl!«

Bevor er ihr für ihre Hilfe danken konnte, war sie verschwunden.

Als er die kleine Stadt verließ, war er ein wenig traurig. Doch der Morgen zeigte ihm Szenen eines liebenswerten, wenn auch fremden Landes, die sein Herz erfreuten und seine Ängste um Pertelot beschwichtigten.

Die Vororte versickerten in gewundenen Straßen. Die Häuser standen spärlicher, wurden größer und wirkten nicht mehr so einförmig. Die ersten Felder tauchten auf und zogen sich, stetig breiter werdend, zwischen efeuumschlungenen Eichen- und Stechpalmenwäldchen über flache Hänge hinab; noch lagen die Täler im Dunst, doch dahinter war die Sonne zu erahnen. Glasklare Winde hatten den Schnee wie mit Lack überzogen: Rosiggolden funkelte die dünne Eisschicht im zarten Morgenlicht und ließ zahllose Trugbilder entstehen. Eine Viertelstunde später, und der Nebel öffnete sich wie ein Vorhang. Kirchtürme zerflossen in einer Lichtflut, die kein Auge ertrug. Aus den Kaminen kräuselte sich der Rauch in die reine blaue Luft. Kinder kamen, lachend, rufend, überschäumend vor Lebensfreude, aus den Häusern gestürmt.

Und Ragnar Gustaffson …

Er erlebte einen Höhepunkt seines Daseins. Endlich kam sein kräftiger, gutaussehender *Norsk Skaukatt*-Körper voll zum Einsatz! Komfortabel. Haltbar. Praktisch. Die Fellbüschel an den Pfoten, die Wärme und Griffigkeit garantierten. Die Haarpinsel zum Schutz der Ohren. Das elegante, besonders schnell trocknende Doppelfell. Der flexible Allbeinantrieb, den er seinem Freund Mousebreath schon so oft hatte vorführen wollen.

Schnee!

Er suchte sich einen etwas steileren Hang und blieb an der oberen Kante kurz stehen, um die Vorfreude möglichst lange auszukosten. Dann stürzte er sich begeistert hinab, schlitterte, rollte, kam wieder auf die Beine und sprang keuchend in langen Sätzen weiter, um schließlich kopfüber in einem dicken, weißen Berg zu landen. Schnee! Wie ein Rasender zappelte er in der kalten Masse. Schnee! Er rollte sich auf den Bauch und pflügte durch den Haufen wie eine Motorschaufel, er warf den Schnee mit dem Kopf in die Luft und patschte mit den Pfoten danach wie ein Kätzchen. Schnee, Schnee, Schnee, Schnee: *Schnee!* Als ihm plötzlich einfiel, daß er eine der weniger bekannten, aber vielleicht interessantesten Eigenschaften der Trollkatze noch nicht getestet hatte, stürmte er in eine Schonung mit jungen Fichten und raste den nächstbesten Stamm hinauf. Sein Herz arbeitete wie ein Motor. Seine kräftigen, fels- und eistauglichen Krallen gruben sich mühelos in die harzige Rinde. Er war eine Katzenmaschine. Hoch oben drehte er sich vorsichtig um, und siehe da, es gelang ihm ohne weiteres, *mit dem Kopf voran und in Spiralen* wieder herunterzuklettern. Zum Schluß sprang er ab, spurtete – mit vorquellenden Augen, angelegten Ohren, eingerolltem Schwanz – durch die Schonung und ließ, wenn er die breiten unteren Äste dicht über dem Boden streifte, weiße Staubwolken aufstieben. Wie der Sprühnebel über einem Wasserfall schwebte der Schnee durch die Sonnenstrahlen! Schnee! Ragnar schwamm in Schnee. Er atmete ihn ein und nieste ihn wieder aus. Das war Norwegen mit seinen Lärchen und Kiefern. Das war …

Nun ja – natürlich –, das war Schnee.

Schnee.

Als es Nachmittag wurde, war er müde, aber glücklich. Er hatte nach eigener Schätzung zehn bis fünfzehn Kilometer zurückgelegt. Er hatte nichts gefressen und so das vielgerühmte Durchhaltevermögen seiner Rasse am eigenen Leibe erprobt. Während er weiterging, färbte sich der Schnee langsam rötlich, und die Sonne sank unmerklich tiefer. Wie Rauchwolken standen die Bäume mit den efeuverdickten Stämmen auf den weiten Feldern. Ein Hase, ein großer Rammler, hockte mitten auf dem freien Feld und beobachtete ihn. Ragnar sah seinen Atem in der grauen Luft schweben wie ein rosiges Fähnchen. Er spürte, wie sich seine Lebensfreude – die Wärme seines Blutes, seine Würde, die feste Entschlossenheit, am nächsten Morgen wieder zu erwachen – gleich einer straffgespannten Saite zwischen ihnen durch die Luft zog.

»Leb wohl!« flüsterte er, als er den Hasen endlich doch vor der prächtigen blutroten Sonnenscheibe davonrennen sah. »Komm gut nach Hause!«

Bald würde der Schnee an der Oberfläche von neuem gefrieren. Im Augenblick kam Ragnar nur mühsam voran; bei jedem Schritt brach er mit einer Pfote durch den Harsch. »Das muß doch jeden wütend machen – sogar einen König!« Von da an mied er die Schneeverwehungen und die kleinen Baumgruppen, wo er sich besonders abmühen mußte. Eisklümpchen hingen ihm zwischen den Zehen, in der Mähne und im Bauchfell. Am Rücken war er noch trocken, aber die Unterseite triefte vor Nässe. Er nahm es mit Humor. Macht nichts, tröstete er sich. Die *Norsk Skaukatt* liebt Kälte und Entbehrungen, dafür ist sie bekannt!

Die Sonne ging unter. In den Dörfern ringsum flammten die Lichter auf. Es wurde bitterkalt. Der Himmel glänzte wie schwarzer Schellack, hell glitzerten die Sterne; und in den Weihern hörte er das Wasser knistern. Wo sich die kleinen Straßen kreuzten, gefroren bereits die Reifenspuren im Schnee. Schon halb im Schlaf bog Ragnar Gustaffson im Dunkeln um eine Ecke und stand auf einer steilen Kiesauffahrt.

Das Haus stand, vor neugierigen Blicken geschützt, in einem verwilderten Vorgarten, der von einer einzelnen Magnolie mit prachtvollen Schneeblüten überragt wurde. Es hatte einen L-förmigen Grundriß, die Wände waren mit Rauhputz beworfen, die Abflußrohre schwarz gestrichen, das Dach sprang an den Giebelseiten weit vor und war mit Ziegeln gedeckt. Das warme gelbe Licht aus den Mansardenfenstern zog Ragnar fast unwiderstehlich an, trotzdem umging er das Haus in weitem Bogen. Er wollte auf das nächste Fensterbrett springen und: Laßt mich hinein! Ich will da hinein! rufen. Er wollte sich auf dem Fußabstreifer wälzen. Er wollte ins Haus stürmen. Er wollte sich immer und immer wieder an irgendwelchen Menschenbeinen reiben. Statt dessen schlich er vorsichtig nach hinten in den Garten.

Dort gab es streng geometrische Blumenbeete mit schneeverkrusteten Rosen und Lavendelkissen. Er hatte Hunger, aber er beschloß, noch abzuwarten. Lange saß er, nur wenige Schritte vom Haus entfernt, unter einer geflammten Stechpalme und beobachtete die hellerleuchteten Verandatüren. Dumpfe Stille lag über dem Grundstück. Dann erhob sich ein eisiger Windstoß, die schwarzen Äste scharrten aneinander; und auf der Straße tauchte ein Mensch auf. Sein Kopf war ein wolliger schwarzer Klumpen. Sein Atem dampfte. Er redete mit sich selbst. Er klatschte in die Hände und stampfte sich den Schnee von den Füßen. Dann ging er ins Haus und vergaß, die Küchentür zu schließen. Ragnar stürmte hinterher. Auf halbem Weg verließ ihn der Mut, und er huschte in sein Versteck zurück. Doch bald trieb ihn der Hunger wieder hinaus, er stellte sich in die Fußstapfen des Menschen, trat unbehaglich von einem Fuß auf den anderen und knetete mit den Ballen den Schnee. Alles schien ruhig. Er ging auf die Hintertür zu. Er stieß sie vorsichtig an. Ein fünf Zentimeter breiter Spalt tat sich auf. Wärme und Licht strömten heraus.

»Entschuldigung?« fragte er leise.

Keine Antwort. Ragnar zwängte den Kopf durch den Spalt, bis er mit einer Schulter die Tür und mit der anderen den Rahmen berührte. Dann sah er sich um. Vor ihm lag eine Küche mit eckigen, weißen Gebilden, die leise vor sich hinsummten. Über dem roten Ziegelboden und den sattgelben Wänden hing ein penetranter Geruch; und vor der Spüle stand auf sauberem Zeitungspapier eine große Metallschüssel mit Dosenfutter und daneben ein gleich großes Emaillegefäß mit Wasser. Ragnar starrte beides hilflos an. Das Wasser lief ihm im Mund zusammen.

»Entschuldigung!« fragte er noch einmal. »Ist da jemand?«

Ein Aufschrei aus dem Nebenraum, dann kam ein großer schwarzer Hund in die Küche gerast.

»Mein Haus!« brüllte er.

Ragnar sah nur ein weit aufgerissenes rotes Maul mit gelben Zähnen und einer ekelhaften Zunge, eine runzlige, feuchte Nase, so plump wie ein schwarzlederner Boxerhandschuh, hervorquellende, wütend verdrehte Augen, und er zog sich so schnell wie möglich rückwärts aus der Küche zurück. Doch dabei schloß er, ohne es zu wollen, die Tür. »Iau!« wimmerte er. Sein Hals steckte fest, und je weiter er zurückwich, desto mehr verkeilte er sich. Der Hund schüttelte den Kopf. Er war jetzt so nahe, daß er Ragnar mit seinem Speichel besprühte. Sein hysterisches *Rourourourourourourou* wollte kein Ende nehmen, und er verbreitete einen durchdringend strengen Geruch, der noch erschreckender war als sein Maul.

Jetzt ist es aus mit mir, dachte Ragnar Gustaffson. Doch dann fragte er sich: Eine *Skaukatt,* die so leicht aufgibt? Das kann nicht sein!, riß das Maul weit auf und nahm die Hundenase zwischen die Zähne. Dann erklärte er dem Hund, ohne loszulassen: »Es tut mir leid, aber ich kann nicht anders.«

Der Hund jaulte auf und rannte davon.

Ragnars Beine *jagten ihm nach.*

Was tue ich da? dachte er, schon in der Mitte der Küche. Sein Fell sträubte sich in heller Panik.

Sobald er vorwärtsgegangen war, hatte sich auch die Tür wieder geöffnet. Er wendete schlitternd auf dem glatten Boden, schoß durch den Spalt und flüchtete durch den Garten. Als er wieder klar denken konnte, saß er in den unteren Zweigen der Stechpalme, aber er zischte und gurgelte noch minutenlang aufgeregt vor sich hin und beteuerte sich immer wieder: Sicher! Du bist jetzt sicher! Keiner kann dich sehen!

Im Haus brach die Hölle los. Türen wurden zugeschlagen. Menschen schrien sich an. »Dann geh doch und sieh nach, Libby«, empfahl eine Stimme. »Mich kriegst du heute nicht mehr aus dem Haus!«

Wenige Minuten später verließ ein Menschenweibchen in einer wattierten Jacke über einem langen Gewand, das aussah wie ein wollener Morgenrock, und mit grünen Gummistiefeln an den Füßen die Küche. »Nun komm schon, Arthur!« drängte es und zog den widerstrebenden Hund an einer Leine durch den verschneiten Garten. »In Gottes Namen, wie kann man nur so feige sein.« Das Weibchen richtete den Strahl einer Taschenlampe in jeden Busch und auf jedes Blumenbeet, und als es in die Stechpalme hinaufleuchtete, rief es aufgeregt: »Oh! Da sind Augen! Augen! Da oben sitzt etwas und sieht mich an! Ich glaube, Arthur ist von einem Fuchs gebissen worden!« Dann wurde es still, selbst der Hund schien verwirrt. Die Frau war wohl unsicher geworden und fragte:

»Können Füchse auf Bäume klettern?«

Langsam und vorsichtig schob sich Ragnar Gustaffson (Cœur de Lion) hinter den Stamm der Stechpalme, kletterte höher und wartete in unbequemer Haltung, die Pfoten auf dünne Zweige gestützt, bis die Nacht die beiden wieder ins Haus trieb. Auch danach kauerte er noch lange in den Ästen der Stechpalme und schaute frierend und erschöpft zu den warmen Fenstern hinüber. Er kam sich ausgeschlossen vor, gab sich aber alle Mühe, dieses Gefühl zu unterdrücken. Immerhin, dachte er, bin ich eine Waldkatze. Ein Baum ist gut genug für mich. Und dann (Optimismus war schließlich ein großer Vorzug seiner Rasse):

Vielleicht ist morgen ein besonders schöner Tag. Damit schlief er ein.

Er träumte von Schnee – er war wieder ein Kätzchen und tollte ausgelassen herum, während sein Großonkel Wulf ihm stolz zusah. Dann träumte er von Cottonreel und den Zwillingen; sie beschnupperten traurig die Halsbänder, die die Katzenfänger auf den Boden des Lieferwagens geworfen hatten. In diesem Traum fand zwar jede Katze, wenn sie dem vertrauten Geruch nachging, ihr Halsband wieder; aber sie konnte es sich nicht überstreifen. Er träumte von Tom und Mousebreath und ihrer kleinen Cy. Sie waren irgendwo an einem dunklen Ort und mußten sich in neue Gefahren stürzen, weil hinter ihnen nur das Chaos lag. Entschlossenheit strahlte ihm aus den Augen.

Zuletzt träumte er von Pertelot Fitzwilliam …

Tintagel Court. Ein kalter Lichtschein huschte über die Wände eines kalten Raumes.

Die Mau roch nach Zibet, Zimt und Teer, eine bizarre Mischung. Ganz Ägypten stand in ihren Augen. Sie war so weich, so klug wie ein Vogel. Sie liebte ihn. »Ragnar!« heulte sie und reckte ihm ihr schmales Gesäß entgegen; es klang ihm wie Musik in den Ohren. Schon hatte er seine Zähne in ihre Nackenfalte geschlagen und sie bestiegen. Lustgefühle durchzuckten sie beide, schwemmten alle guten Vorsätze, alle Versprechungen hinweg – *Keine Paarung. Wir werden uns niemals paaren!* –, und plötzlich waren sie wie alle Katzen in der Nacht, Sklaven ihrer Triebe, zärtlich und grausam, liebevoll und wild ...

... bis das Licht und die Perspektive wechselten und er sie wie aus weiter Ferne sah. Sie lag grell angestrahlt und narkotisiert auf einem Tisch und hatte keine Augen mehr, die rosigen Pfoten waren fixiert, ein Draht bohrte sich in ihr Gehirn, und er hörte sie immer und immer wieder flüstern: »Wenn nur ein einziges Kätzchen stirbt, stirbt der König ... Wenn nur ein einziges Kätzchen stirbt, stirbt der König ...«

Jäh schreckte er aus diesem Alptraum hoch. Er fror, es war fast Morgen, und er war vom Baum gefallen. Benommen stolperte er im Dunkeln auf dem Rasen herum, bis drinnen im Haus der Hund zu bellen anfing.

Von nun an widmete er sein Leben der Suche nach ihr. Abgerissen und hungrig irrte er im Süden des Landes über die Straßen der Menschen. Einen Plan hatte er nicht. Er folgte der Stimme seines Blutes oder den Stimmen in seinem Kopf. Anfangs waren die Straßen noch weiß, dann verwandelte sich der Schnee in Matsch. Ein scharfer Ostwind legte die schwarzen Stämme der Linden frei. Der Wind brachte gefrierenden Regen mit, und dann – bevor der alte Schnee noch schmelzen konnte – weiteren Schnee. Ragnar stapfte Tag für Tag unbeirrt weiter. Sein Fell war voller Eisklümpchen und wurde ihm zur Last. Der Wind trieb ihm die Tränen in die Augen. Die Tränen gefroren ihm auf dem Gesicht. Häuser und Menschen mied er. Er war zur Trollkatze geworden. Dieses

Geschöpf mit seiner sinnlosen Ausdauer, seiner sturen Entschlossenheit hatte Besitz von ihm ergriffen, es war seine innere Stimme, die sprach: Geh weiter! Denn stehenbleiben hieße sterben. Er ernährte sich aus Mülltonnen. Er ernährte sich von toten Tieren, die an der Fahrbahn klebten. Sein Hunger wurde so übermächtig, daß er sich eines Abends in der Dämmerung dabei ertappte, wie er an einem Feldrain an gefrorenen Rüben nagte. (Gut! Gut! dachte er und knurrte in sich hinein.) Sein Fell war struppig und verfilzt. Wer ihn von weitem langsam und geduldig am Ufer eines zugefrorenen Bachs durch das Pestwurz- und Weidenröschen-Gesträuch schnüren sah, mochte ihn mit einem kleinwüchsigen Pony auf verschneitem Feld verwechseln. Doch wenn er stehenblieb und den Kopf hob, sendeten seine leuchtendgrünen Augen unmißverständliche Signale.

Drei oder vier Tage nachdem er den Hund gebissen hatte, stellte sich seinem instinktiven Drang nach Süden ein breiter, gewundener, weidenbestandener Fluß entgegen. Außen an den Biegungen hatten sich Eisschollen übereinandergeschoben, und darüber war die Luft so stark abgekühlt, daß er kaum noch atmen konnte. Nun gut, dachte er. Wenigstens komme ich so ans andere Ufer. Doch auf halbem Weg stieß er auf eine dicke schwarze Rinne mit fließendem Wasser. Abgebrochene Äste und Teile von Plastikverpackungen, die an riesige Schwäne erinnerten, trieben auf der glänzendschwarzen Oberfläche. Das Wasser bewegte sich so kraftvoll wie eine Schlange. Lange studierte Ragnar die reißenden Strudel. Dann schaute er zum anderen Ufer mit seiner Perücke aus Birken und Erlen hinüber. Endlich zog er sich mit vorsichtigen Schritten von dem dünnen Eis zurück und stapfte weiter über die Flußwiesen.

Die Bedingungen waren schlecht, selbst für eine Trollkatze. Der Schnee fiel so dicht, daß Ragnar Oben und Unten nicht mehr unterscheiden konnte. Sein Orientierungssinn ließ ihn im Stich. Stehenzubleiben wagte er nicht, aus Angst, in der falschen Richtung weiterzugehen und wieder auf das Eis zu geraten. Nach wenigen Minuten drangen gedämpfte Schreie zu ihm. Ein Lichtschein färbte das Schneetreiben. Perlmuttrosa und Gelb – flirrend wie sommerliches Laub, wie Tangwedel unter Wasser – vertieften sich zu Rot, Orange und Gold. Ein fremder, beißend aromatischer Geruch stieg ihm in die Nase. Die Schreie, erst dünn und flehentlich, wurden lauter und verstummten. Ragnar drückte sich flach an den Boden und kroch behutsam weiter. War es wärmer geworden? Er war sich nicht sicher. Der Schnee hüllte ihn ein wie eine Nebelmauer. Doch plötzlich konnte er sehen, als wäre er mitten im Wald auf eine Lichtung gestolpert.

Es war ein hübsches Sommerhäuschen gewesen, rötlichbraunes Mauerwerk, das obere Stockwerk mit Holz verschalt, Mansardenfenster. Jetzt stand es – kilometerweit von der nächsten Stadt entfernt, durch den Winter, die verschneiten Wiesen, die vereisten Flußwindungen von aller Welt abgeschnitten – in Brand. Helle Flammen schlugen aus den Dachfenstern. Schwarzer Qualm wogte in die Nacht hinaus. Das Feuer war an der linken Giebelseite ausgebrochen, und dort lag bereits alles in Schutt und Asche; man sah keine Flammen mehr, nur ein tiefgoldenes Glühen durchzog die Überreste der Räume. Hitzewellen fluteten durch die eisige Luft und trafen die Gesichter der Menschen, die bleich und zitternd auf dem Rasen standen. Sie hatten nichts retten können, waren im Nachthemd ins Freie geflüchtet. Und sie hatten aufgegeben.

Apathisch sahen sie der Katze zu, die zwischen Haus und Rasen hin- und herlief.

Es war eine gewöhnliche, schwarzweiße Hauskatze, und vielleicht war es ihr erster Wurf. Die Kätzchen waren etwa achtzehn Tage alt. Als Ragnar eintraf, hatte sie zwei gerettet. Bis er begriff, was eigentlich vorging, hatte sie ein drittes geholt. Das Feuer war im oberen Stockwerk ausgebrochen und hatte noch nicht mit aller Kraft auf das Erdgeschoß übergegriffen. Trotzdem hätte kein Mensch die Hitze und den Rauch dort überlebt. Doch die Schwarzweiße bewahrte Ruhe. Entschlossen nützte sie die knapp dreißig Zentimeter dicke, halbwegs reine Luftschicht über dem Boden aus, um auf flinken Pfoten ihren Wurf zu bergen. Für das vierte Kätzchen brauchte sie länger. Sie legte es behutsam zu den anderen, und erst als sie zu den Menschen aufschaute – ein gelassener Blick, der sagte: Das ist Schwerarbeit! –, sah Ragnar, daß sie erschöpft und rußverschmiert war und bereits die ersten Verbrennungen erlitten hatte. Beim fünften Kätzchen hingen ihr die Ohren wie schwarze Fetzen am Kopf, und sie mußte sich einen Augenblick Ruhe gönnen. Sie ließ sich, für den Fall, daß man sie zurückhalten wollte, möglichst weit abseits von den Menschen nieder und sah sie nachdenklich an. Als die Jungen nach ihr winselten, wandte sie sich nicht um, sonst wäre sie womöglich wankend geworden. Bis sie mit dem sechsten Kätzchen herauskam, hatte Ragnar einen Entschluß gefaßt und erwartete sie auf dem Gartenweg.

»Zwei sind noch drin«, sagte sie. »Hilf mir.«

Das sechste Kätzchen war tot. Sie legte es zu den anderen und leckte es ab, wobei sie immer wieder gereizt und unsicher in die Runde blickte. Ragnar begriff, daß sie nicht mehr sehen konnte. Sie hatte keine Augenlider mehr, das Feuer hatte sie ihr weggebrannt, zusammen mit dem Fell auf der linken Gesichtsseite.

»Die anderen sind jetzt sicher tot«, sagte er sanft. »Du hast genug getan.«

»Nein«, sagte sie.

Und torkelte abermals auf das Haus zu.

»Sie sind tot«, wiederholte Ragnar.

»Nein.«

»Dann laß mich sie holen.«

»Gut«, sagte sie.

Sie trat zwei Schritte zurück und kippte zur Seite. »Danke«, lallte sie, als Ragnar an ihr vorbei zum Haus ging. »Mir ist gar nicht gut.« Ein durchdringender Geruch nach verbranntem Fell und Schlimmerem ging von ihr aus.

Ragnar war wie alle Katzen kein Freund des Feuers. Als nach dem Kampf mit dem Alchimisten die Flammen aus dem Lagerhaus geschlagen hatten, war er zu Tode erschrocken gewesen. Nun blieb er kurz unter der Tür stehen. Ein kalter Luftzug rauschte an ihm vorbei. Drinnen tobten Konvektionsströme. Ein Korridor, von herabgestürzten Balken blockiert. Wogendes Dunkelbraun, von roten Blitzen durchzuckt. Dicker, gelber Qualm. Im oberen Stockwerk mochte das Feuer über das Flammenstadium hinaus sein, hier unten befand es sich noch in einer früheren, dunkleren, weniger ausgeformten Phase. Ragnar zuckte die Achseln. Er hatte versprochen, der Katzenmutter zu helfen, und er würde dazu stehen. Geduckt schob er sich durch den Rauch in die Diele. Das Feuer begrüßte ihn. Selbst dicht am Boden konnte er kaum atmen. Funken fraßen sich durch sein Fell, bissen sich in die Haut. Die Tränen strömten ihm aus den Augen und versiegten, als die Tränendrüsen den Dienst verweigerten. Genau unter seiner Nase knisterte seine Halskrause. Als er den Funken mit dem Mund erstickte, verbrannte er sich die Zunge.

Auf dem Bauch rutschend wie eine Kellerassel, kämpfte er sich von Luftblase zu Luftblase. Das robuste *Skaukatt*-Fell schleifte auf dem Boden. Geeignet für jede Witterung, dachte er. Für jeden Zweck. Er durchquerte ein Zimmer nach dem anderen, während er aufmerksam die Geräusche hinter der Stimme des Feuers, die Gerüche hinter seinem schwarzen Atem zur Kenntnis nahm. Seine Sinne waren aufs äußerste geschärft, es fehlte nicht viel, und er hätte durch den Rauch sehen können. Er bestand nur noch aus Nerven. Noch nie hatte er sich so lebendig gefühlt! Er fand die Jungen in der Küche. Ihre Mutter hatte sie im Wäscheschrank unter den Tischtüchern versteckt. Sie waren noch zu klein gewesen, um in Panik herunterzuspringen und ins Feuer zu stürzen, aber eines war bereits am Rauch erstickt, und das andere, ein buntscheckiges, kleines Ding ohne besondere Eigenschaften, hatte den Kopf auf das Schrankbrett gelegt, schaute blinzelnd zu Ragnar Gustaffson auf und maunzte kläglich.

»Tut weh«, sagte es. »Tut weh.«

»Nun ja«, mahnte der König der Katzen. »Dann sollten wir zusehen, daß wir alle beide hier hinauskommen. Nur Mut! ›Wer noch am Leben ist, ist nicht verloren‹, wie mein Freund Tom zu sagen pflegt, und der ist ein besonders harter Bursche.«

Damit nahm er das Kleine ins Maul.

Es war wie ein Stichwort. Dreißig Zentimeter unterhalb der Küchendecke wälzte sich eine wabernde, lodernde Feuerwand heran. Der Wäscheschrank explodierte. Knarrend stürzte das Deckengebälk herab. Aber Ragnar Gustaffson Cœur de Lion wußte genau, in welche Richtung er zu gehen hatte. An der Tür nahm er sich Zeit, nach beiden Seiten den Gang entlangzuschauen. Da ist das Feuer. Dort geht es ins Freie. Die Wahl fällt nicht schwer, denke ich! Er packte das Kätzchen fester, senkte den Kopf und rannte los. Unterwegs schaute er sich immer wieder um. Du meine Güte, dachte er. Wenn ich das den anderen erzähle!

Draußen übergab er das Kätzchen seiner Mutter. Die schwarzweiße Katze lag auf der Seite, starrte ins Nichts und säugte ihre Jungen. Ihre linke Gesichtshälfte war verbrannt bis aufs rohe Fleisch, und auf dieser Seite stand das Maul ein wenig offen wie zu einem stummen Fauchen. Sie stand unter Schock und zitterte, kümmerte sich aber nicht weiter darum. Das war nur körperlich. Sie wartete, bis auch das letzte Kätzchen eine Zitze ergattert hatte, dann fragte sie:

»Wie heißt du?«

»Ragnar Gustaffson Cœur de Lion.«

»So kann ich es nicht nennen«, sagte sie. »Es ist ein Weibchen.« Nach einer Weile fuhr sie fort: »Der Stimme nach bist du ein feiner Pinkel. Komm doch mal nach vorn, vielleicht kann ich dich da sehen. Nein. Nun ja.«

»Ich bin jedenfalls eine norwegische Waldkatze.«

»Das sagt mir gar nichts. Der Stimme nach bist du ein feiner Pinkel. Rags könnte ich sie vielleicht nennen.« Sie fuhr sich mit der Zunge über die Lippen. »Das andere ist also tot«, sagte sie.

»Ja.«

»Sechs von acht ist nicht schlecht.«

Das Schweigen dehnte sich. Endlich fragte er: »Soweit alles klar?«

Sie lachte. »O ja! Sie sehen ziemlich dumm aus, aber sie werden sich schon um mich kümmern.«

Die Menschen starrten immer noch ungläubig das Haus an. Der eine hatte den anderen in eine angesengte Decke gewickelt. Manchmal schlossen sie sich gegenseitig in die Arme und schauten fassungslos zwischen den Flammen und den Katzen hin und her, um dann wieder ins Schneegestöber zu starren. Der Mann sagte: »Ich habe alles abgeschaltet, das weiß ich genau.« Die Frau jammerte: »Ojemine, ojemine!« Und sie begann zu weinen. Da standen sie nun, hilflos und scheu – wie Menschen oft sind – im Angesicht der Katastrophe, die sie angerichtet hatten.

»Wenn du ganz sicher bist…«, begann Ragnar.

»O ja, durchaus.«

»… ich muß nämlich jemanden suchen. Auch sie braucht meine Hilfe.«

»Geh nur«, sagte die Schwarzweiße. »Laß dich nicht aufhalten. Ich komme schon zurecht.«

»Wenn du ganz sicher bist«, sagte er noch einmal.

»Du hast eine Menge getan.«

»Dann also, leb wohl.«

Sie hob den Kopf, als ob sie ihm nachsehen könnte. »Leb wohl«, sagte sie.

»Du könntest die Kleine ›Cottonreel‹ nennen«, schlug Ragnar vor.

»Das andere war wirklich tot, oder?«

»Ja.«

Und dann ging er, ohne noch einmal stehenzubleiben. Er ging, so schnell er konnte. Er fand eine Brücke, überquerte den Fluß, kehrte wieder zurück. Der scharfe Wind, der ihm den Schnee in die brennenden Augen trieb, war ihm willkommen. Wenn er an die schwarzweiße Katze dachte, strömte ihm eine unbezähmbare Energie durch die Adern. Die Erinnerung an ihren Mut – der gar kein Mut war, nur ein blindes Aufbegehren des Organismus – trieb ihn zu schnellerer Gangart an. In seiner Ehrfurcht, seiner Begeisterung, seinem Schmerz und seiner Wut versuchte er davonzulaufen vor der Erkenntnis des Lebens, die immer auch die Erkenntnis des Todes ist. Ragnar Gustaffson ging immer weiter, um das brennende Haus hinter sich zu lassen. Aber er hatte seit zwei Tagen nicht mehr gefressen, und auch ein so robustes Tier wie die *Norsk Skaukatt* kann nicht unbegrenzt ohne Nahrung auskommen. Selbst ein König braucht Futter, wenn er marschieren soll. Er hatte seine Freunde verloren. Er war müde und hungrig, er zitterte unter den Nachwehen des Schocks, er hatte keine Ahnung, wo er sich befand. Er spürte, wie die Beine unter ihm nachgaben.

Genau in diesem Moment kam ihm der Traum von Pertelot in den Sinn, und er begriff, was ihm das Leben schon die ganze Zeit hatte sagen wollen.

Er dachte: Und wenn ich nun *Vater* bin?

Er wollte aufstehen. Die Beine gehorchten ihm nicht. Und als er zum Himmel aufschaute, drehten sich die Sterne.

Lange Zeit später schreckte er aus dem Schlaf. Es war immer noch Nacht, aber es schneite nicht mehr. Der Mond schien hell, stand aber schon tief. Nicht weit über dem flachen Flußtal erhob sich einsam zwischen großzügigen Alleen und breiten Rasenterrassen ein weißes Herrenhaus. Die hohen Fenster und das überdachte Portal waren mit Schnee umrandet. Aha, dachte Ragnar, der sich bei allem Elend überraschend wohl fühlte und auch nicht fror. Ein Haus. Gut. Er brauchte allerdings länger als angenommen, um es zu erreichen, weil er unterwegs immer wieder umfiel.

Die Rasenterrassen wurden von urnengeschmückten Balustraden umrahmt. Hier waren, allein oder in Gruppen, zahlreiche Statuen aufgestellt – lebensgroße Menschengestalten, nackt oder mit Tüchern verhüllt – und warfen im Mondlicht harte Schatten. Zwischen einigen Figuren hatte sich über dem Schnee ein dünner Nebelschleier gebildet, so daß es aussah, als wären sie bis zu den Knien ins Wasser gestiegen und würden nun kurz innehalten, um sich erstaunt umzusehen. Ragnar trat unbefangen näher, schlief aber wieder ein, bevor er ans Ziel gelangt war. Als er das nächste Mal erwachte, war der Nebel höher gestiegen. Nun reichte er den Statuen bis an die Schenkel, was diese aber nicht weiter zu stören schien. Sie standen unbekümmert herum und schauten mehr oder weniger aufmerksam zu dem vornehmen weißen Haus hinüber.

Seltsam! dachte Ragnar.

In diesem Augenblick bewegte sich eine der Figuren, als erwache sie aus einem Traum, schüttelte sich und sah sich überrascht um. »Du meine Güte!« sagte sie ganz deutlich. Dann rief sie, »Verdammt!«, bückte sich fröstelnd und fischte einen Bademantel aus rosa Frottee aus dem milchigen Nebel um ihre Beine. Es war gar keine Statue gewesen, sondern eine ältere Frau. »Verdammte Kälte!« sagte sie. »Hu.« Sie wirkte gebrechlich, war aber groß und hielt sich immer noch aufrecht. Dichtes, graues Haar fiel ihr in langen Strähnen über die Schultern. Die weiße Haut leuchtete vornehm durch das Dunkel. Sie schlüpfte in den Bademantel, band rasch den Gürtel zu; sah sich um; zuckte die Achseln. »Na ja«, sagte sie und ging auf das Haus zu.

Ragnar störte das nicht. Er fühlte sich warm und behaglich, schon fielen ihm wieder die Augen zu, und hinter den geschlossenen Lidern entstand ein Traum von Sonnenschein auf glitzerndem Wasser. Dennoch hatte er wohl einen Laut von sich gegeben, denn ehe er sich's versah, war die Frau zurückgekommen, kniete schweigend neben ihm im Schnee und ließ ihn an ihren Fingern schnuppern. Aufstehen konnte er nicht, aber er hob ein wenig den Kopf und stieß mit der Nase gegen ihre Hand, bevor er abermals die Augen schloß. Die Frau beugte sich über ihn und hob ihn vorsichtig auf. Sein lautes Schnurren überraschte sie beide.

»So«, sagte die Frau. »Wie heißt du eigentlich, du Prachtkerl, und wie kommt es, daß du in diesem Zustand bist?«

Sie hatte Ragnar Gustaffson gefüttert – Kerzenfisch in etwas Milch und Butter gedünstet, ganz vorzüglich – und ihm zu trinken gegeben. Dann hatte sie ihn behutsam in lauwarmem Wasser gebadet und dabei festgestellt, daß er entsetzlich mager war und wunde Pfoten hatte. Sie hatte ihn mit einem Handtuch abgetrocknet, das verfilzte *Skaukatt*fell oberflächlich ausgebürstet und Salbe auf seine Brandwunden gestrichen. Nun war Ragnar wunschlos glücklich. Er wollte nur noch etwas schlafen, um dann den Rest des Fischs zu fressen. Für eine Katze, die man eben erst vor dem Erfrieren gerettet hatte, fühlte er sich bemerkenswert kräftig. Er sprang auf die Anrichte und begann:

»Das ist, wie man so sagt, eine lange Geschichte.«

»Als erstes wirst du lernen«, unterbrach sie ihn, hob ihn herunter und nahm ihn auf den Schoß, »dich von meinen Möbeln fernzuhalten.«

Er hörte sie nicht mehr. Er war schon wieder eingeschlafen. In den nächsten Tagen verschlief er zwanzig von vierundzwanzig Stunden.

Es war ein Haus voller Zimmer, sechs oder sieben auf jedem Stockwerk, alle mit langen Korridoren und breiten Treppen verbunden. Bewohnt wurden sie von großen alten Sesseln, die die alte Dame vor Jahren mit Brokat und Samt in sattem Grün, Petroleumblau und rötlichen Brauntönen hatte beziehen lassen. Nun hausten sie friedlich mit gepolsterten Chintzsofas, ledernen Sitzkissen und Glasschränken mit altem Porzellan und ausgestopften Vögeln zusammen. Die Morgensonne glitt über zahllose Spiegel und verstaubte Messinggegenstände – Kohlenkästen, Kamingitter, Schürhaken und kleine Eidechsen, die fast lebendig wirkten. Überall roch es nach Staub. Es roch nach Mäusen. In einem Zimmer roch es nach Terpentin und frischem Holz. Dieser Raum war schmal, aber sehr hoch. An einem Ende hatte er ein Fenster, das vom Boden bis zur Decke reichte. Vorhänge gab es nicht. Das Licht strömte über einen kahlen grauen Dielenboden auf eine Staffelei in der Mitte. Dort arbeitete die alte Dame jeden Morgen.

»Hier will ich dich nicht haben«, machte sie Ragnar klar. »Katzenhaare und Ölfarben vertragen sich nicht.« Und damit schob sie ihn aus der Tür.

»Miiooo«, protestierte Ragnar.

»Nein.«

Letzten Endes durfte er doch hinein, und während sie arbeitete, lag er auf einem alten Brokatkissen am Fenster, beobachtete die Vögel im Garten oder verschlief den Vormittag. In diesem Zimmer trug die alte Dame stets eine farbbespritzte weiße Kittelschürze und band sich das Haar mit einem Stück Seide oder Chenille zusammen. Sie malte immer wieder das gleiche Bild, den Kopf eines jungen Mannes. Als Vorlage dienten ihr zwei oder drei kleine, bräunliche Fotografien, die an der Staffelei steckten und so alt waren, daß sich die Ränder einrollten.

Im Salon stand ein polierter, runder Tisch mit silbernen Bilderrahmen in allen Formen und Größen. Aus jedem Rahmen schaute ein Foto des jungen Mannes. Hier saß die alte Dame am Nachmittag vor dem Kaminfeuer. Um vier Uhr aß sie Buttertoast oder Sauerteigfladen. Dann schlief sie mit Ragnar auf dem Schoß ein. Eines Abends fuhr sie erschrocken auf. Es war sechs Uhr. Das Kohlenfeuer hinter dem Messinggitter war niedergebrannt, nur die Glut erhellte den Raum und ließ leichte Schatten entstehen.

»Joseph!« lachte sie. »Ich dachte, er kommt mit mir zurück«, erklärte sie Ragnar. »Ich dachte, diesmal klappt es bestimmt.« Sie war so glücklich wie ein junges Mädchen. »Oh, Royal«, sagte sie dann. »*Gibt* es denn nun ein Wiedersehen mit den Menschen, die wir einmal geliebt haben? In unseren Träumen vielleicht? Oder nach dem Tod? Ich bin überzeugt davon! Wir können zu allem zurückkehren, was wir einmal getan haben.« Sie seufzte. »Ich habe ihn so geliebt.« Ihre Stimme veränderte sich. »Dieser Mann hat mein ganzes Leben überschattet.«

Ragnar gähnte, streckte eine Vorderpfote in den Schein des Feuers und fuhr die Krallen aus. Dann stand er auf, schüttelte sich und sprang vom Schoß der alten Dame auf den Boden. »Auch ich habe jemanden, den ich liebe«, teilte er ihr mit. »Und sobald ich wieder bei Kräften bin, muß ich sie suchen.«

Es ging ihm gut bei der alten Dame. Er brauchte nie zu frieren. Wenn jetzt ein Schneesturm durch den Garten fegte, saß er auf der richtigen Seite des Fensters. Aber sie hatte auch ihre Schwächen. O ja, sie nannte ihn mein kleiner Löwe, aber anstatt auf seine Energie und Lebensfreude stolz zu sein, waren sie ihr eher unheimlich, und manchmal ärgerte sie sich sogar darüber. Zum Beispiel als er eines Morgens auf den Küchentisch sprang, um sie zu begrüßen, und dabei den Milchkrug umwarf.

»Du dumme Katze! Du dumme, böse Katze!«

An trüben Nachmittagen wirbelte der Schnee über die Terrassen, brachte die braune Luft zum Gerinnen wie saure Milch und setzte sich den Statuen auf den Kopf wie eine weiße Pelzmütze. Am Morgen leuchteten die Rasenflächen in strahlendem Weiß, und manchmal hüpfte wie auf einem Gemälde eine einzelne Drossel darüber. Ragnar schaute die ganze Zeit aus dem Atelierfenster. Er hatte die Hälfte seines Frühstücks stehengelassen.

»Du meine Güte, Royal!« sagte die alte Dame. »Schmeckt dir der Kerzenfisch am Ende nicht mehr?«

Sie mußte lachen.

»Wie kann eine Katze keinen Fisch mögen?«

Sie arbeitete weiter und redete dabei über Joseph.

»Er hätte dir gefallen, Royal...«

»Ich bin auf der Suche nach jemandem. Etwas sagt mir, daß ich nach Süden ziehen muß. Verstehst du?«

»... und er wäre von dir begeistert gewesen.«

»Ich habe schon einen weiten Weg zurückgelegt. Diese Welt ist ein trostloser Ort. Für eine Katze gibt es nur andere Katzen.«

»Er war ein leidenschaftlicher Katzenliebhaber. Und die Katzen fühlten sich unwiderstehlich angezogen von seiner herrlichen Stimme, seinen herrlichen Händen. Sie waren hingerissen, wenn er sie streichelte.«

»Ich muß nach Süden gehen und weiter nach ihr suchen. Ich höre sie immer noch sagen: ›Rags, du bringst mich zur Verzweiflung.‹ Und: ›Komm auf der Stelle her!‹«

»Keiner von uns konnte ihm widerstehen.«

Josephs Konterfei bedeckte die Wände des Raumes. Von einem Bild nach dem anderen sah er herab, von alten und vergilbten, von neuen und frischen Leinwänden. Ein scharf geschnittenes Gesicht, das dennoch Gelassenheit ausstrahlte. Sein dunkelbraunes Haar spielte an den Seiten ins Rötliche und fiel ihm in weichen Locken bis weit in den Nacken. Die grünen Augen blickten nachdenklich. Die alte Dame hatte sie so gemalt, daß sie einen ansahen, wo man auch saß. Träge Belustigung spiegelte sich darin. Sie waren nicht ganz so friedlich wie das übrige Gesicht.

»Seine Freunde sagten ihm nach, er habe die Taschen stets voll Katzenminze, um die Katzen anzulocken.« Sie lachte. »Und womit füllte er sie, um *uns* anzulocken?« fragte sie sich.

»Ja, womit wohl!« Seufzend legte sie den Pinsel nieder. »Nun, Royal, mein kleiner Löwe ...«

»Die Welt ist öde ohne sie, und seit einiger Zeit geht mir eine neue Frage im Kopf herum.«

»... was hältst du davon, wenn wir es zum Mittagessen mal mit Schellfisch probieren?«

»Was ist, wenn ich *Vater* werde?«

In dieser Nacht beobachtete Ragnar, wie die alte Dame die Treppe hinunterstieg, die Hintertür öffnete und in den Garten hinausging. Ihre Augen waren weit geöffnet. Sie schlief fest. Sie hatte nur ihren rosa Bademantel an, und ihre Füße waren nackt. Ihre Haut war bereits von wächserner Durchsichtigkeit, bevor sie überhaupt mit der Kälte in Berührung kam. Die alte Dame stand oft nachts auf (besonders wenn sie tagsüber sehr unruhig gewesen war), tastete sich die Treppe hinunter, überquerte den Rasen und blieb vor den Statuen stehen, um wirre, von unbestimmter Trauer durchsetzte Gespräche mit ihnen zu führen. Manchmal hielt sie inne und lauschte, als würden die Statuen ihr antworten.

»Wie konntest du nur, Joseph?« klagte sie etwa. »Ich hätte dir das niemals angetan.« Und sie fügte hinzu: »Immer hast du mich gequält.«

Um dann, nach einer Pause von fast fünf Minuten, ganz unerwartet zu bemerken: »Aber wir hatten doch auch eine Menge *Spaß*, nicht wahr?«

Ragnar schaute über den Rasen. Der überfrorene und wieder aufgetaute Schnee glänzte im hellen Mondlicht wie silbriges Wasser. Es war eine sehr klare, aber eisig kalte Nacht. Wie eine Wolke lag der alten Dame der Atem um die Schultern. Und plötzlich zog sie ihren Bademantel aus.

Er wollte es nicht, aber er schlief ein und träumte; und was er träumte, ließ ihn heftig aufschrecken. Im Kamin brannte kein Feuer. Das Zimmer war kalt. Ragnar war so verwirrt, daß er es kaum wiedererkannte. Sein Herz raste. Er hörte noch immer die Geräusche aus seinem Traum, ein mattes, bleiernes Summen in den Ohren: menschliche Schritte und dahinter in der

Ferne ein wildes Jaulen, das er aus irgendeinem Grund mit Pertelot in Verbindung brachte. Eine Stimme wiederholte immer wieder:

»Nicht die Kätzchen! Nicht die Kätzchen!«

Die Stimme war seine eigene.

Es dauerte nur einen Moment, dann war er, jedenfalls seiner eigenen Einschätzung nach, wieder der alte. Er streckte sich. Er ließ sich nieder und leckte sich eine Hinterpfote. Dann trat er zum Fenster und suchte mit dem Kopf eine Weile zwischen den Samtvorhängen herum, bis er die Lücke fand. Als er hinausschaute, blinzelte er überrascht. Die Terrassen erstreckten sich bis zu den fernen Flußwiesen. Dahinter war undeutlich eine Reihe von Weiden zu erkennen. Das Mondlicht huschte über die verschneiten Rasenflächen und glitzerte auf dem Eis, das jede Balustrade, jede Steinurne überzog. Alles war wie im Frost erstarrt, nur eine von den Statuen war umgefallen und lag mit ausgestreckten Armen schräg zwischen den anderen. Ragnar sah genauer hin. Es war keine Statue. Es war die alte Dame. Wie der Blitz schoß er durch den Raum, raste die Treppe hinunter und stieß mit dem Gewicht seiner siebzehn Pfund die Tür auf.

Sie lächelte verwundert, als habe sie mit dem Sturz nicht gerechnet. Sie lag unter einer Statue mit dem Gesicht eines jungen Mannes. Es war Josephs Gesicht, das gleiche, das sie immer und immer wieder gemalt hatte. Doch zugleich war es ein Menschengesicht mit einer eigenen, letztlich unergründlichen Persönlichkeit. Ein halbes Lächeln umspielte seine Lippen. Die Augen blickten fast ein wenig grausam. Ein Mensch, der von sich überzeugt war; ein unsicherer Mensch. Ein Mensch, der stolz war auf sich; ein Mensch, der sich schämte. Ein Mensch, der sich Katzenminze in die Taschen gesteckt hatte, um die Katzen anzulocken. Er war lebendig gewesen, und jetzt war er tot. Auf seine Art hatte er die alte Dame geliebt. Ob sie das wußte? Vielleicht. Immerhin lag auch auf ihrem Gesicht ein Lächeln. Sie sah aus, als wäre sie selbst aus Stein gemeißelt; ihr Körper war von einer seltsam durchsichtigen Anmut.

»Manchmal sind Träume schlimmer als nichts«, sagte Ragnar. »Besser ist es, wenn man findet, was man sucht.« Er blieb eine Weile sitzen und beobachtete gespannt ihr Gesicht. Sie machte keine Anstalten, sich zu bewegen. Endlich sagte er: »Ich werde jetzt weiter nach Pertelot Fitzwilliam suchen. Sie hätte dir gefallen, und du hättest ihr gefallen. Sie ist so tapfer und schlägt sich da draußen allein durchs Leben, während ich in deinem Haus sitze und dein Futter fresse, das wirklich sehr gut ist. Sie fehlt mir. Meine Träume sind voll von ihr. Sie fordern mich auf, daß ich weiterziehe.«

Die Erinnerung an seine Träume nötigte ihn zum Aufstehen.

»Leb wohl«, sagte er. »Und danke, daß du dich um mich gekümmert hast.«

Er ließ das Haus hinter sich, ohne sich noch einmal umzudrehen. Drüben im Osten brach über den Weiden der Tag an. Später würde die Sonne ihren rosiggoldenen Schimmer über den vereisten Rasen werfen; im Moment stand nur eine grauzitternde Helligkeit am Himmel und betonte die Züge der Statuen, hob ein Auge hervor, einen lächelnden Mund.

Getrieben von einem Wissen, das er nicht auszudrücken vermochte, wandte sich Ragnar nach Süden. Bald besserte sich das Wetter. Als er eines Morgens unter einer Hagedornhecke erwachte, tropfte Wasser von den Ästen. Überall schmolz der Schnee! Über den frischgepflügten Feldern, vor einem blauen Himmel von schmerzhafter Klarheit kreisten weiße Möwen. Alles war wie mit Sonnenlicht durchtränkt. In jedem Lichtstreifen, der durch die Hecke drang, blitzten Millionen von Wassertröpfchen auf. Er war bereits klatschnaß, aber er fühlte neue Kräfte in sich wachsen. Und er hatte Hunger.

Mit dem Wetter wendete sich auch sein Glück. Wo er hinkam, fand er Futter. Hausfrauen hatten es zum Abkühlen auf Fensterbretter gestellt. Hauskatzen hatten es an sauberen Hintertüren in hübschen Keramikschälchen übriggelassen. Es sonnte sich arglos am Straßenrand und unter den Hecken, er brauchte nur zuzugreifen. Am besten schmeckten ihm die Mäuse. Maulwürfe ließ er nach Möglichkeit in Ruhe. Einige standen der Trollkatze an Entschlossenheit nicht nach und waren sehr viel zorniger.

Die frostigen Morgendämmerungen boten ein herzzerreißendes Schauspiel. Die Vormittage waren so windig, daß sich die Krähen aus der Luft in die Äste der Bäume flüchten mußten. Wie Kristallzucker glitzerte die Nachmittagssonne auf den schwarzen Telegrafenmasten. Jetzt war es ein Genuß, unterwegs zu sein. Ragnar war sicher, daß er Pertelot finden würde. Manchmal glaubte er, sie auf den Feldwegen zu wittern, ein harziges, ägyptisches Parfüm, so stark – so exotisch –, daß es nicht zu den tristen Gerüchen dieses nördlichen Winters paßte. Dann rechnete er damit, hinter der nächsten Ecke auf sie zu stoßen. Oder hinter der übernächsten. Statt dessen stieß er auf neue Reisegefährten, neue Eindrücke. Eine Nacht verbrachte er in einer Scheune zusammen mit einem kleinen, aber wohlproportionierten Weibchen, das Treslove hieß und ihm hoffnungsvoll erklärte, um ihre Moral sei es nicht zum besten bestellt. »Wenn du auf Ägypterinnen stehst, Liebling, kannst du mich jederzeit ›Kairo‹ nennen.« Für kurze Zeit schloß er sich zwei schlammverschmierten, rotgetigerten Katerjünglingen an – Kameraden auf dem alten Weg des Wandels –, die nach Ratten und allem anderen jagen wollten, das des Weges kam. Zwei Tage lang begleitete er eine Katze aus Calderdale, die unentwegt nur über Stiltonkäse redete, auf ihrer Wanderschaft.

An einer Straßenbiegung am Waldrand, wo ein verlassener Feldweg abzweigte, blitzte etwas zwischen Quecken, Disteln und jungen Schlehen wie eine Glasmurmel. Neugierig näherte er sich, doch als er daran schnuppern wollte, merkte er, daß er *in* etwas *hinein*schaute. In einen anderen Ort, nur undeutlich erkennbar, aber sehr real. Irgendwelche … *Dinge* rasten hin und her. Tiere vielleicht? Langsam! Am Ende gar Katzen? So kam Ragnar Gustaffson Cœur de Lion, zu jener Zeit König der Katzen, erstmals in Berührung mit den geheimen Pfaden – über einen abgelegenen kleinen Tunnel im dürren Gras, wo die Bauernkatzen schon seit hundert Jahren nach Wühlmäusen jagten. Wie verzaubert sah er ihre Schatten im wechselnden Licht hin- und herspringen. Warum nicht? dachte er. Auch das sollte man sehen. Man sollte alles ausprobieren! Und dann – er war schließlich der König und kannte keine Angst – war er auch schon hineingeschlüpft und wurde aufgenommen. Er glaubte, ein Flüstern zu hören, ein Zittern lief durch jede Abzweigung, jeden Seitenast: *Endlich!* Dann erfaßte ihn der Geisterwind und trug ihn südwärts.

»Welch eine Reise!« prahlte er später. »Ich kann euch sagen!« Hier glichen die magischen Straßen mit ihren vielen Windungen und Zubringern einem Fluß in einem Tal, sie umschlossen ihn, zogen ihn mit, gaben ihn weiter, alles mit so halsbrecherischer Geschwindigkeit, daß ihm der Fahrtwind das Fell nach hinten wehte und ihm schwindlig wurde wie einer Jahrmarktskatze am Freitagabend. »Ich konnte steuern, aber es war verdammt knapp, wie man so sagt! Ich flog eher, als daß ich lief!« Die Straßen waren frei und trugen ihn in Windeseile nach Süden, dem Meer entgegen. An der Küste spien sie ihn aus. Er stand auf einem brüchigen Kreidefelsen und taumelte ein wenig, als ihn der Wind erfaßte. Ein gewaltiger Sturm tobte, jagte die Wolken am Mond vorbei. Blitze durchzuckten, durchtanzten die Nacht, zerrissen sie in viele Teile. Vor jedem Einschlag zischte und fauchte es, als würde Wasser auf eine heiße Herdplatte gespritzt. Wenn die dicken bläulichweißen Blitze in die Erde fuhren, stoben gelblich phosphoreszierende Funken auf, kühlten ab und sanken als roter Regen wieder zu Boden. Der Wind knatterte wie ein nasses Laken und blies den Regen fast waagerecht über das Meer.

Das Meer!

Ein nachtschwarzes Wogen, kalt und unversöhnlich, von Lichterzungen beleckt, erstreckte sich bis zu den brodelnden Wolken, bis zum Mond, der bald voll sein würde – und noch weiter. Ragnar wußte, daß das Meer endlos war. Es war kalt, und es bewegte sich wie ein lebendes Wesen. Er roch seinen salzigen Blutdunst. Er hörte, wie es sechzig Meter unter ihm in der aberwitzigen Finsternis gegen die Felsen krachte, als wäre es ein Teil des Sturms. Entsetzen erfüllte ihn.

Etwas hatte ihn nach Süden getrieben, und nun stand er vor dem Nichts.

»Pertelot!« rief er. »Pertelot, wo bist du?«

Da stand er nun im Sturm auf der Klippe, ein neugekrönter König, ein Geschöpf der magischen Straßen, noch ganz unter dem Eindruck seiner Reise, und wurde in rascher Folge von Ratlosigkeit, Verzweiflung und Wut heimgesucht. Doch plötzlich stieg Zuversicht in ihm auf und verdrängte alles andere. Er schaute auf das Wasser hinaus.

Immerhin, dachte er, ist das da draußen der einzige Ort, wo sie nicht sein kann! Daran brauche ich keinen Gedanken zu verschwenden. Das ist vollkommen ausgeschlossen.

Und er marschierte am Klippenrand entlang nach Westen.

DAS SECHSTE KATZENLEBEN

Kettie und Essig-Tom saßen in der großen Eiche und schauten auf die Schweinekoppel hinab.

Die Menschen vom Bauernhof benahmen sich wieder einmal sehr merkwürdig.

Sie hatten ihre Kleider ausgezogen, tanzten im ersten Morgenlicht auf der Koppel herum und zeichneten mit ihren großen, nackten Füßen schwarze Muster ins taufeuchte Gras. Sie hatten Pilze gegessen, die sie auf dem Brachacker gefunden hatten, und nun hielten sie sich für unsichtbar und glaubten, sie könnten fliegen. Die einen drehten sich im Kreis und wedelten mit den Armen; andere stürzten sich mit Riesensätzen auf eine unsichtbare Beute. Bei allen hatte die morgendliche Kühle an Armen und Beinen eine Gänsehaut hervorgerufen.

»Was treiben sie da eigentlich?« fragte Kettie.

Essig-Tom schüttelte betrübt den Kopf.

»Sie haben zu Mahu der Großen Katze gebetet, sie möge ihnen die Fähigkeit verleihen, auf den wilden Pfaden zu wandeln. Nun bilden sie sich ein, sie seien aus ihrer menschlichen Haut geschlüpft und so weit zum Tier geworden, daß sie die Reise wagen könnten.«

Ketties Ratlosigkeit war noch gestiegen. »Aber die Aufrechten können die magischen Straßen doch gar nicht benützen.«

Sie schwiegen eine Weile.

»Vielleicht«, sagte Essig-Tom, »sind sie in Hitze, und dies ist ein Paarungsritual.«

»Ach, du«, sagte Kettie.

Die Bewegungen der Menschen waren langsamer geworden. Die Frau des Bauern hatte sich ins Gras fallen lassen und rang nach Luft, sie schwitzte und war von der ungewohnten Anstrengung ganz rot im Gesicht. Der Stallbursche zog verstört den Kopf ein, um sich vor einem unsichtbaren Angreifer zu schützen; und die Küchenmagd und ihr Herr paarten sich hingebungsvoll und merkten gar nicht, daß sie mitten in den Disteln lagen.

»Siehst du?« sagte Essig-Tom.

Plötzlich geriet alles in Aufruhr. Eine Schar vollbekleideter Menschen stürmte mit lautem ›Hexen!‹-Geschrei auf die Koppel und fiel mit Knüppeln über die entrückten Tänzer her. Der Stallbursche hatte die Gefahr in der Luft nicht finden können und putzte sich lachend die Nase.

Die beiden Katzen schauten immer noch zu. »Laß uns gehen«, bettelte Kettie.

»Sie werden bestimmt nicht auf die Bäume steigen, Kettie«, begütigte Essig-Tom. »Hier oben sind wir sicher.«

Aber die kleine Schildpattkatze war bereits am Stamm der Eiche hinabgeklettert. Nun schlich sie geduckt durch das lange Gras am Rand der Koppel und trabte rasch auf die Straße hinaus. Dort lief sie geradewegs einem schwarzgekleideten Mann in die Arme.

Arme Kettie! Sie fühlte sich am Nackenfell gepackt, hochgehoben und herumgeschwenkt. Entsetzt strampelte sie mit den Pfoten und protestierte mit weit aufgerissenem Maul. »Da ist der böse Feind!« schrie der Mann. Das Bauernvolk wurde auf die Straße hinausgetrieben. »Da ist der Dämon, den sie bei ihren heidnischen Ritualen beschworen haben: Dieses elende Katzenvieh hat sich heimtückisch Zutritt zu unserer Welt verschafft, um uns zu Unzucht und Ausschweifung zu verleiten.« Er berührte sich viermal mit der freien Hand: einmal an der Stirn, einmal am Bauch und zweimal an der Brust.

Kettie zappelte.

Essig-Tom saß auf seinem Ast und zitterte vor Angst, entdeckt zu werden.

»Sehet das Antlitz des Teufels! Das ist die Kreatur, die von den alten Heiden angebetet wurde. Satan hatte sie geschaffen. Er wollte den Schöpfungsakt unseres Herrn nachäffen, doch mehr als dies« – die Hand packte fester zu, und Kettie heulte auf – »brachte sein Wille nicht zustande. Sogar das Fell, um ihre Blöße zu bedecken, verdankt sie der Barmherzigkeit des heiligen Peter, denn als der Heilige sah, wie kläglich Luzifers maunzendes Geschöpf in der Welt unseres Herrn frieren mußte, schenkte er ihm ein wärmendes Kleid. Doch Sankt Peters Hand hat den Leib der Katze nur äußerlich berührt, ihre Seele gehört nach wie vor ihrem Herrn und Meister, und dessen Befehlen gehorcht sie, wenn Toren wie diese sie beschwören.« Er zeigte drohend auf die Gefangenen.

Die völlig verwirrten Bauersleute suchten nach ihren Kleidern, um sich vor der Kühle des Morgens und vor lüsternen Blicken zu schützen.

Eine alte Frau rannte auf die Küchenmagd zu, die mit gesenktem Kopf dastand, und deutete mit dem Finger auf sie. »Die da ist bei meinem Eidam durchs Fenster gesprungen, als er zu Bette lag, ich hab's gesehen; und als ich nach ihm schaute, war seine Seele bereits entwichen.« Sie sah ihre Nachbarn an. »Er war am ganzen Körper mit Geschwüren *bedeckt!« rief sie. »Das ist die Wahrheit!«*

Immer mehr Leute liefen zusammen. Die Menge begann zu murren. Ein Bauer aus der Umgebung drängte nach vorn. »Sechs von meinen Kühen liegen mit aufgetriebenen Bäuchen da und verfaulen. Die Katzen haben an ihrem Euter gesaugt und sie mit der Teufelsseuche angesteckt.«

Nun schrien alle durcheinander.

»Ich werde von schrecklichen Träumen gequält …«

»Mein Kleines lag tot in der Wiege. Die Katze hat ihm den Atem geraubt.«

»Letzte Woche ist ein Mann in mein Zimmer eingestiegen und hat mich mit Gewalt genommen. Er war ganz und gar außer sich und biß mich sogar in die Brüste. Als er fertig war, ist er aufgesprungen und hat sich in eine große schwarze Katze verwandelt. Ich kann euch die Kratzer zeigen!«

»… so schlimme Träume …«

»Ins Feuer mit ihnen!«

Der Schrei kam von weit hinten, wurde jedoch rasch von allen aufgenommen. »Ins Feuer mit den Hexen und ihren schändlichen Dämonen!«

»Bei solchen Träumen wüßte selbst Jesus nicht mehr ein noch aus …«

»Ins Feuer mit den Katzen, wo ihr sie findet!«

Am nächsten Tag trug man auf dem Stadtplatz einen riesigen Scheiterhaufen zusammen. Acht Pflöcke wurden aufgestellt: einer für den Bauern und sein Weib; zwei für ihre Töchter; einer für den Stallburschen; einer für das Milchmädchen; einer für den Kuhhirten und zwei für die Dienstmägde, die gerade sechzehn Jahre alt waren und sich einnäßten wie kleine Kinder.

Von weit her strömten die Menschen zusammen und riefen, um nicht selbst der Hexerei bezichtigt zu werden, Hölle und Verdammnis auf ihre einstigen Freunde herab. Und als der Mann im schwarzen Gewand das Silberkreuz schwenkte, das er an einer Kette um den Hals trug, und verkündete, die Seelen der acht Menschen, die an diesem Tag verbrannt werden sollten, würden im Feuer geläutert, saß Essig-Tom als stummer Zeuge im Glockenturm der Kirche.

Er sah auch, wie man die Katzen brachte: Katzen, die auf den Bauernhöfen Scheunen und Speisekammern von Ungeziefer freihielten und sich damit ihr Futter verdienten; Katzen, die als Spielkameraden für die Kinder gehalten wurden; Straßenkatzen, die Dienstleistungen verrichteten, von denen niemand etwas ahnte.

Sie alle – die schwarzen wie die weißen, die roten wie die schildpattfarbenen, die gestreiften, die gefleckten, die getigerten – kreischten in Todesangst, als man sie auf den Scheiterhaufen warf. Essig-Tom sah, wie erst ihr Fell und dann ihr Fleisch Feuer fingen. Er hörte, wie sie starben: seine Freunde, seine Feinde, seine Verwandten – und die niedliche, kleine Kettie, die nur sechs Monate gelebt und niemandem etwas zuleide getan hatte.

Er sah, wie das Feuer ihre Seelen über die wilden Pfade zur Großen Katze schickte. Er sah, wie die Rauchwolken aufstiegen und die umliegenden Gebäude mit einer schmierigen schwarzen Fettschicht überzogen.

Und als er alles gesehen hatte, rannte er davon.

Lautlos, auf flinken Pfoten, den Kopf voll mit Schreckensbildern, die Todesschreie noch in den Ohren, rannte er die Turmtreppe hinab und durch die verlassenen Straßen, die vom Stadtplatz wegführten. Er rannte davon und ließ seine Kettie zurück, aber er verbreitete im ganzen Land, was geschehen war, und hinter ihm loderten in einer Stadt nach der anderen die Scheiterhaufen.

Damals wurden die Felidae *nahezu ausgerottet.*

Essig-Tom entging dem Gemetzel, er trug die Nachricht von Stadt zu Stadt, und als seine Zeit gekommen war, starb er, zweihundert Kilometer von seiner Heimat entfernt, zwischen den Wurzeln einer Buche eines friedlichen Todes.

Er hatte miterlebt, wie seine Kettie zu Tode kam, doch die Johannisfeuer, die jeden Sommer landauf, landab auf den Marktplätzen angezündet wurden und bei denen die Aufrechten im Namen ihrer Religion Hunderttausende von Katzen bei lebendigem Leib auf eisernen Rosten verbrannten, erlebte er nicht mehr.

Und er konnte auch nicht mehr bezeugen, wie mit den Ratten, die von diesen grausam getöteten Katzen nicht mehr gefressen werden konnten, heimlich die Pest ins Land geschleppt wurde …

16
CY WIE CYBER

Die moderne Physik beruht auf Vorstellungen, die sich in mancher Hinsicht mit dem Lächeln einer abwesenden Katze vergleichen lassen.

ALBERT EINSTEIN

Als Tom erwachte und die Katzen des Alchimisten über den dunklen Rasen fluten sah, weckte er Mousebreath und Liebt-Mülltonnen, so schnell er konnte.

Im Treibhaus gab es einen rohen Holztisch, einen Stapel Pappkartons und etliche guterhaltene, aber staubige Gartenwerkzeuge. Auf dem Boden standen zwei oder drei Tongefäße mit hart gewordener Erde. Aus einem davon wuchs eine alte Kletterpflanze, die sich wie ein verkrampfter Muskel an der Rückwand hinauf und über das Glasdach rankte. Für gewöhnlich wirkte sie wie tot, nur wenn das Mondlicht zwischen den Wolken hervorbrach, erstrahlte sie in sattem Gold.

Für die beiden Katzen war es ein leichtes, diesen Stamm zu erklettern und durch die zerbrochenen Scheiben auf das Dach des Treibhauses zu gelangen.

Dem Fuchs fiel das schon schwerer.

Er duckte sich statt dessen zwischen die Pappkartons und richtete seine gelben Augen auf die Wand, damit sich das Mondlicht nicht darin spiegelte. Er konnte nur warten.

Tom lag reglos auf dem Glasdach und beobachtete die Alchimistenkatzen.

Die schwappten an der Vorderseite des Treibhauses hin und her wie Wasser in einem Trog. Immer wieder sprang die eine oder andere auf leisen Pfoten in die Höhe und schaute ins Innere. Endlich fanden sie das Loch und strömten hinein. Drinnen schnupperten sie verdutzt herum und starrten an der

Kletterpflanze hinauf. Ihre manipulierten Gliedmaßen und künstlichen Sinnesorgane arbeiteten so schwerfällig, daß sie eine Grabgabel umwarfen. Doch anstatt vor dem Geräusch davonzulaufen wie richtige Katzen, machten sie nur große Augen, als die Gabel klappernd auf den Betonboden prallte. Ihre scharfen, ganz und gar nicht katzenhaften Ausdünstungen drangen durch die zerbrochenen Scheiben.

Sie hatten den Fuchs noch nicht entdeckt, aber sie hatten ihn eingekreist und schnüffelten mit erhobenen Köpfen zwischen den Pappkartons herum. Eine Zeitlang faßte er sich in Geduld. Dann packte ihn der Ekel. Seine Lefzen zogen sich zurück. Das Hundegebiß blitzte im Mondlicht. Er geriet außer sich. Die Kartons flogen durcheinander, der Fuchs schoß fauchend und bellend aus seinem Versteck, stürzte zu Boden, rappelte sich mühsam wieder auf und schleppte sich durch das Treibhaus. Ein halbes Dutzend Katzen hatte sich auf sein Grinsen gestürzt und hing nun an seinem Gesicht. Sie gaben keinen Laut von sich. Ihre Augen waren blank wie Spiegel. Hin und wieder wechselte die eine oder andere den Griff.

Tom war vor Schreck wie gelähmt.

»Die wollen ihn hinunterziehen!«

»Komm!« rief Mousebreath und versetzte ihm einen unsanften Stoß. »Wir können ihn nicht einfach sterben lassen.«

Ein Überraschungsangriff kam nicht mehr in Frage. Jaulend und zischend und mit möglichst viel Getöse rannten sie den Stamm der Kletterpflanze hinunter. Die Alchimistenkatzen ließen sich tatsächlich ablenken und hoben die Köpfe; der Fuchs schüttelte sie ab und biß nun mit den gleichen weißen Zähnen, die ihn zuvor verraten hatten, wild um sich. Er benahm sich wie ein Hund auf Rattenjagd. Ein rascher Sprung, die Kiefer schnappten zu, das Opfer wurde hin- und hergeschüttelt und über die Schulter geworfen. Schon kam das nächste an die Reihe.

Mousebreath war beeindruckt. »Hölle und Teufel«, sagte er und hielt vorsichtshalber eineinhalb Meter über dem Boden an, wo der Fuchs ihn nicht erreichen konnte. »Sieh dir das an!«

Tom war im Adrenalinrausch bis zum Fußboden gesprungen und sah sich nun von zwei Sphinxkatzen und einem großen, schweigsamen, roten Kater, dessen Geruch fast ebenso bedrohlich war wie sein Maul, in eine Ecke gedrängt. Die Sphinxkatzen sahen ihn aufmerksam, beinahe neugierig an. Das bläuliche Geäder unter der nackten Faltenhaut pulsierte wie rasend. Der Kater wurde durch eine verdrahtete Zahnspange daran gehindert, das Maul zu schließen. Die drei arbeiteten zusammen. Der Kater war blind, aber die beiden Kätzinnen hatten Augen wie Suppenschüsseln.

»Mousebreath«, sagte Tom.

»Was?«

»Könntest du dich vielleicht beteiligen, anstatt nur den Zuschauer zu spielen?«

»Na klar«, sagte Mousebreath zerstreut und sprang herunter. »Kenn ich dich nicht von früher?« fragte er den Kater. Und die beiden Sphinxkatzen antworteten im Chor: »Uns wirst du jetzt kennenlernen.«

Hinter der Gruppe rannte der Fuchs unermüdlich im Kreis herum, um die letzte Katze abzuschütteln, die noch an seinem Gesicht hing. Die anderen hatten von ihm abgelassen und näherten sich lautlos der Ecke, um den roten Kater zu unterstützen. Der zischte Mousebreath durch seine neuen Zähne drohend zu:

»Du kennst mich. Ich bin der König!«

In diesem Moment kam Cy ins Treibhaus spaziert. Zwei Stäubchenströme quollen aus ihren Augen und schwebten wie graugelber Schnee durch den Raum. Jede Alchimistenkatze, die von den Stäubchen berührt wurde, stellte sofort ihre Aktivitäten ein. Ein oder zwei schlenderten noch ziellos herum, bis sie von einer Wand aufgehalten oder von irgendeinem Gegenstand abgelenkt wurden. Die anderen setzten sich auf der Stelle hin und sahen die Tigerkatze an. Bald war sie von einem ganzen Katzenkreis umgeben.

»Und jetzt hört mir gut zu, Jungs«, begann sie.

Plötzlich wurde sie von einem Krampf erfaßt und konnte nicht mehr aufhören, den Kopf zu schütteln. »Brauuuu!« sagte sie, beugte sich vor und biß sich ins eigene Vorderbein. »Nein. Grrr. Ich – rasch, Silber!« An ihren Mundwinkeln entstanden weiße Schaumflöckchen. Sie wimmerte. »Quecksilber, ich …« Ein paar Stäubchen lösten sich noch aus ihren Augen, aber sie wirkten langsam und müde. Cy blinzelte und kippte vornüber. »Geht nach Hause, Jungs«, befahl sie matt. »In Gunsmoke handhaben wir solche Fälle anders.« Und die Alchimistenkatzen standen auf, formierten sich zu einem Zug – der sich vor ihrer bewußtlosen Gestalt teilte wie Getreide im heißen Sommerwind – und verließen das Treibhaus.

Tom rannte ihnen nach und schnappte nach ihren Hinterbeinen.

»Laß sie laufen«, sagte der Fuchs. »Heute nacht kommen sie bestimmt nicht wieder.«

Trotzdem blieben alle bis zum Morgen wach.

Tom und Mousebreath unterhielten sich. Der Fuchs begutachtete die neu hinzugekommenen Verletzungen. Die Tigerkatze lag bewußtlos, wie von einem Auto angefahren, auf dem säuregetränkten Betonboden. Beunruhigend war, daß ihre Augen weit offenstanden. Auch der Mund war zu einem stummen, staunenden *Ah* aufgerissen. Sie war nicht tot, aber sie schien in ferne Gefilde entrückt. Mousebreath schmiegte sich von der einen und Tom von der anderen Seite an sie, als wollten sie ihr auch dort, wo sie jetzt weilte, etwas von ihrer Wärme spenden. Hin und wieder fing einer an, sie zu putzen. Verwirrt und letztlich unsicher, was eigentlich geschehen war, begann Tom: »Wie hat sie sie hierhergeholt? Und wozu …«

»Mich darfst du nicht fragen.«

»… wenn nicht, um uns zu töten?«

»Ich weiß nur, daß es nicht ihre Schuld war.«

Das stand in so krassem Widerspruch zu den Tatsachen, daß Tom um eine Antwort verlegen war. Der Fuchs schaute von seinen Blutergüssen und Bißwunden auf. Doch bevor er etwas sagen konnte, hatte Mousebreath schon hastig erklärt: »Sie kann nicht anders. Und das war schon immer so.«

»Sie ist eine Helferin des Alchimisten«, erklärte der Fuchs. »Was sie treibt – ich meine die Sache mit den Lichtern –, ist eine Art von Magie. Sie ist eine Gefahr für uns, in jeder Minute, die sie noch« – er hielt inne – »bei uns ist«, endete er dann, obwohl er eindeutig etwas anderes hatte sagen wollen.

»Aber die Katzen …«, beharrte Tom.

Mousebreath griff ein. »Wir lassen sie nicht im Stich«, erklärte er dem Fuchs.

Der beachtete ihn nicht. »Die Katzen waren Kundschafter«, sagte er. »Jetzt weiß der Alchimist, wo er uns finden kann. Sie werden uns auf den Fersen bleiben. Sie werden uns nicht allzu übel mitspielen – ein Denkzettel hin und wieder, um uns unsere Lage in Erinnerung zu rufen –, aber nichts wird sie davon abbringen, uns über die wilden Pfade zu folgen. So lange jedenfalls, bis wir den König und die Königin finden.«

»Wir lassen sie nicht im Stich«, wiederholte Mousebreath. »Sie kann nichts für das Ding in ihrem Kopf.«

»Es geht hier nicht um Schuld oder Unschuld«, sagte der Fuchs. »Sie ist seine Helferin. Ich glaube, der Alchimist sieht durch ihre Augen. Er hat uns am Piper's Quay beobachtet, so hat er erfahren, daß die Königin dort war. Ich könnte mir nie verzeihen, wenn er ihr auf diese Weise noch einmal auf die Spur käme.« Er schwieg einen Moment. Dann fügte er hinzu: »Auch Majicou fände das unverzeihlich.«

»Die Königin ist gar nicht bei uns«, stellte Mousebreath fest.

»Aber sie wird in Tintagel sein«, konterte der Fuchs. »Willst du ihn dorthin führen?«

»Tintagel«, schnaubte Mousebreath verächtlich.

»Ich rede eigentlich mit Tom«, sagte der Fuchs.

»Rede lieber mit mir«, sagte Mousebreath.

»Schnauze, Mousebreath!« befahl Tom. Dann wandte er sich an den Fuchs. »Cy war die ganze Zeit bei uns. Wir kümmern uns um sie. Wenn dir das nicht paßt, kann ich's nicht ändern. Und da ist noch etwas. Majicou hat von Anfang an über sie Bescheid gewußt. Ich glaube, er will, daß sie bei uns bleibt.« Der Fuchs wollte ihn unterbrechen, aber Tom war nicht zu halten. »Ich verstehe auch nicht, warum«, gestand er. »Aber wenn es ein Fehler sein sollte, nehme ich ihn auf mich. Du hast nichts damit zu tun.«

»Und wie kommst du dazu, hier die Verantwortung zu übernehmen?«

Tom sah dem Fuchs in die gelben Augen, so fest er konnte. »Ich bin Majicous Lehrling«, sagte er.

Liebt-Mülltonnen wandte sich achselzuckend ab. »Das ist nicht zu leugnen«, nickte er widerwillig. »Wir sollten wenigstens darauf verzichten, die magische Straße zu benützen«, fuhr er dann fort. »Damit machen wir es ihnen schwerer.«

Und so gingen sie zu Fuß.

Auf diese Weise kamen sie zwar langsamer voran, aber dagegen hatte Tom nichts einzuwenden. Wichtig war, daß der Fuchs wieder zu Kräften kam; außerdem mußten sie entscheiden, was mit Cy geschehen sollte. In ihrem Innern tobte ein Sturm. Fieberfantasien wechselten mit Anfällen sinnloser Panik. Dann wurde sie steif wie ein Brett und schrie: »Nichts als weiße Kacheln, Jack! Alles weiß! Oh! Keine Drähte! Nicht die Drähte!« Wenn man ihr während dieser Phasen in die Augen sehe, behauptete Mousebreath, packe einen ebenfalls das Grauen. Aber meistens war sie bewußtlos. Die drei anderen mußten sie tragen, und diesmal beteiligte sich auch der Fuchs. Sie war völlig schlaff und ziemlich schwer. Mehr als ein paar Kilometer auf einmal schafften sie nicht. Meistens wanderten sie im Dunkeln, ein innerer Kompaß wies ihnen den Weg nach Westen. Sobald es hell wurde, rasteten sie.

Mousebreath sorgte für das Futter.

Er hatte entdeckt, daß er Talent zum Fischen besaß. Das bewies er eines schönen Morgens, als er aus einem tiefen kleinen Bach unter ein paar Weiden fingerlange Plötzen holte. Wenn er sich, vor dem schlammigen Ufer bis zur Achselhöhle im Wasser stehend, gefährlich weit vorbeugte, wirkte er eher unbeholfen. Aber seine kurzen, breiten Pfoten waren erstaunlich flink und geschickt. Erst schien er die Fische zu hypnotisieren, dann schlug er zu, und schon schoß – *flip!* – ein zappelnder Silberblitz durch die Luft, als hätte sich das Wasser in Futter verwandelt.

»Das hab ich mit die Gol'fisch gelernt«, erklärte er.

Wenn Mousebreath mit dem Fuchs redete, trug er seinen Cockney-Akzent so dick auf, daß ihn niemand mehr verstand.

»... in 'nem Gar'ntoich.«

»Gar'ntoich?« fragte der Fuchs.

»Ja. Weißt schon. Schbringbrun und so. Toich auf'm Ras'n. Gol'fisch. Schmecken gut.«

»Die hier schmecken nach Schlamm.«

»Dann laß se liegen«, riet Mousebreath ihm freundlich. »Bleibt mehr für uns.« Und leise fügte er hinzu: »Schwuchtel.«

Doch das tat ihm wohl wieder leid, denn ein paar Minuten später, als er glaubte, Tom sei eingeschlafen, schlenderte er zum Fuchs hinüber, der mißmutig im nassen Gras hockte, und beäugte das Futter, das der nicht fressen wollte. Eine volle Minute lang saßen die beiden so da, ohne einander zur Kenntnis zu nehmen, obwohl sie sich im Grunde sehr ähnlich waren: der kampferprobte alte Streuner mit den zweierlei Augen, der an tausend Revierstreitigkeiten teilgenommen hatte, und der Mülltonnenfuchs mit dem wenig vertrauenerweckenden zahnigen Grinsen und den abgewetzten schwarzen Flecken im Fell. Dann wühlte Mousebreath in den schleimigen Eingeweiden der halbverzehrten Plötze herum. »Das läßte liegen«, erklärte er, als rede er mit einem Kätzchen. »Siehste? Das auch. Aber das annere probierste. Na los.«

»Das?«

»Nur zu, probier schon!«

Tom hörte noch ein Weilchen zu, dann rollte er sich fester zusammen und schlief ein. Es war ein bitterkalter Morgen, aber ihm war zur Abwechslung ganz warm.

Der Fuchs hielt sich gut. Seine Wunden heilten (obwohl er, besonders nach einem langen Tag, immer noch hinkte). Mit Mousebreath verstand er sich immer besser. Aber der natürliche Lebensraum der Füchse, wo die Felder schlammig und die Nächte frostig waren, wo einem das Futter davonlief und man weite Wege zurücklegen mußte, war und blieb ihm fremd.

Eines Abends rasteten sie, bevor sie zu ihrem Nachtmarsch aufbrachen, auf einem Hügel. Auf drei Seiten erstreckten sich kilometerweit die Feldfluren vor dem sanft nach Westen brandenden Höhenzug, und darüber bemalte der Wintersonnenuntergang den eierschalenfarbenen Himmel mit kräftigem Rot, schmutzigem Orange und zartem Neongrün. Auf der vierten Seite lag direkt unter ihnen eine kleine Stadt. Dort wurden nach und nach die Straßenlaternen und die Schaufensterbeleuchtungen eingeschaltet. Auch in den Häusern gingen die Lichter an, nur um sofort von Vorhängen verdeckt zu werden. Die Dunkelheit verdichtete sich unmerklich, bald war hinter den Pastellfarben des Sonnenuntergangs das riesige Lichternetz der Straßen zu erkennen. Tom hatte Cy getragen, nun setzte er sie vorsichtig ab und fuhr ihr mit der Zunge über den Kopf. Heute roch sie nach Pfefferminz. Morgen würde sie riechen wie ein altes Bushäuschen im Regen. Lange Zeit schwiegen die Tiere.

»Gibt 'ne Menge Leute auf dieser Welt«, sagte endlich der Fuchs. »Nicht wahr? Wißt ihr, was mir am meisten fehlt, wenn ich an die Stadt zurückdenke?«

»Was?« fragte Tom.

»Die Lichter.«

»Das kann ich verstehen«, sagte Tom. »Die Straßenlaternen, die Neoninschriften, die großen Leuchtreklamen, die in die Nacht hineinstrahlen ...«

Der Fuchs sah ihn an, als zweifle er an seinem Verstand.

»Ich meine die *Verkehrsampeln*«, sagte er.

»Ach so.«

»Wer sagt einem denn sonst, wann man die Straße überqueren darf?«

»Aha.«

Eine lange Pause trat ein. Dann kicherte Mousebreath leise in sich hinein.

»Der Punkt geht an ihn«, sagte er zu Tom.

Wieder betrachteten die Tiere die Aussicht. Von hier oben konnte man drei Grafschaften überblicken. Moore, Weiden, lange, sanft abfallende, frischgepflügte Äcker, schwarze Baumgruppen und Hecken, weite Nebelfelder, die nur von einzelnen Gehöften und Hagedornbüschen unterbrochen wurden, und über allem dieser merkwürdige Sonnenuntergang, der dem Himmel kräftig-zarte Grüntöne entlockt und ein blaugoldenes Abendglühen zurückgelassen hatte. Liebt-Mülltonnen bog, im Gegenlicht tiefschwarz, den Kopf nach hinten, leckte sich die Schwanzwurzel und kratzte sich mit einem Bein kräftig unter dem Kinn. Dann schüttelte er sich. Tom sah im letzten Licht die rötlichen Haare auffliegen und war plötzlich von stillem Jubel erfüllt. Ein durchdringender Fuchsgeruch verbreitete sich in der unbewegten, kühlen Luft. »Ja«, sagte Liebt-Mülltonnen nach einer Weile, »diese Lichter fehlen mir.«

»Der Punkt geht an ihn«, wiederholte Mousebreath. »Damit hat er dich voll erwischt.«

Auf den Bergen war zwar der Schnee geschmolzen, aber das Wetter war immer noch wechselhaft und winterlich. Tom hätte den Höhenweg schon aus diesem Grund gern gemieden. Auf den Feldwegen, wo es wärmer war und er sich leichter verstecken konnte, fühlte er sich sicherer. Doch irgendwann hatte er genug von den gewundenen Tälern, wo ihnen die Flüsse ständig den Weg versperrten, und führte seinen kleinen Trupp wieder in Regionen hinauf, die der Frühling noch nicht erreicht hatte.

Um Mitternacht war der Mond nur als heller, wäßriger Fleck hinter dichten weißen Wolkenmassen zu erkennen. Auch eine Stunde später war der Wind noch schwach und sprang zwischen Nordwesten und Südwesten hin und her, so daß er ihnen nie direkt ins Gesicht blies. Es war trocken geblieben, und die Temperatur lag ein Grad über dem Gefrierpunkt. Um zwei Uhr hatte der Wind jedoch nach Norden gedreht und Sturmstärke erreicht. Nun wechselte grelles Mondlicht – die unruhig tanzenden Schatten stellten die Nerven der beiden Katzen auf eine harte Probe und verdarben dem Fuchs gründlich die Laune – mit dichter Bewölkung ab. Die feuchtkalte Luft knisterte förmlich vor Spannung. Im Norden grollte leise der erste Donner.

Der Fuchs schnupperte.

»Nicht gut! Nicht gut!« murmelte er vor sich hin, ließ die Zunge aus dem Maul hängen – als könne er die Gefahr schmecken – und hechelte. »Wir sollten absteigen!« sagte er zu Tom. Der Höhenweg war ihm ohnehin verhaßt. »Hier oben sind wir wie auf einer Bühne.«

»Der Vorhang geht auf, Partner«, nuschelte Cy, die in Toms Maul hing, und lachte.

Tom setzte sie ab und untersuchte sie.

Nichts.

Er sah sich um.

Der alte Weg des Wandels war nach Süden abgebogen. Ein Stück voraus führte ein Pfad zwischen Erdwällen und hoch aufgeschossenen, windzerzausten Hecken in die Tiefe. Doch sie standen noch in über zweihundert Meter Höhe auf dem kahlen Grat, und zwischen ihnen und der nächsten Grafschaft lag nur der Himmel.

Tom setzte zum Sprechen an, wollte dem Fuchs versichern: »Wir suchen Schutz, sobald wir können.« Doch bevor er den Mund wieder schließen konnte, erlosch der Mond wie eine durchgebrannte Glühbirne, und der Sturm fuhr von den Hängen unter dem Gipfel nach oben, als habe er die ganze Zeit auf der Lauer gelegen. Schwarz rauschte der Regen durch die Luft. Ein langgezogenes Zischen, ein heftiger Knall, die Welt erstrahlte in grellem Weiß. Funken knisterten. Tom fühlte sich hochgehoben und vier Meter weit zwischen die Steine geschleudert. Als er sich völlig verdattert wieder aufraffte, flog die bewußtlose Tigerkatze wie ein nasser Scheuerlappen an ihm vorbei. Der Fuchs hastete, den Körper schräg gegen den Wind haltend, hinter ihr her.

»Wir müssen hinunter!«

»Ich verstehe dich nicht!«

»Wir müssen hinunter!«

»Ich verstehe dich nicht! Wir müssen hinunter!«

»Ich sagte: Wir müssen hinunter!«

Minutenlang flüchteten sie kopflos vor den Blitzen, kauerten sich nieder, schlugen Haken und suchten Deckung hinter Quecken und Disteln, soweit das möglich war. Dann kniff Mousebreath die Augen zusammen und hielt sein Narbengesicht in den Sturm. »Kommt!« rief er und kämpfte sich bergab. Der Fuchs folgte ihm mit Cy zwischen den Zähnen. Tom rutschte, das Gesäß fast am Boden, hinter ihnen her. Alle hatten die Augen ängstlich aufgerissen. Aber Mousebreath lehnte sich wie ein alter Karrengaul in den Wind und bahnte den Weg, bis fünfhundert Meter vor ihnen, fünfzig Meter nördlich des Pfads ein kahler Erdhügel in Sicht kam.

Die Blitze zuckten unaufhörlich weiter und erhellten einen verwitterten Steinkreis, umgeben von weißen Kreidepfaden, die ihrerseits von hohen Buchen umringt waren. In der Mitte befand sich ein uraltes Bauwerk, von dem die Regentropfen zischend aufspritzten. Weitere Steine, kreuz und quer durcheinanderliegend. Ein langgestreckter Grashügel, ein dunkler Eingang unter einem massiven Türsturz, gerade groß genug für ein menschliches Kind. Tom und der Fuchs blieben außerhalb des Buchenringes stehen und warteten unruhig im kalten Wind, während Mousebreath auf ein Stück Trockenmauer zwischen zwei Pfeilern sprang.

»Sieht so aus, als gehe es gradewegs in die Tiefe«, sagte er. »Aber ich kann's nicht so richtig erkennen ...«

Er sah sich die Sache genauer an.

»Nicht unbedingt das, was ich unter anheimelnd verstehe«, meldete er.

Aber Tom sagte: »Es ist alles, was wir haben.«

Der Fuchs fröstelte. »Ich komme nicht mit«, sagte er. »Dort drinnen erwartet mich der Tod.«

»Das ist nicht wahr«, widersprach Tom. »Der Tod erwartet dich hier draußen.«

Mousebreath lachte. Ihm machte das Ganze offenbar einen Heidenspaß. »*Der* Punkt geht wiederum an ihn«, erklärte er dem Fuchs, »da gibt's nichts zu rütteln. Bringst du Cy mit?« wandte er sich an Tom. »Oder soll ich sie nehmen? Und wer geht als erster?«

»Du.«

Sie ließen Cy und den Fuchs zwischen den krummen Wurzeln einer Buche zurück und betraten den Steinkreis. Der Hügel hauchte sie mit kaltem, dumpfem Atem an. Mousebreath streckte den Kopf über die Schwelle – Kreideboden, von Millionen menschlicher Füße festgetreten, glitschig und voller Pfützen, mit Steinen übersät – und schob sich Zentimeter für Zentimeter vorwärts, während Tom trotz Blitz, Donner und Sturm draußen stehenblieb. Vom Türsturz tropfte das Regenwasser herab.

Dann verschwand Mousebreath. Eine Weile war es still. Endlich sagte er: »Scheint in Ordnung zu sein. Bißchen feucht.« Er war nicht weit gegangen, doch seine Stimme hallte bereits wie aus weiter Ferne wider. »Nur noch ein kleines Stückchen ...«

»Sei vorsichtig!« mahnte Tom.

»Es geht tatsächlich nach unten«, sagte Mousebreath. »Warte, ich sehe etwas...« Seine Stimme veränderte sich. »Hinaus!« rief er. »Da ist etwas! Laß mich hinaus!«

Zu spät.

Es klang, als sammle der Wind seine Kräfte, um meilenweit über das Moor zu fegen und über ein einsames Dorf hereinzubrechen. Eine grellweiße Lichtsäule schoß aus dem Hügel und warf Mousebreaths Schatten bis über den Buchenring hinaus und an den bewölkten Himmel hinauf. Er selbst wurde aufgehoben und – mit einem sanften, verächtlichen »Pah!« – nach hinten geschleudert. Er streckte alle vier Beine von sich, und sein Fell war gesträubt, als stünde er unter Strom.

Tom stürzte davon. Dann rannte er wieder zurück und starrte ins Hügelinnere.

»Ein Einschlag!« rief er. »Der Blitz hat uns getroffen!«

Doch er sah sofort, daß dies nicht stimmte.

Ein Blitz ist im Nu vorüber. Doch dieses Licht hielt sich lange, es wanderte durch das gesamte Spektrum und erlosch erst, als es rötlichbraun geworden war wie altes Blut. Tom zitterte. Irgend etwas *war* in den Hügel eingefahren. Im letzten Schimmer erkannte er einen Umriß im Eingang, eine Tiergestalt, schwarz und massig wie die Steinpfeiler im Regen. Hoch aufgerichtet, mit stolz erhobenem Kopf saß sie da. Sie war eineinhalb Meter groß.

Und sie lachte.

»Hallo, kleine Katze«, sagte sie.

Dann riß sie das Maul auf. Stieß einen Schrei aus. Schrumpfte zusammen und wurde zu Majicou.

Der Sturm tobte weiter. Wolken wälzten sich über den Höhenrücken. Bei jedem Blitz leuchteten die Buchenstämme auf und schienen sich zu bewegen. Wie Fische planschten die Regentropfen in den Pfützen zwischen den Wurzelsystemen umher. Hier hatten Tom und Majicou Mousebreath wiedergefunden. Er war noch halb betäubt und murmelte unverständliches Zeug vor sich hin. Majicou hob ihn auf und trug ihn ins Innere des Hügels. Als er sich von seinem Schrecken erholt hatte, schaute er mit tiefer Genugtuung auf das überstandene Abenteuer zurück.

»Seht euch das an!« prahlte er immer wieder. »Keinen Kratzer hab ich abgekriegt! Wie? Keinen einzigen Kratzer!«

Tom war beeindruckt. Aber Majicou sagte nur: »Du hast Glück gehabt.« Dann erklärte er: »Hier mündet eine kleine Straße. Durch mein Eintreffen war ein Teil der Energie aus der Kammer entwichen.«

Mousebreath fand diese Aussage wohl stark untertrieben, denn er setzte noch eins drauf: »Ein Feuerchen war hier drinnen gar nicht verkehrt!«

»Aber bestimmt kein *solches*«, versicherte ihm Liebt-Mülltonnen. »Etwas mehr, und es hätte dich umgebracht.«

Mousebreath hatte allerdings nicht unrecht. Im Innern des Hügels war es nicht viel wärmer und auch nicht viel trockener als draußen. Die größte der drei Kammern, die sie gefunden hatten, war belüftet, doch in den beiden anderen war es stickig wie in einer Höhle, und an den Wänden wuchsen wahre Schimmelwiesen. Überall hatten menschliche Besucher Blumen zurückgelassen. Einige Sträuße hatten sie liebevoll in kleine Vasen gestellt, die anderen welkten auf dem zertretenen Lehmboden dahin. Zwischen den leuchtend roten, blauen und gelben Blumengirlanden, die so gar nicht in den Winter paßten, lag Cy mit trüben Augen und offenem Maul. Majicou ging auf und ab und schlug mit dem Schwanz, während der Fuchs die Zunge aus dem Maul hängen ließ und mit seinen goldbraunen Augen jede Bewegung seines Herrn verfolgte. Tom beobachtete seine Gefährten und fröstelte, aber nicht vor Kälte. Das war jetzt also sein Leben.

»Was war das?« fragte er. »Ich dachte, der Blitz habe uns getroffen! Was hatte es mit dem Feuer auf sich, Majicou?«

Der schwarze Kater blieb ihm die Antwort schuldig. Statt dessen ging er mit dem Fuchs ans hintere Ende des Raumes, und bald waren die beiden in ein intensives Gespräch vertieft.

Tom fühlte sich ausgeschlossen. »Das war ein Spaß!« sagte er laut. »Wie, Mousebreath? Ich dachte wirklich, jetzt ist es aus mit dir!« Doch Mousebreath döste und lachte nur hin und wieder leise in sich hinein. Tom ließ sich möglichst weit von Majicou und Liebt-Mülltonnen entfernt nieder, zog die Vorderpfoten unter sich, legte den Schwanz um den Körper und starrte die nasse Wand an. Er war so müde, daß er sofort einschlief.

Die Tigerkatze hatte sich bis zu diesem Moment noch nicht geregt.

Gesprächsfetzen zogen durch Toms Träume. Majicou und der Fuchs diskutierten die ganze Nacht hindurch, und ihre Stimmen klangen sorgenschwer.

»... keinen Ausweg.«

»Aber wenn wir ...«

»Ausgeschlossen!« Und dann: »... alle Passagen blockiert, die magischen Straßen unzuverlässig und voller Gefahren.«

»Das kannst du nicht wissen!«

»Gefahr ...«

»Du bist immer in Gefahr, wenn du die Cutting Lane verläßt!«

»Ob er wohl immer schon mehr wußte, als wir dachten?«

»... Gefahr.«

»... in einer Feuerwand. Die magischen Straßen knallen wie Peitschen. Dort erwartet mich der Tod ...«

»Gefahr!«

So ging es immer weiter. Tom trieb zwischen Schlafen und Wachen dahin und hatte den Eindruck, in jedem Satz das Wichtigste zu verpassen. Dann hörte er Cys Namen; und etwas später rief der Fuchs: »Aber sie ist einer von seinen Helfern, Majicou!«

»Trotzdem.«

»Aber Majicou ...«

»Auch du weißt nicht alles.«

»Dann ist es auch nicht meine Schuld, wenn alles in Trümmer fällt!« gab der Fuchs erbost zurück.

»Schlaf jetzt«, befahl Majicou. »Du hast morgen früh einen weiten Weg vor dir.«

»Majicou ...«

»Schlaf jetzt.«

Tom wußte nicht mit Sicherheit, mit welchem Auge Majicou noch sehen konnte. Er wußte zwar, daß es kein gewöhnliches Auge war und daß es wie das Licht, das auf die Schrägkante eines Rings fällt, in allen Regenbogenfarben schillerte. Aber ob es das rechte oder das linke war, hatte er nie feststellen können. Als er nun eine Stunde vor Tagesanbruch erwachte, nahm er sich vor, es herauszufinden. Alle anderen schliefen. Er hörte das aufgeregte Japsen und Fiepen des Fuchses, Mousebreaths heiseres Schnarchen und Majicous tiefe, gleichmäßige Atemzüge. Vorsichtig schlich er zu dem alten Kater hinüber und schaute auf ihn hinab. Doch dessen Augen waren beide geschlossen und verrieten nichts. Sein Gesicht wirkte noch im Schlaf müde und besorgt. Auch im Schlaf wahrte es seine Geheimnisse.

Ich werde es wohl nie erfahren, dachte Tom.

In diesem Augenblick öffnete sich das Auge und starrte ihn an. Tom fuhr erschrocken zurück. Als nichts geschah, kam er wieder näher und beugte sich vor. Nahm ihn das Auge wahr? War Majicou wach? Es hatte nicht den Anschein. Das Auge schloß sich. Tom trollte sich mit schlechtem Gewissen. Er war bis zur Mitte des Raumes gekommen, als Majicou ganz deutlich sagte: »Komm zurück, Tom.«

»Entschuldige«, sagte Tom. »Ich konnte nicht schlafen.«

Majicou seufzte. »Warum nicht?« fragte er freundlich.

Tom sah sich erst um – das graue Licht im Eingang, die verstreuten Blumen, der Schimmel auf den schwarzen Wänden –, dann blickte er Majicou an. Das Auge seines Mentors blinzelte zurück. Tom konnte weder zugeben, daß er auf den Fuchs eifersüchtig war, noch daß ihn die Neugier überwältigt hatte. Also sagte er: »Welch ein uraltes Gebäude!«

Majicou peitschte verächtlich mit dem Schwanz.

»Was Menschen erbaut haben, ist nicht richtig alt. Alt ist die Welt. Auch *Katzen* sind alt.« Er dachte nach. »Bauwerke wurden in Ägypten, vielleicht auch etwas früher erfunden. Die Katzen waren schon damals uralt.« Er starrte in die Schatten, als wären diese uralten Katzen – die rötlichfahlen Wüstenkatzen, die anmutigen Hauskatzen vom Unterlauf des Nil – dort zu sehen. Ägyptens Katzen! Lauter kleine Götter. »Furchtlos legten sie sich am Wasser zum Schlafen nieder«, fuhr er endlich leise und mit staunender Stimme fort. »Wenn es Morgen wurde, sahen sie im Licht des neuen Tages die rosabrüstigen Pelikane zum Himmel aufsteigen. Am Nachmittag hatten sie die prallen, weißen Niltauben im Maul. Nach Sonnenuntergang schauten sie sich um. In den nächtlichen Dörfern bellten die Hyänen. Das Mondlicht drang ihnen in die Augen und blieb dort für alle Zeiten.«

Ein Schauer überlief ihn, er kam wieder zu sich.

»Menschen? Wir kennen ihre Träume! Schwächlich sind sie und selbstzerstörerisch. Schau dich um in der Welt, Tom. Was siehst du? Es ist an der Zeit für einen neuen, für einen alten Traum. Die Menschen haben fürs erste ausgeträumt.«

»Bin ich immer noch dein Lehrling, Majicou?«

»Schlaf weiter.«

Was blieb Tom anderes übrig? Er zog sich in seine Ecke zurück und rollte sich zusammen. Welches Auge war es gewesen? Er hatte es schon wieder vergessen. Bevor er vollends hinüberdämmerte, hörte er eine Stimme spöttisch sagen:

»Noch bist du nicht soweit, daß du sehen könntest wie ich.«

Wenig später erwachte die Tigerkatze.

Die Blumen erregten ihr Entzücken. Minutenlang blieb sie zwischen ihnen sitzen, wusch sich das Gesicht, leckte sich verträumt die Pfoten und putzte sich die Ohren wie eine ganz gewöhnliche Katze.

Irgendwann berührte sie dabei den Bolzen in ihrem Kopf. Ein leichtes Zittern durchlief sie, und sie schien noch einmal aufzuwachen. Diesmal war sie munterer. Sie hörte auf, sich zu waschen. Verharrte mit erhobener Pfote. Reckte lauschend den Kopf. Ließ den Blick über die schlafenden Gestalten wandern: Mousebreath, Tom, Liebt-Mülltonnen (bei ihm verweilte sie ein wenig, wie um sich zu erinnern). Als sie zu Majicou kam, fiel ihr die Kinnlade herunter, fahle Stäubchen schwebten ihr aus dem Maul, und eine schwache, klebrige Helligkeit verbreitete sich im Raum.

Sie schüttelte sich und schloß das Maul. Dann setzte sie ihre Morgenwäsche fort und bearbeitete mit ungelenken, langen Zungenstrichen eifrig das Fell unter dem Kinn.

Als Tom am nächsten Morgen erwachte, hörte er als erstes ein Schnurren wie von einem defekten Rasenmäher und spürte, wie Cy sich mit dem Kopf an ihm rieb und ihn mit ihrem Duft markierte. »Gehört mir! Meine Katze!« Sie roch nach Thymian und altem, feuchtem Teppich, und in ihren Augen stand ein boshaftes Funkeln.

»Hi, Silber«, sagte sie. »Ich bin Cy! Cy wie Cyber!« Sie zappelte. »*Du* kennst mich doch! Ich bin das Bakelit-Baby! Ich sitze auf deiner Anrichte, und ich schlafe, wenn bei dir Hochbetrieb herrscht; ich tanze unter deinem Hut!« Sie tat, als lausche sie. »Hier Tango Delta! Mann! Das ist aber nett!« Sie leckte ihm das Gesicht, bis er losprustete. Dann sagte sie: »Ich vermisse dich, wenn ich nicht da bin. Wirklich!«

»Verschwinde«, sagte Tom. Dann rief er überrascht: »Du bist ja sauber!«

»Ja«, nickte sie stolz. »Das bin ich.«

Ihr Blick fiel auf Majicou. »Mann!« sagte sie. »Eine *magische* Katze mit Nerven aus Stahl! Das muß ich sehen!« Und sie rannte los, um ihn zu begutachten. Zwischendurch bedachte sie ihre Hinterbeine, die offenbar eigene Wege gehen wollten, mit einem strafenden Blick. Der alte Kater sah sie an. Die Tigerkatze sah ihn an. Von der Größe und vom Verstand her hätten sie unterschiedlicher nicht sein können – nur schnurren konnten sie gleich laut –, dennoch verlief die Begegnung freundlich.

»Ich bin kaputt!« prahlte Cy.

»Wirklich?« fragte Majicou. »Du wirst bald wieder heil sein. Und dann fängt dein Leben erst richtig an!«

»Das ist Wahnsinn«, sagte der Fuchs zu Tom.

Er war draußen im Regen gewesen und in diesem Moment hereingekommen.

»Ich habe viel Pech gehabt«, gestand Majicou wenig später.

Es war kurz vor Mittag, und sie saßen im größten Raum unter dem Hügel. Draußen pfiff der Wind, und die Wolken hingen tief. Die ganze Nacht war eine Gewitterfront nach der anderen gen Süden gerast, die Temperaturen waren gesunken, der Regen war in Hagel übergegangen. Im Hintergrund wartete der Donner grollend auf seinen nächsten Auftritt. Fernes Wetterleuchten erhellte die Kammer, und die wechselnde Luftfeuchtigkeit entlockte den welken Blumen gespenstische Frühlingsdüfte. Die Stimme des alten Katers erzeugte ein leises Echo in der kalten Luft.

»Während ich die ganze Zeit auf einen Lehrling wartete, verfolgte der Alchimist seine eigenen Pläne weiter. So war es von jeher: Hobbe denkt, sein Herr lenkt. Und nun ist Hobbes früherer Herr dabei, die wilden Pfade so heillos miteinander zu verknoten, daß sie anschwellen wie gestaute Adern.«

Tom, Cy und Liebt-Mülltonnen saßen in dem zugigen Raum auf dem Fußboden und hörten zu. Mousebreath hatte die Wache übernommen, er stand im Eingang, trat unruhig von einem Fuß auf den anderen, plusterte sich auf und beobachtete die Hagelkörner, die wie Heuschrecken über das nasse Buchenlaub und das winterfahle Gras hüpften. Seine Haltung spiegelte die Trostlosigkeit des Tages wider.

Majicou fuhr fort:

»Sie zucken zurück, wenn er sich nähert. Man kann sich nicht mehr auf sie verlassen. Die Geister strömen heraus und verirren sich. Sie winden sich in Schmerzen, sie rufen nach uns (O ja, Tom, ich höre sie, die Millionen Totenstimmen, das Angstgeheul in den Nächten wird immer lauter!) und lösen sich in Rauch auf, während der *Vagus* und noch schlimmere Kreaturen den alten Weg des Wandels ungehindert in ihre Gewalt bringen. Vom König und der Königin habe ich seit langem nichts gehört. Wo sind sie? Ich weiß es nicht. Auch von der Elster höre ich nichts. Jede Nacht sitze ich in der Cutting Lane, aber niemand gibt mir Nachricht. Überall herrscht Verwirrung«, schloß er. »Ich habe nur noch einen Wurf frei.« Er blickte auf. »Ich muß über die magische Straße nach Tintagel und kann nur hoffen, daß sich auch Pertelot und Ragnar bis dorthin durchgeschlagen haben.«

Der Fuchs stand auf und sagte heiser: »Das kannst du nicht tun, Majicou, das ist verrückt.«

Damit ging er zur Tür, setzte sich neben Mousebreath und starrte hinaus.

»Komischer Tag«, murmelte Mousebreath.

»Deine Argumente sind mir bekannt!« rief Majicou ihm nach. »Du hast sie mir die ganze Nacht lang vorgetragen.«

»Aber du hast überhaupt nicht zugehört, Majicou.«

Es wurde still in der Kammer. Ein Luftzug bewegte die verdorrten Blüten. Die Tigerkatze jagte ihnen auf wackeligen O-Beinen, in kurzen Kätzchensprüngen und über ihre eigenen Füße stolpernd nach. Majicou und Tom blieben allein zurück. Der alte Kater seufzte.

»Heute läuft mir mein Publikum davon«, gestand er. »Tom, die Stelle des Lehrlings ist immer noch frei. Aber du mußt mit meinen Anweisungen einverstanden sein.«

»Kann ich dich etwas fragen, Majicou?«

»Mit wem sollte ich sonst reden?«

»Du bist auf einer magischen Straße hierhergekommen, aber ich sehe sie nicht.«

»Dann will ich sie dir zeigen.«

Er führte Tom in die kleinste der drei Kammern. Der Kreidegeruch war hier sehr stark. An den Wänden glitzerten Salpeterkristalle, und wo das Grundwasser in den Hügel eingesickert war, hatten sich schwarze Streifen gebildet. Die Luft war sehr feucht und dämpfte die Stimmen.

»Sieh genau hin!« mahnte Majicou.

Tom gehorchte. Wo zwei Wände aufeinandertrafen, flimmerte die Luft. Ein Wirbel, bläulich wie verwässerte Milch, drehte sich hin und her wie ein Insektenflügel in einem Spinnennetz in der Fensterecke – ein Andenken an einen vergangenen Kampf, eine unwillkommene Erinnerung daran, wie unaufhaltsam die Zeit verging. Doch in seinem Innern funkelte es so fröhlich wie in einem Wassertropfen, wenn sich die Sonne an einem Frühlingsmorgen darin spiegelt.

»Tritt vorsichtig näher«, sagte Majicou. »Und sag mir, was du siehst.«

»Ein Licht! Die Welt draußen!«

»Aber nicht die Außenseite dieser Kammer«, verbesserte der alte Kater.

»Majicou, sieh dir doch das Licht an!«

»Wenn die Zeit kommt, werden wir beide zusammen mit Mousebreath und Cy diesen Eingang benützen.«

»Und mit dem Fuchs«, ergänzte Tom.
Majicou sah ihn an.
»Mit Mousebreath, Cy und dem Fuchs«, wiederholte Tom.
»Der Fuchs hat andere Aufgaben«, erklärte Majicou grimmig. »Er muß einen anderen Weg nehmen.«
»Ich verstehe.«

Als die beiden in die große Kammer zurückkehrten, wartete Liebt-Mülltonnen auf sie.

»Majicou«, sagte er, »die Sache gefällt mir nicht. Du weißt, daß er dich beobachtet, auch jetzt, durch« – er deutete auf Cy, die immer noch zwischen den Blumen herumsprang – »dieses *Ding*. So ist er über jeden deiner Schritte im Bild.«

»Und doch müssen wir dabeisein«, erklärte Majicou schlicht.

Der Fuchs starrte ihn schweigend an. Ungeduld und Zuneigung standen in seinen gelben Augen. Majicou fuhr fort: »Sie ist kein Ding, sie ist eine Katze. Sieh doch nur, wie sie spielt: Sie hat keine Ahnung, was sie ist. Soll ich sie ihm wirklich ausliefern, nur um mich zu retten?« Er lachte. »Ich werde überleben«, sagte er. »Und du weißt es!« Doch er hielt dem Blick des Fuchses nicht stand. »Nur Mut, Liebt-Mülltonnen«, sagte er leise. »Du kannst nicht überall zugleich sein.«

Der Fuchs seufzte. »Dann sollte ich jetzt gehen, Majicou.«

Obwohl der Hagel weiter niederprasselte, versammelten sich die Katzen vor dem Hügel, um sich von ihm zu verabschieden. Er sagte allen Lebewohl, auch der Tigerkatze. Die antwortete nur: »Du stinkst!« Aber sie wollte ihn nicht ansehen. Als er zu Mousebreath kam, blickte er dem Streuner in das bernsteinfarbene Auge und fragte:

»Ist die Rechnung zwischen uns jetzt beglichen?«

Mousebreath überlegte.

»Ich glaube schon«, sagte er dann. »Freundchen.«

»Gut«, sagte der Fuchs.

»Solange du nicht vergißt, wie man Fische frißt.«

Der Fuchs lachte leise. »Wie könnte ich denn?« fragte er.

Dann wandte er sich an Tom. »Nun mach doch kein so trauriges Gesicht!«

Aber Tom dachte daran, wie der Fuchs unter Schmerzen im Treibhaus gelegen, aus dem Fenster in den strömenden Regen geschaut und verzweifelt geflüstert hatte: ›Ich habe es nie gesehen, aber es folgt mir noch immer. Ich glaube nicht, daß es ein *Vagus* ist. Ich glaube, es ist mein Tod.‹

Er wollte sagen: ›Oh, Liebt-Mülltonnen, ob wir uns wohl jemals wiedersehen?‹ Er wollte flehen: ›Geh nicht fort!‹ Aber nur ein »Leb wohl!« kam ihm über die Lippen.

»Leb wohl, kleine Katze. Gib gut auf deine Freunde acht. Vergiß niemals, wer du bist. Das gilt auch für dich, Majicou: Paß auf dich auf!«

Auch er schien noch mehr sagen zu wollen, doch dann drehte er sich unvermittelt um, sprang lautlos über die Trockensteinmauer und verschwand zwischen den Buchen. Bald sahen sie ihn zwei- oder dreihundert Meter entfernt über den Höhenrücken schnüren. Er hinkte ein wenig und trabte auf drei Beinen, die Nase fast am Boden, durch die Disteln. Auf diese Entfernung wirkte er sehr klein. Die schmelzenden Hagelkörner hatten bereits schwarze Streifen in sein rostbraunes Fell gezeichnet. Dann stieg ihm offenbar eine Witterung in die Nase. Er spitzte die Ohren, schaute zurück. »Komm gut nach Tintagel, Majicou!« bellte er und schoß davon wie ein Windhund. Seine Lunte wehte im Wind. Er hinkte nicht mehr. Sein rostbraunes Fell glänzte wie rötliches Gold. Sein Körper streckte sich, wurde unscharf und sandte Ringe in schillernden Regenbogenfarben aus, die immer größer wurden; und plötzlich war er verschwunden.

Hinter ihm schloß sich mit leisem Schnalzen die magische Straße.

Majicou und die anderen kehrten in den Hügel zurück.

Tom verzog sich in die kleinste Kammer und starrte unverwandt in die Ecke mit dem Wirbel. Nach einigen Minuten kam der alte Kater zu ihm und fragte:

»Was siehst du?«

»Ich weiß nicht genau.«

Ich sehe die Frühlingssonne! Ich sehe Licht, das sich im Wasser spiegelt!

»Was man sieht, ist oft nicht das, was man sucht.«

»Wollen wir jetzt gehen, Majicou?«

»Nein«, sagte Majicou. »Der Auftrag des Fuchses duldete keinen Aufschub. Er mußte sich der Gefahr aussetzen, Tom. Bei einem Sturm ist es selbst in guten Zeiten schwierig, die wilden Pfade zu benützen. Wir warten, bis das Wetter umschlägt, dann brechen wir auf.«

»Aha.«

Also warteten sie. Mousebreath und die Tigerkatze lagen fest aneinandergekuschelt in der Kälte und dösten. Majicou setzte sich an den Eingang der Kammer, kniff sein Auge zusammen und starrte den Höhenweg entlang, als könne er auf diese Weise die Geschicke seines Fuchses verfolgen. Tom konnte nicht einschlafen, und nach einer Weile fragte er:

»Was hat dir an deinem Leben am besten gefallen?«

Der alte Kater überlegte. »Das weiß ich nicht mehr«, sagte er.

»Bei mir war es die Kätzchenzeit.«

»Tatsächlich? Und was verbindest du damit?«

»Hauptsächlich Futter. Und Seifenblasen! Majicou, du kannst doch nicht vergessen haben, wie es ist, ein Kätzchen zu sein!«

Ein Lachen war die Antwort.

Tom versuchte zu schlafen. Es fiel ihm schwer.

»Majicou?«

»Was?«

»Majicou, ich habe gehört, wie du sagtest: ›Hobbe denkt, sein Herr lenkt.‹ Wie war das gemeint?«

Majicou seufzte. »Das ist das Schlimme, wenn man einäugig ist«, klagte er. »Der Lehrling raubt einem den Schlaf.« Aber dann ließ er sich doch erweichen und erzählte Tom die Geschichte vom *Siebenten Katzenleben …*

DAS SIEBENTE KATZENLEBEN

Woolsthorpe-by-Colsterworth nannten es die Aufrechten. Ein hübsches Dörfchen am Ende der Welt; in den warmen Scheunen, wo wir schliefen und spielten, war von den kommenden Schrecken nichts zu spüren.

Ich erinnere mich an magische Straßen in der Herbstsonne, an den Duft nach Heu und Äpfeln, an Schalen mit warmer Milch. An die Abendmahlzeiten zur Erntezeit, wenn man die Hunde an die Kette legte und das Haus den Katzen öffnete. In diesem Paradies gab es keine Hexenverfolgungen, dort wußten die Menschen tüchtige Mäusefänger zu schätzen. So wurde ich in mein siebentes Leben hineingeboren; den Initiator der Ereignisse, die zu bezeugen und womöglich zu verhindern meine Bestimmung werden sollte, lernte ich freilich erst nach einigen Monaten kennen.

Ich fand ihn in einem der Nebengebäude. Er war zu dieser Zeit fast noch ein Kind, ein schweigsamer Junge mit geschickten Händen, ständig mit Dingen beschäftigt, die auch ein Kätzchen in den Bann zogen: Bindfäden und Hobelspäne; Linsen und Spiegel, die tanzende Lichter an die Wände warfen.

(Du denkst vielleicht, ich sei den Aufrechten gegenüber inzwischen mißtrauischer geworden, aber so einfach liegen die Dinge nicht. Zu Beginn eines neuen Lebens zeigt sich die Vergangenheit nur in pfeilschnell vorbeischießenden Einzelszenen, in Träumen, in Form von Lichtern, die über eine Wand huschen. Ein Kätzchen jagt die Staubflocken in einem Sonnenstrahl; im nächsten Augenblick meditiert der Majicou, erdrückt von der Last seines Wissens, über die Ironie im Spiel der Sphärenharmonien. Auch ich war einmal eine Katze wie du.)

Er zog mich an, der Junge mit den geschickten Händen. Ich folgte ihm auf Schritt und Tritt. Er nannte mich Hobbe, denn ich sei, sagte er, ein wahrer Leviathan unter den Katzen. (Körperliche Größe war ein Kennzeichen meiner Familie mütterlicherseits.) Er baute eine sinnreiche Tür-in-der-Tür für mich, damit ich zwischen Haus und

Gemüsegarten hin- und herwechseln konnte, wie es mir beliebte. Er kraulte mir die Stelle unter dem Kinn, die ich mit der Zunge nicht erreichte. Er sah mir zu, wenn ich den Mäusen in der Scheune auflauerte. Wenn ich die kleinen magischen Straßen benützte, die kreuz und quer über das Hofgelände führten, murmelte er: »Der leere Raum läßt sich nicht nur mit materieller, sondern auch mit spiritueller Substanz füllen.«

Er leuchtete mir in die Augen, und wenn ich blinzelnd zurückzuckte, schrieb er in ein Buch: ›Die Katze ist ein wahres Wunderwerk der Schöpfung! Die Weisheit der Alten war ihrer Zeit weit voraus.‹

Die Uhren der Weisheit gehen eben anders.

Er stach mir mit einem Instrument in die Pfoten. Ich bekam zwar ein Stück Fleisch zum Lohn für meine Schmerzen, dennoch näherte ich mich seinen Räumen von da an mit größerer Vorsicht.

Er sagte: »Der Äther wird gewißlich vom animalischen Geiste geschaffen, von Gehirnen, die funktionieren wie dieses, von der mystischen Energie, die jedem Nerv innewohnt. Denn setzen sich die Lichtstrahlen nicht aus kleinsten Körperchen zusammen, die von leuchtenden Substanzen abgegeben werden?«

Er ging mit schnellen Schritten im Zimmer auf und ab und rang die Hände.

Er sagte: »Dies muß der Urstoff sein, aus dem die Welt besteht, der Weltäther, der den solaren Brennstoff und die Materie des Lichts, von der sich Sterne und Planeten nähren, hinausträgt in die Atmosphäre!«

Im Frühling dieses Jahres packte er seine Habseligkeiten – Bücher, Töpfe und Tiegel, Instrumente, Phiolen und Hobbe – auf einen Pferdekarren. Es war eine schier endlose Reise. Doch in der Stadt, in diesem Chaos aus Fußgängern und Pferdekutschen, Lärm und Gestank, Millionen Kilometer weit entfernt von den heimatlichen Bäumen und Kornfeldern, sollte ich herausfinden, womit mein Herr sich in Wirklichkeit beschäftigte. Und daraus ergab sich die große Aufgabe, zu der ich berufen war.

Wir bezogen unser neues Quartier, ein winziges Haus in der Altstadt, mit einem winzigen Garten an der Seite, durch den man zu einem übelriechenden Abort gelangte. Bald gewann meine Neu-

gier die Oberhand über die Angst vor den neuen Geräuschen und Gerüchen; und als mein Herr mir erst eine neue Tür-in-der-Tür geschnitten hatte, hinderte mich nichts mehr, die Mauern und Gassen zu erkunden oder dem Gewirr der magischen Straßen zu folgen, bis ich den stinkend-fruchtbaren Fluß erreichte.

Während mein Herr seiner Arbeit nachging, beobachtete ich die Geisterkatzen, die dem Hafen zustrebten, um sich dort auf einem Flachdach zu versammeln. Die Hitze der Stadt machte mich träge. Junge Katzen sollten dem Vergnügen nachjagen. Sie sollten Erfahrungen sammeln. Ich jagte Ratten, die dort infolge eines unerklärlichen Mangels an Vertretern meiner Art sehr zahlreich waren, und Kätzinnen, die dagegen nichts einzuwenden hatten. So vertrieb ich mir aufs angenehmste die Stunden der Nacht. Den Tag verschlief ich im Haus vor dem warmen Feuer.

Alle Räume bis auf einen standen mir offen.

In diesem einen psalmodierte mein Herr: »Man verteile die Essenz des Grünen Löwen in Kupfersalzlösung und destilliere daraus den *Spiritus Animalis*. Das Löwenblut mische man mit der pulverisierten Asche, fermentiere es mit doppelt gebleichtem Quecksilbersulfat und wasche es aus mit Salpeter, auf daß der ruhmreiche Regulus das Netz entfalte!«

Und er klagte: »Die Ägypter verfügten noch über das geheime Wissen. Welch ein Jammer, daß es uns verlorenging. Doch vielleicht haben sich in diesen uralten Windungen einige magische Überreste erhalten ...«

Oder er rief: »Oh, diese steinernen Schlangen! Herr, schenke mir den Stein der Weisen, auf daß er mir Zugang verschaffe zu den Mysterien der Natur!«

Ich wurde aus alledem nicht klug. Und sosehr ich mich auch bemühte, es gelang mir nicht, in diesen Raum Einlaß zu finden. Oft schaute ich durch das Schlüsselloch, doch wie ich mich auch drehte, ich sah nur ein Stück der Decke und viele bunte Lichter, deren Ursprung mir verborgen blieb.

Der Sommer war sehr heiß in jenem Jahr: heiß und feucht. Riesige Fliegenschwärme hingen über dem Fluß, die Fische verdarben, bevor sie auf den Markt gebracht werden konnten, und auf den Ratten vermehrten sich die Flöhe wie noch nie.

»Die Pest!« Der Schreckensruf lag in der Luft.

Bald schrien sie es auf allen Straßen. Die Frauen und Kinder an den Fenstern. Die Männer, die wahnsinnig vor Schmerz durch die Gassen taumelten. Sie hielten sich die Beulen in den Achselhöhlen. Sie stürzten sich aus den oberen Stockwerken ihrer Häuser oder erschossen sich vor den Augen ihrer Nachbarn. Viele wählten auch den Fluß. Alles war durchsetzt von seinem fauligen Gestank.

Währenddessen machten die Neugierigen und die Verbrecher, die Köpfe mit essiggetränkten Tüchern umwickelt, Sträußchen von Gartenraute an die Nase gedrückt, die Straßen unsicher. Die einen weideten sich am Elend der anderen und unternahmen nichts. Die anderen handelten und waren am nächsten Tag selbst erkrankt. König Pöbel rannte durch die Gassen, plünderte, was es zu plündern gab, und mordete, ohne daß man ihm Einhalt gebot.

Die Pest fraß sich durch Straßen und Gassen, durch einzelne Häuser und ganze Viertel. Hunderttausend Opfer forderte sie. In stinkenden Gruben stapelten sich die Leichen. Millionen von Ratten tummelten sich auf den Massengräbern, nur die Felidae *hielten sie noch unter Kontrolle.*

Der Stadtrat erließ Verordnungen. Keine öffentlichen Versammlungen. Niemand dürfe die Stadt verlassen. Katzen seien zu schlachten, um zu verhindern, daß sie die Seuche von Haus zu Haus trügen.

Hinter dem Haus meines Herrn befand sich eine Backstube. Dort saß ich oft in der Nachmittagssonne auf dem Dach. Gegen Abend kamen die Spatzen und holten sich das trockene Brot, das der Bäcker auf die Straße warf. Eines Abends saß ich wieder dort oben und war der Szenen unter mir bereits überdrüssig geworden, als mich der Kater des Bäckers ansprach.

»Man hat einen Henker für die Katzen bestellt«, sagte er.

Ich starrte ihn an.

»Es ist dein Herr«, sagte er. »Alle nennen ihn den Alchimisten.«

»Unsinn.«

»Er hat sich um das Amt beworben.«

»Warum sollte ich dir glauben?«

»Und überhaupt ist das mein Dach.«

Ich machte ihm sehr eindringlich klar, wie sehr er sich irrte, das kann ich dir sagen. Aber von da an hatte ich ein Auge auf meinen Herrn und überwachte ihn auf Schritt und Tritt. Eines Nachts legte er die Läden vor die Fenster und versperrte die Tür-in-der-Tür, so daß ich das Haus nicht verlassen kannte. Im Kamin brannten Schwefel, Kolophonium und Pech. Von dem ätzenden Rauch tränten mir die Augen, und der Geruchssinn ging mir verloren. Mein Herr betrat die Spülküche, steckte sich Knoblauchzehen in den Mund, bis er würgen mußte; dann setzte er seinen Dreispitz auf, nahm einen Sack in die Hand und ging zur Tür. Ich schlüpfte ihm zwischen den Füßen hindurch, sprang auf die Mauer des Nachbarhauses und folgte ihm. Er ging zum Fluß hinunter. Dort mietete er ein Boot und einen Ruderer. Das Mondlicht lag friedlich auf dem Wasser. Das Boot fuhr zum anderen Ufer hinüber und wurde immer kleiner. Ich nickte ein, schlief die ganze Nacht hindurch und versäumte die Rückkehr des Bootes.

Am Morgen mußte ich in mein eigenes Haus einbrechen. Ich begab mich sofort zur Tür des verbotenen Zimmers und lauschte. Stille. Dann ein Heulen, ein Schrei! Katzen! Andere Katzen in meinem Haus! Ich war hin- und hergerissen zwischen Eifersucht und blindem Zorn, zwischen Neugier und Begehren: Denn es waren nicht irgendwelche Katzen, die ich schreien hörte.

Es waren Weibchen.

Tagelang verfolgten mich ihre Stimmen bis in meine Träume. Ihr Moschusduft machte mich rasend, wenn ich nur daran dachte. In den verbotenen Räumen meiner Fantasie rollten sie sich auf dem Boden hin und her und reckten mir verführerisch das Hinterteil entgegen. Sie warteten auf mich. *Und so wartete auch ich, bis mein Herr den Korridor entlanggeschlendert kam, die Nase in einem Buch über Demokrit, Homer und die Adepten, über die ägyptische Kunst der* al-chemeia *und einen magischen Stein, der die innere Vollkommenheit der Welt offenbarte. Er öffnete die verbotene Tür, ohne zu Boden zu schauen, und wie der Blitz huschte ich ihm zwischen den Füßen hindurch und verkroch mich unter einer Bank.*

Und so geschah es, daß die Neugier einer Katze die Welt veränderte.

Da saß ich nun. Alles roch. Flaschen und Phiolen, Tiegel und Retorten. Chemikalien, Kräuter, glühende Kohlen. Und noch etwas, etwas, das im Kamin schwelte. Fell. Katzenfell …

Ich sah mich nach den Katzen um und hatte sie bald gefunden.

An allen Wänden waren Regale angebracht. Auf den Borden stapelten sich Bücher und Papiere, Instrumente aller Art, alte Stoffbündel, ausgefranst und muffig (trockenes, morsches Gewebe mit Schimmelflecken), Linsen, Diagramme, Gewichte und Augäpfel in Flaschen. Darunter standen die Käfige: Käfige voller Katzen. Katzen aller Größen, Katzen jeden Alters, Katzen aller Arten und in allen Farben, die du dir nur denken kannst: Tiger- und Schildpattkatzen, silberschattiert, gestreift und getupft, schwarz, rotbraun und grau; Kätzchen und Kätzinnen, Kater und magere, vertrocknete Greise mit räudigem Fell: alle kunterbunt durcheinandergewürfelt. Alle starrten sie mich an, das Elend stand ihnen ins Gesicht geschrieben, der Vorwurf der Besiegten schrie aus ihren Augen.

Meine schmachvolle Lüsternheit war wie weggeblasen.

Mein Herr legte sein Buch beiseite, öffnete das Fenster und ließ frische Luft herein. Dann schürte er das Feuer und stellte auf den Dreifuß einen Topf, in dem es bald munter zu brodeln begann. Ich dachte zunächst, er wolle Tee bereiten; doch dann griff er in einen Käfig und zog einen mageren Kater heraus. Die Angst verlieh dem armen Teufel unerwartete Kräfte, und als ihm der heiße Dampf aus dem Topf die Haut verbrühte, strampelte er um sein Leben. Doch da stak er schon im kochenden Wasser und schrie seine Qual, seine Empörung, seine Verzweiflung gellend hinaus. Es waren entsetzliche Laute. Mir schoß eine Erinnerung an ein früheres Leben durch den Kopf, an die Todesschreie der armen Kettie auf dem Scheiterhaufen.

Der kleine Kater winselte um Gnade und flehte voll Inbrunst zur Großen Katze, sie möge seinem Leid ein rasches Ende bereiten. Dabei zappelte er aus Leibeskräften, und einmal wäre es ihm beinahe gelungen, aus dem Topf herauszuklettern. Es war entsetzlich. Seine Haut war aschgrau, das Fell löste sich in großen Flecken, die Pfoten schlossen sich, in schrecklichen Krämpfen zuckend, um den Rand. Dann drückte ihn mein Herr mit einem silbernen Stöckchen ins Wasser zurück, und Stille kehrte ein. Nun erhob sich ein schauerliches Geheul, bei dem mir das Fell zu Berge stand, und ich merkte, wie ich unwillkürlich in die Klage einstimmte. Ich sah, wie der leblose Körper, wie das tropfnasse, kläglich dürre Häufchen Elend aus dem Topf gezogen wurde; ich sah, wie ihm mein Herr den Kopf abtrennte und ihn in einem Tiegel zu Asche verbrannte. Stechender

Rauch erfüllte den Raum, ätzender noch als von der widerlichen Mixtur, die ein Stockwerk höher im Kamin verbrannte, und die mir die Tränen in die Augen getrieben hatte. So sah ich nur durch einen Schleier, wie er die Asche unter eine Paste mischte – und sie aufaß. Dann blies er alle Lampen aus, stellte sich vor den Spiegel und betrachtete im Schein einer flackernden Kerze sein Gesicht.

»Gewähre mir Zugang zu den wilden Pfaden«, hauchte er.

In diesem Moment verdichteten sich die Erfahrungen, die Kräfte, die ich in meinen sieben Leben gesammelt hatte, zu brennendem Zorn. Ich erkannte, daß mein Herr unter seinesgleichen der schlimmste war, daß ich die Felidae *vor seinem Wahn bewahren mußte.*

Es klopfte an die Tür.

»Geh zum Teufel!«

»Herr, ich bitte vielmals um Verzeihung, ein Mitglied der ›Royal Society for Improving Natural Knowledge‹ ist hier, um Euch einige Fragen zu Eurer Theorie der Schwerkraft zu stellen …«

Es war die Dienstmagd. Sie konnte mich nicht leiden, und das beruhte auf Gegenseitigkeit; doch jetzt segnete ich sie im Namen der Großen Katze und flehte stumm, es möge ihr gelingen, meinen Herrn aus dem Zimmer locken.

Und tatsächlich, er ging unter lästerlichen Verwünschungen gegen das wieder einmal gescheiterte Experiment und ließ mich im Dunkeln zurück.

Die Käfige waren nicht schwer zu öffnen.

Die Katzen der Stadt, die der beamtete Henker zusammengefangen hatte, überfluteten den Raum, ergossen sich über den Fußboden, huschten an den Wänden hinauf. Vor Freude über die unerwartete Befreiung außer Rand und Band, warfen sie alles um, was auf den Regalen stand – Töpfe und Phiolen, Papiere und muffige alte Stoffbündel. Eins von den Bündeln fiel mir vor die Füße und platzte auf. Der Inhalt lag offen vor mir und schien auf den ersten Blick aus einer Handvoll dürrer Äste zu bestehen. Doch als ich den Kopf senkte und sie beschnupperte, erkannte ich deutlich einen guterhaltenen Brustkorb samt Rückgrat, über den sich noch einige ledrige Hautstreifen spannten, und vier lange Beinknochen. Die Vorderpfoten waren über der Brust gekreuzt, und der zarte, herrlich geformte Schädel saß auf einem gebrochenen Halswirbel. Die Augenhöhlen waren leer, das Maul grinste mich an. Ich sprang zurück, denn von diesem Gerippe ging eine starke und uralte Kraft aus.

Inzwischen stand der Raum in hellen Flammen. Die ätherischen Öle hatten laut prasselnd Feuer gefangen. Papiere, Bücher und mumifizierte Leichenteile lieferten weitere Nahrung. Die Katzen flüchteten, ein Regenbogen verschiedenster Fellfarben, durch das offene Fenster, und ich überlegte nicht lange und folgte ihnen. Nebenan sprang ich auf das Dach des Bäckers Thomas Faryner, drehte mich um und warf einen letzten Blick auf mein bisheriges Heim. Aus dem Kellerfenster schlugen Flammen in unnatürlichen Farben – orange, grün, blau. Hinter den Wänden jagten sich die Explosionen, schwarze Rauchwolken quollen aus dem Fenster, dann flogen mit einem Krach, als berste eine Glocke, die dicken Glasscheiben heraus. Das Feuer hatte bereits auf die Backstube übergegriffen: Es gab viel trockenes Holz in unmittelbarer Nachbarschaft und viel zu wenige kräftige Menschen, die imstande gewesen wären, die Flammen zu bekämpfen.

17

IM AUGE DES STURMS

Wenn der Fisch die verkörperte, die fleischgewordene Bewegung des Wassers ist, dann ist die Katze der Plan, das Schema der feinsten Luftströmungen.

DORIS LESSING

Windböen fuhren in die schlaffen Segel der *Lumme*, die krängend und schwankend vor Anker lag. Es regnete ununterbrochen. Die großen silbernen Tropfen drangen sofort bis auf die Haut.

»Wir müssen hier weg!« drängte Sealink.

Aber Pertelot Fitzwilliam starrte so unverwandt zu der schwarzen Landmasse hinüber, als finde irgendwo da draußen ihr Leben statt. Das Fell klebte ihr am Leib, sie zitterte an allen Gliedern. Mit kleinen Bewegungen, der Haltung des Kopfes, den Krämpfen, die sie immer wieder durchliefen, dem Anspannen der Zehen verriet sie unwillkürlich, was in ihr vorging. Sie wollte rennen, aber sie hatte auf dem Deck förmlich Wurzeln geschlagen.

»Nun komm schon, Süße. Beeil dich!«

Ein Blitz fuhr herab.

Ein Feuerwerk von exotischen Farben durchzuckte Pertelots Augen: Kupferrot und Meergrün, eine Korona aus Lapis und Bernstein um eine Pupille von der Schärfe einer Tigerkralle. Dann glitt das dritte Lid wie eine schlechtsitzende Jalousie über die komplexen Linsen, sie legte die Ohren flach an und kippte zur Seite.

Aber sie war noch bei Bewußtsein. Als Sealink sie am Nackenfell packte, um sie ins Trockene zu ziehen, wehrte sie sich und biß. Sealink zog sich verwirrt zurück. Pertelot legte den Kopf zurück und heulte. »Es war gräßlich«, sollte Sealink später erzählen. »Sie gab Laute von sich, bei denen mir die Haare zu Berge standen.« Die Mau fuhr die Krallen aus und knetete mit den Fußballen die Luft, eine verwirrende Geste, die gleichzeitig Unterwerfung und Widerstand ausdrückte.

»Licht«, stöhnte sie. »Licht. Oh, jetzt kommt er über uns, uralt und wild, uralt und wild stößt er aus seinem Himmel, aus seinem Norden auf uns nieder. Aii! Die alten Pfade! Die eisigen Sterne!« Sie reckte sich in die Dunkelheit hinein und fiel wieder zurück.

»Rettet uns«, flehte sie leise. »Rettet die Kätzchen.«

Die Schreie hatten Pengelly aus der Kajüte gelockt.

»Was ist denn los? Was treibt ihr hier oben?«

»Pertelot hat mich gebissen!« sage Sealink. »Dabei hab ich ihr gar nichts getan. Ich wollte sie nur ins Trockene bringen. Sie starrt auf die Klippen. Andauernd starrt sie auf ein und dieselbe Stelle. Siehst du da irgend etwas?«

Sie warteten mit erhobenen Köpfen auf den nächsten Blitz, doch als er endlich kam, erhellte er nur eine kahle Landspitze im Regen.

»Hat sich wohl verzogen«, sagte Sealink erleichtert.

»Was hat sich verzogen?«

»Weiß nicht genau, Süßer. Vielleicht die wilde Katze vom Ende der Welt; vielleicht auch nur ein Baum.« Ein müder Seufzer. »Bei dem Licht täuscht man sich leicht.«

Pengelly hatte ihr mit schiefgelegtem Kopf zugehört. Nun begann er zu tanzen.

Er lief deckauf, deckab, wirbelte herum, beschrieb enge Kreise und stieß sich in kleinen Sprüngen mit den Hinterbeinen, mit den Vorderbeinen ab, als wolle er seinen eigenen Schwanz jagen. Den dumpfen Rhythmus seiner Pfoten begleitete er mit abgerissenen, unartikulierten Schreien, die sich anhörten, als ob eine Katze mit vollem Mund zu sprechen versuche.

Sealink starrte ihn an.

»Jetzt reicht es aber«, sagte sie. »Ist das so ein Hokuspokus aus dem Alten Land?«

Genauso war es.

Pengelly beendete seinen Tanz und spähte angestrengt zu den Klippen hinüber. Dann räusperte er sich tief in der Kehle, als wolle er einen Haarball heraufwürgen.

»Weiche, weiche, weiche!« rief er.

Und spuckte aus.

Endlich erklärte er: »Die schwarze Katze hat einen bösen Sturm unter dem Schwanz. Wir müssen uns auf einiges gefaßt machen. Die schwarze Katze ist das Wetter, verstehst du? Und auf diese Weise beschwichtigt man sie.«

»Das war mir bekannt«, sagte Sealink.

Sie wandte sich wieder der klatschnassen Pertelot zu, die inzwischen das Bewußtsein verloren hatte, packte sie am Nackenfell und zog sie ins Ruderhaus.

Dann hob die schwarze Katze den Schwanz, und der Sturm brach mit voller Wucht los.

Heerscharen von Brechern krachten an den Strand, Schaumfront um Schaumfront raste über den Kies, wich in zackigen Kurven zurück und wurde erneut angesogen. Von den vorgelagerten Felssäulen stiegen Gischtfontänen auf. Das Barometer war ins Bodenlose gefallen; zyklonische Luftströme kreisten über der Bucht, und wenn sie kollidierten, knatterte es wie die Wäsche an einem stürmischen Montag. Es juckte einen in den Ohren, und es wurde einem ganz schwindlig davon.

Wie oben, so unten.

Im Meer trafen die Strömungen aufeinander und zuckten wieder zurück, das Ankertau der *Lumme* knarrte, das Schiff war unruhig, es rollte, bockte und zerrte an seinen Fesseln.

Old Smoky war an solche Ausbrüche gewöhnt und drehte in aller Ruhe eine Runde auf dem Deck. Nur die Spitze seiner brennenden Zigarette war zu sehen. Er bewegte sich mit seinen Gummistiefeln so sicher auf den glitschigen Planken wie eine Katze. Wo sich eine Leine gelöst hatte und durch die Luft peitschte, fing er die Enden ein und befestigte sie. Wo ein Segel klatschend hin- und herschlug, rollte er es fester zusammen. Die Spiere schwankte bedrohlich; beim nächsten Windstoß drehte er sich geschickt zur Seite, bevor sie ihm gegen den Kopf krachen konnte, dann packte er zu und sicherte sie.

So ging er langsam das ganze Schiff ab und beruhigte es. Nachdem er auch sein Angelgerät verstaut hatte, nahm er Pengelly auf den Arm.

»Was meinst du, alter Kater?« fragte er.

»Wir haben eine ziemlich steife Brise von Nordost«, fuhr er fort. »Stärke sechs bis sieben, und wenn wir hier vor Anker bleiben, liegen wir genau im Weg.«

Er dachte nach. »Gestern war Vollmond, die Flut ist also besonders hoch. Hier drinnen kentern wir, soviel ist sicher. Die Klippen sind nicht hoch genug, sie bieten keinen Schutz. Da draußen« – er schaute über die Wüste aus Kreuzseen und schaumgekrönten Wogenkämmen, die sich im Wind zu riesigen Wassermauern auftürmten – »ist es noch schlimmer. Am besten fahren wir dem Sturm davon, und zwar möglichst dicht unter Land. Ja, Pengelly, so machen wir's, mein Junge, nicht wahr?«

Er schaute in Pengellys altersgraues Gesicht und zwinkerte ihm zu. Pengelly gab den Blick zurück. Dann sprang er vom Arm seines Fischers und suchte schleunigst Deckung.

Der Donner kam näher und wurde lauter. Im Mondlicht zogen, knisternd vor statischer Elektrizität, schwere Wolkenmassen über den Himmel. Als der Fischer den Anker einholte, zog er lange Tangfahnen mit herauf.

Die *Lumme* machte vor Begeisterung einen Satz.

Sealink und Pengelly standen im Ruderhaus und beobachteten ängstlich das Unwetter. Pertelot lag auf dem Kartenbrett und keuchte laut im Schlaf. Sealink hatte sie – mit einer Entschlossenheit, wie sie nur Mischlinge aufzubringen vermögen – hinaufgehievt, um sie vor den Unbilden der Witterung und vor den schweren Gummistiefeln des Fischers in Sicherheit zu bringen.

Im Bauch des Schiffes sprang tuckernd der Dieselmotor an. Plötzlich stand Old Smoky am Ruder, an seinem Ölzeug lief das Wasser in Strömen hinunter. Der Regen klatschte gegen die Scheiben, als die *Lumme* den Kampf mit den Wellen aufnahm. Vor jedem Wogenberg, in jedem Tal bäumte sie sich auf. Sie knarrte und ächzte in allen Fugen.

Ein krachender Donnerschlag.

Grelles Licht überflutete Wolken, Wogen und Brecher und hob auf Kilometer im Umkreis jede Einzelheit deutlich hervor. Die vier waren die einzigen Lebewesen weit und breit: Kein anderes Boot war in dieser Nacht ausgefahren, keine einzige Möwe ritt auf den Wellen oder auf dem Wind. Nur das winzige Schiff trotzte den Elementen und trennte mit seiner dünnen Farb- und Holzschicht das Leben vom Tod. Drei Katzen und ein alter Mann stolperten über den Ozean.

»Verdammt!« sagte Sealink. »*Das* hab ich gemeint! Versteht ihr?«

Niemand hörte ihr zu.

Donner und Blitz waren nicht mehr auseinanderzuhalten, Licht und Schall, Schall und Licht waren eins.

Schwarz zeichneten sich die Falten im Gesicht des alten Fischers ab. Seine Zähne blitzten, seine Hände hantierten geschickt mit dem Steuer. Seine Pupillen weiteten und verengten sich im Rhythmus des Unwetters, unverwandt schaute er in den tobenden Hexenkessel hinaus. Die *Lumme* geriet ins Schwanken, richtete sich wieder auf, bekam den Wind in den Rücken und pflügte weiter. Steuerbords ragte, vom Mahlstrom der Luft- und Wassermassen kaum zu unterscheiden, die Küste mit ihren dunklen Hügeln auf. Der Sturm flaute kurz ab; dann kamen Regentropfen, groß wie Kieselsteine, ins Ruderhaus geflogen, und ein krachender Donnerschlag riß genau über ihnen die Welt entzwei ...

Ein Katzenblitz zuckte über den Himmel.

Aus dem Chaos, aus der Finsternis, aus dem Wolkenkranz um den abnehmenden Mond lösten sich – mit der ganzen Geschmeidigkeit des *argentum vivum* – Beine und Köpfe, Körper und Schwänze. Quecksilberkatzen, die ihre nächtlichen Kapriolen trieben! Sprünge und Drehungen vollführten. Mit Zähnen und Klauen die Wolken angriffen. Und aus ihren schrecklichen Augen Feuer sprühten. Riesige Himmelskatzen, Elektrizitätskatzen beim Spiel! Schwefelgeruch breitete sich aus.

Pengelly war entgeistert.

Selbst Sealink, die doch intensive Erlebnisse sammelte, wirkte verstört. Ihre Ohren zuckten. Es hatte ihr die Sprache verschlagen.

Sie suchte noch immer nach Worten, als ihr etwas ins Auge fiel.

Über den Wellen wurde ein schwarzweißes Ding umhergeschleudert. Der Sturm beutelte es kräftig, ließ es fallen, hob es wieder auf. Sekundenlang verschwand es hinter einer berghohen Welle. Dann fiel es wie ein Stein auf das Deck der *Lumme*.

Ohne zu überlegen, sprang Sealink in den prasselnden Regen hinaus. Der Wind fuhr ihr ins Fell und bürstete es so heftig gegen den Strich, daß es sich blähte wie ein Segel und ihre Sprunggelenke sich deutlich unter der Haut abzeichneten. Der Schwanz flatterte wie eine Fahne, das lange Mähnenhaar flog ihr ins Gesicht.

Als sie ins Ruderhaus zurückkehrte, hatte sie ein großes geflecktes Bündel im Maul. Sie legte es vorsichtig auf die Holzdielen und schüttelte sich kräftig. Pertelot Fitzwilliam erwachte und blinzelte von ihrem Brett herunter. »Schau mal, Süße!« rief Sealink und stieß das Bündel mit ihrer Riesenpfote an. Es regte sich nicht. »Sieh doch nur, was wir da haben.«

Es war eine Elster.

»Nicht anfassen!« schrie Pengelly in höchster Aufregung. »Hüte dich vor den *Corvidae*, den Byasen!« warnte er. »Es sind Unglücksvögel, besonders wenn sie einzeln auftauchen.« Er schlug heftig mit dem Schwanz. »Es ist entsetzlich, daß sie ausgerechnet hier gelandet ist, ganz entsetzlich.«

Er spuckte dreimal aus, um das Unheil abzuwehren, und begann zu singen:

»Eine sorgt für Kummer, doch Freude bringen zwei,
Bei dreien gibt's 'ne Hochzeit, vier hol'n Kinder herbei.
'ne Taufe bei fünfen, bei sechsen Hunger und Not.
Sieben öffnen den Himmel, acht sind der Tod.
Und wenn's neun sind, der Teufel die Erde bedroht.«

Sealink quittierte die Darbietung mit verächtlichem Schnauben.

»Pengelly«, erklärte sie, »du verkehrst eindeutig zuviel mit Menschen. Das ist ein alter Bekannter von mir, wenn mich nicht alles täuscht. Wobei ich zugeben muß« – sie beugte sich so tief über die reglose Gestalt, daß sie mit der Nase fast deren Schnabel berührte –, »daß für mich alle Vögel irgendwie gleich aussehen.«

Die Elster schluckte trocken, nieste einmal und schüttelte sich, daß ihre Federn raschelten wie dürres Laub. In den Tiefen eines schwarzen Knopfauges glomm ein Licht auf. Als sie sich einer Katze gegenübersah, kreischte sie durchdringend und versuchte aufzufliegen. Old Smoky wurde aufmerksam und ließ sein Steuerrad im Stich.

»Hölle und Teufel!«

Er wollte sich auf die Elster stürzen, doch Sealink kam ihm zuvor, nahm ihren Fang zwischen die Zähne und schoß damit die Treppe hinunter.

»Wenn du mich tötest«, sagte der Vogel leise – er fühlte sich halb zerquetscht, obwohl er nicht gebissen worden war –, »wirst du mein Geheimnis nie erfahren.«

Sealink legte ihn auf die Koje, setzte ihm aber die Pfote auf die Brust, damit er ihr nicht entwischte. Die Gaslampen beleuchteten ein dürres Gerippe mit angeklatschtem Körpergefieder und zerzausten Schwingen. Der Vogel wehrte sich nur schwach, er war ganz offensichtlich am Ende seiner Kräfte.

»Dann friß mich doch«, sagte er und schloß die Augen. »Ich bin so müde, mir ist alles gleich.«

Der Vogel, den Sealink in Erinnerung hatte, war größer gewesen.

Und lebendiger, dachte sie.

Der Vogel, an den sie sich erinnerte, war unbändig stolz gewesen auf sein ölig schillerndes, schwarzblaues Federkleid, das einen so reizvollen Kontrast zu seinem weißen Hals bildete. Außerdem hatte dieser Vogel keinen Augenblick den Schnabel gehalten.

»Süßer?« erkundigte sie sich leise. »Bist du es wirklich?«

Die Elster sah blinzelnd zu ihr auf. Das Gaslicht tat ihr wohl in den Augen weh.

»Ach ja«, sagte sie sarkastisch. »Und wenn ich jetzt die falsche Antwort gebe, holst du das Salz und den Essig. ›Süßer, bist *du* es wirklich?‹« äffte sie nach. »Wer könnte ich denn deiner Meinung nach sonst sein?«

Die Calicokatze nahm die Pfote weg.

»Du bist es tatsächlich«, sagte sie. »Ich hätte dich doch fressen sollen.«

Sie überlegte kurz.

»Es ist noch nicht zu spät«, warnte sie dann.

»Leute, die man kennt, kann man nicht fressen«, sagte der Vogel. Seine Stimme klang etwas kräftiger. Er wälzte sich auf den Bauch, stemmte den Schnabel ein, kam auf die Beine und krallte sich an der Bettdecke fest. In diesem Moment krängte das Boot. Er warf einen nervösen Blick auf die Katze und erklärte: »Ich hasse das Meer.«

In diesem Moment kam Pertelot in die Kajüte.

»Sorgt-für-Kummer?« fragte sie. »Bist du es wirklich?«

Die Elster drehte den Kopf.

»Wer will das wissen?« fragte sie. Dann lachte sie leise. »Schön, schön, schön. Wer sagt, daß Elstern immer Pech haben?« Sie legte den Kopf schief. »Man fliegt wochenlang, bis einem fast die Flügel abfallen. In jedem Krähenhorst zwischen der Stadt und der Südküste treibt man alte Schulden ein. Und nicht nur das«, sagte sie zu sich selbst, »selbst bei den *Spatzen* treibt man noch alte Schulden ein. Und was erreicht man? Nichts. Schließlich muß man sich damit abfinden: Es kann nicht sein, daß alle Welt im richtigen Moment in die falsche Richtung geschaut hat.«

Sie musterte Sealink von Kopf bis Fuß und rief scheinbar verwirrt:

»Wie kann man eine Katze übersehen, die fast so groß ist wie ein Pferd?« Die Erinnerung an die eigene Schlauheit verlieh ihr neue Kräfte. Sie hüpfte von einem Fuß auf den anderen. *»Doch nur dann, wenn die Katze gar nicht an Land ist!«* krähte sie triumphierend. »Und wenn man erst einmal so weit ist, dann denkt man auch an Schiffe.« Sie blieb stehen. »Ich komme zum Schluß«, sagte sie. »Da ist sie, auf einer Kreuzfahrt treffen wir sie wieder. Meine Damen und Herren, unser Überraschungsgast: die Königin der Katzen.«

Ihre Augen glänzten vor Genugtuung.

Die Katzen schwiegen eine Weile, bis sie die Geschichte verdaut hatten. Dann fragte Pertelot schüchtern: »Aber wie hast du das richtige Schiff gefunden?«

»Die Frage ist berechtigt«, nickte die Elster. »Schon mal im Aufwind gewesen? Schon mal bei Blitz und Donner eine gottverlassene Klippe hinaufgerissen worden, daß dir die Federn steif werden und du keinen klaren Gedanken mehr fassen kannst? Nein? Na, dann will ich euch mal erzählen, was einem dabei durch den Kopf geht. Man denkt: Ich lebe noch. Ich bin halb verhungert, hilflos, vom Blitz getroffen, *aber wenigstens lebe ich noch*!«

Sie nickte aufgeregt mit dem Kopf.

»Ich hänge also in dieser Turbulenz über der Klippe – die Krähen sprechen von einer ›Walze‹, und sie sind die besten Flieger überhaupt – und schaue auf die See hinaus. Ich hänge in dem Moment übrigens mit dem Kopf nach unten.« Sie hielt inne, um zu sehen, ob diese Aussage auch gebührend gewürdigt wurde. Zumindest Pertelot war sichtlich beeindruckt. »Und was sehe ich? Ein Boot!« Sorgt-für-Kummer lachte. »Ein Boot?« fragte er rhetorisch. »Ein Blatt in einem Wasserfall! Ich hänge in sechzig Metern Höhe kopfüber in der Walze über diesem Kreidebuckel, warte, daß der Hammer niedersaust, und denke: Wetten, daß sie das sind? Ist das nun Intuition oder was?«

»Oder was?« spottete Sealink. »Es ist wohl ganz ausgeschlossen, Süßer, daß du dich verflogen hattest ...«

»Wie bist du denn aus der Walze herausgekommen?« fuhr Pertelot aufgeregt dazwischen.

»... und vom Sturm rein zufällig auf dieses Boot geworfen wurdest. Oder?«

Die Elster bedachte sie mit einem langen traurigen Blick. Dann starrte sie ebensolange durch die Kajüte und vermied jeden Augenkontakt. Schließlich steckte sie den Kopf unter den linken Flügel.

»Dann friß mich doch«, sagte sie mit erstickter Stimme. »Da ist man nun *allein an diesem Nachmittag* hundert Kilometer weit geflogen, und das ist der Dank.«

»Hast du Ragnar Gustaffson gesehen?« fragte Pertelot schüchtern.

»Such ihn dir selber.«

Nun hatte die Erschöpfung doch die Oberhand gewonnen. Sorgt-für-Kummer nickte noch ein- oder zweimal mit dem Kopf. Dann kippte er hintenüber, landete in Sealinks üppigem Fell und war auch schon eingeschlafen. Sein Selbstbewußtsein war in sich zusammengebrochen. Neben dem warmen, schweren Säugetierleib wirkte er mit seinen geschlossenen Augen und den verklebten Federn aufallend klein und und auffallend verwundbar.

Sorgt-für-Kummer schlief. Er verschlief den Sturm, der nicht abflauen wollte. Er verschlief einen Besuch von Old Smoky, der heruntergekommen war, um den Katzen ihre Ration Fleischtöpfchen mit Rind und Nierchen zu geben. (Die hatten den Vogel zur Sicherheit unter die Koje geschoben.) Er schlief immer noch, als, kaum heller als die Nacht, der neue Tag anbrach. Er schlief sieben Stunden, und dann schlief er gleich weiter. Sealink schlief, den Kopf unter den Schwanz gesteckt, über ihm auf der Koje. Pertelot ging, von neuer Hoffnung erfüllt, von einer leeren Schüssel zur anderen und leckte sie aus.

Währenddessen saß Pengelly beleidigt auf der Arbeitsplatte und spähte mißtrauisch in die Schatten.

»Wozu will die Calico einen *Byasen* retten?« fragte er sich immer wieder.

»Wie bitte?« erkundigte sich Pertelot.

»Byasen! Byasen!« wiederholte Pengelly gereizt. »Der Byasen ist ein Unglücksvogel: ein schwarzer Fleck auf weißer Feder. Einem gefleckten Vogel kann man nicht trauen; so wenig wie einem gefleckten Hund oder einer gefleckten Kuh.«

»Wieso Kuh?« fragte die Königin.

»Darum geht es jetzt nicht«, sagte die alte Katze. »Byasen ist der Name, den du dir merken solltest.«

Pertelot runzelte die Stirn.

»Aber wir kennen Sorgt-für-Kummer«, gab sie zu bedenken und schwieg für einen Augenblick, um dann festzustellen: »Sealink hat doch auch schwarze Flecken.«

Pengelly sah sie finster an.

»Da hast du wieder recht«, sagte er.

Als Sealink ihren Namen hörte, streckte sie sich genüßlich und gähnte. Pertelot, die auf dem Boden der Kajüte saß, konnte ihrer Freundin geradewegs ins offene Maul schauen. Auf dem rosaroten Gaumen der Calicokatze prangte ein dickes schwarzes Mal.

»Stimmt was nicht, Süße? Sonst wäre ich dir nämlich sehr verbunden, wenn du mich nicht so anstarren würdest. Du bringst mich ganz durcheinander.« Gleich darauf rief sie: »Laß das, du alter cornischer Dummkopf.«

Ein langer schwarzer Schnabel hatte sich unter der Koje vorgeschoben, gefolgt von einem schiefgelegten Kopf und einem schwarzen Knopfauge, das einmal, zweimal ins trübe Licht blinzelte.

Das reichte Pengelly. Er kniff die Augen zusammen, zog die Beine unter sich, senkte den Bauch, streckte das Rückgrat, so daß es parallel zur Arbeitsplatte stand, und setzte mit gurgelndem Fauchen zum Sprung an.

Die Elster sah es und zog sich wieder unter die Koje zurück.

»Wenn ihr mich tötet«, warnte sie, »werdet ihr meine Botschaft niemals erfahren.«

Pertelot Fitzwilliam trat zwischen Pengelly und den Vogel.

»Du bringst eine Botschaft?« fragte sie. »Von wem?«

Sorgt-für-Kummer machte ein nachdenkliches Gesicht.

»Es gibt gar keine Botschaft. Ich sage das nur immer«, erklärte er mit einem giftigen Blick auf Pengelly, »um Leute wie ihn für eine Sekunde abzulenken. Das gibt mir die Chance, in die Lüfte zu entfliehen.«

Pengelly sah ihn empört an und trollte sich zu seinem Fischer ins Ruderhaus.

Sealink spähte über den Kojenrand.

»Hast du mir etwas über Mousebreath zu erzählen, Kleiner?« fragte sie.

Der Vogel hüpfte hin und her und nickte mit dem Kopf.

»Aber erst, wenn ich gefressen habe«, erklärte er dann.

Sie suchten ein paar Reste zusammen, die Pertelot übersehen hatte, und beobachteten gebannt, wie Sorgt-für-Kummer sich darüber hermachte. Er äugte und pickte und äugte und pickte wie auf einem Getreidefeld. Es war eine merkwürdige, aber sehr wirksame Methode. Als er fertig war, schärfte er den Schnabel ein- oder zweimal am Boden, flatterte dreist auf die Arbeitsplatte, auf der eben noch der alte Schiffskater gesessen hatte, und widmete sich in aller Ruhe seinem Gefieder, seinen Krallen und seinen Endoparasiten, während die beiden Kätzinnen erwartungsvoll zu ihm aufschauten.

»Und?« drängte Sealink.

Die Elster sah sie abweisend an, kam zu dem Schluß, daß der Futterstrom vermutlich erst wieder fließen werde, wenn sie ihr Wissen preisgegeben hatte, und sagte:

»Was wollt ihr denn hören? Nun sagt es schon, laut und deutlich, und denkt daran, den Boten und die Botschaft auseinanderzuhalten.«

»Süßer«, drohte Sealink, »hör auf mit dem Quatsch, sonst bist du Hackfleisch. Seit Piper's Quay sind wir ohne jede Nachricht. Und dort hieß die Parole für uns: kämpfen, wegrennen und in den Kanal stürzen. Es war dunkel. Du erzählst uns jetzt sofort, was danach passierte und wie es Ragnar und besonders Mousebreath ergangen ist. Und du erzählst es uns auf nette Art, wir sind schließlich nicht aus Stein.«

Und Sorgt-für-Kummer erzählte.

Er erzählte, wie ihre Freunde aus dem Katzenfängerwagen entkommen waren. Wie Majicou sie in der Schneenacht gerettet und Tom, Cy und Mousebreath zu der Scheune am alten Weg des Wandels gebracht hatte. Wie Tom wieder umgekehrt war, um nach Ragnar Gustaffson zu suchen, und in die Fänge des *Vagus* geriet (und wie Majicou später noch einmal in den Wald gegangen war und den *Vagus* nach einem langen zermürbenden Kampf in die Zeit und in die Welt zurückgeschickt hatte, in die er gehörte).

Und er erzählte, daß Mousebreath bei ihrer letzten Begegnung so – in seinen Worten – quicklebendig und schlecht gelaunt gewesen sei wie eh und je.

(*Fetter Vogel*, dachte er grollend. *Fetter Vogel* hat er mich genannt. Wo ist das Fett denn geblieben? Ein boshaftes Glitzern trat in seine Augen.)

Sealink schloß die Lider und atmete tief ein. Die Spannung fiel von ihr ab.

»Dem Himmel sei Dank«, sagte sie.

Dann war es lange still. Pertelot Fitzwilliam starrte die Elster an und nahm ihren Mut zusammen.

»Und wo ist Ragnar Gustaffson jetzt?« flüsterte sie.

Sorgt-für-Kummer nickte mit dem Kopf, hüpfte auf und ab und wich ihrem Blick aus. Er konnte sie nicht ansehen.

(Ich bin nur der Bote, dachte er. Soviel brennendes Verlangen hatte er noch nie erlebt. Ich bin doch nur ein Vogel.)

Er betrachtete seine Füße. Groß und schwarz, schuppig und mit langen blanken Krallen versehen. Wenn er den Kopf schräg legte und so weit senkte, daß er das Gaslicht im Rücken hatte, konnte er in der Wölbung einer Kralle das Spiegelbild seines Schnabels erkennen. (Ich bin nur ein Vogel, dachte er. So etwas gehört nicht zu meinen Aufgaben.)

Laut sagte er: »Ich weiß es nicht.«

Und noch lauter: »Niemand hat ihn weggehen sehen. Die anderen glauben, daß er wieder in den Wagen eingeschlossen wurde. Sie haben ihn nicht wiedergesehen. Vielleicht stöbere ich ihn noch irgendwo auf«, fügte er leise hinzu. »Euch habe ich schließlich auch gefunden.«

Pertelot war verzweifelt. »Aber ich trage seine Kätzchen!« heulte sie.

Die Elster war überrascht. »Kätzchen?« wiederholte sie. »Welche Kätzchen?«

(Tausend Möglichkeiten schossen ihr durch den Kopf. Katastrophenbilder, die sich nicht bannen ließen. Worte; strenge, feierliche Worte, Prophezeiungen und die Warnungen ihres einäugigen Herrn.)

»Das ist das Schlimmste, was überhaupt passieren konnte«, erklärte sie. »Weiß Majicou Bescheid? Er muß es erfahren. Ich fliege sofort los ...«

»Das kommt überhaupt nicht in Frage!« konnte Sealink gerade noch energisch feststellen, da hörten sie von oben einen lauten Schrei, dann ein Platschen und aufgeregtes Pfotenscharren. Schließlich miaute Pengelly in höchster Not.

»Du meine Güte!« hauchte Sealink. »Ein Drama nach dem anderen. Du«, befahl sie der Elster, »bleibst hier. Und du«, ermahnte sie Pertelot Fitzwilliam, »hörst auf zu heulen. Davon wird die Sache auch nicht besser.« Und sie stapfte die Treppe hinauf.

Der Wind fegte noch immer wütend über das Deck. Pengelly rannte verstört auf und ab, beugte sich über die Seitenwand, streckte eine Pfote ins Wasser und schnalzte und winselte wie ein hungriges Kätzchen, das seine Mutter verloren hat.

Heute sind alle verrückt geworden, dachte Sealink und erschrak. Oje.

Sie schaute ins Ruderhaus.

Es war leer. Keine Stiefel, an denen man sich reiben konnte, kein Ölzeug weit und breit. Sie lief wieder hinaus und rannte zum Bug. Nichts. Ernstlich besorgt rannte sie nun einmal, zweimal kreuz und quer über das ganze Deck. Aber sie fand nur eine Zigarettenkippe, die im gelblichgrauen Tageslicht matt vor sich hinglühte.

Vom Fischer keine Spur.

»Wo ist er, Alter?«

Pengelly stand bedrückt an der Steuerbordseite und starrte ins Wasser. Er brachte kein Wort heraus.

»Ach, Süßer, das kann doch nicht ...«

Jenseits der aufgewühlten Fluten, etwa hundert Meter entfernt, liefen die schiefergrauen Klippen in einem breiten Kiesstrand aus, an den unentwegt die Brecher krachten. Unzählige Wellentäler, unzählige mit zartem Schaum gekrönte Wogenkämme zogen sich bis zum Horizont. Dazwischen gab es nichts, was dem gelben Ölzeug des Fischers auch nur entfernt ähnlich gewesen wäre.

»Ich bin schuld«, stieß Pengelly plötzlich hervor. »Ich bin an allem schuld. Oh, oh, oh.«

Und er sah Sealink verzweifelt an.

»Ich bin schuld«, wiederholte er. »Ich bin an allem schuld.«

Sie wußte nichts zu erwidern, und er wandte sich ab und marschierte weiter an der Reling entlang – mit angelegten Ohren und hängenden Schnurrhaaren, die Augen starr aufs Wasser gerichtet, ein Bild des Jammers. Wenn er das Bootsende erreichte, setzte er seine Suche auf der anderen Seite fort. Dabei murmelte er die ganze Zeit: »Ich bin an allem schuld. Oh, oh, oh.«

Sealinks Geduld war bald erschöpft. Sie baute sich vor ihm auf. Ihr Schwanz blähte sich wie eine Fahne. Der Regen prasselte gegen das Ruderhaus.

»Was meinst du mit ›Ich bin an allem schuld‹?« wollte sie wissen.

Er nahm kaum Notiz von ihr, vielleicht hielt er sie für eine Ausgeburt seiner eigenen Ängste. Er sprach nur mit Pengelly, der sich selbst zur Tragödie geworden war …

»Wie kann ich mir das jemals verzeihen? Warum mußte ich nur im Weg stehen? Ich bin an allem schuld! Oh, oh, oh.«

Oder er schaute blicklos über die Reling, rief: »Old Smoky? Old Smoky?« Und starrte gedankenverloren in die dunklen Tiefen.

»Er ist über mich gestolpert, und im gleichen Moment hat sich das Boot zur Seite gelegt. Es war alles meine Schuld. Er hat mir das Leben gerettet, und zum Dank dafür habe ich ihn umgebracht. Er kann nicht *schwimmen*.«

»Das klingt nicht gut«, sagte Sealink zu sich selbst. »Wer steuert eigentlich das Boot?« Sie brachte Pengelly mit einem kräftigen Biß zur Vernunft. »Hör auf mit dem Wehgeschrei, Süßer«, sagte sie. »So kann ich nicht nachdenken.«

Aber sie hatte bereits eine Idee, und ehe sie sich's versah, eilte sie auch schon mit hocherhobenem Schwanz die Treppe hinunter.

»Komm mit!« befahl sie.

Die Elster erschrak.

»Wenn du mich frißt«, begann sie, »wirst du niemals …«

»Du kommst sofort mit, oder du endest als Hühnchen nach Feinschmeckerart«, raunzte Sealink. »Du hast die Wahl.«

Sorgt-für-Kummer klappte den Schnabel auf, doch bevor er protestieren konnte, packte sie ihn mit den Zähnen. Er krallte sich in die Bettdecke, riß sie von der Koje und zog sie ein Stück weit mit, bevor sie zu Boden fiel.

»Raaark!«

Pertelot hatte den Auftritt verständnislos mit angesehen, aber für einen Moment ihre eigenen Sorgen darüber vergessen.

Sealink war mit zwei Sätzen an Deck, trat zu Pengelly und warf ihm die Elster vor die Füße. Sorgt-für-Kummer sprang auf, schüttelte sich und schnatterte wütend.

»Dazu hast du keinen Grund! Dazu hast du überhaupt keinen Grund!«

»Der Vogel wird uns helfen, Old Smoky zu finden«, erklärte Sealink. »Er wird über das Meer fliegen und vom Himmel hinunterschauen.«

Doch nun geriet Pengelly in Wut.

»Durch ihn ist es doch erst soweit gekommen!« rief er und spuckte aus. »Byasen! Byasen!«

»Siehst du?« sagte die Elster zu Pertelot, die ebenfalls an Deck erschienen war. »So springt man mit mir um.« Sie wölbte die schmale Brust. »Auf meine Hilfe kannst du erst rechnen«, erklärte sie Pengelly, »wenn du mit diesem Unglücksvogel-Geschwätz aufhörst.«

Sie wandte sich an Sealink.

»Das ist doch finsterstes Mittelalter«, beklagte sie sich. »Siehst wenigstens *du* das ein?«

Inzwischen hatte sich Pertelot auf die Hinterbeine gestellt, die Vorderpfoten auf die Reling gestützt und versucht, sich ein Bild von der Lage des Schiffs zu machen.

»Sorgt-für-Kummer«, sagte sie, »das Benehmen dieser beiden Katzen ist unverzeihlich. Aber würdest du vielleicht mir und meinen Kätzchen zuliebe nach dem Fischer suchen? Wir haben starken Wind und befinden uns sehr dicht an den Felsen; sollte Old Smoky nicht zu retten sein, dann fürchte ich um unser aller Leben.«

Sorgt-für-Kummer war geschmeichelt.

»Siehst du?« wandte er sich an Sealink. »Ein bißchen Höflichkeit, ist das zuviel verlangt? Jetzt kann sie von mir alles haben, was sie will.«

Dann fuhr er auf Pengelly los und zischte: »Für dich tue ich es jedenfalls nicht.«

Er breitete seine grünviolett schillernden Schwingen aus. Der Wind fuhr ihm unter die Deckfedern und warf ihn ein paar Schritte zurück, aber er lachte nur und ließ sich, ohne einen Muskel zu rühren, von der Luftsäule aufwärts tragen. Das hatte er von einer Krähe gelernt.

Sobald er hoch genug aufgestiegen war, glitt er mit dem Wind dahin, legte sich mit gespreizten Flügelspitzen in die Kurven, schraubte sich weiter hinauf und drehte seine Kreise. Er prahlte ein wenig mit seinen Flugkünsten. (Dieselbe Krähe hatte ihm auch Loopings beigebracht, aber die sparte er sich noch auf.) Plötzlich blieb er in der Luft stehen, klappte die Tragflächen ein und ließ sich absacken wie in ein dreihundert Meter tiefes Luftloch. Über dem Deck der *Lumme* startete er durch und zischte mit dreißig Zentimeter Abstand über Sealinks Kopf hinweg.

»Was sagst du dazu?« kreischte er.

»Ich sage nur, du mußt immer noch irgendwo landen!« rief sie drohend zurück.

»Raark!«

Und schon strebte Sorgt-für-Kummer, ein kleiner schwarzer Fleck, wieder auf die Klippen zu.

»Den sehen wir nicht wieder«, knurrte Pengelly. »Ist mir auch ganz recht so. Verdammtes Elsternpack!«

Und er marschierte weiter um das Boot herum, ein Ritual, das mittlerweile den gleichen Stellenwert bekommen hatte wie die eigentliche Suche. Sealink und Pertelot beobachteten währenddessen den Himmel.

Die Zeit verging. Die *Lumme* trieb mit der Flut auf das Land zu. Immer wieder wurde sie seitlich so heftig von Wellen getroffen, daß das Wasser in der Bilge nur so gurgelte und schmatzte. Mit jeder Minute war die Küste deutlicher zu erkennen: die Seevögel auf den Felssimsen; die weißgetünchten Häuschen zwischen dem Stechginster; die niedrigen Buscheichen und das kahle Dornengestrüpp; die Geröllhäufchen und die rötlichen Erdhügel; die winzigen

Pfade, die in vielen Windungen zu den geschützten Buchten hinabführten. Ein Dorf in einem steilen, bewaldeten Tal zog vorbei, der Regen glänzte auf den Schieferdächern, die ersten Lichter erhellten den trüben Nachmittag, im Schutz des gemauerten Hafenbeckens hüpften bunte Boote auf und ab, und weit und breit war keine Menschenseele zu sehen. Etwas weiter grenzten mächtige Sanddünen an die stürmische See, und das Strandgras bog sich im Wind. Die *Lumme* passierte schmale, dunkle, triefendnasse Felsspalten und weit ins Wasser herausragende kahle Landspitzen. Und Pengellys Klagerufe bildeten ein schauriges Echo zum Gekreisch der Heringsmöwen, die über den Klippen kreisten.

Dann hörte der Regen auf.

Der alte Schiffskater verließ seinen Posten und sank, völlig verzweifelt und zitternd vor Erschöpfung, wortlos neben seinen Freunden zu Boden.

Schweigend saßen die drei im trüben Licht auf dem schwankenden Deck und ließen das durchnäßte Fell im Wind trocknen. Was hätten sie sonst tun sollen? Die Sonne lugte kurz zwischen den goldgeränderten Wolken hervor. Das Meer funkelte, ein falscher Freund, ein gleichgültiger Feind. Der Sturm schien sich ausgetobt zu haben. Vereinzelte Böen fuhren jedoch immer noch über das Wasser und trieben die *Lumme* unaufhaltsam auf die Küste zu.

Die Klippen waren jetzt niedriger und zerklüfteter: einzelne Felsbrocken, mit Erde und Gras vermischt, mit schwarzweißen Dreizehenmöwen und Tölpeln gesprenkelt. Immer weiter rasten die schaumgekrönten Wellen den Kiesstrand hinauf, rissen die schwarzen Seetangsträhnen mit, die die letzte Flut hier abgelegt hatte, und spien sie noch dichter an den Klippen wieder aus. Die Buchten waren mit zackigen grauen Riffen gesäumt, die von Quarzadern durchzogen waren, als wären die anbrandenden Wellenkronen kristallisiert und in den Felsen eingeschlossen worden. Brodelnd und schmatzend umspülte das Wasser diese Blöcke und bildete winzige Strudel, in denen Treibholz und Strandgut auf Nimmerwiedersehen verschwanden.

Sealink fröstelte. Die See sah kalt aus, die Wirbel und Strudel wirkten feindselig; aber sie hielt es nicht für ausgeschlossen, daß sie sich im äußersten Notfall bis zur Küste durchschlagen könnte.

Ich bin durchtrainiert und kräftig, dachte sie, und vielleicht wäre das immer noch besser, als hier herumzusitzen und tatenlos zuzusehen, wie das Schiff untergeht.

Um Pengelly machte sie sich keine Sorgen. Er hatte immer auf Schiffen gelebt.

Aber die Mau?

Überleg dir das noch mal, Süße, ermahnte sie sich selbst. Es geht um eine werdende Mutter.

Wieder suchte sie den Himmel ab. Keine Spur von der Elster. Wo Old Smoky wohl inzwischen sein mochte? Hatte er überhaupt eine Überlebenschance?

Im Westen war der Himmel jetzt wolkenfrei, die Sonne sank dem Horizont entgegen, und alles erstrahlte in zarten Pastellfarben, die sich bald zu sattem Karmin-, Korallenrot und Gold vertieften. Der Anblick machte Sealink unerklärlich traurig.

»So gern ich auf Reisen gehe«, sagte sie laut, »so sehr hasse ich es, mich treiben zu lassen.«

»Schau!«

Pertelot stand hinter ihr und starrte in die Dämmerung. Aus einem fernen schwarzen Fleck war plötzlich ein Vogel geworden, der bereits den Schnabel bewegte und Worte krächzte, die im Moment noch unverständlich waren.

»Sorgt-für-Kummer!«

Die Elster landete mit unbeholfenem Geflatter und schlitterte über das Deck.

»Ihr werdet mir nicht glauben, was ich euch jetzt erzähle«, erklärte sie. »Ich glaube es ja selbst kaum.«

»Was?« fragte Pertelot. »Was ist los?«

Gleichzeitig fragte Pengelly: »Hast du ihn schon gefunden? Denn bis dahin glaube ich nur, daß du uns Unglück bringst.«

Die Elster zuckte mit den Flügeln. »Abwarten«, meinte sie nur.

»Vogel«, verlangte Sealink in drohendem Ton, »du wirst uns jetzt auf der Stelle erzählen, was du weißt.«

Die Elster funkelte sie an und sagte: »Auch du wirst wohl noch warten können. Sie kommen bald«, versprach sie dann.

Und bevor Sealink etwas unternehmen konnte, hatte sie sich in die Dwarssaling hinaufgeschwungen und putzte sich seelenruhig. Kein weiteres Wort war ihr zu entlocken.

Die Küste kam näher.

Pengelly marschierte wieder wie besessen an Deck auf und ab. Dazwischen hielt er immer wieder inne, um eine enge Achterschleife zu drehen und den Namen des alten Mannes in die wachsende Dunkelheit hinauszurufen.

Sealink saß an der Reling. Rosa ergoß sich die Brandung im Schein der letzten Sonnenstrahlen über die Riffe. Ein Streifen aus Schneckenhäusern und Muschelschalen, mit orangefarbenen Flechten bekränzt, markierte die Flutlinie. Das Wasser brodelte, schmatzte und krachte, jede neue Wellenfront hob die Tanggirlanden auf und schleuderte sie weiter.

»Mann«, sagte sie. »Genau wie wir. Wir selbst *tun* überhaupt nichts.«

Sie stand auf und schüttelte sich kräftig, um das Bild loszuwerden. In diesem Moment bemerkte sie im Augenwinkel eine Bewegung.

Sie drehte sich um und suchte das Meer ab. Da! Irgend etwas trieb hinter dem Boot her!

»He!«

Sie rannte zum Heck, stieg auf den polierten Holzsitz, legte die Vorderpfoten fest auf die Seitenwand und machte einen langen Hals.

Das Etwas schwamm im Kielwasser.

Nicht nur *ein* Etwas, sondern mehrere. Der Kielwasserstreifen zog sich, im letzten Licht trügerisch glitzernd, in die Breite. Waren das Fische? Delphine vielleicht? Sealink weitete die Pupillen.

Keine Fische und auch keine Delphine.

»Was?« fragte sie, als erwarte sie eine Antwort.

Eine der Gestalten kam dem Boot ziemlich nahe.

Es war eine Katze.

Sealink öffnete den Mund, brachte aber keinen Ton heraus.

Ihre Augen wurden immer größer.

»He!« flüsterte sie.

Die Katze hatte das glatte Fell eines Seehunds, sie bewegte sich so geschmeidig wie ein Otter, und in ihren Schnurrhaaren funkelten Wassertröpfchen. Aber die Schnauze war eine Katzenschnauze, und das Fell wies deutliche Tigerstreifen auf. Ein Stück hinter der ersten glitten eine zweite und eine dritte Katze wie kleine Strudel oder wie Reflexe im Kielwasser dahin. Insgesamt waren es neun, und sie trugen eine schwere Last.

Sealink hörte eine staunende Stimme neben sich: *»Mes mî adroucias ün pesk brâs, naw ê lostiow* – aber ich habe *einen* großen Fisch mit *neun* Schwänzen gefunden ...«

Es war der alte Schiffskater.

»Seidenfellchen«, sagte Pengelly.

Er war wie verzaubert.

Dann erkannte er, was die Katzen schleppten.

»Old Smoky!«

Sie hatten den alten Fischer in die Mitte genommen, er lag flach auf dem Rücken, und sein Kopf befand sich über Wasser. Er war gesund und putzmunter und grinste von einem Ohr zum anderen!

Außer sich vor Glück rannte Pengelly am Heck hin und her.

»Old Smoky! Old Smoky!«

Sealink war wie vor den Kopf geschlagen. »Und ich dachte, es gibt nichts Neues mehr unter der Sonne! Katzen sind doch wasserscheu! (Bis auf meinen alten Freund Muezza natürlich, doch der war eine echte Ausnahme.) Und diese Katzen schwimmen! Wenn ihr mich fragt, gibt es auf der ganzen Welt keine neun schwimmenden *Katzen*!«

Aber Pengelly rief nur voller Genugtuung: »Das Meer birgt viele Geheimnisse, beste Freundin!« Er war offenbar schon wieder ganz der alte.

Auch Pertelot schaute nun über das Heck und schrie überrascht auf.

»Wie schön sie sind!«

Und auf der Mastspitze saß die Elster und schnatterte vergnügt vor sich hin.

Die Seidenfellchen schwammen dicht ans Boot heran. Ihre Augen waren so schwarz wie das Wasser in einer mondlosen Nacht. Sie hoben den alten Fischer in die Höhe, bis er mit den Händen die Seitenwand erreichen und sich an Bord ziehen konnte. Dann fiel er auf die Planken und blieb keuchend liegen wie ein großer nasser Sack voller Fische. Das Salzwasser rann ihm aus den Kleidern. Die Gummistiefel und den Südwester hatte er verloren, aber Sealink fand, er habe noch nie so glücklich ausgesehen.

»Pengelly! Pengelly, alter Kater!« rief er. »Du bist die beste Katze auf der Welt, aber diesmal hätt'st du mir beinah 'nen bösen Streich gespielt! Was sagst du dazu?«

Aber Pengelly hörte ihn nicht.

Er hing kopfüber vom Heck der *Lumme*, und Pertelot Fitzwilliam von Hi-Fashion, Königin der Katzen, hielt ihn mit der Kraft der Verzweiflung an den Hinterbeinen fest.

»Helft mir! Helft mir!« rief sie.

Und sie beschwor Pengelly: »Du kannst nicht mit ihnen gehen. Liebster Pengelly, das darfst du nicht!«

Die Seidenfellchen traten im Wasser auf der Stelle. Nun waren ihre schwarzen Augen so flach und tot wie Haiaugen. Dann drehten sich acht von ihnen um und verschwanden in den Fluten. Das neunte schwamm an die *Lumme* heran. Es hatte das drahtige Fell einer Cornish Rex. Das Wasser strömte ihm aus den Löckchen, als es die bitterkalte Nase hob und damit Pengellys warme Schnauze berührte. Die beiden sahen sich kurz in die Augen, dann ließ sich das Seidenfellchen in die frostiggraue See zurückfallen und glitt unter den Wellen davon.

»Wriggle«, rief Pengelly leise, »Wriggle, komm zurück!«

18

ABSCHIEDE

Eine Katze hat neun Leben. In drei Leben spielt sie.
In drei Leben streunt sie. Und in drei Leben verweilt sie.

ALTES SPRICHWORT

»Und was hast du dann getan?« fragte Tom.

Majicou überlegte eine Weile.

»Ich habe auf dem wilden Pfad den Fluß überquert«, erwiderte er schließlich, »und von der anderen Seite aus zugesehen, wie das große Feuer die Stadt auffraß.«

»Und wie war dir dabei zumute?«

»Ich habe gelächelt.«

Es war fast dunkel, als der Sturm nach Süden abzog. Der Himmel war von einem verwaschenen, grünlichen Blau, die letzten Wolkenfetzen glitten darüber hin.

In den Dörfern unterhalb der Frühlingsgrenze war der Wind in die Kamine gefahren und an Zäunen und Stromleitungen entlanggefegt. Wolkenbruchartige Regenfälle hatten die schmalen Straßen überflutet und an jeder Kreuzung Sandhaufen und Schuttmoränen abgelagert. In den Hängen klafften tiefe Schrammen. In Sträuchern und Büschen tauchten ungewohnte, neue Formen auf, die Kreideklumpen in den Wurzeln der umgestürzten Bäume erinnerten im Gegenlicht an wilde Tiere. Von alledem war hier oben nichts zu sehen. Die Welt erstreckte sich ins Unendliche und schimmerte rosiggrau wie eine Taubenschwinge; und über dem Horizont funkelte ein einzelner Stern.

»Es ist Zeit«, befand Majicou.

Diesmal ging von Anfang an alles schief.

Der erste Pfad, über den sie Anschluß an eine der Großen Straßen hatten finden wollen, führte sie in den Garten eines

Dorfes in den Hügeln. Der nächste machte irgendwann kehrt und endete, weniger als zweihundert Meter von der Stelle, wo sie ihn betreten hatten, knapp zwei Meter hoch in der Luft in einem alten Obstgarten, so daß sie zwischen die Apfelbäume purzelten. Auf dem dritten gelangten sie in ein flaches Tal mit bewaldeten Hängen. Hier liefen Seite an Seite eine Straße und ein Bach mit leise schnatternden Wildenten nebeneinander her.

Diesem Tal folgte Majicou ein bis zwei Stunden lang. Immer wieder blieb er stehen, um eine zerbrochene Flasche zu begutachten, in der sich ein Lichtstrahl spiegelte, oder einen Schatten am Rand eines Unterholzes. Tom blieb stets dicht bei ihm, um zu lernen, worauf er achten mußte. Mousebreath und Cy spielten weiter hinten ›Ich sehe was und springe‹. Der Bach zwinkerte ihnen zu. Das Mondlicht leckte über einen abzweigenden Nebenarm. Majicou schoß in einen Bauernhof und schlüpfte hinter einem geteerten Holzschuppen unter ein paar alte Säcke. Die Hofhunde bellten schläfrig.

»Ist da etwas?«

Der alte Kater hob den Kopf, flach und grün leuchtete sein Auge im Mondlicht. »Mittlerweile paßt überhaupt nichts mehr zusammen«, gestand er. Es war, als wollten die geheimen Pfade in dieser Nacht ins Nirgendwo führen.

Das Tal wurde schmaler, und der Bach trennte sich von der Straße. Die Katzen folgten ihm nun auf einem aschebestreuten Trampelpfad. Er floß hier langsamer, das Wasser war tiefer geworden und hatte die Farbe von Petroleum angenommen. An den Ufern wuchsen Holundersträucher. Ein einzelnes Haus löste sich aus der Nacht, ein niedriger Steinbau mit Schieferdach. Einige Perlhühner – ihr durchdringendes Quietschen hörte sich an, als würde jemand wie besessen ein Fenster putzen – duckten sich zuerst in seinen Schatten und flüchteten dann, selbst nur Schatten, zwischen alte, mit grauen Flechten bewachsene Obstbäume. »Wartet nicht auf mich«, sagte Mousebreath und schlich ihnen nach. Einen halben Kilometer später holte er die anderen wieder ein. Seine Augen blitzten. Im Maul trug er einen weichen Klumpen, ein graugesprenkelter Flügel schleifte durch den Schmutz. Es roch nach warmem Eisen.

An einer verlassenen Fabrikanlage – eine hohe, rostige Metallbrücke, die über eine Wendeltreppe zu erreichen war; ein durchhängender Maschendrahtzaun; etliche Betonbehälter, paarweise nebeneinander, von Abfällen und kahlen Weidenstämmen umgeben – machten sie halt, um das Perlhuhn zu verspeisen. Sie bildeten einen Kreis, kauerten sich nieder und lösten das weiche, salzige Fleisch von den biegsamen Knochen. Ihr eigener Atem hing wie ein Wölkchen über ihnen. Als sie gesättigt waren, leckten sie sich ausgiebig die Lippen. Dann hatten sie trotz der Kälte nur noch den Wunsch, sich hinzusetzen und ein Schläfchen zu halten.

»Ich finde dieses Leben herrlich«, verkündete Mousebreath und betrachtete den Bach. Er dachte schon wieder an Fische.

»Ich auch«, stimmte Tom zu.

Doch ausgerechnet hier, unter dem zitronengelben Mond, ereilte sie das Schicksal, und das Unheil nahm seinen Lauf. Während Majicou schlief und Tom und Mousebreath einige Feinheiten des Lebens in freier Wildbahn erörterten, zwängte sich die Tigerkatze unter dem Zaun hindurch und machte sich zwischen den Tanks zu schaffen. »Unser Teufelchen giepert immer noch!« sagte Mousebreath liebevoll, und dann sahen sie zu, wie Cy eine Reihe von teilweise ziemlich großen Dingen zusammentrug: zwei rostige Sprungfedern, ein Stück Stoff, das einmal ein menschliches Kleidungsstück aus weißer Baumwolle gewesen sein mochte, und einen korrodierten Löffel, der aussah wie Aluminium. Auch eine kleine Dose mit Resten hartgewordener Silberbronze hatte sie entdeckt. Sie baute alles wie zu einer Demonstration vor ihrem Publikum auf und betrachtete es eine Weile mit schiefgelegtem Kopf. Offenbar fehlte irgendein letztes Element, und als sie sich abermals auf die Suche machte, verloren Tom und Mousebreath das Interesse – bekamen aber im Halbschlaf noch mit, wie sie hinter ihnen zwischen den kahlen Strünken vom letzten Jahr herumfuhrwerkte.

»Ja«, schloß Mousebreath, nachdem sie sich eine Weile leise unterhalten hatten, »so und nicht anders sollte man leben. Das hat mein Onkel Tinner schon immer gesagt, und er hatte recht.«

»›Giepern‹!« seufzte Tom zufrieden. »Stammt das Wort auch von deinem Onkel Tinner?«

Hinter ihnen zwischen den Tanks bewegte sich etwas. Im Mondlicht glitt ein langgezogener, dünner Katzenschatten über die weißen Betonmauern.

»Giepern ist nur so eine Redensart«, erklärte Mousebreath. »Es bedeutet, daß du hungrig bist, kapiert? Wenn du hungrig bist, ›gieperst‹ du so lange, bis du zu fressen bekommst! Aber von dem alten Kater konnte man so manches lernen.«

Ein leises Gurren drang aus dem Unterholz. Die Zweige der Salweiden waren plötzlich mit kleinen weißen Faltern besetzt…

»O ja, von Onkel Tinner konnte man so manches lernen!«

…und zwischen den rostigen Metallträgern der Brücke hing ein Lichtwirbel und drehte sich hin und her wie eine Schmetterlingspuppe in einer Hecke

Mousebreath fuhr fort: »Wenn alles vorbei ist, bleibe ich hier draußen auf dem Land. Ich will nicht mehr in die Stadt zurück. Vorher suche ich vielleicht noch die alte Calicokatze und überrede sie, mit mir zu kommen.«

»Ich bleibe vielleicht auch«, sagte Tom.

Mousebreath lachte. »Ich würde erst mal abwarten, was die Tigerkatze dazu sagt«, meinte er. »Jedenfalls, wenn ich du wäre.«

Tom wollte gerade fragen: Was meinst du mit ›abwarten, was die Tigerkatze sagt‹? Ich verstehe kein Wort! Doch bevor er noch den Mund geöffnet hatte, verschwand der Mond hinter einer Wolke, und es wurde plötzlich dunkel. Und dann hörten sie ein Schnarren, als würde der Reißverschluß eines leeren Segeltuchsacks aufgezogen, und ein Strom von Augen – fahlen, länglichen Katzenaugen, die durch die Nacht strahlten wie grüne und gelbe Lampen – stürzte sich lautlos von der Brücke herab. Tom sprang auf und rief: »Majicou! Majicou!«

Zu spät. Während der Majicou sich aus seinen Träumen heraufkämpfte, konnte Tom nur fassungslos zusehen, wie drei Dutzend Alchimistenkatzen – wie ein Schwall Schmutzwasser durch ein Rohr – über die Wendeltreppe geschossen kamen und mit stummer Erbitterung über seinen Freund Mousebreath herfielen.

Der war völlig überrascht, kreischte aus Leibeskräften und schlug wild um sich. Bald war die schönste Keilerei im Gange, und Mousebreath steckte mittendrin. Ein Meer von schwarzen und braunen Katzenrücken. Gespreizte, krallenbewehrte Pfoten, gefletschte Zähne, Augen, so fahl wie der Tod. Ein angelegtes Ohr, in dem sich die Linie eines höhnisch grinsenden Mauls fortsetzte. Der Schildpattkater hatte alle Pfoten voll zu tun. Seine Gegner waren nicht nur stumm, sie gingen auch bestürzend zielstrebig vor und waren von Anfang an ausschließlich an ihm interessiert. Tom war ihnen offensichtlich nur lästig. Jedesmal wenn er sich ins Getümmel stürzte, um seinem Freund zu Hilfe zu kommen, wandten sich fünf oder sechs der Angreifer ihm zu, umringten ihn und drängten ihn ab. Es waren sehr kräftige Tiere. Wenn möglich, schoben sie ihn auf die Brücke zu, aber im Grunde war ihnen die Richtung gleichgültig. Er mochte fluchen und sich wehren, soviel er wollte, wenn er sich endlich befreit hatte, war er zwanzig Meter weit entfernt; und wenn er wieder zurückkam, wurde er bereits erwartet. Sein Eingreifen verschaffte Mousebreath zwar jedesmal ein wenig Luft, trotzdem wurde der Schildpattkater unaufhaltsam zurückgetrieben, und endlich spürte er, daß ihm die Schwanzspitze in den Bach hing.

»Hölle und Teufel!« schrie er. »Was geht hier vor? Tom, ich glaube, ich kann ...«

»Majicou!« schrie Tom. »Zu Hilfe!«

Aber die Alchimistenkatze nahmen auch den Einäugigen nicht als Gegner an. Und Majicou – er war den wilden Pfaden, von denen er seine Kräfte bezog, schon zu lange fern geblieben – erwachte nur zögernd und schien verwirrt. Sie hatten ihn noch nie so dringend gebraucht wie jetzt, doch er war, wie es der Fuchs vorhergesehen hatte, übermüdet und ermattet von seinem langen Aufenthalt in der realen Welt.

»Mousebreath!«

»Tom!«

Mousebreath stand bereits mit den Hinterbeinen im Wasser und konnte nicht mehr ausweichen. Sein blaues Auge war verletzt und zugeschwollen; das bernsteinfarbene glühte dumpf.

»Tom! Ich…«

Tom war außer sich. Er rannte im Kreis herum und schrie: »Der Fuchs hat gesagt, sie würden uns nichts tun! Der Fuchs hat gesagt, sie würden uns nichts tun!« Sein Zorn richtete sich gegen die Tigerkatze, die, seit sie die Katzen gerufen hatte, dem Treiben tatenlos zusah. Ihr Maul stand ein wenig offen, und der Blick ihrer strahlenden Augen war verschwommen, als habe ihr die ›Magie‹ vorübergehend den Verstand geraubt. Tom stürmte hinüber und biß sie ins Ohr. »Du mußt sie aufhalten!« schrie er. »Du hast es schon einmal geschafft. Halt sie auf! Sofort!« Doch sie schüttelte nur den Kopf und sah ihn verständnislos an.

»Immer mit der Ruhe, Silber«, sagte sie. »Wenn heute Mittwoch ist, kann ich nicht singen. Das hat weh getan.« In diesem Moment registrierte sie den Kampf. Fuhr überrascht zusammen. »Was ist denn hier los?« rief sie.

Mousebreath stand nun bis zum Bauch im Wasser. Das Blut lief ihm in das unverletzte Auge, floß wieder heraus und vereinigte sich mit den Rinnsalen aus den verschiedenen Wunden in seiner Brust. Ab und zu sah er ratlos an sich hinab. Er war seinen Gegnern nichts schuldig geblieben: Im seichten Wasser lagen mehrere Katzen, und ihre Haltung verriet, daß sie nicht wieder aufstehen würden. Aber auch Mousebreath stand nicht mehr sehr fest auf den Beinen, und die anderen ließen nicht von ihm ab. Zum ersten Mal, seit Tom ihn kannte, wirkte er unsicher und verloren. Die Tigerkatze schlitterte mit kläglichem Gewinsel die schlammige Uferböschung hinunter und rannte von hinten auf ihn zu. Als er ihre Stimme hörte, drehte er blind den Kopf.

»Vorsichtig, Kindchen!« warnte er, doch sie hatte ihn abgelenkt, und in diesem Moment unterlief eine Sphinx mit geröteten, weit vorquellenden Augen und einer Haut, so runzlig wie Eidechsenleder seine Deckung und schlug ihm die gelben Zähne in die Schulter.

»Ich bin bei dir«, flüsterte Cy. »Halt durch.«

Sie setzte sich in den Schlamm, verdrehte die Augen, bis nur noch das Weiße zu sehen war, und brach in ein durchdringendes Jaulen aus, das unheimlich fordernd klang und von unhörbaren, aber messerscharfen Untertönen begleitet war. Falter entströmten ihrem Mund und mischten sich unter die Alchimistenkatzen. Die hoben die Köpfe, wurden unsicher, stolperten ziellos herum. Mousebreath stand fröstelnd im Wasser und blinzelte überrascht. Sein Blut lief immer noch in Strömen in den Bach, doch nun warf er sich schwerfällig nach vorn und setzte die Vorderpfoten aufs Trockene.

Für kurze Zeit sah es so aus, als würde er es schaffen. Dann kippte die Tigerkatze vornüber und rollte hin und her. Sie zischte und spuckte. Ihre Augen wechselten rasch die Farbe. »O nein!« rief sie. »Falsche Katze! Falsche Farben!« Seltsame Lichter schwebten ungeordnet durch die Luft, fielen ins Wasser und erloschen. Die Alchimistenkatzen am Ufer schüttelten die Köpfe und griffen von neuem an. Mousebreath hatte ihnen nichts mehr entgegenzusetzen und ging zu Boden.

Tom kämpfte wie gegen die Luft. »Mousebreath!« rief er. Die Katzen teilten sich vor ihm und ließen ihn bis zum Wasser durch. Da stand er nun und drückte die Pfoten in den aufgewühlten schwarzen Schlamm, aber sein Freund war nicht mehr da. Nur ein bereits mit Wasser vollgesogenes braunes Bündel wurde vom Bach davongetragen. Es hatte kaum noch Leben in sich. »Mousebreath!« Hatten die Beine ein wenig gezuckt? Der Kopf hob sich noch einmal. Ein bernsteinfarbenes Auge voll glühenden Lebenswillens blitzte im Mondlicht. Dann ging der Schildpattkater unter.

Die Alchimistenkatzen wendeten wie auf Kommando, rannten lautlos bachaufwärts und verschwanden wie eine Rauchwolke im Dunkeln.

Cy stand über das Wasser gebeugt und schaukelte hin und her. Am Ende versuchte sie in ihrer Verzweiflung noch, hinter dem entschwundenen Mousebreath herzuschwimmen. Tom starrte sie an, doch sein Blick war so leer, daß sie zurückzuckte, sich unter einem Dornengestrüpp verkroch und immer wieder jammerte: »Es tut mir leid! Es tut mir leid! Es tut mir leid!«

Majicou raste die Treppe zur Brücke hinauf und rief von oben herunter: »Schnell, Tom! Oder willst du der nächste sein? Folge mir!«

Wütend rannte Tom ihm nach.

Die Tigerkatze warf einen letzten Blick auf die Weiden, die restlichen Perlhuhnfedern und den flinken Bach und folgte ihm. Trauer und Verwirrung sprachen aus ihren Augen.

Die Brücke hatte sich verändert. Die Eisenträger erstrahlten in einem silbernen Licht, das von überallher zu kommen schien. Jeder Laut hallte wider wie in einem Tunnel. Gerüche, so kalt wie der Rost im Januar, hingen in der Luft, ein ferner Duft nach Zitronenschale und nach Kohle. »Ich will wissen, was eben *geschehen* ist!« verlangte Tom.

»Hör zu«, sagte Majicou. »Der Alchimist ist fast am Ziel …«

»Das ist mir egal! Mousebreath …«

»Tom, in Tintagel Court hatte er dich bereits in seinen Händen. Hast du dir jemals überlegt, warum er dich damals nicht getötet hat? Ich will es dir sagen: Er dachte, es sei nicht der Mühe wert. Heute hat er dich aus dem gleichen Grund verschont. Mousebreath hielt er für eine Bedrohung: Aber du warst für ihn nur irgendein Kätzchen, das ich als Stütze meines Alters adoptiert habe. Er wird seinen Fehler bald erkennen!«

»Wir können Mousebreath nicht einfach im Stich lassen.«

»Mousebreath ist tot. Willst du als nächster im Wasser landen? Nein? Dann komm!«

Und Majicou wandte Tom und Cy den Rücken zu und betrachtete die Stelle, an der die Alchimistenkatzen die magische Straße verlassen hatten. Der Zugang war im Verlauf des Kampfes immer weiter angeschwollen, nun war er so groß wie eine Mülltonne. Das flimmernde Wölkchen präsentierte sich als harte, blanke Kugel, als Zerrspiegel, in dem man sich betrachten konnte. Eine solche Straße hatte Tom noch nie gesehen. »Das hat nichts Gutes zu bedeuten«, erklärte Majicou. »Aber ich kenne keinen anderen Einlaß.« Er wippte auf den Hinterbeinen und sprang. Die Kugeloberfläche geriet in Bewegung und bildete Schlieren wie eine Ölpfütze auf dem Wasser. Majicou verschwand.

Gleich darauf rief er wie aus weiter Ferne: »Folgt mir!« Aber Tom war unschlüssig, trat näher und wandte sich wieder ab. Die Tigerkatze wollte mit der Sache erst recht nichts zu tun haben. Minutenlang geschah nichts. Sie bliesen weiße Atemkringel in die kalte Luft. Sie scharrten leise mit den Füßen. Die Stille war von knisternder Spannung erfüllt. Naserümpfend nahmen sie die schwachen, aber hartnäckigen Gerüche wahr. Cy ließ sich ohne weiteres bis an den Rand der Straße führen. Doch dann wich alles zurück und zog einen zugleich unwiderstehlich an. Es war ein Gefühl, als stürze man, als würde man vergast. Und sobald die Tigerkatze dies spürte, wurden ihre Augen hart und leer, sie brach seitlich aus und strebte der Wendeltreppe zu, als sei das von vornherein ihre Absicht gewesen.

Seufzend holte Tom sie zurück. »Komm schon«, redete er ihr zu. »So schlimm kann es doch gar nicht sein.«

Aber sie flüsterte nur: »Ich gehe nicht mit. Dort drinnen gibt es Schlangen. Ich will nur schöne Gefühle und schöne Dinge. Verstehst du?«

»Mir ist es auch nicht geheuer«, gestand Tom.

Sie starrte eigensinnig auf den Bach hinunter.

»Na schön«, sagte er forsch. »Dann gehe ich eben allein.«

»Nein!« rief Cy. »Nein!«

Sie machte hastig kehrt und hielt ihm, bebend wie ein straff gespannter Draht, den Kopf dicht vor das Gesicht. (Sieh mich an! Sieh mich an!) »Bitte, Silber! Es ist so schrecklich. Ich ...« Ganz plötzlich gab sie auf. »Aber du mußt mich tragen.«

Bevor sie sich anders entscheiden konnte – und bevor Tom noch lange überlegen konnte; die Sache war ihm *wirklich* nicht geheuer –, packte er sie am Nackenfell und sprang.

Es war kaum schlimmer als ein Sprung in fettiges Wasser oder eine Rutschpartie über brüchiges Eis. Dennoch bereute er sofort, sich darauf eingelassen zu haben. Wenn er zurückschaute (wohin auch immer), sah er nur Nebel und graue Wellen. Vor ihm war es noch schlimmer. Dort breitete sich ein Schattenfeld aus. Es hatte die Farbe des Schweigens. Viel gab es nicht zu sehen. Der Pfad war offenbar schon lange sich selbst überlassen geblieben – wie ein leeres Gebäude.

»Majicou?« rief er ängstlich. Seine eigene Stimme kam als Echo zu ihm zurück. »Majicou?«

Nichts.

War Majicou an der gleichen Stelle herausgekommen? War er überhaupt herausgekommen? Tom fröstelte. Er wußte nicht einmal, ob er sich auf einer magischen Straße befand. Selbst der Wind aus allen Richtungen fehlte. So war es ganz leicht, sich vorzustellen, man sei allein in einem endlos grauen, von weichen, dumpfen Echos erfüllten Raum. Allzu leicht.

Allzu leicht kam einem der *Vagus* in Erinnerung.

»Wir gehen am besten weiter«, erklärte er Cy.

Doch als er zu Boden schaute, war auch sie verschwunden.

Er stand da und tat gar nichts. Ein wenig war ihm zumute wie einst in jener glücklichen Zeit im Gartenschuppen bei seinem ersten Versuch, die geheimen Pfade zu benützen. Die Verwirrung, die Angst waren nicht geringer. Er sah nichts als Nebel, kalten Nebel, an sich vorüberwogen und hatte zugleich lange Zeit das Gefühl, nicht von der Stelle zu kommen. Allerdings geriet er diesmal nicht in Panik. Er wußte ja, wenn er in Panik geriete, wäre er verloren. Er rief in regelmäßlichen Abständen: »Majicou! Wo bist du?« Und er rief: »Cy?«

Plötzlich tauchten knapp einen Meter über ihm ihr Kopf und ihre Schultern aus dem Nebel. »Hier bin ich, Kittykätzchen!« rief sie. »Fröhliche Weihnachten.« Sie hatte die falsche Farbe. Ihre Stimme klang papierdünn und müde, wie aus einer anderen Welt. Sie hatte die Augen fest zugekniffen und verzog keine Miene. War sie es wirklich? Sie sah aus, als schliefe sie, als sei sie tot oder aus Stein gehauen. Ihr Kopf war, soweit er aus dem Nebel ragte, mit Efeu und Glitzerkugeln bekränzt. Das Maul war weit aufgerissen und entließ mit jedem trockenen, schwachen Atemzug tausend winzige, bunte Plättchen in die Luft.

»Nein!« schrie Tom.

Und rannte los.

Er war *doch* auf einer magischen Straße, und es war jede Straße, auf der er jemals entlanggelaufen war, und zugleich keine davon. Dieser Pfad war eine perspektivisch verkürzte, lange Betonspirale – Tintagel Court! – und eine schmale Gasse, über die der schwarze Adrenalinschatten einer Katze fiel. In ihm vereinten sich verschneite Vororte, gelb erleuchtete Fenster, ein schwaches ›Miau‹ aus einem Pappkarton in einem verregneten Hauseingang. Er war der *Vagus*-Wald, ein schlammiger Spalt ins Nichts. Er war ein eisernes Band. Hier paßte nichts zusammen.

Wohin er auch schaute, die Straße raste in ständigem Auf und Ab mit wahnwitziger Geschwindigkeit vor ihm davon. Sie teilte, gabelte, verzweigte sich wie die Äste eines Riesenbaumes. An jeder Kreuzung wartete die Tigerkatze, halb nach hinten gewandt, die Pfote erhoben, und rief…

»Hierher, Tom. Mach schnell!«

Ihre Zündkerze funkelte. Lichter strömten aus ihrem Maul.

»Beeil dich!«

Plötzlich waren die Straßen, war die Tigerkatze verschwunden. Alles wurde schwarz. Das Gefühl der Geschwindigkeit hielt noch für einen Augenblick an. Dann durchstieß Tom mit einem lautlosen *Knall* eine unsichtbare Membran und stand wieder im Licht.

Er befand sich auf einer anderen, auf einer magischen Straße, wie er sie kannte. Sie führte durch eine breite, flache Talmulde zwischen sanft geschwungenen Hügelketten. Wolken zogen über den Himmel, und ihre Schatten mischten sich mit dem trüben, bronzefarbenen Schleier, der wie eine Patina über dem uralten Land lag. Mit jeder Sekunde zog eine Million Tage – eine Million heller und dunkler Leben – vorbei. In und um die Senke standen dreieinhalb Meter hohe Sandsteinsäulen, die an riesige Menschen erinnerten. Der Geisterwind hatte ihre Oberflächen glattgeschliffen, nun glänzten sie violett und rosiggrau. Die windschlüpfrigen, blanken Gebilde mit den vielfältigen Ausbuchtungen waren wie von gewaltiger Hand zu Straßen und Kreisen, zu komplizierten Knoten und Gruppen angeordnet, die das Auge nicht zu erfassen vermochte. Dazwischen saß Majicou, hoch aufgerichtet und stolz, und sein Auge strahlte wie eine Laterne. Er hatte auf den geheimen Pfaden neue Kräfte geschöpft. So groß wie jetzt hatte Tom ihn noch nie erlebt. Sein Fell glänzte wie geölt, und man glaubte, tabakbraune Rosetten darin schillern zu sehen. Die Tigerkatze kauerte zu seinen Füßen und schaute mit unverhohlener Bewunderung zu ihm auf.

Tom trat näher.

»Majicou?« flüsterte er. »Die großen Steine machen mir angst.«

Majicou lachte. »Das sollen sie auch«, sagte er.

»Majicou, ich verstehe überhaupt nichts ...«

»Gut«, sagte Majicou.

Und schloß sein Auge, um besser sehen zu können.

»Vor langer Zeit«, erklärte er, »haben sich an diesem Ort die wildesten Pfade getroffen und miteinander vereint. Der Zug der Großen Katzen waberte über die Geisterebene, und die Menschen legten Tausende von Kilometer zurück und überquerten gar die Ozeane, um hierherzugelangen. Aber sie ahnten kaum, wozu sie gekommen waren. Also begruben sie hier ihre Toten und dachten, das sei der Grund. Sie feierten Feste und dachten, das sei der Grund. Sie bauten, wie sie es immer tun, und dachten, das sei der Grund. Auch dieses – Ding hier, was immer es sein mag, haben sie gebaut, du siehst es selbst. Es ist weniger ein Werk der Architektur als ein sprachlicher Akt – eine Reaktion, eine Erkenntnis, eine Antwort: eine Bitte.

Sie wußten, daß wir vor ihnen an diesem Ort gewesen waren, daß hier seit der Eiszeit ein ständiges Kommen und Gehen herrschte. Und sie bauten ihre Straßen um die unseren herum, weil sie hofften ...« Er verstummte. »Ja, was erhofften sie sich?« fragte er. »Macht? Das ganz gewiß.«

Die magischen Straßen zogen mit leisem Zischen ihre Schlingen und überlagerten sich. Dahinter erspähte Tom ganz schwach die Bahnen, die die Menschen angelegt hatten, um sie zu kopieren. In einem Nebel aus Schmutz und Abgasen kroch ein mattgrauer Verkehrsstrom nach beiden Richtungen. Motorenlärm rauschte in der Ferne.

»Was weiß ich schon?« fragte die alte Katze müde. »Nicht genug, trotz all meiner Jahre. Nichts ist jemals vollkommen undurchlässig. Unsere Straßen schlängeln sich zwischen den Straßen der Menschen hindurch. Die Grenzen zwischen unserem und ihrem Werk sind unscharf und verschwommen. Alles ist in Bewegung, als würde man durch eine gekräuselte Wasserfläche oder durch die flirrende Sommerhitze schauen. Kein Pfad, ob groß oder klein, ob für Menschen oder für Katzen, ob in dieser oder einer anderen Welt, ist für alle Zeiten fest und unveränderlich. Die Welt ist das, was wir aus ihr machen. Die Welt ist das, was sie aus ihr machen. Von einem Augenblick zum anderen …« Er seufzte. »Macht«, murmelte er.

Er schaute auf die Tigerkatze hinunter.

»Der Alchimist hat dieses kleine Ding hier für eine ganz besondere Aufgabe vorgesehen. Aber wie alle guten Helfer ist sie nicht ganz leicht zu lenken. Sie wehrt sich gegen seinen Griff, besonders wenn du in der Nähe bist, Tom. Heute nacht ist ihm für einen Moment die Herrschaft entglitten und auf dich übergegangen …«

Tom wollte sagen: Es geht also nur darum, wer die Herrschaft besitzt? Er wollte sagen: Aber ich möchte niemanden beherrschen. Doch heraus kam nur ein Wort: »Majicou …«

»Jetzt kennt er dich, und bald wird er dich fürchten.«

»Majicou, ich will …«

»Schlimmer, er wird sich erinnern, daß er dich schon einmal in Händen hatte und wieder fortwarf.«

Tom erinnerte sich an diese Hände. Weißglühender Schmerz. Die falsche Katze.

Die Tigerkatze war zwischen Majicous Vorderpfoten eingeschlafen, nun erwachte sie. Als sie seine Stimme hörte, schnurrte sie vergnügt, streckte kokett ein Bein in die Luft und leckte sich das Hinterteil. Plötzlich hielt sie mit ausgestreckter Zunge inne und betrachtete zunächst flüchtig, dann mit wachsender Aufmerksamkeit die stehenden Steine und das Geflecht der geheimen Pfade. »Was ist?« fragte Majicou scharf. »Was siehst du?« Sie fiepte ängstlich. »Ganz ruhig, mein Kleines«, beschwichtigte er sie. »Nur das Licht hat sich verändert: Um diese Tageszeit fallen die Schatten ungünstig.« Trotzdem peitschte er unsicher mit dem Schwanz. »Tom«, sagte er, »wir haben, um hierherzukommen, einen von seinen manipulierten Pfaden benützt. Wir sollten rasch verschwinden, sonst folgt er uns.«

Doch dazu war es bereits viel zu spät.

Es gab keine Funken, keine Warnung. Er brauchte sich nicht von Cys Magie beschwören zu lassen, und er hatte auch seine Katzen nicht mitgebracht. Seine Helferin lieferte ihm nur das Ziel. Plötzlich war da so etwas wie eine Katze; aber die Katze war er. Und zugleich war er alles andere als eine Katze. Auch war ›da‹ vielleicht das falsche Wort, denn er hatte seine eigene Welt mitgebracht…

»Hobbe? Hobbe!«

Was immer der Alchimist aus sich gemacht hatte, es war dreieinhalb Meter groß.

»Komm zu mir, Hobbe…«

Tom starrte sprachlos vor Entsetzen über Majicous Schulter. Zuerst dachte er, der Alchimist habe seinen Oberkörper in das Fell einer gefleckten, großen Dschungelkatze gehüllt. Oder er *sei* bis zur Taille eine gefleckte, große Dschungelkatze. Und endlich wurde ihm klar, daß das eine das andere nicht ausschließen mußte. Katze und Katzenfell gingen nämlich ineinander über, nur die Hinterbeine und der Schwanz baumelten dem Alchimisten leer und haltlos um die Hüften. Hier war das Fell eindeutig als solches zu erkennen, und Tom sah auch, daß in regelmäßigen Abständen große weiße Knochen hineingeknotet waren. Die unteren Gliedmaßen waren Menschenbeine, aber gewaltsam verbogen und den sehnigen Hinterläufen einer Katze nachgebildet. Auch der rechte Arm war menschlich geblieben, aus der herabhängenden, muskulösen Katzenschulter quoll nacktes, rosiges Fleisch hervor. Die rechte Faust hielt krampfhaft den Alchimistenstab umklammert, der aus dem mumifizierten Vorderbein eines Panthers gefertigt war. Die gräßliche Erscheinung ging unnatürlich vornübergebeugt, denn sie konnte nicht auf vier Beinen laufen, hatte aber auch Mühe, in aufrechter Position das Gleichgewicht zu halten. Der Kopf – Tom ertrug seinen Anblick nicht. Manchmal ähnelte er einem Katzenschädel, dann wieder einem Menschenhaupt, dem man das Gesicht entfernt hatte. Er war mit Drähten und Augenprothesen versehen. Um den Hals lag eine Kette aus Katzenschädeln. Der Kopf stank. Er blutete. Er schmerzte. Der Alchimist hatte keine Mühen gescheut, um wie eine Katze auf den wilden Pfaden wandeln zu können. Was er anderen angetan hatte, hatte er auch sich selbst nicht erspart. Es war der einzige Weg, solange er die Mau nicht wieder in seiner Gewalt hatte. Er sang mit grölender Stimme, tanzte auf unsicheren Beinen, und um ihn herum ...

»Nun komm schon, mein Hobbe!«

... um ihn herum erzitterte und erbebte das Tal. Geisterlicht breitete sich aus. Wie weit war er in dieser Nacht gereist? Hundert Kilometer? Und bei jedem Schritt hatten die wilden Pfade sich bemüht, ihn auszuspeien, denn sie vermochten diese fleischgewordene Katastrophe nicht in sich aufzunehmen. Sie waren hin- und hergepeitscht wie durchgerissene Stromkabel. Sie hatten sich gewunden und gezuckt, hatten Blitze und farbigen Rauch ausgestoßen und waren sekundenweise zwischen verschiedenen Welten hin- und hergependelt. In engen Gassen waren sie verdutzten Betrunkenen erschienen, am Rand eines Dorfes waren sie vor ein paar Kindern aufgetaucht, die ihre Hunde ausführten, meilenweit waren sie durch dunkle Wälder gerast. Sie hatten sich in Schmerzen gewunden, wie sie nur Gegenstände empfinden können, und sich spiralförmig wie Magnesiumbänder um die große Stadt gelegt.

Schwarze Winde fegten über den alten Weg des Wandels. Das Geisterlicht verbrannte zu Asche. Die Asche wurde vom Wind verweht, und als der Alchimist kam, atmete er das kurze Leben der verstorbenen Katzen ein. Er hatte sich den Pfad so zurechtgebogen, daß er ihn betreten konnte. Mit Tänzen und mit Chemie, mit Beschwörungen, Gebeinen und einer endlosen Reihe von neurologischen Operationen hatte er sich eine Öffnung gerissen. Nun stand er still und raste zugleich in höchster Eile dahin. Darauf verstand er sich. Alle Katzen, die er jemals getötet hatte, begleiteten ihn wie der berühmte Geist in der Flasche und trieben ihn voran.

»Hobbe!« rief er. »Hobbe!« schrie er. »Hobbe, du bist der Teufel!« Hustend und würgend kam er über die Megalithstraßen auf die Katzen zugeschlurft und schwenkte seinen mächtigen Stab.

Was immer er aus sich gemacht hatte, er war nicht zur Katze geworden. Er war die verkörperte Unnatur.

»Du bist der leibhaftige Teufel, Hobbe, und ich weiß, daß du da bist!«

Als Majicou das hörte, drehte er sich langsam um, und zum ersten Mal seit zweihundert Jahren standen sich die beiden Gegner Auge in Auge gegenüber. Kein Wort wurde gesprochen. Der alte Kater setzte sich. Sein Herr blieb schwankend stehen. Er stank erbärmlich. Die Köpfe der beiden waren auf gleicher Höhe. Das gleiche Licht, das die Alchimistenkette aus Schädeln und Markknochen bleichte, glomm im matten Smaragdgrün des Katzenauges. Der Mensch beugte sich auf seinen verkrüppelten Beinen ein wenig vor, fuhr aber gleich wieder zurück. Die Sensoren in seinen Augenhöhlen begannen zu schwirren. Er war verwirrt. »Bist du es, Hobbe? Du bist groß geworden.« Ein gurgelndes Lachen. »Oh, du bist ein leibhaftiger Katzenteufel!« Majicou schien sich zu strecken, blieb dabei aber unbeweglich sitzen, die Vorderpfoten zwischen die Hinterpfoten gestellt, wachsam und aufrecht wie die Specksteinkatzen in den Grabmälern des Orients, und wurde womöglich noch ein wenig größer. Dann gähnte er und sagte ruhig: »Geh wieder fort. Es ist noch zu früh. Es ist noch zu früh für uns beide.«

»Du meine Güte. Hobbe hat auch noch sprechen gelernt!«

»Du kommst hierher wie ein toter Götze und willst mich besiegen? Sieh dich doch an. Ich bin der Majicou!«

»Du bist der Teufel.«

»Geh, solange du noch kannst. Lange werden dich diese Pfade nicht dulden. Sieh doch nur, wie sie sich aufbäumen, wie sie bereits verblassen!«

»So spricht der Teufel, nicht wahr?«

Ohne Cy wäre dieses Hin und Her wohl ewig weitergegangen. Sie hatte sich zunächst, vom Anblick ihres Peinigers tief verängstigt, zwischen Majicous Hinterbeinen verkrochen und den Kopf in sein dichtes Fell gesteckt. Nun sprang sie heraus, stolperte mit der Angriffslust, der Unbeholfenheit eines Kätzchens auf den Alchimisten zu und biß ihn da, wo einst sein Knöchel gewesen war, ins Bein.

»Ich reiße dir den Kopf ab!« zischte sie.

»Schweig!« befahl der Alchimist und hob seinen Stab. Ein langer grüner Funken sprang auf den Bolzen in ihrem Schädel über. Sie brach mit gespreizten Beinen zusammen.

»Nein!« schrie Tom.

»Laß das, Tom!« warnte Majicou.

Doch Tom hörte nicht auf ihn.

Selbst die Sprünge einer zahmen Hauskatze sind geprägt von Kraft und Anmut und einer unterschwelligen Bedrohung. Schon Toms erste Angriffe auf die Vogelwelt in den Gärten hatten eine gewisse natürliche Klugheit verraten, ein Gespür für das Sammeln und Verdichten der inneren Kräfte, die dann in eine langgestreckte Parabel umgesetzt wurden. Wenn also die Drosseln noch im Auffliegen: »Nicht schlecht, Söhnchen« gemurmelt hatten, war das nicht nur ironisch gewesen. Damals war Tom gesprungen wie ein kleiner Schneetiger, er hatte die Vögel daran erinnert, was es hieß, lebendig zu sein. Nun war dieser Sprung ins Unendliche verlängert. Tom stieß sich ab und stieg wie in Zeitlupe immer weiter; im Steigen veränderte er sich und wuchs. Sein Silberfell war an den Spitzen grau wie Zinn, darunter war es reinweiß, und über seine kräftigen, breiten Vorderbeine zogen sich anthrazitgraue Querbänder. Die krallenbewehrten Pfoten waren gespreizt. Er hatte Feuer gefangen. In diesem Augenblick der Epiphanie maß er von der Nase bis zur Schwanzspitze volle viereinhalb Meter, und seine Augen glitzerten wie Eiskristalle. Als er das Maul öffnete, war sein Brüllen so gewaltig, daß die Tigerkatze Cy wie ein zerknülltes Papiertaschentuch durch das Tal geschleudert wurde.

Er fühlte sich so großartig wie noch nie.

Da nun das Unheil nicht mehr aufzuhalten war, machte sich auch Majicou mit wütendem Zischen zum Sprung bereit.

Meister und Lehrling griffen gemeinsam an. Ihr Gegner schrie auf und taumelte zurück. Es war nur ein einziger

Moment voller Dramatik. Eine schwarze und eine silberne Katze in weitem Sprung. Die weißen Zähne gefletscht, die Pfoten ausgestreckt. Die Ohren flach an die mächtigen Köpfe gelegt. Doch zwischen diesem und dem nächsten Moment hatte der Alchimist sein ausgelöschtes Antlitz zum endlosen Himmel erhoben und seinen Stab geschwungen. Und es gibt immer einen nächsten Moment. Ägyptische Klänge winselten durch die Luft. Das Katzenfell flatterte im Wind. Die Knochen tanzten im Geisterlicht. Windstöße trieben Asche und schwarzen Hagel heran und scheuchten die Schatten zwischen den Sandsteinsäulen auf wie Vogelschwärme. Das ganze Tal schien einzuknicken, sich zusammenzufalten wie ein nasser Pappkarton im Regen. Unfähig, den Alchimisten noch länger zu ertragen, wand sich die magische Straße, ächzte gequält wie eine überdehnte Katgut-Sehne und zerriß. Tom war wieder er selbst. Er fiel durch graue Wellen ...

... und landete zwischen den beiden Fahrspuren einer Menschenstraße. Es war vier Uhr an einem bitterkalten Nachmittag, und es dämmerte bereits. Der Alchimist und sein künstlicher Pfad waren verschwunden. Die Sicht war schlecht: schwere Wolken, Nebelschwaden, peitschender Regen von den kahlen Hügeln im Norden. Die Luft wirkte braun und schmierig, mit Feuchtigkeit gesättigt. Die Autoreifen wirbelten Spritzwasserfontänen auf, die den Blick noch mehr verschleierten. Das grelle Licht der Scheinwerfer wurde in messinggelben Stößen vom nassen Asphalt zurückgeworfen. Die Fahrer kniffen geblendet die Augen zusammen. Die Scheibenwischer schwangen hin und her, ohne viel auszurichten. Die Hupen protestierten laut, wenn die Kolosse langsam von einer Spur zur anderen wechselten.

Abseits der wilden Pfade war Majicou nur ein schwacher alter Kater, der nun, halb ohnmächtig, in einer säuerlich riechenden Brühe aus Schmutzwasser und Öl mitten auf der Straße lag.

Die kleine Tigerkatze bemühte sich redlich, ihn vor den Rädern in Sicherheit zu bringen.

Drei blanke Augen sahen starr vor Angst dem Fahrzeug entgegen, das auf sie zukam. Es ragte auf wie ein Haus, der Fahrtwind trieb das schwarze Wasser schräg über die Seiten und zerstäubte es dahinter zu einer braunen Gischtfahne. Tom war zehn Meter entfernt gelandet. Nun sah er, wie Majicou sich benommen aufrichtete, nur um gleich wieder zurückzufallen. Offenbar trugen ihn die Hinterbeine nicht. War er etwa bereits angefahren worden? Die Tigerkatze grub ihm die Zähne in das Nackenfell und verdoppelte ihre Bemühungen. Doch plötzlich konnte sie ihn nicht mehr halten, fiel hintenüber und tänzelte zur Seite, um dem heranrasenden Ungeheuer zu entgehen. Im gleichen Augenblick war Tom heran und rannte genau vor den Wagen.

»Majicou!«

Majicou blickte auf.

»Geh zurück, Tom«, sagte er.

»Ich habe dich«, sagte Tom.

Er hatte das Fell des alten Katers im Maul, spürte, wie sein Herz raste.

»Tom, geh zurück…!«

Der Lastwagen erfaßte sie beide.

Tom spürte einen Schlag, und plötzlich stand alles schief. Sein Bewußtsein gab auf. Doch Majicou 1ieß er nicht los. Überall waren Räder, schwarz und glänzend wie Feuerstein. Im Sog des Wagens peitschte ein ausgefranstes blaues Seil hin und her. Tom sah es in jenem Sekundenbruchteil, bevor die Welt vor seinen Augen wegkippte, und erinnerte sich an ein Stück blauer Schnur, das er als Kätzchen über einen rosa Teppich gejagt hatte. Dann war die Unterseite des Kastens über ihm, Rost, schwarze Ölkrusten, rotierendes Gestänge. Er zerrte mit aller Kraft an dem alten Kater. Und hörte durch den Motorenlärm, durch das Entsetzen, das Chaos in seinem Kopf das wütende Kreischen einer gequälten Katze.

»Majicou!« schrie er.

Er fühlte sich hochgehoben und ein Stück weit fortgeschleudert. Sein Kopf schmerzte unerträglich. Die Welt klappte in sich zusammen und löste sich auf.

Tom erwachte. Neue Schmerzen. Matte, schiefergraue Wolken hingen über ihm. Er spürte, wie er sich bewegte, auch wenn er nicht begriff, wie das zuging. Seine Beine taten jedenfalls nichts dazu. Er lag völlig reglos, dennoch glitt das wechselnde Grau über ihm langsam weiter. Das Maul stand ihm offen, und es regnete hinein. Er hörte laute, hektische Geräusche, große Schatten zogen über ihm vorbei und machten ihm angst. Alles stank nach Öl. Alles war verschwommen und doch bedrohlich. Er schüttelte den Kopf, um die Benommenheit zu vertreiben, dabei verlor er das Bewußtsein und versank in einem Berg aus weichen anthrazitgrauen Federn.

Wieder erwachte er.

Angst durchzog ihn wie ein Sprung in einem Spiegel, er kam sofort auf die Beine. Die Welt drehte sich, aber sie blieb aufrecht. Die eine Gesichtshälfte fühlte sich an, als hätte man ihm die Haut abgezogen. Er stand im kurzen Gras am Straßenrand, alles war grau vom Schlamm und von den Abgasen des Menschenverkehrs. Er konnte sich nicht erinnern, wie er hierhergekommen war, aber dem Licht nach waren nur wenige Minuten vergangen, seit ihn der Lastwagen überfahren hatte. Er versuchte sich zusammenzureimen, wo er war und was ihn hierhergebracht hatte. Vielleicht befand er sich noch an der Caribbean Road, und ein Auto hatte ihn erfaßt, als er die Tigerkatze unter den Rädern hervorziehen wollte.

Ganz allein meine Schuld, sagte er sich.

Alles war verschwommen und so weit entfernt, als widerfahre es nicht ihm, sondern einem anderen Tom: einem nahen Verwandten.

»Ich hätte diese Ratte nicht fressen sollen.«

Er hörte die trockene, kluge Stimme der Ratte, sah ihr fettiges Fell und mußte würgen. Er blinzelte ein paarmal, doch der Schleier vor seinen Augen blieb. Die Straße zerfloß, als läge sie unter Wasser. Das war nicht die Caribbean Road. Cy kam auf ihn zugeschlurft, sie ging rückwärts und reckte das Hinterteil hoch in die Luft. Er hatte sie doch gewarnt: »Wenn du das nächste Mal auf die Straße läufst, bleibst du am besten gleich dort.«

Wurde sie denn niemals klüger? Sie hatte keine Angst vor Straßen, weder vor den menschlichen noch vor den anderen. Sie fühlte sich auf allen wie zu Hause. Und jetzt schleppte sie gerade mit Engelsgeduld irgend etwas daher, das garantiert nicht eßbar war. Er konnte nicht genau erkennen, was es war …

»Bist du denn von gestern?« rief er ihr zu.

Und dann fiel ihm alles wieder ein.

Gemeinsam zogen sie den einäugigen Kater von der Fahrbahn.

Er war nicht mehr sehr schwer. Was ihn zu Majicou gemacht hatte, war ihm abhanden gekommen. Sie konnten ihn durch den Regen zerren wie einen alten Pelzkragen. Immer wieder erwachte er und wollte mithelfen, aber er hatte sich das Rückgrat gebrochen und brachte die Hinterbeine nicht mehr unter sich. Dennoch gab er nicht auf und versuchte immer wieder zu sprechen. Als sie ihn am Straßenrand im dürren Gras absetzten, schien es ihm zunächst besserzugehen. Doch dann sprudelte ihm das Blut aus dem Maul. Von wütendem Lebenswillen geschüttelt, warf er sich hin und her. Seine beiden Helfer rannten kopflos herum oder standen fröstelnd vor ihm, ohne sich anzusehen. Sein Todeskampf erschreckte sie.

»Tom …«

»Majicou! Ich weiß nicht, was ich tun soll!«

»Tom«, flüsterte Majicou. »Hör zu …«

Er lag ganz still, aber er war im Schock und zitterte an allen Gliedern. Die feuchte Luft war geschwängert vom Eisengeruch seines Blutes. Tom trat zögernd näher und beschnupperte ihn.

»Majicou?«

»Komm her, Tom. Hör zu. Du kannst nichts mehr für mich tun. Nein. Sieh nicht weg. Hör zu. Du mußt mir zuhören. Du darfst der Tigerkatze keine Vorwürfe machen. Sie hat für uns alle ihr Bestes getan, und vor ihr liegt noch eine wichtige Aufgabe.«

»Aber …«

»Hör auf mich! Gib nicht ihr die Schuld. Tom. Sie muß mit euch nach Tintagel.«

»Aber Majicou, sie …«

Das Auge des alten Katers war weit aufgerissen, und seine Pupille war so groß, daß ihm der trübe Nachmittag heller erscheinen mochte als der strahlendste Sommertag seines Lebens. Er schüttelte gereizt den Kopf.

»Tu, was ich dir sage, Tom.«

Eine Weile war es still.

»Ich sehe nichts mehr, Tom«, sagte Majicou müde. »Ich habe versagt. Alles ist verloren.«

»Nein«, widersprach Tom.

»Tom, Tom. Du warst kein schlechter Lehrling. Was weißt du über den Tod?«

»Nichts.«

»Gut. Hör zu: Ohne den Tod gäbe es kein Leben.« Er lachte verbittert. »Aber woher wollen wir das *wissen*? Dies ist mein letztes Leben. Diesmal sterbe ich wirklich.«

Tom hatte keine Ahnung, wie er ihn davon abhalten sollte.

»Stirb nicht«, sagte er. »Du hast mir meinen richtigen Namen noch nicht verraten.«

Auf dem Gesicht des Alten erschien der Schatten eines Lächelns.

»Hast du denn gar nichts begriffen?« fragte er. »Nun denn …

Für deine Züchter, Tom, warst du ein Unfall. Eines Tages, es war an einem Samstag, war ihr Burma-Kater in den Käfig einer silberschattierten Chinchilla-Perserkatze eingedrungen, die nur zu Besuch war.« Wieder versuchte er zu lächeln, aber es wurde eher ein Fauchen daraus. »Die kurze Affäre blieb nicht ohne Folgen. Ein Kätzchen wurde geboren, ein kleiner Kater. Ein Burmilla natürlich. Bei dem die Zuchtlinien heilos durcheinandergeraten waren. Der nach den Standards für diese Rasse zu schwer war und lächerlich große Füße hatte. Trotz alledem: ein schwarzgetippter Burmilla, der verschiedene Champion-Linien in sich vereinte. Man gab dich in der Cutting Lane zum Verkauf frei, weil man sich deiner schämte. Die Züchter hatten ja keine Ahnung, wie wichtig du warst. (Wie sollten sie auch?) Doch bevor sie dich meiner Obhut übergaben – ich hatte schon so viele Jahre gewartet! –, brauchtest du einen standesgemäßen Namen, und den gaben sie dir auch:

Mercurius Realtime DeNeuve.

Tom, sie nannten dich Mercurius... und deine Abstammung ist auf ihre Art nicht weniger edel als die von Ragnar oder Pertelot Fitzwilliam.« Der Alte schloß das Auge. »Und jetzt laß mich in Frieden«, sagte er.

Tom staunte nur noch. »Welche Art von Katzen sind Burmillas?« fragte er. Er hatte sich umgedreht und versuchte, sich selbst zu betrachten.

Majicou lachte. Er konnte nur noch flüstern, aber seine Stimme war von einer ungewohnten Herzlichkeit. »Du brauchst nur in einen Spiegel zu sehen. Die Burmilla hat aufrichtige, grüne Augen und ein dichtes Silberfell. Ihr kräftiger Körperbau ist gepaart mit Naivität und ihre Robustheit mit einer schier grenzenlosen Unfähigkeit, das Wesentliche zu erfassen. Als dich die geheimen Pfade bei mir in der Cutting Lane absetzten, war ich nicht sicher, ob ich dich gebrauchen konnte. Eine Burmilla ist nicht der klügste Lehrling, den man sich denken kann, Tom, aber sie ist schön, zutraulich, anziehend, ungehorsam und – vor allem – optimistisch. Du warst kein schlechter Schüler, aber du hattest einen Lehrer, der zu häufig abwesend war.« Eine Weile unterbrachen nur die rasselnden Atemzüge des Alten die Stille. Dann preßte er mühsam heraus: »Irgendwie hast du trotzdem gelernt. Und wenn du ein besonderes Talent hast, Tom, dann ist es die Fähigkeit, du selbst zu sein.«

Der Tod ging nicht sehr sanft um mit Majicou, die einzige Gnade waren kurze Phasen der Bewußtlosigkeit, die er dankbar annahm. Wenn er wieder erwachte, war er so schwach, daß er kaum den Kopf bewegen konnte. Einmal flüsterte er: »Tom?« Und als Tom sich über ihn beugte: »So viele Jahre.« Tom blieb bei ihm. Auch Cy wurde mit der Zeit ruhiger. Die beiden harrten bei dem alten Kater aus, damit er sich nicht einsam fühlte, während es Abend wurde. Endlich durchbrach die Sonne im Westen die Wolken und richtete ein schmales Strahlenbündel auf die kleine Gruppe.

»Licht!« schrie Majicou. »Das Licht!«

Ein Krampf erfaßte und schüttelte ihn. Hellrotes Blut quoll ihm aus dem Mund. Er biß sich selbst. Er biß in den Boden. »Tom! Tom! Du mußt dabei sein. Es muß in Gegenwart von …«

Und dann war es vorüber.

O Majicou, dachte Tom. Jetzt habe ich sie alle verloren.

»Du hast immer noch mich«, sagte die Tigerkatze.

Tom starrte sie an.

»Ich habe nicht mit dir gesprochen«, murmelte er.

»Hast du doch.«

»Du bist an allem schuld.«

»Das ist nicht wahr.«

»Geh weg.«

Sie zischte ihn trotzig an, dann entfernte sie sich ein Stück und setzte sich an den Straßenrand. Nach einer Weile fing sie an, Gegenstände zu sammeln und leise vor sich hin zu singen. Immer wieder hob sie den Kopf, um zu sehen, ob er sie beobachtete. Doch Tom nahm sie gar nicht wahr. Er schwelgte in Erinnerungen an seine Kätzchenzeit. An das wunderschöne Haus, in dem er gelebt hatte. An die warme Küche mit den gelben Wänden und dem roten Fliesenboden. An die rote Stoffmaus – *Meine Maus!* An Katzenschmaus mit Fleisch und Leber. (Wie konnte man das jemals vergessen?) Er dachte an die Seifenblasen, die seine Dussel für ihn gemacht hatten – wie kleine Welten voller Abendsonne waren sie durch die Luft getaumelt, um irgendwann mit einem Geräusch zu zerplatzen, das außer ihm niemand hören konnte. Er dachte daran, wie er sich vorgestellt hatte, er sei ein Prinz. Wie ihn die Vögel im Garten ausgelacht hatten! Wie ihn die Elster verhöhnt hatte! Er war so naiv gewesen und hatte nicht einmal gewußt, was ein geheimer Pfad war. Ich habe einen weiten Weg zurückgelegt, dachte er. Und wünschte sich inständig, er wäre niemals fortgegangen.

Dann glaubte er, schwach und wie aus weiter Ferne Majicous Stimme zu hören.

»Du brauchst das wunderschöne Haus nicht, Tom. Du trägst es in dir. Sein Zuhause schafft man sich selbst.«

»Ich werde dich vermissen, Majicou«, sagte er.

Dann wandte er den Blick nach Westen und marschierte los.

Die Tigerkatze hatte sich mit ihrem Plunder beschäftigt und schaute überrascht auf. Doch einen Moment später ließ sie alles liegen und folgte ihm.

»Immerhin habe ich dich von dieser Straße gezogen!« rief sie. »Wirst du denn niemals klüger?«

TEIL DREI

Wo sich die wilden Pfade treffen

19

DAS ALTE LAND

Warum nur leuchten Freyas Augen so hell?
Es ist ja, als sprühten sie Feuer.

DIE ÄLTERE EDDA

Später am Abend saßen die Katzen unten in der warmen Kajüte. Sie hatten sich die Bäuche mit Dosenfutter vollgeschlagen und waren wieder allein.

Sorgt-für-Kummer hatte erklärt, er sei voll wiederhergestellt. Dann hatte er ausführlich seine Meinung zum Thema ›Schikanen‹ und ›abergläubisches Geschwätz‹ zum besten gegeben. Schließlich war er mit würdevollen Flügelschlägen landwärts geflogen, um Majicou die Nachricht von Pertelots Trächtigkeit zu bringen und ihn von ihrer Absicht zu unterrichten, Tintagel auf dem Landweg zu erreichen, sobald die *Lumme* im Alten Land angelegt hatte.

Inzwischen hatte Old Smoky in einem kleinen Hafen Anker geworfen, war in das Beiboot geklettert und in die Stadt gerudert, um Vorräte zu besorgen. Außerdem hatte er etwas von einem Wirtshaus gemurmelt, wo er sich die Kleider trocknen und die Kehle anfeuchten wolle.

Sealink lümmelte lang ausgestreckt auf der freigewordenen Koje und beobachtete mit einem Auge den alten Rex. Mit dem anderen musterte sie das eigene Fell, das nach einer ausgedehnten, kosmetischen Behandlung wieder in vollem Glanz erstrahlte.

Pertelot lag neben der Calicokatze und träumte mit offenen Augen von den Kätzchen, die in ihrem Leib herumschwammen. Mit leisem Schnurren, ganz den ungewohnten zarten Bewegungen hingegeben, machte sie ihnen Mut. Auch sie befinden sich auf einer langen Seereise, dachte sie plötzlich. Auf der unwiederholbaren Reise durch den Mutterschoß.

Sie schüttelte sich.

Alles war so zerbrechlich. Alles war so stark.

»Pengelly«, sagte sie. »Die Seidenfellchen ...«

Pengelly kauerte seit der Rettung des alten Fischers wie ein Häufchen Elend auf den Stufen zur Kajüte. Das war sein Kompromiß zwischen dem Ort, wo es ihn hinzog – auf Deck an der Reling mit Blick auf die Wellen –, und der Kajüte, wo Sealink ihn im Auge behalten konnte. Seine schielenden Bernsteinaugen blickten trübe. Die Stimme der Mau riß ihn aus der Erstarrung.

»Sind weder Katze noch Fisch«, sagte er. »Wozu darüber reden?«

»Ich begreife es nicht.

»Das war meine *Schwester*!« schrie er.

»Oh, Pengelly. Du Ärmster.«

»Niemand sollte so etwas mit ansehen müssen! Es tut mir in der Seele weh, wenn ich daran denke, daß sie da unten ist. Ich habe hier ein warmes, gemütliches Plätzchen und einen guten Menschen, der mich füttert, während sie mit den anderen Ertrunkenen durch die kalten, dunklen Tiefen der See irren muß. Wenn ich sterbe, wandle ich in Frieden auf dem wilden Pfad; sie dagegen muß in alle Ewigkeit weiterschwimmen und kommt nie mehr an Land.«

»Mein armer Pengelly.«

»Ja, armer Pengelly, er hat eine Schwester, die weder Katze noch Fisch ist. Ein Seidenfell ... Ich hätte nie gedacht, daß ich mal eins sähe, und nun gar eins von meinem eigenen Fleisch und Blut ...«

Er kam ins Grübeln.

»Seidenfellchen«, sagte er. »Bis heute hab ich nie daran geglaubt. Man sagt, daß sie in stürmischen Nächten mit ihrem Geheul die großen Schiffe vor den Felsen warnen. Und daß sie tagsüber an der Flutlinie in der Sonne liegen, sich putzen wie du und ich und sich mit Seetang schmücken; und daß sie von den Seelen der Fische leben, die die Fischer ins Meer zurückwerfen.«

Er verstummte. Sealink zuckte die Achseln und sagte vorsichtig: »Auch das ist ein Leben, Süßer. Wenn auch vielleicht eins, das wir nicht verstehen.«

»O ja«, nickte der alte Rex. »Ein Leben ist es. Aber was für ein Leben, wie? Sie wird niemals eine Maus fangen, sich niemals an einen warmen Körper kuscheln, niemals eigene Kätzchen haben. Und eins wird sie nie erfahren: Daß ich mir wünsche, ich wäre an jenem Tag an ihrer Stelle gestorben. Ich müßte jetzt da unten sein, nicht sie, und deshalb fühle ich mich schuldig. Schon immer. Und jetzt werde ich sie nie mehr wiedersehen ...«

Er hob den Kopf und heulte.

»Schau nie 'nem Seidenfell ins Gesicht«, schniefte er. »Du siehst nur jemanden, der dir nahesteht, und dann wirst du es für immer bereuen ...«

»Pengelly, nicht, ich bitte dich!« rief Pertelot.

Sie sprang von der Koje und kuschelte sich an ihn. »Bitte nicht. Wriggle hat Old Smoky aus Dankbarkeit gerettet, weil er damals, vor vielen Jahren, dich gerettet hat. Sie ist froh, daß du am Leben bist. Sie freut sich für uns alle.«

»Woher willst du wissen, daß sie sich freut?«

»Weil alle Kätzchen in einem Meer entstehen. Die meinen schwimmen in meinem Körper. Und ich bin sicher, daß deine Schwester ihnen das Leben über den Wellen von Herzen gönnt. Ich bin ihr zutiefst dankbar. Und meine Kätzchen auch.«

Sie begann zu schnurren.

Pengelly sah Sealink an.

»Ich weiß ja, daß du recht hast«, gestand er.

Doch sobald die Rede auf die Kätzchen kam, hatte sich Sealink zu einer festen Kugel zusammengerollt. Ihre Züge waren wie erstarrt und verrieten nicht, was sie empfand.

»Laß die Vergangenheit ruhen, alter Kater«, riet sie ihm. »Über verlorene Kätzchen oder vergossene Milch zu jammern, ist zwecklos. Schau immer nach vorn, nimm, was du kriegst, vergiß nie, wer du bist. Dann kann dir die Welt nichts anhaben.«

Weitere Gespräche zu diesem Thema duldete sie nicht. Krabben, Seidenfellchen, Gespenster in stürmischer Nacht: Das alles sei nicht ihre Sache, stellte sie klar. Sie sitze lieber in einem Flugzeug auf dem Weg zu Mütterchen Rußland.

In den nächsten Tagen blieb alles ruhig. Sie segelten an der Küste entlang und kamen dabei durch mehrere Makrelenschwärme. Old Smoky holte ein Netz nach dem anderen ein. Sealink und Pertelot beugten sich fasziniert über die zuckenden Fischleiber, die der Alte ins Boot warf. Im Sonnenlicht hatten sie leichte Tigerstreifen, und ihre Schuppen schillerten in allen Regenbogenfarben.

Außerdem schmeckten sie gut.

Bei Pengelly verblaßte allmählich der Eindruck des Wiedersehens mit seiner Schwester, dem Seidenfellchen. Er lief wieder Old Smoky hinterher und rieb den Kopf so lange an dessen neuen Gummistiefeln, bis sie auf der Duftkarte seines Reviers ihren festen Platz gefunden hatten. Ein wenig ziellos, ein wenig unsicher wirkte er allerdings noch.

Bei Tag kamen erste Frühlingsahnungen auf, wenn die Wintersonne durch die letzten Wolken brach und goldene Lichtgarben über das Wasser schickte. Eine frische Brise brachte sie ihrem Ziel rasch näher.

Wenn in den Nächten die Sterne wie scharfe Krallenspuren am samtschwarzen Himmel standen, saß Pengelly auf Deck und betrachtete sie. Davon konnte er nie genug bekommen. Pertelot legte sich neben ihn und ließ sich von den Sternen den Bauch bescheinen, damit auch die Kätzchen sie spüren konnten und lernten, sich im Dunkeln zu Hause zu fühlen.

»Sterne über'm Meer zieh'n die Sonne daher«, erklärte Pengelly der Mau fachmännisch. »So sagt man jedenfalls. Du siehst, der Himmel ist klar, und die Sterne könnten nicht schöner funkeln. Hast du gewußt, daß sie einem auch den Weg weisen?«

Das war der Königin der Katzen zu hoch.

»Aber es sind so viele. Wie hält man sie denn auseinander?«

Der alte Rex lächelte.

»Schau mal nach Süden. Etwa in der Mitte – da läuft ein Wesen mit vier Beinen und ausgestrecktem Schwanz über den Himmel. Siehst du das?«

Pertelot kniff die Augen zusammen. Aus dem Chaos löste sich eine Gestalt.

»Es hat ein glühendes Auge!« rief sie entzückt.

»Richtig, das ist sie. Die Große Katze – *Felis Major*, meine Liebe, man nennt sie auch den Katzenstern. Bei den Menschen (unwissend, wie sie sind) ist sie als Hundsstern bekannt. Genau in der Mitte, etwas trübe, bewegt sich das Auge des Horus dem nördlichsten Punkt seiner Bahn zu ...«

Die Mau erschauerte; aber Pengelly war jetzt in seinem Element und bemerkte es nicht.

»Und gleich östlich davon befindet sich *Felis Minor*, das Kätzchen. Sie liegen ganz dicht beieinander, siehst du? Das ist ungewöhnlich. Und dort über dem Land« – er streckte seine struppige Pfote aus – »erscheint gerade das Löwenherz, der Leitstern für alle Reisenden auf den geheimen Pfaden. Am Horizont leuchtet ganz schwach der Luchs. Auf den Wolf und den Leoparden mußt du noch ein Weilchen warten, die gehen erst später auf.«

Er stutzte. »Das ist seltsam«, murmelte er vor sich hin. »Sieht fast so aus, als wollten sie zur Frühlings-Tagundnachtgleiche alle zusammentreffen.«

Kopfschüttelnd trabte er unter Deck und schmiegte sich an Old Smoky. Pertelot blieb allein zurück und bestaunte den nächtlichen Himmel.

Meine Kätzchen rekeln sich unter dem Lächeln der Großen Katze, dachte sie.

Doch in einem dunklen Winkel ihres Bewußtseins lauerte ein anderes Bild. Sie spürte es und kämpfte es nieder.

»Ich bin eine Katze«, flüsterte sie trotzig. »Ich bin eine Katze wie alle anderen; und meine Kätzchen werden Kätzchen wie alle anderen sein. Ich werde sie nach Tintagel tragen und dort zur Welt bringen wie jede andere Mutter. Ich werde sie nähren und beschützen ...«

Sie hob den Kopf zu dem prächtigen Himmelsschauspiel empor.

»... und nicht einmal du wirst sie mir wegnehmen können, solange ich lebe.«

Gegen Abend des nächsten Tages lief die *Lumme* in einen Hafen.

Old Smoky holte die Segel ein, startete den Motor und lotste das Boot geschickt zwischen Felsvorsprüngen hindurch, die einer Flußmündung vorgelagert waren. Zu beiden Seiten des breiten Flusses, der mit vertäuten Booten und bunten Bojen übersät war, erhob sich eine kleine Stadt. Am Ostufer ragten die grauen Mauern einer mächtigen Festungsruine aus einem üppig grünen Nadelwald. Das Westufer wurde von den Resten einer zweiten Bastion bewacht. Die Häuser waren straßenweise übereinandergebaut und klammerten sich bis ganz nach oben hin an die Hänge. Nach einer Seite zogen sich Kais und eine Werft an der Küste entlang, auf der anderen befand sich ein verlassener Sandstrand, an den sich ein Jachthafen mit vielen Vergnügungsbooten anschloß. Eine bunte Palette von Düften nahm die Aufmerksamkeit der drei Katzen gefangen: deutlich, aber nicht überwältigend, die Ausdünstungen der Menschen und ihrer Fahrzeuge; würzige Schwaden von der Flußmündung; ein scharfer Fischgeruch; Holz- und Kohlenrauch: Hier herrschte reges Leben.

Pengelly nahm einen tiefen Atemzug und seufzte.

»Ich liebe diese Stadt. Sie riecht nach Zuhause.«

Pertelot war neugierig geworden. »Ich dachte, die *Lumme* sei dein Zuhause?«

»Schon richtig, meine Liebe, wenn wir unterwegs sind. Aber zu Hause, na ja: Zu Hause sind wir hier«, erklärte er schlicht.

Sealink beugte sich zur Königin hinüber. »Und das kannst du verstehen, wie du willst, Süße«, raunte sie.

»Ich werde sie vermissen«, sagte Pengelly.

Mit sentimentalem Blick sah er die Landestege mit ihren smaragdgrünen Tangfahnen und die golden leuchtenden gardinenlosen Fenster vorübergleiten.

Die Mau warf Sealink einen Blick zu. »Was meint er damit?«

Sealink zuckte die Achseln und schüttelte den Kopf.

»Bleibst du denn nicht hier?«

»Wie könnte ich denn, meine Liebe? Ich weiß doch, was sich gehört. Ich kann zwei Frauen nicht ganz allein über das weite Moor wandern lassen.«

»Du meine Güte«, knurrte Sealink. »Das sind ja wahrhaftig vorsintflutliche Anschauungen.«

Sie schaute Pengelly aus nächster Nähe in die Augen.

»Ich bin mein ganzes Leben lang ohne männlichen Beistand gereist. Und unsere kleine Königin hier mag zwar ein bißchen mager sein, aber sie ist noch vom alten Schlag. Wir wollen deine Güte nicht mißbrauchen, *mein Herr.* Genug damit, daß du dein Boot, dein Futter und alles andere mit uns geteilt hast. Auch wenn du's bloß getan hast, weil du wie der Teufel hinter mir und meinem Fell her bist.«

Das Grollen ging in ein tiefes, kehliges Schnurren über.

»Vielleicht bin ich ja gar nicht abgeneigt, womöglich komm ich noch mal vorbei, wenn ich mir dieses Tintagel angesehen habe. Aber heut abend machen Pertelot und ich uns allein auf den Weg, und auf die *Hilfe* von dir geilem, altem Kater verzichten wir hiermit dankend.«

Pengelly ließ die Standpauke mit einer Mischung aus Zerknirschung und Optimismus auf sich niedergehen, wobei sich erstere in dem Auge spiegelte, das auf die Calicokatze gerichtet war, während die Zuversicht aus dem zweiten Auge lugte, das verschmitzt zum Himmel aufschaute.

»Ich will dir ja den Spaß nicht verderben, meine Liebe«, sagte er. »Aber du brauchst alle Hilfe, die du kriegen kannst. Diese Moore sind uralt und tückisch, und unsere Gnädigste hier muß an ihre Kleinen denken ...«

Pertelot betrachtete ihn nachdenklich.

Sie würde seine Güte, seinen Humor und seine altmodische Höflichkeit vermissen. Aber er durfte nicht mit ihnen kommen. Er war nicht mehr der Jüngste, und sie würde nicht zulassen, daß er sich in Gefahr begab. Natürlich hatte er das bereits gespürt und verteidigte jetzt mehr seinen Stolz als die Aussicht auf ein Abenteuer mit einer Calicokätzin im besten Alter. Vielleicht auch beides.

»Wir schaffen das schon«, versicherte sie ihm.

Er schnaubte nur.

Sie wechselte die Taktik. »Hör mal«, sagte sie, »du kannst Old Smoky unmöglich allein lassen. Ihr gehört zusammen. Ihr würdet alle beide einfach eingehen vor Sehnsucht. Ich hätte nie gedacht, daß ein Mensch fähig ist, eine Katze wirklich zu lieben – und umgekehrt. Ich selbst habe von den Aufrechten immer nur Kälte und Grausamkeit erfahren. Aber wenn man euch zusammen sieht, dann spürt man, daß ihr euch – wohl fühlt…«

Pengelly durchschaute genau, was sie bezweckte, dennoch gab er sich augenzwinkernd geschlagen.

»Hm, da ist schon was dran. Wir sind zwei unleidliche, alte Knacker, die kein Frauenzimmer haben will; also müssen wir zusammenhalten. Trotzdem…«

Seine Miene hellte sich auf.

»…könnte es sein, daß ich so 'ne gewisse Calicokatze doch noch mal zwischen die Beine kriege. Wer weiß?«

»Träum weiter, Seemann.«

Im Westen erlosch das letzte Licht, als zwei Katzen, die eine zierlich gebaut, aber mit unförmig geschwollenem Bauch, die andere ein riesiges Fellknäuel mit dichtem, buschigem Schwanz, zielstrebig über den leeren Strand mit den naßglänzenden Steinen trotteten. Die Flut hatte im Sand ein kompliziertes Wellenmuster zurückgelassen, das deutliche Ähnlichkeit mit einer Makrelenhaut aufwies. Unter den Sträuchern am Flußufer war alles still – bis auf das leise Scharren einer Wasserratte, die in der Dämmerung ihren Geschäften nachging.

»Sollten wir nicht…?«

Sealink lauschte kurz, dann schüttelte sie den Kopf.

»Nicht nötig, Süße. Wo wir hingehen, gibt's Futter genug«, versprach sie.

Die steilen Hänge zu beiden Seiten des Flusses waren mit Bäumen bestanden. Die kahlen Salweiden beugten sich tief über das Wasser, und ihre schlanken hellen Äste raschelten im eisigen Wind wie altes Zeitungspapier. Pertelot kletterte hinter Sealink über Terrassen mit tropfnassen Nadelbäumen und alten Eichen mit knorrigen Wurzeln, vorbei an Granitfelsen, auf denen sich Moos und Flechten ausgebreitet hatten. Die hellgrünen Hirschzungenfarne, die in den Spalten wuchsen, leuchteten grell aus den Schatten. Die beiden Katzen wühlten sich durch Berge von trockenem, braunem Laub und leeren Eichelkäppchen – die Eichhörnchen, die sie geleert hatten, ließen sich nicht blicken –, bis sie schließlich oben auf einem Hügel standen.

Tief unter ihnen wand sich das glänzende Band des Flusses. Nach rechts zweigte ein schmaler Bach ab; dahinter wurde das Bett breiter und teilte sich. Die beiden Wasserarme verloren sich in der Dämmerung.

Hinter den fernen Hügeln ging die Mondsichel auf, zugleich sank die Sonne dem Horizont entgegen. Die beiden Himmelskörper schienen einen stummen Kampf auszufechten; dann gab die Sonne auf und versank in strahlender Pracht im Meer. Der erste Abendstern leuchtete auf.

»Sieh nur, wie hoch wir oben sind!« keuchte Pertelot.

Der Marsch hatte ihr anfangs großen Spaß gemacht. Nun war sie erschöpft und außer Atem, die Kätzchen wurden immer schwerer, und eigentlich wollte sie sagen: Bleib stehen und laß uns die Aussicht genießen. Doch ihre stumme Bitte stieß auf taube Ohren. Sealink ging einfach weiter, und bis Pertelot wieder einigermaßen zu Atem kam, war die Calicokatze schon weit unten und huschte nur noch als undeutlicher Schatten durch den Stechginster.

»Warte! Warte doch!«

Zwei Kilometer später hatten sie auf Steinen den Bach überquert, wobei Pertelot Todesängste ausstand, und eine mit Efeu und Dornengestrüpp bewachsene steile Uferböschung und einen Felsvorsprung erklettert, nur um auf der anderen Seite fast genausoweit wieder hinunterzuspringen. Als sie einem Landarbeiter auswichen, der sich mit seinem Hund auf dem Heimweg befand, hatte der Hund sie gewittert, an seiner Leine gezerrt und aufgeregt gebellt. Eine große weiße Eule war lautlos über sie hinweggeflogen, plötzlich herabgestoßen und verschwunden. Eine Sekunde später hatte ein dünner, schriller Schrei das jähe Ende eines kleinen Lebewesens angezeigt, doch Sealink war ungerührt weitergegangen. Sie hatten hartgewordene Fahrspuren überquert, die nach Dieselabgasen und nach den Ausscheidungen eines großen Tieres rochen. Dazwischen waren sie unter jeder Hecke hindurchgeschlüpft und durch jeden Graben gelaufen und hatten keinen einzigen bewaldeten Hügel ausgelassen.

»Entschuldige. Bleib bitte stehen. Ich kann einfach nicht mehr.«

Sealink, die es nach der langen Zeit auf dem Schiff als wahre Wohltat empfand, sich endlich wieder die Beine vertreten zu können, sah verständnislos auf die Königin hinab.

»Tut mir leid, Süße«, sagte sie dann. »Du bist so etwas wohl nicht gewöhnt. Bleib hier. Ich kümmere mich mal ums Abendessen.«

Und damit verschwand sie im Dunkeln.

Pertelot drückte sich zwischen die Wurzeln einer Esche und lauschte den Geräuschen des nächtlichen Waldes. Als Käfigkatze war sie hier in einer fremden Welt. Zweige raschelten im Wind. Ein Käfer trottete über das dürre Laub. Ein Luftzug brachte die Information, daß etwas mit großen Schwingen über sie wegflog. Sekunden später erschien die Schleiereule mit einer Maus, die ihr zu beiden Seiten aus dem scharfen Schnabel hing, und ließ sich ein Stück entfernt im Wipfel eines Baumes nieder. Pertelot wußte genau, wann sie ihr Mahl begann. Das Geräusch, mit dem die Sehnen und das saftige warme Fleisch auseinandergerissen wurden, war nicht zu überhören. Erst jetzt vernahm sie die raschen Herzschläge ganz in ihrer Nähe. Kleintiere, die wach waren und ihre Gegenwart spürten.

Das Wasser lief ihr im Mund zusammen. Unter ihr auf dem Hang war gedämpftes Splittern und Krachen zu hören. Da war jemand mit großem Eifer, aber geringem Erfolg auf der Jagd.

»Du mußt noch etwas Geduld haben, Süße.«

Pertelot nickte ein, doch ihre Ohren und ihre Schnurrhaare registrierten weiter jede Bewegung. Die Kätzchen trieben stillvergnügt in ihrem Schoß dahin. Sie träumte von Ragnar Gustaffson, dem großen, stolzen Kater. Sie sah sein edles, langes Gesicht, spürte seinen warmen Atem, sein Körper lag schwer auf dem ihren ...

Sie riß die Augen auf. Vor ihr stieß ein anderes Tier seinen dampfenden Atem in die Luft!

Es war Sealink, doch sie kam mit leeren Pfoten.

Am nächsten Morgen waren sie immer noch hungrig. An einem Waldstreifen am anderen Ufer des Flusses setzten sie sich eine Weile hin und ließen sich die blasse Sonne auf den Pelz scheinen. Es war nicht mehr Winter und noch nicht Frühling. Die Erde war noch hart gefroren. Blätter und Blüten steckten tief in Ästen und Stengeln. Die kleinen Tiere hatten sich in sorgsam ausgewählten Bauen verkrochen, um in aller Ruhe den nächsten gefährlichen Ausflug an die Oberfläche zu planen. Nichts regte sich. Sogar der Wind hatte sich gelegt. Die Welt schien den Atem anzuhalten.

Gegen Mittag überquerten sie einen frisch gepflügten, rötlichen Acker. An den Hagedornsträuchern hingen noch die verschrumpelten Beeren vom letzten Jahr. Graue Wolken waren aufgezogen. Über den vereisten Furchen kreisten die Möwen. Pertelot knurrte der Magen. In ihrer Erinnerung wurde die *Lumme* zu einem verlorenen Paradies, in dem es stets nach Futter roch. Wie hatten sie über die Krabbe und ihre Kapriolen gelacht! Und wie köstlich hatte sie ihnen geschmeckt! Das Schiff erschien ihr wie ein warmer, heller Raum, der sich immer weiter entfernte und immer kleiner wurde.

Am Abend erreichten sie eine kleine Stadt mit dunkelgrauen Steinhäusern.

»Hier finden wir bestimmt etwas zu fressen, Kindchen«, versprach Sealink und betrachtete voller Vorfreude den Verkehr, die Menschen und die hellerleuchteten Schaufenster. »Und wie wir schmausen werden.«

Doch sie wurden enttäsucht.

Die Mülltonnen waren am Morgen des gleichen Tages geleert worden. Sie entdeckten eine Fischbraterei und warteten eine ganze Ewigkeit davor, aber die Tür blieb geschlossen. Nur der Geruch verfolgte sie. Sie bogen um einige Ecken, tauchten in schmale Gassen ein und rannten über einen Schuttplatz und einen Kinderspielplatz. An einem Weiher voller Algen und Bonbonpapierchen hielten sie an.

Mutlos inspizierte Sealink die Papierkörbe zu beiden Seiten des Weges.

Nichts.

Nun blieb nur noch das trübe Gewässer selbst. Sie betrachtete es ohne große Hoffnung. Die Mau hatte sich erschöpft auf einer zerbrochenen Bank niedergelassen und sah ihr zu.

»He!« rief Sealink plötzlich.

Sie tauchte eine Pfote in den Weiher, leckte sie nachdenklich ab, tauchte sie abermals ein. Kleine Schlammspiralen schwebten an die Oberfläche. Sealink untersuchte sorgfältig ihr Vorderbein. Etwas Glänzendes rollte zu Boden, ein Bündel durchsichtiger Kügelchen mit einem schwarzen Fleck in der Mitte. Sie kostete mißtrauisch und leckte sich die schwarzen Lippen.

»Fühlt sich komisch an, Süße; aber man kann sich dran gewöhnen. Und der Geschmack ist in Ordnung.«

Pertelot war am Ende. Die Freude am Leben in freier Wildbahn war ihr gründlich vergangen. Ihr Vertrauen in Sealink war auf einem Tiefpunkt angelangt. Dennoch schleppte sie sich ans Ufer und betrachtete die glibbrige Masse, die auf dem Wasser schwamm.

Das kann ich nicht fressen, dachte sie.

Sie sah zu Sealink hinüber, die bereits gierig schluckte.

Ist doch gleichgültig, was ich fresse, dachte sie.

Sie schickte sich ins Unvermeidliche, senkte den Kopf und schob das widerliche Zeug zaghaft mit den Pfoten hin und her.

Die Calicokatze hatte die ufernahen Bereiche abgefischt, nun beugte sie sich weiter hinaus und fiel prompt ins Wasser.

Ein Aufschrei des Entsetzens. Der Weiher verwandelte sich in einen brodelnden Hexenkessel aus Schaum und Algen, und dann kam sie, ein nasses Etwas, das ein ahnungsloser Zeuge nur mit Mühe einer bestimmten Tiergattung hätte zuordnen können, ans Ufer geschossen und schüttelte sich. Wut, Abscheu und Verlegenheit verliehen ihr Bärenkräfte. Laichschnüre wurden aus ihrem Fell geschleudert und landeten im Gras. Pertelot schlang sie hastig hinunter.

Die einheimische Froschkolonie hatte im kommenden Frühling mit drastischen Ausfällen zu rechnen.

In den drei folgenden Tagen fanden sie so gut wie kein Futter. Sealink hatte, mehr durch Zufall, eine Wühlmaus aufgescheucht, die der wartenden Mau geradewegs in die Pfoten lief. Eine halbe Wühlmaus war zwar besser als keine Wühlmaus, aber schon bald knurrte ihnen wieder der Magen. Sie stellten fest, daß Regenwürmer genießbar, wenn auch nicht unbedingt wohlschmeckend waren. Aber Sealink sah sich außerstande, sich auf einer Kuhweide vor ihre Häufchen zu stellen und geduldig zu warten, bis sie zum Vorschein kamen, während ihr die fetten Ringeltauben frech über den Kopf hinwegflogen.

Also versuchten sie es mit Käfern. Aber Käfer bedeuten viel Aufwand bei wenig Ertrag, und so war die Mau, als die beiden den Fuß der an das Moor grenzenden, kahlen Hochebene erreichten, so abgemagert, daß sich unter ihrem Fell jede Rippe einzeln abzeichnete. Der trächtige Bauch hing an ihr herunter wie ein schwerer Sack, nicht wie ein Teil ihres Körpers. Sealink wirkte dank ihres buschigen Fells noch sehr viel kräftiger. Aber ihre Energie war nicht mehr unerschöpflich, und ihr Humor ließ sie immer häufiger im Stich.

Oben auf dem Plateau, wo die Schafe das Gras kurz hielten, wo eisige Winde über das Land fegten und kein Baum und kein Strauch sich halten konnten, war es um das Jagdglück noch schlechter bestellt. Die einzige Abwechslung in dieser Wüste aus Stechginster, Disteln und Schwingelgras bildete hin und wieder ein Dolmen oder ein Steinkreis. Vom Zahn der Zeit gezeichnet, vom Regen gepeitscht, trotzten die stolzen Granitblöcke Wind und Wetter und boten sogar noch den Schafen Schutz. Beim Anblick der Grasfresser trat in Sealinks Augen ein gieriges Funkeln, aber Schafe waren nun wirklich eine Nummer zu groß für sie. Wie schwarze Fetzen hingen die Krähen am Himmel. Es gab auch Elstern, aber keine hörte auf den Namen Sorgt-für-Kummer, und keine nahm Notiz von den beiden *Felidae* auf Wanderschaft.

Sie krochen unter Stacheldrahtzäunen hindurch, in denen sich Schafwollgirlanden verfangen hatten, und kletterten über niedrige Trockensteinmauern. Die Sonne wies ihnen den Weg nach Norden.

Am Rand des Moors stießen sie auf den ersten wilden Pfad.

Sie hörten ihn leise summen, doch als Sealink den Kopf hineinsteckte, war er verlassen, und wie sie der verwirrten Pertelot erklärte, wies auch nichts darauf hin, daß er in letzter Zeit benützt worden war.

»Man hatte nicht den Eindruck, als würde er irgendwohin führen. Er hatte kein Ziel. Als würde er einfach mitten in der Luft aufhören... Wirklich komisch, Kindchen. Viele Katzen sind hier natürlich nie unterwegs; aber diese Leere war mir doch unheimlich.« Sie fröstelte. »Es ist eine Schande, Süße: Ich weiß, du magst die Dinger nicht, aber wir könnten wirklich ein bißchen Hilfe gebrauchen.«

Doch diese Nacht brachte die Wende. Jedenfalls sah es so aus.

Als es vollends dunkel wurde, entdeckte Sealink in der Ferne zwei erleuchtete Fenster. Ein Bauernhof, eine Hütte? Menschen bedeuteten Futter und womöglich ein Dach über dem Kopf: einen Schuppen vielleicht, wo man schlafen konnte, ohne der beißenden Kälte ausgesetzt zu sein. Rasch durchquerten die beiden Katzen das Hochtal, sprangen über Torf- und Riedgrasbüschel, bis ihre Füße und Bäuche vor Nässe trieften, und umgingen die Wasserpfützen zwischen den Blaubeersträuchern, der Heidemyrte und dem Wollgras. Ihr Atem hing dampfend in der Nachtluft.

Der Hof des Bauernhauses war verlassen.

Mißtrauisch duckten sich die beiden unter einen Traktor, huschten um einen vor sich hinrostenden Anhänger und einen Irrgarten aus Zaunfeldern, Eimern und fransigem orangerotem Bindegarn herum und kauerten sich hinter einen Stapel Heuballen. Von dort konnten sie alles überblicken.

Ein Cocktail aus starken Düften stieg ihnen in die Nase: Maschinenöl, Abgase, verschiedene Arten von Nutzvieh samt den dazugehörigen Ausscheidungen; andere Katzen...

»Bleib hier, Süße«, hauchte Sealink.

Im breitbeinigen Gang der Straßenkämpfer von New Orleans – die Füße immer etwas seitwärts setzend, um dem Gegner eine möglichst große Körperfläche zu präsentieren – schlurfte sie über den Hof.

In der Scheune hatte der Hofkater überall seine Duftmarken hinterlassen. Er selbst war offenbar unterwegs und inspizierte sein Revier, denn sie hörte nichts. Abgesehen von ein paar Hühnern, die sie angluckten und mit den Federn raschelten, als sie vorüberkam.

Sie streifte sie mit einem sehnsüchtigen Blick. Zu groß.

Doch auf der anderen Hofseite führte ihre Nase sie zur größten Entdeckung dieses Tages: einer großen Keramikschüssel mit Futter, riesigen Fleischbrocken in Sauce. Sie war von einem ziemlich scharfen Duft umgeben, aber Futter war Futter, auch wenn sich an der Oberfläche schon eine dünne Haut gebildet hatte. Sealink überlegte nicht lange, sondern steckte den Kopf hinein und schlang, was das Zeug hielt.

Die Geräusche der Nahrungsaufnahme – ein Vorgang, der eher als Inhalieren denn als Fressen zu bezeichnen war – drangen durch die Nacht. Pertelot lief hinter ihrem Heuballen das Wasser im Maul zusammen. Sie wartete noch ein wenig, aber die Natur forderte ihr Recht. Sie brauchte Futter für sich und ihre Ungeborenen, und wenn sie sich nicht beeilte, fraß Sealink ihr alles weg.

Bevor sie sich noch zu einer Entscheidung durchgerungen hatte, brach auf dem Hof die Hölle los. Schläge, dumpfes Knurren; ein Geräusch, als würde ein Keramikgefäß über eine Betonfläche gerollt; Fauchen, Kreischen, Zischen und Heulen; all das wurde von den Wänden zurückgeworfen und schallte in die Nacht hinaus.

Die Mau streckte den Kopf hinter dem Heuballen hervor und schaute sich kurz um.

Wo Sealink gewesen war, sah sie nur einen verwischten Fleck: ein schwarz-weiß-orangefarbenes Wutknäuel. Als es sich kurz auflöste, erkannte sie eine Calicokatze mit gekrümmtem Rücken, über und über gesträubtem Fell und herausfordernd gefletschten Zähnen, ein Anblick, der genügt hätte, um jedes normale Lebewesen in die Flucht zu schlagen, und einen gescheckten Collie, dreimal so groß wie sie, das Gesicht voller Narben, der mit haßverzerrtem Gesicht wie ein Rasender sein Revier verteidigte.

»Mein Futter! Mein Futter! Mein Futter!«

»Faß mich noch einmal an, du Töle, und ich kratze dir die Augen aus!«

»Mein Futter! Mein Futter! Mein Futter!«

»Sei doch nicht kindisch, Blödmann!«

Pertelot stand wie angewurzelt, während die beiden in einem Nebel aus Spucke, Beschimpfungen und Mordlust abermals aufeinander losgingen.

Dann wurde eine Tür geöffnet, und ein Mensch rannte schreiend heraus. Katze und Hund trennten sich. Sealink schoß über den Hof, und der Hund wandte sich mit schrillem Triumphgebell der Mau zu. Sie erstarrte. Dann jagte ein Adrenalinstoß durch ihre Adern, und sie ergriff die Flucht. Ihr Körper arbeitete wie eine Maschine, die Muskeln spannten und streckten sich, die Beine gingen wie von selbst auf und ab. Sie spurtete hinter Sealink her …

Die rief: »Lauf, Süße! Lauf!«

… holte sie ein, überholte sie.

»Mein Hof! Mein Hof!« wütete der Hund.

Seine arthritischen Pfoten stampften über den Boden.

Pertelot drehte sich um und sah, daß Sealink deutlich langsamer wurde. Sie hatte die Augen weit aufgerissen, und an ihrem Hinterbein klaffte eine Wunde, aus der das Blut strömte.

»Sealink!«

Die Calicokatze ließ ein seltsames Knurren hören, kippte um und streckte in einem letzten Verzweiflungsmanöver dem Angreifer die Pfoten mit den ausgefahrenen Krallen entgegen, um ihm die Nase zu zerkratzen. Der Collie näherte sich in kurzen hüpfenden Sätzen und stimmte bereits sein Siegesgeheul an.

Entsetzt blieb die Mau stehen.

Brennender Zorn schoß in ihr hoch.

Sie hatte keine Wahl. Sie rannte zurück, stellte sich vor die Calicokatze und machte sich bereit, den Erzfeind abzuwehren.

Und da geschah es.

Ein kurzes Flimmern nur, und sie war eine andere geworden.

Die andere war eine große, alte Katze, die keine Angst kannte. Nichts war ihr fremd, sie war erfahren als Jägerin wie als Gejagte, sie kannte das wilde und das zahme Leben. Nun prüfte sie die knisternde Atmosphäre. Lange, erlebnisreiche

Jahre des *Felidae*-Daseins durchströmten ihren Organismus wie eine mächtige Welle. Sie witterte Beute. In ihrem Kopf war ein Summen und Dröhnen. Ihre Lippen zogen sich zurück, legten die Zähne frei. Sie entwickelte schwellende Muskeln. Wie aus großer Höhe schaute sie auf den Hund hinab.

Canidae! dachte sie verächtlich.

Zwischen ihnen stand eine Feindschaft, die Millionen von Generationen überdauert hatte. Hinter dem Hund verschwamm die Landschaft. Moor und Ackerland wurden durch Steppe ersetzt – verbranntes Land, Dürreland, Gestrüppland, Baumkronen im grünen Jaguardschungel und schließlich die großen Wüsten ...

Sie sah die flirrende Luft, die Dünenkämme, die Palmen am Horizont. Sie roch das Wasser in der Ferne, das süße Blut der Tauben!

»*Canidae!*« hörte sie sich zischen.

Der Hund blieb erschrocken stehen.

Er hatte zwei diebische Katzen verfolgt, und nun baute sich eine riesige, fauchende, sandfarbene Bestie vor ihm auf. Schwarze Streifen, die von den Augen quer über den breiten Kopf führten. Aufgestellte Büschelohren, die vor Angriffslust vibrierten. Heißer Atem, kalte Zähne. Eine Sprache, wie er sie noch nie gehört hatte. Vor einer solchen Erscheinung konnte man nur erzittern. Sein Schwanz senkte sich wie von selbst. Die Ohren legten sich an. Der Bauch berührte fast den nassen Boden, er hörte sich um Gnade winseln.

Dann machte er kehrt und flüchtete so kopflos, daß er fast über die eigenen Beine gestolpert wäre.

Das Wüstenluchsweibchen sah ihm nach.

Canidae! dachte sie.

Dann nahm sie die verletzte Calico zwischen die Zähne, hob sie so behutsam auf, als wäre sie ein Kätzchen, und trottete gemessenen Schrittes mit ihr in die Dunkelheit hinein.

Für einen Moment flimmerte eine magische Straße auf. Dann war die Luchsin verschwunden.

Wenige Minuten später wäre ein zufällig vorbeikommender Wanderer Zeuge eines ungewöhnlichen Schauspiels geworden: eine hochträchtige, aber eher zierliche Hauskatze mit glattem Fell, unter dem sich die Rippen deutlich abzeichneten, schleppte mit letzter Kraft eine sehr viel größere Artgenossin zu einem einsamen Felsturm hinauf, um sie in einer seiner Spalten in Sicherheit zu bringen.

Sealinks Bein heilte nur langsam.

Die Zähne waren von beiden Seiten bis zum Knochen vorgedrungen. Die Calicokatze hatte ziemlich viel Blut verloren. Nachdem sie und die Mau die Wunde gemeinsam saubergeleckt hatten, schloß sie sich von oben her binnen eines Tages; doch dies führtc nur dazu, daß sich das infizierte Bein entzündete. Pertelot mußte mit ihren nadelspitzen Zähnen die Haut aufbeißen, damit der Eiter abfließen konnte.

Beide Katzen verschliefen viele Stunden. Die Transformation der Mau wurde mit keinem Wort erwähnt. Wieviel hatte die vom Schmerz benebelte Sealink überhaupt davon mitbekommen? Pertelot war verwirrt und fand die ganze Sache so beängstigend, daß sie nicht fragen wollte. Viele Ereignisse dieser Nacht sollten ihr nur verschwommen im Gedächtnis bleiben.

Offenbar hatte sie die Calico, nachdem sie die magische Straße verlassen hatten, in eine Höhle im Fuß des Felsturms geschleppt. Dort hatte sie ein lockeres Nest aus Stöckchen und Zweigen gefunden, das mit einer Mischung aus Erde und Gras, Schafwolle und Fellbüscheln ausgekleidet war. In dieser inneren Schicht steckten winzige Knöchelchen, so zart und weiß wie Muschelschalen. Das Nest roch dumpf und verlassen, aber es schützte vor den Unbilden der Witterung, und das Gras war zum Teil noch grün. Wenn sich die beiden Katzen zu einem gefleckten Yin-und-Yang-Symbol aneinanderschmiegten, hatten sie gerade darin Platz.

Sie wußten nicht, wer das merkwürdige Gebilde angefertigt hatte, aber sie sollten es bald erfahren. Als Sealink eines Morgens schlaftrunken den Kopf hob, schaute sie unvermutet in ein großes, schwarzes, glänzendes Auge.

»Raaark!«

Sie blinzelte. Das war keine Elster.

»Raus! Raus aus meinem Horst!«

Der Vogel war dreimal so groß wie eine Krähe und hatte einen riesigen Schnabel, breite pechschwarze Schultern und eine Halskrause aus langen, spitzen Federn, die zornig aufgestellt waren. Er wippte drohend mit dem Kopf auf und ab, dann breitete er ein Schwingenpaar aus, das von Spitze zu Spitze mehr als einen Meter maß und die ganze Höhle ausfüllte, und krächzte abermals …

»Raus! Raus!«

Das Schnabelinnere einschließlich der muskulösen großen Zunge war ebenso schwarz wie das Äußere. Sealink war hungrig aufgewacht, strich dieses Ungetüm aber sofort von ihrer Liste möglicher Beutetiere. Ich werde ganz im Gegenteil, dachte sie, sogar noch einen Schritt weitergehen.

»He, Süßer«, sagte sie. »Friß uns nicht auf.«

Der Vogel starrte sie an.

»Weißt du, wir haben nur ein wenig Schutz gesucht. Wir hatten ja keine Ahnung, daß der Platz bereits besetzt ist.« Sie sah sich um. »Hübsch hier, auch wenn ich gewöhnlich nicht auf Holzstöckchen schlafe. Verstehst du?«

Die Mau war von dem Zwiegespräch wach geworden und richtete sich erstaunt auf. Der Vogel legte den Kopf schief und betrachtete ihren geschwollenen Bauch. Dann klappte er die Schwingen ein und sträubte das Gefieder.

»Zwei *Felidae*«, sagte er leise zu sich selbst. »Hier oben in meinem Horst. Graaa.«

Er musterte Pertelots zarte Rippen.

»Eine ist trächtig und dabei so dürr, daß man die Knochen zählen kann; die andere ist verletzt – hat ein großes Mundwerk und weniger Fleisch auf den Rippen als sonst. Kaaark!« Auf einmal segelte er mit raschelnden Federn von seinem Felssims, glitt schräg auf eine Luftsäule und verschwand.

Minuten später war er wieder zurück.

»Gak«, sagte er. »Graaa.«

Er hatte einen noch warmen Star mitgebracht.

»Wenn du uns reizen willst …«, begann Sealink. Aber der Riesenvogel kam nur kurz in die Höhle geschossen, warf der überraschten Pertelot den Vogel vorsichtig in den Schoß und flog wieder davon.

Dreimal kam er wieder, mit einem Ei, einem Schnabel voller Würmer und einem noch nicht allzu verwesten Feldmauskadaver. Jedesmal überreichte er die Beute seinen Gästen. Seine Höflichkeit wirkte etwas eingerostet – als wisse er zwar, was sich gehörte, habe aber schon lange keine Gelegenheit mehr gehabt, dieses Wissen praktisch anzuwenden. Die Katzen fraßen alles auf, schließlich hatten auch sie eine gute Kinderstube genossen.

»Ja«, sagte der Vogel. Er hatte sie scharf beobachtet. »Graaa. Man kann doch eine werdende Mutter, ganz gleich welcher Gattung, nicht verhungern lassen.«

Pertelot nützte die Gelegenheit, den Vogel nach seinem Namen und seiner Art zu fragen.

Er war gekränkt.

»Kennst du etwa keinen *Corvus corax*? Raark!«

Sealink wußte natürlich, was ein Rabe war.

»Hab mal ein paar von euch an einem Turm getroffen«, erinnerte sie sich. »Wo war das doch noch? Sehr altes Gemäuer. Menschen, die sich herausgeputzt hatten wie die Papageien. Ziemlich verrückt, das Ganze.«

»Ach ja, der Turm …«

Der Blick des Raben wurde wehmütig. »Ich nehme an, daß Gedanke da hingeflogen ist«, sagte er.

»Wie bitte?«

»Gedanke, meine Nistpartnerin. Sie hat mich letztes Jahr verlassen.« Wieder nickte er vor sich hin; dann sah er sich um. »Ich habe den Horst bisher noch instand gehalten, falls sie doch zurückkommt. Ja. Ich hatte mich schon darauf gefreut, hier wieder Junge aufzuziehen.«

Die Mau sah voll Mitleid, wie er ein Stück Eierschale aufhob, es kurz betrachtete und dann über den Rand warf. »Ich heiße übrigens Erinnerung«, sagte er. »Gedanke und Erinnerung!«

Er lachte trocken.

»Rabeneltern haben eine Schwäche für die Mythologie.«

Erinnerung fütterte die beiden Katzen, bis Pertelot etwas zugenommen hatte und Sealink das Hinterbein beugen und strecken konnte, ohne daß sich die Wunde wieder öffnete. Nach seinen Worten war das Rabentradition. Während es draußen in Strömen regnete, hockte er auf dem Rand seines Horsts, schaute auf die beiden Katzen nieder, als wären sie wirklich seine Nestlinge, und erzählte ihnen Geschichten vom Moor und seinem Gespenst, einem großen schwarzen Ungeheuer, das dort umging. Er schien genau zu spüren, wann sie wieder weiterziehen konnten, und als es zum dritten Mal dämmerte, sagte er ihnen Lebewohl.

»Bleibt möglichst auf den Hochflächen«, riet er ihnen. »Da ist es zwar kalt, aber man sieht, wo man ist; weiter unten sind die Sümpfe tückisch, und in den Tälern sammelt sich oft der Nebel.«

Er sah ihnen nach.

»Der Winter ist hart in diesem Jahr, und noch will er nicht weichen. Außerdem gehen seltsame Dinge vor. Haltet stets die Augen offen!«

Dann rief er noch: »*Corvus corax*. Nicht vergessen. Und falls ihr Gedanke treffen solltet, sagt ihr, daß ich sie in Erinnerung behalte!

Kaaark!«

So wanderten sie weiter durch das uralte Land nach Norden. Bis zum Mittag hielten sie sich links von der Sonne; wenn es auf den Abend zuging, befanden sie sich rechts von ihr. Sie kamen nur langsam voran: Sealink hinkte, aber sie beklagte sich nicht. Pertelots Bauch schleifte fast auf dem Boden, und mit der Zeit wurde ihr das Gewicht der Jungen zur Last.

Die Nahrungssuche war sehr viel einfacher geworden. Die Begegnung mit ihrem wilden Ich – dem Luchs in ihrem Innern – hatte Pertelots natürlichem Jagdtrieb zum Durchbruch verholfen. Gegen Abend des ersten Tages entdeckte sie im niedrigen Stechginster einen Kaninchenbau; überraschte ein Weibchen, das unbekümmert in Windrichtung äste; stürzte sich von oben auf ihre Beute, betäubte sie mit einem kräftigen Schlag und erledigte sie mit einem Biß in die Kehle. Das Kaninchen war fast halb so groß wie sie selbst; aber die beiden verzehrten es in einer einzigen Nacht, zermalmten auch noch die Knochen und verschlangen sogar das Fell und die Beine, so daß keine Spur von ihrer Tat zurückblieb.

In den folgenden Tagen fing und tötete Pertelot: eine Wühlmaus, zwei Feldmäuse, einen Wiesenpieper, ein zweites Kaninchen und einen Maulwurf. Es war unglaublich.

»Irgendwie schickt sich das nicht für eine Königin«, beschwerte sich Sealink. »Ich weiß gar nicht mehr, wie ich das alles bewältigen soll.«

Pertelot war richtig zerknirscht gewesen, als sie Sealink den Wiesenpieper zu Füßen legte. »Den wollte ich gar nicht töten«, gestand sie. »Ich habe gesehen, wie sich die Grashalme bewegten, und ehe ich mich versah, hatte ich ihn auch schon im Maul.« Sie strich mit der Pfote über das weiche Tupfengefieder und betrachtete traurig die winzigen Krallenfüße. Sealink sah sich das eine Weile an, dann grinste sie böse und riß dem Vogel mit einem einzigen Biß den Kopf ab.

Es wurde kälter. Feine Schneeflocken schwebten vom bleigrauen Himmel herab und legten eine trügerisch weiche Decke über das Moor. Als Sealink eines Morgens in einer Heidekrautmulde erwachte und die tanzenden weißen Stäubchen sah, war sie entzückt und hinkte mit hochgerecktem Kopf durch die Schneewehen. Die großen Pfoten mit den Fellbüscheln knirschten leise.

Pertelot fand das Gehen beschwerlich. Sie brach mit ihren schmalen Pfoten immer wieder ein und steckte dann bis zur Nase im Schnee. Ihr Bauch war so tief darin vergraben, daß sie befürchtete, die Kätzchen könnten ihr im Schoß erfrieren.

Sie schwamm wie in tiefem Wasser.

Bei Tag erkämpfte sie sich jeden Schritt. Bei Nacht kamen die Träume: Träume von Flucht und Gefangennahme, von Angst und Folterung. Manchmal gestattete sie sich, von Ragnar und den Kätzchen zu träumen, die sie gemeinsam aufziehen wollten. Wie hätte sie das auch verhindern können? Wenn solche Träume sie jedoch bei Tag heimsuchen wollten, schloß sie sie energisch aus und wühlte sich weiter durch den Schnee. Lieber wollte sie darin ertrinken, als sich ihrer Trauer und ihren Zukunftsängsten zu stellen.

Der Schnee schmolz wieder; aber das Wetter blieb schlecht. Eisnebel fegten über das Moor und legten sich in die Senken. Im Moos gefror das Wasser und knisterte bei jedem Schritt. Kein Säugetier, kein Vogel ließen sich blicken. Die Katzen mußten hungern. Immer häufiger galt es, verlassene Bergwerke, offene Schächte und die verbogenen rostigen Schienen aufgelassener Bahnlinien zu umgehen. Manchmal trafen sie auf Kreise aus alten Hütten und Grabhügeln und durchquerten sie, ohne zu wissen, worum es sich handelte. So weit das Auge reichte, gab es nichts als Riedgras und Stechginster. Die Sonne durchlief ihre tägliche Bahn, der Mond und sein Hofstaat von Sternen folgten ihr getreulich. Sealinks Bein blieb steif und schmerzte in der Kälte. Pertelots Kätzchen wuchsen und stellten damit immer höhere Anforderungen an ihre Mutter. Sie mußte häufiger Pausen einlegen.

Eines Nachts verhüllte ein Nebelvorhang die gesamte Landschaft. Man sah nicht mehr als eine Körperlänge weit. Die Katzen froren, und während sie noch diskutierten – konnten sie weitergehen oder nicht? –, legte sich der Nebel auf sie wie ein Körper, durchnäßte ihnen das Fell und trieb ihnen die Kälte bis ins Mark. Die Büsche schoben sich wie schwarze Krallenfinger durch die Schwaden und verschwanden wieder.

Sie gelangten an einen See.

Alles war totenstill. Pertelot hielt an und ließ sich in den Quarzsand fallen. »Es ist schrecklich, Sealink. Ich kann nicht weiter ...«

Von hinten tauchte stückweise die Calicokatze auf: zuerst der dicke Wuschelkopf mit den glühenden Bernsteinaugen, dann die Halskrause und die Vorderbeine. Einen Augenblick lang schien es, als habe sich die vordere Hälfte selbständig gemacht, dann geriet der Nebel in Bewegung, und wie durch Zauberei erschien auch der Rest.

»Komm schon, Süße. Es bringt nichts ein, wenn du verzweifelst.«

»Ich habe Angst, daß ich hineinfalle und ertrinke, und ich bin so müde ...«

Da saßen sie nun, drückten sich fest aneinander, hofften auf besseres Wetter und schliefen sogar ein Weilchen. Doch der

Nebel wollte nicht weichen, und obwohl Sealink großzügig Wärme abgab, begann die Mau, die plötzlich von einem grünen Fluß und weißen Vögeln träumte, irgendwann zu zittern. Sealink leckte ihr das kalte graue Fleisch unter dem graurosa Fell und bemühte sich, ihr die zarten Ohren zu wärmen. Sie wollte gerade sagen: Wir sollten wirklich ein Stück weitergehen, Kindchen, da bemerkte sie, wie Pertelot ihr mit weit aufgerissenen Augen über die Schulter starrte.

»Sealink!«

Hinter ihnen bildete der Nebel einen Strudel, der sich nach oben wendelte und, von irgendeinem gigantischen Wesen zerrissen und beiseite gedrängt, wieder herabsank. Die beiden beobachteten es gebannt.

Über ihnen erschien ein gewaltiger, schwarzer Fleischfresserschädel. Die Augen leuchteten wie fahles Mondlicht, und der Atem war eine eigene Nebelquelle.

Die beiden dachten an den Raben.

Sie dachten an Pengelly.

An Pengelly und seine Geschichten.

»Du meine Güte«, flüsterte die Calico, und dann brach sie in ein jämmerliches Geheul aus.

Noch nie hatte sie so etwas erlebt; auf keiner ihrer vielen Reisen. Sie war weit herumgekommen, aber so etwas, nein, so etwas hatte sie noch nie gesehen.

»Das ist das Moorgespenst!«

20

GEISTERSTRASSEN

Wenn er sein Morgengebet verrichtet, liebt er die Sonne, und die Sonne liebt ihn, denn er gehört zum Stamme des Tigers.

JUBILATE AGNO – CHRISTOPHER SMART

Die weiche Erde hier im Westen nahm Dachs- und Hundespuren und die zierlichen Abdrücke der Füchse zwar an, bewahrte sie aber nur für die Dauer des Nachtfrosts. Es war bitterkalt, doch dann wurde die Luft im Nu von der blassesten Morgensonne erwärmt, die Tom jemals gesehen hatte. Wo sich die hohlen Weiden über das Wasser beugten, zog sich das Eis auf den Teichen zurück. Kahle Dornbüsche, modelliert von den weißen Vorfrühlingswinden, die wie unruhige, kalte Hände über das Hochland strichen, duckten sich in die Senken. Laut piepsend flogen die Kiebitze von den Äckern auf und schwangen sich in die Lüfte.

»Unser Feld!« riefen sie. »Unser Feld!«

An trüben Nachmittagen stieg in den vom Regen aufgeweichten weiten Tälern das Wasser an. Wenn der Wind durch die Schilfhalme vom vergangenen Jahr fuhr, klirrten sie wie Drähte.

Tom hatte ständig Schmerzen auf der linken Kopfseite, wo ihn der Lastwagen angefahren hatte. Am Morgen waren es rasch aufeinanderfolgende Stiche, die ihn schwindlig machten und den Blick trübten, so daß er Entfernungen nicht mehr richtig einschätzen konnte. Das legte sich im Laufe des Tages, und zurück blieb ein dumpfer Dauerschmerz, so gleichförmig wie die Felder ringsum. Tom gewöhnte sich an diesen Schmerz, mit der Zeit begrüßte er ihn sogar. Wenn er für einen Moment aufhörte, hob er den Kopf und begann wie in Erwartung eines Schlages zu zittern. Sein linkes Auge blinzelte und tränte und war oft halb geschlossen. Dadurch wirkte er zerstreut und reizbar zugleich.

Im Schlaf streifte er rastlos über die Geisterstraßen. Hier vermittelte ihm sein lädiertes Auge eine neue Sicht der Dinge. Er genoß die Rechte der Lebenden wie der Toten; der Bewegung wie der Ruhe. In diesem Reich der flüsternden braunen Schatten wälzte sich der Majicou in Todesqualen hin und her wie ein Kätzchen im Sonnenschein und schrie immer wieder: »Das Licht! *Das Licht!*« Mousebreath nahm hundertmal Abschied, als sei sein Tod nur eine von vielen Proben gewesen. Er wirkte jedesmal von neuem überrascht. »Ich kann euch nicht mehr helfen!« flüsterte er etwa. Oder: »He, Tom, Freundchen, ich ...« Und dann starb er. Doch bevor sich sein Geist vollends in Rauch auflösen, mit seiner Umgebung verschmelzen und entweichen konnte, hielt er manchmal inne, drehte sich noch einmal um und rief: »Sag Sealink von mir Lebewohl.« Es waren unglaublich realistische Träume.

Immer wieder fegten Regenschauer über das Land. Tom lief über die Feldwege und an den Hecken entlang. Die Tigerkatze schleppte sich mühsam hinterher, während sich der Nachmittag langsam schloß wie ein großes Tor. Sie war unleidlich, weil sie Hunger hatte, und da sie mit ihren kurzen Beinen nicht Schritt halten konnte, blieb sie immer weiter zurück. Aber wenn Tom sich bei Sonnenuntergang einfach fallen ließ, wo er gerade stand, holte sie ihn jedesmal wieder ein. Nach einer Weile schlich sie lautlos aus dem Schatten einer Zeder oder kroch unter einer Hecke voller Waldreben hervor. Oft ließ ein rosafarbener oder drosseleiblauer Lichtstrahl ihr Lätzchen in trügerischem Weiß erstrahlen, und das heisere Krächzen aus einem Krähenhorst übertönte für einen Moment ihr leises Gewinsel.

»Ich habe solchen Hunger, Jack!«

»Dann friß. Such dir irgend etwas. Oder spiel mit einem Stöckchen.«

Sie sah ihn störrisch an. »Ich brauche einen Freund.«

»Freunde kann man nicht fressen.«

Eine Woche lang verbarg ein dünner, kalter Nebel jeden neuen Tag, und als er sich eines Morgens lichtete, kamen vier Elstern zum Vorschein, die auf einem Acker Kriegsrat hielten. In Tom wurde eine Erinnerung wach, er hielt mitten im Waschen mit erhobener Vorderpfote inne und blinzelte erstaunt. Rings um ihn stieg die frischgepflügte hellbraune Erde in unregelmäßigen Wellen leicht an. Darüber hingen schwarze Haselnußsträucher wie dünne Rauchwolken. Vor seinem tränenden Auge schwankte alles langsam hin und her wie eine Tangwiese unter Wasser. In jeder Furche glitzerten harte, scharfkantige Feuersteinsplitter. Der Magen knurrte ihm.

Die Elstern hüpften eine Weile schweigend hangaufwärts. Dann krächzten drei von ihnen, als würde ein Stock an einem Holzzaun entlanggezogen, schwangen sich in die Lüfte und entschwebten, während die langen Schwänze wie Raketenfeuer hinter ihnen herwogten. Tom nahm die vierte Elster aufs Korn und pirschte sich durch die tiefen, kalten Furchen mit den scharf umgrenzten, schwarzen Schatten geduldig an sie heran. Der Wind blies ihm ins Gesicht und trug ihm den dumpfen, trockenen Elsterngeruch zu. Mousebreaths Vorhersage bewahrheitete sich: Tom war kein begnadeter Jäger. Aber er war hartnäckig und wendete das Gelernte mit unerschütterlicher Entschlossenheit an. Immerhin konnte er auf diese Weise sich und die Tigerkatze ernähren. Wenn der Vogel den Kopf hob, erstarrte er. Das magere, müde Geschöpf war vollauf mit Fressen beschäftigt und bemerkte ihn nicht. Es beäugte den Boden. Pickte. Watschelte ein paar Meter weiter. Pickte wieder. Seine Schwanzfedern standen kreuz und quer. Mit seinem matten, schmierigen Gefieder erinnerte es an eine kranke Taube unter einer Eisenbahnbrücke. Nach einer Viertelstunde war Tom auf gut einen Meter herangekommen und mußte sich sehr beherrschen, um nicht vor Jagdeifer zu zittern, zu schnattern oder einen imaginären Gegner mit der Warnung ›Mein Vogel!‹ verscheuchen zu wollen. Etwas oberhalb seiner Beute blieb er liegen und wartete. Die Elster wandte ihm den Rücken zu. Ein Scharren, ein Satz, schon hatte Tom sie im Maul. Sie schlug ihm die Flügel ins Gesicht und kreischte empört. Ihre Federn waren so, wie Vogelfedern eben sind, ausgedörrt und muffig und nicht besonders wohlschmeckend.

»Raaark! Haaraark!«

»Schnauze!« befahl Tom.

Dies war der Moment, in dem er aus reiner Kopflosigkeit immer wieder einmal ein Opfer entwischen ließ. Doch heute würde ihm das nicht passieren, dafür war er zu hungrig. Er griff um und biß fester zu. Aber der Vogel hatte seine Stimme erkannt, obwohl er mit vollem Mund gesprochen hatte, und begann zu schreien: »Ich bin es! Du kennst mich!«

»Das sagen sie alle.«

»Du *kennst* mich!«

Es war Sorgt-für-Kummer.

»Ach so, du bist es«, nickte Tom. »Verdammt.«

Sobald die Elster frei war, begann sie mit ruckartigen Bewegungen wie betrunken im Kreis herumzuhüpfen. Einen Flügel nachschleifend, den Hals lang ausgestreckt, den Schnabel weit aufgerissen, stolperte sie durch die Furchen. Bald drehte Toms Kopf sich unwillkürlich mit, obwohl er fror und Schmerzen hatte.

»Kannst du nicht einen Moment lang stillhalten?«

»Ich bin verletzt! Du hast mir weh getan!«

»Das ist nicht wahr.«

Sorgt-für-Kummer verzichtete darauf, den Flügel hängen zu lassen, plusterte sich auf und klappte die Federn wie einen verstaubten alten Fächer wieder ein. Dann trippelte er mit schlurfenden kleinen Seitwärtsschritten näher, starrte Tom mit seinem glänzenden Auge an und prahlte: »Du kannst dir nicht vorstellen, was ich alles erlebt habe.« Dann erst fragte er: »Wo sind die anderen?«

»Wir sind als einzige noch übrig«, erklärte Tom.

Die Elster glaubte, sich verhört zu haben. »Aber wo ist der Fuchs?«

»Ich weiß es nicht«, sagte Tom. »Majicou hat ihn mit einem Auftrag auf die magische Straße geschickt, und er ist gegangen, obwohl er überzeugt war, daß ihn dort der Tod erwarte. Seither haben wir ihn nicht mehr gesehen.«

Die Elster legte mißtrauisch den Kopf schief. »Welche Art von Auftrag?«

»Das weiß ich nicht.«

»Dann muß ich Majicou suchen und ihn fragen!«

Toms Kopfschmerzen waren inzwischen so stark geworden, daß ihm die Elster vor den Augen verschwamm. Er starrte den schwarzweißen Fleck verständnislos an und wußte zunächst nicht, was er noch sagen sollte. Schließlich preßte er heraus: »Majicou ist tot.«

Sorgt-für-Kummer war wie vor den Kopf geschlagen. Er sah Tom von der Seite an und erklärte: »Der Majicou stirbt niemals.«

»Wir müssen alle sterben«, widersprach Tom. »Woher wüßten wir sonst, daß wir gelebt haben?«

Damit drehte er sich um und schleppte sich über die Ackerfurchen davon. Die Tigerkatze streifte die Elster mit einem verächtlichen Blick und folgte ihm. Sorgt-für-Kummer schoß schnarrend und quietschend wie eine alte Kinderklapper über ihre Köpfe hinweg und plumpste vor ihnen zu Boden.

»Wartet!«

»So schwer verletzt siehst du gar nicht aus«, sagte Tom.

»Sealink und die Königin sind am Leben!« rief die Elster aufgeregt. »Die Königin ist *trächtig*!« Sie schaute von Tom zu Cy und weiter über den großen leeren Acker. Dann legte sie den Kopf schief und fragte verwirrt: »Und wo ist Mousebreath?«

»Mousebreath ist auch tot.«

»Das kann nicht sein.«

Tom sah nun gar nichts mehr, aber er wollte nicht stehenbleiben. Als er an der Elster vorüberkam, wiederholte er: »Wir sind als einzige noch übrig!«

»Komm zurück!« zeterte Sorgt-für-Kummer. »Hör zu! Ich habe mit Sealink und der Königin gesprochen. Tom, komm zurück!«

»Nein«, sagte Tom. »Du hast mich in diese Sache hineingetrieben. Ohne dich hätte ich glücklich und in Frieden weiterleben können.« Er blieb stehen und drehte den Kopf unter Schmerzen in die Richtung, wo er den Vogel vermutete. »Ich hätte ein Haus gehabt«, sagte er. »Mousebreath hatte ganz recht.«

»So schwer verletzt siehst du gar nicht aus«, stellte auch die Tigerkatze vorwurfsvoll fest.

Dann gingen die beiden weiter, und der Vogel mußte allein versuchen, das Ausmaß der Katastrophe zu erfassen. Es dauerte lange, bis die beiden winzigen Gestalten den Acker quer zu den Furchen überquert hatten. Als sie die Hecke auf der anderen Seite erreichten, begannen sie damit, das Wintergras innerhalb eines langen blassen Sonnenstreifens nach Käfern und Wühlmäusen zu durchkämmen. Die eine Katze stand Wache, während die andere jagte. Dabei wanderten sie immer weiter bergab und immer weiter nach Westen. Sorgt-für-Kummer sah ihnen nach, bis sie verschwunden waren, dann schüttelte er sich und flog davon.

Hinterher ärgerte Tom sich über sich selbst. Ich wollte das alles gar nicht sagen, dachte er. Schließlich habe ich diesen Vogel einmal sehr bewundert. Und er hat Majicou geliebt. Es war gemein von mir, es ihm nicht schonender beizubringen. Nicht nur Sorgt-für-Kummer, auch Sealink und die Mau gingen ihm den ganzen Nachmittag nicht aus dem Kopf. Wo mochten die beiden jetzt sein? Was hatten sie erlebt? Wie war es ihnen ergangen? Wie hatte er es nur versäumen können, sich nach ihnen zu erkundigen? Kätzchen! rief er innerlich aus. Es war schwer zu begreifen. Junge Kätzchen! Er sah sich selbst noch so sehr als Kätzchen, daß ihn die Vorstellung völlig überforderte. Sorgt-für-Kummer. Sealink und Pertelot: Pertelot trächtig. Wie seltsam! Plötzlich war alles wieder da – und war doch niemals weggewesen. Den ganzen Nachmittag ließ er im Geist an sich vorüberziehen, was er erlebt hatte, seit er von zu Hause fortgegangen war, und kam aus dem Staunen nicht heraus. Es beunruhigte ihn, aber zugleich fiel ihm auf, daß seine Kopfschmerzen nachließen, wenn er sich mehr mit der Mau beschäftigte als mit sich selbst. Am nächsten Morgen nach dem Aufwachen gestand er Cy: »Ich weiß nicht, was ich tun soll.«

Sie saßen an einem Bach. Am Ufer zwischen dem Schilf hielten sich noch die letzten Eisreste. Tom hatte der Tigerkatze zum Frühstück die vordere Hälfte einer Wühlmaus überlassen; doch dies war das erste Mal seit Majicous Tod, daß er sie von sich aus angesprochen hatte. Sie kam sofort zu ihm und rieb den Kopf an seinem Gesicht. »Meine Katze. Meine Katze.« Dazu schnurrte sie wie ein unrund laufender Motor. Sie hatte sich wieder mit Schlamm bekleckert, besonders ihr Lätzchen war schmutzig, aber ihre Augen strahlten.

»Ich kann nicht richtig denken«, klagte Tom. »Und ich fürchte mich vor meinen Träumen.«

»Brr, Silber!« mahnte sie. »Nicht verzweifeln. Es gibt doch CB-Funk. Hallo? Hallo? Ich werde deine Träume eben mitträumen!«

»Das wird mir eine große Hilfe sein«, spottete Tom.

Doch von da an tauchte sie tatsächlich in seinen Träumen auf: Und es *war* eine Hilfe. Der Majicou brauchte nicht länger seinen schrecklichen Todeskampf zu durchleiden. Und wenn Mousebreath jetzt davonglitt, zwinkerte er ihm mit seinem Bauernkatzenauge verschmitzt zu und sagte: »Wart nicht auf mich, Freundchen.«

Auf den Traumstraßen war Cy um einiges rundlicher und erinnerte mehr an ein Kätzchen. Sie war auch sauberer und hatte größere Ohren. Sie lachte unentwegt, und sie lief ständig voraus (um dann mit erhobener Pfote unter einer Himmelskuppel von der Farbe seines Fells auf ihn zu warten). Sie machte Jagd auf alles, was sich bewegte. Sie brachte ihm bei, wie man sich orientierte. Sie lehrte ihn, mit den Geistern zu sprechen, deren Echos ihn umschwirrten wie die Libellen. Sie bemühte sich, ihm etwas von ihrer ›Magie‹ zu zeigen, und er bemühte sich, von ihr zu lernen – wozu er in der realen Welt oder auf einer echten magischen Straße niemals bereit gewesen wäre. Anfangs quollen ihm tatsächlich ein paar Lichter aus dem Maul (sie waren heiß und kalt zugleich und schmeckten genauso muffig, wie sie aussahen) oder schwebten wie Bernsteinfunken auf ihn zu. Doch als er weitermachte, holte er nur Schatten aus den Schatten, unförmige Gebilde, die ihn – obwohl sie eine Form hatten – fatal an den *Vagus* erinnerten. Vielleicht, dachte er, ist die Magie nur etwas für weibliche Katzen. »Du hast kein Talent, Jack«, mußte auch die Tigerkatze einräumen. Und als einer der Schatten mitten in der Nacht seinen Namen rief, bekam er es mit der Angst zu tun und verzichtete auf weitere Versuche.

»Das Ding hat behauptet, ich sei der Majicou«, erklärte er, als sie am nächsten Morgen erwachten. »Dabei weiß ich doch, daß das nicht stimmt.«

Cy sah ihn mit großen Augen an und hauchte: »Hui!« Dann sagte sie: »Hör mal, Silber: Wenn du wach bist, bist du eine ganz andere Katze!«

Doch dann war auch die Welt eine andere.

Je weiter sie nach Westen kamen, desto mehr schien sich die Landschaft den gewundenen, magischen Straßen anzupassen, von denen sie durchzogen war. Die sanft geschwungenen, weiten Kreideflächen gingen über in ein Netz aus engen, kleinen Tälern mit steilen Wänden aus honiggelbem Gestein, die selbst am Ende eines frostigkalten Vorfrühlingsnachmittags noch in warmem Licht erstrahlten. Die wurden wiederum von einer Hochebene mit tiefen, düsteren Kalksteinschluchten abgelöst. Dort unten, an den felsigen Ufern der schmalen Flüsse war die Herrschaft des Winters noch ungebrochen, und das Wasser erglänzte in eisigem Blau. Es wurde spät hell und früh dunkel. Man sah keinen Horizont. Die beiden Katzen verfolgten einen eher zufälligen und häufig wechselnden Kurs, was freilich keine Laune war und auch nicht an den geographischen Gegebenheiten oder gar am schlechten Zustand der wilden Pfade, sondern vor allem an Toms eingeschränktem Sehvermögen lag. Irgendwann ließen sie die zerklüftete Hochebene hinter sich und stiegen hinauf zu den wogenden Granitmooren mit den kargen, sauren Böden, den Farnkolonien, die im Sonnenlicht scharlachrot leuchteten, und den verlassenen Fabrikanlagen der Menschen.

»Puh!« sagte Cy und sah sich ängstlich um, als sie einen staubigen Steinbruch voll rostiger Maschinen durchquerten. »Ich habe den Kühlschrank eben für ein Pferd gehalten!«

Tom zuckte die Achseln.

Das Wetter war täglich besser geworden, was Tom von seinen Kopfschmerzen allerdings nicht behaupten konnte. Inzwischen war er so vielen Schafen begegnet, die wie Felsblöcke aussahen, und so vielen grauen Felsen, die plötzlich als Schafe aufstanden und weggingen, daß er sich an diesen steten Wechsel zwischen belebter und unbelebter Natur gewöhnt hatte. Die wilden Pfade verwirrten sich immer mehr, immer weniger war auf sie Verlaß, immer häufiger sahen sich die beiden Katzen gezwungen, ihren Weg zu Fuß fortzusetzen. Und an manchen Tagen verwechselte Tom nicht nur Felsen mit Schafen, sondern war so wirr im Kopf, daß er nicht mehr weitergehen konnte.

Dann mußte die Tigerkatze sie beide ernähren. Doch obwohl sie ihre Pflichten wie immer sehr ernst nahm, bedeutete das praktisch, daß sein Magen leer blieb. Sie fraß nur dann ›richtiges‹ Futter, wenn er darauf bestand. Blieb sie aber sich selbst überlassen, dann stellte sie einen Speiseplan aus den ungewöhnlichsten Dingen zusammen. Manchmal suchte sie graubraune Eicheln, die der Wind spiegelblank geschliffen hatte. Oder sie schleppte verknotete Plastikbänder und Schafwolle an. Einmal brachte sie ihm sogar ein Stück von einem Tor.

»Hübsch«, sagte er, um sie nicht zu entmutigen.

»Wie willst du denn wieder gesund werden«, murrte sie, »wenn du nicht frißt, was ich dir gebe?«

Doch eines Tages änderte sich das.

Sie hatten die Nacht auf einem schmalen Weg verbracht, einer ehemaligen Grundstücksgrenze der Menschen, die wie ein Graben gestaltet war. Auf der einen Seite bot eine Steinmauer, auf der anderen eine steile Grasböschung Schutz vor dem Wind auf der Hochebene. Durch kränkliche Bäume fielen matte Sonnenstrahlen auf das Gras. Dazwischen schoben die ersten Frühlingsblumen ihre Knospen hervor. Tom lag in der Sonne und versuchte, seine Kopfschmerzen zu verschlafen, als Cy durch einen Spalt in der Mauer getrottet kam. Sie blieb stehen und sah sich um, dann kam sie aufgeregt schnatternd die Böschung heruntergelaufen. Sie hatte etwas im Maul, aber Tom konnte nicht erkennen, was es war. Offenbar hatte sie schon länger mit ihm geredet.

»Friß!« rief sie. »Friß das!« Er erschrak. »Halt durch, Trumpf-As!« sagte sie. »Ich hab den Zaster!« Sie blieb dicht vor ihm stehen und ließ etwas fallen.

Er konnte sie nicht sehen – die Welt war eine Palette aus Grün- und Brauntönen –, aber er konnte sie riechen. Und er roch, was sie ihm mitgebracht hatte.

»Das ist eine Maus«, sagte er.

Sie war etwa so groß wie eine seiner Pfoten.

»Deine erste Maus!«

»Du kannst sie ganz haben«, sagte sie.

Das verschlug ihm die Sprache. Er hatte sich von Anfang an nur widerwillig um sie gekümmert. Aber darauf nahm ihr Urvertrauen – jenes innere Bild von der Welt, das der Alchimist mit allen seinen Eingriffen nicht hatte zerstören können – keine Rücksicht. Sie hatte sich ein eigenes Urteil über Tom gebildet. Mit dem speichelverklebten, kleinen, grauen Ding dankte sie ihm nun für eine Liebe, die ihm selbst gar nicht bewußt gewesen war.

»Das ist die fetteste Maus, die ich je gesehen habe«, sagte er.

»Ach, so was kann ich dir jeden Tag fangen.«

Auf breiter Front brausten die Südwinde über den blauen Himmel mit den dicken weißen Wolken. In den kleinen Wäldern hörte man wieder die Vögel singen.

Die Tage wurden länger. Und sie wurden wärmer.

Die Tigerkatze folgte ihrer Beute westwärts über das Moor. Tom folgte der Tigerkatze und beobachtete sie, soweit seine Kopfschmerzen es zuließen.

Was sehe ich? fragte er sich. Die gleiche stämmige, kleine Tigerkatze mit den kurzen Beinen, die er damals an der Caribbean Road so unsanft am Straßenrand im Regen abgesetzt hatte. Die gleichen symmetrischen, schwarzen Flammenzungen über den knochigen Flanken. Wenn sie den Kopf schief legte, schien sie immer noch einer Stimme zu lauschen, die sonst niemand hören konnte. Auch die weißen Söckchen hatten sich nicht verändert. Doch jetzt roch sie am Morgen nach frischem Ei. Wenn vor einer Wolke Vögel dahinzogen, schaute sie von ihrem zerzausten Fell auf, ohne das rosa Zünglein zurückzuziehen, und ihre gelben Augen funkelten vor heimlicher Schadenfreude. Im Lauf des Tages nahm sie einen staubigen Geruch an, der von den trockenen Flechten im Moor kommen mochte. Oder von der goldenen Bänderung über dem dichten Fell hinter ihren Ohren. Ein Geruch nach Gold.

Und das waren nicht alle ihre Gerüche.

Eines Abends standen die beiden auf der Kuppe eines kleinen Hügels im äußersten Westen der Heide. Es war ein windstiller, fast sommerlich warmer Tag gewesen, ein Tag wie ein Glas Honig. Nun warf die tiefstehende Sonne lange Schatten über die Kaninchenweide und übergoß das Geröllfeld oben am Hang mit einem weichen bräunlichgelben Schein. Cy wandte sich Tom zu, und in diesem Augenblick roch sie nach blühendem Stechginster. Ein würziger Duft nach Wärme und Vanille, ein Aroma, das zu ihm sprach. Er hörte es ganz deutlich.

»Komm schon, Trumpf-As«, sagte sie. »Warum willst du nie mit mir spielen?«

Wieder tanzte dieses Fleckchen in ihren Augen, der zusätzliche Farbtupfer im bunten Teppich der Iris, der ihm schon vor Monaten bei ihrer ersten Begegnung aufgefallen war, als er sie von der Straße herunterholte.

»Du spielst überhaupt nie. Bist du alt?«

»Nein«, sagte Tom gekränkt. »Ich bin jung.«

»Na also«, sagte sie. »Dann fang mich doch.« Sie überlegte kurz. »Aber sei vorsichtig«, warnte sie dann. »Ich beiße nämlich.«

Also spielte er Fangen mit ihr, obwohl er sie manchmal kaum sehen konnte, und dann balgten sie sich ein wenig und wälzten sich auf dem Boden herum, und die warme Luft hatte genau die gleiche Farbe wie ihr Tigerfell. Sie sagte: »Jetzt mache ich das: Siehst du? Komm schon! Du mußt mich beißen!« Also biß er sie ziemlich fest, und auf einmal befand er sich in ihr. Es war nicht so, als sähe er durch ihre Augen. Aber er befand sich in ihr.

Später fragte sie: »Und? Hat es dir gefallen?«

Tom ging ein Stück weiter, setzte sich und starrte nach Westen in den goldenen Abendschein.

»So etwas habe ich noch nie erlebt«, gab er zu. Seine Stimme wurde fröhlicher: »Jetzt kann ich besser sehen.« Und bei sich dachte er: Neben allem anderen hat sie mich *gebissen*, und es hat mir gefallen. Aber vielleicht war ›gefallen‹ nicht das richtige Wort? Doch, beteuerte er sich selbst. Es *hat* mir gefallen.

Die Tigerkatze schnurrte laut. »Es *hat* dir gefallen!« bestätigte sie.

Sie legte sich auf den Rücken, ohne ihre goldbraunen Augen von ihm zu wenden.

»Ich kann das jederzeit wieder machen«, sagte sie.

Tom trat näher und leckte ihr das Fell hinter dem Ohr. »Du bist so schmutzig wie eh und je«, schalt er. Und dann fragte er: »Du kannst hören, was ich denke, nicht wahr?«

Sie sah ihn überrascht an. »Kann das nicht jeder?«

»Ich glaube nicht«, sagte Tom. »Ich habe es erst jetzt gemerkt, obwohl wir schon so lange zusammen sind.«

»Machen wir es doch gleich noch mal«, schlug die Tigerkatze vor.

Zwei Tage später erreichten sie das Meer.

Zuerst war es nur eine lange, violette Linie ganz weit draußen. Riesige Wolken schwebten darüber hin und zogen sachte an unsichtbaren Tauen. Schatten verdunkelten es. Leichte Winde kräuselten und wellten seine Oberfläche, die in allen Grau- und Silbertönen spielte. Das Meer! Perlmuttfarben mit Tigerstreifen! Tom war wie betäubt und brachte kein Wort heraus. Er mußte an die Calicokatze denken. »Der Ozean ist mit *nichts* zu vergleichen, Süßer!« hatte sie ihm auf ihrem letzten gemeinsamen Spaziergang am Piper's Quay erklärt. »Du hattest recht, Sealink«, flüsterte er. »Du hattest recht.« Und er hoffte, sie möge noch am Leben sein und diesen Ozean wohlbehalten erreichen.

Sie ließen die Heide hinter sich und stiegen ein steiles Tal hinab, einen Flickenteppich aus verschiedenen Feldern. Hier gab es viele in Pastellfarben gestrichene Häuschen, und alles war von einem dichten Pflanzenteppich überwuchert, der selbst im Winterkleid noch exotisch wirkte. Je näher sie der Küste kamen, desto dichter drängten sich die Häuser in ihrem Labyrinth aus Sträßchen und Gäßchen aneinander. Ein Geruch nach Salz, nach Schlamm und nach Tang hing in der Luft und entwickelte sich irgendwann zu einem durchdringenden Gestank. Jetzt roch es nach Fisch.

»Hui!« sagte die Tigerkatze.

Sie bogen um eine Ecke und standen am Hafen. Auf dem gepflasterten Kai, der schützend um eine Biegung des steil abfallenden Strandes herumgebaut war, türmten sich die Nylonnetze wie blaue Zuckerwatte. Es herrschte Ebbe. Im Sand lagen wild durcheinander – in allen Farben wie in einer Schachtel voller Bonbons, rot und blau, mit neonrosa Fendern, grün, gelb und weiß – die Fischerboote, breite, schwerfällige Holzkähne, an deren Masten die Wimpel im Wind flatterten. Die Möwen zankten sich mit lautem Gekreisch. Eine junge Frau mit grünen Gummistiefeln und Kopftuch ging über den Sand, stieg in eins von den Booten und verschwand kurz unter Deck. Als sie zurückkehrte, hielt sie sich die Hand über die Augen und schaute auf eine Stelle hundert Meter weiter, wo das Meer wie ein Kätzchen am Land leckte.

Tom war wie berauscht. Wenn ich hier irgendwo ein Plätzchen fände, dachte er, ginge ich mein Leben lang nicht mehr weg. Doch vor der Bucht peitschte der Wind den Schaum von den Wogenkämmen, und die Gischt sprühte wie die Funken von einer brennenden Zündschnur. Ein Schauer überlief ihn. Falls uns der Alchimist nicht alle umbringt, dachte er.

»Er bringt uns schon nicht um«, sagte die Tigerkatze und ließ sich die Salzluft um die Nase wehen. »Wir bringen ihn um.«

Und dann fragte sie: »Nimmst du mich mit?«

Um herauszufinden, wo Tintagel lag, war Tom wieder einmal darauf angewiesen, sich bei den Katzen in den Hauseingängen zu erkundigen.

»Da hast du noch ein Stück zu laufen«, sagten sie. »O ja.« Und tratschten weiter miteinander, denn das war ihr Lebensinhalt. Es waren gut genährte Hauskatzen mit zufriedenen breiten Gesichtern, die freundlich in die Sonne blinzelten, während sie ihr ohnehin schon gepflegtes Fell noch weiter auf Hochglanz brachten. Vom Alchimisten hatten sie nie gehört. Sie mochten ein wenig ungehalten sein, weil die althergebrachten Pfade zum Fischerhafen und zurück sich kurzfristig verschoben hatten, und begegneten infolgedessen allen Fremden mit Mißtrauen, doch von der Gefahr, die sich über ihrer Welt zusammenbraute, ahnten sie ganz offensichtlich nichts. Warum sollten sie auch? dachte Tom. Wenn wir alle das Leben beschützen wollten, gäbe es bald nur noch Beschützer, und keiner hätte mehr Zeit, es zu lieben. Und er dachte weiter: Wenn ich hier wohnen würde, bände ich zwei abgerissenen Vagabunden wohl auch nicht alles auf die Nase, was ich weiß. Noch dazu wenn einer davon eine Zündkerze im Kopf hätte!

»Das reicht!« sagte die Tigerkatze, die eben vom Kai kam, wo sie sich mit einigen Schiffskatzen unterhalten hatte. Und sie biß ihn ins Ohr.

Sie blieben zwei oder drei Tage in dem Dorf. Hier mußten sie nicht auf die Jagd gehen. Cy stand bei Tagesanbruch auf, um am Hafen Fischköpfe zu schnorren. Tom schlief sehr viel länger, und als er eines Morgens erwachte, waren seine Kopfschmerzen verschwunden, und er konnte wieder richtig sehen. Die Welt erschien ihm wie neu. Sobald die kleine Strandpromenade halbwegs von der Sonne erwärmt war, machte er sich auf, um die Papierkörbe zu untersuchen. Das war manchmal recht unbequem, aber er hatte es bald heraus, mit drei Pfoten auf dem Rand zu balancieren und mit der vierten den Inhalt zu durchwühlen. Hineinzuspringen brauchte er nur selten, und jetzt in der Vorsaison machte ihm auch niemand die Ausbeute an weggeworfenen Würstchen, Pommes frites mit Ketchup und paniertem Fischfilet streitig. Zu Mittag traf er sich mit der Tigerkatze in einem leeren Bushäuschen mit Blick aufs Meer, und dann wurde geteilt. Am Nachmittag schliefen sie oder zogen Erkundigungen ein.

Toms Lieblingspapierkorb befand sich am Schnittpunkt zweier Gassen in einem kleinen Dreieck, das mit Ketten gegen die belebte Straße und mit einer niedrigen Mauer gegen das Meer hin abgegrenzt war. Dort gab es einige blaugestrichene Bänke und einen rotweißen Rettungsring. Toms Papierkorb – er hatte einen ganz typischen Geruch, der sich aus verfaultem

Obst, Alkohol und einem Brei aus Fleischfasern und den Resten verschiedener Softdrinkbüchsen zusammensetzte – war gleich unterhalb der Mauerbrüstung an der Wand befestigt, und man wußte nie im voraus, was er enthielt. Außerdem konnte man von hier aus die ganze Bucht – mit Fischerhafen, Leuchtturm und Mole – und dahinter die Häuschen an der Fish Street sehen, eine Masse aus Fenstern, Dächern und Mauern, die sich den Hang hinaufzog, als ob die Gesetze der Schwerkraft für sie nicht gälten.

Eines schönen Morgens, alles war noch naß vom Regen, kam Tom in das Dreieck gelaufen, sprang auf die Bank und stellte die Vorderpfoten auf den Rand des Papierkorbs.

In diesem Moment tauchte ein Kopf auf.

»Iau!« protestierte Tom. »Mein Korb!«

»Das glaube ich nicht«, sagte der Besetzer freundlich. Und blieb, wo er war. »Außerdem«, sagte er, »ist uns heute jemand zuvorgekommen. Wenn du willst, kannst du *das* haben«, erklärte er. »Ich würde es nämlich nicht einmal mit geschlossenen Augen fressen, wenn ich ehrlich bin ...«

Er scharrte kurz in den Tiefen, dann sprang er heraus, ohne die Seitenwände zu berühren, landete sicher auf der Bank, auf die Tom sich vorsichtshalber zurückgezogen hatte, und warf dem überraschten Burmillakater eine schmierige, braune Banane vor die Füße.

Der Neue war ein schöner, junger, roter Kater mit langgestrecktem Körper und kurzem, dichtem, elastischem Fell. Seine Augenfarbe lag genau zwischen Bernsteingelb und Kupferrot. Die weißen Schnurrhaare waren steif wie Borsten, und zu beiden Seiten des Kopfes wuchsen kräftige, gelockte Fellbüschel, die aussahen wie ein Backenbart. Er hatte muskulöse, lange Beine, drei weiße Söckchen und ein blendend weißes Lätzchen. Obwohl er sich ganz eindeutig auf eigene Faust durch die Welt schlug – ein gewitzter, verwegener Bursche, strotzend vor Gesundheit, ein Kater wie mit Goldbronze gestrichen –, hatte ihm irgendwann einmal ein Mensch anstelle eines Halsbands ein rotblau gemustertes Seidentaschentuch umgebunden. Was immer es damals bedeutet haben mochte, jetzt war es eine Provokation.

Wer könnte mich schon besitzen? schien es zu verkünden. Kann man den Tag, den Himmel oder das Meer besitzen? Versucht es doch! Er war vielleicht ein Jahr alt. »He!« sagte er. »Dich hab ich hier schon gerochen!«

»Tatsächlich?«

»Vor allem in den Körben. Ich hab mich schon gefragt, wer immer die besten Sachen rausholt.« Er musterte Tom mit einem anerkennenden Blick von radikaler Offenheit, der aber auch etwas Verschlagenes hatte. »Jetzt weiß ich es. Du bist nicht neu in diesem Spiel.«

»Ich bin schon seit einiger Zeit dabei«, nickte Tom.

»Harte alte Burschen wie dich kann ich nur bewundern. Immer früh auf den Beinen. Bei jedem Wetter unterwegs. Ihr wißt genau, wo ihr zu suchen habt.«

Tom dachte: Alt? Ich? Und protestierte: »Ich bin nicht alt.«

»Ich meinte ›alt‹ im Sinne von ›erfahren‹«, erläuterte der Rote. »He!« fuhr er fort, sprang auf die Brüstung und schaute auf Tom herab. »Welch ein herrlicher Morgen. Sieh nur, wie die Sonne scheint! Und diese Wellen! Warum nehmen wir uns die restlichen Körbe nicht *gemeinsam* vor?«

Er lief die Mauer entlang, huschte, den Schwanz hoch erhoben, die Spitze eingerollt, über das Dreieck und schlüpfte unter der Kette hindurch. Ein Blick die Straße auf und ab, dann drehte er sich nach Tom um. »Was meinst du?«

Tom war begeistert. »Warum nicht?« gab er zurück.

»Dann komm!« rief der Rote, und schon ging es los. »Wir könnten sogar zum Strand hinunterlaufen und unser Glück bei den Möwen versuchen«, sagte er. »Zwei Teufelskerle wie wir!«

»Immer mit der Ruhe!« sagte Tom und rannte hinterher.

Es wurde ein einträglicher Vormittag. Um elf Uhr näßte ein kurzer Regenschauer das Pflaster der Strandpromenade, so daß sie sich darin spiegeln konnten. Sie suchten Schutz unter einem umgedrehten Boot, danach drückten sie sich eine Stunde lang vor den Restaurants herum. In einer Mülltüte vor der Spielhalle fand sich ein Stück Pizza. (Es schmeckte gut, auch wenn es, wie Tom wortreich erklärte, mit dem Pizza*belag*, den er einmal mit einer Freundin gefressen hatte, nicht zu vergleichen war.) In einem Rinnstein entdeckten sie zwei panierte Jakobsmuscheln und fraßen sie auf. Toms Kopfschmerzen waren nicht wiedergekommen. Der Rote redete viel, verriet aber wenig über sich selbst; später konnte Tom sich nur an die Bemerkung erinnern: »Einen Zigeuner wie mich hält es nicht an einem Fleck.« Zu Mittag saßen sie im Bushäuschen, schauten einträchtig aufs Meer hinaus und überlegten, worüber sie als nächstes reden könnten. An der Flutlinie hatten ein paar junge Möwenflegel zwischen Softdrinkdosen und Blasentang einen kleinen toten Hai mit gefleckten Flossen gefunden. Neben dem Bushäuschen raschelte eine wintergeschädigte Zottelpalme im ablandigen Wind verstohlen mit den dürren Wedeln. Der Zigeuner gähnte und streckte sich.

»Toller Vormittag«, sagte er. »Man könnte sich glatt dran gewöhnen. Wir beiden wären ein großartiges Team.«

Tom wurde verlegen. »Ich bin eigentlich schon mit jemandem zusammen«, erklärte er.

»He!« sagte der Zigeuner. »Kein Problem!« Und dann wandte er sich rasch den Möwen zu, die von dem Hai abgelassen hatten und wieder lustlos entlang der Flutlinie im Sand pickten. »Sieh dir das an! Die hat doch eben ein Kondom gefressen! Einfach runtergeschluckt, ohne auch nur zu kosten. Die Biester sind so dumm, daß es geradezu eine Sünde ist, sie nicht zu jagen.«

»Meine Freundin und ich ...«, begann Tom.

»Mhm?«

»Wir wollen nach Westen ...«

»Hübsche Gegend. Man ißt da unten ausgezeichnet. Von den Weibern auf der Halbinsel ganz zu schweigen. Die haben den Mond in den Augen!«

»... an einen Ort, der Tintagel heißt. Wir wissen nur noch nicht, wo das liegt. Kennst du dich hier an der Küste aus? Ich habe mich schon so oft verlaufen. Hast du jemals von Tintagel gehört?«

Der Rote folgte mit sanftem Blick den Möwen, die sich um irgend etwas zankten, was sie in einer Plastiktüte gefunden hatten. Eine Zeitlang schwieg er. Die Palmwedel raschelten im Wind. Weit draußen rauschte leise die Brandung. Dann klappte er ein paarmal langsam die Augen auf und zu. »Ob ich von Tintagel gehört habe?« fragte er sich selbst. Und als er Tom mit seinen seltsam verschlagenen, blanken Augen endlich ansah, spiegelten sie das Licht wie zwei Schilde und waren so ausdruckslos, als wären sie tatsächlich aus Messing und aus Kupfer gemacht.

»Genau dorthin will ich auch«, sagte er leise. »Ist das keine Überraschung?«

Bevor Tom sich äußern konnte, tauchte Cy auf. Sie war gereizt, weil sie zwei Makrelenköpfe zugleich im Maul hatte, und als sie den Neuen sah, vergrub sie sie demonstrativ und mit viel Lärm am Fuß der Palme. Dann ging sie mit hochgereckter Nase zweimal um ihn herum. Er wiederum verlor jedes Interesse an den Silbermöwen und starrte sie mit neugieriger Bewunderung an.

Tom fand diesen freimütigen Blick ziemlich beunruhigend und erklärte hastig: »Das ist die Freundin, von der ich dir erzählt habe.«

Der Rote lachte. »Ist sie immer so schmutzig?« fragte er.

Cy hatte ihn – und besonders sein Halstuch – aufmerksam beäugt, doch jetzt wurde sie ungehalten. »Ich hab Fische mitgebracht«, sagte sie zu Tom. »Aber er kriegt nichts ab.«

»Ich wollte sowieso gehen«, sagte der Zigeuner. Sein Blick ruhte nachdenklich auf Cys Zündkerze, die von der Seeluft ein wenig trüb geworden, aber immer noch deutlich sichtbar war. Dann sprang er auf. »Ich habe mich königlich amüsiert heute morgen«, erklärte er Tom. »Hat Spaß gemacht, mit einem von den wirklich alten Hasen zu arbeiten. Und was die andere Sache angeht ...«, fuhr er fort. Seine Augen waren bei Cys Anblick lebhafter geworden, doch jetzt waren sie wieder so leer wie zwei Spiegel, »... von mir aus können wir noch heute nacht aufbrechen«.

Tom waren inzwischen Zweifel gekommen. »Mir ist nicht klar, was du dort eigentlich willst«, sagte er.

Der Rote lachte. »Wer weiß?« meinte er. »Ich hab gehört, daß bald etwas passieren soll.« Er sah Tom eindringlich an. »Ich hab gehört, daß einige Katzen sich auf den Weg machen wollten, um dabeizusein. Und ich lasse kein Katzenspiel aus.« Er zuckte die Achseln. »Du kannst dir's ja noch überlegen«, sagte er. »Ich schau auf jeden Fall vorbei.« Er zwinkerte der Tigerkatze zu. »Um Mitternacht«, sagte er. »Etwa um Mitternacht.«

Und dann schlenderte er, den langen Schwanz eingerollt wie ein Fragezeichen, über den Strand davon. Alles an ihm war voller Leben. Bewegung und Stillstand, Tätigkeit und Muße gingen so vollkommen ineinander über, daß sie sich aufhoben. Jede Geste – jeder seiner Schritte – war wie ein Tanz. Er glänzte im Sonnenlicht wie blankes Gold.

»Wasch mich«, verlangte Cy, während sie ihm nachsahen.

»Ich muß mir klarwerden, was wir tun wollen«, gab Tom zu bedenken.

»Wenn du mich nicht wäschst, gibt es keinen Fisch.«

Mitternacht.

Der Mond schien hell und brachte die dünnen Wolken am Himmel zum Schillern wie eine Makrelenhaut. Die Flut war kurz vor dem Höchststand, das Wasser rauschte über den schmalen Kiesstreifen, der noch freilag, und brach sich knirschend an der Mauer. Heftige Böen rissen an den Palmwedeln und peitschten die Falleinen der vertäuten Boote gegen die Masten. Im Bushäuschen war es kalt, und Cy schlief. Tom schaute auf die öligschwarze Dünung und in die Brandung, aber die Wellen beruhigten ihn nicht mehr so wie früher. Seine Kopfschmerzen waren zurückgekehrt. Der Rote trat, selbst wie ein schwarzer Schatten, aus den Schatten heraus.

»Und?«

»Wer bist du?«

»Ein Zigeuner wie ich hat keinen Namen. Kommt ihr jetzt mit?«

Tom zuckte die Achseln. »Was bleibt mir übrig?«

»Es ist nur ein Spaziergang an der Küste entlang«, erklärte der Rote ruhig. »Und es geht um ein Katzenspiel.«

Dann fügte er hinzu: »Immerhin bist du eine Katze.«

Cy schreckte aus dem Schlaf. »Wer ist das?« fragte sie. »Ach so, der. Den brauchen wir nicht.«

»Wach auf«, befahl Tom. »Wir gehen nach Tintagel.«

DAS ACHTE KATZENLEBEN

Aus Mr. Newtons Tagebuch

Als ich in der Stadtbibliothek nach Texten suchte, um meine Hypothese zum Wesen des Ætherischen Geistes zu untermauern und meinen Kritikern, Mr. Boyle und Mr. Hooke, den Wind aus den Segeln zu nehmen, entdeckte ich zwischen den Seiten von Walter Charletons Physiologia Epicuro *ein einzelnes uraltes Blatt Papier. (Meine besten Bücher waren zu meinem großen Bedauern zusammen mit vielen meiner Versuchsobjekte und meiner geschätzten und treuen Katze Hobbe einer verheerenden Feuersbrunst zum Opfer gefallen; wobei ich insgeheim vermute, daß selbiges Feuer in meinem eigenen* Theatrum Chemicum *durch flüchtige Substanzen entzündet wurde. Mein Häuschen hat wunderbarerweise standgehalten, aber seine Wände sind auch sehr alt und sehr dick. Die Renovierung erwies sich als bemerkenswert einfach; und jetzt habe ich wenigstens im näheren Umkreis keine Nachbarn mehr, die mich bei meinem Werke stören könnten. Die Allgemeinheit vermutet den Ursprung des Brandes übrigens in der Backstube des Mr. Thos. Faryner, die sich an mein Anwesen anschließt, und ich werde mich hüten, dem zu widersprechen, war der Schaden für Stadt und Bevölkerung doch ungeheuerlich.)*

Besagtes Blatt Papier weckte mein lebhaftestes Interesse, strebe ich doch schon seit langem danach, tieferen Einblick in die Gesetze des Universums zu gewinnen; ja, dies ist mir ein Anliegen, das mir wie Feuer auf der Seele brennt. Viele Einzelteile halte ich bereits in Händen – so etwa das Wissen um die Fluxionen der Erde wie des Mondes, um die Anordnung der Planetenmassen oder die Entstehung der Farben sowie gewisse Erkenntnisse bezüglich der magnetischen Anziehung, der Schwerkraft und ihres Gegenteils – aber das innerste Wesen der Welt, der Brennstoff, aus dem der Geist des Universums recht eigentlich entsteht, sie bekam ich bislang nicht zu fassen. Ich folge dem Rat der alten Adepten und suche wie so viele vor mir nach dem Stein der Weisen; doch fühle ich im Innersten, daß die vollkommene Materia Mundi *nichts so Profanes sein kann wie das Gold, das doch nur ein einfaches, seelenloses Metall ist ...*

Die Katze heiszet im Hebräischen *Catul*, im Griechischen *ailouros* und im Lateinischen *Catus* oder *Felis*. Bei den Ägyptern wurde sie nach dem Klang ihrer Stimme *Mau* genannt und wie ein Gott verehret. Bei den Völkern des Nordens gilt sie als Glücksbringer und Fruchtbarkeitssymbol; die Roma dagegen nennen sie *Majicou*, und ihnen ist sie ein Greuel.

Alle Katzen sind eines Wesens und gleichen sich auch im Aussehen, nur in der Grösze unterscheiden sie sich; Raubthiere sind sie alle, die wilden wie die zahmen, und als solche werden sie vielerorts für kleine Tyger gehalten.

So wandelt denn dieses wundersamste aller Geschöpfe unsichtbar und lautlos über die Straszen der Erde, und so mancher hanget dem Glauben an, es seien ihm auch magische Kräfte verliehen.

Die Alten haben einst eine Grosze Katze geweissagt, grosz nicht von Gestalt, aber mit einer Seele, wie sie erhabener nicht sein kann. Und die gröszte unter diesen ist die Goldene Katze. Sie wird kommen, wenn sich der alte Norden vereint mit dem Auge des Horus, und es wird ihr die Macht gegeben sein, sich die Sonne, den Mond und die geheimen Pfade untertan zu machen. Wer das Glück hat, im Besitz dieser Katze zu sein, dem mag sie zum Schlüssel werden für alle Geheimnisse der Natürlichen Welt.

Der Kleine Tyger
William Herringe
Im Jahre unseres Herrn 1562

Ich war bereits auf die magischen Eigenschaften des Katzengehirns gestoßen, dessen die Adepten sich seit Jahren bedienen, um eine Vielzahl von Leiden – vom Wahnsinn über die Gicht bis zum Haarausfall – zu heilen. Ich selbst habe festgestellt, daß man mit dem Verzehr gewisser Teile der Katzenanatomie die Zeit verlängern kann, die einem zugemessen ist auf dieser Welt; eine Entdeckung, die einem wie mir, der noch so vieles zu erkunden hat, mehr als willkommen ist. Wie nahe die alten Weiber mit ihren Geschichten von den neun Leben einer Katze doch manchmal der Wahrheit kommen. Dennoch hatte ich diesen offensichtlichen Zusammenhang nicht hergestellt, obwohl meine Experimente in die gleiche Richtung zielten! Ja, die Magie der Katzen muß eine Quelle des Ætherischen Geistes sein, der die ganze Welt antreibt …

Die Goldene Katze!

Sie ist der Schlüssel, der mir Zugang verschaffen wird zu den tiefsten Mysterien der Natur!

21

MOORGESPENSTER

Und laß mich deine Sichelkrallen aus gelbem Elfenbein berühren, laß mich den Schwanz umfassen, der sich um deine Samtpfoten windet wie eine riesige Natter ...

OSCAR WILDE

Das Gespenst blieb plötzlich stehen, drehte den Kopf und schnupperte. Der Luftdruck hatte sich verändert.

Es war gerannt.

Es spürte, wie etwas auseinanderklappte und von ihm abfiel. Als würde die magische Straße sich schließen, sich a flösen, sich über das gesamte Moor verteilen.

Es war gerannt.

Mit jeder Sekunde kam ihm die Welt wieder näher. Die Wildheit wich von ihm. Seit es stillstand, floß sie durch das Rückgrat ab.

Es war gerannt, und die magische Straße war immer noch da, eine endlose kupferrote Ebene, eine bräunliche Atmosphäre. Doch vor ihm war jetzt alles verschwommen. Ein weißer Nebel. Und was kam danach?

Etwas Neues. Da vorn war die Straße offen, und alles war im Fluß. Ein Duft hing im Nebel, so wild und scharf, daß man davon ganz benommen wurde. Das Gespenst erkannte, daß es in seinem eigenen Kopf eingesperrt war. Es spürte diesen Kopf – die Muskelbänder am Kiefergelenk, das Blut, das unter der mächtigen Hirnschale rauschte und pochte, die Säbelzähne, die durch die Luft fuhren.

Es war auf der magischen Straße gerannt.

Und nun war es sich selbst fremd; doch der fremde Ort kam ihm irgendwie vertraut vor. Wie kam es hierher?

Vertraute Umgebung; fremdes Ich.

Seine Schnurrhaare zuckten, sein dickes Blut raste schneller durch die Adern, winzige Stromschläge jagten ihm über den Rücken, bis sich zwischen den weit auseinanderstehenden Ohren und der äußersten Schwanzspitze auf schmalem Grat das Fell sträubte. Eine plötzliche Gier durchfuhr es, ein Hunger, so unerträglich wie köperlicher Schmerz.

Ein Beutetier?

Nein. Der Duft war zarter. Und beängstigender.

Es senkte den Kopf noch tiefer.

Ein Raubtier?

Nein. Der Duft war uralt, aus vielen Bestandteilen zusammengesetzt, und eigentlich weckte er keine Angst, sondern Scheu. Eine gewaltige, eine beängstigende Scheu.

Rosenöl und Zibet. Gewürze und Blut.

Plötzlich stand das Herz des Gespensts in hellen Flammen. Der Blutgeruch drang in sein Innerstes und brachte auch sein eigenes Blut in Wallung. Ringsum zuckte die magische Straße und seufzte auf, als habe auch sie das Ziel erkannt. Ein goldenes Leuchten strahlte aus seinen Augen, und in den weiten Räumen seines uralten Schädels überstürzten sich die Gedanken:

Unser Blut ist ein Buch!

Das Gespenst hob den Kopf und brüllte so laut, daß die Luft erzitterte. Die Welt schrumpfte und wurde scharf, zugleich verschwamm sie und wurde riesengroß; seine Fleischmassen schmolzen ab, und dann berührte seine Nase ein Wesen aus Hitze und Feuer: eine Kätzin! Grazil, mit rosig schimmerndem zartbraunem Fell, unter dem sich die zierlichen Rippen abzeichneten. Sie hatte die Ohren flach angelegt. In ihren Augen funkelte der Schreck, sie stellte sich trotzig auf die Zehenspitzen ...

Ragnar Gustaffson dröhnte das Blut in den Ohren, dann fielen die letzten Reste der magischen Straße von ihm ab, und er war nach einer weiteren unfaßbaren Reise wieder er selbst. Er war erschöpft, er fror, und er zitterte vor Schreck und vor Begeisterung an allen Gliedern.

»Pertelot ...«

Die Königin der Katzen am Weiher von Dozmary.

Endlich wich das Entsetzen aus ihrem Blick.

»Ragnar...«

Der König der Katzen riß die Augen auf. Wie wunderschön sie war – mit ihrem geschwollenen Bauch, dem klatschnassen Fell und den schmutzigen Pfoten...

Ragnar Gustaffson, Pertelot Fitzwilliam und die Calicokatze Sealink kuschelten sich zu einem bunten Pelzknäuel zusammen. Ragnar leckte Pertelot behutsam den Schlamm aus dem Gesicht, dann wusch er sie gründlich vom Kopf bis zum Schwanz. Der vertraute Duft erfüllte ihn mit wildem Jubel. Über dem gewölbten Bauch hielt er inne, um mit seiner großen rauhen Zunge die winzigen Unebenheiten nachzufahren. Als sie auf den Druck reagierten und sich bewegten, entstieg seiner stolzgeschwellten Brust ein tiefes Grollen.

Alle seine Entbehrungen, alle seine Reisen hatten nur den einen Zweck gehabt: ihn auf diese Entdeckung vorzubereiten.

»Jetzt fühle ich mich endlich wie ein König«, sagte Ragnar. Und er versuchte zu erklären, inwiefern ihn seine Abenteuer geradewegs auf diesen Augenblick hingeführt hatten.

Er erzählte von der Fahrt im Katzenfängerwagen mit Tom und Mousebreath und der kleinen Tigerkatze, von den Umständen, unter denen sie getrennt worden waren, von seiner Angst um Pertelot und wie er trotz dieser Angst von der Katze Cottonreel gelernt hatte, einen Riegel zu öffnen. Er berichtete, wie er die Katzen befreit und einen Hund gebissen hatte. (Was ihm einen bewundernden Blick von Sealink eintrug.) Er beschrieb den langen Fußmarsch. Das Wasser, das ihm im Gesicht festgefroren war. Den Fluß, den er nicht überquert hatte. Seine Erschöpfung und seinen Hunger. Als er auf den Brand zu sprechen kam und auf das sechste Kätzchen im Wäscheschrank, für das alle Hilfe zu spät gekommen war, begann die Mau leise zu weinen. Sein Leben bei der alten Dame und besonders ihr köstliches Futter – Fisch, in zerlassener Butter gedünstet – schilderte er so anschaulich, daß Sealink das Wasser im Mund zusammenlief.

»Es ist mir schwergefallen, sie zu verlassen, Pertelot; aber ich hatte im Traum deine Stimme gehört. Ich kann mir das bis heute nicht erklären. Unsere Kätzchen riefen nach mir wie alle

Kätzchen der Welt zugleich. In diesem Augenblick wußte ich Bescheid. Das Leben lag vor mir. Es hatte mich gepackt und zog mich zur Küste.«

Dann sprach er von der Wanderung über die Klippen, vom Meer, das seinen Blick so unwiderstehlich angezogen hatte …

»Obwohl ich doch genau wußte, daß ihr da draußen nicht sein konntet!«

Pertelot starrte ihn an.

»Aber Rags, genau dort waren wir.«

Und Sealink sagte: »He! Dann haben wir ja *dich* gesehen!«

Plötzlich redeten sie alle durcheinander.

»Oben auf den Klippen, während des Gewitters: diese riesige Katze …«

»… die sich vor dem Himmel abzeichnete …«

»… als der Blitz einschlug …«

»Wir waren auf einem Boot …«

Ragnar rannte vor Begeisterung im Kreis herum. »Ich habe auf das Meer hinausgeschaut«, sagte er, »aber ihr wart sicher nicht größer als eine Eichel!« Er lachte. »Ich hatte kurz zuvor eine magische Straße verlassen. Ich war – Das ist unerhört *interessant*. Findet ihr nicht auch?«

»Und als du vorhin die magische Straße verlassen hast und wir dich im Nebel plötzlich vor uns sahen, da dachten wir, du seist …«

»Das Moorgespenst.«

Ragnar lachte. »Vielleicht bin ich tatsächlich das Moorgespenst«, sagte er.

Er überlegte. »Vielleicht sind wir alle Gespenster.«

Und dann setzte er sich, um die unterbrochene Waschzeremonie fortzusetzen. Dabei bemühte er sich so gewissenhaft um seine Königin, daß sie bald in einen tiefen traumlosen Schlaf fiel.

Sealink hatte den Kopf auf die Flanke des Königs gelegt. Nach einer Weile rekelte sie sich genüßlich und sagte: »Du meine Güte, Schätzchen, du bist der reinste Ofen!« Als sie sich strecken wollte, zuckte sie zusammen. »Immer kriecht mir die Kälte in das verdammte Bein«, sagte sie und betrachtete es vorwurfsvoll.

»Du bist verletzt«, stellte der König fest.

»Hundebiß, Süßer. Das Schlimmste, was einem widerfahren kann. Das Vieh hätte mir den Garaus gemacht, wenn mir nicht jemand zu Hilfe gekommen wäre.« Und dann erzählte sie ihm von dem Marsch durch das alte Land (unter ausführlicher Berücksichtigung des schlechten Wetters, der vielen Tiefschläge und – ganz besonders – der miserablen Nahrungssituation). Als sie den Raubzug auf dem Bauernhof und seine Folgen schilderte – sie war erst wieder zu sich gekommen, als sie schon in Pertelots Maul hing und recht unsanft im Dunkeln einen Berg hinaufgeschleppt wurde –, meinte Ragnar: »Wenn man mich fragte, würde ich antworten: ›Das ist ziemlich schwer zu glauben.‹«

»Tatsächlich?«

Sealink stutzte. »Ich gebe dir einen guten Rat, Süßer«, sagte sie dann. »Sieh sie dir genau an, wenn es hart auf hart geht. Deine Königin mag klein und schmächtig sein, aber sie läßt sich nicht unterkriegen.«

Sie schaute an sich hinunter. »Während ich im wahrsten Sinne des Wortes einiges zu bieten habe.«

Sie sah ihn offen an.

»Genau wie du, schätze ich.«

Wie Ragnar auf diese Anspielung reagierte, konnte sie nicht feststellen, denn er hatte genau diesen Moment gewählt, um ihr krankes Bein zu untersuchen. Es war angeschwollen und stark gerötet.

»Hm«, brummte er.

Und dann begann er, den entzündeten Bereich mit langen kräftigen Zungenstrichen zu bearbeiten. Angenehme Hitzewellen durchzogen Sealinks Gesäß und Flanke, gelangten in den Magen, in die Kehle und schließlich in den Kopf, wo sie ihr sogar die Gedanken wärmten. Nach einer Weile lehnte sich der König zurück und betrachtete sie mit fachmännischem Blick. Sie hatte die Augen halb geschlossen und ließ ein eigenartiges Schnurren hören – ein sattes, gedämpftes Vibrieren aus den Tiefen der Kehle, das von einem hellen, an fernes Vogelgezwitscher erinnernden Trillern überlagert wurde. Er nickte zufrieden vor sich hin. Sealink schüttelte sich ausgiebig –

sie fühlte sich so herrlich gelenkig wie ein Kätzchen! – und bewegte probeweise das verletzte Bein. Eine einzige fließende Bewegung, und es war gestreckt. Sie betrachtete es verwundert, dann wanderte ihr Blick zum König.

Ragnar Gustaffson Cœur de Lion prüfte versonnen sein Werk.

»Hm«, meinte er, »so ist es gut.«

Sealink starrte ihn an.

»Süßer«, sagte sie, »es ist ein Jammer, daß du deine Gunst nicht etwas breiter streust.«

Ragnar machte ein verlegenes Gesicht.

Genau in diesem Moment schreckte die Königin der Katzen aus tiefem Schlaf auf. Ihr Gesicht, das eben noch blind und starr gewesen war, zuckte ängstlich. Dann fiel ihr Blick auf Ragnars Zottelfell, und der Alptraum war vergessen.

»Oh, Rags!«

Die beiden sahen sich mit soviel Leidenschaft an, daß Sealink plötzlich das dringende Bedürfnis verspürte, ein Riedgrasbüschel aufzusuchen, das ein paar Schritte entfernt wuchs. Nachdem sie sich diskret erleichtert und lockeren Torf über die Stelle gescharrt hatte, beobachtete sie das Pärchen mit schmalen Augen und schwerem Herzen. Der Nebel hatte sich aufgelöst und den Blick auf die trostlose Moorlandschaft freigegeben. Rags und Pertelot saßen im Mondschein am Ufer des spiegelblanken Weihers im vereisten Schilf. Für sie war die Welt zumindest im Moment ein kuscheliges Nest aus weichem Fell und warmem Atem. Sealink ging flüchtig ein Bild durch den Sinn: zweierlei Augen und ein muskulöses Gesäß unter rauhem Schildpattfell.

Sie saß ganz still und schnupperte.

»Was ist das?« fragte sie ins Leere hinein.

Es war der Riß in der magischen Straße, aus dem Ragnar gekommen war, ein schimmernder Lichtwirbel, der in der feuchten Luft zaghaft summte. Sealink ging mit der Nase ganz dicht heran.

»Nun sag schon«, flüsterte sie wie zu einem Lebewesen.

Und dann: »Mousebreath!«

Es hätte sie nicht überrascht, wenn jetzt ein Schatten aufgetaucht wäre, ein Gespenst, das sich allmählich in die vertraute

Katergestalt verwandelte. Wie ein Stromschlag durchzuckte es ihren Rücken; ihr Schwanz richtete sich auf, um ihn willkommen zu heißen.

Nichts.

Neugierig geworden, sah sie sich die magische Straße näher an.

Durch ein zackiges Loch quoll der Inhalt heraus – die verschüttete Milch von Jahrmillionen – und sammelte sich vor ihren Füßen zu einer Pfütze, die sofort verdunstete. Doch die Straße war nicht tot. Sie wurde noch immer von Katzen benützt. Sealink hörte ein fernes Rauschen und konnte sogar einzelne Stimmen unterscheiden. Sie klangen gekränkt, verwirrt.

Sie trat durch den Riß und wurde sofort von der Strömung erfaßt. Schemenhafte Gestalten kamen auf sie zu, wie angezogen von ihrer Gegenwart; aber Mousebreath war nicht darunter. Alle waren sie bleich und durchsichtig, ihre Augen strahlten wie winzige Lichtpünktchen durch das Halbdunkel. Kalt und schrill wie ein Warnschrei drang ihre Panik zu Sealink: Die Geisterkatzen des alten Landes flüchteten vor einem unsichtbaren Feind. Gleich einer Welle aus Feuer und Eis brandeten sie über die Fremde hinweg. Doch die nahm jedes einzelne Individuum wahr: eine alte Bauernkatze und drei ihrer Gefährten; zwei Streuner, die ihr neuntes Leben weit weg auf irgendeiner Landstraße verloren hatten; ein schöner alter Kater, von unzähligen Narben gezeichnet, der einer Blutvergiftung erlegen war; sieben Hauskatzen, die schon seit hundert Jahren gemeinsam die magischen Straßen bereisten und deren Energien nun zusehends schwächer wurden; Kätzchen in Dreier- und Vierergruppen. Verirrte, Verstoßene, Enterbte.

Alle hatten Angst um ihre Seelen. Sealink spürte es deutlich.

Sie strömten durch das Loch, kondensierten in der Diesseitswelt als feuchtgrauer Nebel und verteilten sich über das Moor, doch sie hinterließen ihr ein Bild …

Es war etwas geschehen. Ein gewaltiges Unheil …

»Wartet!« rief Sealink. »Wartet!«

Aber sie fürchteten sich zu sehr. Etwas hatte die geheimen Pfade betreten.

Ein finsteres Wesen, besessen von maßloser Gier.

Sealink sprang hinaus und rannte geradewegs zum Weiher.

»Ragnar! Pertelot!« schrie sie. »Der Alchimist ist auf den magischen Straßen!«

Der König und die Königin der Katzen fuhren mit gesträubtem Fell auseinander.

»Lauft! Schnell!«

Der Weiher lag vor ihnen wie ein Meer aus Silberfolie und versperrte ihnen den Weg. Kalt und grau umfloß sie der Strom der Geisterkatzen. Sie konnten nichts tun, als sich blindlings durch den wabernden Nebel aus verstümmelten Botschaften und verblassenden Erinnerungen zu kämpfen und nach Nordosten zu flüchten, wo die Luft noch rein war.

Sealink übernahm die Führung. Ihr Schwanz flatterte wie ein Wimpel. Pertelot hechelte mit einigem Abstand hinterher, ihr dicker Bauch schwankte bei jedem Schritt, ihr Atem ging rasselnd. Ragnar bildete die Nachhut und patschte so heftig durch die Pfützen, daß das Wasser hoch aufspritzte. Immer wieder drehte er sich um und schaute zurück zu dem Riß in der Straße.

Sie rannten so lange weiter, bis Pertelot plötzlich in einer Torfwasserpfütze ausrutschte und ohne Rücksicht auf die Kälte einfach liegenblieb. Sie war völlig erschöpft, und ihre Flanken zitterten.

»Die Kätzchen!« rief sie gequält. Ihre Augen waren trüb, ihr Blick nach innen gerichtet. »Sie kommen! Ich spüre sie.«

Ragnar beschnupperte sie zaghaft. »Hier sind wir nicht sicher«, sagte er.

»Das Auge! Oh, Rags, hilf mir, ich spüre, wie das Auge sich weitet!«

»Reiß dich zusammen, Süße!« mahnte Sealink. »Das können wir im Moment überhaupt nicht gebrauchen. Du spannst jetzt die Muskeln an und hältst mit aller Kraft dagegen, hörst du? Wir müssen weg von hier, und wenn es nicht anders möglich ist, dann werden Ragnar und ich dich tragen. In Ordnung?«

Sie stemmte sich gegen das nasse Hinterteil der Königin.

»Laß das«, verwahrte sich Pertelot.

Sie hob den Kopf und spreizte die Vorderbeine ein. Ein kurzer Kampf, dann stand sie wieder aufrecht. »Eine Weile halte ich noch durch, Ragnar«, murmelte sie mit gekränktem Stolz. »Aber du mußt ihr sagen, daß sie damit aufhören soll. Hoffentlich sind wir bald in Tintagel.«

Sie warf einen letzten Blick zurück auf die geplatzte Straße.

»Die armen Katzen«, sagte sie. »Ich glaube nicht, daß sie eine Gefahr für uns sind.«

In dieser Nacht und während der folgenden Tage entrollte sich die Landschaft unter ihren Pfoten wie ein Teppich. Es ging über endlose Ebenen, die mit Schwingelgras und Blaubeersträuchern bewachsen und kreuz und quer von gewundenen Pfaden durchschnitten waren, vorbei an schroffen Felsen und verlassenen Häusern. Die dürren Farnwedel mußten bereits den hellgrünen Jungtrieben weichen. Die Katzen verzichteten darauf, die magischen Straßen zu benützen, um sich dem Alchimisten nicht zu verraten; aber der zeigte sich nicht mehr. Trotz Pertelots Zustand kamen sie gut voran. Die Königin sprach kaum ein Wort, setzte nur mit verbissener Miene eine Pfote vor die andere.

Über dem Moor lag eine seltsame Stille, und sie stießen auf Wild. Die Gegend war wie ausgestorben, alles hing in der Schwebe. Am dritten Tag konnte Ragnar Pertelots abgehärmtes Gesicht nicht mehr ertragen und ordnete eine Pause an. Er ließ die beiden Kätzinnen im Schutz eines Hagedorngestrüpps zurück und verschwand für eine Stunde. Pertelot fiel sofort in einen unruhigen Schlaf. Ihre Pfoten zuckten; ständig schnappte sie nach einem unsichtbaren Gegner, der sie wütend machte oder ängstigte, doch als Ragnar zurückkam und sie weckte, wollte sie nicht verraten, was sie geträumt hatte. Wozu auch viele Worte machen? Er hatte ein totes Kaninchen mitgebracht, ein mageres, sehniges Ding, vom langen Winter geschwächt. Schweigend schlangen sie es hinunter und setzten bald darauf ihren Weg fort.

Irgendwann hatten sie den Rand des Moors erreicht. Ein Hauch von Frühling lag in der Luft. Sonnenflecken huschten über die Felder. Vogelgezwitscher verdrängte die unheimliche Stille. Wo die Katzen auch stehenblieben, raschelten winzige Füße.

Sealink hüpfte an den Hecken entlang und stürzte sich auf alles, was sich bewegte, bis sie endlich, ein reiner Glücksfall, eine Wühlmaus überraschte. Sie fraß sie auf der Stelle. »Hoppla! 'tschuldigung, Süße«, sagte sie zu Pertelot, als sie Ragnars strafenden Blick bemerkte, aber die Königin hatte gar nichts mitbekommen. Sie zog im Windschatten der Hecke ihren Bauch durch das Gras und zuckte bei jedem Geräusch zusammen.

Schon seit einigen Tagen nahm die Mau kaum noch Notiz von ihren Reisegefährten. Sie war in sich gekehrt und schien ganz allein durch ein Land voll unsichtbarer Gefahren zu irren. Nur mit den Ungeborenen sprach sie. Wenn sie nicht hinter den anderen zurückblieb, lief sie geistesabwesend voraus und knurrte die Schatten in der Hecke an. Bei jeder Rast fiel sie sofort in einen todesähnlichen Schlaf, nur um im nächsten Moment hellwach wieder hochzufahren und sich mit wildem Blick umzusehen.

»Ich finde das beunruhigend«, sagte Ragnar zu Sealink.

»Da bist du nicht allein, Kleiner.«

Dann fielen die Hügel sanft ab, das frische Grün wogte, von Farbtupfern unterbrochen, bis zum Horizont. Dahinter lag die Unendlichkeit, lagen unermeßliche Weiten, lag eine verheißungsvolle Zukunft. Die Luft roch salzig, jeder Atemzug brannte in den Lungen. Bald prahlten über ihnen die ersten weißen Möwen mit ihren Flugkünsten.

Die Calicokatze schnupperte vergnügt.

»Das Meer!« verkündete sie. »Ich rieche es!«

Sie überlegte kurz. »Jetzt werde ich meinen Alten wiedersehen!« sagte sie dann. »Mann! Wenn er nur nicht so ein häßlicher Bastard wäre!« Schwanzwedelnd lief sie immer schneller. »Was meinst du«, wandte sie sich an Pertelot, »wollen wir tauschen?«

Aber Pertelot fand das nicht komisch. Sie sträubte schon den ganzen Tag das Fell, kniff den Schwanz ein und legte die Ohren an. Immer wieder rannte sie ein paar Schritte und suchte irgendwo Deckung oder blieb mittendrin stehen und leckte sich mit leisem Jaulen die Flanke.

Sie hatten einen Hügel erstiegen, der ihnen freien Blick über eine Wiese mit rosa Grasnelken und roten Feuernelken gewährte. Dahinter lag blaugrün und funkelnd der Ozean im Licht der Morgensonne. Eine runde Halbinsel war der Küste vorgelagert. Die Mauern einer alten Burgruine schmiegten sich an die Klippe und verschwanden auf der Seeseite im Meer. Dicke Flechtenteppiche milderten die harten Kanten. Ringsum war alles übersät mit schroffen schwarzen Felsblöcken. Am Fuß der Felsen war der Boden voller Unebenheiten, und da und dort zogen sich rötliche Schrammen durch die Grasnarbe.

Landeinwärts erstreckte sich ein dichtes Stechginstergestrüpp. Der Wind hatte die Büsche über Generationen zu bizarren Formen gebogen. Darin verschwand nun die Königin. Die Gefährten folgten ihr nicht. Pertelot drehte sich unaufhörlich um sich selbst wie ein Kätzchen, das seinem Schwanz nachjagt, dazwischen wusch sie sich mit fahrigen Bewegungen. Ein klägliches Winseln drang aus ihrer Kehle. Der Anblick ihrer Begleiter verstörte sie sichtlich. Sie zischte Sealink, zischte ihren Partner an.

»Geht weg!« befahl sie. »Geht sofort weg!«

Ragnar wollte ihr helfen und bahnte sich entschlossen einen Weg durch das Gestrüpp. Seine Größe behinderte ihn, sein langes Fell verfing sich in den dürren Ästen und in den Dornen.

Als er das seltsame Nest der Mau erreichte, drückte er sich liebevoll an sie, doch sie bäumte sich mit ohrenbetäubendem Kreischen auf und biß ihn. Erschrocken sprang er zurück.

»*Pertelot ...!*« begann er.

Dann hielt er inne und riß die Augen auf.

Die Milch rann ihr aus den Zitzen und näßte ihr das Fell.

22

EIN GOLDENER MORGEN

Der Katzen größte bin ich allzumal.
Ich bin die ewige Katze!
Alt und gerissen und glatt wie ein Aal
Bin ich, die ewige Katze!

WILLIAM BRIGHTY RANDS

Tom und seine Begleiter verließen das Dorf und wanderten drei Nächte und einen Teil der vierten Nacht an der Küste entlang.

Es war eine felsige Küste mit steilen Buchten und spitzen Landzungen. Zum Festland hin trotzte ein Hügel nach dem anderen dem Wind, jeder mit einem stummen Felsen oder einer verlassenen, alten Festung gekrönt. Wenn das Meer in die tiefen Felsspalten hineinkrachte, klang es, als würden in der Ferne riesige Türen zugeschlagen. Das Mondlicht verwandelte die Feldwege in geheimnisvolle Pfade und legte einen Silberschimmer über die ölig-violetten Wogen.

Tom und Cy verschliefen den ersten Tag auf einer Landspitze im Nebel, und als sie erwachten, hingen in den vom Wind gestählten, dichten Pflanzen Millionen von Wassertröpfchen. Jeder Tropfen fing für einen Moment das tiefrote Licht der untergehenden Sonne ein, bevor er zitternd zu Boden fiel.

»Wir sollten aufbrechen«, schlug der Rote vor. Er war plötzlich wie aus dem Nichts aufgetaucht.

Seit sie den Hafen verlassen hatten, entwickelte er eine rege Betriebsamkeit. Ständig war er in irgendwelchen Geschäften unterwegs oder führte Gespräche mit den heimischen Katzen. Mit ihnen verabredete er sich an allen möglichen Orten – in Scheunen, auf Felsklippen, einmal sogar zwischen den

Kühen auf einer zertrampelten Weide unterhalb der Küstenstraße. Die Kühe schnaubten friedlich und prusteten ihren duftenden warmen Atem über die ungewöhnliche Versammlung hin, während sich die Katzen scheinbar stumm gegenübersaßen.

Lauter schwarze Katzen.

Tom fand den Anblick beunruhigend, und später fragte er: »Wer war denn das?« Womit er vermutlich meinte: Wer bist du?

Aber der Kater antwortete nur: »Ach, nur irgendwelche Katzen.«

»Ein ziemlich wilder Haufen, fand ich.«

Die Kupferaugen blitzten spöttisch durch das Dunkel, und Tom mußte sich mit der mageren Auskunft zufriedengeben: »Nur ein paar gute Freunde.«

Drei Nächte lang waren sie gemeinsam unterwegs – drei Nächte und einen Teil der vierten Nacht. Doch Tom wußte über seinen neuen Begleiter immer noch nicht mehr, als daß er ein liebenswerter Schelm war. Er war immer hungrig wie an jenem ersten Morgen im Papierkorb. Er war immer guter Dinge. Er hatte immer eine Bemerkung über das Wetter parat. Mit Cy spielte er so lange ›Ich sehe was und springe‹, bis sie ihr anfängliches Mißtrauen vergaß. Er verstand es, sie aus der Reserve zu locken, er konnte sie aufmuntern, wenn sie sich langweilte, und er brachte sie zum Lachen, wenn die Hinterbeine ihr wieder einmal den Dienst versagten. Und wenn Tom Wühlmäuse fing, setzte ihr der Rote – ein Jäger, der gewöhnliches Wild verschmähte – frische Silbermöweneier oder einen Seestern von einem salzigen Strand unterhalb der Klippen vor.

»Das mußt du probieren«, drängte er. »Das schmeckt gut.«

»Stimmt!«

Sein buntes Halstuch hatte es ihr angetan.

»Eines Tages«, versprach er, »erzähle ich dir, wie ich dazu gekommen bin.«

Er sei ein Zigeuner, behauptete er, *er* werde sich niemals binden. Er brauche seine Freiheit, es halte ihn nicht an einem Ort. Trotzdem hatte er in jedem einsamen Haus entlang der Küste eine ›Freundin‹. Er steckte voller Widersprüche.

Tom dachte: Eine Katze, die ein Halsband trägt, aber keinen Namen haben will. Ich mag ihn. Aber wie kann ich ihm vertrauen? Seine Zweifel verdichteten sich, als er am dritten Tag gegen Abend erwachte und sah, daß es in dem Steinbruch, in dem sie geschlafen hatte, von blauen und roten Vögelchen nur so wimmelte ...

Die letzten Strahlen der Abendsonne beschienen die kahlen, abweisenden Felswände. Die Luft war kalt und feucht, aber die Vögelchen schossen munter, mit schwirrenden Flügeln hin und her. Tom hörte ein schläfriges Summen, langgezogen wie ein Akkord. Es kam von der Stelle, wo Cy und der Rote einander gegenübersaßen. Ihre Augen leuchteten gespenstisch. Sie tuschelten miteinander.

»Jetzt machst du einen von denen!«

»Nein, du machst einen von den anderen!«

Immer neue Vögel kamen aus ihren Mäulern und flatterten in die Dämmerung davon.

»Was treibt ihr da?« fragte Tom wütend. »Was fällt euch ein? Wollt ihr, daß sie uns *finden*?« Er stellte sich auf die Hinterbeine und ohrfeigte Cy.

»Laß das!« zischte sie und rannte davon.

»He«, sagte der Rote. »Was regst du dich so auf?«

Tom war so wütend, daß er kaum sprechen konnte. »Ich will das nicht!« sagte er.

»Nur ein Katzenspiel, Tom«, sagte der Rote. »He, warum probierst du's nicht auch einmal?«

»Nein«, schnaubte Tom.

Cy kam wieder angekrochen und wollte ihm das Ohr lecken. »Nur ein Katzenspiel«, sagte sie.

Tom wandte sich ab.

Für den Rest der Reise ließ er die beiden vorausgehen und hielt möglichst viel Abstand. Und so erreichte er schließlich – schweigsam und angstvoll, viele Monate nach seinem ersten Traum – Tintagel, die Landzunge am Ende des wildesten Pfades von allen.

Alles war so wie in seinem Traum. Und doch auch wieder nicht.

Es war noch vor Mitternacht; eine schmale weiße Mondsichel beleuchtete den Himmel und die Landzunge mit den Klippen, die zum Meer hin schroff abfielen. Er sah Ginsterbüsche, spürte eine endlose Weite, hörte unter sich das Wasser gegen die Felsen krachen. Alles war genauso wie in den kurzen Alpträumen, aus denen das Kätzchen Tom zufrieden in sein behagliches Dusselhaus zurückgekehrt war. Verändert hatte sich der Träumer – durch seine Erinnerungen an anstrengende Reisen, an bizarre Abenteuer, an den Tod von Freunden, die er kaum gekannt hatte. Er war nicht länger irgendeine Katze, die Tom hieß. Mercurius Realtime DeNeuve, der Lehrling des Majicou, war endlich an den Schauplatz seines alten Traums gelangt, doch er brachte keine Antworten mit, sondern nur Fragen.

Was würde jetzt mit ihm geschehen? Was würde aus ihnen allen werden?

Während er sich noch mit solchen Überlegungen herumschlug, kamen Wolken vom Meer herangerast und verdeckten den Mond. Sekunden später ging in silbrigen Wellen ein Regenschauer nieder. Die Ginsterbüsche bogen sich im Wind. Alles schien in Finsternis und Wasser zu ertrinken, bis den zitternden Katzen das Fell an den Rippen klebte wie eine nasse Zeitung an einem Laternenmast.

»Und was nun?« rief der Zigeuner.

»Still!« befahl Tom.

Er kniff die Augen zusammen und beugte sich in den Regen hinein. Hatte sich da nicht eben noch etwas bewegt? Da draußen war doch jemand. Irgendwo in den windgepeitschten Ginsterbüschen. Jemand, der möglichst unentdeckt bleiben wollte.

Da! Kleine Lichtreflexe, die verstohlen zwischen den Felsen hin- und herhuschten.

»Wer ist da?« rief er. »Hallo?«

»Hallo?« rief auch Cy von hinten. »Hier Tango Terry!«

»Schnauze. Hallo?«

Keine Antwort.

»Ich bin naß bis auf die Haut«, meldete der Rote. Doch er schien sich immer noch zu amüsieren. Seine Augen glänzten, wie wenn er die Silbermöwen über den Tang jagte, den die Flut am Strand zurückgelassen hatte. »Laßt uns doch wenigstens…« Er hielt inne. Legte den Kopf schief. »Was war das? Habt ihr das gehört?«

Es war nur ein leiser Möwenschrei unten am Fuß der Klippe, am Meer. Aber Tom beugte sich vor, prüfte den Wind. Und dann sah er sie: zwei Paar Katzenaugen, dicht beieinander. Und wußte Bescheid.

»Ragnar?« fragte er. »Sealink?«

Die Augen verschwanden.

Dann rief eine vertraute Stimme: »Sieh nur! Das ist unser alter Freund Tom!«

Und eine zweite Stimme antwortete: »Ob jemand mein Freund ist, Süßer, weiß ich erst, wenn ich ihn aus der Nähe und bei gutem Licht gesehen habe.«

»Und so«, sagte Ragnar Gustaffson Cœur de Lion etwa eine Stunde später, »haben mich meine Erlebnisse zu einer anderen Katze gemacht.« Er warf Tom einen Blick zu, in dem sich Belustigung, Klugheit und Stolz mischten. »Ich habe lange nachgedacht, aber ich könnte nicht sagen, welches Erlebnis mich am meisten verändert hat. Wenn du mich fragst, kann ich nur sagen: Ich bin nicht mehr die Katze, die ich war.«

»Aber den Fehler wird er ganz bestimmt nicht machen, Süßer«, warf Sealink trocken dazwischen.

»Ich kriege gar nicht genug dir!« sagte Tom. »Ich muß dich immer wieder ansehen.«

Er mußte sie alle immer wieder ansehen. Ihr Fell hing voller Kletten und war mit Salz verkrustet. Sie waren müde und abgehärmt und hatten wunde Füße. In ihren Augen stand der gehetzte Blick von Katzen, die in einem Monat weiter gereist waren als die meisten Katzen in ihrem ganzen Leben und unterwegs Dinge erlebt hatten, wie sie gewöhnlichen Katzen so gut wie nie begegnen.

Das sind alles alte Freunde, dachte er. Aber durch ihre Geschichten werden sie wieder ganz neu. So ist das wohl, wenn man sich nach langer Trennung wiedersieht. Und dann dachte er: Ich habe am Piper's Quay nicht genau genug hingeschaut, sonst wären mir diese anderen Katzen, die in ihnen steckten und nur darauf warteten, ans Licht zu kommen, vielleicht schon damals aufgefallen.

Es kümmerte ihn nicht. Da war Ragnar, voller Stolz auf seine Reisen, auf seine Heldentaten und auf die Katastrophen, denen er um Haaresbreite entronnen war. Ein Pirat auf dem alten Weg des Wandels, ein König und jetzt auch noch ein werdender Vater! Und doch war seine Halskrause so zerzaust, sein Geruch so warm wie eh und je. Da war Sealink, melancholisch, abgemagert, verletzt; aber immer noch mit dem gleichen großen, weiten, starken Herzen. Als auch die Mau ihr Nest im Ginster verließ, um ihn mißtrauisch zu beschnuppern, stellte er fest, daß sie sich am wenigsten verändert hatte; und zugleich am meisten. In den sanften Augen brannte das Wissen um ihre Bestimmung. Wenn sich die Kätzchen in ihrem Leib regten, war es, als regten sich die Jahre mit ihnen und zeichneten ein Muster in das bräunliche Fell. Die Trächtigkeit hatte ihr neue Kräfte verliehen, hatte sie gelehrt, in der Welt zu bestehen. Und sie hatte die alten Katzen in ihren Augen zum Vorschein gebracht, eine Götterprozession, die jeden ihrer Blicke durchzog. Tom erschrak, als sie ihn ansah, nur um sie dann flüstern zu hören: »O Mercurius, welch anziehender Kater bist du geworden!«

Tom überlief ein Schauer. Er war Mercurius! Von Tintagel Court nach Tintagel Head: zwei Landschaften, die sich überlagerten, kein Traum, eher eine Prophezeiung.

»Laßt euch ansehen!« rief er.

Es war ein seltsames Bild, ein Bild von erhabener Traurigkeit. Die drei hatten sich, nicht so sehr wegen des Regens, sondern weil sie Geborgenheit suchten, in einen Tunnel zwischen den knorrigen Strünken windschiefer Ginstersträucher gezwängt. Cy und Pertelot lagen zusammengerollt in einer sandigen Mulde am meerseitigen Ende, wo sie durch überhängende Felsen vor Nässe geschützt waren. Cy legte immer wieder den Kopf auf den Bauch der Königin und redete mit den Kätzchen. »Was habt ihr heute getrieben? Ich habe *Vögel* gemacht!«

»Nun sind wir also hier«, sagte Ragnar und schaute beglückt von einem zum anderen.

Doch zweierlei hatte die Wiedersehensfreude getrübt.

Über allem Schnurren, Geruchsmarkieren, Sichwälzen und Aneinanderreiben, mit dem die alten Freunde sich begrüßten, konnte ein Neuling leicht in Vergessenheit geraten. Deshalb war Tom ein wenig steif und schüchtern vorgetreten und hatte erklärt: »Dies ist mein neuer Freund.« Dann hatte er sich umgedreht, um den Roten vorzustellen. Nur um festzustellen, daß der verschwunden war.

»Wahrscheinlich ist er schüchtern, Süßer.«

»Schüchtern? Das glaube ich nicht…«

Die Wolken waren weitergezogen, das ansteigende Gelände lag, gestreift wie eine Makrelenhaut, im trügerischen Licht. Doch hinter Tom war alles verlassen. Nicht einmal der Schatten einer Katze war zu sehen.

Und dann fragte Sealink: »Wo habt ihr denn nun den alten Mousebreath gelassen, Kleiner? Ich kann's kaum erwarten, ihm eins auf die krumme Nase zu geben.«

Tom starrte sie an und wußte nicht, was er sagen sollte.

Sealink starrte zurück, und langsam legte sich ein Schleier der Ratlosigkeit über ihre Augen.

»Er ist nicht bei uns, Sealink. Er ist tot.«

Sie blinzelte. »Aber er kommt doch bald nach, oder?«

»Oh, Sealink, Sealink. Er ist tot. Auch Majicou ist tot. Wir sind als einzige noch übrig.«

»Tot?«

Sealink schlug die Augen nieder.

Sie schwieg lange. Dann rief sie »Mousebreath!« in die Finsternis hinein. »Mousebreath, du alter Halunke, gib Antwort! Wie kannst du mir das antun, wenn ich dich so dringend brauche? Wie kannst du mir einfach wegsterben?«

»Sealink«, mahnte Pertelot. »Sealink…«

»Mir nichts, dir nichts da draußen zu *sterben*. Wie konntest du nur!«

»... es tut mir so leid.«

Sealink fauchte sie an. »Du sagst besser gar nichts. Es war nicht dein Kerl. Du hast niemanden verloren!«

»Bitte streitet euch nicht«, flehte Tom.

Und dann erzählte er, was sich am Bach ereignet hatte. »Wir haben immer wieder versucht, ihm zu helfen«, beteuerte er, »aber ...«

Die Calicokatze stand auf. Sie war verlegen geworden. »Ich komme mit solchen Dingen nicht so gut zurecht«, erklärte sie. »Aber ich mache keinem einen Vorwurf.« Ihr Blick wurde hart. »Jedenfalls«, fuhr sie fort, »keinem von den Anwesenden.«

Dann drehte sie sich um und marschierte in Richtung auf den Klippenrand davon. Ihr Schwanz hing müde herab, und ihr würdevoller, schwerer Gang konnte ihren Schmerz, ihre Einsamkeit nicht verbergen.

»Sealink!« bettelte Tom.

»Laß sie«, flüsterte die Königin. Und sie löste sich vorsichtig von der schlafenden Tigerkatze und schleppte sich und ihren Bauch schwerfällig durch den Wind die Klippe hinauf.

Ob es ihr gelang, Sealink zu trösten, sollten die anderen nie erfahren.

»Also.«

Ragnar Gustaffson Cœur de Lion zog die Vorderpfoten unter sich und richtete den Blick auf Tom. Seine Augen leuchteten so grün wie eine Glasscherbe im Meer.

Die erste Begeisterung über das Wiedersehen hatte sich gelegt; der erste Schmerz vielleicht auch.

»Katzen«, behauptete Ragnar, »sind ausnehmend anpassungsfähig. Wenn du mich fragst, woher ich das weiß, so will ich dir gestehen: von einer weißen Katze mit blauen Augen namens Cottonreel. Sie hat mir auch beigebracht, wieviel Tapferkeit es kostet, sein eigenes Leben zu leben. Ach ja, und wie man einen Käfig öffnet. Sehr nützlich, ich kann es dir zeigen.«

»Rags, wo soll ich denn jetzt einen Käfig hernehmen?«

Es war kurz vor Mitternacht. Die Königin spürte, daß ihre Stunde nahe war, und hatte sich in ihr Nest im Ginster zurückgezogen. Sealink und Cy lagen rechts und links neben ihr. Ragnar und Tom waren trotz der Dunkelheit und der heftigen Böen auf die Klippe hinausgegangen, um die Sterne zu beobachten. Jetzt kauerten sie im Schutz der alten Festung, hörten den Wind um die verfallenen Mauern rauschen, erörterten ihre Situation und beratschlagten über ihr weiteres Vorgehen.

»Also. Wie gesagt. Wir fünf sind als einzige noch übrig. Danach müssen wir unsere weiteren Entscheidungen ausrichten. Wenn du zum Himmel schaust, Tom, wie Pertelot es mir empfohlen hat, dann siehst du, daß die Tagundnachtgleiche kurz bevorsteht. Tintagel liegt wie eine weiße Lichtbahn unter dem weißen Wind und wartet. Aber worauf? Wir wissen es nicht. Die Königin, die Kätzchen, wir alle sind in Gefahr, solange wir uns hier aufhalten.«

»Aber Majicou wollte, daß wir kommen.«

»Nur schade, daß wir den Grund nicht kennen.«

Tom mußte ihm recht geben. »Ohne Majicou können wir es mit dem Alchimisten nicht aufnehmen«, sagte er. »Wir sind nur Katzen.«

»Aber es ist zu spät, um die Königin noch fortzubringen.«

Tom schaute auf das Meer hinaus. »Wir sollten es trotzdem versuchen«, sagte er. »Und zwar bald.«

Im schneidenden Wind hörte er eine ruhige Stimme neben sich: »›Nur Katzen‹? Gibst du so leicht auf?«

Die Stimme verstummte.

Dann sagte sie: »Ich bin der eine, und aus mir werden zwei; ich bin die zwei, und aus mir werden vier; ich bin die vier, und aus mir werden acht; und ich bin der eine, der kommt danach.«

Es war eine Katzenstimme. Oder doch nicht?

Tom drehte sich um.

Es war der Zigeuner.

Und hinter ihm standen seine ›Freunde‹ von den Klippen rings um Tintagel.

Sie sahen noch genauso bedrohlich aus wie unterwegs, alte Raufbolde, die sich mit allem anlegten, was ihnen das wechselhafte Küstenwetter zutrug. Sie hatten ihr Leben lang gegen Wind und Regen gekämpft – ganz zu schweigen von Hunden, Füchsen und ihren eigenen Artgenossen. Sie hatten Kratznarben an den Wangen, manchen fehlten die Ohren, im Fell gab es kahle Stellen, und ihr Gang war durch Sehnenentzündungen steif geworden.

Sie hatten ihr Leben lang auf eine solche Gelegenheit gewartet. Oder, anders ausgedrückt: Sie hatten ihr Leben lang genau auf diese Gelegenheit gewartet.

»Wer bist du?« fragte Ragnar Gustaffson Cœur de Lion den Roten.

»Ja«, fragte auch Tom, »wer bist du?«

Die Küstenkatzen bildeten wortlos einen Kreis um sie – die Stimmung war bedrohlich.

Dann brach der Rote in schallendes Gelächter aus. Und während das Echo auf das Meer hinauszog, verwandelte er sich. Auch seine verwegenen Begleiter verwandelten sich.

»Erkennst du mich denn nicht, kleine Katze?« knurrte er.

Tom hatte die Augen geschlossen. »Nein«, flüsterte er. »Ich erkenne dich nicht.«

Aber das stimmte nicht.

»Ich bin der eine, und aus mir werden zwei; ich bin die zwei, und aus mir werden vier; ich bin die vier, und aus mir werden acht; und ich bin der eine, der kommt danach. Tom, ich bin der Majicou, und das weißt du genau! Und das sind meine alten Gefährten, die getreuen Wächter über diese Küste. Sie warten schon so lange ...« Er lachte wieder. »Ja, worauf?«

»Majicou!« rief Tom. »*Majicou!* Ich wußte nicht, daß du es bist. Ich wußte es *nicht*! O Majicou, du bist zurückgekommen!«

»Jetzt habe ich alles erlebt, was man erleben kann«, erklärte Ragnar voller Genugtuung.

»Aber Majicou ...«

»Ja?«

»*Wie?*«

»Ach, Tom, wenn ich dir das sagen könnte.«

»Aber ...«

Man machte sich nur kurz bekannt (»Das ist Amabraxas. Hier haben wir Ogby, Fortran und die Witwe. Dieser räudige alte Teufel ist Tinner, und das sind seine Enkel, Jack Fiddle, Mooncranker und Fischkopf Lil«), dann begaben sich die Hüter von Tintagel auch schon wieder auf ihre Posten. Die meisten hatten es bei einem stummen Nicken bewenden lassen, doch Jack Fiddle hatte dem König erklärt: »Du bist schon richtig so, Mann.« Sein Großvater hatte ihn lediglich beschnuppert. Wenige Minuten später hatten sie sich lautlos und zielstrebig auf der Landzunge und in der Festungsruine verteilt. Man mußte schon genau hinsehen, um sie zu entdecken. Sie waren wie Schatten. Die einen beobachteten das Meer; die anderen bewachten das Land.

»Tom, was weißt du über den Tod?«

»Nichts.«

»Gut. Ich bin also gestorben. Es war traurig und doch auch wieder nicht. Ich litt große Schmerzen und doch auch wieder nicht. Begreifst du, Tom? Ich zog als Rauch über die Geisterstraßen. Ich war ein Teil dessen, was eine Katze ausmacht. Und dann ...«

»Was dann?«

»Mir wurde ein zehntes Leben gewährt, Tom ...«

»Du bist also wiedergekommen! Du bist wieder da!«

Majicou schwieg. »Tom«, sagte er endlich, »dies ist kein Spiel. Die magischen Straßen haben einen roten Kater gefunden, der im gleichen Augenblick starb wie ich. Sie haben meinen Geist auf ihn übertragen, und sie haben mir ihre Energien eingeflößt, aber meine Zeit ist begrenzt. Tom, sie haben mir gerade soviel Leben gegeben, daß ich meine Aufgabe zu Ende führen kann. Nicht mehr.«

»Nein!«

»Ein weiteres Leben, selbst wenn es nur für kurze Zeit geliehen ist ...«

»Nein!«

»Tom ...« Majicou konnte den Satz nicht vollenden.

Amabraxas trat leichtfüßig aus den Schatten und sagte: »Majicou. Eine neue Teufelei.«

»Cy!« schrie Tom. »Nein!«

Draußen auf der Landzunge schwebten bunte Schmetterlinge über den Ginsterbüschen.

Cy saß, ein Stück von Pertelots Nest entfernt, auf der nackten Erde, hatte den Kopf nach hinten gedreht und starrte auf einen Punkt zu ihrer Linken, etwa dreißig Zentimeter über dem Boden. Dabei sang sie leise vor sich hin. Ihre Zündkerze gab weiße Lichtblitze ab.

»Hör auf damit!« befahl Tom.

Aber Majicou trat dazwischen. »Tom, nein!«

»Sie wird ihn zu uns führen.«

»Genau das soll sie auch tun, Tom. Er muß hierherkommen, so oder so. Und dazu brauchen wir die kleine Katze. Dies ist die rechte Zeit, dies ist der rechte Ort. Hier findet die Begegnung statt, hier geht die Geschichte zu Ende …

Cy kippte langsam zur Seite und igelte sich ein. »Die Küste im Windschatten!« wimmerte sie. »Die Küste im Windschatten! Die Welt ist schlecht, Silber.« Sie rollte sich zu einer festen Kugel zusammen und hielt sich die Pfoten vor die Augen. »Die Welt ist schlecht, Silber. Und wir sind mittendrin, stockblind wie die Kätzchen am ersten Lebenstag. An alle Wagen! Zu Hilfe!« Sie trat kurz um sich wie ein schlafendes Kätzchen, dann lag sie still.

»Warte, Cy! Die Welt *ist nicht* schlecht! Majicou, er hat ihr weh getan …«

Bevor Majicou noch antworten konnte, hörten sie ein leises Geräusch. Es klang wie ein Seufzer. Und dann war es, als hätte jemand im Ginster Feuer gelegt. Doch man sah keine Flammen; der Wind wirbelte nur Rauch und rötlich glühende Asche auf. Weiße Funken schossen in die Luft und regneten auf die versammelten Katzen nieder …

Cy lag wie auf ein Brett genagelt inmitten der Feuersbrunst auf dem Rücken. Ihre Beine waren gespreizt, der Kopf hing ihr in einem unnatürlichen Winkel auf die Brust, als habe sie sich das Genick gebrochen. Die Augen waren geöffnet und starr vor Angst. Dem Bolzen in ihrem Kopf entströmte eine starke, unsichtbare Energie, erfüllte die Luft und brachte sie zum Flimmern wie eine Fata Morgana an einem heißen Sommertag. »Silber«, sagte sie – und ihre Stimme klang tief und gepreßt und schien vom anderen Ende eines kahlen weißen Korridors zu kommen, »es tut weh.« Immer wieder sprühte sie Funken – nicht nur aus dem Maul, das so weit aufgesperrt war, als würde es mit einem Laborinstrument offengehalten, sondern auch aus der Nase, den Ohren und den starren runden Augen. »Silber! Hilf mir!«

Der Alchimist benötigte seine Helferin nicht mehr. Nun benützte er sie als Brennmaterial, um seine eigenen Energien zu verstärken.

Tom raste los. Am Rand der Feuersbrunst wurde er mit einer einzigen Bewegung umgeworfen und wieder aufgerichtet.

Ein blauer Blitz erhellte den Ozean. Weit draußen entstand eine gespenstische Gestalt, eine riesige gefleckte Dschungelkatze, nur mit Luft gefüllt, von der Luft getragen, vom Wind hin- und hergetrieben. Die Hinterbeine baumelten leer herab und waren mit Knochen beschwert. Keine der Katzen sah die Erscheinung.

»Hobbe«, flüsterte sie. »Hobbe.«

Ein langsames Winken, und sie war verschwunden.

Aber es gibt immer einen nächsten Moment. Wieder flammte ein Blitz auf, und diesmal legten sich zuckende, blaue Schnüre wie ein Katzenfängernetz über die ganze Landzunge. Alle waren sie darin gefangen. Die Welt war darin gefangen. Die Zeit dehnte sich. Tom sah Ragnar auf Pertelots Nest zu rennen, sah Majicou hinterherlaufen; er sah die Hüter von Tintagel aus allen Himmelsrichtungen zusammenströmen; er sah Sealink aus dem Ginster auftauchen; doch alles geschah langsam, langsam, unendlich langsam. Wie durch zähen Kleister drangen die Stimmen seiner Freunde zu ihm …

Majicou rief: »Tom! Ragnar Gustaffson! Wartet! Das ist kein Feuer! Niemand ist in Gefahr …«

Ragnar rief immer und immer wieder: »Pertelot!«

Und Sealink, die die Verwirrung draußen noch gar nicht bemerkt hatte, verkündete: »Es hat angefangen.«

Bei diesen Worten ging das Nest lautlos in Flammen auf, und sie stürzte in die Nacht hinaus und sah sich fassungslos um. »Wie komme ich jetzt wieder zurück?« fragte sie empört. Der Ginster knisterte, ohne zu verbrennen. Der Blitz knisterte und erlosch. Und die Zeit lief wieder normal.

»Tom!« schrie Ragnar. »Die Königin!«

Die beiden wollten sich in die Flammen stürzen.

»Halt!« befahl Majicou. »Bleibt stehen.« Und er baute sich drohend vor ihnen auf. »*Das ist kein Feuer*. Seht doch. Spürt ihr etwa, daß es heiß ist?«

Sie starrten ihn an.

»Was ist es dann?« wollte der König wissen.

»In dieser Nacht sind viele Kräfte am Werk. Noch sind deine Kätzchen nicht geboren. Aber sie leben bereits, und die Goldene Katze ist unter ihnen. Vielleicht haben sie sich schon in Sicherheit gebracht, bevor wir noch handeln …«

»Es dauert nicht mehr lange, bis sie geboren werden, Süßer«, warnte die Calicokatze.

Majicou starrte sie an.

»Und wir sollten sofort handeln. Seht nur!«

Was immer der Alchimist aus sich gemacht haben mochte, eine Katze war es jedenfalls nicht.

Zur Hälfte in Nebel gehüllt, stapfte er unter Schmerzen, auf seinen Pantherpfotenstab gestützt, aus mondhellen Fernen auf die Katzen zu.

Zugleich drängte er auf der Landzunge von allen Seiten auf sie ein, eine brodelnde, wabernde Masse, ein immer wieder neu entstehender Brei aus Nacht und Erde und makrelenartig schillerndem Himmelslicht. Er schoß, umgeben von einer bläulichen Korona, aus einer verborgenen Spalte zwischen den Steinen der alten Festung hervor und entquoll einer kleinen, magischen Straße an der Küste, die sich zuckend krümmte wie ein zerrissener Gartenschlauch.

Er war winzig klein. Er war riesengroß. Er war überall zugleich. Er war alles, und er war nichts. Und er sprach.

»Hobbe«, sagte er. »Hobbe, Hobbe, Hobbe.«

»Du Teufel«, sagte er. »Ich wußte doch, daß ich dich hier fände!«

Eine Stimme, so dick wie geronnenes Blut. Seit dem Kampf bei den Sandsteinsäulen hatte der Alchimist eine schwere Zeit durchgemacht. Auf seinen Irrfahrten durch das Labyrinth aus zerrissenen Straßen war er allmählich zerfallen – glühend vor Zorn, gierig dem leichtesten Kupferschimmer hinterherjagend, durch die anhaltende Finsternis auf jedes Pünktchen Tageslicht zustolpernd, von Spiegelbildern getäuscht, zum Narren gehalten von genau der Mathematik, die es ihm ursprünglich ermöglicht hatte, den alten Weg des Wandels zu betreten: getäuscht, benommen, orientierungslos. Wo Katze und Katzenfell einst nahtlos ineinander übergegangen waren, hing nun alles in Fetzen. Die alchimistischen Essenzen sickerten heraus. Das Getriebe qualmte. Schwindelgefühle rasten ungebremst durch seine künstlichen Sinne, und die unteren Gliedmaßen, die ständig zur menschlichen Gestalt zurückdrängten, hatten unter der mechanischen Belastung Risse bekommen. Nun konnten er nicht mehr stillstehen, sondern mußte tanzen, weniger um des Tanzes willen, als um sich aufrecht zu halten.

Nun beugte er sich so weit nach vorn, daß er kaum noch aufschauen konnte, und brüllte: »Hier stimmt etwas nicht, alter Hobbe!«

Hier stimmte gar nichts mehr. Nur sein Stab, die *Pantera*, war noch der alte. Nur der Stab und sein Traum; das Auge des Horus, das sich der wahren Welt öffnete wie eine Blüte.

Vor den versagenden optischen Sensoren des Alchimisten erschien klar und deutlich ein Bild der goldenen Katze.

Er würde die Mau wieder in seine Gewalt bringen.

Er würde …

»Komm zu mir!«

Tom riß die Augen auf.

Ragnar riß die Augen auf.

Sealink riß die Augen auf. »Schätzchen«, sagte sie, ohne sich an jemand Bestimmten zu wenden, »das ist nicht normal!«

»Rasch jetzt!« drängte Majicou. »Sonst sind wir verloren.«

Ein Regenschauer brauste über das Meer heran. Das unwirkliche Feuer brannte weiter. Der Alchimist kam lauthals psalmodierend über die Landzunge gestapft und schüttelte die Blitze aus seinem Stab, während er unaufhaltsam weiter zerfiel. Die eingeschüchterten Katzen marschierten unruhig auf und ab und peitschten unschlüssig mit den Schwänzen.

»Warte, Majicou!« riefen sie.

Doch der schwarze Kater hörte nicht auf sie. »Keine Zeit!«

Schon rannte er los, rannte zehn, zwanzig, fünfzig Meter über die Landzunge und wurde mit jedem Schritt größer.

»Nun kommt schon!« schrie Tom.

Und plötzlich hetzten sie alle wie die Tiger in langen Sprüngen über die kahle Erde. Staub wirbelte auf. Im Ginster erwachten die kleinen Vögel; rechts und links flogen erschrocken die Seemöwen auf und kreisten über den Klippen. Tom rannte. Neben ihm rannten ein norwegischer König und eine Katzenschönheit aus New Orleans. Dahinter glitten die Hüter – Amabraxas, Mooncranker, Fortran und die Witwe; Ogby, Tinner, Jack Fiddle und Fischkopf Lil – wie ein fließender stummer Schattenkeil dahin. Unterwegs entledigten sie sich aller Erinnerungen an Heim und Herd, aller Hoffnungen auf ein Dasein als Hauskatze, die sie je gehegt haben mochten. Heiß dampfte ihr Atem in der Nachtluft. Kälte und Hunger spielten keine Rolle mehr, so selbstverständlich wie glühendes Eisen verströmten sie ihre Lebenswärme. So ging das eine ganze Ewigkeit. Die Landzunge verschwamm zu einem grauen Strich, die Bewegung war das einzige, was noch zählte – und dann schoß der Alchimist direkt vor Majicou aus der Erde und war bei ihnen.

»Hobbe!«

Der Überfall war geglückt, doch er war darüber offenbar nicht weniger überrascht als die Katzen. Mit einigen unsicheren Schritten gewann er Abstand, dann holte er mit der summenden, schwarzen *Pantera* weit aus. Der Majicou übersprang den Stab. Tom lief darunter hindurch. In diesem Augenblick erzitterte die Luft, und er hörte einen dumpfen Schlag. Die Krallen der Pantherpfote hatten Amabraxas im Sprung erwischt. Ein leiser Aufschrei, halb Winseln, halb Stöhnen. Der magische Stab hatte ihn fast entzweigeschnitten. Der Alchimist drehte sich um und beobachtete, wie Amabraxas zu Boden stürzte.

»Ha! Siehst du? Hobbe? Hast du das gesehen?«

»Ich sehe nur deinen Tod«, knurrte der Majicou. »Und darauf warte ich seit dreihundert Jahren.«

Eine Weile konnte der Alchimist die Katzen mit langen grünen Blitzen aus der *Pantera* in Schach halten. Ogby war dem ersten Strahl zu nahe gekommen und stürzte mit schrillem Geheul zu Boden. Sein Fell war versengt, aber er atmete noch. Mooncranker, der den starren Körper seines Freundes bergen wollte, wurde das nächste Opfer. Daraufhin wurden die anderen vorsichtiger und hatten den Feind bald umringt. Sealink und Tom umkreisten ihn geduckt im Schutz der Dunkelheit, und während ringsum die windgepeitschten Regentropfen aufleuchteten wie Neonreklamen, ließ sich die Calicokatze zu einem Geständnis herbei: »Ich komme mir eher wie ein Hund vor als wie eine Katze, Süßer. Ob das wohl so richtig ist?«

»Nehmt euch in acht!« warnte der Majicou. »Sonst seid ihr des Todes.«

Der Alchimist lachte. »Wie gut du mich kennst, Hobbe!«

Doch Majicou hatte sich bereits ablenken lassen.

Die gekreuzigte Tigerkatze, deren Gliedmaßen nun in einem kalten Licht erstrahlten, hörte das Unheil kommen; aber verhindern konnte sie es nicht. So flüsterte sie nur: »Silber. Es ist – Silber, es tut so weh ...«

Im Dunkeln zwischen den Felsen am äußersten Klippenrand, in einer windgeschützten, trockenen Ecke hinter der alten Festungsruine regte sich ein Lüftchen. Aschestäubchen taumelten kraftlos durch die Kälte. Mit einem verlegenen leisen Schnalzen öffnete sich ein Spalt in der Nacht, und heraus quollen, die Köpfe bereits erhoben, nach Beute gierend ...

... Katzen.

Schwarze Katzen und weiße Katzen; graue, braune und rotgetigerte Katzen. Katzen mit langem und mit kurzem Haar und Sphinxkatzen, die ganz nackt waren. Große und kleine, alte und junge Katzen, Kater, Kätzinnen und die verschiedensten Zwitterformen. Sie kamen von Tintagel Court – dem letzten Ort, wo es ihnen gutgegangen war – nach Tintagel Head, von einem Alptraum in den nächsten.

Unterwegs war ihnen ihr ganzes Ichbewußtsein abhanden gekommen. Ihr Hunger war ungestillt, ihre Leiden waren nicht geheilt. Lautlos wie der Tod strömten sie nun landeinwärts. Tom bemerkte sie erst, als er von der Flut überrollt wurde und zu ertrinken drohte wie ein Kätzchen …

Stumpfe Krallen, schlechte Zähne, tränende Augen. Körper preßten sich an ihn, Vorderbeine umschlangen ihn und zogen ihn in die Tiefe, ein säuerlicher Duft stieg ihm in die Nase …

Spuckend kämpfte er sich hoch und schrie um Hilfe. Aber da war niemand, der ihm helfen konnte. Fortran und die Witwe waren untergegangen und sollten nie wieder auftauchen. Ihre alten Gefährten hatten sich hinter den Steinen von Tintagel verschanzt und versuchten in Wind und Dunkelheit die Flut aufzuhalten. Vor Majicou und dem König, die auf einem flachen Schieferfelsen standen wie auf einer einsamen Insel, hatte sich der Alchimist aufgebaut; und Tom und Sealink wurden von einer erdrückenden Übermacht in Richtung Festland gedrängt.

Dennoch gelang ihnen der Durchbruch, und sie sprangen blind in die nach Eisen riechende Nacht hinein. Tom mußte an die Schlacht im Lagerhaus denken und sagte lachend: »Sieht nicht gut aus für uns, Sealink.«

Doch die Calicokatze sah ihn nur gleichgültig an und gab ungerührt zurück: »Mir geht's hier nicht um uns, Süßer.«

»Sealink!«

»Diese Katzen sollen mir für Mousebreaths Tod büßen«, sagte sie. »Was danach kommt, ist mir einerlei.«

»Oh, Sealink, Sealink …«

Bald darauf wurden sie getrennt. Tom verfolgte das Blitzen ihrer Zähne und ihrer Krallen, solange er konnte. Dann hatte er freilich genug zu tun, um die eigene Haut zu retten. Doch bis zum Ende dieser Verzweiflungsnacht suchte er immer wieder nach der Calicokatze und sorgte sich weniger um ihre körperliche Unversehrtheit als um ihr gebrochenes Herz.

Die Partei der Königin kämpfte mit vollem Einsatz. Aber sie wurde zurückgetrieben und immer weiter dezimiert. Im gespenstischen Lichtschein, der von der gekreuzigten Tigerkatze ausging, wogte lautlos, schadenfroh, mit tückischen Augen ein Meer von Katzen hin und her. Die ganze Landzunge wogte mit. Neben einer stehenden Welle, in der man bei besserer Beleuchtung die Calicokatze erkannt hätte, gab es zwei weitere Zentren des Widerstands.

Etwa eine halbe Stunde nachdem Sealink im Getümmel verschwunden war, fand Tom sich in der alten Festung wieder.

Jack Fiddle und Fischkopf Lil standen auf einem hohen Sims und hielten die Stellung. Die Alchimistenkatzen ließen ihm keine andere Wahl, er mußte sich den beiden anschließen, und als die Kämpfe vorübergehend abebbten, schauten sie alle drei über die Landzunge hinaus. Dort war plötzlich ein grelles Licht aufgeflammt.

»Sieh mal da!« sagte Fischkopf Lil.

Jack Fiddle gab keine Antwort. Sein Fell war verklebt. Er hatte sich seit mehreren Minuten nicht mehr bewegt, sondern kauerte mit gesenktem Kopf auf dem Sims, als müsse er sich auf ein schwieriges Balancekunststück konzentrieren.

Tom sah auf dem linken Auge nichts mehr, und er vermutete, daß ihm das linke Ohr einfach abgerissen worden war. Jedenfalls fühlte es sich so an. An mehreren anderen Körperstellen spürte er einen dumpfen Schmerz, aber daran durfte er nicht denken, sonst sah er wieder Mousebreaths Blut ins kalte, petroleumblaue Wasser strömen und bekam es mit der Angst.

»Bald ist es vorbei«, sagte Jack Fiddle plötzlich.

Ja, dachte Tom. Es dauert nicht mehr lange. Wir sind keine ernstzunehmenden Gegner.

Noch hatte er freilich Hoffnung. Die Kätzchen waren am Leben. Pertelot Fitzwilliams Nest war eine grellweiße Flammensäule. In ihrem Licht sah er ganz klein in der Ferne Ragnar Gustaffson und Majicou Rücken an Rücken stehen und sich darauf vorbereiten, die Königin zu schützen. Sie waren von Alchimistenkatzen eingeschlossen. Gleich außerhalb des Lichtkreises stapfte eine in Auflösung begriffene riesige Gestalt hin und her und schwenkte ihren Stab. Die Luft erzitterte unter ihrem Triumphgebrüll. Blitze rasten aufs Meer hinaus, und abermals senkte sich das blaue Leuchtgitter des Katzenfängernetzes auf die Landzunge herab.

Majicou stellte sich auf die Hinterbeine und hob eine Pfote. Sein Auge spielte in allen Farben und war doch farblos. Tom hörte ihn »Niemals!« rufen. Dann brüllte Ragnar Gustaffson Cœur de Lion. Und wieder dehnte sich die Zeit...

Am Nachthimmel vollzog sich mit höchster Präzision eine Veränderung. Der Merkur hatte sich in das Sternbild Löwe geschoben, und das Auge des Horus feierte Hochzeit mit dem König des eisigen Nordens. Je näher die Tagundnachtgleiche rückte, desto heller leuchteten die Sterne; und auf der Erde flackerte so kurz, daß niemand es bemerkte, ein weißes Flämmchen auf.

Das erste Kätzchen war geboren.

Östlich von Tintagel wurde es lebendig, und vom Festland her strömten Scharen von Tieren freudig die sanften Hänge herab...

Vor allem waren es natürlich Katzen – Stadtstreuner mit räudigem Fell und ihre Vettern vom Lande aus den behaglichen Bauernhausküchen –, aber auch ein paar Hunde (die noch etwas befangen waren). Außerdem Hirsche mit eisengrauen Geweihen, so groß wie Schiffe, die majestätisch ihre Wärme in die Nacht verströmten. Otter mit schwarzglänzenden Knopfaugen. Griesgrämige Nerze, die aus ihren Käfigen geflüchtet waren, und ein verwirrter Waschbär aus einem Zoo.

Schwarzweiß livrierte Dachse mit Krallen wie Baggerschaufeln kamen schnüffelnd angeschlendert. Grimmig-scheue Baummarder; und sogar ein paar Wildkatzen, *Felis sylvestris*, aus den nördlichen Wäldern, die sich vor Angriffslust und Stolz kaum beherrschen konnten und selbst ihre Verbündeten in diesem unerhörten Krieg noch anfauchten.

Am auffallendsten waren freilich die Füchse.

Füchse aller Arten und in allen Farben, mit heraushängender Zunge, bernsteingelben Augen und Fellen in jeder Schattierung von gefleckt bis leuchtendrot. Gartenfüchse, Heidefüchse, Füchse aus den Wäldern. Weiße Socken, weiße Brustlätze, weiße Sterne, blitzend weiße Zähne, ein Grinsen wie der alte Reineke persönlich. Alle wollten sie ihre Energie, ihren Gestank, ihre Kraft, ihre wilde, überspannte, nächtliche Sprache in den Dienst der Königin stellen. Ein Fest wollten sie feiern, eine Geburt, was immer es eben zu feiern gab. Und sie kamen mit hochgespannten Erwartungen.

Sie kamen, um die wilden Pfade zu retten.

Sie kamen, um zu kämpfen.

Liebt-Mülltonnen ging an der Spitze; über *ihm* flatterte die Elster Sorgt-für-Kummer. Und die Luft war voller Vögel…

Der Alchimist hob seinen Stab. Seine Katzen machten kehrt und stellten sich den Neuankömmlingen entgegen; doch plötzlich stand die Landzunge in Flammen. Wütende Hitze loderte aus dem Auge des Majicou. Fahles Licht strömte aus dem Nest der Königin. Das Katzenfängernetz schrumpelte ein wie verbranntes Haar. Die seltsamen Heerscharen des Mülltonnenfuchses rasten unter den weißen Sternen über Tintagel Head hinweg, hielten für einen Augenblick inne, um die bedrängte Sealink aufzunehmen, und umschlossen dann die alte Festung wie eine Hand.

Tom tanzte auf seinem Sims herum. »Sieh nur!« rief er Fischkopf Lil zu. »Oh, sieh doch nur!«

Ein Schatten schwebte über ihnen.

»Sorgt-für-Kummer!«

Die Elster wölbte die Schwingen und landete unter Rauschen und Geknatter in einer Wolke aus muffigem Federgeruch neben Tom auf dem Sims.

»Du willst eine Katze sein?« fragte sie.

»Ja! Ja, das will ich!«

»Raark!«

Es war ein Wiedersehen, das diesen Namen wahrlich verdiente. Sorgt-für-Kummer stolzierte auf und ab und warf sich in die Brust; Mercurius Realtime DeNeuve pirschte sich immer wieder an und tat so, als wolle er sich auf ihn stürzen. Als wenig später – zerzaust, stinkend und fiepend vor Glück – Liebt-Mülltonnen in dem alten Gemäuer erschien, führten sie zu dritt einen Freudentanz auf.

»Das kann doch alles nicht wahr sein«, sagte Fischkopf Lil zu Jack Fiddle.

»Also«, sagte der Fuchs und schaute vom Sims auf seine versammelten Streitkräfte herab. Ein durchdringender, wilder Geruch stieg auf, der Duft der Wälder und Felder, der Moore und der Berge. »Was sagt Majicous Lehrling nun? Die Katzen sind eben nicht die einzigen, denen das Schicksal der Welt am Herzen liegt.« Die Hirsche erwärmten mit ihrem Atem die Luft. Ein Dachs fletschte die Zähne, überall liefen bellend die Füchse herum, und *Felis sylvestris* beobachtete sie mißtrauisch aus goldbraunen Augen. »Habe ich meinen Auftrag erfüllt oder nicht? Ich bin landauf, landab gewandert, um diesen Haufen zusammenzukriegen.«

»Ihr kommt spät«, jauchzte Tom.

Der Fuchs lachte. »Das liegt nur daran, daß ich unterwegs diesen Taugenichts getroffen habe. Er sah ziemlich kläglich aus. Angeblich hattest du wieder einmal versucht, ihn aufzufressen.«

»Das mag schon sein«, gab Tom zu. »Ich hatte Hunger.« Wieder stürzte er sich auf die Elster. »Aller guten Dinge sind drei«, sagte er.

»Meinst du.«

Sealink, die etwas abseits stand und ihre Trauer und ihren Zorn noch nicht überwunden hatte, meldete sich mahnend zu Wort: »Da unten wartet noch eine Menge Arbeit.«

Als der Fuchs von Mousebreaths Tod erfuhr, verdüsterte sich sein Blick. Dann führte er seine Truppe hinunter, und sie jagten die Alchimistenkatzen kreuz und quer über die Landzunge. Hinter ihnen schloß Jack Fiddle zum letzten Mal die Augen und ließ den Kopf auf die Pfoten sinken.

Es war eine gewaltige Schlacht. Ein Trupp Wildkatzen jagte, angeführt von Sealink und Fischkopf Lil, die Einzelkämpfer von den Felsen und aus dem Stechginster und hob auch die letzten Widerstandsnester aus. Inzwischen drängten Tom und Liebt-Mülltonnen das Hauptheer unerbittlich zur Klippe zurück, wo der Alchimist selbst stand und mit wütendem Gebrüll seinen Menschenarm schwenkte, um dem störrischen Himmel neue Blitze zu entlocken. Darüber flogen die Elster und der Rabe Erinnerung an der Spitze eines schwarzen Vogelgeschwaders. Und Majicou und der König schlossen sich unterwegs an.

»Ein glückliches Wiedersehen, Majicou!« rief der Fuchs.

»Wir sind noch nicht am Ende«, warnte Majicou. Doch dann lachte er und sagte: »Auch ich freue mich, Fuchs. Also bist du auf dem wilden Pfad doch nicht dem Tod begegnet?«

Liebt-Mülltonnen wurde verlegen. »Mir geht es wieder gut«, sagte er.

»Schaut!« rief Ragnar.

Der Alchimist hatte seinen Stab erhoben und wies nun mit weit ausholender Gebärde auf das Meer hinaus. Sofort sprangen seine Katzen von den Klippen hinab in die Wellen. Radschlagend und alle viere von sich streckend, als wollten sie im letzten Moment noch fliegen lernen, stürzten sie sich in den Wind und in die aufstiebende Gischt. »Siehst du, Hobbe?« schrie der Alchimist. »Ich liebe Katzen. Und sie tun alles für mich!«

Damit sprang er rückwärts von der Klippe und war verschwunden.

Tom erschauerte. Vorsichtig näherte er sich der Kante. Er sah nur die Wellen an die Felsen branden. Es war, als hätte es den Alchimisten nie gegeben.

Erschöpfung und Verwirrung überwältigten ihn. Ohne es zu wollen, ließ er sich zu Boden sinken.

Von Tintagel Court nach Tintagel Head. Vom Traum zum Alptraum, vom Alptraum zur Wirklichkeit, vom Kätzchen zur Katze. Freunde gewonnen und verloren, den großen Auftrag – erfüllt? Er war am Ende, sein Kopf schmerzte. Die salzige Meeresluft brannte in seinen Wunden. Die Tigerkatze Cy fiel ihm ein, er wollte aufstehen. Ich muß sie finden, dachte er. Nur eine Minute, dann stehe ich auf und suche nach ihr.

Er hörte Sealinks Stimme: »Geschieht ihnen recht. Sie haben nur bekommen, was sie verdienen.«

Und Ragnar Gustaffson Coeur de Lion, der König der Katzen, gab zurück: »Ich kann sie nicht verurteilen, der Alchimist hat sie gezwungen ...«

Dann kommandierte Majicou: »Achtung! Es ist noch nicht zu Ende. Dies ...«

»Majicou«, sagte der Fuchs. »Ich denke, wir sollten ...«

Zu spät.

Ein Blitz. Über der Klippe war ein verlegenes, leises Räuspern zu hören, wie eine Stimme in einem geschlossenen Raum. Sekundenlang vernahm Tom Flötengewinsel und Zimbelgeklirr, dann brach die Musik so plötzlich ab, als hätte sich am Ende eines alten Korridors eine Tür geschlossen. Auch der Geruch nach Weihrauch und Harz verschwand jäh. Und schließlich erscholl, dick und brüchig wie geronnenes Blut, das bekannte Lachen ...

»Hobbe! Haha! Hobbe!«

Auf dem Festland loderte der Ginster auf, erstrahlte in einem Licht, so hell wie Toms Fell, und warf lange dünne Schatten über die Landzunge. Der Alchimist schleuderte die gebleichten Katzenschädel von sich, stampfte schwerfällig mit den Füßen, als sein Jaguarfell sich auflöste, und stolperte, gestärkt durch die Opferung seiner Heerscharen, auf Pertelot Fitzwilliams Nest zu. Er schwenkte seinen Stab und sang. Und unter seinem Gesang brannte das schützende Feuer nieder und erlosch. Der Alchimist bückte sich und riß mit seinem Menschenarm die Ginsterbüsche beiseite.

Ein kurzer Blick auf die winzige, erschöpfte, immer noch in den Wehen liegende Gestalt war Tom vergönnt. Dann beugte sich der Alchimist vor und verdeckte sie. Doch da rannte Tom schon, und Ragnar, Majicou und Sealink waren ihm dicht auf den Fersen. Wie langgezogene, verwischte Schatten hetzten sie über die Landzunge und zauberten seltsame, immer größer werdende Regenbogenkreise an den erleuchteten Himmel ...

Sie waren zu Großen Katzen geworden, zu Katzen der magischen Straßen, und ihr satter, kräftiger Geruch erfüllte die Lüfte.

Die langen Muskeln streckten und spannten sich, streckten und spannten sich. Leise und rhythmisch setzten die riesigen Pfoten auf dem staubigen kalten Boden auf. Licht flutete aus dem glänzenden Fell, erhellte Augen, hart wie Steine, Zähne, krumm wie Säbel. Körperwärme verteilte sich in der eisigen

Luft, man verausgabte sich verschwenderisch, ohne Rücksicht auf Schmerzen, Müdigkeit oder Todesgefahr.

Majicou, Ragnar, Sealink und Mercurius:

Hitze, Zorn, reine Energie, leidenschaftliche Auflehnung gegen die Leere der Welt.

Große Katzen.

Aber sie kamen zu spät …

Noch sechzig, noch vierzig Meter. Der Menschenarm des Alchimisten senkte sich.

»Komm zu mir.«

Noch dreißig Meter.

»Majicou!«

»Lauf, Tom. Lauf!«

Noch zwanzig Meter. Selbst diese riesigen Herzen reichten nicht aus. Zwanzig Meter waren zu weit für einen Sprung, und schon hatten die wulstigen Finger nach Pertelots Nackenfell gegriffen.

»Komm zu mir. Jetzt.«

Ein smaragdgrüner Blitz schoß aus ihren Augen. Unter dem graurosa Fell wogte der Zorn der inneren Katze …

Dann maunzte ein Kätzchen, und sie wurde wieder zu Pertelot.

»Ragnar! Zu Hilfe!«

Zu spät …

Über dem Kopf des Alchimisten war eine Rauchwolke entstanden. Als Tom näher trat, sah er, daß es sich um einen kreischenden Vogelschwarm handelte.

Einige Vögel flatterten hin und her wie Zeitungsfetzen an einem windigen Tag, ließen sich absacken und stiegen wieder auf, kreischten und drehten sich. Von den größten – Saat- und Schwarzkrähen, Raben und Eulen – waren etliche die ganze Nacht unterwegs gewesen, um von ihren Nestern auf Kirchhöfen, in Scheunen oder Wäldern hierherzukommen. Möwen standen in der Luft und schossen quiekend herab. Turmfalken glitten hoch über dem gemeinen Volk dahin und unternahmen nur gelegentlich einen verwegenen Sturzflug. Ein einzelner Adler hing abwartend in der Luft wie ein Brett.

»Komm zu mir. Komm schon. Hoch mit dir.«

Plötzlich stürzten die Vögel durch die Luft wie ein Scherbenregen. Dahinter wurde, zuerst noch verschwommen, doch mit wachsender Geschwindigkeit immer größer und deutlicher, eine geheimnisvolle, ja bedrohliche Gestalt erkennbar: ein Feuervogel mit einem Funkenschweif. Er löste sich aus dem Schwarm, stieß auf den Nacken des Alchimisten herab und schlug mit seinen gewaltigen Schwingen auf dessen Kopf und Schultern ein. Dann ging er mit seinem rissigen, grauen Schnabel, der so alt war wie die Hügel und so hart wie ein Felsblock, auf die Augen los. Splitter flogen durch die Luft.

»Raaark!«

Es war Sorgt-für-Kummer: der Vogel hinter dem Vogel. Die Wucht seines Angriffs brachte den Alchimisten vor der Mau und ihrem Wurf für einen Moment aus dem Gleichgewicht – er mußte sich vorbeugen, um seinen Schwerpunkt zwischen Stirn und Knien zu halten. Doch dann richtete er sich lachend wieder auf. Federn flogen durch die Luft. Die Elster gab ein Geräusch wie eine alte Rassel von sich und hackte nach seinen Fingern.

»Ich bin Sorgt-für-Kummer, das bin ich!« krächzte sie. »Und du wirst noch lange an mich denken!« Und sie faltete die Schwingen wie eine Federhaube um den entstellten Kopf. Der Alchimist stolperte lachend durch den Ginster und versuchte, sich den Angreifer vom Gesicht zu reißen, doch der ließ nicht los und biß ihn in die Hand. Dann war es um ihn geschehen. Ein Schrei, ein Knacken. Die Schwingen machen den Vogel. Verliert er sie, ist er verloren. Triumphierend hob der Alchimist das zuckende, kreischende Federbündel in die Höhe. Sein Mund öffnete sich weit.

»Ha, ha, Hobbe. Da hast du deinen Vogel!«

Sorgt-für-Kummer wurde in den Ginster geworfen und regte sich nicht mehr. Verwirrt kreisten seine Gefährten über ihm.

»Sie ist mein, Hobbe, und ich werde sie mir zurückholen …«

Ein Schrei, in dem sich Wahnsinn, Entsetzen und Siegesfreude mischten. Rings um den Alchimisten bebte die Halbinsel, prasselte ein tödlicher Lichtschauer hernieder. Die Sterne sahen ungerührt zu. Dreihundert Jahre Wissenschaft, und das war nun das Ergebnis. Verwirrung, Zersetzung, Fetzen einer alten Melodie, die in den Ohren dröhnten – die eigene Stimme, die ihn immer weitertrieb, wie mißgestaltet, wie angewidert, wie müde er auch sein mochte. Dreihundert Jahre Berühmtheit. Eine Million Experimente. Unzählige Drähte, unzählige Augenprothesen. Unzählige Katzen, die man in Käfige gesperrt hatte.

»Dreihundert Jahre erstklassiger wissenschaftlicher Arbeit, Hobbe. Ein göttliches Projekt. Ich war ein Gott.«

Vom Meer her wehte ein scharfer, schwarzer Wind. Die Erde verdorrte zu schwarzer Asche, die sich ihm auf die Atemwege legte. Schwankend beugte er sich über Pertelot und ihren Wurf.

»Ich habe mich nicht geschont! Hobbe? Hörst du? Oder glaubst du, ich hätte mir irgend etwas erspart?«

Er starrte in Pertelots Nest hinab.

Fassungsloses Staunen malte sich auf seine verwesenden Zügen.

»Wie wunderschön«, flüsterte er. »Wie wunderschön.«

Und dann: »Nein. NEIN!«

Es war nur ein einziger Ton. Ein Lachen des Glücks. Zitternd wie ein Traum, durchsichtig wie ein Glas Wasser in der Sommersonne, brach erst langsam, dann immer stärker, immer sicherer werdend, eine goldene Lichtfontäne aus dem Ginster hervor.

Ein Licht wie goldbraunes Katzenfell. Lichtsubstanz; festes Licht. Was es berührte, das wurde verwandelt, und die Verwandlung war unwiderruflich.

In diesem Licht war der Alchimist verloren: Er hatte dreihundert Jahre lang etwas besitzen wollen, das niemand besitzen kann.

»Hobbe, ich wußte ja nicht …«

In diesem Licht schlug der Majicou zu: ein Sprung über dreihundert Jahre, ein Sprung durch die Zeit. Es klang, als stürzten Felsen ins Meer.

Die beiden trafen aufeinander, umschlangen sich, taumelten gemeinsam in den goldenen Schein. Die große Katze schlug die Krallen tief in die Schulter des Alchimisten und zog seinen

Kopf zu sich heran. Dann fiel sie über ihn her wie eine Hauskatze über eine Schüssel Fleisch. Einmal die Reißzähne eingesetzt, und eine Wange klaffte auseinander bis auf die Knochen. Ein Stöhnen. Ein heiseres Gurgeln. Stille.

»Oh, Hobbe! Das hat weh getan.«

»Es wird noch mehr weh tun.«

»Eine Katze geht auf allen vieren, Hobbe.«

Der schwarze Stab kam aus dem Nichts und beschrieb eine tödlich flache Kurve. Der Majicou wurde wie von einem Stromschlag zu Boden geschleudert und verspritzte sein Blut. Er duckte sich für einen Moment, peitschte mit dem Schwanz, schüttelte den Kopf, sprang wieder auf. Abermals trafen der einäugige Kater und sein Herr aufeinander: trafen aufeinander und wurden eins.

Wie du mir, so ich dir. Schneller und immer schneller fielen die Schläge, bis sie nicht mehr zu unterscheiden waren, bis sich die beiden Gegner aus dem Nachtwind, aus ihrer Entschlossenheit ein Gespinst woben, das sie verbarg. Schneller und immer schneller, wie ein Staubfussel in einer zugigen Ecke, bis Tom nicht mehr wußte, wer der Majicou und wer sein Gegner war. Schneller und immer schneller, bis mit einem Geräusch wie von summenden Stromleitungen ein einziges neues Wesen über Tintagel Head raste, hausgroße Felsen aus dem Boden riß und in die Luft schleuderte.

Überall auf der Landzunge drängten sich Vögel und Säugetiere schutzsuchend aneinander. Der Himmel gleißte in hellem Licht, war kein Himmel mehr, sondern eine umgedrehte Leuchtschüssel, so weiß wie das Innere einer Eierschale. Der goldene Schein strömte von Tintagel Head himmelwärts. Der Himmel antwortete mit Regenbogen und krachenden Blitzen. Die Luft war warm. Die Erde ließ ein ängstliches, ein erwartungsvolles Schnurren hören, ein stetiges leises Grollen, als ob die Klippe sich anschickte, ins Meer zu rutschen.

Tom trat einen Schritt zurück...

...und merkte, daß seine Freunde dicht hinter ihm standen.

»Wie können wir ihm helfen?« flüsterte er.

Der Fuchs gab die Antwort. »Wir haben unsere Schuldigkeit getan, Tom. Majicou hat diesen Ausgang längst vorausgesehen. Ich habe ihn gewarnt; aber er hatte von Anfang an nichts anderes im Sinn.«

»Wird er überleben?«

»Sieh selbst!«

Das neue Wesen war offenbar des Bodens unter seinen Füßen überdrüssig geworden. Wutentbrannt schwang es sich in die Lüfte, hing für einen Moment über der Klippe – die Vögel stoben wie Stoffetzen nach allen Himmelsrichtungen auseinander – und schoß dann in einem tückisch flachen Bogen so schnell auf das Meer hinaus, daß Toms Katzenauge ihm kaum zu folgen vermochte. Es zischte, als es ins Wasser stürzte, als wäre es kochendheiß. Eine Dampfsäule sprudelte empor. Als sich der Dunst verzogen hatte, lag das Meer so ruhig da wie ein Dorfweiher.

»Liebt-Mülltonnen, ich ...«

»Warte, kleine Katze! Warte!«

Die Stille dauerte eine Ewigkeit.

Die Vögel kamen vorsichtig zurückgeflogen, ließen sich auf den Ruinen von Tintagel nieder und putzten sich energisch.

»Das wär's dann wohl gewesen«, stellte Sealink fest und wandte sich ab.

In diesem Augenblick brachen Majicou und der Alchimist aus dem Ozean und schossen auf die leuchtende Himmelskuppel zu, bis sie nur noch als zitternder Fleck zu erkennen waren. Dann stürzten sie, eine letzte, verzweifelte Geste, durch den Haß von dreihundert Jahren untrennbar miteinander verbunden, auf Tintagel Head zurück und bohrten sich in die Erde. Humus und Pflanzenteile spritzten auf, die Felsen schmolzen und stiegen als heißer Nebel empor; dann schloß sich die Erde über ihnen.

Ein schwaches rhythmisches Grollen wie von einem abfahrenden Zug. Dann trat Stille ein.

Und es blieb still: so lange, bis der Tag anbrach, bis das goldene Licht überging in den blaßwarmen Sonnenschein eines Vorfrühlingsmorgens, bis alle anwesenden Vögel mit ihrem Gesang den neuen Tag begrüßten.

Pertelot Fitzwilliam von Hi-Fashion lag mit ihren Kätzchen im Sonnenschein, und alle waren vollauf beschäftigt. Sie war immer noch die schönste Katze, die Tom jemals gesehen hatte.

Wie graurosa Samt mit kaum sichtbaren, bräunlichen Streifen spannte sich das Fell über die zartgewölbten Knochen. Das Gesicht, so scharf wie die Schneide einer Axt, so fein gemeißelt wie der Kopf einer antiken Katzenstatue, war lustvoll der Sonne zugewandt. Ganz Ägypten lag in diesen Augen; doch der Skarabäus war von ihrer müden Stirn verschwunden, und sie wurde innerlich nicht mehr von ägyptischen Träumen verbrannt. Statt dessen schwelgte sie im Licht, in der Luft über den Klippen; eine Atmosphäre der Liebe, des Stolzes umgab sie, sie zehrte von ihren Abenteuern. Dies war der Höhepunkt ihres Lebens – und sie wirkte so ausgeruht wie nie zuvor.

Neben ihr stand, auf stämmigen Beinen, die unter dem langen schwarzen Winterfell fast völlig verschwanden, robust und allzeit bereit, die Ausstellungsbank zu besteigen, ein vierschrötiger Kater mit buschigem Schwanz und auffallend langen Schnurrhaaren. Er war so groß wie ein Fuchs und schaute mit offenem Blick in die Welt. Seine lange, breite Nase erinnerte im Profil ein wenig an den Nasenschutz eines Normannenhelms. Von Tintagel Court nach Tintagel Head, vom Alptraum zur Wirklichkeit: Ragnar Gustaffson Cœur de Lion, seines Zeichens *Norsk Skaukatt*, sah noch fast genauso aus wie damals, als Tom ihm das erste Mal begegnet war: der Inbegriff des dreimaligen Siegers aller Klassen!

Als er Toms ansichtig wurde, stellte er stolz die dichte Halskrause auf und nahm eine königliche Haltung ein. Dann fragte er besorgt: »Nun, wie findest du sie?«

Die Kätzchen sahen aus wie rote Fleischbällchen. Sie waren blind. Sie waren das Komischste, das Absurdeste, das Tom in seinem ganzen Leben gesehen hatte. Kleine, warme Dinger, die maunzten und schmatzten. Den Gefahren der Welt hilflos ausgeliefert. Nichts konnte verletzlicher sein. Doch wenn er an Ragnars Geschichte von der tapferen Kätzin dachte, die ihre Jungen aus dem Feuer gerettet hatte, oder an die Geschichte von Mousebreath und Havana, dann wußte er, daß sie stärker waren als die ganze Landzunge zusammengenommen.

Tom schwieg, doch vielleicht spürte Pertelot Fitzwilliam etwas von seinen Gedanken. Sie hob den Kopf. Aus ihren Augen blitzte ihm der Nil entgegen.

»Nun, Mercurius?« fragte sie.

»Ich finde sie wunderschön«, sagte er. »Wenn auch nicht so schön wie ihre Mutter.«

Nach kurzem Überlegen fügte er hinzu: »Aber welches ist denn nun die Goldene Katze?«

Die Mau lachte leise. »Ich habe keine Ahnung«, sagte sie.

Und dann fügte sie hinzu: »Du kannst es dir aussuchen.«

»Vielleicht erkennt man es, wenn sie ihr Fell bekommen«, meinte Tom.

Er war todmüde. Seit der Kampf vorbei war und die Aufregung sich gelegt hatte, spürte er auch seine Wunden wieder. Aber die Kätzchen hatten ihn an Cy erinnert, und so stieg er, sobald er sich freimachen konnte, auf die Klippe, wo er sie zum letzten Mal gesehen hatte. Bedrückt schnupperte er überall herum, durchsuchte den Ginster und rief ihren Namen. Doch abgesehen von einem verkohlten Flecken Erde, in dem man mit viel Fantasie die Umrisse einer Katze erkennen konnte, fand er keine Spur. Die Tigerkatze schien restlos verbrannt zu sein, und ihre Asche hatte wohl der Wind davongetragen.

Tom ging bis an den Rand der Klippe und ließ sich nieder. Die kleine Katze hatte mehr gelitten, als er sich jemals würde vorstellen können. Der Alchimist hatte ihr ganzes Dasein beherrscht. Trotzdem hatte sie ihr möglichstes getan, um ein eigenes Leben zu führen.

»Und das darf man sich nicht nehmen lassen. Das ist etwas, worauf man nicht verzichten kann.«

Und später dachte er: Sie fehlt mir schon jetzt.

So saß er da und blickte auf das glänzende Meer hinaus, bis die anderen nach ihm riefen.

Sorgt-für-Kummer hatten sie unweit des Nests der Königin gefunden. Er hielt die Schwingen in einem sonderbaren Winkel ausgebreitet, als wolle er versuchen, sich nach einer neuen Methode in die Lüfte zu erheben. Der Schnabel war wie zu einem noch ungeformten, stummen Schmerzensschrei geöffnet und zeigte die grauviolette Zunge. Angeführt von seinem alten Freund Liebt-Mülltonnen, hatten sich alle um ihn geschart. Als er ihre Gegenwart spürte, hatte er ein Auge geöffnet und mit trauriger Stimme gesagt: »Dann freßt mich doch.«

»Sorgt-für-Kummer«, sagte der Fuchs, »wir sind es. Hab keine Angst. Wir fressen dich nicht.«

Der Vogel schwieg.

Endlich sagte er: »Es war ein gutes Leben. Ich will noch nicht gehen. Die Gärten habe ich besonders geliebt. Notfalls bin ich meilenweit geflogen – bei jedem Wetter, ob Sonne oder Regen, auch wenn es windig war, mit Luftlöchern von dreihundert Meter und allen Schikanen. Ich war gut. Ich war Sorgt-für-Kummer, und ich will, daß ihr mich freßt, sobald ich tot bin.«

Alle starrten ihn an.

»Begreift ihr denn nicht?« fragte er. »Ich habe zu der Geschichte mit Majicou, dem Alchimisten und so weiter meinen Teil beigetragen. Ich habe mich nie allzusehr beklagt. Ist das soviel verlangt?«

Tom war entsetzt. »Freunde kann man nicht fressen«, sagte er.

»Du willst eine Katze sein?«

»Ja.«

»Katzen fressen Vögel!« Und dann, etwas freundlicher: »Tom, wenn du, wenn ihr alle mich auffreßt, dann sterbe ich nicht. Dann bleibe ich immer ein Teil von euch, von den Kätzchen, von allem. Ich bleibe Sorgt-für-Kummer, und ihr werdet mich nicht so schnell vergessen.«

Damit schloß er die Augen.

Und bald darauf sagte er »Raaark!« und starb.

Der Fuchs nahm ihn vorsichtig in sein Samtmaul und trug ihn zum Nest der Mau. Und dort fraßen sie ihn auf – Tom und Ragnar, Sealink, Pertelot und Liebt-Mülltonnen. Jeder bekam einen Happen. Nur die blanken Knochen blieben übrig. Die kleinen Brustfedern hob der Wind auf und trug sie fort; und als sie im Morgenlicht davonschwebten, öffnete sich eine magische Straße ...

Die Tiere sahen sie nur von außen, aber sie erstreckte sich nach allen Richtungen zugleich. Ein kalter Wind strich wie durch lange Korridore.

Nach einer Weile bemerkten sie in der Ferne eine schwarze Katze, einen Kater, der, von seiner eigenen Körperwärme umgeben wie von einem Schleier, in langen Sätzen immer näher kam. Er kannte weder Hunger noch Müdigkeit. Gleichmäßig dehnten und spannten sich seine Muskeln. Nie verlangsamte der Hüne seinen Schritt. Alle wußten, wer er war, und als sich der Riesenschädel drehte und zu ihnen herausschaute, wurde ihnen angst und bange.

Ein Auge nur.

Sie sahen es genau.

Schon war er wieder fort, und sie sprangen mit ihm über den wilden Pfad. »Springt und freßt!« befahl er ihnen mit gewaltiger Grabesstimme ...

»Springt und freßt! Springt und freßt in alle Ewigkeit!«

Sie rannten weiter.

Langsam, so langsam, daß der Bewegungsfluß in eine Folge einzelner Phasen zerfiel, flog vor ihnen ein Vogel auf. Keiner außer Tom hatte jemals einen solchen Vogel gesehen. Sein Schopf glich einer scharlachroten Krone, und seine Federn glänzten wie Messing und Türkis. Aus dem weit aufgesperrten Schnabel quoll schmelzender Gesang, das immer neue Lied eines Vogellebens; und jeder einzelne Ton war aus reinem Gold.

»Die magische Straße ist euer!« rief der schwarze Kater und entschwand in die Dunkelheit.

»Nehmt euer Leben in Besitz!«

Als es Mittag wurde, versammelten sich alle Tiere auf der Landzunge, um anschließend in ihre Wälder und auf ihre Felder, zu ihren Bahndämmen und an ihre Straßenecken zurückzukehren. Die Wildkatzen waren schon lange vorher aufgebrochen und zusammen mit den großen Hirschen im Morgengrauen nordwärts gezogen. Der Adler war noch ein oder zwei Stunden freundschaftlich über der Landzunge gekreist, aber als er sah, daß er alle beunruhigte, hatte er zur Küste hin abgedreht, um sich um sein Mittagessen zu kümmern. Liebt-Mülltonnen hatte den größten Teil seines Fuchsheeres verabschiedet, dann war er ziemlich schüchtern mit einer Fähe zurückgekommen, um sie seinen Freunden vorzustellen.

»Das ist Francine«, sagte er.

Francine war nicht kleiner als er, aber vielleicht etwas zierlicher. Ihr Fell war unten hell wie dicke Sahne und darüber rotbraun wie Mahagoni. Drei ihrer Pfoten waren schwarz, und zu beiden Seiten ihrer spitzen Schnauze hatte sie je einen unregelmäßigen, schwarzen Fleck. Ihren schmalen, gelben Augen entging keine Bewegung, und die Nase reckte sie stets hoch in die Luft. Sie machte den Eindruck einer Füchsin, die genau wußte, was sie wollte.

»Schön ist es hier«, sagte sie und sah sich in ihrer unruhigen Art nach allen Seiten um. »Trotzdem bin ich froh, wenn ich wieder in der Stadt bin.« Sie lachte. »Man sehnt sich doch nach der vertrauten Umgebung, nicht wahr?« Sie warf einen kurzen Blick auf das Meer, dann rückte sie dicht an Liebt-Mülltonnen heran. »Ich habe noch nie so viele Katzen beisammen gesehen«, sagte sie. »Wollten wir nicht bald gehen?«

Liebt-Mülltonnen schaute Tom und die anderen so selbstgefällig an, als wolle er fragen: Ist sie nicht großartig? Und im Schein der Mittagssonne sah sie auch wirklich großartig aus.

»Wie kommt ihr nach Hause?« fragte Tom den Fuchs. (Wobei er eigentlich meinte: Geht nicht fort. Und: Weißt du noch, wie du mir damals das Huhn gegeben hast? Weißt du noch, wie wir um den Laternenpfahl getanzt sind? Zumindest wollte er ihn bitten: Bleibt doch noch ein paar Minuten!)

»Die wilden Pfade reparieren sich von selbst«, erklärte der Fuchs. »Wir brauchen sie nur noch zu benützen.« Er ließ die Zunge aus dem Maul hängen. »Und das gedenke ich auch zu tun. Nachdem jetzt alles vorüber ist, möchte ich reisen.«

»Ich dachte, du hättest allmählich genug vom Reisen«, erklärte Francine, ohne ihn anzusehen. »Mir stünde es an deiner Stelle bis obenhin.«

Sealink trat vor.

»Wir beide, ich und Fischkopf Lil, wir überlegen gerade, ob wir die beiden nicht in die Stadt begleiten sollen«, sagte sie. »Um ein paar Sehenswürdigkeiten zu besichtigen und uns in Ruhe Gedanken zu machen, wie es weitergeht.« Sie streifte Francine mit funkelndem Blick. »Mit einem *Fuchsweibchen* war ich noch nie unterwegs, Süße. Wir wären eine richtig internationale Gesellschaft.«

»Ich bin entzückt«, murmelte Francine.

»Paß auf dich auf, kleine Katze«, sagte der Fuchs zu Tom. »Irgendwann kommen wir alle wieder zusammen. Davon bin ich überzeugt.«

»Ich heiße Tom. Nicht Kleine Katze.«

Der Fuchs lachte. »Hüte dich vor den Spiegeln«, warnte er, und das waren seine letzten Worte.

Bevor Sealink aufbrach, lud sie Tom zu einem gemeinsamen Spaziergang ein.

»Komm, wir drehen eine Runde«, schlug sie vor. »Ich will mit dir reden.«

»Wohin willst du denn?« fragte Tom.

»Du hast das Wesentliche noch immer nicht begriffen, Süßer. Lassen wir's doch auf uns zukommen. Wozu das halbe Leben damit verschwenden, sich für ein Ziel zu entscheiden?«

Und so schlenderten sie etwa eine halbe Stunde lang in nördlicher Richtung über die Klippen, bis sie einen steilen Pfad fanden, der zum Strand hinunterführte. Unten angekommen, folgten sie einer kleinen Bucht zu einem Dorf mit einem Landesteg; der Sand hatte die gleiche Farbe wie Pertelot Fitzwilliams Fell; und der Tangstreifen, den die Flut zurückgelassen hatte, verbreitete einen verheißungsvollen, scharfen Geruch. Draußen auf dem Meer lag unter tiefblauem Himmel ein Schiff vor Anker, und um sein Heck schwirrte mit lautem Gekreisch eine Wolke Silbermöwen.

»Sieh dir das an. Schiffe. Muscheln. Und Meeresfrüchte! Oh, Tom, Schätzchen, wenn ich an all die Meeresfrüchte denke, die ich schon gefressen habe, wird mir ganz anders zumute!« Ein tiefes Schnurren drang aus ihrer Brust und verstummte nur langsam.

Tom atmete in tiefen Zügen die Seeluft ein.

Das Zusammensein mit Sealink hatte seine Stimmung gehoben. Ihr Fell glänzte, und ihre Stimme klang wie in Honig gelöstes Gold. In ihrer Gesellschaft fühlte man sich wie in einem Paradies voller Abenteuer.

»Ich finde dein Leben immer noch überwältigend«, gestand er. »Es ist wie eine Welt für sich.«

Sealink blickte eine Weile auf das Meer hinaus. Tiefe Traurigkeit stand in ihrem Gesicht. Dann sagte sie: »Man nennt dich jetzt Mercurius, Kleiner. Bald wirst du der Majicou sein. Man schaut zu dir auf. Du hast dein eigenes Licht. Laß es leuchten.«

Er war nachdenklich geworden. Zaghaft fragte er: »Und was hast du jetzt vor?«

»Auf Reisen gehen, genau wie du. Man steckt seine Schläge ein, wartet, bis man an der Reihe ist, und dann nimmt man die Straße unter die Füße.«

»Und wo endete die Straße?« wollte Tom wissen.

Sealink lachte. »Jedes Ende ist ein neuer Anfang.«

Auch Tom mußte lachen. »Und wo würdest du neu anfangen, wenn du könntest? Bei Mütterchen Rußland?«

»Da bin ich mir nicht mehr so sicher«, sagte sie leise; und sie gingen weiter.

Das Dorf, das sich an die Bucht schmiegte, hieß sie willkommen. Sie rochen die Fischbraterei. Sie hörten die Menschen. Sie sahen, wie das Wasser grün und klar wie ein Katzenauge die Pfosten des Landestegs umspülte. (»Spürst du das, Süßer? So fühlt sich Eisen an, wenn es in der Luft gelöst ist!«) Sie rochen den zwei bis drei Meter breiten Tangstreifen, den die Flut über der Wasserlinie zurückgelassen hatte. Der Strand bestand im oberen Teil aus vollkommen glatten Steinen mit rosa glänzenden Flecken. Zwischen den Tangbüscheln waren die Vögel eifrig damit beschäftigt, auf- und abzuhüpfen, Leckerbissen aufzupicken und Ungenießbares auszusortieren. Zwischen den Kieseln lag exotisches Strandgut herum – Dosen und Flaschen, Teerklumpen, dicke Bündel aus rettungslos verknoteten, blauen und orangegelben Tauen; graues Holz in so bizarren Formen, wie man es sonst nur in Träumen sah …

»He, Süßer. Wer ist das denn?«

Eine kleine Tigerkatze wühlte, das Hinterteil hoch in die Luft gereckt, in diesen Schätzen herum.

»Oh, hallo«, sagte sie. »Das hat aber lange gedauert. Bleiben wir jetzt hier?«

Tom starrte sie an.

»Aber …«, stotterte er.

»Die Pommes frites sind nämlich gut.«

Tom starrte sie immer noch an.

»Ich dachte, du bist tot.«

»Oh, das war ich auch, Jack. So tot wie ein nackter Hund. Es hatte mich erwischt, samt meinen Drähten. Ich war Mayday! Mayday! Du weißt schon. Ich war den Bach runtergegangen. Aber dann hab ich mit dem neuen schwarzen König gesprochen, und jetzt bin ich wieder wie neu. Wie soll ich dir das erklären?« fuhr sie fort. »Oh, Silber, ich war auf einer weißgefliesten Straße. Ich hab gesehen … Überall lagen schlimme Dinge herum. Aber er hat mich gefunden und saubergeleckt. Ich hab *Lichter* gesehen. Solche Sachen eben.« Sie zuckte die Achseln. »Erst war ich dort, und dann war ich hier. Und jetzt mußt du mich sauberlecken.« Und sie hielt ihm den Kopf hin, damit er gleich anfangen konnte.

Die Zündkerze war verschwunden.

»Das alte Ding trag ich nicht mehr«, sagte sie. »Der neue König hat es einfach weggeleckt. Weißt du übrigens, daß unter diesem Stück Holz eine Maus sitzt? Eine *Flutmaus*. Hilfst du mir, sie zu fangen?«

Tom war in seinem ganzen Leben noch nie so glücklich gewesen.

»Sealink, ich begreife das nicht«, sagte er.

Keine Antwort.

»Sealink!«

Er drehte sich um, aber sie war schon zwanzig Meter entfernt und marschierte mit majestätischem Hüftschwung weiter auf Tintagel zu.

»Sealink! Sealink!«

Die Calicokatze blieb kurz stehen. »Du kannst Ragnar ja irgendwann mal darauf ansprechen!« rief sie zurück. »Er hat eine verdammt fähige Zunge. Aber wenn du mich fragst, dann hat sie sich selbst geheilt. Ich hab dir ja gleich gesagt, sie ist das Härteste, was du dir jemals aufgeladen hast, Schätzchen!«

EPILOG

Alle Kätzchen bekamen goldenes Fell – nicht golden wie das Alchimistenmetall, sondern goldbraun, wie es sich für Katzen gehört –, ein dichtes, weiches Haarkleid, das in der Abendsonne leuchtete. Als der Frühling in den Sommer überging und sie größer wurden, vertiefte sich die Farbe noch weiter und erreichte schließlich einen Ton, den der König und die Königin noch nie gesehen hatten, nicht einmal bei den langhaarigen Abessiniern und Somalis auf den Katzenausstellungen.

Die beiden ersten Kätzchen hießen Isis und Odin, das dritte wurde Leonora Whitstand Merril genannt. Das war nach Sealinks Angaben der Name ihrer Mutter gewesen.

Sie lebten, vor den Menschen verborgen, im Ginstergestrüpp von Tintagel Head. Ihr Leben war erfüllt von Sonne und Regen, und der Geruch der Felsen und der würzige Duft der gelben Stechginsterblüten waren wie eine Botschaft: Bleibt gesund, werdet kräftig, hört niemals auf zu lieben.

Sie beobachteten die weißen Möwen am Himmel. Sie betrachteten das tiefblaue Meer.

»Es sind lauter Goldene Kätzchen«, sagte Pertelot zufrieden.

»Ich könnte dir durchaus recht geben.«

»Was du nicht sagst.«

»Obwohl das eine so aussieht wie ich.«

»Rags, du bist ein Narr.«

Tom und Cy lebten etwas weiter nördlich an der Küste. Cy betörte die Fischer, Tom betörte die Touristen, und am Abend saßen sie gemeinsam am Strand und sahen zu, wie über dem Wasser die Sonne unterging.

Die beiden kamen nach Tintagel, sooft sie konnten.

Bei jedem Besuch wurden sie von den königlichen Kätzchen umringt. Die Kleinen drängelten und schubsten sich und warfen sich gegenseitig um. Besonders Tom verfolgten sie auf Schritt und Tritt (was der sich angeblich nicht erklären konnte.)

»Wir haben viel von dir gehört.«

»Wir haben alles über dich gehört.«

»Wir wissen alles.«

»Erzähl uns von Liebt-Mülltonnen und der Tandoori-Elster.«

»Erzähl uns von *Speckschwarten*.«

»Erzähl uns von Ratten.«

»Freßt niemals eine Ratte«, warnte Tom. »Ihr würdet es bereuen.« Und dann erzählte er ihnen die gleiche Geschichte wie jedesmal, eine Geschichte mit dem Titel: *Die geheimen Pfade* oder *Das neunte Katzenleben*.

Odin hörte bis fast zum Schluß aufmerksam zu, doch dann sprang er auf und vollendete:

»... und so hat Majicou den Alchimisten besiegt!«

Eine lange Pause trat ein.

»Wißt ihr«, sagte Tom, »ich glaube, von den beiden wird keiner den anderen je besiegen. Sie sind nicht nur Katze und Mensch, sie sind auch Körper und Geist: Sie sind das Wilde und das Zahme, das tief in jedem von uns wohnt und nur durch einen ständigen Kampf im Gleichgewicht gehalten wird. Die Menschen sind nicht schlecht – sie sind eben nur Menschen. Und Katzen – nun ja, nicht alle Katzen sind Große Katzen.«

Und dann gab er Odin eine kräftige Ohrfeige.

»Die Geschichten erzähle hier immer noch ich«, sagte er. »Und ich wollte folgendermaßen schließen –

»Das war die seltsame Geschichte über einen Kater namens Tom. Wie er sein erstes Zuhause verlor. Wie er mit einer Elster, einem Majicou und einer Calico-Schönheit namens Sealink über die großen magischen Straßen wanderte. Wie es kam, daß er als einzige Katze seiner Generation einen Fuchs zum Freund hatte. Wie er in die magischste Epoche hineingeriet, die wir Katzen jemals erlebten – magischer als selbst unsere Glanzzeit im alten Ägypten. Und wie er die nervenaufreibendste Tigerkatze der Welt kennenlernte.«

»Ich beiße dir gleich den Kopf ab«, sagte Cy freundlich.

»Mann!« sagten die Kätzchen zueinander. »Sie hat ihn gebissen.«

Eine Weile war es still, dann trat Leonora mit ernster Miene an Tom heran und sagte:

»Ich bin eine Prinzessin.«

»Das ist richtig.«

»Und deshalb«, fuhr sie fort, »muß ich dir etwas sagen. Vielleicht hast du es aber auch selbst schon gemerkt.«

»Was?«

»Sie sind immer noch da unten. Unter der Erde. Und sie kämpfen weiter. Ich höre sie jede Nacht.«

»Das sind die Wellen!« lachte Isis. »Du hörst die Wellen gegen die Klippe schlagen, das ist alles.«

»Ich *höre* sie«, beharrte Leonora Whitstand Merril.